璇璣圖
吳蔚作品集
05
新銳歷史小說家、劇作家
吳蔚
好讀出版

目錄

引子

唐代貞觀二十二年，西元六四八年七月初，帝國京師長安上空出現太白之妖，即大白天天上出現了一顆太白金星。所謂「太白晝見，二日相觸」，歷來被認為是國家換主的兆應。太宗皇帝[1]李世民深為不安，自他登基即位以來，已經不是第一次出現太白晝見的情形了——

貞觀中，太白金星即頻頻在白天出現。太史令李淳風奉命在皇城含光門司天臺仰稽天象、俯察曆數，占卜後稟告道：「天象寓意將有女主昌。」李世民忽然記起曾在晉陽宮[2]中看過一本《祕記》，上面記載：「唐三世之後，女主武王代有天下。」大驚失色下，立即詢問應對之法。李淳風答道：「這件事徵兆已成，其人現下已在陛下宮中。從今往後不超過三十年，此人將擁有天下，並將大肆屠戮大唐皇室子孫。」

後人均知此「女主武王」即後來的武則天，不過此時她名叫武媚，才十二三歲，剛因美色被選入宮，不過是個稚嫩的小宮女。況且中國古代男尊女卑，女人擁有天下是不可想像之事，因而李世民雖然英武，卻無論如何都沒有懷疑到她頭上，又問道：「如果將疑似者一律殺死，會怎麼樣？」

李淳風答道：「天之所命，必無禳避之理，有王命者不會死於非命，陛下過於追究此事，只能枉殺無辜。況且再過三十年，此人年當衰老，通常老則仁慈，她也許會存有慈善心腸，即使奪取了江山社稷，對陛下的子孫卻不會殺傷過烈，禍害相對小些。如果陛下現在找到此人將其殺死，上天一定會重新生出一個更年輕的人來發洩怨恨，少壯嚴毒，到那時恐怕陛下的子孫就難有倖免的了。」

其言下之意，無非是勸李世民順天應時，任其自然。李淳風擅長於天文曆算和陰陽之學，是天下最為著名的占星大家，李世民認為他說得在理，便不再繼續追究此事。

不久後，李世民召集朝中武將在內廷宴飲。有個武官名叫李君羨，軍功極高，封武連縣公，累任左武衛將軍，掌管玄武門宿衛，一向極得皇帝信任。行酒令時，李世民讓眾人各報出自己的小名取樂，李君羨說出自己的小名叫「五娘子」。李世民當場愕然，立即想起「女主武王代有天下」的讖語[3]來，又因為李君羨封邑及屬縣中有「武」字，因而懷疑他就是那個將要代唐的女主。不過疑心歸疑心，終究沒有憑據，只罷奪了李君羨兵權，出為華州[4]刺史。

但皇帝心中其實並未真正釋懷，他又將太史令李淳風召入宮中，問道：「愛卿深明天道，能預知將來，不知日後何人喪我國家？我朝又可相傳幾代？請愛卿為朕歷歷言之。」李淳風道：「將來當觀以往，得賢者治，失賢者喪，這是萬世不易的道理。」

李世民道：「朕問的不是這個。愛卿精通術數之學，應該可以推算得到我朝能夠延續多少年、幾代相傳，將來何人會亂我國家、亡我國家，朕想知道，愛卿務必告知。」李淳風道：「臣不敢洩露天機。」

李世民便帶著李淳風來到禁宮中的高樓，道：「這裡上不至天，下不至地，愛卿可以悄悄告訴朕。」李淳風無可推託，只好如實答道：「天意已成定式，亂我大唐天下者即在君側，其為人，止戈不離身，兩目長在空。不過陛下不必過於憂慮，上天將有文曲星下界，生於賣豆腐之家，後為宰相，能夠平定此人之亂。」

李世民還想問更多，李淳風道：「天機不可再多洩露，不然會有禍事降臨。」遂不了了之。

事隔十年，貞觀二十二年，「太白晝見」再次出現，李世民再也坐不住了，指使御史彈劾李君羨與妖人員道信結交，圖謀叛亂。七月十三日，李君羨被逮捕於華州刺史任上，不經審訊、不待秋後便迅即斬首處死，親族盡受牽連被殺，家產籍沒充公，成為唐朝立國以來因讖語而慘遭滅門橫禍的第一人。

十餘日後，八月初一，京城長安上空出現日食。

古代日食是大不吉利的異象，所謂「日有食之，亦孔之丑」「夫至尊莫過乎天，天之變莫大乎日蝕」，出現日食象徵著災難降臨，要麼是有妖孽侵犯皇帝統治的凶兆，要麼是皇帝失德、舉措失當的表露，即「國無政，不用善，則自取謫於日月之災」。李世民恍然明白多半殺錯了人，李君羨是無辜枉死，然而天子金口玉言，難以追悔，事已至此，只能將錯就錯了，李君羨反叛案遂成板上釘釘的鐵案。

沒過幾日，長安縣尉捕獲一名竊賊，查到的失物中有一個玉枕，竟是皇家御用之物，名為「金寶神枕」。竊賊供認這玉枕是自金城坊會昌寺辯機禪師房中盜出。辯機是長安著名高僧，容貌俊朗，氣宇不凡。玄奘法師歸國在長安弘福寺首開譯場之時，辯機以諳解大小乘經論為時輩推選入譯場，成為九名綴文大德之一。又因文采斐然，才能兼人，深受玄奘器重，受命協助整理《大唐西域記》一書。

長安縣尉得知辯機的房中有皇室之物後，不敢擅處，將此案上報。御史派人逮捕了辯機，嚴刑審問，辯機供出玉枕是太宗十八女高陽公主所贈。搜查辯機僧房後發現金銀珠寶不可勝數，價值多達數億金。一代高僧與高陽公主的姦情由此曝光，此即轟動一時的「金寶神枕案」。

高陽公主任性奔放，為太宗最寵愛之女，早已下嫁開國功臣房玄齡的次子房遺愛。不巧的是，房玄齡剛好在上月二十四日去世，公公屍骨未寒，靈柩還不及下葬，身為兒媳的高陽公主就傳出與高僧通姦之事，醜聞頓時哄傳長安，成為士民茶餘飯後的笑資談料。太宗李世民正傷痛老友房玄齡之死，聞訊勃然大怒，立刻下詔不許高陽公主再進宮，以知情不報的罪名處死公主貼身奴婢十餘人，而辯機則在長安西市當眾被處以最殘忍的腰斬極刑。腰斬就是剝光犯人衣衫，赤身裸體細放在大木板上，再由劊子手用重斧從腰部砍為兩段。腰斬後，犯人往往一時還死不了，斷成兩截的身子在血泊中掙扎，十分痛苦，也極其殘酷，當年秦國丞相李斯即受此刑死去。

引發案情的金寶神枕在李世民憤怒下被親手摔爛，世間從此少了一件奇物珍寶。不過，破碎的玉枕中卻意外掉出一幅織錦，上面以五彩絲線密密麻麻繡滿了字，五彩相間，縱橫齊整。李世民召來宮人詢問，才知道錦緞上所繡就是著名的璇璣圖[5]，為前秦時代才女蘇蕙所創，縱橫各二十九字，共八百四十字，縱、橫、斜、交互、正、反讀或退一字、迭一字讀均可成詩，是傳抄一時的回文力作。李世民對這等打發時間的無聊閨閣文字遊戲自然沒有任何興趣，卻驀然想起一事來——李君羨一案卷宗上提到，他家被抄時家無餘財，唯有一具精美五彩玉石屏風，屏紗上所繡正是璇璣圖。這是機緣巧合，還是另有玄機？

1 太宗皇帝：太宗為李世民之廟號。廟號是古代帝王死後在太廟裡立宣奉祀時追尊的名號，本小說因先後出現多位唐朝皇帝，特採用讀者熟悉的廟號來區別。

2 晉陽宮：晉陽宮（位於今山西太原）為東魏丞相高歡始建，後代屢有興建。唐代開國皇帝高祖李淵在此起兵反隋，史稱「晉陽宮兵變」，因而晉陽宮是唐朝的「龍興之地」。

3 讖語：讖，將要應驗的預言、預兆。

4 華州：今陝西華縣。

5 璇璣圖：「璇」是北斗七星中的第二星，「璣」是第三星。古代通常用璇璣來代指北斗七星（即現代天文學所稱的大熊星座），又比喻樞紐、關鍵。另有一種天文儀器渾天儀，別名璇璣。

【卷一】蒲津風雲

蒲州夜空澄碧空靈，呈現出一種高古的境界來。辛漸望見驛站院內燈火映天，猶有歡聲笑語傳出，大約那淮陽王武延秀還在飲酒作樂……忽聽到一陣亂哄哄的嘈雜聲，有人喊聲，有人奔跑，似乎發生了大事。

黃河水浩浩蕩蕩，在中國北方大地上奔瀉東流。歷史的塵埃深沉浩瀚，一年復一年，一日復一日，為這條雄渾蒼涼的河流鍍上了神祕的黃色華彩。歲月荏苒中有數不清的生命浮動，數不清的文明激揚，更有數不清的鳴鞭走馬，數不清的爭霸稱雄。就連河風中也隱隱夾雜著金戈鐵馬之聲，亙古不變，獵獵作響，豪邁悲壯。

萬里黃河上，大小渡口數以十計，最要害之處莫過於蒲州[1]蒲津關，春秋戰國時期即是秦、晉兩國之間的要道，所謂「秦晉之好」[2]都須從這裡經過，後來更成為中原重險之地，有「隔秦稱塞，臨晉名關，關西[3]之要衝，河東[4]之輻輳」之稱，是河東河北陸路進入關中之第一鎖匙。漢高祖劉邦曾由此關進入河內，成就一代基業。本朝高祖皇帝李淵自太原起兵後，能順利進入關中占據長安，也是因為蒲津守將不戰而降。唐代立國後，實行西京長安和東都洛陽兩京制度，蒲津地處長安、洛陽以及龍興之地太原三都之要匯，控黃河漕運，總水陸形勝，扼天下之咽喉，處天下之胸腹，越發突顯戰略地位。

蒲津關架有浮橋——所謂浮橋，即以粗纜將巨船連成一片，橫跨河流，然後在船上架梁鋪板成路；橫亙百丈，連艦十艘，是唐時黃河上僅有的三座河橋之一，也是中國史上最早的河橋，初建於秦昭襄王年間，因而號稱「天下第一橋」。

浮橋的駐軍也很特殊，有別於傳統的軍隊，稱為「水手」，除了守衛之責，還要負責檢修維護浮橋。此刻正值四月初夏，春汛初解，水流崢嶸，是水手們最忙的季節——上游流冰塞川而下，需要水手用鉤子將船與船空隙之間浮冰一一撥去，助其流往下游，以減輕冰塊對浮橋船側的衝擊。

水手火長[5]傅臘一直在熱切盼望太陽快些下山，這樣他就可以交班回城去與相好幽會。他是蒲州本地人氏，今日發了筆橫財，在浮橋船板夾縫中撿了一件寶貝。浮橋時時刻刻上下左右晃動，水手們倒是經常能在橋上撿到各類行人落下的東西，可像這樣上好的值錢寶貝傅臘還是頭一回撞見，他覺得自己的好運來了，急不可待地要拿去向情人展示。

不過到底要去找哪位相好，他一時還沒有決定——貞娘溫柔美貌，嬌羞嫵媚；素素雖然姿色差些，可床笫之間的那一份狐媚妖嬈卻令他愛之不及。兩個女人各有各的好，倒真教他難以取捨。嗯，反正長夜漫漫，他明日又不當值，不如今晚兩個一起上，先去找貞娘，再去找素素。

傅臘雙手摩挲玩弄著那件寶貝，正想到得意之處，不經意一轉頭，便看見一行十餘人來到橋頭，預備過河到東岸去。領頭的是名戴著頂帷帽[6]的紫衣女郎，她翻身下馬時，雪白的帽紗被河風揚起，露出了清瘦的面容，顏若舜華，光豔逼人。傅臘只覺「嗡」的一聲，腦子白茫茫一片，什麼也想不起來，只傻傻盯著那女郎不放。

女郎纖細中流露出一股英氣，氣派極大，早有一名青衣男子搶上前為她挽馬。她並不著急過河，舉手揭開帽紗，眼波不經意地流轉，不知如何留意到了一旁的水手傅臘，不過卻不是他的人，而是他手中那件寶貝。傅臘只是失魂落魄地緊盯著她不放，渾然沒察覺對方似也看上了他撿到的寶貝。

一名突厥男子上前對那女郎低聲說了幾句什麼，女郎點點頭，這才不再理會傅臘，駐足朝橋上翹望。

此刻正是日落時分，晚霞映紅了整個河面。來往於渡口的行人極多，浮橋上更有不少推車挑擔的小販，有著急歸家的，有為次日生意準備的，熙攘中自有一派寧靜安詳。

黃河雖然渾濁，卻被認為是中原文明的源泉命脈——它是靈秀之水，養育了兩岸一代又一代的人民；它是智性之水，可以載舟，亦可以覆舟；它是質樸之水，給仁者以遼闊，給愚者以狹隘；它湮沒了曾經的光和影，承載著過往的春與秋。

浮橋漂浮在河面上，蕩漾不止，渡過無數匆匆過客的它將繼續迎來下一批過客。它划過了昨天的歷史，是否還能划向未來的夢想？幾多艱難拋給遙遠的旅途，今日從容渡過黃河，對岸等待人們的是否也像日落餘暉這般輝煌燦爛？

紫衣女郎心有所感，佇立良久，才微喟一聲，揚手道：「走吧。」率領眾人緩步走上浮橋，雜入人流中。到得橋中央時，忽聽得背後馬蹄得得，回頭望去，卻見西岸塵頭大起，有許多戎衣武士正策馬趕來。

一名四十來歲的灰衣男子道：「是羽林軍萬騎營。」突厥男子冷笑道：「他們追來的倒快！」正待挺身而出，一旁青衣男子攔住他，道：「阿獻，你不可輕易露面。你和四娘、俊公先走，我來擋住他們。」一邊說著，一邊伸手去摘馬鞍邊的兵刃。

紫衣女郎四娘急忙撫住他手背，道：「先等一等！這些羽林軍自神都洛陽[7]來，未必就是衝著咱們。咦，俊叔叔，你瞧那領頭的一男一女……」

灰衣中年男子名叫李俊，奇道：「是淮陽王武延秀和永年縣主武靈覺[8]。他們兩個怎麼會來這裡？」一時百思不得其解。

四娘道：「應該是去并州文水[9]辦什麼要緊的大事。」見隨從宮延又要去摘刀，忙道，「別著急動手，他們不是衝咱們而來。阿獻，你和俊叔叔趕緊戴上胡帽[10]，以防被人認出來。」

她年紀雖輕，言語間卻有一股凜然氣度，不容人不遵從。突厥青年阿獻和李俊依言取出帽子戴好，又低聲囑咐眾隨從讓在一邊。

那一隊羽林軍大約百人，瞬間馳近，個個身著黑色圓領長衫，腰束革帶，腳下露出黑六縫靴，手持槍矟，斜背長弓，馬鞍邊掛著佩刀和插滿箭矢的胡祿[11]。領頭的年輕公子白皙英俊，玉質金相，女郎卻是面目浮腫，又黑又醜，正是當今女皇寵信的武氏親屬武延秀和武靈覺。

按照慣例，通過浮橋時騎者下馬，行人緩行，以減輕對船板的壓力。不料那武靈覺甚是驕橫，雖然看到橋頭警示的木牌，卻絲毫不予理睬，嬌聲笑道：「延秀，我要和你比賽，看看誰先過河。」不待武延秀回答，提著青驄馬搶先躍上了浮橋。

一旁傅臘「哎呀」一聲，奔過來叫道：「你們……你們不能騎馬上橋！」

他雖不識得武延秀、武靈覺二人，但也知道這些黑衣武士是天子禁軍，絕不該去招惹，可當真任他們騎馬通過浮橋，追究起來，他不但做不成水手，還要被治罪。不料才剛剛舉起手臂，武延秀已然揚起馬鞭，朝他當頭抽了下來。傅臘甚是敏捷，微一側頭，那鞭子落在肩頭，「啪」的一聲，受力甚重，登時火辣辣作疼。武延秀冷笑一聲，雙腳一夾馬肚，去追武靈覺。後面羽林軍紛紛跟了上去。

浮橋全仗水的浮力漂浮在河面上，驀然上來了百餘名騎士，橋體立即一沉，劇烈搖曳動盪起來。靠近西橋頭的幾名行人站立不穩，接二連三摔倒在地。所幸浮橋兩邊結有上下兩道粗圓纜繩，才沒有人掉入河中。

武靈覺也不勒韁減速，竟如在平地般於浮橋上策馬飛奔。那浮橋僅寬兩丈有餘，來往行人塞路，她大聲呵斥，腳下絲毫不停。眾人見她肆無忌憚，不曉得是什麼來頭，又驚又怕，紛紛避讓一旁，原本井井有條的浮橋上頓時一片混亂。

一名商販推著滿車果子往河西而來，忽見前面大亂，人群爭相閃避，一時不知道發生了什麼事，便將板車靠邊停下，朝前張望。卻見一名紅衣女郎騎著高頭大馬直衝過來，橋身越發搖晃得厲害，那車子笨重，起伏不定中頓時失去了平衡，朝河中衝去。車身被纜繩擋得一擋，滿車的果子盡數滾入了黃河中。板車則歪歪扭扭地掛在纜繩上，一點一點地往下滑。

一旁有人好心提醒道：「車子！你的車子！」商販這才回過神來，上前將板車拉住，果子卻已是一個不剩，一想到自己辛苦去向鄉下老農一家一家收了果子，預備運到河西去賣，全家老小全等著賣果子賺錢來養活，而今全泡了湯，忍不住放聲大哭起來。

四娘等人雖離得尚遠，經過情形卻是瞧得一清二楚，各人臉上均有氣憤之色。阿獻怒道：「好個刁蠻跋扈的婦人！」扯下胡帽扔到地上，束一束腰帶，上前一步，站在橋中央，預備等武靈覺過來時將她扯下馬來。李俊忙將他拖回來，道：「他們人多勢眾，你不是對手。況且我們還有許多大事要辦，切不可輕舉妄動。」

話音剛落，武靈覺已然馳近。不知道因何緣故，她居然一眼留意到深目高鼻的阿獻，擦身而過後猶自扭轉頭來望著他。

四娘低聲問道：「她認得你麼？」阿獻道：「我一直在長安，極少在洛陽，她應該不認得我。」四娘道：「嗯，你戴好帽子，別惹事。」阿獻不敢違令，只得道：「是。」

須臾之間，武延秀又領著羽林軍飛馳而過。馬蹄如雨，浮橋上下顛簸得厲害，眾人頭暈目眩，不得不一手挽緊馬韁，一手扶住橋邊的纜繩。

忽聽得前面有人驚叫一聲：「啊，娘親！」聲音極為驚惶淒厲，隨即便是「撲通」一聲，似有重物落水。

阿獻本來性情火爆，強行忍耐了半天，再也按捺不住，不顧身分暴露的危險，衝過去一看——一名白髮老婦人不知如何被擠入了河中，一名四十歲模樣的白衣男子伏在橋沿纜繩上，捉住了她半隻衣袖。

阿獻「哎喲」一聲，幾大步上前抓住那男子手臂，助他救老婦人上來。恰在電光火石的一瞬間，衣袖撕裂開來，那婦人不及呼叫一聲，即沒入了河水中，再也不見蹤影。

白衣男子急叫道：「娘親！」甩脫阿獻雙手，爬起來就要翻過纜繩跳下河去救母親。

黃河水流湍急無比，他下去救人無異送死。四娘已經趕到，叫道：「快攔住他！」宮延一個箭步上前，攔腰抱住男子，身手極為敏捷。

那男子使勁掙扎，不斷叫道：「放開，快放開，我要去救我娘。」四娘走到他身邊，婉言勸道：「水流太急，太夫人救不回來了，公子請節哀[12]。」

男子只覺得身體被一道鐵箍牢牢圈住，無論如何都掙不開，便點頭道：「好，你們放開我。」

哪知道宮延剛一鬆手，他便垂首往兩道纜繩間的縫隙鑽去，竟似要跳河追隨母親而去。阿獻眼疾手快，一把揪住他臂膀，罵道：「堂堂男子漢，不思為親人報仇，倒學人自殺。你死了又能怎樣？」

男子被他一喝，呆了一呆，這才癱坐在地，雙手捂住臉。他雖強忍著不哭出聲，淚水卻從指縫中汩汩滲出，情形極為悲切。

一位中年胡商一瘸一拐地擠了過來，朝那男子作揖謝道：「多謝郎君救命之恩。令慈……令慈是因為我而死，我真不知道……唉……」

眾人這才知悉，原來是中年胡商朝那相貌奇醜的武靈覺多看了幾眼，被她發現，有意圈馬逼近，他後退時正好踩在兩船接駁處的板縫，身體失去平衡，摔向河中。湊巧那白衣男子扶著母親站在他背後，見狀忙搶過來拉住他，救了他一命。不料武延秀又率大批羽林騎士馳過，船身上下來回顫動不止。男子的母親早有病在身，一陣暈眩，竟被顛進了河中。男子匆忙回身，只抓住了半隻衣袖，還不及援救，衣袖斷開，便不見了母親蹤影。

大夥聞聽了事情經過，無不咬牙切齒。尤其令人痛恨的是，浮橋上發生這等老人墜水、屍骨無存的慘劇，那隊羽林軍卻早已呼嘯過河上岸，揚長而去，竟無一人回過頭來。

那男子驀地抬起頭來，沉聲道：「不，是武靈覺、武延秀害死了我娘親，不是你。」他雖然淚痕滿面，語氣卻異常冷靜，渾然不似剛剛遭逢喪母之痛。

一旁四娘瞧得分明，心中不由得暗暗稱奇：「這人如此氣度，又認得武靈覺、武延秀相貌，應該不是普通人。」一面想著，一面將目光投向身旁的李俊，不料見多識廣的他亦只是搖了搖頭，表示並不認得這男子。

忽有數名突厥胡人排開圍觀的人群擠了過來，為首的卻是個三十歲出頭的漢人，極有剛毅英武之色。他搶上前扶起白衣男子，問道：「堂兄，出了什麼事？伯母人呢？」白衣男子乍見親人，頓時又淚如雨下，道：「佃先，你來得遲了。母親她……她……」一時哽咽不能言語。

那佃先聽一旁胡商講完經過，臉色如鐵，面朝黃河，似在緬懷親人音容，良久才舉拳重重砸在纜繩上，咬牙切齒地道：「我與伯母十年未見，想不到連最後一面都沒能見到。此仇不共戴天，我要殺了她，我非殺了她不可！」他雖然沒有說「她」是誰，但旁人均知是指那罪魁禍首武靈覺。

四娘上前勸道：「這裡人多眼雜，公子請慎言。」仙先卻似毫無顧忌，冷笑一聲，回過身道：「就算女皇本人站在這裡，我也是……」忽見四娘容顏美麗，氣度高貴，實乃生平所未見，一時呆住。

跟隨仙先的一名老年突厥隨從依稀覺得那突厥青年阿獻十分面熟，忍不住上前問道：「郎君莫不是興昔亡可汗的大公子？」

興昔亡可汗是指內附朝廷的西突厥可汗阿史那元慶，被武則天召入朝中為官，封左威衛大將軍，不久前因洛陽縣令來俊臣告發他欲舉兵支持皇嗣李旦即位而被處死，其子阿史那獻也被流放。來俊臣以告密起家，心狠手辣，是當世有名的酷吏，時人均以為阿史那元慶謀反是一樁大冤案，許多突厥人由此心懷不滿。朝廷大敵吐蕃亦針對這件事大做文章，指責武則天蔑視虐待異族，還立阿史那獻兄長阿史那俀為十姓可汗，以爭取西域突厥百姓人心，達到全面控制的目的。

阿獻正是阿史那獻，他在流放途中為四娘等人所救，畢竟是逃亡身分，見有人認出了自己，不由自主地露出警惕之色來。

水手傅臘也趕來擠在一邊看熱鬧，聽聞與那美貌紫衣女郎一道的突厥青年竟是興昔亡可汗之子，立即會意他是個大大的逃犯，抓住他可是大功一件，再也不用當水手守浮橋了，忙擠出人群，向橋頭招手叫道：「喂，來人，快來人，這裡有朝廷在逃的……」

話音未落，只覺得有一柄利刃頂住了他背心，一時脊背嗖嗖發麻，牙齒不自禁地打起顫來。

蒲津浮橋東北二里即蒲州州治河東縣，古名蒲坂，是舜都所在，因而又稱舜城。春秋時晉人梁山伯即在此地與遊學的上虞富家女祝英台結識，草橋結拜，同窗共讀，十八相送，演繹出一齣千古愛情佳話。

河東城西黃河洲渚上有一座鸛雀樓，為北周時鮮卑貴族宇文護所建，原只是一座用來瞭望敵情的軍事戍樓，因時有鸛雀棲息於樓頂而得名。樓高三層，憑山臨河，高樓巍峨，高聳入雲。東面可俯瞰河東大地，西視則可盡攬關中，甚至連潼關、華山也可遠眺入眼。雋秀登臨，悠然遠心，如思龍門，若望崑崙。自建成以來百餘年間，多有文人雅士、騷人墨客登樓觀瞻，放歌抒懷，鸛雀樓遂成為河東第一勝境，時與武昌黃鶴樓、洞庭湖畔岳陽樓、南昌滕王閣並稱為「四大名樓」，天下聞名。

鸛雀樓是多層堆塔式木樓，高大雄峻，石砌的方形臺基高約丈餘，亦如樓式，宏敞堅固，四周設有月臺，均有踏步臺階，方便登臺。主樓形制三層四簷，樓閣依層而上，層層疊高，斗拱翻飛，翼角申挑。每層都有木柱承托著梁架和屋簷，簷下設有堅木雕製欄杆。樓身周邊是木製花格鉤欄，形成六稜式的繞樓迴廊。樓頂、屋簷皆為琉璃瓦築溝覆蓋，樓內有木梯盤旋，供登樓遠望。整座樓自下而上構件相依，斗拱承欂，錯綜交織，巍然聳立，雖已在風雨中屹立百年，卻依舊堅固如初。

正有五名少年公子站在三樓樓頂欣賞河山。五人均是并州晉陽[13]人氏，去年四月連袂壯遊[14]，先取道代州去了河北幽州，再自幽州南下汴州、揚州，再往神都洛陽，又自洛陽到西京長安，一路遊覽觀光已一年有餘，半月前才離開關中，動身回去家鄉。

夕陽西沉，鮮紅似血。東南面雷首山層峰疊巒，綿延起伏，那裡是舜的兩位后妃娥皇、女英的安葬地。西面腳下即是波濤滾滾的黃河，正掀起層層巨浪，呼嘯著，翻捲著，急切地奔向遠方的大海。落日熔金，光彩炫目，給眼前的山川美景又平添了一份獨特韻味。

辛漸歎道：「難怪此樓能成為河關勝概，遐標碧空，倒影洪流，龍踞虎視，下臨八洲，不由得人有振翮凌雲之志。」他腰懸長刀，衣著打扮樸素隨意，外表在幾人之中看起來最為粗獷，豪俠之氣十足。

肥頭大耳的李蒙笑道：「有美景，不可無詩，喜好作詩的才子們趕緊了。」一邊說著，一邊將目光投向身邊的同伴。

那位同伴不到二十歲年紀，儀表堂堂，一身忍冬紋翻領胡服華麗精緻，越發顯得風姿瀟灑，俊朗不凡，眉目之間更有一股凌人的高傲之氣。他名叫王翰，字子羽，一向是眾人的首領，尚不及答話，辛漸已然笑道：「可別指望王翰，眼前沒有美酒女人助興，他未必靈光。」

王翰微笑道：「不錯，還是辛漸最知道我。」轉頭見王之渙輕搖摺扇，意態悠閒，似早已胸有成竹，忙叫道，「之渙[15]，還是你這位大才子來吧。」

王之渙字季凌，與王翰同族，年紀雖輕，卻是文才出眾，詩名遠揚。他外貌看起來也是一副文謅謅的樣子，書卷氣極濃，聞言將摺扇收起，笑道：「好，那我就獻醜了。」微一沉吟，「嗯，立意就取辛漸剛才那句『振翮凌雲之志』。」晃了晃腦袋，漫聲吟道：「白日依山盡，黃河入海流。欲窮千里目，更上一層樓。」

話音剛落，王翰、李蒙、辛漸幾人便大聲鼓掌喝彩。辛漸道：「好個『欲窮千里目，更上一層樓』！好男兒就該奮發向上，志在千里！好！好！」王翰也讚道：「確實是景象壯麗，氣勢磅礴！詩因樓成，樓借詩傳，之渙，你這首詩當可與鸛雀樓日月同輝，足以流芳百世了。」

王之渙心中品度，也極為得意，卻還是客氣地拱手笑道：「過獎，過獎。」

李蒙轉頭見一旁狄郊神情嚴肅，一言不發，忙叫道：「老狄，之渙作出了這等氣壯山河的好詩，你竟還能無動於衷？」辛漸笑道：「他就是愛這樣不動聲色，不然如何叫老狄？」

狄郊搖了搖頭，道：「之渙這首詩有毛病。」李蒙問道：「什麼毛病？」狄郊道：「之渙說『白日依山盡』，日正西下是沒有錯，山卻是在東南面。」李蒙「呀」了一聲，道：「還真是。」

王之渙不服氣地道：「詩言志，歌詠言，誰說作詩非要寫實景物？」辛漸也笑道：「老狄心細如髮，事事嚴謹，不過詩裡也能雞蛋裡挑出骨頭來，這可是較真了。」

王之渙上前捉住狄郊衣袖，拉扯到西南面站定，指著遠處的蒲津浮橋道：「難道要我說『白日依橋盡，黃河入海流』麼？照你的意思，我們眼下人在最頂層，『更上一層樓』一句也有毛病，因為再沒有樓層可上了。」狄郊見他著了急，忙道：「之渙，我不是說你詩寫得不好，只是說……」忽想到對方才氣縱橫，最愛與人滔滔辯論，自己與他講理無異自討苦吃，忙閉了嘴。

王之渙卻還是不依不饒，催逼道：「不行，你今日非要說個明白不可。」狄郊無論如何不再發一言。

李蒙笑著解圍道：「好了，天色不早，要談詩論道，回去逍遙樓坐下再慢慢說不遲。」

忽見蒲津浮橋上塵土飛揚，一大隊黑色戎服驍騎正策馬過河，朝蒲州方向而來。那浮橋是用鐵鏈鉸結巨船而成，馬匹急速馳過，船隻來回晃動不止，拉動鐵鏈軋軋作響。此時太陽落山，多有行人來往於浮橋上，騎士這一番攪動，橋上登時大亂。雖看不見真切情形，卻隱隱有哭叫聲傳來。

這一番動靜可不算小，幾人立時都留意到了。王翰不禁皺起眉頭，道：「不是規定不准車馬在浮橋上疾馳麼？」辛漸道：「看裝束打扮，這些人是洛陽來的禁衛軍。」狄郊道：「是左羽林軍的左萬騎。」

李蒙素知狄郊謹慎精細，觀察入微，沒有把握不輕易出聲，還是忍不住問道：「你怎會知道得這般清楚？」狄郊道：「他們手中槍矟上的紛帶是紅色。」

原來羽林軍下面分左右飛騎、左右萬騎四營，槍矟紛帶各用綠、緋、紅、碧四色。眾人聽說，凝神查看，果見那些騎士手中長矛上有鮮紅色的緞帶迎風飄舞。只是羽林軍是天子禁軍，地位非同小可，向來只負責保衛皇宮安全，如何會突然出現在蒲州？想來發生了什麼非比尋常的事。

王翰若有所思地道：「這些羽林飛騎趕路這般急，莫非是要去并州？」他如此推斷，自然是因為當今女皇是并州文水人氏的緣故。

辛漸點頭道：「多半是那幫姓武的又要搞什麼花樣。」言下很不以為然，大有鄙夷之意。武則天雖已執政多年，不過只知道剷除異己，全仗酷吏興武滅李，以高壓手段維持統治，尤其她所信用的姪子武承嗣、武三思等人淨是粗鄙貪婪之輩，政治上毫無作為，自然難以贏得人心。鸛雀樓在蒲津東北面，辛漸等人並未看到浮橋南面有人落入河中的情形，不然還會更加憤怒。

王之渙最好議論時事，當即接口道：「不錯，自從女皇在文水立五廟[16]以來，并州是非不斷。我早說過女主處陽位，反易剛柔……」李蒙忽插口叫道：「噓，小點聲，那邊有人。」

幾人回過頭去，果見一對年輕男女正探頭朝這邊望來。女子不到二十歲年紀，作男子打扮，身穿灰色圓領袍衫，頭上挽著驚鵠髻，甚是清爽幹練。男子跟她年紀相仿，也是一襲圓領袍衫，斜背著一個大大的行囊。

王翰生性放蕩不羈，喜近女色，見那女子容貌端莊，頗有明媚可人之姿，有心上前搭訕結識，只是不知道適才王之渙的話對方聽進去多少。當今女皇帝大開告密之門，天下因為一句牢騷戲言而家破人亡者不計其數——當年中宗皇帝僅因一句賭氣之言「我以天下給我岳父韋玄貞也無不可，何況一個宰相的官職」，便被母后武則天決然廢去皇帝位，貶為廬陵王，至今仍然囚禁在房州[17]；中宗被廢當晚，參與宮變的十餘名御林軍來到坊曲飲酒，一人醉後發牢騷道：「早知道入宮廢皇上無勛賞，還不如事奉廬陵王呢。」酒席未散，緹騎已經趕到酒肆，將十餘人逮捕，發牢騷者以謀反罪名斬首示眾，餘人則因知反不告盡數絞死。這一男一女來歷不明，一看就不是蒲州本地人氏，萬一有心告密，或是以此為把柄訛詐，將會是一場大麻煩。他微一權衡，即不欲招惹事端，向同伴使個眼色，招呼道：「天色不早，咱們也該回去了。」

五人有意避開那兩人，匆忙下樓出來。鸛雀樓前占卜算卦的道士車三正快快收拾攤子，忽見過來幾位華服少年公子，心中一動，忙上前攔住笑道：「幾位郎君好興致！遊完鸛雀樓，再算個卦，卜一卜前程，才算徹底盡興了。」

王之渙聽他說得有趣，便頓下腳步，笑道：「那好，先生先大致算算我們幾人的來歷，如果說得對了，我們再請先生占卜前程不遲。」車三道：「郎君是要先考我麼？好……」便指著王翰道，「你這位郎君神情高邁，氣宇軒昂，一定是幾位的首領了。」

李蒙道：「這個一般人可是都能看出來，算不上稀奇。」車三道：「嗯，不過他雖是大富大貴之相，卻時常遭人嫉妒，最終要窮困病死。」

一旁幾人聞言相顧而笑。李蒙道：「先生這話說得也對也不對，他遭人嫉妒是沒錯，我都時常嫉妒他，誰叫他又英俊又多才又有錢？不過，就算天下人都窮死困死，也輪不到他王翰頭上。」

車三吃了一驚，問道：「莫非這位郎君就是富甲天下的晉陽王公子？」王翰只斜睨他一眼，傲然不答。還是李蒙道：「正是。」車三慌忙拱手道：「哎呀，失敬，失敬。」

王翰見他一身道袍骯髒污穢，胸前染了幾大塊油污，也不知道多久沒有洗換，打從心底瞧不大起這邋遢道士，見他得知自己身分後態度瞬間轉變，料來不過是那類靠危言聳聽來吸引主顧的算命先生，便冷笑一聲，轉過頭去，將手指攏在嘴唇邊打了個呼哨，臺基下等候的兩名彩衣僮僕慌忙牽馬過來。

王之渙笑道：「先生今日怕是賺不到卦金了。」車三叫道：「哎呀，幾位郎君……」幾人卻是睬也不睬。他在鸛雀樓前坐了一整日，餓腸轆轆，不但未能賺到一文錢，還平白錯過了結交晉陽王氏的機會，不免越發沮喪起來。

辛漸走出幾步，又回過身來，自懷中掏出兩吊銅錢遞了過來。車三雖則貧困，倒也頗有骨氣，搖頭道：「無功不受祿，貧道[18]可不是路邊的乞兒。」辛漸道：「那好，就請先生給我算上一卦。」

車三卜算一陣，得卦為「觀」與「渙」，道：「郎君是富貴之命，將來前程遠大，會做一件驚天動地的大事，造福蒼生。不過額間有一股煞氣，這是五鬼侵凌，天罡臨命。『觀』主驚恐，『渙』即『散』，今年是郎君一生中的一個大災年，怕是會有家破人亡的事情發生。」

辛漸聽了搖頭道：「先生怕是算錯了……」指著王翰、李蒙幾人的背影道，「我跟他們四個可是完全不同，既不是望族出身，又非官宦之後，我家祖祖輩輩都是鐵匠，跟政治權勢完全扯不上半點干係。」

車三這才恍然大悟辛漸為何要主動周濟自己——道教和鐵匠行尊奉的祖師爺都是太上老君，鐵匠爐就是太上老君流傳民間的煉丹爐，因而論起來鐵匠和道士是同門師兄弟。按照民間的傳統說法，鐵匠是師兄，道士是師弟，師兄有權管教師弟，當然也有照顧的責任。

車三道：「郎君該知道，蜀漢關公關羽及本朝開國功臣鄂國公尉遲恭均是河東鐵匠出身。郎君若不是心雄萬夫、志在建功立業，又如何會放棄祖傳的冶煉手藝，與王公子等人結伴出遊呢？照我看來，你們五位公子中，就數郎君你最重視功名。嗯，郎君喜武藝，好讀兵法，希冀將來往邊關殺敵立功，是也不是？」

辛漸本不大相信占卜一說，方才回頭也只是同情這道士的落魄；聽了這話，才覺得車三多少有幾分犀利之處，便笑道：「先生大略說得不錯。來，這卦金給先生，先生拿去買件新衣裳，既是擺攤算卦，殊不知問卦人也都要看衣裳外表。」

車三訕訕接過銅錢，笑道：「郎君倒真是個真性情的好人。我再多送郎君一句卦語——賢賢易色，玉走金飛。日後風行水上，災禍自會消去。」辛漸聞言一愣，不及詢問，王翰已然等得不耐煩，連聲催道：「辛漸，走了！」辛漸便不再多問，謝了車三，匆忙跟隨同伴上馬，逕直往城中而去。

蒲州州城河東縣是座歷史悠久的古城，因地處要衝，北周時鮮卑貴族曾花費鉅資人力營造。城廓周長十餘里，以巨石築基，厚磚砌牆，堅壁強壘，固守易防。雖然規模氣勢遠遠及不上長安、洛陽、太原等幾大都城，卻也是河東大城，人煙稠密，商業繁茂。

此刻飛鳥正歸林，落日的餘暉有如一層薄薄的輕紗，又像少女臉上淡淡的紅暈，將這座被西漢史學家司馬遷譽為「天下之中」的舜城裝扮得格外生動嫵媚。

逍遙樓位於最繁華的西大街，距離西城門不遠，這也是河東一帶負有盛名的豪華客棧，為并州王氏所開，準確地說，是記在王翰名下的產業。不過王翰還是生平第一次來蒲州，既與同伴到了這裡，當然也是要住在自家的逍遙樓裡。

王氏是名傾天下的高門望族，與隴西李氏、趙郡李氏、清河崔氏、博陵崔氏、范陽盧氏、滎陽鄭氏並列為「五姓七族高門」，歷代出將入相者不計其數，名宦如王允、王淩、王昶、王渾、王濟均是出自這一豪門大族。自晉到唐，各朝皇族為鞏固提高自身地位，曾多次與太原王氏聯姻，或以公主下嫁，或娶王氏女立為后妃，如東晉哀帝、簡文帝、孝武帝三帝皇后均是晉陽王氏之女，榮貴無雙，影響巨大，以至有「天下王姓出太原」的說法。王翰、王之渙均是出自這一望族，王翰這一支尤其不關心仕途，只專注經商，河東一帶酒莊、客棧、糧店等各類商鋪有一多半是他家所開，光看他府中寶馬美姬如雲，便可知其人是何等富庶。

幾人也不著急回去，一路慢吞吞地閒逛，以觀賞蒲州風土人情。到西大街時早已是華燈初上，遠遠望見逍遙樓樓前旗杆高高挑起一盞寫著「滿」字的氣死風燈[19]，表明客棧已然住滿，不能再接納主顧。其實情形並非如此，而是因為王翰一向養尊處優慣了，不喜歡亂糟糟的環境，早派僮僕知會掌管逍遙樓的店主蔣大不得再收人進去。至於早先已經住進來的客人就只能聽之任之了，總不能強行將人趕走。

經過河東驛站時，發現門前守衛的非尋常驛卒，而是全副武裝的黑衣武士，幾人猜想這些人一定就是適才違例馳馬過河的羽林軍飛騎。王之渙好奇心最重，正想過去打探這些御林軍的首領是誰，忽見前面一陣騷動，幾名差役一邊開路一邊喝道：「使君在此，讓開，快讓開！」王之渙道：「莫非是蒲州刺史明珪到了？」

話音未落，即見一紅袍官員當先往驛站而來，背後官員各依品級穿著綠、青官服。看情形是蒲州、河東州縣的大小官員全到了，且如此行色匆匆，想來這河東驛站一定住進了什麼了不得的人物。

只是這一大群人卻被羽林軍決然擋在外頭，地方官員們進也不是，退也不是，只得低聲下氣乾候在門外。他們各自帶有隨從，人數眾多，加上不斷有聞聲圍過來看熱鬧的閒漢，驛站兩旁的道路一時為之阻塞不暢。王翰、辛漸幾人只得下馬，從路邊慢慢通過。好在逍遙樓距離驛站不遠，步行也不過一刻即到。

王之渙道：「你們猜驛站裡面住的是什麼人？」他稱的是「你們」，卻特意扭過頭去望狄郊。李蒙也問道：「老狄，你看有這等羽林軍護送、出行氣派的會是什麼人？」

狄郊道：「阿翰說過這人多半要去并州，既是去并州，多半是要去文水了，嗯，我猜領頭的一定姓武。」辛漸道：「老狄推測得有理，只有姓武的才會如此囂張放肆，大白天地在浮橋上縱馬狂奔。」

忽聽得一旁有人低聲議道：「你聽說了麼？今日有人在渡口被擠落了河中，就是驛站這些黑衣武士做的好事。」同伴驚問道：「當真？」原先那人道：「我聽水手親口說的，還能有假？」同伴道：「本朝立國近百年，這還是頭一遭聽說有人縱馬在浮橋上狂奔亂撞。」原先那人道：「可不是麼？水手上前阻止，都挨了領頭的鞭子呢！」

辛漸忙上前問道：「落水的是什麼人？可有救上來？」那人道：「掉到黃河中還有得救麼？」見辛漸面孔陌生，手扶長刀，不知什麼來路，生怕因為剛才的幾句閒扯惹禍上身，忙一拉同伴道：「走，快走，這熱鬧還是不要瞧的好。」

辛漸幾人雖不知具體經過，但以傍晚時在鸛雀樓見到的浮橋混亂情形來看，有人被擠落水當非假事，心中俱感憤怒，卻又無可奈何，只得悶悶擠過人群，回來逍遙樓。

樓內忽有一名年輕的圓臉女子疾奔而出，她頭垂得老低，竟沒有看到正待進樓的諸人，一頭撞在李蒙身上。李蒙體肥，只輕輕晃了一下，倒將那女子頂了個跟頭，一跤跌坐在臺階上。辛漸眼疾手快，搶上前將那女子扶起，問道：「可有傷到娘子？」

那女子只不斷舉袖輕拂雙眼，淚光漣漣。李蒙見對方痛得淚流不止，忙道：「哎喲，實在抱歉了，不過好像是娘子先撞的我……」

那女子哽咽一聲，輕輕掙脫辛漸的手，一聲不響地離開。辛漸見她腿腳有些不便，忙問道：「娘子的腿不要緊麼？」那女子也不答話，只一瘸一拐地埋頭朝前走去。

店家蔣大聞聲趕出客棧來。他大約四十餘歲，短小瘦削，一臉和氣，慌忙迎上來道：「那是錦娘，是我遠房姪女蔣素素的小姑，小門小戶的女子，沒見過什麼世面。各位郎君，這就請進樓吧，裡面早為各位備好了酒菜。」幾人見那錦娘已沒入夜色中，也不再多理會。

進來逍遙樓，大廳內零散坐著七八桌客人，雖不比往日觥籌交錯的熱鬧，卻也不顯得冷清。蔣大忙道：「這些都是在接到阿郎吩咐前已經住進來的客人。不過請阿郎放心，我已經特意一一交代過，客棧內不得大聲喧譁。」

王翰點點頭，道：「記住了，從今日起，逍遙樓只許出不許進，直到我們幾個離開蒲州為止。」蔣大道：「是，是，全聽阿郎吩咐。」頓了頓，又道，「適才有驛卒來，說有個貴客想從河東驛站搬來逍遙樓，我因為郎君事先吩咐，婉言謝絕了他。那驛卒威脅說貴客可是個大官，我還是不敢答應，那驛卒才憤憤走了。阿郎看這事會不會惹下麻煩？」

王翰猜想驛卒口中的所謂大官，一定是今日見到的那撥羽林軍首領，也就是狄郊推論的姓武的；一想到所見這些人不顧禁令強行騎馬通過浮橋的情形，心中很是厭惡，哪管對方有沒有可能是親王、郡王，便上前拍了拍蔣大肩膀，安慰道：「蔣翁[20]做得對。他若不是所謂的大官，我還考慮讓他進來。既是大官，按律公務出行須得住官府驛站，咱們逍遙樓不夠資格接待。萬一來個刺客行刺，咱們豈不是脫不得干係？實在不行，他可以去住蒲州衙門，驛站外不正有一堆地方官員搶去奉承麼？」蔣大應道：「阿郎說得極是。」忙領著幾人往樓梯口走去。

廳北牆角一桌坐著一名青年男子，略有些駝背，忽爾劇烈咳嗽起來。狄郊精通醫術，聽他咳的聲音有些怪異，不由得多看了他幾眼。那男子卻極為敏銳警惕，飛快地抬起頭來，目光如電，冷冷掃了狄郊幾人一遍，瞬間又低下頭去。

狄郊心道：「聽這人上氣，應該是火氣浮於肺，可咳嗽聲重濁膩滯，又該是濕邪內停，這兩樣不是自相矛盾麼？真是奇怪。」心中有所思慮，腳下也相應慢了下來，只不自覺地望著那男子發愣。

李蒙重重往他肩頭拍了一下，道：「你在看什麼？肚子不餓麼？走啦！」狄郊想了一想，招手叫過一名夥計，囑咐道：「你去告訴一旁那位郎君，請他不要再飲酒。」夥計不明所以，心道：「哪有在自家店裡勸客人少飲酒的道理？」蔣大喝道：「發什麼呆，沒聽到狄郎吩咐麼？還不快去辦。」

夥計慌忙奔去牆角，低聲對那青年男子說了。那男子朝狄郊點點頭，雖依舊冷漠肅然，卻還是多了一絲感激之意，隨即舉起酒杯一飲而盡，酒剛一下肚，又是一陣猛烈咳嗽。狄郊見對方貪戀杯中之物不聽勸阻，如此下去早晚有失聲變成啞巴的危險，不禁搖了搖頭。

蔣大領著幾人上來樓上雅間，還未進房，便聽見裡面有叮咚絲竹聲傳出。王翰頓時神情一振，問道：「是誰在裡面？」蔣大道：「是我特意請來為郎君助酒的歌妓，名叫趙曼，她的歌舞在本地可是一絕。」

王翰一掃適才的怏怏不快，大喜笑道：「我在晉陽久聞蔣翁聰明能幹，今日一見，方知所傳不虛。」伸手推開房門，卻見裡面有三男一女——一名老者和一名年輕男子手捧樂器，坐在牆邊的凳子上奏樂；另一名玄衣男子站在堂中，摟抱著一名十六七歲的少女。少女明眸皓齒，額著黃妝，上身一件小紅短袖罩在白色羅衫上，正是河東一帶最為流行的半臂，下穿襬幅極大的淡黃仙裙，長眉連娟，微睇綿藐，細潤如脂，粉光若膩，當真是個絕色美人。

忽見有人進來，那玄衣男子嚇了一跳，便即放開懷中的趙曼，舉袖擋住面孔，疾步朝外走去。

王翰挺身擋住，喝道：「站住，你是什麼人？」那玄衣男子面帶惡氣，狠狠瞪了王翰一眼。蔣大「啊」了一聲，搶上前來給了那男子一巴掌，喝道：「這位就是晉陽王翰公子，還不快見禮！」

趙曼驚叫一聲，指著玄衣男子道：「原來你不是真的王公子，你……你到底是誰？」眾人這才會意原來這玄衣男子是冒名王翰來這裡調戲佳人。

蔣大尷尬萬分，結結巴巴地道：「他……他是犬子蔣會。抱歉，我實在想不到他……」他這次為迎接討好東主做足了準備，卻想不到出了這等意外之事，扭頭喝道，「你這個敗家子，膽子越來越大了，竟敢冒充王公子。」揚手又要朝兒子打去。

李蒙忙上前攔住，笑道：「蔣翁息怒，這事也不能全怪在令郎頭上。窈窕淑女，君子好逑，這位趙曼小娘子生得如此千嬌百媚，是男人都會心動。至於冒名王翰，這事我曾也做過，誰叫他名氣那麼大，是無數女子的夢中情郎呢！」

他為人機靈圓滑，老於世故，知道眼前這事鬧將下去只會掃大家的興，別無益處，多一事不如少一事。只是王翰為人雖豪闊風流，愛四處留情，卻十分驕傲，那蔣會一副猥瑣窮酸模樣，竟敢冒充他名頭，是可忍孰不可忍，便不顧李蒙圓場，拉下臉冷冷道：「這等冒充他人之事，也不是人人都做得，蔣郎還得事先自己照照鏡子才好。」

蔣會當著這麼多人被訓斥，面色一會兒紅，一會兒白，眉眼之間漸有恨意。蔣大又上前甩了兒子一巴掌，罵道：「你這個不肖子，瞧你做的好事！」辛漸道：「蔣翁也別責怪令郎了，這就將酒菜端上來吧。喂，你們幾個肚子不餓麼？」李蒙笑道：「我早就餓得呱呱叫了。只有王翰不餓，他氣也氣飽了。」王翰哼了一聲，道：「誰說我不餓？蔣翁，快些上酒菜來。」

東主既發了話，蔣大慌忙答應，將兒子扯了出去，吩咐夥計上好酒好菜。片刻後酒宴開場。那趙曼果真才貌雙全，不負眾望——歌聲清喉嬌囀，舞姿輕盈似燕，載歌載舞，令人目眩神迷。一旁伴奏的樂人是她父兄，父趙元禮、兄趙常奴，血緣至親，配合極為默契。又將王翰的一首舊詩〈春日歸思〉拿來依清平調[21]唱道：「楊柳青青杏發花，年光誤客轉思家。不知湖上菱歌女，幾個春舟在若耶。」

一曲歌畢，王翰心情大好，喜笑顏開，招手令趙曼坐到自己身邊，笑道：「曼娘不僅能歌善舞，還是個解語花呢。」一邊打趣，一邊伸手去摘腰間玉珮，打算當作纏頭[22]，不料卻摸了個空，這才知道玉珮不知道什麼時候已然丟失了。便順手將蹀躞[23]上的帶扣解下來，遞給趙曼道：「這是我送給曼娘的見面禮。」

那帶扣為純金打造，上面綴有四藍一紅五顆黃豆粒般大的寶石，一望就價值不菲。趙曼接了過來，嚶嚶謝道：「謝公子厚賞。」

話音未落，便有人一腳踹開房門，卻見數名羽林軍士持刀闖了進來。領頭的校尉曹符鳳喝道：「奉命搜查反賊，捉拿逃犯。」

趙曼又驚又怕，王翰卻依舊緊緊摟住她，動也不動，只冷冷問道：「奉誰的命令？」曹符鳳道：「當然是淮陽王武君的命令。」

一旁辛漸、李蒙幾人交換一下眼色，心中均是一般的想法，暗道：「原來是淮陽王武延秀到了，難怪這些羽林軍在浮橋上如此蠻橫猖獗。」

李蒙忙起身陪笑道：「我們都是良家子弟，將軍可要看清楚了，這裡沒有反賊，也沒有逃犯。」曹符鳳掃了一眼房中，道：「逃犯確實是沒有。不過，你們幾個夜半聚集房中，不准外人進來，神神祕祕的，敢說不是密謀反叛？」

辛漸道：「怎麼，聚在一起飲酒就是密謀反叛？」曹符鳳道：「若不是心中有鬼，如何不放外人進來客棧？」

王翰早看出這些人是存心來挑釁滋事，心道：「莫非是今日在鸛雀樓遇到的那兩名女子告了密？」他雖然惱怒，卻也知道難以與對方相爭講理，微微側頭，向李蒙使了個眼色。李蒙會意，忙道：「我來為將軍介紹，這位是這裡的主人王翰王公子……」

曹符鳳冷笑道：「原來你就是王翰。聽說因為你要來，逍遙樓不准再接納客人，就連官家人也不行。」眾人這才明白為何這些羽林飛騎要來找麻煩，一定是武延秀想住逍遙樓被拒後懷恨在心。

王之渙忙道：「王翰喜歡清靜，不喜有外人打擾，所以才會命店家不再放客人進來，這可跟密謀反叛沒有半點干係。」

李蒙最善察言觀色，又善交際，料來這些人難以用錢打發，便指著辛漸道：「這位辛郎是晉陽大風堂辛堂主的公子，河東、河北兩道的軍用兵刃十之二三產自他家。」又指著狄郊道，「這位狄郎是狄仁傑狄相公[24]的親姪。」

曹符鳳一聽到「狄仁傑」三個字，呆了一呆，立即收斂了倨傲的姿態，驚訝地打量著狄郊——卻見他神情嚴肅冷漠，似乎絲毫不關心眼前之事。

曹符鳳是禁軍校尉，常年親近朝廷中樞，自是知道宰相狄仁傑廉潔勤政，在朝野極有聲望，魏王武承嗣幾次聯合酷吏來俊臣要除掉他，均為武則天本人親自阻止，可見他在女皇心中地位非同一般，武則天甚至從來不叫他的名字，而是尊稱為「國老」。狄郊穩坐一旁，沉默寡言，露出一副高深莫測的樣子，頗有幾分狄仁傑的老成持重。曹符鳳心下更是忌憚，躊躇半晌，才訕訕道：「既是狄相公之姪，當無反叛之事。」

狄郊淡淡「嗯」了一聲，反問道：「我伯父若不是狄仁傑，是不是我們就該是反叛？」曹符鳳道：「這個……多有冒犯。不過我也只是奉命行事，還請狄公子莫怪。」王之渙道：「嗯，奉命行事……羽林軍是天子禁軍，該直接受皇帝之命，如何又侍奉起淮陽王了？」

曹符鳳頗為難堪，不欲多說，道：「不打擾各位郎君吃酒了。」又一指趙曼，「不過這位小娘子我可是一定要帶走。」

王翰臉色一變，道：「她不過是本地歌妓，難道也是反叛不成？」他的豪門公子風度極佳，從來不大嚷大叫，即使生氣時也努力保持著克制，但他凌厲的目光比什麼都嚇人。曹符鳳一見之下，心頭也是一凜。

原來當真是淮陽王武延秀因住不成逍遙樓而心懷恨意，他聽說逍遙樓的主人就是晉陽富家公子王翰後，更是難以氣平——王氏雖是高門望族，唐代立國以來卻並無高官顯宦在朝，尤其因高宗皇帝的第一任皇后出自并州王氏，武則天掌權後不但殘酷處死王皇后[25]，還對其族人大力打壓，并州王氏已呈衰落之勢，忝居五姓豹尾，稱為與李氏、崔氏、盧氏、鄭氏虛相稱美的裝飾物；武延秀恰好又遙遙聽到逍遙樓方向傳來燕樂之聲，再也忍耐不住，便命校尉曹符鳳率羽林軍士前去逍遙樓搗亂，不令王翰那些人逍遙快活，再借機將歌者帶來。若不是他此行河東另有要務，臨行前，父親魏王武承嗣特意交代不要驚擾地方官府，要謹慎行事，不便將事情鬧大，只怕要立即命蒲州刺史明珪查封逍遙樓，逮捕所有相干人等，冠以謀反罪名，非弄他個人仰馬翻、雞飛狗跳不可。

曹符鳳本來奉命誣陷王翰等人密謀反叛，捕他們下獄，令他們好好吃些苦頭，再將唱歌的歌妓帶去驛站侍奉武延秀，可眼下王翰等既不是謀變，歌妓同謀也就無從談起，如何威逼他們就範？一時答不上話來，遲疑道：「這個……」

趙曼忽插口道：「賤妾願意跟將軍走。」輕輕掙脫王翰的臂膀，施然起身，上前行了一禮，道，「將軍有禮，請將軍帶路。」

曹符鳳見她生得貌美出眾，人也聰慧靈秀，深知人往高處走的道理，料來今晚必得淮陽王歡心，不敢輕易得罪，忙堆笑道：「好，娘子這就請隨我去驛站吧。」

王翰陰沉著臉，心中十分不快，卻也不便發作。趙曼臨出門的一剎那，忽然回過頭來，朝他莞爾一笑。他立即讀懂了她的心意，她是不欲他招禍才主動表示願意去驛站。

笑容溫情而又蒼涼，胭脂香，恨茫茫，那份身不由己的無奈深深震撼了王翰，他最大的弱點就是女人，再也難以去計算後果，起身叫道：「曼娘，你別去。」腳下剛動，卻被辛漸、狄郊一左一右挾持住手臂。

王翰沉下臉，喝道：「快些放手。」二人均知他有心阻攔羽林軍士帶走趙曼，死活不肯鬆開。趙曼卻恍若未聞，只微微歎了口氣，道：「阿爹，大哥，咱們走吧。」

王翰道：「喂……」還想去追，卻被辛漸、狄郊使勁拖住，按回長榻中坐下。王翰怒道：「你們做什麼？」狄郊道：「他們明顯是為趙曼而來，不得到手豈肯甘休？那武延秀是什麼人你不是沒有聽過，強自出頭，非但救不了她，還要連累你自己。」

辛漸也低聲勸道：「你忘了咱們在洛陽時親眼見到喬知之冤死麼？喬知之在朝中官任右司郎中，卻因一婢女為魏王武承嗣陷害，被誣斬首，親屬族人盡被牽連誅殺，血流成河，慘不忍睹。有其父必有其子，這姓武的一家都是好色之徒不說，還生性狠毒，稍不如意，就要弄得對方家破人亡。你家大業大，還是忍耐些好，別再弄一齣綠珠慘劇來。」

辛漸所提到的喬知之是本朝有名的大才子，文才俊秀，其所作詞文篇章世人爭相吟詠，風流一時。偏偏他還是個多情郎君，府中有婢女名窈娘，美麗善歌舞，名動京華。喬知之雖因身分不能娶她為妻[26]，卻也海誓山盟，誓言為她終身不娶。魏王武承嗣，也就是淮陽王武延秀之父，聽說窈娘美名，假稱借她教習諸姬歌舞，乘機據為己有。昔日西晉名臣石崇有寵妓名梁綠珠，姿容絕豔，世所罕見，又善吹笛，權臣孫秀索求不得，便假借詔書搜捕陷害石崇，綠珠由此跳樓自盡。喬知之思古惋歎，又痛又惜，怨恨之下作〈綠珠篇〉一詩抒懷寄情，託付魏王府閹奴送給窈娘。窈娘得感懷悲泣，讀到最後一句「百年離別在高樓，一代紅顏爲君盡」時，淚下潸然，隨即投井自殺。武承嗣命人撈起窈娘屍首，從其衣帶中發現了詩箋，這才知道事情經過，勃然大怒，鞭殺了傳詩的閹奴，指使酷吏來俊臣誣陷喬知之謀反，以酷刑將其處死，又殺喬氏族人三百人，成為洛陽轟動一時的大案。時人均知喬知之冤死，卻畏懼武承嗣是女皇親姪，權柄熏天，不敢妄議。

王翰曾親眼見到喬知之全族被綑縛刑場，心中更恨，但卻頹然跌靠榻中，半晌無言。李蒙道：「雖則很是掃興，不過究竟只是個才剛剛認識的歌妓而已，算啦！」王翰怒氣稍平，揮手道：「我沒事了，散了吧。」

幾人自小結識，情若手足，均知他想獨自靜一靜，便道晚安，留他一人在房中，命兩名僮僕留下陪他。

四人出來時正遇到蔣大匆忙上來，道：「佛祖保佑，那些羽林軍終於走了。適才他們一聲不吭地闖進來，拿刀逼住大夥不讓出聲，問了阿郎住處就上樓來，我還真怕有什麼事。咦，阿郎人呢？」王之渙道：「他在房裡。你別去，他心情不好，讓他一個人待著。」蔣大道：「是。」

辛漸見蔣大額頭一大塊青紫瘀痕，已然見血，問道：「是那些羽林軍動的手麼？」蔣大不欲多生事，支吾說道：「這個……是我自己不小心撞到了門框。」又道，「後面早備好了上房，準備了熱水，幾位郎君，請隨我來。」

一場歌舞宴席不歡而散，幾人悻悻回房，各自洗漱歇息。辛漸心中鬱結，輾轉反側，始終難以入睡。隔壁的房間是安排給王翰的，他一直留神外面的腳步聲，卻始終沒有聽到王翰回來。等了一個多時辰，還是沒有動靜，終於忍不住起身，穿好衣裳往前院去尋王翰。到樓上雅間一看，燈燭尚明，宴桌狼藉，橫倒著好幾個空酒壺，卻只有兩名僮僕歪倒在一邊。

這僮僕兩人是孿生兄弟，十五六歲年紀，哥哥名田睿，弟弟叫田智。辛漸也分不清哪個是哪個，上前隨意推醒一人，問道：「王翰人呢？」田睿張開眼睛，茫然道：「阿郎不是讓我們陪他飲酒麼?他……酒量好大……」

辛漸見他醉得厲害，難以問出名堂，忙匆匆奔來大廳，卻見大門虛掩，蔣大正靠在櫃檯邊打盹，上前叫醒他，問道：「蔣翁有沒有看見王翰？」蔣大揉了揉雙眼，道：「啊，阿郎出門去了，說是要到外面走走。出了什麼事？」辛漸道：「沒事，是我見他房中沒人，特意來問問。我這就出去找他回來。」蔣大道：「要不我陪辛郎一道去？」辛漸道：「不必，我去去就回來。」蔣大道：「是，郎君多加小心。」

辛漸出了逍遙樓，不由自主往河東驛站方向而來。他有些懷疑王翰飲多了酒，氣血衝頭，往驛站去找武延秀理論。又轉念一想：「王翰無意功名利祿，只重朋友和享樂，他該知道民不與官鬥的道理。況且對方可是武延秀！這大唐的江山都被姓武的奪了，酷吏橫行，奸佞當道，哪有什麼王法、道理可講呢？我們幾個若不是這趟遠行，還真看不到這麼多事情。難怪之渙這次斷然放棄參加科考，唉，國之不國，實在令人灰心。」

蒲州的夜空澄碧空靈，呈現出一種高古的境界來。月光明朗，長風清涼，古樸的街道上空無一人，頗有空曠的寂寥。

辛漸走出一段，望見驛站門前那些地方官員早已散去，院內燈火映天，猶有歡聲笑語傳出，大約那淮陽王武延秀得了趙曼，還在飲酒作樂，如此，王翰應當無事。正待轉身回頭，忽聽到一陣亂哄哄的嘈雜聲，有人喊聲，有人奔跑，就連守在驛站門口的羽林軍也拔出兵刃，緊張地朝內裡張望，似乎發生了大事。

辛漸滿腹疑雲，生怕事情跟王翰有關，卻又不便過去打探情況。等了一會兒，大批羽林軍從驛站潮水般湧出，分作三隊，兩隊飛身上馬，各往東、北二街呼嘯而去，另一隊疾步往逍遙樓方向而來。帶隊的正是校尉曹符鳳，他遠遠瞥見辛漸站在路邊張望，忙走到他面前，狐疑地審視著他，問道：「你在這裡做什麼？」辛漸道：「酒吃得多了，出來走走，消消積食。將軍，驛站發生了什麼事？」曹符鳳道：「剛剛有刺客行刺淮陽王。」

辛漸聞言大吃一驚，心道：「刺客該不會就是王翰吧？」忙問道，「是什麼人這麼大膽？」曹符鳳冷笑道：「難道不是你們這夥人麼？來人，將辛漸拿下。」幾名羽林軍士應了一聲，拔出兵刃，上前圍住辛漸。

辛漸道：「為何要拿我？我們可是跟驛站行刺毫無干係。」曹符鳳道：「你不問二大王[27]遇刺情形如何，卻先問刺客是誰，可見心中有鬼。深更半夜在驛站附近徘徊，不是接應刺客是什麼？還敢強辯說毫無干係。來人，將他綁了。速速圍住逍遙樓，一個也不准走脫。」

羽林軍大聲應命，取出繩索縛了辛漸。曹符鳳見他也不抗辯掙扎，神態自若，心中大奇，暗道：「到底是名家之子，有大家風範。」

一行人來到逍遙樓。蔣大聞聲出來，不及詢問究竟，便已經被軍士推攘到一邊。曹符鳳命羽林軍將所有住客、夥計、廚子、幫工等都一股腦趕出來，聚集在大廳中。此時正是夜半時分，住客大多已經安寢入睡，這一番喧鬧立即招致怨聲載道，羽林軍也不理睬，只顧持刀強行驅趕。

辛漸被押在大廳一旁，一眼看到傍晚在鸛雀樓見過的一男一女也在住客當中，不禁頗為驚異。那女子正抗聲道：「這裡是蒲州，不是京都，你們羽林軍倒好，作威作福到這裡來了！」

眾人大多不知道這些黑衣軍士的身分，聽那女子一嚷，才知道這些人是天子禁軍。那女子又道：「就算真的要追捕刺客，也該由地方官府出面。你們大半夜地把人強行從床上拉起來，是何道理？」一名飛騎自背後狠狠推了她一下，喝道：「快走，那麼多廢話！」

那女子的男伴勃然大怒，側頭怒道：「你叫什麼名字？是哪個兵營的？你上司是誰？」聲色俱厲。

那飛騎本是欺軟怕硬之輩，被嚇了一跳，半晌才怔怔問道：「郎君是什麼人？」那男子道：「我叫胥震。快說，你上司是誰？是李湛，薛思行，還是趙承恩？」

李湛、薛思行、趙承恩均是左羽林衛將軍，官秩三品，執掌禁軍兵權，與宰相同列，極得女皇寵幸。那飛騎聽胥震盛氣凌人，似是大有來頭，不敢再隨意答話，只向校尉曹符鳳望去，等他示下。

曹符鳳在一邊聽得一清二楚，他只是個小小的校尉，連九品官都不是，平日當然不敢去招惹這敢直呼左羽林三大將名字的厲害男子，不過他眼下有淮陽王武延秀做靠山，那可是未來太子武承嗣的愛子，雖說武承嗣目下還沒有太子名分，可那還不是早晚之事？

今年正月初一，女皇在萬象神宮[28]舉行祭天祭祖大典，武則天本人擔任初獻，第一個捧上祭品，而亞獻則是魏王武承嗣，終獻是梁王武三思。這可是一件了不得的大事，按照慣例，只有太子才有資格擔任亞獻。自武則天登基稱帝以來，一直是其四子皇嗣李旦擔任亞獻，李旦長子李成器擔任終獻。這一巨大變動，被朝野視為女皇將立親姪武承嗣為武周太子的前兆。

說到武則天幾番改立太子，那可是長長一篇故事——她與第一任丈夫太宗皇帝李世民無出，與第二任丈夫高宗李治共育有四子一女，分別是李弘、李賢、李顯、李旦及太平公主李令月。高宗皇帝即位後不久本已冊立宮人劉氏之子李忠為太子，後來武則天當上皇后，李忠被廢，改立其長子李弘為太子。李弘為人忠厚，謙虛忍讓，高宗晚年因患有風病，目不能視，一度想提前傳位給太子，由此引來權力欲極強的武則天嫉恨。不久，李弘隨高宗、武則天遊洛陽合璧宮時，暴斃於宮中綺雲殿，時年二十四歲。官方說法是太子是患病而死，然而朝野風傳是武則天用鴆酒毒殺了親生兒子。可笑的是，武則天還特意向丈夫提議給太子以「孝敬皇帝」的謚號，高宗完全同意，這也是中國歷史上第一次父親為兒子追謚帝號。

李弘死後一個多月，武則天次子李賢被立為太子。李賢天分極高，過目不忘，且容止端雅，處事明審，為時論所稱。不過當時宮中議論他並非武則天親子，而是武則天的親姊韓國夫人為高宗寵幸時所生，李賢自己也因為與武則天的樣貌性格迥異而心懷疑懼。大夫明崇儼猜到武則天不喜歡李賢，不斷進言說太子不德。不久，明崇儼在東都洛陽遇刺身亡，武則天懷疑是李賢派刺客所為，於是派人拷打李賢最信任的戶奴趙道生，趙道生在酷刑下招認是太子李賢指使他殺了明崇儼，又在太子東宮馬坊搜到了數百領皂甲，遂成為李賢謀奪皇位的證據。李賢由此被廢為庶人，囚禁巴州[29]。高宗於諸子中最愛李賢，親自出面說情，武則天聲色俱厲地道：「為人子逆謀，天地所不容。陛下正該大義滅親，何可赦也！」第三子李顯被隨即立為太子。

高宗去世後，李顯以太子身分即位，為中宗皇帝，武則天為皇太后，總攬朝政。兩個月後，中宗李顯想授予韋皇后父親韋玄貞侍中一職，宰相裴炎認為不妥。中宗怒道：「我甚至可以將天下給韋玄貞，何況一個侍中的官職？」裴炎奔去告知武則天。武則天遂命羽林將軍程務挺、張虔勗率兵入宮，廢中宗為廬陵王，貶出長安。又立四子李旦為帝，是為唐睿宗。睿宗終日居於別殿，不管朝政，朝政盡歸武則天裁決。武則天廢除李顯後的第三天，即派左金吾將軍丘神勣趕到巴州，將其次子李賢殺死，許多人亦牽連被殺。如此過了幾年，武則天以皇太后身分總攬朝政，猶不滿足，終於在風燭殘年之際登基稱帝，正式將李唐天下變為武氏天下。睿宗李旦被廢黜幽禁，不過由於是女皇的幼子，依舊被立為皇嗣。雖然皇嗣意指皇帝的兒子，並非未來的皇帝皇太子，可這已令諸武相當不滿，武則天姪輩如武承嗣、武三思等均千方百計想得到儲君之位，以求來日登上大寶。

多年來，針對皇嗣李旦的陰謀不斷，武則天也始終在立兒子還是立姪子之間徘徊不定——論血緣，當然是兒子親，可兒子姓李，跟自己不是一個姓，自古以來，天子未有以異姓為嗣者。她靠肉體、青春侍奉太宗、高宗父子兩代皇帝，數十年苦心經營，落下亂倫的千古罵名，才終於奪得李唐江山，改朝換代為武周，一旦傳位給兒子，武周豈不又變成李唐？這是她最不願意看到的，她希望自己親手開創的武周王朝千秋萬代，一統江山；立姪子吧，大寶之位倒是傳給了武家人，可她與武承嗣、武三思有殺父大仇[30]，雖事隔多年，但畢竟是無法改變的事實，終究有所顧慮。然而前一陣卻突然發生尚方監裴匪躬、大將軍內侍范雲仙私下拜謁皇嗣李旦的事，被人告發後逮捕下獄，由洛陽縣令來俊臣審訊。來俊臣窮盡手段，如願以償取到裴匪躬、范雲仙二人意圖謀反還位皇嗣的口供。武則天聞報勃然大怒，下令將裴、范二人處以腰斬極刑。武承嗣等人乘機興風作浪，挑撥離間，武則天遂決意放棄親生兒子李旦，從武氏中選出一人立為太子，這才有了本年正月初一萬象神宮祭天人選的更換。

若不是宰相狄仁傑一再從中進諫阻撓，怕是武則天早已詔告天下，立武承嗣為太子。可狄仁傑年近七旬，一個白髮老翁還能支撐幾天？即使老天爺不收他，武承嗣又豈能輕易放過這塊絆腳石？

眼下更有一個大好機會，也是校尉曹符鳳升官進階、飛黃騰達的良機，那就是狄仁傑的姪子狄郊近在眼前，這就是為什麼驛站一出事他立即率兵趕來逍遙樓的原因。他只須將淮陽王武延秀交代的事盡心盡力辦好，即便眼前這名叫胥震的男子是宰相、將軍之子，他又有何畏懼？

一念及此，曹符鳳上前一步，呵斥道：「吵什麼吵？我等是奉淮陽王之命辦事。公子若是不服，可以直接去驛站問淮陽王。不過，還是等我們辦完事再說。」胥震冷笑道：「原來是淮陽王到了……」他身旁那女子忙道：「胥震，別惹事。」胥震便恨恨住了口。

曹符鳳見一搬出淮陽王的名頭，就令對方啞口無言有所畏懼，很是得意，叫道：「來人，將他們兩個也趕到那邊去。」

一旁辛漸聽到，心道：「看來武延秀遇刺並沒什麼事。這校尉一上來就說我跟刺客有關，到了逍遙樓又稱捉拿刺客大肆搜捕，分明是有意為之。莫非武延秀仍然懷恨今日之事，有心要誣陷整治我們幾個？」

又等了片刻，羽林軍士將王之渙、狄郊、李蒙也帶出來。三人見辛漸被繩索緊緊綑縛住，大吃一驚，忙擁上來問道：「到底出了什麼事？」辛漸搖頭道：「我也不知道。我出門去找王翰……」忽意識到最好不要讓羽林軍知道王翰不在客棧內，不然事情會更加麻煩。

曹符鳳卻已然發現王翰不在其中，走過來問道：「王翰人呢？」

王之渙三人雖毫不知道事情究竟，也極想知道王翰人去了哪裡，但見辛漸有意頓住不提，料到必有緣故，也默不作聲。

曹符鳳見四人不答，冷笑道：「我早說你們幾個有鬼。哼，一定是你們串通密謀行刺淮陽王。」李蒙道：「淮陽王遇刺了麼？這可跟我們毫無干係……」

兩名羽林軍士自後堂奔出來，捧上五把一模一樣的長刀，道：「他們五人房中各有一把長刀。」王之渙忙道：「本朝帶刀出行可不算犯法。這刀是辛漸親手打造，我們五個一人一把，有什麼錯？」

一名軍士又變戲法般地掏出一柄匕首，道：「這是在狄公子房中發現的，樣子跟適才驛站刺客所用的兵刃差不多。」

曹符鳳接過匕首，拔刀出鞘，刀刃上血跡宛然。眾人一時呆住，面面相覷。曹符鳳冷笑道：「這下你們還有什麼話要說？狄公子，抱歉了，謀刺親王，等同反叛，你雖是現任宰相狄公的親姪，可王子犯法，與庶人同罪，我只能得罪了。來人，將狄郊幾人都拿下，再派人去追捕王翰。」

狄郊忙道：「先等一等！將軍，你手下軍士說是在我房中搜到這柄帶血的凶器，請問他我住在哪一間？」那軍士道：「不就是二樓樓上第二間麼？」李蒙道：「哈，第二間住的是我。」那軍士忙道：「我記錯了，是第三間。」辛漸冷笑道：「第三間住的是我。將軍，你們這栽贓嫁禍的伎倆，未免太不高明了。」

曹符鳳大怒，揚手扇了辛漸一巴掌，喝道：「罪證確鑿，還敢強辯？來人，將他們三個也都綁了。」

狄郊道：「等一等！將軍說我們幾個行刺淮陽王，這柄匕首就是憑證，對麼？」曹符鳳道：「不錯，這匕首就是凶器，鐵證如山，無論是在誰房中找到，你們幾個串通一氣，都難逃干係。」

狄郊道：「我看到刀柄上有很多血跡，將軍可否容我仔細看看匕首？」曹符鳳不耐煩地道：「你自己的匕首有什麼好看的？有話到蒲州州司再說。來人，將客棧的人通通帶走，押去蒲州衙門拷問。」

胥震的女伴忽上前幾步，叫道：「將軍且慢！」曹符鳳依稀覺得此人有些面熟，卻想不起來在哪裡見過，問道：「你又是誰？」那女子道：「鄙姓謝，小字瑤環。淮陽王遇刺一事非同小可，來日必定上達天聽，這正是將軍大顯身手的好機會。不過狄公子終究是名門子弟，何不讓他看看匕首，也好教大家心服口服。」

她一番話不卑不亢，說得娓娓動聽。曹符鳳見她並無敵意，便點頭道：「那好，就依娘子所言。」將匕首遞給了狄郊，道：「你可看清楚了。」

狄郊將那匕首翻覆來去看了幾遍，道：「這匕首不是我們幾個的。各位請看，這木柄上留有五個指印，雖然紋路並不清晰，卻大致能看出最上面的指頭朝右，下面四個指頭朝左……」

那謝瑤環甚是機敏，當即會意，道：「行刺的人是左手持刀。」狄郊道：「誠如娘子所言。可是我們五個都習慣用右手。將軍若不信，請立即查驗我們五人的佩刀，從刀柄絲條上的握痕就可以看出來。」曹符鳳渾然沒有留意到這些細節，一時語塞。

旁邊住客聽聞狄郊是宰相狄仁傑之姪，心中均道：「狄公有世間神探之稱，斷案如流，這位狄公子年紀輕輕，卻是細緻入微，見微知著，到底是名門之子，不容小覷。」

曹符鳳愣了好半晌，才道：「就算匕首不是你們五個用過的，可難保你們不是刺客同黨。還有，王翰人到哪裡去了？」蔣大道：「阿郎吃多了酒，出去散步納涼去了。」曹符鳳道：「散步納涼，他能有這麼好的心情？我看他是懷恨淮陽王奪走趙曼，去驛站行刺二大王了。」

蔣大驚道：「阿郎醉成那樣，如何還能行刺？」謝瑤環也道：「我可以作證，王公子確實喝得大醉，出門時都走不穩路，更別提持刀行刺了。」

之前她和胥震來到逍遙樓投宿，蔣大因王翰事先囑咐告之客滿，不欲接納，正好王翰跌跌撞撞地想要出去，在櫃檯遇見二人，便臨時起意讓蔣大收他們進來住下。

曹符鳳誣陷狄郊不成，好不容易抓住王翰人不在客棧的機會，豈能輕易放過？當即冷笑道：「你們都是一夥的，當然要幫他說話了。」

狄郊道：「將軍不能僅憑王翰出樓就斷定他是刺客，今晚不在逍遙樓裡的可不僅王翰一人。」

他心思縝密，早留意到住客中少了那位咳嗽不止的年輕男子，當然那男子也絕不可能是刺客，一個不停咳嗽的人是絕對做不了盜賊和刺客的。

曹符鳳道：「還有誰不在？」蔣大道：「還有兩人，一位是名叫袁華的年輕郎君，另一個是犬子蔣會，他沒吃晚飯就出門鬼混了，唉，這是常有的事。不過那位袁郎……袁郎……」一時遲疑該不該說出客人的隱私。

曹符鳳道：「怎樣？快說！」蔣大心道：「眼下還是先洗脫阿郎的嫌疑要緊。」忙道：「那位袁郎是什麼時候出門我可不知道，我人一直在櫃檯，沒有看到他出去，直到剛才，我才發現……」

曹符鳳道：「不管怎樣，凶器是在逍遙樓裡面找到的，所有人難脫干係。來人……」那謝瑤環挺身上前道：「將軍，請借一步說話。」

曹符鳳不知其來路，見她雖然年輕，之前的言談舉止卻極有見識，心中頗為忌憚，道：「娘子既與此事無干，可自行離去。」

謝瑤環搖頭道：「將軍適才說過客棧所有人難脫干係，瑤環不願意就此置身事外。」忽壓低聲音道：「眼下客棧出走的人都沒有回來，也不知道發生了什麼事，將軍在這裡大張旗鼓地抓人，不是敦促相干的人趕緊躲藏起來麼？要想萬無一失，須得魚兒都入網後才收緊，這就叫一網打盡。」

曹符鳳「哎喲」一聲，拿帶血凶器陷害狄郊一事已露破綻，不再可行，只能用王翰不在客棧這一點大做文章，只要抓住王翰，嚴刑下不怕他不招認他就是行刺淮陽王的刺客，再令他誣告狄郊，一樣可以扳倒狄仁傑。謝瑤環說的確實有理，王翰人還未露面，打草驚蛇是大忌，萬一他就此逃走，去洛陽向宰相狄仁傑求助，那可就糟了。他忙問道：「依娘子看，這件事要如何處理才好？」

謝瑤環道：「將軍不如先放這些人各自回房睡覺，假裝若無其事，再派人暗中守著，靜等王翰回來再說。」

曹符鳳道：「有理。多謝娘子指點。」謝瑤環低笑道：「無須多謝，說到底，你我都是替大哥辦事。」

曹符鳳大吃一驚，問道：「娘子說的是哪位『大哥』？」謝瑤環道：「還能是哪位，當然是神都那位最大的大哥。」

曹符鳳「啊」了一聲，當即肅然起敬。「大哥」是女皇武則天在武氏家族中的綽號，因其地位最尊，個頭也高，曹符鳳也是當了禁軍頭目方才知道。他聽謝瑤環直呼聖上綽號，既親暱又隨意，料想其人大有來歷，驚懼之心頓起，遲疑道：「敢問小娘子……」謝瑤環擺手道：「哎，話就說到這裡為止。將軍切不可對旁人洩露我身分，包括淮陽王在內。」

曹符鳳見她神祕詭異，似乎連淮陽王武延秀也不怎麼放在眼裡，更是疑慮，暗暗猜道：「莫非她是聖上派出的制使？難怪我覺得她面熟，一定是在皇宮當值時撞見過。」

他知道大內有一批司籍女官如上官婉兒等極得女皇信任，權力堪比宰相，有「內相」之稱。女皇總擔心天下人不服女人當皇帝，時常派出心腹充當制使，巡察四方。這謝瑤環雖然年紀輕了些，可她那種從容的氣度卻絲毫不容質疑，若不是與聖上朝夕相處的女官，如何敢隨意稱呼「大哥」？這可是連武承嗣、武三思等都要竭力巴結的人，他一個校尉如何敢去得罪？慌忙躬身應道：「是，謹遵尊使之命。」

謝瑤環也不否認制使身分，道：「嗯，我出來洛陽已久，不知淮陽王來河東是為何事？」曹符鳳道：「恆安王新近在文水病逝，遺下二子一女[31]，年紀尚幼，聖上特派淮陽王和永年縣主去接他們回洛陽撫養。」

恆安王武攸止與武靈覺之父武攸暨是一母同胞的親兄弟，派永年縣主武靈覺接堂弟堂妹赴京，倒也合情合理。可淮陽王武延秀與武靈覺只是從曾祖兄妹[32]，血緣甚遠，況且武延秀之父武承嗣是未來的太子，於諸武中最得女皇寵幸，當年武則天生父武士彠周國公的爵位無人繼承，就是由武承嗣襲爵周，又奉旨監修國史。而今武承嗣既為親王，又是宰相，權勢極重，離太子之位僅一步之遙，反倒是武則天活著的兩個親生兒子命運淒涼——廬陵王李顯被軟禁房州，形如囚徒；皇嗣李旦及其兒女被幽禁宮中，不見外臣已有十餘年。而今武則天年近八旬，已露耄耋老態，立太子之事迫在眉睫。這武延秀因姿容俊秀，是武承嗣最寵愛之子，他不在洛陽助父親爭奪太子之位，反而與武靈覺一道去文水接堂叔遺孤，未免令人起疑。

謝瑤環果然露出了並不相信的神情，問道：「淮陽王來河東就只為了這件事？」曹符鳳左右看了一下，低聲道：「有一晚淮陽王喝醉了酒與永年縣主吵嘴，說他其實身負祕密使命，要去并州找一幅什麼圖……」謝瑤環失聲道：「璇璣圖？」曹符鳳道：「咦，這事尊使也知道？」忽想到對方是大內女官，洞悉宮廷機密，知道此事又有什麼稀奇。

幸得謝瑤環並不介意，只問道：「淮陽王有沒有具體提過璇璣圖的事？」曹符鳳道：「沒有。永年縣主也問過他，但他不肯說。」

謝瑤環道：「嗯，那你去吧。」曹符鳳道：「是。」揮手命軍士解開辛漸的綁索，又向堂內諸人大聲喝道：「你們暫且各自回房歇息，但切不可離開逍遙樓，不然視作刺客同黨。」留下數名軍士，分守在大廳和進出要害處，安排妥當，這才趕回驛站去向淮陽王武延秀稟告。

廳內眾人驚魂未定，無不暗中猜疑謝瑤環的來歷。謝瑤環道：「店家，還不請郎君們回房歇息？」蔣大這才如大夢初醒，慌忙命廚子、幫工們散去，又命夥計送住客們各自回房。

辛漸走到謝瑤環面前，道：「多謝娘子援手。不知娘子為何要助我們幾個脫困？」謝瑤環看了一眼堂內的羽林軍，搖頭道：「我可沒有助你們，你們也未必能就此脫困。」又朝王之渙笑道：「王郎在鸛雀樓裡的那首詩做得不錯。」王之渙奇道：「娘子知道我的名字？還沒有請教娘子是……」

胥震忽然走過來叫道：「娘子，我們也該回房了。」謝瑤環點點頭，向狄郊道：「狄郎，這些人鐵了心要找你和你同伴的麻煩。」狄郊道：「是，我也看出來了。多謝娘子適才為我們出頭說話。」謝瑤環道：「嗯，你們幾個還是找機會儘快逃走吧。」對著王之渙嫣然一笑，這才轉身與男伴一道步入內堂。

辛漸四人交換一下眼色，均是面面相看——適才謝瑤環見識過人，氣度不凡，更是一陣低語就打發走曹符鳳，雖不知道她到底說了什麼，但此女必定來歷非凡，說不定正是名宦之後，所以才令曹符鳳有所顧忌。可她建議幾人儘快逃走未免有些離譜，須知幾人均是并州數得著的名門公子，形容身分已露，又能逃到哪裡去？況且逃走不正坐實了武延秀想強加給他們的罪名麼？幾人本來相當感激謝瑤環在危急關頭挺身而出，此刻聽了逃走論未免又懷疑起她的用意來。

王之渙道：「這謝家娘子到底是什麼人？她到底是想幫咱們還是想害咱們？」李蒙道：「回房再說。」

辛漸搖頭道：「我們不能離開大廳，一會兒王翰酒醒了回來，一進門就會被羽林軍抓住帶走。咱們守在這裡，至少可以見到王翰一面。」狄郊道：「有理。」

辛漸便叫蔣大上了些酒菜，四人圍坐一桌，一邊吃吃喝喝，一邊等待王翰回來。一旁羽林軍看見如此情狀，莫不詫異，倒也不來干涉。蔣大焦急萬分，只是不便多說什麼，以免徒增辛漸等人煩惱。

李蒙道：「我不明白，武延秀派人搶走曼娘，分明是懷恨住不成逍遙樓，他恨的人是王翰，可為何要命軍士誣陷老狄你，硬說匕首是在你房中找到的呢？」狄郊搖頭道：「他們這次想要對付的人是我，說到底是要對付我伯父。而今女皇年事已高，立太子刻不容緩，魏王武承嗣呼聲最高，唯獨為我伯父所阻，所以……」說到這裡有意頓住。

王之渙接道：「嗯，所以武延秀突然想到可以從老狄身上下手，說不定可以扳倒狄公，這倒是一步好棋。」話一出口，才意識到失言，歉然道，「抱歉，我的意思是狄公為官清正，為人謹慎……」狄郊道：「沒事，誠如你所言，我伯父老辣圓滑，對頭難以下手，之前那些人也試過以謀逆罪誣陷伯父，結果不但沒有成功，反而引起聖上的警覺。」

他所談及的誣陷狄仁傑一事即著名大案「七大臣案」——數年前，魏王武承嗣聯合酷吏來俊臣告發宰相任知古、狄仁傑、裴行本、司禮卿崔宣禮、前文昌左丞盧獻、御史中丞魏元忠、潞州刺史李嗣真謀反，七人同時被捕下獄。七人中以魏元忠和狄仁傑影響最大、名望最高，魏元忠由酷吏侯思止審訊，魏元忠備受酷刑折磨，最終還是被迫承認謀反罪名。狄仁傑則由來俊臣親自審問。這來俊臣手段殘忍，殺人無數，審訊罪人時不問案情輕重任意用酷刑逼供，落入其手中者無不求速死。不料他還沒像往常那樣擺出最得意的刑具，狄仁傑已然服罪，招認了謀反罪名。來俊臣滿心歡喜，認定這次可以順利置狄仁傑於死地，也未再加以嚴刑。不料狄仁傑只是麻痺對手之計，趁獄吏不備，偷偷寫下申訴狀，等次子狄光遠探監時將狀子放入藏在棉衣中帶出。申訴狀轉到武則天手中後，武則天急忙召來俊臣詢問案情，來俊臣答道：「狄仁傑等人入獄，臣不但未用刑，連他們的冠帶也未剝奪，飲食寢宿一切如常。如果沒有謀反的事實，他們如何會招認謀反？」武則天便派通事舍人周綝前往獄中查看情況。本來這起案子因為狄仁傑的機敏而大起轉機，壞就壞在周綝是個膽小怕事的人，被武承嗣派人一威脅就嚇得屁滾尿流。來俊臣也提前作了準備，命人取來衣物冠帶，讓狄仁傑等人穿戴齊整，排列一行，供周綝巡視。周綝大致一看，就匆匆出獄。來俊臣為了敦促武則天儘快批覆對狄仁傑等執行死刑，又偽造了謝死表，指使周綝呈送武則天。周綝不敢得罪來俊臣，只得照辦。這七大臣均是朝中重臣，更有三名是宰相，居然同時被捕下獄，定了謀反大罪，朝野無人相信，上書力救者絡繹不絕。不料武則天將上書的給事中李嶠等貶出京師，正要批覆狄仁傑等人的死刑時，一個八歲的小孩子站出來告變。

武則天自登基以來，一直推行高壓恐怖政策，獎勵向上告變，以致告密成風。且造密者臣下不得問，須給以驛馬，供五品食，送往洛陽。行將處決的囚犯，也可以利用告事的方法得到與武則天見面的機會，有機會挽救自己。這小孩是因不贊成武則天稱帝而被殺的宰相樂思晦幼子，其時已沒入官府為奴，他稱上變後，被帶到武則天面前，侃侃而談道：「我父已死，我家已破，對於我家之事再沒有什麼可說的了。只是陛下之法被來俊臣等人玩弄，我感到惋惜。陛下如不相信，可選一位最可靠的大臣，謊稱他謀反交給來俊臣審訊，沒有不承認謀反的。」武則天思慮良久，終於決定親自召見狄仁傑，詢問道：「既無反事，你為什麼又招認謀反是實呢？」狄仁傑平靜地回答道：「假如不承認謀反，臣早死在來俊臣的鞭笞拷掠下了，又怎能再見到陛下？」武則天這才知道來俊臣慣用酷刑等非常手段以取得需要的口供，可她確實需要這類酷吏來對付異己，明知是冤案，還是下令將七大臣貶為外地縣令。武承嗣欲根除後患，多次奏請誅殺狄仁傑，但都被武則天拒絕。幾年後，狄仁傑因地方政績突出再次被召入朝中為相，武則天親賜紫袍[33]，上面修有「敷政術，守清勤，升顯位，勵相臣」十二個金字，極示優渥。

只是狄仁傑在狄氏家族中的地位遠不如他在朝中那般顯赫。狄郊幼失父母，由姨母盧氏撫育長大，盧姨堅決不令狄郊與狄仁傑一家來往，原因是狄仁傑做官侍奉的武周女主，而不是大唐李氏。狄仁傑幾次要薦狄郊入朝為官，均為盧姨拒絕，並明言道：「老身膝下只有一甥，不欲他和相公一般侍奉女主。」狄仁傑大慚而退。想不到一向與伯父疏遠的狄郊，竟成了武延秀意欲拿來對付狄仁傑的棋子，這實在是有些諷刺。

李蒙道：「你們看這件事會不會本身就是個陷阱？根本沒有什麼刺客行刺，不過是武延秀有意編排出的謊話，目的就是想誣陷老狄。」王之渙道：「很有可能。難怪適才那校尉半句不多提武延秀遇刺之事，只是一門心思地要嫁禍到我們頭上。」

狄郊道：「不過，那柄匕首上的血跡很新，行刺應該就發生在不久前，且刀刃入體不淺，中刀之人不死也受了重傷。」

辛漸也道：「我當時確實親耳聽到驛站內一陣騷亂，隨後有兩隊騎兵匆忙往東面和北面馳去，分明是要去包圍搜索驛站後側。若是謊言，武延秀只須派校尉帶一隊人馬來逍遙樓即可，又何必興師動眾派出那麼多人呢？」李蒙道：「或許是要將戲做足。」辛漸搖頭道：「當時驛站情形很亂，我看不像作假。」王之渙道：「既然武延秀是真的遇刺，可為何適才那校尉不見絲毫緊張神情呢？他扈從武延秀出行，武延秀若有損傷，他難辭其咎，按律當處。」

四人議來議去，只覺得疑團越來越多，尤其王翰深夜不回，也不知道到底出了什麼事，著實叫人擔心。外面不斷有一隊一隊的人馬趕去河東驛站，似是所謂淮陽王遇刺一事已驚動了地方官府。

李蒙忍不住道：「王翰到現在還沒有回來，是不是已經被羽林軍捕去？」狄郊道：「他應該還沒有被抓，不然我們幾個也早被羽林軍逮送官府了。」

王之渙道：「也不知道剛才那位謝家娘子對那御林軍校尉說了什麼，他竟肯罷手而去。」辛漸道：「羽林軍不會就此罷手，這不過是欲擒故縱之計，是要等王翰回來，再將我們一網打盡。應該正是那位謝瑤環出的主意。」王之渙道：「不會吧？謝家娘子適才可是幫咱們的，若不是她出面，狄郊連拿到凶器查驗的機會都沒有，哪能發現匕首上的破綻？」辛漸道：「這也是我不解的地方，她是友非友，是敵非敵……」

忽有一名夥計自後堂奔出，神色倉皇，附在蔣大耳邊低語了幾句。蔣大急忙走到辛漸這桌，低聲道：「夥計剛發現有人從後院翻牆進來……」辛漸道：「是王翰？」蔣大道：「那人手裡有兵刃，夥計沒敢上前查探。」辛漸道：「我去看看，你們都先別動，免得羽林飛騎起疑。」起身朝後院走去。

逍遙樓占地頗大，後院在最東端，是藏酒和堆放柴物、雜貨的地方，少有人來。如水的月華下，樹影婆娑，春草淒迷。一些蟲子不知道在什麼地方哼哼唧唧地鳴叫著，倒越發顯得此處幽僻清靜。

辛漸一跨過月門，立即留意到牆根處倚坐著一條黑影，頭低垂在胸前，看髮髻是名男子，右手握著一柄長劍，橫在大腿旁，人卻是一動不動，不知道是暈了還是死了。走得近些，便見到那男子小腹上有一個血窟窿，正在汩汩冒血……

辛漸吃了一驚，慌忙上前托起那人的腦袋，幸好不是王翰，而是客棧另外一個不見蹤跡的住客袁華，也就是那位不斷咳嗽的男子。伸手一探鼻孔，還有呼吸，人只是受傷暈了過去。辛漸一時不知道該如何處置——這袁華手握兵刃，身負重傷，很可能就是行刺武延秀的刺客。辛漸與同伴自身已是麻煩纏身，按理該將這男子交給羽林軍，至少也該佯作不知，袖手旁觀。可他見過這男子不顧咳嗽也要飲酒，極見豪氣，絕不是大奸大惡之人，若真是刺客，更是俠義之輩，既不忍心將其交出去，也不肯棄之而去。

大事臨頭，當機立斷只在一瞬間，辛漸略一權衡，即俯身去搬袁華，意欲先將他找個地方藏起來。

狄郊正好匆匆趕來，見狀驚問道：「他……他當真就是刺客麼？」忙阻止辛漸道：「你不能救他。」辛漸道：「我可不能怕受牽連就見死不救。」狄郊道：「哎，我不是這個意思。這個人……袁華患有風咳，他一甦醒就會不停地咳嗽，逍遙樓是藏不住他的。」辛漸道：「你自己就是大夫，難道治不好他麼？」

狄郊無奈，只好道：「那你先將他搬去柴房，守住他，別讓他咳嗽出聲，我出去找藥。」辛漸道：「好，快去快回。」

狄郊出來廳堂，蔣大忙迎上來，低聲問道：「是阿郎麼？」狄郊道：「不是。蔣翁，你還是不要知道這件事比較好，也請你讓手下暫且不要去後院。」蔣大道：「是是，全聽狄郎吩咐。」

狄郊這才對李蒙、王之渙大致說了經過。李蒙埋怨道：「咱們眼下已是自身難保，辛漸還嫌麻煩不夠多麼？本來毫無干係，武延秀就算誣陷咱們也沒有真憑實據，可他偏偏要救這個人，咱們就是跳進黃河也洗不清。我堅決反對！」

狄郊道：「我贊成救袁華。就算不救他，武延秀一心找茬，咱們也難脫干係。救了他，也許能弄清事實真相。之渙，你看如何？」王之渙道：「這個……嗯，我還是中立吧。」

李蒙道：「不行，你不能中立，眼下王翰不在，老狄和辛漸贊成出手救袁華，你得站在我這邊才行，這樣是二對二。結果就是咱們既不救他，也不向官府告發他。」王之渙道：「這……好吧，我也反對。」

狄郊道：「雖然二對二，可王翰若是人在這裡，一定會贊成相救。之渙，你說是也不是？」王之渙道：「那倒是，王翰最講義氣……」狄郊道：「那好，現在是三對二，我們還是要出力救人。之渙，我開個方子，你拿去找謝瑤環，請她幫忙出去買些藥材回來，嗯，就說辛漸病了。」

王之渙驚道：「為什麼是我去？」狄郊道：「你比我們其他人更合適。」自櫃檯取過紙筆，列了一張藥材清單，交給王之渙。

王之渙無奈，只得向蔣大打聽了謝瑤環住處，拿著單子來到房前。房內燈火通明，正有人在竊竊交談。胥震問道：「你看他們真的會來麼？」謝瑤環笑道：「當然！不出今夜，淮陽王一定會派人來給咱們送禮。等到天亮後，蒲州大大小小的官員就該到了。」

王之渙聽在耳中，不免疑惑萬分，不過他是謙謙君子，不願在房外偷聽人談話，當即上前輕輕敲了敲門，問道：「謝家娘子人在裡面麼？」

房內立時陷入一片死寂。王之渙等了一會兒，不見人出聲應答，又叫道：「娘子安歇了麼？」

房門驀然拉開，倒嚇了王之渙一跳。謝瑤環探身露出面孔來，問道：「原來是王郎。這麼晚了找我有什麼事？」王之渙道：「這個……嗯，辛漸……就是我那位同伴病了，可門口有羽林軍守著，我們出不去，想請娘子幫忙去買些藥。」他不慣說謊，一番話說完臉早已漲得通紅。

謝瑤環笑道：「郎君是想要金創藥吧？不必出去買，我這裡就有。」王之渙道：「不是……這裡有單子。」謝瑤環接過來一看，照著燈光念道：「佛耳草，鵝管石，款冬花，甘草，白附子，艾草……咦，這不是治刀傷的藥麼！」

王之渙嚇了一跳，生怕她知道他們要營救受傷刺客的事，忙道：「當然不是，是辛漸病了，老狄給開的方子。」謝瑤環微一沉吟，道：「那好，這件事我幫你，你可欠我一個人情。」王之渙道：「是。將來娘子到了太原，我一定好好報答。」

謝瑤環便掩好房門，跟王之渙出來大廳。狄郊忙起身謝道：「多謝娘子。」謝瑤環見堂內一切照舊，跟她離開時並不兩樣，只有辛漸不在，料來確實是得了急病，便向蔣大問了藥鋪所在，走出幾步，又回身道：「抱歉，我出來忘了帶錢……」

蔣大忙取了數吊銅錢，拿布袋裝好，交給謝瑤環。謝瑤環笑道：「各位稍候，瑤環去去就回。」羽林軍士早得了曹符鳳囑咐，果然不攔她，任憑她自去自來。

李蒙道：「這位娘子好生奇怪。」王之渙道：「人家急公好義，你還說什麼奇怪。」李蒙不願意與他爭執，只搖了搖頭。

狄郊道：「你們守在這裡，等謝家娘子買藥回來。我到後面看看。」當即來到後院柴房，房中點了一盞微弱的油燈，那袁華斜靠在柴垛上，還沒有醒來。狄郊早向蔣大要了一碗糯米粉，和以雞蛋清，調成藥膏，往袁華小腹傷口上抹去。袁華一痛之下，立即驚醒，不及開言，便要咳嗽，卻被辛漸及時捂住嘴。他咳不出來，氣息不順，胸悶發慌，一張臉頓時漲得通紅。

狄郊忙道：「快把他拖過來，你到前面去，讓他背對著我。」辛漸忙依言照辦，袁華不明情由，不肯就範，大力掙扎。辛漸道：「別動，外面有羽林軍！」

袁華一愣，狄郊已一手按住肺經之尺澤穴，另一手手掌依次擊打在他背部肺俞、定喘、天突、膻中、風池幾大穴位上，只覺得背部痙攣疼痛大減，呼吸立時暢通無阻，不再憋氣哮喘。

狄郊道：「辛漸放手，他暫時不會再咳嗽了。」又對袁華道：「我現在要用火炙烤你身上的穴位，能幫助你止咳，會有一些痛，你可不能叫出聲，不然外面的軍士聽見咳就麻煩了。」

袁華點點頭。狄郊便脫掉他外衣，發現胸前、背部傷痕遍布，鞭傷、燙傷、刀傷應有盡有，傷口雖早已癒合，但模樣依舊十分駭人。

袁華笑道：「都是些舊刑傷，嚇著你們了？來吧，看了這些傷痕，你就該知道我不是個怕痛的人。」

狄郊便舉過油燈，慢慢炙烤袁華背部穴位，直炙得肌膚一片焦黑。辛漸扶著他雙臂，只覺得他身子顫抖不止，顯是十分痛苦，也不知道是因為腹部傷口還是因為背上受火炙。

狄郊一一炙完，問道：「郎君可曾好受些？」袁華道：「好多了，不再那麼想咳嗽了。」狄郊道：「這只能一時半刻止住咳嗽，稍有異物刺激如辛辣的食物、酒等，郎君還是會舊病復發。」

袁華道：「已經很感謝了。郎君年紀輕輕，醫術卻相當高明，敢問是祖傳醫術麼？」辛漸笑道：「他們狄家祖訓，不為良相便為良醫，自然是祖傳的醫術。」

袁華道：「啊，不知道當朝宰相狄仁傑狄公是郎君什麼人？」狄郊道：「是我伯父。」袁華道：「原來是恩人之姪。」欲起身拜謝。狄郊忙道：「郎君重傷在身，不必行禮。」

袁華道：「我是前滁州長史袁山之子袁華，家父少年時患有痲痺，無法站立行走，幸好遇到尊伯父狄公，是狄公用針灸治好了家父。」狄郊道：「如此可真算有緣。」忙報了自己和辛漸姓名，又問道，「袁兄，你的風咳很奇怪，與我以往所見過的病患全然不同。」

袁華道：「不瞞二位，我這咳嗽是堂上受刑時落下的病根。二位想來也知道我父親袁山早年因得罪武承嗣被誣陷謀反，處以斬首之刑。我是袁家獨子，也被捕下獄，審訊的來俊臣拿出一份名單，要我承認名單上的人都是家父同黨，我不肯就範，他就用各種酷刑折磨我。後來朝廷有大赦令下，我被免死流放嶺南。那來俊臣還不肯放過我，命人將我綁到堂前跪下，然後用熱醋灌我口鼻，一邊灌一邊猛拍我背部。灌下一半時，再將我拉起來，用繩子拴著在堂上疾走。再重新將我按到地上，繼續灌剩下的半碗醋，一邊灌一邊拍，我從此落下風咳的毛病，不分晝夜，咳嗽不止。後來我在押送途中逃走，找過許多大夫醫治，總也治不好。」

狄郊凝思道：「難怪袁兄的咳嗽不同尋常。如此，我該在藥中多加幾分雄黃和鍛過的青礞石才是。」袁華道：「什麼？」辛漸道：「他是在說如何配製治你咳嗽的藥。」

袁華道：「原來如此。狄公子，你往我腹上傷口抹的是什麼藥？」狄郊道：「是糯米粉，臨時用來止血的。抱歉，這裡有羽林軍，不便公然去找金創藥。」袁華道：「不用，我自己身上帶有西域龍膏。」從懷中取出一個陶瓶來。狄郊道：「西域龍膏？那可是天下最好的金創藥。」忙接過陶瓶，重新為袁華換藥。

辛漸問道：「袁兄與武承嗣有殺父大仇，所以今晚才會冒險去河東驛站刺殺淮陽王武延秀。不過袁兄既有風咳，難以強行忍住，不知道是如何混入驛站的？」袁華一呆，道：「什麼？」

忽聽得有人在外面輕聲叫道：「狄郎在麼？」狄郊忙吹滅油燈，開門一看，卻是客棧的夥計，慌裡慌張地道：「店家叫我來告知狄郎，那領頭的羽林將軍又來了，還抬著一個大禮盒，指名要找那位姓謝的娘子，正好謝娘子抓藥回來，兩人直接進了房，不知道在裡面嘀咕什麼。」狄郊皺了皺眉頭，道：「我出去看看。」

剛進大廳，正看到曹符鳳從後堂出來，一指李蒙道：「把他帶走。」兩名羽林軍士應聲上前，反擰住李蒙手臂，推著就往外走。

李蒙見不動其他人，只抓自己一人，大為恐慌，抗聲叫道：「為什麼抓我？為什麼抓我？」曹符鳳冷笑道：「抓的就是你。」命人押他出去。

狄郊、王之渙還待上前阻攔，卻被守在門口的羽林軍攔住。王之渙急得直跺腳，道：「你們還講不講理？」羽林軍士只是不理不睬。王之渙轉頭問道，「老狄，這可要怎麼辦？」

狄郊見曹符鳳帶著李蒙往河東驛站方向而去，猜想武延秀是打算各個擊破，可眼下王翰人沒有回來，真相不明，又能有什麼應對之策？

王之渙見狄郊面色凝重，眉頭緊蹙，露出前所未有憂慮的表情，呆得一呆，怒道：「一定是謝瑤環出的主意，我去找她理論。」狄郊忙拉住他，道：「別再生事。天快要亮了，你留在這裡等王翰回來，我去後面看看。」自櫃檯取了謝瑤環買回來的草藥，來到後院柴房。

辛漸問道：「前面出了什麼事？」狄郊道：「他們抓了李蒙去驛站。」辛漸冷笑道：「這是武延秀想要從我們自己人身上突破。老狄，袁兄不是刺客，他是在別處與人交手受的傷。」狄郊道：「嗯，這一點我早已經猜到，驛站守衛森嚴，袁兄身患風咳，很容易為人察覺。」

袁華道：「我是個在逃的逃犯，在中原無處容身，二位與我萍水相逢，卻甘冒危險出手相救，我本該將實情相告，可袁某另有苦衷，還望二位公子見諒。」狄郊道：「強人所難，非君子所為。袁兄大可自便。來，請坐直身子，我試著治治風咳。」

袁華依言挺直身體，狄郊又讓辛漸自後扶住他手臂，再將那些已經碾碎的草藥倒入一只瓦罐中，打火點著，將一張粗麻紙挖了一個洞眼蒙在罐口，只見一絲青煙從洞眼縷縷滲出。狄郊提住瓦罐耳柄，捧到袁華鼻下，令他慢慢吸入，直至罐中煙盡。

狄郊道：「這是我未經診治匆匆開就的方子，但應該能化去胸中瘀氣，緩解風咳。袁兄病因是酸氣傷了肺腑，又經年不治，難以痊癒。我預備再加幾味猛藥，令郎君多吸幾次藥煙試試。」頓了頓，又道，「不過，我也沒有什麼把握。」袁華笑道：「公子儘管放手作為。」

外面傳來明亮的公雞打鳴聲，天光開始發白。狄郊為袁華取來一些食物和水，辛漸笑道：「好香，我也覺得肚子餓了。」

忽聽見正前面廳堂又有一陣爭吵哭鬧聲，狄郊向辛漸使了個眼色，辛漸便站起身來，道：「袁兄請安心在這裡養傷歇息，無論外面發生什麼事，袁兄都不要出來。」袁華道：「到底出了什麼事？」狄郊道：「這事與袁兄無干。辛漸，咱們走吧。」

二人出來柴房，急奔來大廳，卻不是王翰回來而引發的喧擾，而是一名年輕婦人正向蔣大哭訴著什麼。那婦人鬢雲亂灑，酥胸半掩，哭得梨花帶雨，更顯風嬌水媚。

辛漸道：「那位娘子是誰？出了什麼事？」王之渙道：「她是蔣翁的遠房姪女蔣素素，她家小姑昨晚被人殺了。」

辛漸與狄郊交換了一下眼色，二人均不由自主地想到了袁華——倒不是認為袁華是殺死小姑的凶手，只不過一夜之間，又是王翰失蹤，又是淮陽王遇刺，又是袁華受傷，又是小姑被殺，究竟僅僅是一座數萬人口的古城，哪裡會有這麼巧的事？莫非這其中有關聯不成？

王之渙又道：「哎，你們還不知道吧？蔣素素的小姑就是錦娘，就是昨晚在逍遙樓前被李蒙撞倒的那個女人。」

辛漸、狄郊聽說被殺的女子就是昨晚在逍遙樓前有一面之緣的圓臉女子，意外之極，一時愣住。狄郊暗道：「我想到這些事的關聯了，都跟逍遙樓有關。這……這太詭異了，應該只是巧合而已。」

正沉吟間，忽有人高喊道：「王翰公子回來了！」

1 蒲州：今山西永濟。唐代地方行政劃分為州、縣二級，州分上、中、下三等，最高長官為刺史，一般為三品或四品官。
2 秦晉之好：春秋時，秦、晉兩國不只一代互相婚嫁。後泛指兩家聯姻。
3 關西：指函谷關（位於今河南靈寶境內）和潼關（位於今陝西渭南潼關縣北）以西的地段，是唐都長安的門戶。
4 唐朝時用河東代指「山西」（意在太行山之西），因黃河流經山西西南境，山西在黃河以東，故稱；自古被稱為「表裡山河」。春秋時期，大部分地區為晉國所有，所以簡稱「晉」；戰國初期，韓、趙、魏三家分晉，因而又稱「三晉」。
5 唐初軍制實行府兵制（創建於西魏），府兵指軍府之兵，平時為耕種土地的農民，農隙訓練，戰時從軍打仗，參戰武器和馬匹自備，相當於終身義務兵，但本人及家庭免租庸調（隋唐時收取的一種賦稅）。府兵有內府和外府之分，內府衛士負責宮廷、京師宿衛，外府即折衝府，分布在各地州府，除每冬率兵操練，還輪番宿衛京師，稱為「番上」，有事則徵發全府。府兵基本編制為：三百人為一團，設校尉；一百人為一旅，設旅帥；五十人為一隊，設隊正；十人為一火，設火長。〈木蘭詩〉中有「出門看火伴」，「火伴」即指同一火的人。

6 帷帽：亦稱席帽，源自西域的一種高頂寬裙的笠帽，笠帽的周圍垂有一層紗帛製成的圍簾，下垂及頸，遮住頭部，以障風塵，流行於唐代婦女之間。

7 武則天生平極其厭惡長安，光宅元年（六八四年）九月改東都洛陽為神都。自唐高宗駕崩到武則天退位，除了長安元年（七〇一年）十月到長安三年十月住在長安，其餘二十多年時間，武則天一直住在洛陽。洛陽完全取代了京師長安的地位，成為武則天時期的政治中心。

8 武延秀：武則天姪孫，武承嗣之子。武承嗣為武則天同父異母兄武元爽之子。武靈覺：武則天姪孫女，武攸暨與原配之女；武攸暨為武則天伯父武士稜之孫，後娶太平公主李令月（高宗李治與武則天的最幼女）。唐朝制度，皇帝女為公主；太子女為郡主，從一品；親王女為縣主，從二品。

9 文水：唐時屬河東并州，今山西文水。武則天的故鄉。

10 胡帽：由錦緞製成的一種仿效西域風格的帽子，帽呈圓形，頂部高而尖，兩旁有可以翻摺的護耳小扇，唐代男女均盛行戴此帽。

11 胡祿：革製的箭筒，傳自西域，唐時為軍隊標準裝備。除了盛裝箭支，它還用做夜間探測遠處的音響。唐人杜佑於《通典》中說：「令人枕空胡祿臥，有人馬行三十里外，東西南北皆響見於胡祿中，名曰地聽，則先防備。」宋人《武經備要前集》也有類似說法：「猶慮探聽之不遠，故又選耳聰少睡者，令臥地枕空胡祿……必以野豬皮為之……凡人馬行在三十里外，東西南北皆響聞其中。」

12 太夫人：對他人母親的尊稱。公子：古稱諸侯之子為公子，後廣泛用來稱呼豪門貴族子弟。又有「郎君」，是唐代對男子的尊稱。奴僕稱呼主人為「阿郎」。

13 并州州治即今之「太原」，下轄晉陽、太原、文水、清源、祁縣等十餘縣，其中晉陽、太原二縣在太原城內，地位高於其他縣。

14 唐代風氣開放，成年男子攜劍出遊成風。壯遊，指胸懷壯志漫遊各地。

15 古人同輩多以字稱呼，因本小說涉及歷史人物眾多，為方便讀者閱讀故事，特忽略此習俗，均以名字替代。

16 五廟：指光宅元年（六八四年）武則天為太后時於家鄉文水立武氏五代祠堂，追封其祖為王。宰相裴炎援引西漢呂后之敗勸諫，由是得罪，埋下殺身之禍。

17 房州：今湖北房縣，地處武當山。廬陵王被囚禁時，縣城中只有幾百戶人家，既貧瘠又閉塞。

18 貧道：道士的謙稱，意指自己道德和智慧不足。

19 氣死風燈：古時點的一種燈籠，很不容易被風颳滅，所以叫氣死風燈。

20 蔣翁：唐代對長輩的敬稱。老翁，則是尊稱年長的男性。

21 清平調：唐樂府曲名，為民間音樂的曲調。單調二十八字，四句，三平韻，即七言絕句。

22 纏頭：本意為古時歌舞者纏在頭上作妝飾的錦帛，後代指客人贈送藝人的禮物。

23 蹀躞：唐時男子流行佩戴在革帶上的一種小帶子，上面用來掛小刀、火石等常用的物件，傳自北方的契丹。

24 相公：唐代對宰相等高級官員的尊稱。

25 武則天原為唐太宗李世民的才人，太宗死後被送感業寺出家為尼。唐高宗李治即位之初，雖立王氏為皇后，卻更喜歡淑妃蕭氏。王皇后聽說高宗與武才人有舊，暗中將武則天接回皇宮，以間淑妃之寵。不料武則天後來居上，完全掌控了高宗，廢黜王氏和蕭氏，自己當上了皇后。又將王氏和蕭氏砍去手足，投入酒甕之中骨醉。二人哀號數天後含恨死去，死後還被殘忍地肢解。

26 唐代等級森嚴，士民不可與奴婢通婚，違者要受法律制裁。

27 武延秀為魏王武承嗣次子，排行老二。大王，是唐代對郡王的尊稱。

28 萬象神宮即唐朝明堂。明堂傳說為周公所建，目的是為明諸侯之尊卑。經典對明堂的建築模式沒有明確記載，所以後代聚訟紛紜。漢武帝封禪泰山後，想仿照古代傳統修建明堂，卻無人能說清其具體樣式，於是方士公玉帶獻上了一張黃帝時期的明堂圖——圖中有一宮殿，四面無壁，以茅草為蓋，四周環水。漢武帝就照著這張圖修建了漢家明堂。但據後人考證，這張黃帝明堂圖是公玉帶偽造的。儘管如此，漢代以後歷代王朝所建明堂，基本上都沿襲這一模式，即宮殿上圓下方，四周環水，這在古代有著神祕的象徵意義。東漢桓譚解釋說：「天稱明，所以命名曰明堂。上圓法天，下方法地，八窗法八風，四達法四時，九室法九州，十二座法十二月，三十六戶法三十六雨，七十二牖法七十二風。」歷代所建明堂以唐朝武則天在東都洛陽所建最為壯觀，高二百九十四尺，東西廣三百尺，號稱「萬象神宮」，是中國古代最宏偉的木結構建築之一。

29 戶奴：家奴。巴州：今四川巴中。

30 武則天幼年喪父，與母親楊氏多遭族人欺凌，尤其受盡同父異母兄武元慶（子武三思）、武元爽（子武承嗣）及堂兄武惟良、武懷運的冷遇和白眼。武則天當上皇后後，以謙抑外族為由，將四人貶為遠州刺史。武元慶夙夜憂懼，很快死在龍州（今四川）刺史任上。不久，武則天毒殺親姊韓國夫人及外甥女賀蘭氏，並嫁禍武惟良、武懷運，將二人處死。在濠州（今安徽）任刺史的武元爽則被流配振州（今海南三亞）而死。武承嗣、武三思等均被流放，直到後來武則天急需培植娘家勢力對付李唐，這才將他們召回朝中重用。小說中的「諸武」，統指武承嗣、武攸寧、武三思、武攸宜等人。

31 此女成人後成為唐玄宗寵妃，即歷史上有名的武惠妃。

32 古人以同高祖父、不同曾祖父的同輩男性為從曾祖弟；同曾祖父、不同祖父、年幼於己的同輩男性為從祖弟；同祖父、不同父親、年幼於己的同輩男性為從父弟。

33 唐朝制度，三品官員以上穿紫色公服，五品以上穿紅，七品以上穿綠，九品以上穿青。皇帝也可以對官秩不到三品的官員賜紫，即允許其穿紫色公服，以示恩寵。唐代是多宰相制，宰相官秩正三品。

【卷二】 血案迷霧

眾人聽說失蹤一夜的王翰終於回來了，一齊轉頭朝門口望去，只是他神色冷然疲倦，再無平日的倜儻不群。胸前染有幾大塊血跡，襯著胡服上的金色絲繡格外矚目，狄郊忙搶上前查看，問道：「你受傷了麼？傷在哪裡？」

眾人聽說失蹤一夜的王翰終於回來了，一齊轉頭朝門口望去——果見王翰正走進樓來，只是神色冷然疲倦。再無平日的倜儻不群，胸前染有幾大塊血跡，襯著胡服上的金色絲繡，格外引人矚目。

狄郊忙搶上前查看，問道：「你受傷了麼？傷在哪裡？」王翰道：「不是我的血。」

辛漸問道：「是誰的血？」王翰搖了搖頭，似不願意提起，左右一望，問道：「這裡……發生了什麼事？這麼多人在這裡做什麼？」

辛漸不及解釋，幾名羽林軍旋即搶過來將三人分開，反擰過手臂。王翰一掙竟沒有掙脫，怒道：「你們想要做什麼？」

曹符鳳哈哈大笑著走了進來，道：「王公子，可算等到你回來了。」打量著王翰胸前的血跡，嘖嘖歎道：「幸好罪證還在。」

王翰見曹符鳳背後還有軍士押著李蒙，不明所以，問道：「為什麼要抓我們？」曹符鳳道：「王公子這一套先省省的好，到公堂上，有的是機會讓你辯說。」命羽林軍士抓了王之渙，一齊押到門外，對候在樓前一名紅袍官員道：「明刺史，就是這五個人昨晚謀畫行刺淮陽王，王翰和辛漸二人是負責動手的刺客，潛入驛站行刺，另外三人在驛站外接應。具體情由我適才已經跟刺史提過，犯人就移交給你看管審問。」

那官員正是蒲州刺史明珪，忙應道：「是。」命手下兵士將王翰、辛漸五人一律上了手梏、頸鉗。戒具戴得這般齊全，又恰好是五副，顯是事先有所準備。

曹符鳳道：「本來淮陽王是要親自過問此案的，不過大王受了傷，又有急務要出發趕去并州，這大逆不道謀刺親王的大案就交給使君審理。」明珪道：「是。」口中應著，心中卻極是為難，伸手摸了摸腰間的玉袋，官印還在，想了想，上前一步，壓低聲音道：「可下臣官小職微，這等謀反大案照例該將犯人、卷宗移送神都，由三法司審理，放在本州於常理不合，萬一將來朝中有御史彈劾……」

曹符鳳沉下臉道：「什麼常理照例的？淮陽王可是魏王愛子！不管刺史用什麼法子，務必取得這五人行刺淮陽王的口供，朝中一切自有魏王做主。不然的話……」

明珪隱約猜到淮陽王有意利用這件案子興起一場大獄，心道：「將這五人押送神都洛陽，交給酷吏來俊臣審訊豈不更好？來俊臣可是最擅長羅織罪名、牽連無辜。」

他卻不知道來俊臣新娶了太原王慶詵長女王蠙珠[1]為妻，一個告密發家的無賴娶了天下最有名的望族之女，轟動洛陽全城。王慶詵是王之渙的堂叔，與王翰同族，關係密切，武延秀擔心將狄郊、王之渙五人逮送洛陽後不但有狄仁傑來相救，來俊臣也會看在新婚妻子的份上從中作梗，如此，難免會壞了大事。

明珪不知道這一層，自然不明白為什麼武延秀定要將這件行刺案交給蒲州地方審理，他聽曹符鳳語含威脅，不敢再推謝，道：「是，多謝大王、將軍抬愛。」曹符鳳這才滿意地點點頭，率羽林軍去追趕淮陽王。

天氣非但不熱，晨曦的露氣中還帶著絲絲寒意，蒲州刺史明珪卻不斷舉袖拂拭額頭汗珠，神色異常緊張。他是劉宋時期著名隱士明僧紹的後人，其父明崇儼曾學習鬼神之術，以奇技自名，後成為武則天心腹，協助當時仍是高宗皇后的武則天與太子李賢爭權，結果明崇儼莫名遇刺，太子李賢被指認為行刺主謀，由此遭廢。明珪完全是因為父蔭而步入仕途，但其人懦弱中庸，從不想有什麼作為。他已經知道眼前所謂的五個謀反重犯各有來頭，所謂行刺武延秀一事更是漏洞百出，他寧可不去巴結魏王武承嗣，也不願惹事上身，可又不敢不接下案子，眼見曹符鳳等人飛馬離去，又回頭看看王翰、狄郊幾人，一時不知道該怎麼辦才好。

人群中忽然擠過來一名綠袍官員，上來行禮道：「下臣河東縣令竇懷貞參見使君。」明珪眼前頓時一亮，恍若看到了救星，忙道：「竇明府，你來得正好[2]。你是本州有名的能吏，這裡有一件大案……」

竇懷貞道：「下臣手裡正有一件殺人案要辦，誰是逍遙樓的主人王翰？」王翰掙脫兵士掌握，踏前一步，冷笑道：「我就是王翰。還有什麼罪名要栽到我頭上，一併端上來吧。」傲岸氣度堪比王侯，彷若於千軍萬馬中巍然屹立。

竇懷貞微微一愣，轉頭問道：「請問使君為何拿他？」明珪道：「王翰與同伴四人昨晚到河東驛站謀刺淮陽王。竇明府，本史正要對你說，這件案子……」

竇懷貞甚是幹練，飛快打斷了上司的話頭，問道：「行刺？發生在什麼時辰？」竇懷貞道：「嗯，應該是三更子時。」

一旁辛漸聽見，暗想道：「三更子時大約正是我昨晚聽到驛站內大起騷動的時候。剛才那校尉說武延秀受了傷，這倒未必是實，但有刺客行刺應該是真，莫非那柄本要用來栽贓老狄的匕首當真是刺客留下的凶器？狄郊說過，從刀口血跡來看，中刀的人不死也是重傷，那肯定不是武延秀了，也不會是羽林軍士，不然早就拿出來大做文章。可受傷的人又會是誰呢？」

卻聽見那河東縣令竇懷貞道：「如此說來，刺客不可能是王翰他們五個，應該另有其人。」

明珪大為意外，忙問道：「竇明府何出此言？」竇懷貞道：「王翰昨晚在峨嵋嶺秦家因逼姦未遂殺死了秦嶺的妹妹秦錦，人證、物證確鑿！除非有兩個王翰，不然他絕不可能分身到河東驛站刺殺淮陽王。」

明珪吃了一驚，道：「什麼？」王之渙、李蒙等人聞言更是目瞪口呆，無不詫異地望著王翰。王翰卻只是冷笑，一言不發。

蔣素素忽然自逍遙樓中奔了出來，擠過人群，跪在竇懷貞面前，哭哭啼啼地道：「請明府為民婦做主，為錦娘伸冤，錦娘死得好慘。」

竇懷貞奇道：「素娘如何也在這裡？」蔣素素道：「逍遙樓店家蔣翁是我堂伯，民婦夫早已亡故，昨夜小姑又慘遭殺害，家裡就剩我一個婦道人家，多有不便，特來請伯父出面主持喪事。」

竇懷貞道：「那正好，你當著使君的面說一下昨夜你小姑秦錦遇害的經過。」蔣素素道：「是。昨天晚飯時分，民婦去叫小姑秦錦出來吃飯，進她房間後才發現她人不在。一直等到戌時她才回來，眼圈紅紅的似是哭過，問她出了什麼事她也不肯說，飯也沒吃就回房去睡了。民婦收拾後也自行回房安歇，一直到子時……」

竇懷貞道：「素娘如何能肯定是子時？」蔣素素道：「當時打更的敲過三更不久，我還沒有睡踏實，聽得很清楚。過了一會兒，我聽見小姑房中有動靜，錦娘一向安靜，我覺得不對勁，便披衣起床去看究竟。走出房外，只聽見小姑房中窸窸窣窣，卻沒有點燈，就遠遠叫了聲：『錦娘，有事麼？』話音剛落，就聽見錦娘慘叫一聲，隨即有名男子一手抱著衣衫，一手握著短刀，衝出房來，翻過土牆去了。我嚇得呆在原地，好久才想起來要去看錦娘，她房中沒燈，我又回房去取燈，進去一照，錦娘光著身子，倒在血泊中，眼睛還睜得老大……」她回憶起當時場面，心有餘悸，一時難以說下去。

竇懷貞指著王翰道：「你可認得他？」蔣素素看了一看，搖了搖頭。竇懷貞道：「你昨夜見過凶手身形背影，你再仔細看看，是不是這個人？」命王翰轉過身去。王翰道：「哼，真是笑話！」

竇懷貞使了個眼色，兩名差役上前執住王翰手臂，將他強行背過身去。蔣素素仔細看了幾眼，遲疑道：「這個……當時雖有月光，但隔得尚遠，天色不明，我沒看得十分清楚……不過那個男人是光著上身從錦娘房中衝出來……這個……」

竇懷貞不動聲色地問道：「素娘的意思是要脫下他的衣服才能辨認清楚麼？」王翰當眾受此侮辱，居然也不動怒，冷冷道：「這齣戲越來越有意思了。」

蔣大一直在一旁發呆，不知道該如何救出王翰，聽到此處，再也忍不住，搶過來將蔣素素拉到一旁，低聲道：「素素，這位就是逍遙樓的東主王翰王公子，他家裡美姬眾多，怎麼會夜半潛入你家姦殺錦娘？你可要辨認清楚了。」

蔣素素「啊」了一聲，忙回到場中告道：「其實那個人……凶手也不大像王公子，凶手的身材似乎比王公子要矮一些。」竇懷貞冷冷道：「你不是沒看得清楚麼？怎麼，一聽說他是太原王翰，你就想幫他了？」蔣素素支支吾吾地道：「當然不是……」

蒲州刺史明珪問道：「竇明府，你憑什麼認定王翰就是殺死秦錦的凶手？」

竇懷貞取出一塊玉珮，舉到王翰面前問道：「這是今早蔣素素來縣衙報案後，趕到凶案現場勘案的差役在地上撿到的，差役問過素娘，玉珮並非秦家之物。上面紅色斑痕看起來是一個『王』字，可是郎君隨身之物？」王翰道：「不錯，是我的玉珮。」竇懷貞道：「這就對了，這玉珮在秦錦房中撿到，正是你昨夜入過錦娘房間的鐵證。」

狄郊忽道：「明府如何能這麼快就辨認出玉珮是王翰所有？那個王字紋理天成，並非人工雕琢上去。」

竇懷貞重重看了狄郊一眼，似是驚詫他問出了這個關鍵問題，頓了頓，才答道：「是有人告發了王翰，證佐不但認出了他的玉珮，還親眼看到他從秦家翻牆出來。這點，與蔣素素的描述也是吻合的。」

辛漸問道：「證佐是哪位？請他站出來。」竇懷貞道：「證人知道你們幾個有些來歷，怕你們起意報復，特意提出不能暴露面容身分，本縣也答應了他。」

王之渙道：「天下哪有這樣的道理？證者，言正也，罪無申證，獄不鞫訊。既是證人，就該光明正大地出堂作證，不然何以為佐，何以為憑？如何能讓人心服口服？」竇懷貞道：「本縣自會在卷宗中詳述事情經過。至於與案情無關的人，更沒有必要知道了。」

辛漸道：「嗯，明府不說，我們多少也能猜到。我們五個昨日才到蒲州，人生地不熟，出面指認王翰的人，一定是……」

王翰一直默不作聲，忽插口道：「是我殺了錦娘。」

眾人一愣間，狄郊立即猜到他是為了將自己和同伴四人從行刺武延秀案中脫罪，忙道：「阿翰，你不要承認自己沒有做過的事。」王翰道：「確實是我殺了錦娘，我胸前的血跡就是證據，我願意服罪。」

竇懷貞道：「那好，這就勞煩郎君跟本縣回縣衙錄取口供。」向明珪行了一禮，道，「下臣告退。」命人押了王翰，連同蔣素素一同帶上，揚長而去。

明珪一時陷入無與倫比的神傷當中，淮陽王武延秀派人當面交代是王翰和辛漸動手行刺，其餘三人同謀，可偏偏出了一樁婦女姦殺命案，有鐵證證明王翰是殺人凶手。如此一來，王翰和辛漸行刺淮陽王的說法便不攻自破，可他不但不能放了這四人，還得想法子補上其中的漏洞，這不是天大的難題麼？

忽從人群中擠過來一名年輕男子，正是那謝瑤環的同伴胥震，大模大樣地叫道：「你是蒲州刺史明珪麼？」

明珪道：「正是。啊，你是……」當即猜到對方即是那位制使的隨從，他已經聽曹符鳳提過女皇制使就住在逍遙樓中一事。

昨晚曹符鳳來逍遙樓鬧事，從隻言片語中識破了謝瑤環身分，不敢隱瞞，回到河東驛站後立即稟告淮陽王武延秀。武延秀竟然聽過這謝瑤環的名字，知道她和上官婉兒都是女皇跟前十分寵幸的女官，只是沒有見過面，不知道她的模樣。

這謝瑤環與罪臣上官儀[3]之後上官婉兒不同，她可是黔州都督[4]謝佑的獨生愛女。昔日太宗皇帝李世民於玄武門發動兵變，殺死兄長太子李建成和弟弟齊王李元吉，其子女眷屬盡被誅殺，只有齊王妃楊氏因貌美被太宗收為己有。楊氏為太宗生下一子名李明，封曹王。偏偏這位李明與武則天第二子李賢關係十分親密。李賢被廢後，李明受到牽連，降封零陵郡王，徙於黔州安置。黔州不但是太宗長子廢太子李承乾被幽死的地方，太宗、高宗兩代權臣長孫無忌也是在這裡被處死。黔州都督謝佑暗受武則天指令，祕密殺死了李明，謊稱其是畏罪自殺。李明在世時與同父異母的兄長高宗皇帝關係不錯，因而高宗聽到李明死訊後怒不可遏，將黔州黔府官吏全部免職。沒過兩天，謝佑半夜被人刺殺，首級失蹤，成為一樁無頭公案。謝佑孤女謝瑤環時年三歲，武則天憐其孤弱，收入宮中撫養。後來武則天登基為帝後派人殺光李明親屬子嗣，抄家時搜到了被漆為尿壺的謝佑頭顱，這才知道當年謝佑之死是李明後人所為。武則天本人也是幼年喪父，嘗盡其中艱辛滋味，加上謝佑確是因受她之命殺死李明才遇刺身亡，有功於本朝，由此更對謝瑤環感到歉疚，視若親女，恩寵有加。正因為知道謝瑤環在女皇心目中地位特殊，有心結納，武延秀才連夜派校尉曹符鳳送來一份厚禮。這當然也用不著他自己掏腰包，不過是沿途地方官溜鬚拍馬所送的禮物，他略作轉手而已。

明珪雖然知道制使到了蒲州，卻與武延秀的心思完全不同，欲當作不知此事，如果對方不找上州廨，他絕不會主動巴結，哪知道謝瑤環早聽到逍遙樓前風起雲湧、驚心動魄的一幕，竟主動派人出面。果聽見胥震道：「明刺史請隨我進樓，有人想要見你。」他不過是布衣平民打扮，對一州刺史說話的語氣卻極其冷淡，彷若是在使喚下屬小吏一般。

明珪心中暗暗叫苦，面上不得不畢恭畢敬地道：「是。」命人先將辛漸、狄郊、王之渙、李蒙四人押進樓中，將看熱鬧的人驅散，自己整了整衣冠，跟隨胥震來到謝瑤環房外。

謝瑤環隔著房門問道：「淮陽王已經將行刺案交給了使君處置麼？」明珪道：「是。」謝瑤環道：「那麼使君如何看待這件案子？」明珪道：「這個……下臣暫且不知。」

謝瑤環沉吟半晌，道：「使君，這件案子非常棘手，不如交給我親自審理，你看如何？」明珪大喜過望，道：「求之不得，多謝制使。」謝瑤環道：「那好，你留下一撥人在逍遙樓聽我號令，將罪犯押進來，這就去吧。」

明珪奇道：「制使是要在這逍遙樓裡審案？」謝瑤環道：「嗯。」

明珪恨不得趕快將燙手的山芋扔出，雖覺這位女制使節行事出人意外，可女人當皇帝已經是千古奇聞，這天下的怪事多了去了，也不再多問，忙道：「謹遵制使之命。」出來傳令兵士押辛漸等人進去，又命人圍住逍遙樓，一切聽謝瑤環號令，自己忙不迭地回州廨裝病去了。

辛漸幾人被押來客房院中，謝瑤環早步出房外，含笑看著四人默然不語。王之渙忍不住問道：「娘子到底是什麼人？」謝瑤環道：「郎君倒是猜猜看。」王之渙道：「娘子當然是官家人啦，不然為何連刺史都對你恭恭敬敬的。」

謝瑤環咯咯大笑，也不回答，命兵士去掉四人手頸戒具，道：「你們這就去吧。」

辛漸大奇，問道：「娘子放了我們，不怕淮陽王追究報復麼？」謝瑤環笑道：「別人怕他，我可不怕他。傻子都知道，他是要借行刺一案誣陷你們五個，我這就放你們去查明事實真相，還有那起莫名其妙的王翰姦殺錦娘案。」

眾人這才知道她早已了然逍遙樓前發生的一切，只是此女如此肆無忌憚，連武延秀也不放在眼裡，到底是什麼來路？

狄郊試探問道：「娘子是女皇陛下身邊的女官？」謝瑤環也不否認，道：「你們這就去吧。王之渙，你先留一下。」

王之渙一時矛盾交加，既對這位機智聰慧的娘子幾次出手營救己方充滿感激，又忌憚和反感對方是女皇心腹女官的身分，更不知道她刻意留下自己有什麼用意，難免忐忑不安。

謝瑤環引他進入房中，指著桌上的紙筆笑道：「我們近日就要離開蒲州，請郎君為我題詩一首，也好當作分別留念。」王之渙「啊」了一聲，忙道：「願意效勞。」走到桌前，剛捉起毫筆，謝瑤環又道：「嗯，王郎就寫昨日那首〈登鸛雀樓〉給我吧。」

王之渙道：「那已經是昨日舊詩，如何能當作臨別紀念？我這就為娘子新寫一首詩。」謝瑤環道：「不，我還是喜歡那首〈登鸛雀樓〉，況且……」她壓低了聲音，咬著嘴唇道，「鸛雀樓可是我們第一次相遇的地方。」

王之渙聽了這話，只覺得心中一漾，恍然間有所會意。他轉頭去看謝瑤環，卻見她杏面桃腮，微暈紅潮，露出小兒女的嬌憨羞澀來，哪有半分掌握生殺予奪大權的女官姿態？

忽聽得胥震一旁叫道：「娘子，行囊車馬已經命人去準備了。」王之渙這才回過神來，略一凝思，即揮毫走筆，在紙箋上題下了〈登鸛雀樓〉一詩。

辛漸三人正在廳堂安排僮僕田睿、田智趕去河東縣衙查探王翰情形。這兄弟二人昨夜酒醉昏睡在雅間中，於外間事情渾然不知，搜樓的羽林軍士也未發現他們，哪知道一早睡醒就發生了主人捲進命案官司大事。狄郊生怕二人年輕慌了神，低聲囑咐一番，才命二人去了。

見王之渙出來，辛漸忙問道：「她找你什麼事？」王之渙道：「沒事。」李蒙狐疑問道：「當真沒事？」王之渙搖了搖頭。狄郊道：「走，回房再談。」

四人回來狄郊房中，王之渙先問道：「你們相信王翰會姦殺錦娘麼？」李蒙道：「我寧可相信王翰是行刺武延秀的刺客，也絕不相信他會用強姦殺女人。況且那錦娘……」

他本想說錦娘相貌平平，而王翰生平只愛絕色女子，忽想到這樣說未免對死者秦錦不敬，忙住了口，但旁人已明白他的意思。

辛漸也道：「王翰絕不會對錦娘起意。我們昨晚在逍遙樓前撞到錦娘，他可是看都沒有多看她一眼。」

王之渙道：「可是那在錦娘房中撿到的玉珮確是王翰隨身之物，無可否認。」狄郊道：「那塊玉珮在昨天晚上宴飲之前就已經丟失了。你們沒有留意到麼？當時趙曼唱完那首〈春日歸思〉後，王翰曾伸手去摸腰間，我猜他是想摘取玉珮當纏頭，結果摸了個空，這才解下蹀躞帶扣。」

王之渙道：「這就更說不通了，既然玉珮早已丟失，這玉珮溫潤名貴，撿到的人該當作至寶才對。我們昨日才到蒲州，不過到鸛雀樓逛了一圈，誰都不認識，撿到玉珮的人又怎麼會剛好認得失主王翰呢？」

狄郊問道：「辛漸，你適才在樓前，正要說出指證王翰是殺人凶手的證人是誰，卻被王翰自己打斷，你本來覺得是誰？」辛漸道：「嗯，我只是懷疑，證人可能是蔣翁的兒子蔣會。」

王之渙和李蒙均是大吃一驚。李蒙問道：「你怎麼會懷疑是蔣翁的兒子？莫非因為他假冒王翰調戲趙曼被撞破而可能懷恨在心麼？」

辛漸道：「我們昨天才到這裡，見過我們幾個的人本來就不多，認識我們的更是寥寥可數，無非是逍遙樓的夥計等，所以我猜證人一定在這些人當中，很容易就能想到蔣會身上。況且昨晚只有他不在逍遙樓，甚至到現在人也還沒出現，嫌疑難道不是最大麼？」

狄郊道：「可一直到我們進雅間後蔣會才第一次見到我們，況且他假扮王翰被當場揭穿，惱羞成怒，又有蔣翁和我們這些人在場，難以有機會於眾目睽睽下從王翰身上取走玉珮。」

辛漸道：「嗯，很有道理，既然蔣會第一次見到王翰時玉珮已經丟失，他從沒見過玉珮的樣子，自然也不知道那是王翰之物。這麼看來，他應該不是那個證人，是我想錯了。老狄，你有什麼高見？」狄郊道：「不知道玉珮具體是什麼時間遺失的，我倒是很懷疑鸛雀樓前那個算命的道士。」

王之渙道：「呀，怎麼又扯到那道士身上了？」狄郊道：「王翰的玉珮昨天早上一定還在，不然他起床穿衣時就該發現了，所以玉珮一定是在蒲州境內失落。你們再細想一下我們昨日的行程，我們昨日上午才過蒲津浮橋，進入蒲州，如果玉珮在浮橋上遺失，撿到的人未必知道是誰失落，更加不會認識我們。」

辛漸道：「對，然後我們幾個隨便吃些東西，就直接去了鸛雀樓，天黑才回到逍遙樓，一路下來，只有鸛雀樓那道士知道王翰的身分。」

狄郊點頭道：「所以我推斷玉珮應該是丟失在我們從鸛雀樓回逍遙樓的路上。這個撿到玉珮的男子，也許是那道士，但也有可能不是，其昨夜潛入秦錦房中，意圖強姦，結果被嫂嫂蔣素素聽見動靜，這男人當即殺了錦娘，翻牆逃走。慌亂間，將玉珮遺失在凶案現場，結果被差役找到，恰好又被道士認出是王翰的玉珮。」

王之渙道：「可就算那道士能認出王翰的玉珮，他為什麼要說親眼見到王翰從秦家翻牆出來？這明明是句謊話。」

狄郊道：「只有一個可能，這道士就是撿到玉珮的人，也就是殺死錦娘的人。他慌亂中遺失了玉珮，反倒成為嫁禍王翰的絕好機會，他再出面指認親眼見到王翰從秦家翻牆而出，那可就是人證、物證俱全，即使王翰不認，官府也能判處他殺人罪。」

辛漸搖頭道：「我跟那道士談聊過幾句，他不像這種強姦婦女、再殺人滅口的亡命之徒。」李蒙道：「不管他是不是，咱們這就去找他當面問個明白。」

忽聽見門外蔣大叫道：「狄郎在麼？」狄郊忙開了門讓他進來。蔣大滿面憂色，道：「郎君們都在，有件事不知道該不該說。」雙手搓來搓去，似是難以下定決心。

王之渙道：「莫非是跟令郎蔣會有關？」蔣大嚇了一大跳，問道：「郎君怎麼會這麼問？」王之渙忙道：「我只是隨便一問。」蔣大這才舒了一口氣，道：「嗯，是有關我姪女蔣素素的。她……她其實是個品性不怎麼好的女子……」

他支吾了半天，最終還是斷斷續續地說出了事情原委——原來蔣素素丈夫秦嶺早喪，只剩下她與小姑秦錦相依為命，偏偏她水性揚花，耐不住寂寞，先後與好幾個男人媾和偷情。她與秦錦住在一個院中，姦情自然難以瞞過對方雙眼。秦錦又是個正經女子，多次從旁勸說嫂嫂安守婦道，蔣素素自然聽不進去，開始嫌棄小姑礙手礙腳，有意做媒將秦錦嫁給蔣大之子蔣會。蔣大倒也願意，秦錦自己卻不同意，昨日傍晚來到逍遙樓找蔣大，一是要拒絕這門親事，二是想請蔣大以伯父身分出面勸勸蔣素素，若她實在不願為亡夫守節，不如再次改嫁，也省得在外面落個蕩婦蕩娃的名聲。其實這些話蔣大老早對蔣素素婉轉提過，可她並不心甘情願，一為秦家還有一份家產，二來一旦再嫁，又被新丈夫拘住，哪裡比得上同時有幾個情夫快活？

蔣大一番話講完，幾人頓時明白他的暗示——他懷疑是蔣素素起心報復殺死小姑，那所謂的殺人凶手就是她情夫中的一個，指證王翰是凶手的自然也就是那個情夫，這不過是典型的嫁禍之計罷了。只是蔣素素並未見過王翰，她的情夫又是如何弄到玉珮，怎樣設下李代桃僵的圈套？那塊玉珮極其名貴，足夠普通百姓家一輩子生活，撿到的人怎會捨得輕易丟棄？更說不通的是，蔣素素不過是普通平民，想來她情夫也是如此，王翰究竟出身名門望族，是天下第一巨富，選擇他來當替罪羊不是很不理智麼？適才蔣素素在逍遙樓前辨認凶手背影，一聽到蔣大提及王翰身分，立即有意庇護，若是她堅決指證王翰，局面不是對王翰更加不利麼？她並不如何哀傷小姑之死是真，可她提到看見秦錦倒在血泊中時那種恐懼卻是真情流露，裝不出來的。這其中疑點甚多，稍一推斷，便可知道蔣素素夥同情夫害死小姑的說法難以成立。

辛漸不欲他們自家人因為猜忌而心生嫌隙，當即道：「蔣翁，素娘應當與這件案子無關，你還是安心幫她操辦錦娘喪事吧。」王之渙也道：「蔣翁放心，這件事事關王翰，我們幾個一定會查個水落石出，也好給錦娘一個交代。」

蔣大本來也只是懷疑，聽辛漸一說，這才長舒一口氣，道：「沒有干係就好。不打攪幾位郎君商議大事。」正要出去，忽聽得狄郊問道：「還有一事，不知道蔣翁可知道……嗯，與素娘相好的男子有哪些？」

蔣大微有遲疑，道：「這個……我也不十分清楚。郎君們實在想知道，不如直接去問素素本人。」狄郊道：「也好，多謝。」

等蔣大退出，李蒙道：「我看蔣翁分明知道素娘的姘頭是誰，只不過因為她是他姪女，他不願意說。」

辛漸道：「蔣翁應該只是聽說過，不說也是出於好意，不願意這些捕風捉影的傳聞壞人名頭。」又問道，「老狄，你特意打聽這個做什麼？」

狄郊道：「蔣翁懷疑他姪女蔣素素是夥同情夫殺害錦娘，我們幾個都知道這難以站住腳，能如此成功地嫁禍到王翰身上，令他跳進黃河也洗不清……」

王之渙打斷道：「倒也未必，是王翰自己不願意洗清，他以為他承認殺了錦娘，卻又就能令我們幾個從刺殺案中脫罪。不如我們現在就去告訴他有謝家娘子為我們撐腰，他不必再冒認罪名了。」

狄郊道：「這件事等田睿、田智打探清楚回來再說。」又續道，「無論王翰自己想不想認罪，眼下的證據對他很不利，應該有更高明的人在暗中操控，這人絕對不會是蔣素素。但我倒從蔣翁的話中得到啟發，昨晚那男子要找的會不會是素娘？不過摸錯了房門，誤入錦娘房間。」

辛漸道：「有幾分道理。然則蔣素素既然平時就不檢點，她為了方便自己尋歡，房間應該與秦錦有一定距離，如果那男子是熟門熟路又豈能弄錯房間？除非是頭一次到秦家。」

李蒙道：「其實要我說，這種說法行不通，素娘的姘頭哪會摸錯房間？況且我說句不中聽的話，那蔣素素也確實比秦錦有風韻多了，換作是我，我一定會去找素娘，而不是她小姑秦錦。」

狄郊道：「如果昨晚的凶手並不是熟識的相好，而是第一次到秦家呢？秦錦一向貞靜，蔣素素卻是風流浪蕩名聲在外的女子，此人不過是慕名翻牆入房求歡，結果為對方所拒；素娘聞聲趕出來，那男子這才知道找錯了人，一怒之下殺了錦娘。」

如此說法確實合情合理得多，譬如是那道士車三久慕蔣素素在外浪蕩之名，事先已眉來眼去，當晚摸來秦家想一親芳澤，因頭一次來，誤進了秦錦房間，殺人滅口時遺落了他在鸛雀樓撿到的王翰玉珮，後來見玉珮被差役撿到，成了官府追查凶手身分的關鍵證據，便乾脆自己出面指認看見王翰翻牆出逃，人證、物證兩全，王翰萬難脫罪。

眾人深覺有理。狄郊道：「嗯，這樣，我和之渙趕去秦家看看。辛漸和李蒙去河東縣衙，想辦法見到王翰，將這些事情告訴他，問問他昨晚去了哪裡，他衣服那些血是怎麼回事。再去找一趟那算命道士。」

李蒙氣道：「見到王翰第一面就該給他個大耳刮子，當年明明說好要同生共死，結果他倒好，自己趕緊先攬了殺死錦娘的罪名，也不想想這可是姦殺案，太壞他風流公子的名頭。」辛漸道：「那好，一會兒見面我從後面抱住他，好好讓你打他幾耳光。」

狄郊道：「你們自己當心點，那河東縣令人很精明，王翰既已認罪，就已經是待決死囚的身分，應該不會輕易讓你們見到他。」辛漸道：「好，分頭行事。」

河東縣衙距離逍遙樓不遠，騎馬一刻即到。辛漸、李蒙還未到門前，遠遠就見到田睿、田智兄弟哭喪著臉在衙門階下徘徊。二人忙馳過去問道：「出了什麼事？」田睿道：「他們連大門都不讓我們進，更別說見到阿郎了。打聽阿郎的消息，連一句話也沒有。」

李蒙道：「給錢了麼？」田智道：「人不收！說竇縣令是個清正廉明的清官，非但自己不收錢，也不准手下人收錢。」

李蒙冷笑道：「長在河邊走，哪有不濕鞋？不收錢的官兒我還沒有見過，不過是收多收少的問題。你們等在這裡，看我的。」幾步登上臺階，慢吞吞走到守門的差役面前，嘻嘻笑道：「差大哥，向你打聽王翰的事。」那差役臉一沉，道：「你跟臺階下那兩人不是一夥的麼？我都跟他們說了，我們明府是清官……」只覺得眼前金光耀眼，不自覺地住了口，只盯著眼前那袋金砂不放。

李蒙若無其事地將布袋塞到那差役手中，又轉頭對其他三名差役道：「幾位差大哥見者有份，一人一袋，一會兒我就派人送到各位府上。放心，我只打聽打聽王翰的事，不是要救他出去。」

那金砂價值足以抵差役三輩子的俸祿，他尚在猶豫，一旁三人已經搶過來，紛紛道：「讓我看看金砂長什麼樣。」「呀，真不少。」「老張，這不是什麼壞事，告訴他吧。」

李蒙道：「就算你們縣令除了你們四位的差，幾位日後衣食包在我身上。」一名差役笑道：「夠了，這袋金砂就夠我們全家一輩子了。」

領頭差役躊躇片刻，終於還是抵不住金子的誘惑，道：「適才明府押了王公子回來，沒有過堂審問，直接押入了死牢，具體情形我們也不得而知。」李蒙道：「大獄不就在縣衙裡面麼？勞煩差大哥幫忙打聽一下，別讓我兄弟受苦。」差役為難道：「按照規定，只有典獄和獄卒才能出入大獄，我們進不去。」李蒙道：「凡是願意幫忙的，典獄也好，獄卒也好，人人有一袋金砂可領，這可全是沾差大哥的光，就由差大哥來分發。」

領頭差役當然知道衙門當差人情最是重要，如果真由他經手來分發金砂，如此重金，豈不是人人要領他的情？當即笑道：「公子是個爽快人，我少不得要多出力跑腿。這裡人來人往，說話不便，公子請先回去，你住逍遙樓是吧，有消息我自會去稟告公子。」

李蒙笑道：「多謝。」下來臺階，道，「我看一時難以見到王翰的人，我有個主意，我們回逍遙樓找謝瑤環幫忙。」辛漸道：「那你賄賂這些差役不是白忙活了？」李蒙道：「不白忙活，有個眼線總是好的。」

辛漸沉吟道：「也好，謝瑤環為人爽快豪氣，求她一下試試。」待上馬時，正見到一名紫衣女郎迎面走來，吸引他注意的固然是女郎清豔美麗的容貌，但那種超凡脫俗的仙家之氣更像春風般淋沐了他全身。

忽聽到女郎的隨從扶刀喝道：「看什麼看？還沒有看夠麼？」女郎頓住腳步，冷靜地站在路旁，道：「宮延，別惹事。」宮延道：「是。」

辛漸這才回過神來，將韁繩在手上無聊地纏繞了幾圈，竭力忍住不朝那女郎望去，卻又不願就此上馬離去，總覺得她目光正落在自己身上，停下來是要說幾句什麼。果聽見那女郎問道：「郎君高姓大名？」

辛漸心頭一陣怦怦亂跳，抬起頭來，卻見女郎眼睛亮得驚人，正炯炯有神地拿審視的眼光凝視自己，正要回答，李蒙已然搶著答道：「他叫辛漸，我是李蒙。娘子是……」

那女郎依舊只望著辛漸，問道：「王翰是你什麼人？」李蒙道：「是我們兩個的好朋友。還沒有請教娘子尊姓大名，如何識得王翰？」那女郎緩緩道：「二九子，為父後；玉無瑕，弁無首；荊山石，往往有。」李蒙一呆，問道：「什麼？」

那女郎卻不再答話，帶著隨從自往縣衙大門去了。她不知道拿出個什麼東西晃了一下，領頭的差役便忙不迭地領她進去。

李蒙目瞪口呆，喃喃道：「這到底是什麼人？等我去問一下……」辛漸一把扯住他，道：「別惹事，救出王翰要緊。」李蒙道：「是呢。辛漸，你回去求那個謝瑤環帶我們進去看王翰，我在這裡等你。」辛漸道：「求人的事我辦不來，得你出馬。走吧，你再看，她也不會馬上出來。」不由分說地往李蒙腰間一托。李蒙身體肥胖，少說也有百十來斤，卻被辛漸這一抬便跨上了馬。

李蒙猶自戀戀不捨地回頭望著縣衙大門，希冀能再見到那貌美的紫衣女郎一面，幾經辛漸催促，這才夾馬道：「走吧。」

回來逍遙樓，卻見守在樓前的兵士已經不見了，問過夥計才知道謝瑤環已經乘馬車離開了蒲州。二人無可奈何，只得命田睿、田智留在逍遙樓等河東縣衙的消息，自己又騎馬往鸛雀樓而來，倒真見到那個算命道士車三還在樓前擺著卦攤，卻依舊是昨日那身又髒又舊的道袍。

辛漸上前問道：「先生今日生意可好？」車三道：「託福，託福。」辛漸道：「昨日臨別，先生送我一句『玉走金飛』，不知道到底作何解？」車三道：「機不可失，時不再來。昨日之卦，今日不可再解。」

李蒙心中瞧不起這窮酸道士，不願意多費口舌，問道：「喂，你昨日有沒有撿到一塊玉珮？」車三道：「看這位郎君的樣子，倒像是來興師問罪的。郎君莫非不知道『國無盜賊，道不拾遺』的道理？」

李蒙道：「國無盜賊？哈哈哈，這是我這輩子聽到最好笑的話了。」

辛漸生怕李蒙隨口說出什麼攻擊朝政的言語來，徒授人以話柄，忙道：「請恕我們冒昧，不知道先生昨晚去了哪裡？」車三忽露出忸怩的神態，道：「郎君問這個做什麼？」辛漸道：「我的朋友王翰有些麻煩，先生若肯透露行蹤或許能對他有所幫助。」

車三道：「王翰？不就是那位最俊逸最闊綽的公子麼？我昨晚去賭坊時看到他了。」

辛漸和李蒙都吃了一驚。李蒙問道：「你在哪裡遇到他？」車三道：「快到賭坊的時候。王公子不知道是喝醉了還是心情不好，一直在那邊高牆下轉來轉去，我還叫了他一聲，他也沒理睬。」

李蒙還待再問，辛漸拉住他，向車三道了謝，轉身走開。李蒙道：「咱們還沒有問清楚他昨晚的行蹤呢。」辛漸道：「他不是殺人凶手，他對這一切毫不知情。」

李蒙道：「你怎麼這麼肯定？」辛漸道：「不信我帶你去查驗。」當即向路人打聽了地址，與李蒙一起來到賭坊，略一打聽，好幾個人爭相訴說道士車三昨晚賭了一夜，又輸得精光。

李蒙大奇，問道：「你怎麼會知道道士是個賭徒？」辛漸道：「他在鸛雀樓這樣的名勝之地擺攤算卦，生意應該不差，卻如此寒酸落魄，所以要麼好賭，要麼好嫖，既然還穿著道士的衣服，嫖似乎不大容易，那麼就剩下賭。況且他自己也說了，他是在去賭坊的路上遇到王翰……」話到這裡，忽然頓住了。

李蒙問道：「你在看什麼？」辛漸道：「那邊……那邊不就是河東驛站麼？」李蒙道：「哎呀，是驛站後院。」

二人交換了一下眼色，心頭各自疑雲大起。既然車三說是在高牆下看見王翰，就是說昨晚王翰確實在河東驛站外出現過，難道他真是刺殺武延秀的刺客？大夥都能肯定他不是殺死錦娘的凶手，胸口血跡自然也不會是秦錦的，莫非正是被那柄凶器匕首刺中的人所流？如此一來，難怪王翰會搶著認罪殺死錦娘，這樣官府便無論如何難以將他與刺客加以聯繫。可這未必也太巧合了——河東驛站出現刺客，武延秀先是誣陷狄郊不成，又改口說王翰是刺客，王翰又確實曾出現在河東驛站外，儘管這一點武延秀到現在還不知道。同時城東峨嵋嶺又發生了姦殺案，王翰隨身玉珮遺落現場不說，還有神祕證人力證親眼見到他就是殺人凶手，這實際上是在為他是刺客脫罪。莫非……莫非這是王翰有意安排的一切？可五人情同手足，他如何不先跟旁人商議，難道僅僅是怕牽連眾人麼？

李蒙遲疑著說了自己的想法，辛漸道：「這應該只是巧合。你想想看，我們與武延秀一行都是昨日才到蒲州，他和武延秀爭奪趙曼也只是昨晚碰巧發生之事，他如何能瞞過我們事先安排這一切？」

李蒙這才舒了口氣，歎道：「我現在徹底相信道士車三跟這件事沒有關係了。若是他要整垮我們，大可指認昨晚在驛站外見過王翰，那可就是極不利我們的鐵證了。」

辛漸這才想起李蒙曾被羽林軍帶去河東驛站的事，忙問情形到底如何。李蒙道：「我不說你也能猜到，無非是威逼利誘，要我指證你們四個是刺客唄。我當然不肯答應，那淮陽王武延秀當即黑了臉，要命人將我綑起來嚴刑拷打。我本來以為這次自己死定了，哪知道最關鍵的時刻，永年縣主武靈覺突然闖進來救了我。」

辛漸聽了大奇，道：「武延秀和武靈覺不是堂兄妹麼？她為什麼要救你？」李蒙道：「這我也不知道。嗯，其實縣主倒也不是特意要救我，她似乎就是一心想跟武延秀抬槓，兩人不停地拌嘴，武延秀說不過她，好像還有些怕她。嗯，她雖然醜了點，有時候倒也覺得滿可愛的。」

辛漸更是驚訝，道：「論血緣，武延秀是女皇親姪孫，武靈覺則不過隔了好幾代的堂姪孫，武延秀怎麼會怕她？」李蒙道：「呀，你真不知道麼？武靈覺嗣母可是太平公主，那可是女皇最心愛最寶貝的女兒。」

原來太平公主李令月的第一任丈夫薛紹，因捲入反抗武則天案而被活活餓死獄中，當時太平公主尚懷有身孕，卻不得不面對丈夫被母親殺死的事實。武則天對女兒感到有愧，又要做主將太平公主改嫁給親姪武承嗣，武承嗣的原配妻子也就是武延秀的生母盧氏還在世，武則天便下令盧氏自盡，好為太平公主騰出正妻位子。但突然不知道怎的，傳聞武承嗣身患惡疾，太平公主又相中了武攸暨，武則天便派人殺了武攸暨的正妻蕭氏，盧氏反而由此死裡逃生。永年縣主武靈覺正是蕭氏所生，太平公主嫁給武攸暨後覺得有愧於她，特收為嗣女，很是寵愛。

辛漸對這些皇室恩恩怨怨並無興趣，不過隨口一問。與李蒙回到逍遙樓，卻見一名縣衙差役正等在門前，一見二人就上前告道：「二位郎君可回來了，不好了，險些出了大事。」

辛漸忙問道：「事關王翰麼？」差役點頭道：「正是。二位郎君離開時不是看到一位紫衣美貌小娘子麼？那小娘子不知道什麼來頭，手中持有金牌令箭，要探視王公子，縣令也不敢拒絕，只能放她和那位隨從進去。王公子被關在最裡間的死牢，縣令對他很是優待，一人住一間，手足也未上刑具。本來獄卒都被那小娘子喝了出去，忽聽到裡面有動靜，大著膽子溜過去一看，那位隨從正用手扼住王公子咽喉，似在逼問什麼事情，王公子不肯說出來，直被扼得滿面青紫，幾近窒息。獄卒怕鬧出人命，得承擔看守不力的責任，慌忙趕進去阻止，這才及時救下了王公子，所幸並無大礙。」

辛漸道：「那紫衣娘子人呢？」差役道：「她見事情不成，立即就帶著隨從離開了縣衙，不知道去了哪裡。獄卒還向王公子打聽那紫衣娘子來歷，他卻是一個字也不肯說。」

李蒙忙命田睿、田智自行囊中取出金砂裝了數袋，親手交給差役，那差役喜不自勝，千恩萬謝地去了。

辛漸沉吟半晌，轉身道：「我得想辦法去牢裡看看王翰。」李蒙忙拖住他手臂，道：「你這樣貿然前去，是見不到王翰的。那縣令一不審他，二不打他，只將他關起來，分明是有什麼不可告人的目的。」

辛漸道：「河東縣令當眾指認王翰是姦殺錦娘的凶手，將他押回縣衙後逕直關進大牢，也不派書吏錄取他如何殺害秦錦的口供。我倒覺得這位縣令是個明白人，他是在幫我們，並沒有什麼不可告人的目的。」

李蒙道：「這話怎麼說？」辛漸道：「我猜他應該跟我們一樣，深信王翰絕無可能殺死秦錦，他若是立即升堂審問，錄取口供，你想王翰從來沒有去過秦家，只能胡說一通，這樣反而跟案情不符，容易露出破綻和馬腳，所以他乾脆不理不問。」

李蒙道：「這麼說，這位竇縣令也知道王翰跟刺客案有牽連，為了幫助我們脫罪，才有意謊稱有證人親眼看見王翰從秦家翻牆出來？」辛漸道：「證人未必是假，不然竇縣令如何能知道玉珮是王翰隨身之物？」

李蒙道：「是你異想天開吧，竇縣令又不認識我們，憑什麼要幫我們？」辛漸道：「我也只是推測。仔細一想也確實不大可能，姦殺案和刺客案幾乎同時在兩地發生，大家事先不可能都知道，如何能做出周密安排？」

李蒙道：「行了，還是等老狄他們回來再想辦法去見王翰，當面一問就清楚了。忙活了大半天，你不餓麼？我可是餓得前胸貼後背了。」

辛漸無奈，只得跟李蒙一道進來逍遙樓，隨意要了些酒菜填飽肚子。剛一動筷子，又想起後院柴房的袁華來，忙趕去查看，卻是人去房空；問起夥計，無人見過他，房中行囊也不見了，想必是覺得逍遙樓不安全，已然設法離開。他到底是如何受的傷，傷他的人又是誰，遂成為一個大謎團。

午飯吃到一半時，狄郊和王之渙終於回來了，辛漸忙說了自己這邊忙活的事。李蒙道：「走了一個謝瑤環，又來了一個更為神祕的紫衣女郎，整件事情可是越來越離奇了。」

王之渙道：「二九子，就是十加八，是個木字。子為父後，是個子字。木下子，李字也；玉無瑕，去其點。弁無首，存其廾。王下廾，是個弄字；荊山石，往往有，荊山多玉，這位紫衣娘子應該名叫李弄玉。」

狄郊道：「李弄玉手中既有金牌令箭，想來跟謝瑤環一樣，是朝廷的人。只是她為何要去獄中找王翰麻煩？莫非跟昨晚王翰的行蹤有關？」李蒙道：「她既與王翰為敵，就是跟我們所有人作對，那麼她又為何要用藏頭詩的方式告知真名？」

辛漸道：「咱們還是得去獄中見到王翰本人，才好問個明白。」狄郊道：「那好，吃過飯咱們一起去河東縣衙，正好可以請竇縣令釋放王翰。」當即邊吃飯邊講述了他和王之渙去峨嵋嶺秦家的情形。

狄郊和王之渙這一趟很是順利，秦家就在峨嵋嶺下，距離名寺普救寺不遠，向路邊擺攤賣新鮮果子的一打聽就能知道。蔣素素聲名當真不怎麼好，那賣果子的聽說二人是來祭奠錦娘，立即搖頭歎息道：「該死的不死，不該死的倒是死了，好人沒好報，錦娘可憐啊，還沒有嫁人，倒教偷漢的阿嫂給害死了。」

二人這才知道，不單是蔣大懷疑是蔣素素夥同姦夫殺死了秦錦，這一帶的人們普遍也持這種看法。

狄郊道：「既然秦家的男人早已經去世，這姑嫂二人如何謀生呢？」賣果子的道：「秦家有兩處房子，一處就是你們打聽要去的蔣素素家，另一處就在那邊，喏，就是那處『河津胡餅[5]』，正對普救寺大門，位置多好，前面臨街的大堂租給胡人作餅鋪，後面的小院則租給一處姓韋的人家。一年下來，租金可不少呢，足夠她姑嫂二人吃穿用度了。」王之渙道：「原來如此，難怪蔣翁說蔣素素貪圖秦家財產，不肯再嫁。」當即謝過賣果子的攤販，朝秦家而來。

秦家位於峨嵋嶺高崗下，正在普救寺後牆外的小巷中，獨門獨院，頗為僻靜。二人到秦家時蔣素素還沒有回家，院門緊鎖，倒是狄郊立即留意到一名水手打扮的年輕男子在巷口鬼鬼祟祟地朝這邊張望。

那水手正是傅臘，見狄郊留意到自己，立刻轉身疾走。狄郊忙叫道：「喂，這位水手大哥……」傅臘加快腳步，頭也不回地去了。

狄郊疑心大起，慌忙去追，在巷口正遇到蔣素素回來，只得停下來道：「娘子可回來了。我二人是王翰的朋友……」蔣素素道：「嗯，我記得在逍遙樓裡見過二位。郎君來找我，是為王公子因錦娘被殺入獄麼？」王之渙道：「正是。」

蔣素素道：「這件事還真是奇怪，王公子他怎麼會……」忽覺得自己以被害人嫂嫂的身分不便多談，慌忙住了口。

狄郊道：「我們想看看凶案現場，可以麼？」蔣素素道：「當然可以。」拿鑰匙開了銅鎖，領著二人進來。

這是一處坐北朝南的小院，院門正對著高高的土坎，土坎上則是普救寺的後院北牆。院中花木陰森，生長繁茂，修剪得也頗為齊整。正北面有屋三楹[6]，東西各有廂房三間，房頂爬滿藤狀蘿蔓，青翠幽綠，別有意趣。

蔣素素道：「我住東廂，錦娘住在西廂。」狄郊道：「娘子既是大嫂，如何不住正屋？」蔣素素道：「自從我丈夫暴病死後，我總覺得睹物思人……」臉上閃過一絲羞愧，而不是悲戚，又續道，「反正東廂房也空著，就乾脆搬了出來。」

狄郊心道：「這女子雖然淫蕩，卻尚有羞恥之心，不願意在故去丈夫躺過的床上與別的男人偷情交歡。」又問道，「正屋是一直空著麼？」蔣素素道：「是，不過眼下錦娘的屍首停放在那裡。」

狄郊道：「我想到正屋和錦娘房中看看，可以麼？」蔣素素道：「郎君請便，不過我可不能陪郎君進去，我……我害怕……」她臉上又流露出恐懼的表情來，顯然錦娘之死嚇壞了她。

狄郊便朝王之渙使了眼色，示意他設法問蔣素素情夫的名字，自己則來到正屋。因棺木尚未送到，秦錦被臨時放在一塊門板上，橫在堂屋中間，屍首上遮著一幅床單。狄郊上前揭開床單，卻見秦錦頭髮蓬亂，面目猙獰，雙眼睜得老大，身上衣衫不甚整齊，只勉強遮住身子。大約她死時就是這副樣子，衙門差役驗屍後就將她匆匆抬到這裡，蔣素素也沒有心情和膽量替小姑梳洗換上壽衣。

秦錦是胸口中刀，刀口如縫，入刀極深，可見凶手腕勁不小，應該是個孔武有力、訓練有素的男子。不知怎的，狄郊立即想到適才在門外見到的那個神祕水手。

又來到西廂錦娘房中，房內甚是素淨，只有床頭一片凌亂，遺留有一大灘血跡。仔細勘驗，別無可疑之處。出來房外，王之渙還在院中與蔣素素密密交談著。狄郊揚聲問道：「那凶手是從西邊院牆翻走的麼？」蔣素素應道：「是，就在郎君右手邊。」

狄郊走到牆根下，果見西面土牆上某處明顯有鞋子蹬過的滑跡，痕印極新，當是男子的足跡，看來蔣素素的供詞是可信的。不管這凶手本意就是衝秦錦而來，還是摸錯了房間，肯定不會是蔣素素的情夫。而蔣素素提供了凶手翻牆而出的證詞，也表明她確實與錦娘被殺無關。不然她何須多此一舉，只說當晚沒有聽到任何動靜、次日清晨才發現錦娘在房中遇害豈不是更完美？只是如此一來，難以從蔣素素及秦家認識的人下手，要追查凶手就更是難上加難了。

思慮片刻，狄郊又照貓畫虎般爬上土牆，騎在牆頭。前方就是巷口，往後一望，卻見到一個柴垛，恰好在大門東面不遠，不由得心念一動：「如果恰好能看到凶手翻牆出來且不為凶手察覺，人要麼站在巷口，要麼躲在柴垛後。可凶手既是要逃跑，當是面朝退路翻牆，以在最短時間內衝出巷口，這是人的本能反應，比如我剛才想也沒想就翻成現在的樣子。如此推斷，凶手騎到牆上時肯定也是面朝巷口。昨晚月色不錯，卻是下凸月，亥時才從東方升起；子夜時，月亮依舊在東南方位，站在巷口的人是逆著月光，他如何能看見凶手的臉、還信誓旦旦指認其就是王翰？如果人躲在柴垛後，倒是順光，可凶手明明背對著他，他一樣看不到凶手的面孔。」

蔣素素見狄郊騎在牆頭，一會兒朝前看，一會兒朝後看，來回扭動腦袋，情狀甚是詭異，不禁一愣，問道：「狄郎在那裡做什麼？」王之渙頭也不回地說道：「他在忙著破案，娘子不必理會他。」蔣素素道：「破案？」

忽見狄郊躍下牆頭，道：「我知道那證人的破綻了。」

王之渙套問了半天姘頭的姓名，對方也不肯吐露半字，應付這樣一個不讀書不識字的婦道人家，他的滔滔雄辯口才全然不起作用，實在感到有些厭煩，忙捨了蔣素素，上前問道：「什麼破綻？」狄郊看了蔣素素一眼，道：「走，咱們去河東縣衙，邊走邊說。」

出來秦家巷口，王之渙道：「可我還沒有問到蔣素素情夫的名字。」狄郊道：「這蔣素素識得厲害關係，事聯殺人命案，她不會輕易說出情夫名字。我們先去縣衙，她不知道我們到底在她家發現了什麼，一定很恐慌，回頭再來盤問她就容易多了。」王之渙回頭，果見蔣素素站在大門口張望不止。

辛漸聽狄郊和王之渙二人說完經過，將手中筷子往桌上一拍，起身道：「那我們還等什麼，趕緊去縣衙接王翰出來吧。」

四人便立即趕來河東縣衙，還不等諸人開口，門前差役已然笑道：「幾位也是來瞧王翰王公子的麼？明府特別交代，允准各位探監一次。」

辛漸等人大奇，卻也不多問，跟隨差役進來縣廨。縣獄就在縣衙西面，差役使勁叩了叩獄門的鐵環，漆黑的大門上拉開一扇小窗，一人露出頭來，朝外查看。

差役叫道：「張典獄[7]，這幾人是來探視王翰。」那姓張的典獄伸頭看了一眼，不耐煩地命道：「開門！」獄門笨重異常，等了好一會兒才拉開一條縫，僅容一人側身通過。辛漸領頭鑽了進去，一股又酸又臭的黴氣撲面而來，不禁皺起了眉頭。那典獄瞧在眼中，冷冷道：「這裡就是這個樣子，郎君少不得多擔待些。」辛漸道：「有勞。」

張典獄領著辛漸四人依次穿過獄廳、輕監、女監，最後才是囚禁死犯的重監。一路所見犯人說多不多，說少不少，粗大的柵欄後淨是衣衫襤褸、面黃肌瘦、雙眼無神的人，實在讓人難以將他們與「罪犯」二字聯繫起來。

王翰的囚室位於最裡面，倒是清靜，他正席坐在地上，似在閉目養神，又似在凝思。雖然並沒有鎖鏈纏身，可如此境遇，對於一貫舒適享受慣了的富貴公子而言，也實在太難為他了。

辛漸叫道：「阿翰！」王翰倏忽睜開眼睛，見同伴到來，卻並無驚喜意外，只皺了皺眉頭。

張典獄命獄卒打開牢門，放四人進去，再將牢門鎖上，道：「給你們一刻時間[8]。」

王之渙見王翰一副鬱鬱寡歡的樣子，笑道：「怎麼，你不想見到我們？」王翰道：「我眼下是殺人凶手，你們得跟我畫清界線。」狄郊道：「我們找到了關鍵證據，能證明指證你是凶手的證人說了謊，一會兒我們去找河東縣令，請他先放你出來。」王翰意甚堅決地道：「不行，我已經認下殺人罪，你們不能那麼做。」

王之渙道：「眼下我們幾個都沒事，明刺史放了我們，武延秀也離開了蒲州，你為什麼還要堅持扛下這莫名其妙的殺人罪？」王翰道：「武延秀既然挑起了梁子，哪會這麼輕易放過你們？還有，我聽獄卒說是一個叫謝瑤環的女人下令放了你們，你們不覺得事情太過容易了麼？」

辛漸道：「既是如此，我們更要設法救你出去，你跟我們一起來查個清楚。」王翰道：「不行！武延秀很快就會回來蒲州，我們只能棄卒保車，我就是那個卒子。」

他出身望族，更是天下首富，自小不受約束，要風得風，要雨得雨。成人後龍章鳳姿，才氣高逸，是幾人當之無愧的首領，然而他卻將自己比成了小卒子，話裡平添了幾分蒼涼意味。

辛漸、王之渙面面相覷，不知道該如何相勸。狄郊道：「那好，你願意待在這裡也由得你。不過你得告訴我們你昨晚去了哪裡，你衣服的血跡到底是怎麼回事？」辛漸道：「還有那位紫衣娘子李弄玉來獄中向你逼問什麼？」王翰若有所思，道：「原來她叫李弄玉。」

王之渙道：「你連人家名字都不知道，又如何結下了梁子？」王翰道：「這事說來話長，我也懶得多說。」

辛漸上前一步，低聲問道：「莫非你當真跟刺客有關係？」王翰道：「我不想提這件事。老狄，你帶他們幾個走吧，趕快離開蒲州，暫時別回晉陽，去神都找你伯父，告訴他武延秀的陰謀，讓他早有提防。」他生性驕傲，即使身陷囹圄，也不願意為莫須有的罪名辯駁，倒是對幾位好友的安危很是在意。

李蒙道：「那好，你自己留在這裡等死，我們幾個這就趕回晉陽告訴羽仙，說你王翰在蒲州因為姦殺一個平民女子被判了死罪，也許她聽了還願意趕來見你最後一面。」使了個眼色，辛漸、王之渙、狄郊會意，便一齊站了起來。

王翰道：「站住！我叫你們去洛陽，不是讓你們回晉陽。」李蒙道：「你眼下是殺人凶手，我們得跟你畫清界線，只是不知道羽仙願不願意跟你畫清界線。」

王翰聽他們左一個「羽仙」，右一個「羽仙」，分明是要拿羽仙來挾制他，長歎一聲，道：「好啦，我怕了你們啦，快些回來。」壓低聲音道：「我昨晚確實在驛站外牆遇到一名受傷的刺客，糊裡糊塗地救了他，結果對方有一大群同夥趕來接應，反而將我劫了去，領頭的就是李弄玉。」

狄郊道：「可據說李弄玉手中有朝廷的金牌令箭，她若是刺客首領，如何能騙過那精明的河東縣令，混進大獄見你？」王翰道：「她什麼來歷我也不清楚，但她手下能人不少，許多胡人都聽她號令。聽說他們有一位親人被擠下浮橋，就是咱們昨日在鸛雀樓見到羽林軍馳過浮橋時發生的事，所以派了兩個人去驛站行刺。唉，這件事換到咱們身上，也一定會設法報仇。」

李蒙道：「如此說來，你是決意不會指證李弄玉、宮延這一干人了。」王翰道：「當然不會。我已經立下重誓，絕不將他們的事洩露半句。」

辛漸沉吟半晌，問道：「那李弄玉專程來大獄找你做什麼？」王翰道：「她丟了一件重要東西，因為昨晚只有我一個外人到過她那裡，所以她懷疑是我拿的。哼，笑話。」王之渙道：「為一件失物不惜冒著危險追到大獄來，還差點害你性命，看來這件東西非同小可。」

狄郊問道：「你身上的血是受傷刺客的血？」王翰道：「是。一共有兩人前去行刺，一人去殺永年縣主武靈覺，另一人去刺淮陽王武延秀，我救的是刺武靈覺的那個，聽他們叫他阿獻，是個突厥人，但他非但沒能得手，還受了重傷。行刺武延秀的那人據說叫裴昭先，一直沒有回來，但也沒有聽到被捕或是被殺的消息，彷若平空消失了一般。」

狄郊道：「果真是有兩名刺客。」辛漸道：「呀，莫非另一名刺客就是袁華？」王翰問道：「誰是袁華？」狄郊道：「這個回頭再細說。有一件很奇怪的事得先告訴你……」

忽聽見背後一陣急促的腳步聲，張典獄奔過來道：「時間到了。」不由分說，隨即指揮獄卒將狄郊四人趕了出去。

狄郊等人只得順勢來求見河東縣令竇懷貞，言明錦娘一案有重大發現。這竇懷貞倒也認真，立即換上官服，正兒八經地坐到公堂上。

狄郊問道：「請教明府，不知道證人看到王翰自秦家翻牆而出時，具體站在什麼位置？」竇懷貞重新翻閱了卷宗筆錄，這才道：「大門東面柴垛後。」

狄郊暗道：「這位縣令很是認真，一切遵守制度流程，倒也難得。筆錄中既然記錄有如此精準的證人位置，看來證人確有其人不說，而且他確實看到有人從秦家翻出，只是不知道他為什麼一定要誣陷王翰。還有，王翰那塊玉珮又是如何到了秦錦房中？」一時不及詢問更多，大致說了昨晚月亮對應時辰的位置，以及翻牆凶手的面孔朝向，說明證人無論如何是看不清凶手臉面的。

竇懷貞聽了沉吟許久，大概在心中反覆盤算狄郊的話。他如此鄭重其事，旁人也不忍打斷他。過了許久，竇懷貞才歎道：「當真後生可畏，狄公子精細機敏，本縣十分佩服。」

狄郊幾人一聽，心中大石頭立即放下，正要順勢提出釋放王翰。竇懷貞又道：「不過，我想要問公子一個問題，如果是你本人躲在秦家柴垛外，看到王翰翻牆而出，無論他是面向你還是背向，你只要看到他的身形，一定能認出是他，對麼？」狄郊道：「不錯，我能認出他來。可這個答案的前提是因為我們五個從小一起長大，彼此十分熟悉，也只有我們四個能做到這點，我不相信蒲州還有第五個人。」

竇懷貞道：「有時候未必如此。王翰玉樹臨風，風姿瀟灑，任誰見到他都會留下深刻印象，況且他隨身玉珮遺留在凶案現場是無可否認的事實，他自己也已主動認罪。狄公子，在你沒有找到更多證據之前，本縣不能釋放王翰，也不准取保[9]，不然律法尊嚴何在？為防你們幾個串供，也不准你們再進監探視。退堂！」

他一直和顏悅色，語氣也並不嚴厲，說完「退堂」二字，便迅疾起身轉入後堂。辛漸等人這才回過神來，叫道：「明府，請等一等！」還待追上前去，卻被差役攔住，客氣地請出公堂去。

狄郊本以為找到了能洗脫王翰殺人罪名的鐵證，卻被竇懷貞輕鬆擊敗，頗感沮喪。李蒙也道：「這縣令是個精明的老官僚，老謀深算，咱們鬥不過他。」辛漸道：「別灰心。這次其實是咱們自己魯莽了些，下次等咱們抓到真凶，帶到他面前，看他再怎麼說！」

他說得慷慨激昂，眾人很受鼓舞。狄郊道：「好，咱們這就去捉拿真凶。」李蒙問道：「去哪裡？」狄郊道：「當然是去案發現場秦家。」

再到秦家時，院門大開，蔣素素正在院子裡來回徘徊，顯是心中焦慮異常。忽見到四人進來，臉色為之一變，問道：「郎君們又來做什麼？」李蒙正色道：「現在外面風傳是娘子夥同情夫害死了小姑……」蔣素素道：「什麼？」「哇」的一聲哭了出來，「我可沒有殺人……」

李蒙道：「我們也深信娘子毫不知情，絕無害死錦娘的心意，不過娘子的情夫就難說了，也許他是嫌錦娘礙眼，除掉小姑好跟娘子更方便來往。」蔣素素止住哭聲，驚疑地望著幾人，抽抽噎噎地問道：「郎君說的可是真的？」言下之意，竟是對情夫殺死小姑一說半信半疑。

王之渙道：「還請娘子將情夫的名字一一告知，我們好去一一調查清楚。」蔣素素哼哼唧唧了半天，只用腳尖撥動地上的石頭，卻始終不肯說話。

李蒙道：「娘子莫非不相信我麼？這位狄郊……」狄郊一聽話頭，就知道又要拿伯父狄仁傑說事，忙使眼色制止李蒙。李蒙卻是佯作不見，續道，「……狄公子的伯父就是有神探之稱的狄仁傑狄相公，他自己也是個小神探呢。」

狄仁傑大名震爍海內，蔣素素「啊」了一聲，驚訝地望著狄郊，半晌合不攏嘴。眾目睽睽下，最終無可推託，才低下頭道：「錦娘總在勸我，所以最近我收斂多了，只跟傅臘和堂弟有來往。」

王之渙問道：「傅臘是什麼人？堂弟又是誰？」蔣素素道：「傅臘是個水手火長，堂弟……幾位郎君應該也認識。」辛漸恍然大悟道：「啊，是蔣翁的兒子蔣會。」蔣素素低聲道：「是他。」

王之渙這才知道，為何隨口問及「莫非是跟令郎蔣會有關」時，蔣大所以顏色大變；而當狄郊進一步詢問與蔣素素相好的男子有哪些時，蔣大也露出了不願提及的模樣，原來他早知道兒子跟蔣素素有私情。也難怪他會諱忌莫深，這本已經是一件醜事，又加上通姦雙方同姓有親屬關係，傳揚開去會被官府追究定罪。

又聽見蔣素素哭道：「我自知不守婦道，聲名狼藉，還望郎君可憐我一個年輕寡婦，不要將這些事張揚出去。」狄郊道：「娘子放心，我們只是一心要找出真凶，好營救王翰出獄，其餘的事一概不多問。多謝告知，我們這就告辭了。」

王之渙見蔣素素珠淚漣漣，風韻楚楚，頗為同情，問道：「娘子一人留在這裡能行麼？」蔣素素道：「我伯父去冈肆訂棺木了，請了行人[10]，一會兒他們就該到了。」王之渙聽說，便跟著眾人辭別出來。辛漸道：「你們先走，我去看一下錦娘的屍首。」

狄郊等人出來巷口，竟然又見到不久前才見過的水手，見他轉身要逃，大叫道：「傅臘，站住！」傅臘見對方叫喚自己姓名，料到是從蔣素素口中得知，只得停下來，轉身問道：「郎君是誰？找我何事？」狄郊報了姓名，問道：「傅水手昨晚人在哪裡？」傅臘不悅地道：「你們又不是官府的人，憑什麼盤問我？」

李蒙道：「那好，我們這就一道去河東縣衙，向竇縣令道出你和蔣素素的姦情。你敢說縣令不會懷疑是你和蔣素素同謀害死錦娘麼？」傅臘早聽到此類風聲，忙道：「郎君千萬別胡說，我昨晚人可不在秦家……」

王之渙問道：「那麼你人在哪裡?可有人為你作證？」傅臘猶豫半晌，才道：「我去了貞娘家。」回頭朝「河津胡餅」努了一下嘴，道，「她就住在餅鋪的後院。」

狄郊問道：「貞娘可是租住秦家的房子，男主人姓韋？」傅臘悻悻道：「是。反正我已經告訴你們實情了，不信你們可以去問貞娘本人。我今晚還要當班，得趕緊走了。」

狄郊、李蒙、王之渙便來到「河津胡餅」店鋪，買了幾張胡餅，一邊吃著一邊閒扯。李蒙道：「胡餅味道不錯。店裡就店主一人麼？」胡餅商容貌看起來跟漢人無異，不過一雙眼睛卻是綠色，漢話說得極是流利，答道：「原先雇有一個打雜的夥計，而今春耕，他暫時回鄉幫忙去，等農閒了再來。」

王之渙道：「店鋪後院可有一戶姓韋的人家？」胡餅商一聽便笑道：「三位郎君其實是為貞娘而來吧？」王之渙大為好奇，問道：「是啊，店家如何能猜到？」胡餅商道：「那貞娘長得跟仙女似的，嘖嘖，好多男人都想打她主意，可不只你們幾位。」

原來後院租戶的男主人名叫韋月將，在城外的有錢人家當教書先生，一個月難得回來一次，家裡只留下一個妻子，名叫蘇貞，生得極為美貌，是這一帶有名的美人。

胡餅商又道：「不過我勸你們幾位還是死了心吧，貞娘溫柔嫻靜，斯文有禮，看上去像是大家閨秀，很少出來拋頭露面，也不會跟陌生男子搭話。」

狄郊幾人交換一下眼色起身繞到「河津胡餅」後方，果見店鋪後有一處小小的院子。狄郊拍了拍門，聽見一陣細碎腳步聲響，一名白皙美麗的年輕婦人開了門，問道：「二位郎君找誰？」狄郊道：「娘子是叫蘇貞吧？我也不想繞彎子，昨晚水手傅臘是睡在你這裡麼？」

蘇貞「啊」了一聲，露出驚恐的表情，隨即飛快地回頭看了一看，屋內似乎還有什麼人在。

王之渙忙道：「娘子別怕，昨晚錦娘被人殺死，我們只想查驗傅臘行蹤……」

屋裡忽傳出一個深沉渾厚的男子聲音道：「是誰在外面？」蘇貞回頭應道：「是來問路的。」又壓低聲音道，「傅臘昨晚確實在我這裡……」聽到屋裡男子走了出來，不及多說，慌忙關了門。

離開韋家，幾人站在普救寺門前等到辛漸，告知水手傅臘的嫌疑已經可以排除。辛漸問道：「適才屋裡講話的人該是蘇貞的丈夫吧，不然她何以怕得如此厲害？」狄郊道：「嗯，我想也是。」

李蒙道：「眼下就只剩下蔣會了，我們若直接去找他，蔣翁面子上會不會很難堪？」王之渙道：「既然凶手一定是陌生人，並非蔣素素的情夫，蔣會不就跟這件事沒干係麼？」

狄郊知道他有心不張揚此事，以免蔣大難以自處，正色道：「這件案子，蔣會嫌疑最重。因為到目前為止，只有他一人能將秦錦、蔣素素姑嫂和王翰聯繫起來——也許他當真有妙手空空的神偷絕技，出雅室時順手從王翰身上摘走了玉珮，而我們所有人因為注意力在趙曼身上，根本沒有發現。抑或他是出門後在逍遙樓裡其他地方撿到，猜到是王翰之物，於是據為己有。當晚他來到秦家，不知道什麼緣故沒有找老情人蔣素素，反而摸進了秦錦房中，逼姦未遂才殺人滅口，慌亂中又遺失了玉珮，乾脆乘機誣陷到王翰身上。」

李蒙道：「緣故有！蔣翁不是說蔣素素做媒要將秦錦嫁給蔣會麼？可秦錦不同意，昨晚還來逍遙樓找蔣翁拒婚。她出來撞到我時，正因為這件事哭泣，可不是我撞疼了她。」

王之渙道：「大有道理！蔣會聽說秦錦拒婚後肯定氣壞了，也許還懷疑秦錦向蔣翁揭破了他跟蔣素素有染也說不準。他惱羞成怒之下，決定晚上悄悄摸進秦錦的房間，好將生米煮成熟飯，哪知道秦錦反抗，導致另一房中的蔣素素聽見動靜，不得已只好殺了錦娘逃之夭夭。」

這確實是到目前為止最合理的解釋，動機、過程以及與王翰的關聯通通能剖析得清清楚楚。李蒙道：「那咱們還等什麼？趕緊去捉了蔣會問清楚，再綑送縣衙換王翰回來。」

辛漸忽道：「等一等！蔣會昨晚確實人在秦家，但他卻不是凶手！」眾人聞言愕然。

狄郊問道：「你如何能斷定蔣會不是凶手？」辛漸道：「我適才檢視過秦錦的屍首，發現她只有胸口一道傷口，且是一條細縫，長不過一寸，凶手下手既狠，入刀又深，一刀致命。但傷口邊緣微有皮肉外捲，證明他用的刀並不是什麼利刃。」他出身鐵匠世家，對鐵器兵刃從小耳聞目睹，自是行家。

狄郊一經提醒，頓時省悟，道：「是了，我怎麼忽視了這一點。凶手能有這樣的手勁和氣度，絕對是個老辣冷靜的人，且已謀畫多時。蔣會不像是這樣的人。」辛漸道：「我也是這樣想，而且此人一定是蓄意殺人，無論能不能逼姦得手，最後都會殺了秦錦。」狄郊道：「我知道你為什麼能肯定殺人當晚，蔣會一定是在蔣素素房中了。」

正如辛漸所言，凶手是蓄意殺人，蔣素素是聽到動靜後才來到西廂房外；但他既殺了秦錦，何不乾脆一併殺死蔣素素滅口，而要像落水狗般翻牆逃走呢？只有可能當時蔣素素身邊還有其他男人，也就是她的情夫，那凶手揣度難以悄無聲息地同時料理二人，只得走為上計。而據蔣素素所言，她近來只與水手傅臘和堂弟蔣會來往，既然傅臘昨晚在另一個情婦蘇貞家裡，那麼剩下的只有蔣會了。王翰的玉珮確實是蔣會所拿，大約是在他和蔣素素進秦錦房中查看究竟時，不慎遺失。至於那所謂指證王翰的證人，十之八九就是蔣會本人。

王之渙道：「啊，你既然已經看破這一點，為何適才不直接問蔣素素昨晚睡在她房中的男人是誰？」辛漸道：「這女人很精明，識得輕重，問她她也不會說實話。況且她一個婦道人家，小姑慘死，還未入棺，她要獨自面對一大攤事，也令人同情，還不如回逍遙樓直接問蔣會更好。蔣素素既見到凶手背影，他也應該同時見到了。蔣素素畢竟是女子，遇事恐慌，不能自已，但男子應該有所不同，蔣會或許留意到了凶手的什麼特質，能提供一些線索。」

李蒙道：「辛漸總是替人考慮，你這樣心軟，將來怎麼當將軍帶兵打仗？蔣會這小子肯定就是竇縣令所稱的證人，他成心想害王翰，還會好心告訴咱們凶手的線索麼？」辛漸道：「嗯，確實如此，看來咱們還是得靠自己找出真凶才行。」王之渙道：「既然凶手有備而來，我們便不能再像之前那樣一直追查蔣素素情夫的線索不放，而是要從秦家的仇人入手。」

幾人回來逍遙樓，還是不見蔣會的蹤影，蔣大也去了蔣素素家協辦喪事。忙碌一天，剛要坐下來歇口氣，蒲州刺史明珪忽然又率一群兵士趕來。辛漸見他穿著便服，上前問道：「使君有何貴幹？」明珪道：「嗯，本使到河東驛站巡視，順道來你們這裡看看。」

辛漸心道：「這位刺史倒是提醒了我，我們幾個怎麼都沒想到去驛站打聽昨夜的行刺情形？嗯，都是因為秦錦一案分了心。」當即試探問道，「使君可發現驛站有什麼特別之處？」明珪道：「沒有。」

狄郊道：「昨晚羽林軍取到一柄帶血匕首，說是刺殺淮陽王的凶器，既然沾了那麼多血，驛站裡定然有人受傷，不知道是誰？」王之渙也問道：「還有昨晚那個歌妓趙曼，她和她父兄又去了哪裡？」明珪道：「呀，你們幾個的刺客嫌疑還未洗清，倒盤問起本使來了。」言下之意，竟似不相信辛漸他們幾個是行刺淮陽王的刺客。

李蒙忙道：「我們也是一心要弄清真相才有所失禮，請使君見諒。」明珪指著道：「嗯，宗驛長人不就在這裡麼，你們何不問他？」

李蒙這才知道，一直站在逍遙樓門前窺探的閒漢，就是河東驛站驛長宗大亮，一時驚懼不已。那宗大亮嘻嘻一笑，轉身自去了。

辛漸正待追上前問幾句話，明珪叫道：「站住，謝制使不是放你們幾個去尋找刺客麼？可有什麼線索？」王之渙道：「制使？是謝瑤環麼？」明珪道：「是她。哎呀，她說你們不是刺客，放你們去追查真正的刺客，她自己人卻跑了，這不是又將難題丟給本使了麼？」一時急得滿頭大汗，又道，「你們四個無論找不找得到刺客，在淮陽王回來之前，都不可以離開蒲州，知道麼？」

辛漸幾人交換一下眼色，王之渙試探問道：「莫非真有刺客行刺？」明珪道：「你這是什麼話？難道是淮陽王自己編造出遇刺的假話。驛站裡面可是血跡斑斑……」

忽有兵士飛奔而來，躬身稟告道：「朝廷制使到了州司，說有要事要調兵出城，請使君速速回去。」明珪愕然道：「她不是走了麼，怎麼又回來了？竟然還要調兵。」兵士道：「是，制使說事情緊急。」

辛漸問道：「制使可是一姓謝的女子？」兵士道：「是，她自稱名叫謝瑤環。」

明珪揮手道：「回去，快些回去！來人，帶上他們四個！」李蒙道：「為什麼又要抓我們？」明珪道：「你們人是謝制使背著本使放走的，我得當面向她討要一句話，日後才好向淮陽王交代。放心，她既然能放你們一次，就能再放你們一次。快些帶走。」

兵士上前擁了辛漸、狄郊四人，跟在明珪背後，一路疾跑趕來州廨。

蒲州衙門是昔日北周權臣宇文護的舊宅邸，規模氣派可比河東縣衙大多了。未到大門，便見一黃一藍兩名陌生女子牽馬站在旗杆下——黃衫女子二十來歲，甚是英氣；藍衣女子年紀輕些，斜背著一個行囊。

只是這二人均不是謝瑤環，明珪不由得一愣，回頭問道：「謝制使人呢？」兵士不及回答，那黃衫女子上前道：「我就是謝瑤環。」

只見那自稱是謝瑤環的女子自懷中掏出一個小小的卷軸，雙手奉給蒲州刺史明珪道：「這是女皇陛下親自頒發的制書[11]，請使君過目驗證。」

一干人無不目瞪口呆。這女子既自稱是朝廷制使謝瑤環，又有制書為憑，那之前的謝瑤環就是假的了，這未免太過匪夷所思，簡直比有證人指控王翰姦殺婦女還要離奇。

明珪呆了半晌，結結巴巴地問道：「你……你當真是朝廷制使？」藍衣女子搶過來喝道：「明刺史這是什麼話？朝廷制使在此，還不快些見禮？」

明珪見她語氣凶惡，不由得一愣，問道：「你是哪位？」謝瑤環道：「她是我的心腹侍女青鸞。明刺史，事情緊急，請你速速調派五百兵馬給我，我要趕出城去捉拿反賊。」

這名女子才是真的謝瑤環，她奉武則天之命微服巡視河東一帶，適才入城時正遇到一夥人出城，發現領頭的竟然是李俊，也就是她的殺父仇人——曹王李明之子。二十餘年前，她父親黔州都督謝佑暗奉皇后武則天之命殺死貶置黔州的曹王李明，為高宗皇帝所不能容忍，被罷去官職。幾天後，曹王李明之子李俊率兩名門客潛入謝家，殺死謝佑。謝瑤環時年三歲，躲在一旁，親眼看到李俊割走父親的首級，只不過她雖記住了他的樣子，卻不知道他的身分。後來武則天稱帝，派人抄斬李明滿門，在李府中發現一個人頭做成的尿壺，嚴刑下有人供出是謝佑的人頭，她才得知殺死她父親的人是李明之子李俊。本以為仇人早已被女皇處死，適才當面遇到，李俊雖然容顏蒼老了許多，但她還是一眼就認出來，這才知道他當年竟僥倖逃脫了羅網。然則對方人多勢眾，己方卻只有三人，她和侍女青鸞又都不會武藝，因而不敢輕易動手，只得派隨身侍衛蒙疆暗中跟蹤，自己帶了青鸞匆忙入城來到州廨，表明身分，請明珪調兵相助。

明珪卻尚未從真假制使的震撼中清醒過來，又問道：「娘子當真是謝制使麼？」謝瑤環見他身為大州刺史，卻幾次質疑自己的制使身分，未免太過昏庸，不悅地道：「制書就在使君手上，使君何不自己一辨真偽？我這裡還有官印，使君可以一併查驗。青鸞，取官印出來。」

那侍女青鸞當真從懷中取出一件玉袋來，玉袋是身分的象徵，只有五品以上官員及都督、刺史才有，專門用來裝攜官印。明珪一見那玉袋高高鼓起，顯是官印不小，忙叫道：「哎呀，不必驗了，不必驗了。來人，快去擬文書，快去請都尉來，調發五百兵……不，發八百兵給謝制使。」

唐初實行府兵制，地方州郡設折衝府統領府兵，最高長官為折衝都尉，州府刺史並不統領折衝府，但點兵、發兵需下符契，必得刺史與折衝都尉同時勘契，是而地方行政長官與軍事長官互相牽制。明珪一邊叫嚷著，一邊自腰間解下官印。

謝瑤環不過是長於深宮的女流之輩，雖然以制使身分巡按四方，權柄在手，威風凜凜，不過因為她是武則天的親信，並不熟識朝廷軍制，根本不瞭解地方州府發兵需要如此多的手續，當即不滿地道：「發五百兵如此麻煩麼？怕是等都尉趕來，反賊早就跑遠了。明刺史，可否通融一下，先調派兵士給我？」

明珪道：「制使，本朝律法制度，發兵十人以上即需要同時勘驗銅魚兵符和契書。無符契擅自發兵可是大罪，千人以上即要處絞。」

他雖然也拍上司馬屁，卻有自己的分寸和底線，起碼他是決計不會違反制度，也不會主動要求陪同謝瑤環去追捕所謂的反賊。現在的世道，年年有反賊，月月有反賊，自女皇登基以來，以謀反罪名被殺的宰相比之前所有抄帶加起來還要多，哪天誰看你不順眼，你就是反賊了。

謝瑤環聽說，倒也不再催逼，只靜靜等待，等折衝都尉到來勘驗符契，點齊兵馬，帶了侍女青鸞上馬，領先而去。

明珪連連跺腳哀歎道：「病倒了，病倒了，這次真要病倒了。」扭頭見到辛漸、李蒙正想要趁亂溜走，忙道，「你們四個還想走麼？來人，將他們抓起來。」

兵士一擁而上，將辛漸、狄郊、李蒙、王之渙四人拿住，押進府衙。

明珪坐到堂上，喝道：「那假制使到底是什麼人？姓甚名誰？現下藏在哪裡？快快將她交出來。不然本使要在行刺親王的罪名上給你們再多加一條詐偽罪。」王之渙道：「實在冤枉，我們也是剛剛才知道那位小娘子是假的謝瑤環，我們甚至不知道她是在冒充朝廷制使。」

明珪道：「還敢狡辯？你們若不是同夥，她為什麼要冒充制使救你們？」狄郊道：「敢問使君是如何知道那假謝瑤環是朝廷制使的？」

明珪一時語塞，細細論起來確實怪不到這四人頭上，是那羽林軍校尉曹符鳳告知他制使謝瑤環住在逍遙樓中，他也夠糊塗，竟絲毫沒想到要查對制使身分，核驗制書。不過說起來，那禁軍統領曹符鳳不是更糊塗麼？聽說連淮陽王武延秀都派他到逍遙樓給那假謝瑤環送了大禮。這事若是被淮陽王知道，還不知道要怎樣的暴跳如雷，估計要遷怒他這個本來毫無干係的刺史，蒲州也要被翻個底朝天。可那假謝瑤環早命兵士準備車馬，一大早就離開河東，估計現下已出了蒲州境內，他不能違律出境追捕，又上哪裡去尋她來交差？一聲長歎，揮手命人將辛漸、狄郊四人下獄關押，等淮陽王回來路過蒲州時再行處置。

李蒙知道時機稍縱即逝，忙道：「等一等！使君既為我們幾個的案子煩惱不堪，何不等那位真的謝制使回來，將我們交給她審問？」明珪道：「有道理。咦，你是……」李蒙忙道：「李蒙。」明珪道：「噢，我知道，你是晉陽宮副宮監李滌的獨子。」李蒙道：「是。家父時常談及使君淡泊名利，清靜自守，很是令人佩服。」

他這句話明顯是奉承之語，可自古以來「千穿萬穿、馬屁不穿」，好話聽在耳中終歸很舒服，況且明珪心中細細品度，「淡泊名利，清靜自守」八個字確實貼合自己，於是點頭道：「那好，你們四個就留在這裡等謝制使回來處置。不過，本使可是真要病倒了。」歎息幾聲，起身轉入後堂去了，只留下一隊兵士看守李蒙幾人。

王之渙道：「你確信我們落到謝瑤環手中……我是指適才這位真的謝瑤環，會比在明刺使手中更有生機？」李蒙道：「謝瑤環來頭再大，終究只是女流之輩，女人總是好說話些。」辛漸也道：「我看這謝瑤環甚是精幹，也沒什麼太大的架子，由她來審問案情，我們總算還有說話的機會，肯定比被這昏聵的明刺史糊裡糊塗地關起來好。」

王之渙道：「『昏聵』這兩個字用得妙！『淡泊名利，清靜自守』，嘿嘿，真不知道李蒙你是怎麼想出來的。」李蒙笑道：「我這還不是為了救咱們幾個才不得不大吹法螺？」

過了一個多時辰，天幕已然黑透，終於聽到外面人喊馬嘶，謝瑤環帶兵回來了。判司[12]奉明珪之命等到門前，特意領她進來大堂。她面容沉鬱，深有憂慮之色，似乎追捕反賊一事並不怎麼順利，背後也不見侍女青鸞，只有數名兵士攜著一名雙手反綁的男子。

辛漸立即認出那被擒的男子正是袁華，不由得扭過頭，跟狄郊交換了一下眼色。狄郊輕輕搖了搖頭，示意不可輕易相認。

謝瑤環早在府衙門前見過辛漸四人，此刻又再遇到，當即問道：「他們四個是什麼人？在公堂上做什麼？」

判司忙道：「他們四個是昨晚到河東驛站行刺淮陽王的刺客，本來還有一人，但卻因為殺了人被河東竇縣令捉走了。」

謝瑤環皺眉道：「既是刺客，為何不下獄關押，任憑他們站在公堂上？」判司道：「制使教訓得極是。只是這幾人是淮陽王派羽林軍抓捕後移交給明刺史的，具體是怎麼行刺法，明刺史還沒有來得及審問，就被另外一名女子冒充尊制使給釋放……」

侍女青鸞道：「你是說有人冒充我家娘子？」判司道：「是。不過責任可不在明刺史，是那位羽林軍曹將軍告訴刺史說那位娘子是朝廷制使。那位假制使跟這些刺客一樣，都住在逍遙樓客棧，聽說淮陽王自己還派人給假制使送了禮……」

謝瑤環問道：「判司是說，是淮陽王的手下告訴你有制使住在逍遙樓，又是淮陽王的手下逮住了這四名刺客交給刺史審問，結果這四名刺客反倒被假制使給放了？」

判司奉刺史之命務必要將亂攤子甩給謝瑤環，忙道：「是，大概情形就是如此，但具體經過明刺史還沒有問過。明刺史不巧又得了急病，所以想將這幾名刺客交給制使處置。」

謝瑤環躊躇片刻，道：「我奉制巡行天下，職責是存問鰥寡、觀覽風俗、舉茂材異倫之士。既是發生在蒲州境內的案子，又未經本州刺史審問，按律我不能干涉……」

李蒙見她有意拒絕，忙道：「娘子既是制使，奉命巡視四方，按察吏治得失、平反冤案難道不是娘子職責所在麼？」特意指著狄郊道：「他是宰相狄相公之姪，這刺客一案不必我們多說，娘子也該明白是怎麼回事。」

謝瑤環果然大感意外，驚訝地望著狄郊。狄郊倒也沉穩，只默然不語。青鸞叫道：「呀，原來狄公還有這麼年輕的姪子。」

謝瑤環命人先將袁華押下去，這才道：「好，這件案子我接了。」她在武則天身邊長大，久居皇宮中樞之地，對武承嗣爭當太子為狄仁傑所阻之事最清楚不過，本來她聽到眼前四人是刺客時並不如何相信，一得知狄郊身分便立即明白了情由。又問道，「判司不是說還有一名刺客被河東縣令捉了麼？青鸞，你持我權杖，帶人去提他來這裡。」青鸞道：「是。」

判司這才長長舒了一口氣，道：「有勞制使。制使是要連夜問案麼？屬下這就去準備……」謝瑤環面色一沉，叫道：「來人，將這四名刺客鎖了，打入死牢。」

辛漸等手腳均被上了粗笨的鐐銬，押進州獄，湊巧與袁華關在同一間囚室。袁華顏色憔悴，正倚靠在牆壁上，見四人進來，還待起身招呼，辛漸忙道：「袁兄身上有傷，不必多此一舉。」忙介紹了王之渙和李蒙二人。狄郊問道：「袁兄不是已經離開蒲州了麼？如何被謝瑤環捕來了這裡？」袁華搖了搖頭，似是不願意多談及此事，向李蒙道：「李公子，你方才真不該向謝瑤環提及狄公子的身分。」辛漸問道：「袁兄何出此言？莫非你認得謝瑤環，知道她的來歷？」袁華點點頭，道：「她是尚儀院司籍女官，是姓武的親信，她父親就是前黔州都督謝佑。」

當年謝佑遇刺被殺一案倒不見得如何引人矚目，倒是在曹王李明子嗣被殺、抄出頭顱尿壺後，謝佑之死才轟動一時。王翰、辛漸等人也曾經議過這起舊案，對李俊快意恩仇之舉深為讚歎欣賞。

狄郊問道：「袁兄是說，謝瑤環是謝佑之女？」袁華點點頭。李蒙道：「哎呀，這下可真是弄巧成拙了。」謝瑤環與李氏結有不共戴天之仇，又在武則天身邊長大，肯定跟武承嗣是一黨，李蒙卻費盡心機將案子交到謝瑤環手中，豈不成了送羊入虎口？難怪謝瑤環本不欲接案，一聽狄郊是狄仁傑之姪立即悚然動容，看來她也想借此案大做文章，扳倒狄仁傑，為武承嗣登基鋪路。

李蒙自責不已，王之渙也深怪他。還是狄郊道：「李蒙本是好心，無奈這是天意，怪不得他。」

辛漸道：「他們的陰謀未必就能得逞。女皇雖然年邁，卻並不糊塗，只要咱們能抵得住嚴刑拷打，堅決不認謀反罪名，謝瑤環取不到口供，想扳倒狄公並不容易。」袁華嘶聲道：「未必，這些人為達目的不擇手段……」忽爾又劇烈地咳嗽起來。狄郊忙上前按摩穴位，助他順氣。

眾人一時無計，只得默默坐下。過了半個時辰，外面一陣嘩嘩鐵鏈聲，王翰也被押了進來。他倒不驚詫辛漸四人重陷囹圄，只淡淡道：「我早說過不可能輕易放過你們的。」袁華見他氣度鎮定非凡，很是讚歎。

辛漸笑道：「如此不是更好？咱們早說過要同生共死的麼。」王之渙道：「是啊，死也能死在一塊兒。」

王翰問了四人再次被捉拿的經過，道：「我決定了，還是由我來承擔殺害錦娘的罪名，反正人證、物證都有，我要脫罪也難。武延秀曾指名道姓說我和辛漸是動手的刺客，這樣他自己的話就有矛盾，難以自圓其說，你們才有機會脫身。」

袁華道：「王公子，說句不中聽的話，你未免想得過於天真了，他們的目標是狄公，不是你，你是刺客也好、凶手也好，他們根本就不在意。就算從你們幾個身上得不到口供，他們會轉而從你身邊的人下手，親屬也好，奴僕也好，總有人捱不過酷刑的。來俊臣的手段十分厲害，不僅從肉體上加以折磨，精神上的侮辱和荼毒更令人難以忍受。再偽造一些謀反的實證，比如兵器甲冑等；辛公子，你父親掌管大風堂，天下兵器十之二三出自你家，這對他們而言更是絕好的機會，那時你們當有口難辯。就算能辯也沒有機會開口說話，殊不知如今來俊臣審訊重要犯人都是先截去舌頭，再自行編造他所需要的口供。」

王翰、辛漸五人雖然個個聰明過人，究竟生長在富貴之家，未曾經歷大風大浪，聽了袁華以過來人身分說出的一番話，盡皆驚駭得呆住。

李蒙摸了摸自己的臉頰，哭喪著臉道：「這麼說，咱們就只有死路一條了？」袁華道：「不但你們自己要死，還會牽連家屬，以及一大堆親朋好友，此即所謂的『羅織』。」

幾人回想起當日在洛陽見到才子喬知之被族誅的場面，一時悚然，再也說不出話來。

袁華道：「不如由我來冒充刺客，也許能助你們跳出漩渦。」辛漸道：「不，這不行，怎麼能讓袁兄替我們受過？」

袁華微微一笑，道：「我只是一個人，親屬早被武承嗣殺盡，再無他人可以牽連。況且我有把握，謝瑤環絕對不會殺我。王公子，你既是大家的首領，該知道這件事已經不是你們幾個人的事，大丈夫當斷則斷，我就等你一句話。」

王翰微一遲疑，道：「好，袁兄如此高義，我們也不能拒絕。你想要我們怎麼做？」袁華道：「請將昨晚之事原原本本地告訴我。」

王翰便朝王之渙點點頭，他口才最好，講述事情經過如行雲流水，滔滔不絕。袁華聽罷，道：「錦娘一案甚是離奇，不過應該只是普通的殺人案，就要靠你們自己去查個水落石出。我正好冒充王公子在驛站外牆所救的那名刺客。」低聲向眾人交代一番後，又讓李蒙叫來獄卒，道：「我姓袁，要見朝廷制使謝瑤環。」

獄卒斥道：「深更半夜，制使豈是你想見就見的？」李蒙威脅道：「你若不去立即稟告，我們幾個就自相殘殺。重囚死在你管轄下，後果你自己考慮。」

獄卒笑道：「真是瘋子說瘋話……」卻見李蒙當真走過去蹲下來，用雙手鐐銬間的鐵鏈纏住袁華的咽喉，作勢拉緊，此人可是制使親自帶兵追捕回來的反賊，出不得半點差池，便慌忙道：「別，別，我就去稟告。」飛一般地奔了出去。

李蒙這才鬆開鐵鏈，嘟囔道：「這還嚇不住你！」袁華又是一陣劇烈的咳嗽。李蒙忙道歉道：「哎喲，對不住了。」王之渙埋怨道：「你怎麼專選袁大哥下手？」李蒙道：「我想袁大哥是謝瑤環親自抓回來的，當然比我們幾個更重要些。」

王之渙道：「選狄郊不是更好麼？大夥都知道他是狄公的姪子。」李蒙更是不服氣，道：「就這麼一會兒功夫，我只想到袁大哥。」

袁華好不容易順過氣，哈哈大笑道：「幾位公子當真有趣得很。想不到這次袁某回中原辦事，竟能結識幾位少年英雄。」

過了一刻功夫，獄卒領著幾名兵士進來，將袁華扶了出去。王翰五人皆兩天一夜沒睡過覺，疲累不堪，等待袁華時竟然各自闔眼迷糊睡去。直到牢門打開、擁進一群兵士才驚醒過來，天光竟然已經大亮了。

王翰問道：「袁華呢？」領頭兵士道：「他人在公堂上。起來，都起來。」李蒙道：「要帶我們去哪裡？」兵士不耐煩地道：「當然是過堂啦！快走！」

五人被帶來州廨大堂。卻見謝瑤環已經換上女官官服，正襟危坐堂中，高大華貴的冠帽足有她半個頭大，樣子甚是詭異，也不知道她是如何將這一套公服收入行囊當中。

堂上堂下遍布掌刑的差役、記錄的書吏和戒備的兵士，氣氛煞是緊張。袁華手足間依舊戴著戒具，卻被允准坐在一旁椅子中，似是因受傷頗受優待，見五人進來，微微點了點頭。

兵士還欲強令王翰幾人跪下，謝瑤環道：「不必了。王翰，你這就將你們幾個如何與淮陽王結怨，以及後來的經過情形一一講清楚。」王翰道：「是。」

當即說了淮陽王武延秀因未能住進逍遙樓而懷恨，派人以搜拿逃犯、反賊為名來搗亂，領頭的校尉得知狄郊是狄仁傑之姪後才悻悻退走，還強行帶走了歌妓趙曼。之後他因飲酒發熱出去散步，遇到一個走路不穩的人，好心上去扶了一把，結果反而被對方打暈，再醒來時已經是第二天早上，一回到逍遙樓就被羽林軍當作刺客抓起來，很快又被河東縣令認定是殺死秦錦的凶手關進了縣獄，直到昨晚才被解來州獄。

謝瑤環道：「這麼說，你既不是刺客，也不是殺死秦錦的凶手？」王翰道：「都不是。先前我之所以肯認罪殺害錦娘，是怕淮陽王一心要將我們幾個扯進行刺案。」

謝瑤環道：「可河東縣令人證物證俱全，你又如何解釋？」袁華忽插口道：「我可以作證王翰說的是實話，因為前晚是我打暈了他，我就是那個受傷的刺客。」

謝瑤環聽了也不驚奇，大概袁華之前已將同樣的一番話對她說過，只點點頭，又分別問過辛漸、狄郊四人行蹤，幾人沒有絲毫出奇之處，均說了實話，就連無意中在逍遙樓後院救了袁華也沒有隱瞞。

謝瑤環望了一眼袁華，又問道：「你們當真不是有所圖謀，一路跟隨淮陽王來到蒲州行刺？」她這話是明知故問，還有些官腔官調。

辛漸道：「我們根本不知道淮陽王會來蒲州。不知道制使可有聽說淮陽王一行策馬強行通過浮橋一事？浮橋上人仰車翻，有人更是被擠落河中。我們五個當時正在鸛雀樓上，親眼看到浮橋上塵土大起、哭喊震天的情形。明明是我們先到蒲州，何以談及跟隨二字？」

浮橋一事謝瑤環還是第一次聽說，當即緊蹙了眉頭，露出深重的憂色來。

辛漸又道：「若是我們幾個有心刺殺淮陽王，何不順他心意讓他住進逍遙樓，豈不是比驛站更容易動手？」

謝瑤環一時沉吟不語，又朝袁華望去，他卻一直低著頭，始終沒有多看她一眼。她心中一時激蕩不已，這件案子不用審她就知道是怎麼回事，雖然她也鄙視武承嗣父子所做所為，但出於自身利益理所當然要站在武延秀一邊，不然將來皇嗣李旦即位，她將死無葬身之地。只是現在事情又有了變化，她雖然矛盾自己的立場，但還是不願意助紂為虐，可又不能公然得罪武延秀。躊躇許久才道：「嗯，本使暫且相信你們的說法，但是淮陽王人不在這裡，這些依舊只是你們的一面之詞，要結案還需要你們當堂對質。聽說你們正在努力查找殺死秦錦的凶手，我可以暫時放你們出去查案，好洗脫王翰的殺人罪名。不過，為了保險起見，我得留下你們之中的一個。」

王翰道：「那好，我願意留下來。」謝瑤環搖了搖頭，指著辛漸道：「將他扣下來，其餘人先放了。」

兵士應命上前，將辛漸拉到一邊，取鑰匙開了王翰、狄郊四人的手銬腳鐐。

五人無不詫異莫名。王翰是幾人的首領，無論是外表還是氣質明眼人一眼就能看出來，就算不扣住他，也該扣住狄郊，須知他才是這場獄事的關鍵人物。可這謝瑤環不知道出於什麼考慮，竟然選中了辛漸。辛漸自己也極為納罕。

袁華忽冷冷道：「他們五個都是河東有名的公子，又不會逃走，制使何必一定要留下一個？」語氣很不客氣。謝瑤環不但不發怒，還平心靜氣解釋道：「我自有我的考慮。」袁華冷笑一聲，不再多言。

謝瑤環下令道：「將袁華和辛漸帶下去關起來。不得我的允准，任何人不得探視。」

王之渙問道：「喂，制使為什麼一定要留下辛漸？」謝瑤環卻是不答，起身轉過屏風去了。

辛漸笑道：「沒事，我就留在這裡陪袁大哥。」王翰上前握住袁華雙手，道：「多謝。」袁華只微微苦笑，又對狄郊道：「狄公子，你上次開的止咳方子很好用，回頭麻煩你再送幾包藥來。」狄郊道：「好。」不及說更多，眼睜睜望著辛漸和袁華被兵士押了出去。

李蒙道：「實在奇怪，謝瑤環為什麼一定要留下辛漸？」王之渙道：「莫非她打聽過咱們底細，知道辛漸武藝最高？」他也是隨口玩笑，心中百般不解。

回來逍遙樓已經日中，蔣大還在蔣素素家操辦喪事，徹夜未歸，而蔣會自從秦錦遇害當晚離開後就再也沒有出現過。四人只得各自回房沐浴更衣，預備去祭拜錦娘，順便詢問蔣素素，秦家可有什麼仇人。

王翰不見僮僕人影，問起夥計才知道田睿、田智自作主張，一大早趕回晉陽報信求救去了，不由得暗罵二人多此一舉、徒生事端，可又追之不及，只得任他們去了。

等夥計出去掩好房門，王翰脫下衣衫，跳入浴桶中，熱氣襲身，全身血脈賁張，舒泰無比。又想起依舊被困在獄中的辛漸來，可卻沒有辦法救他出來，就連他自己出獄也純屬僥倖，不知道袁華用了什麼法子說服了謝瑤環。看二人神情，倒像是多年舊識。然則明明是謝瑤環親自捕回了袁華，這又作何解？這位女制使節關住辛漸不放，就等於將他們四個也拘禁在蒲州，而且不需要鐐銬和看守，當真是高明。可她為什麼偏偏選中辛漸？

正神思間，忽聽見樓廊中夥計的聲音道：「阿郎就住在這間，不過他現下不方便見客……」話音未落，便有人一腳踢開房門闖了進來。王翰背對著門，照樣坐在桶中橫板上一動不動，大有泰山崩於前而色不變的味道，只冷冷道：「出去！」

只聽見背後一個嬌柔的女子聲音道：「翰郎，是我。」王翰叫一聲「哎喲」，大喜過望，從水中站了起來，轉過身道：「羽仙，我不知道是你，我……」忽見心上人穿著一身酒肆小廝的粗布衣服，戴著一副軟角襆頭[13]，扮成男子模樣，雖依舊難掩麗色，卻不明白她為何打扮得如此怪異，忍不住問道：「你……你怎麼穿成這樣？」

羽仙見他一絲不掛，「啊」了一聲，不及回答，急忙轉過臉去。

王翰忙道：「你等我穿上衣服。」匆匆躍出木桶，也顧不上擦拭身上的水跡，隨手披上衣服，一邊繫帶一邊問道：「你如何來了蒲州？是來找我麼？派人捎個信，我趕回晉陽看你便是，何必勞你跑這一趟？我派人送給你的那些各地特產有沒有收到，可有喜歡的？」

羽仙忽「嚶嚶」哭了起來，道：「你就知道自己在外面遊山玩水，可知道大人[14]要將我嫁人了，我是逃出來的。」

王翰吃了一驚，問道：「尊公要將你嫁給誰？」羽仙道：「我還不知道。」

王翰這才鬆了口氣，笑道：「別急，我們當初不是說好的麼，如果尊公一定要議婚事，你就主動提出要嫁辛漸，或是狄郊，或是李蒙。嗯，尊公最重郡望，辛漸門第差些，李蒙又是趙郡李姓，不過還有狄郊啊，狄家也是晉陽望族，老狄伯父又是當朝宰相，名譽天下。難道尊公還想公然抗旨，將你嫁給五姓七家[15]不成？」

原來羽仙也姓王，是王之渙的堂妹，與王翰從小青梅竹馬，兩情相悅。可二人不但同姓，而且同族，即使血緣極遠，也絕無成親希望[16]。

王羽仙聽王翰語氣隨意，全然沒有太當回事，極為委屈，眼淚又流了出來，問道：「你當真想讓我嫁給狄郊麼？」王翰道：「當然不是真的。不過……」一時也無話可說，只能歎息一聲，上前摟住心愛的女子。

這是他生平最煩惱之事，無法娶到意中人為妻，任他再有錢再有名再有才，也解決不了這一殘酷的難題。他所以放浪形骸，混跡於美女酒色中，只不過是藉以麻痺自己。總以為羽仙年紀還小，可這一天終於還是來了。難道真的如當初戲言讓她嫁給狄郊，以後日日相對，長恨綿綿？他又如何對得起狄郊？

王之渙、狄郊、李蒙聞聲進來房中，見到王羽仙突然出現在蒲州也十分驚訝。王翰扶著王羽仙坐下，這才慢慢問明原委。

原來提出儘快將王羽仙出嫁的是其姊王蠙珠。王蠙珠溫柔貌美，早已嫁給通事舍人[17]段簡為妻，居住在洛陽，夫妻和睦，家庭美滿。一日她到白馬寺進香，遇到一名相貌俊美、氣派雍容的中年男子上來搭訕，略微交談了幾句。哪知道這男子就是令人聞名色變的酷吏來俊臣。他自遇到王蠙珠後，一見傾心，垂涎其美色及名門望族的出身，使盡手段威逼段簡休了妻子，自己娶王蠙珠為妻。這場婚事在洛陽轟動一時，來俊臣雖對王蠙珠禮敬有加，王家卻深以為恥，王蠙珠也自感羞愧，與前夫和娘家斷絕了往來。這次是王蠙珠主動派人回晉陽送信，信中只有一件事，那就是提請父親儘快將妹妹王羽仙出嫁。

王翰一聽，立即有所警覺——王蠙珠信裡不提別事，只說嫁妹，肯定另有情由，說不定是來俊臣在打王羽仙的主意，想強行聘娶給他的同黨。王蠙珠不願妹妹步自己後塵嫁給來俊臣之流，但又不便明說，所以只跟父母說妹子年紀已經不小，也該早早嫁人。

王之渙也是一般的想法，道：「哎喲，該不會是來俊臣又要打羽仙你的主意吧？」

王羽仙不僅人生得清瑩秀澈，氣質如蘭，且聰慧靈秀，機智遠在其姊之上。當年王蠙珠在晉祠與新科進士段簡相遇，一見傾心，其父王慶詵卻嫌棄段簡非望族出身，堅決不同意將長女嫁給他，還是王羽仙與王翰等人使計，才迫得王慶詵同意了這門親事。不過旁觀者清，當局者迷，她原本只是不願意嫁人，加上許久不見王翰，思念不已，所以鼓足勇氣離家出逃，卻絲毫沒有去想自己的婚事會跟自己現任姊夫來俊臣有關，一時愣住，半晌才悠悠歎道：「若果真如此，我寧可死，也絕不學姊姊那般。」

眾人與她一道長大，知道她外柔內剛，說到做到，忙安慰道：「未必就是這樣。況且你人已經逃了出來，總會有解決的法子。」

王翰問道：「你路上沒有遇到田睿他們麼？」

他雖然不滿僮僕未得他准許就私自回了晉陽，但畢竟這對兄弟也是好意。況且田氏兄弟自幼跟在他身邊，深知他為人，應該不敢過於張揚，只不過想要找個厲害的人拿拿主意。王翰本人是五代獨子，自幼父母雙亡，家中並無直系親屬。狄郊也是幼喪父母，由姨母撫養，且叔伯堂兄們都在外面為官。王之渙的父親早已過世，母親不過是普通的賢良婦人。辛漸的父親辛武掌管大風堂，雖沉默寡言，為人卻是剛硬正直，母親賀英豪爽開朗，極有男子之風。李蒙之父李滌是晉陽宮副宮監，雖無實權，卻是個尊位，為人也相當精明圓滑，饒有智計。田睿、田智這番回去，應該不會驚動太多人，不過是要找李滌求助。李蒙等人也這樣猜想，倒讚賞這對僮僕機智。

王羽仙卻道：「沒有啊。我是經龍門過來的，或許他們走的是聞喜那條路。」王翰道：「嗯，你累了吧？我這就叫人給你準備房間。」狄郊忽道：「我們幾個現下捲入官司，不但一時不能離開蒲州，還有許多雙眼睛盯著，羽仙不能留在逍遙樓裡。」

王羽仙道：「什麼官司？」這才留意到辛漸不在，問道：「辛漸人呢？」王翰道：「他被關在州獄中，這個回頭再說。不過老狄提醒得對，你不能留在這裡。」

王羽仙道：「我不走，你們出了事，我更不能走。」王翰道：「不是趕你走，而是要你藏起來，不要公開露面。你私自出逃，尊公未必會怎樣，可若真是來俊臣有什麼歪主意，他能輕易放過你麼？聽說你逃走，最先想到的就是來找我們幾個要人。」

李蒙道：「那好，我這就出去找處房子給羽仙待下。」狄郊道：「不必費事，我有個主意。之渙，你覺得普救寺怎樣？」

普救寺[18]位於城東峨嵋嶺，狄郊和王之渙到蔣素素家查案時從外面遠遠見過，地勢高敞，紅牆碧瓦，綠樹掩映。王之渙道：「好，是個絕好的位置，而且咱們扮成香客來來回回去看羽仙也不會引人起疑。」

幾人議定，王翰派夥計出去買了幾套女子衣衫，讓王羽仙換上，又親手給她戴了一頂胡帽，壓得老低。為避人耳目，也不騎馬，先命夥計出去雇了兩輛大車，自己和王羽仙坐一輛，狄郊等三人乘一輛，往城東而來。

普救寺是一座佛教十方院，興建於武則天稱帝後。唐朝立國後對宗教採取寬容政策，但因中國自魏文帝曹丕時期形成了所謂的九品官人士族制度，其崇尚門第郡望的思想對後世影響甚大。唐李雖然出身隴西貴族，但並非望族，更有「駝李」[19]的笑談。為了抬高出身門第，開國皇帝高祖李淵攀附道教始祖老子李耳作祖先，特意下詔敘儒、佛、道三教先後——「老教、孔教，此土之基；釋教後興，宜崇客禮。今可老先，次孔，末後釋宗。」由此將道教列為諸教之首，並多次幸終南山老子廟，以實際行動來表示對道教的支持，佛教則明顯落在下風。武則天稱帝前，已經知道女人當皇帝難以令天下人信服，所以仿效李唐崇道的故例大肆禮佛，在龍門開鑿巨型石窟，其中盧舍那佛即依照她本人容貌塑造。又派面首薛懷義[20]偽造佛典，宣揚佛典昭示女主臨朝，由此為她奪取江山增添神聖光環，以加強篡權的合法性。正式登基後，武則天索性定佛教為國教，廣建寺廟，排擠道教。

普救寺正是女皇武則天升佛教為國教的產物，建造在峨嵋嶺土崗上，依塬而建，寺院坐西朝東，南、北、西三面臨壑，唯東北向殿宇依塬平展，既挺拔俊逸，又不失雄渾莊嚴。

東大門進來即是天王殿，李蒙叫住一名小沙彌，說有心布施一筆重金，想見一見住持。那小沙彌見幾人一看就是有錢的主兒，不敢怠慢，慌忙領到西面靜室坐下，自己去飛報。過了一會兒，便見小沙彌領進來一位慈眉善目的老和尚。李蒙最擅應酬，上去一陣寒暄，順理成章地遞過去一袋金砂，提出想將妹子安置在寺中。

那住持也不是第一次遇見這種事，又見這幾人男的英俊瀟灑，女的清氣縈繞，料來絕不是普通人，當即會意點點頭，道：「本寺後園有個梨花院，僻靜幽雅，專門提供給想要清靜的尊貴香客居住。不過西房和南廂都有人住了，只剩下北廂空著。如果娘子不介意，貧僧這就派人去問那三兄弟願不願意……」王翰皺眉道：「住客是三名男子麼？」住持道：「嗯，其實也是本地人，不過老三跟人打架受了傷，不便公開露面，老大、老二就抬了他到本寺養傷，暫避風頭。」

眾人見住持侃侃而談，絲毫不忌諱提及這些，渾然不似方外清修之人，很是詫異。

王翰猜想那三兄弟多半也是因為惹了麻煩才避來寺中，便道：「那三人都是男子，不大方便，梨花院還是不要住了。」

李蒙道：「還請住持想想辦法。我妹妹嬌生慣養慣了，難以與人相處。」又遞過去兩袋金砂。住持看也不看，接過來順手塞入袖中，道：「既是如此，本院還有一處書齋，雖不及梨花院幽靜，也是個獨門獨院，就在北面塔院西面，一直空著，娘子若不嫌棄，就請移步去看一看。」

幾人便跟著住持往書齋而去，這普救寺不算大，前殿後園，前面天王殿、鐘鼓樓、大雄殿三處主要建築依東西排開，殿南是經院和僧舍等，北側則是塔院和書齋，住持所提的梨花院則是在後園密林中，人站在前院難以看見。

書齋坐北朝南，只有三楹正屋，院中東側植滿翠竹，颯颯有聲，西側牆下則是一棵枝繁葉茂的杏樹，樹下有井，頗有生機。進房一看，則大失所望，房中相當乾淨，一塵不染，不過卻空曠簡陋，只有簡單的桌椅，幾排書架上擺滿了經書。王翰自然很不滿意，王羽仙卻道：「這裡就很好，我就住在這裡。」王之渙道：「我也覺得不錯啊，素淡得很，適合羽仙的性子。」王翰無奈，只得同意。

住持問道：「娘子是一個人住這裡麼？」王羽仙道：「是啊。」旋即會意住持言外之意，不由得紅了臉。李蒙忙道：「住持放心，我們幾個坐到天黑就走。」住持道：「各位請稍候，貧僧派人送些齋飯和用品過來。」

王翰幾人勞碌了幾天，坐下來圍在一起安安穩穩地吃頓飯，倒覺得齋飯素食格外香，不過有菜無酒，未免不能盡興。轉念想到辛漸依舊困在獄中，手足被鎖，少不了要吃些苦頭，不由得意甚怏怏，連意外見到王羽仙的喜悅也被沖淡了。

王羽仙已在車上聽王翰大致說了經過，道：「我在路上遇到過一隊羽林軍，不過因為著急趕路，也沒有特別留意，原來領頭的就是淮陽王武延秀。現在想來，他們也是飛馬疾馳而過，應該是另有要事趕著去辦，不然他一定會留下來認真對付你們幾個。那制使謝瑤環放了你們，有不得已的原因也好，不想助紂為虐也好，但終究不敢得罪武延秀，所以扣住辛漸，等於軟禁你們幾個在蒲州，想來是要等淮陽王辦完事回來處置這件事。」

她說得不疾不緩，娓娓而談，但卻教人聽得驚心動魄。王翰幾人自然深知武延秀一旦回來蒲州他們面臨的處境，無非是逮捕下獄，嚴刑逼供，到那時只能任人宰割，連半分還手的機會也沒有。

王羽仙又道：「翰郎，我看這件事非得驚動狄公不可了，至少得讓他在朝中有所提防。」

其實她這個提議人人早已想過，只是誰也不好意思當著狄郊的面提起，大夥都知道狄郊的養母不准他與狄仁傑來往，這次五人就連出遊到了洛陽，狄郊都不敢違背母命去拜見伯父。還是辛漸、李蒙二人私下偷偷去相府拜會，說明狄郊的難處，狄仁傑才派次子狄光遠來客棧探望。他們五人從一開始遭武延秀陷害，就知道對方的最終目標是狄仁傑，原以為能憑藉自已的聰明才智來解決這件事，但卻實在難以應付指鹿為馬、不顧事實又有顯赫權柄的對手。別說他們不能指出真正的刺客主謀是李弄玉，就算真交代出真相也於事無補，跟所謂的刺客相比，狄仁傑對武承嗣父子的危害當然遠遠為大。所以事情到了眼前這個地步，似乎已經難有轉機，雖然不致於立即大禍臨頭，可確實真如王羽仙所言，謝瑤環不過是要將他們五個拖住等武延秀回來。若到那時再想去給狄仁傑報信，不也遲了麼？

幾人目光炯炯，一齊落在狄郊身上，伯父是他的，自然要由他來決定。狄郊苦笑道：「大家都是受我牽累，我還能不聽麼？就依羽仙所說，我今晚寫一封信給伯父，明早託人送往洛陽。」王翰道：「那好，就這麼定了。羽仙，你別擔心，邪不壓正，事情很快就會過去。」王羽仙嫣然一笑，道：「我不擔心。」

李蒙打火點上燈，起身笑道：「天色不早，我們三個去外面逛逛，不然可就看不到風景了。」使了個眼色，狄郊和王之渙知趣地跟他走了出去。

王翰攬住王羽仙的腰，讓她靠在自己肩頭，笑道：「你真不擔心麼？」王羽仙道：「嗯，其實還是有一點擔心。」王翰道：「放心，萬一尊公追來，我就說你和狄郊已經私下結為夫妻，生米煮成了熟飯，他也無可奈何。」王羽仙道：「不是這個，我是擔心你們幾個抵不過那凶惡的武延秀。」王翰笑道：「盡力而為便是，抵不過也是天意，反正你我死也死在一起。」王羽仙大為感動，回臂撫摸他的頭，叫道：「翰郎……」

李蒙、狄郊、王之渙出來院子，外面已是暮色蒼茫，不但香客們各自返家，就連僧人們似乎也憑空消失了一般。三人在四周轉了一圈，普救寺居高臨下，視野寬闊，風景極佳，站在西面後園中甚至可以看到蒲津浮橋和鸛雀樓的朦朦身影，若不是幾近天黑，怕是整個河東巷陌都能盡收眼底。

一直到天完全黑了下來，王之渙才道：「叫上王翰回去吧，他倆的悄悄話也該說完了，咱們還得去秦家拜祭錦娘呢。」

三人便往前院而來，忽見到前面有名小沙彌手提著燈籠，引著一名男子往梨花院走去。李蒙道：「呀，那人不是河東驛站驛長麼？他來這裡做什麼？」狄郊想起住持說過有三名男子住在梨花院中，其中一人受了傷，也大起疑心，道：「去看看，輕一點。」

三人躡手躡腳地來到梨花院外。那小沙彌走到門前，踮腳點亮了門簷下的氣死風燈，將燈籠交給驛長宗大亮，合十行禮，便默默退走。宗大亮見他沒入黑暗中，這才轉身敲門，叫道：「是我。」

有人來開了門，宗大亮迅疾閃身進去，大門又重新門上了，四周陷入一片深沉的幽靜中。微弱的燈光映照著古樸玲瓏的垂花門，匾額上「梨花深院」四個字格外令人矚目。

王之渙道：「那字寫得不錯……」狄郊「噓」了一聲，道：「你們等在這裡，我翻牆進去看看。」

那牆約有兩丈高，且是石頭所砌，李蒙體胖，王之渙文弱，自知難以翻過去，道：「好。」二人一左一右站在狄郊身邊，各自抓住他一條腿，喝一聲「起」，往上一抽，狄郊雙手搆住牆頭，使力往上攀，李蒙、王之渙再各用肩頭一頂他雙腳，便借力翻上牆頭。

正好牆邊有一棵桂花樹，狄郊緣著樹幹滑落院中。不過是處常見的三合小院，三楹兩廂，西面正堂和南廂房都亮著燈，只有南廂房房間紙窗有幾個人頭閃爍。他悄悄摸到窗下，那木窗未關嚴實，恰好露了一道大縫，探頭一看——房中共有四人，除了適才進來的驛長宗大亮，另有三名二三十歲模樣的男子，都是街上閒漢打扮，大約就是住持提過的三兄弟。不過與住持所言不符的是，這三人看上去都是好端端的，並沒有誰受了傷。四人均站在床前，背對著窗戶，似在探視床上的什麼人。

只聽見宗大亮問道：「他的傷勢如何了？」身材最魁梧的漢子不以為然地答道：「不過是肩頭中了兩刀，死不了，老三跟人打架，臉上被砍了兩刀，不也沒事麼？」

宗大亮斥道：「你們的命賤，這可是個重要的大人物，不准他死，也不准他跑，知道麼？」魁梧漢子答道：「知道了。不過，我還是不明白，為什麼一定要將他藏在普救寺？要想不讓人發現，藏我們三兄弟家中不是更穩妥麼？」宗大亮罵道：「你們知道個屁，我說藏在哪裡就藏哪裡！」那三名漢子似是對他很是畏懼，連聲應道：「是。」

宗大亮道：「我走了，明晚再來看他。你們可得機靈點，把人看好了，別出什麼岔子。」三名漢子急忙去開門送他出來。

幾人離開床前的一剎那，狄郊自窗縫中清楚見到床上平躺著一名男子，上身裸露著，四肢大大張開，手、腳均被繩索綁住拴在床柱上，口中還塞著一大團麻布。

---

1 蠙珠：意為珍珠。

2 使君：唐代對刺史的尊稱。明府：對縣令的尊稱。少府：對縣尉的尊稱。

3 上官儀，字遊韶，陝州陝縣（今屬河南）人。其父上官弘為隋江都宮副監，後死於江都事變。上官儀當時年紀還小，僥倖從後門逃生。貞觀初舉進士，授弘文館直學士，成為太宗的文學侍從。累遷祕書郎，轉起居郎。其人精通釋典，兼涉經史，善寫文章，號稱「大手筆」。曾參與《晉書》的編撰工作，以詩名顯於當世。高宗即位後為宰相。武則天自成為高宗皇后後，整天忙於政事，不能時時陪伴在高宗身邊，武則天的親姊姊武氏和外甥女賀蘭氏由此受到高宗寵幸，武氏被封韓國夫人，賀蘭氏被封為魏國夫人。武則天嫉恨交加，不顧骨肉親情，派人祕密將親姊姊武氏處死。至弱之主，必有暴怒，高宗聞訊後立即派人召宰相上官儀入宮，命他擬詔廢除武則天皇后位。當時武則天心腹遍布宮內外，武則天匆忙趕到高宗跟前。此時上官儀剛離開，詔書墨跡未乾，還未簽發。武則天用眼淚軟化了高宗，高宗竟忸怩道：「此上官儀教我。」不久，武則天指使人誣陷上官儀及其子上官庭芝謀反，下獄處死，女眷沒入宮中為奴。上官庭芝的女兒仍在襁褓之中，即後來以文章知名的才女上官婉兒。

4 黔州：今四川彭水。唐初在地理位置重要的州設有都督府，最高長官為都督。都督除了兼領本州刺史，還兼管鄰近幾州的政務、軍事，類似後來的節度使。

5 胡餅：一種學自西域胡人的食物，唐朝十分盛行，成為一代飲食風尚。最流行的作法是：以油和麵做成餅後撒上芝麻、羊肉末等，再於爐子內烤熟。

6 楹：量詞，古代計算房屋的單位，一間為一楹。

7 典獄：古代執掌刑獄的官吏。

8 古代以銅漏計時，即靠特製銅壺中的水一滴一滴往下漏來計算時間長短。銅壺裝滿水後，水從底部小孔滴出，一天一夜剛好滴盡。壺中有一支標有一百個刻度的箭，一個刻度所代表的時間稱為一刻，等於今十四分鐘二十四秒。

9 取保：即交保候審，指犯罪嫌疑人可以在有保證人情況下暫時予以釋放，但須出具保書，保證隨傳隨到。做為一項法律制度，取保候審在中國古代早已存在，如《北齊書》云：「局內降人左澤等為京畿送省，令取保放出。」唐律中，〈斷獄律〉稱：「拷滿不承，取保放之。」

10 凶肆：出售喪葬用品的商鋪。行人：專門從事殯葬業的人，也兼職為官府從事驗屍、勘驗等工作。

11 制書：書寫皇帝命令的一種文書。唐代皇帝實行賞罰、授官、改制等，均使用制書。

12 判司：州郡官職。具體又分司功、司倉、司戶、司兵、司法、司士參軍事，分掌兵刑錢穀等政。

13 襆頭：男子用的一種頭巾，唐代時十分流行，上至君王，下到庶民，均喜愛戴此頭巾。

14 大人：唐代的人對父親的稱呼。

15 唐初山東（此山指函谷關所在的崤山，中國曾以「山東」為諸夏、以「山西」為戎狄。「山西」即戰國時秦國占有的今陝西、甘肅、四川等地；「山東」則指韓、魏、趙、楚、燕、齊占有的今河北、山西、山東、江蘇、安徽、湖北等省）士族非常高傲，在婚姻問題上極重地望，不但多索財禮，且不願與一般人通婚，深為太宗李世民所惡。高宗李治時，權臣李義府為兒子向山東士族求婚被拒，懷恨在心，故以太宗遺旨勸高宗「矯其流弊」。顯慶四年（六五九年）十月，高宗下詔令後魏隴西李寶，太原王瓊，滎陽鄭溫，范陽盧子達、盧渾、盧輔，清河崔宗伯、崔元孫，前燕博陵崔懿，晉趙郡李楷等五姓七家子孫不得自為婚姻，即禁止以上諸姓互相通婚。

16 唐律嚴禁同姓結婚，違反者不僅雙方各要處兩年徒刑（唐代刑罰的一種，給罪犯戴上刑具，強迫其服勞役），還要強令離婚。

17 通事舍人：隸中書省，官秩從六品上，掌外交事務，也受命出使勞軍。

18 普救寺：今山西永濟普救寺，即《西廂記》故事發生地。

19 魏晉以來，世人特別重視門第，高門大姓不僅在社會上有威望，而且有一種特殊的榮譽感。不被列入高門大姓的人即使很富貴，也會感到自卑，不敢與高門大姓比肩。兩晉以後，定高貴大姓已形成定制。北魏時期，魏孝文帝拓跋宏於漢姓中「定四姓為最尊」，隴西李氏非大姓，聽到風聲，生怕進不了高門，乘明駝（善走的駱駝）晝夜兼程趕到洛陽討封，卻還是遲了一步，清河崔氏、范陽盧氏、滎陽鄭氏、太原王氏四大高姓已定訖。

20 薛懷義：原名馮小寶，是販賣藥材的江湖郎中，健壯偉岸，剛武有力，胯下陽物巨大，被千金公主（唐高祖李淵第十八女）發現後當作至寶獻給武則天。當時馮小寶剛過三十，健壯狂野，床上功夫了得，由此成為武則天寵愛的面首。武則天特賜薛姓（太平公主第一任丈夫為薛紹，薛紹為唐高宗的外甥），改名懷義，命其出家為僧，擔任洛陽名剎白馬寺住持以掩人耳目，得自由出入宮中。在薛懷義最得寵期間，人人對他侍奉唯謹，權傾朝野的武則天之姪武承嗣、武三思也對他畢恭畢敬。武則天還命薛懷義指揮數萬人建造明堂（萬象神宮）。明堂建成後，薛懷義被封為威衛大將軍、梁國公。然此人出身市井，恃寵驕恣，暴橫不法，一度禍亂朝政，後因武則天寵愛新面首而心生嫉妒，為洩憤縱火焚毀武則天花費鉅資營造的明堂，由此失寵被殺。

【卷三】斷舌凶手

細看案桌，才發現關鍵所在——那案桌是松木所製，由於使用的年頭不短，桌面已經發乾發脆，死者用食指指甲在上面畫了個一寸見方的字，筆跡歪歪扭扭，顯是臨死前耗盡全身氣力所為。那個字，正是一個「王」字！

狄郊看到梨花院廂房床上五花大綁著一名男子，一時驚住，暗道：「這人是誰？為何被驛長綁在這裡？」只是不及思索更多，倉促之下閃身奔進南廂邊的茅廁。那茅廁空間狹小，僅一個蹲坑已占去一半位置，門拉直就碰到牆壁，背後根本無法藏人。狄郊只能仗著黑暗貼站在門板邊緣。卻見宗大亮已然大踏步出來，映著門內射出的燈光，三名漢子的面容也清晰可見──一人身材魁梧、滿臉橫肉；一人面色白皙，臉上卻有兩道疤痕；另一人尖嘴猴腮，身材也是又乾又癟。從外貌看，渾然不似三兄弟。

三人一直將宗大亮送出門外，等他提燈走遠，這才進院關門。那魁梧大漢道：「你們先進去，我得去茅房撒泡尿。」一刀疤漢笑道：「二哥就是尿多。」

狄郊心道：「原來最瘦的是老大，最壯的是老二，那刀疤白臉是老三。」眼見那老二一步一步地朝茅廁走來，自己無處可躲，不由得滿手都是冷汗，暗道：「這下完了，他們綁了人藏在這裡被我撞見，我還能活著離開麼？唉，死就死了，只盼外面那兩個小子千萬不要衝進來救我。」

老二正待一步踏進茅廁，忽聽見廂房內有「嗚嗚」響聲，又有人敲打床板。老大道：「喲，是那小子醒了，快去看看！」與老三快步搶進房中，略略一看，嚷道：「呀，這小子憋不住，尿在床上了！」

那老二腳已經抬了起來，聞聲頓得一頓，竟然又將腳縮了回去，也趕回房中看熱鬧。

狄郊擦一把額頭的汗，暗道：「好險。」他見這處院落花木不多，難以藏身，不敢再多逗留，溜回牆根下，踩住一塊大太湖石，翻上牆頭，身手比進來時敏捷了許多。王之渙和李蒙正焦急地等在原處，忙上前抱住狄郊雙腿，將他接了下來。

李蒙低聲抱怨道：「老狄，你可是越來越胖了，快要趕上我了。」王之渙道：「要是辛漸在這裡就好了，他武藝最好，翻牆上房如履平地。」狄郊道：「快走。」

三人匆忙回來前院書齋，狄郊對眾人說了梨花院中的詭異情形，道：「原來是另外有人受了傷，被三兄弟藏進普救寺中。」王之渙道：「可三兄弟分明是奉河東驛長之命，這男子到底是什麼人？為何被綁在床上？」

王翰道：「啊，我知道了，這被綁在床上的男人一定就是另外一名失蹤的刺客裴昭先。他當晚失蹤，既沒有被殺，又沒有被羽林軍所擒，李弄玉那些人也到處找不到他，原來是被驛長抓住藏在了普救寺中。」

眾人一聽大出意外，覺得匪夷所思，但細細一想，又均覺有理。

王之渙道：「驛長是朝廷官員，竟然敢在武延秀的眼皮子底下營救刺客？噢，也說不上是營救，不然也不會綁著他了。」狄郊道：「這件事很奇怪，驛長既不是武延秀一方，也不是李弄玉一方，他冒著全家人頭落地的危險出力救了刺客，暗中帶來普救寺，顯然是怕武延秀隨後會派人大舉搜城，一般地方難以藏身，唯有佛教是當今國教，佛寺地位尊崇，是最好的關押之地。可他冒了這麼大的風險，到底有什麼目的？」

李蒙道：「有一點我可以肯定，這驛長一定不安什麼好心，白天他一直穿著便服，在逍遙樓門前鬼鬼祟祟地窺探了許久。」狄郊也道：「他找來看守裴昭先的三兄弟，很像是街上橫行不法的無賴凶徒。」

王翰道：「走，回去找本地人打聽一下這驛長的來歷。」又道，「羽仙，你不能再留在普救寺，這裡太危險，你先跟我們一道回逍遙樓，我派人另找處宅子給你住。」王羽仙道：「不，我想留下來。我有個主意，不知道妥不妥當，咱們現在可以說是山窮水盡，一切都掌握在官府手中，他們想什麼時候抓你們幾個都可以，只是看心情如何，既然無路可走，不如尋求外援。」

王翰道：「你是說去求李弄玉？不，那個女人雖然年輕，卻是又精明又冷酷，她當時都不願意去尋找裴昭先，一幫胡人跟她大吵，她才勉強同意再派人手。那晚她甚至打算殺死我滅口。」王羽仙道：「如此，足見她是個極厲害的人物，也只有她這樣的人才能與武延秀抗衡。」

王翰生性高傲，從不求人，要他低聲下氣去求李弄玉幫忙，他實在不能同意。可他不忍當面拒絕王羽仙，便朝同伴望去，想徵詢他們的意見。

王之渙道：「羽仙說得很有道理。阿翰，你不是說李弄玉來頭很大麼？不如以告知裴昭先下落為由頭，請她出手相助。」李蒙更是憤憤不平地道：「這些事本來就是她和她手下搞出來的，雖說武延秀確實該死，可為什麼要我們和袁大哥來承擔後果？」

狄郊一直默不作聲，幾經李蒙催促才表態道：「我不同意去找李弄玉求助，事情發生了這麼久，咱們幾個的事早已轟動蒲州。按照常理，事情既是因她而起，她稍有俠義之心，都會來找我們，不說出手相助，起碼要給我們一個交代。可阿翰被關在縣獄時，她竟然懷疑他偷了東西，逼問不成，還差點扼死他……抱歉，我不該說出這件事，羽仙你……」

王羽仙大感驚訝，道：「當真如此？」低頭去查看王翰脖頸，問道：「有沒有受傷？」王翰笑道：「沒事，哪有老狄說得那麼誇張。」王羽仙道：「嗯，即便那位弄玉娘子再有不是，我們還是要試上一試。阿翰，我知道你不願意求人，不如讓我去吧。」

王翰道：「我怎麼能讓你去呢？李弄玉當有要事在身，或許早就離開蒲州了。」王羽仙道：「應該還沒有。她丟失了極要緊的物事，不惜使用武力逼問你，沒有找到是不會離開蒲州的。」

王翰道：「無論如何，我不會讓你去。這李弄玉來歷不明，又十分危險。她連手下人的性命都不如何顧惜，就算你求她也是白求。不如這件事先放一放，辛漸就算人在牢中，也還是咱們的一員。老狄，你不是要給袁大哥送藥麼？看看能不能設法見到辛漸，問問他的意見。」狄郊道：「好，我明天一早就去辦這件事。」

李蒙道：「謝瑤環可是明令不准探監。」王翰道：「咱們先回去再說。羽仙，走吧。」王羽仙知道他無論如何不會允准自己單獨留在普救寺，只得吹滅燈燭，跟隨情郎出來。

寺門早已關閉，不過尚有老僧守在門檻邊，見尚有香客滯留寺中，忙開門讓幾人出去。

普救寺門前是一片廣場，四周有幾家商鋪，白日聚集的流動商販更多，煞是熱鬧，可他們全都是做到寺中拜佛香客的生意，是以天黑寺門一關，各自的攤子也都相應收了，就連那間租用秦家的河津胡餅鋪也早已打烊關門，一片漆黑。

幾人進來普救寺時，本來聽到附近有吹吹打打的喪樂，猜到應該是秦家在為秦錦辦喪事，不過各自隱忍不語，是因王翰不准大家向王羽仙談及他捲入姦殺錦娘一事。狄郊本來還想著要去祭奠錦娘，順便詢問蔣素素情夫的事情，只是目下不聞喪樂之聲，想來是因為夜色已深，而女主人恰好是個聲名狼藉的寡婦，王羽仙又在一旁，便不再多提。

從城東到城西距離不近，城東相對偏僻，一路除了打更巡夜的人，少有其他行人。如此夜晚，當然雇不到車馬，只能摸黑行走。對於生活優裕慣了的幾人來說，倒也是別樣的體驗。走著走著，幾人一齊笑出聲來。只有王羽仙娉娉婷婷地跟在王翰背後，不發一聲，保持著名門淑女的風度，但暗黑中依然能隱約看到她嘴角上翹，也在偷偷微笑。

到了城西，燈火漸旺，人也漸漸多了起來，不少店鋪、酒肆還在吆喝做生意。幾人拐上西大街，遠遠已經可以看見逍遙樓上高高掛著的那個「滿」字燈。王羽仙道：「咦，蒲州客棧的生意竟有這般好？」李蒙笑道：「你只知其一，不知……」忽聽得背後一陣奇怪聲音。

眾人聞聲回過去，隱隱約約有一人迅步奔來，不僅腳下如風，口中還呼哧有聲，情狀極為詭異。直至到得近前，才看清那人只穿著白色貼身衣衫，上衣還沒有繫帶，似是剛從床上滾下來，雙手緊緊捂住嘴唇，看也不看旁人一眼，如急風般掠了過去。

狄郊遲疑了一下，叫道：「喂，你……你不是水手傅臘麼？」那人卻恍若未聞，頭也不回地去了。王之渙道：「老狄，你看清了麼？這人捧著臉做什麼？我怎麼看著不像是那個蔣素素的情夫啊。」

眾人也顧不上理會，逕直回到逍遙樓，蔣大正候在大堂，面色極為疲倦。李蒙問道：「錦娘的喪事還順利麼？」蔣大道：「唉，今日傍晚已經匆匆下葬了。」

幾人均吃了一驚，按照喪葬習俗，死者靈柩至少要停放七日才能下葬，這錦娘前日被殺，昨日才入棺，怎麼今日就葬了？如此豈不是太過倉促、對死者也是大不敬？

蔣大道：「這是素素的主意，我也不好堅持。」王之渙道：「這也不能怪她，家裡就她一個寡婦，守著一具棺材，難免有點……」見王羽仙有詢問之意，忙道，「不提了，大家累了，散了吧。」

狄郊回到房中，立即提筆寫了一封信給伯父狄仁傑，大略說了事情經過，給王翰幾人看過，這才封好拿下去交給蔣大，請他派信得過的人送去洛陽。蔣大一見是給當朝宰相的信，不敢怠慢，忙道：「郎君放心，我這就去選個最穩妥可靠的夥計。」

狄郊道：「有勞。」頓了頓又問道，「怎麼一直不見令郎蔣會？」蔣大道：「他得罪了阿郎，不敢留在逍遙樓，我叫他去鄉下姥姥家了。」

狄郊本想問蔣會與蔣素素之事，猶豫了一下，改口問道：「蔣翁可知河東驛長是什麼來頭？」蔣大道：「宗大亮麼？他是蒲州汾陰[1]人，在這裡任驛長已有多年，這是很奇怪的一件事。」

狄郊道：「噢，如何奇怪法？」蔣大道：「他伯父娶的是文水武氏，也就是當今女皇的堂姊。」狄郊恍然大悟道：「原來他是宰相宗楚客的堂弟。」

蔣大道：「正是。宗楚客在朝中任宰相，自然是因為是女皇姪子的緣故。宗大亮雖然說不上是皇親國戚，到底還是沾親帶故，可偏偏在這小小驛站當驛長，一當就是好多年。別人都說他得罪了他那位宰相堂兄宗楚客，所以才會如此。」狄郊心有所悟。

次日一早，狄郊到藥鋪抓了藥，與李蒙一道趕來州廨。門前兵士一聽二人想要探監，便連連搖頭不准。李蒙正想用老一套法子給兵士塞錢，忽見謝瑤環的侍女青鸞急奔了出來，叫道：「是狄公子麼？我正要去找你。」狄郊一愣，問道：「娘子找我有事麼？」青鸞道：「公子快跟我來，遲了就來不及了。」

李蒙莫名其妙，問道：「什麼來不及了？」青鸞不由分說，上前扯住狄郊，拉著就往府內跑去。曲曲折折走了不少路，終於來到後衙一間雅室中，謝瑤環正站下窗下，臉上大見焦色。青鸞將狄郊直拉到床前才放手，指著床上一名男子道：「他受傷中了毒，聽說狄公子是位神醫，求你救救他。」

狄郊道：「他是……」謝瑤環道：「他是這次隨我出行的侍衛蒙疆。」

原來，昨日蒙疆跟蹤謝瑤環的仇人李俊一行，走不多遠就被發現圍住，混戰中一名胡人往他肩上戳了一刀，刀上淬有毒藥，他當即倒地，再也爬不起來，眼睜睜看著李俊等人揚長離開，直到謝瑤環率兵趕來才將他救回。不過他肩頭傷口所中毒藥甚是奇特，不發黑反而發紅，且像絲線一樣一縷一縷地沁遍全身。昨夜謝瑤環請遍蒲州名醫，均是束手無策，今早意外聽說狄郊精通醫術，慌忙派青鸞去請，恰巧在府門前遇到。

狄郊上前揭開蒙疆身上薄被，卻見他身上遍布鮮亮的紅絲，如蛛網般且越來越密，看上去極其可怖。一搭脈搏，也是忽快忽慢，很是詭異。

青鸞問道：「狄公子可看得出蒙大哥中的是什麼奇毒？」狄郊搖了搖頭，沉吟道：「天下毒藥有千萬種，道理卻只有一個，無非是毀人臟腑，令其喪去機能。蒙侍衛中毒已過一夜，性命卻還在，想來這是毒藥性子慢些，但毒藥已經遊走全身，萬難拔除，我只能勉力試一試。」謝瑤環道：「狄郎請放手作為，有什麼需要告訴我便是。」狄郊道：「好。」思索半晌，道，「將之前大夫開過的方子拿來給我看看。」青鸞忙取了數張方子交到狄郊手中，道：「這些都是那些沒用的大夫開的，已經給蒙大哥吃過了，沒有用的。」

狄郊也不理會她，略略一翻方子，無非是各種解毒藥、催吐藥、瀉藥等，當即選了一副以排泄為主要成分的藥，道：「去把這副藥熬好。再派人去藥鋪買兩錢砒霜來。」

謝瑤環吃了一驚，遲疑問道：「砒霜不是毒藥麼？」狄郊道：「對普通人而言，砒霜是毒藥，對病人只要對症，就是治病的良藥。」

青鸞不敢怠慢，忙安排人去買藥熬藥，又問道：「砒霜如何能成為治病的良藥？我不懂，還望郎君說得明白些。」狄郊道：「人體陰陽平衡，就是健康之狀。若對健康體用砒霜上藥，打破了陰陽平衡，就會出現中毒症狀。但病人本身已經陰陽失衡，治療無非是以藥石之偏糾陰陽之偏，用猛藥反而能發揮效果。」一時也不及多解釋，道，「你們暫且退開，以免影響我行走針。」當即從懷中取出針包來。

李蒙忽道：「等一等。」將狄郊拉到一旁，低聲道，「這是個大好的機會！現在謝瑤環有求於你，我們正好要脅她放辛漸出來，反正咱們答應她們絕不逃走就是。」狄郊道：「唉，事情緊急，先救人要緊。」甩開李蒙，拈出兩根銀針，重新走到床前，先往蒙疆雙腳的湧泉穴扎去。

蒙疆「啊」了一聲，逐漸睜開眼睛。他自被謝瑤環救起便一直昏迷不醒，青鸞登時大喜，搶上前來叫道：「蒙大哥醒了！蒙大哥！狄公子，你真是神醫。」狄郊沉聲喝道：「快些退下！」青鸞一愣，不敢違抗，慌忙讓到一旁。

狄郊便繼續針廉泉穴，以應湧泉穴針感。依次再針手三裏、足三裏、太衝、三陰交穴。起針時，蒙疆的手微微動了動，然則他身上的紅絲卻越來越多，越來越密，且速度快了一倍。青鸞遠遠看見，忍不住要上前指責，卻被謝瑤環及時拉住，搖了搖頭，示意她不可妄動。

狄郊又行了一遍針，蒙疆全身通紅，變成了一個名副其實的「紅人」。正好兵士買了砒霜送進來，狄郊道：「去將熬好的藥端來。」青鸞盛了一碗端進來，狄郊將兩錢砒霜盡數倒入藥中，道：「給他全喝了。」

青鸞見狄郊針術神奇，也不再多問砒霜是否會毒死蒙疆，上前扶蒙疆坐起。之前的湯藥都是她往蒙疆嘴中強行灌飲，這次蒙疆居然可以自己張口喝下，只是說不出話來。

狄郊道：「青鸞，你給蒙侍衛穿上衣服，扶著他慢慢起身下床，在屋裡走動走動。阿蒙，謝制使，咱們到外面去等。」謝瑤環不明所以，問道：「為什麼？」見狄郊、李蒙已然抬腳走出房去，也只得跟出去。

幾人在院中靜靜等候，謝瑤環滿腹狐疑，卻又不好多問。忽聽得室中「咕咕咕」數聲，隨即是「嘭」的一聲，青鸞大叫一聲道：「媽呀！」

謝瑤環大驚失色，轉頭命兵士道：「看住他們兩個。」自己搶入房中，卻聞見一股惡臭。蒙疆正尷尬地站在房中，青鸞一手扶住他左臂，一手捂住口鼻。

謝瑤環問道：「出了什麼事？」青鸞遲疑道：「蒙大哥他……他把屎拉在褲子裡了。」

謝瑤環低頭一看，果見蒙疆腳下有黃白之物流出。她恍然明白過來，上前掀起蒙疆衣衫，果見他身上的紅色已經黯淡了許多，忙道：「不必難堪，這正是狄公子的解毒妙法。青鸞，你給蒙大哥換上乾淨衣服，扶他躺下，再命人進來清理乾淨。」青鸞道：「是。」

謝瑤環匆匆出來院中，揮手命圍住狄郊、李蒙的兵士退下，歉然道：「多有得罪，我事先不知道……」

狄郊淡淡道：「謝制使不必耿耿於懷。日後只須每日一次給蒙侍衛服這副瀉藥，直到他身上紅絲褪盡為止。」又取過李蒙手中藥包，道，「這裡有幾包藥，燒煙吸入鼻中能緩解風咳，麻煩謝制使轉給袁華大哥。」謝瑤環接了過來，居然道：「多謝。」

狄郊道：「嗯，我還有一個請求，不知道謝制使能否准許我換辛漸出來？制使扣住辛漸，無非是想要個人質，我們五個情若手足，任留下誰都是一樣的。」

謝瑤環不無驚奇地看了他半晌，點頭道：「好。」招手叫過一名兵士，命道：「去大牢帶辛漸到大堂。」那兵士躬身應命而去。

來到大堂時，辛漸正好被押到門前，見到狄郊就問道：「藥帶來了麼？袁大哥昨晚可是咳嗽了一夜。」狄郊點點頭：「已經交給謝制使了。」

謝瑤環命人開了辛漸的手足鐐銬，道：「你們都走吧。」狄郊道：「謝制使……」謝瑤環道：「快走，別等我改變主意。」

狄郊還想再說，李蒙急忙扯他出來，道：「能走還不快走，當真想坐牢麼？」

辛漸更是不解，撫摸著被鐵銬磨破的手腕傷處，問道：「這位謝制使為何突然改變了主意？」李蒙道：「狄郊剛剛救了她手下的性命。」當即說了經過。辛漸道：「老狄越來越厲害了，日後可以開館行醫了。」狄郊道：「僥倖，這次只是僥倖。若蒙侍衛體質稍微差些，我這法子定然已治死了他。」

又說了王羽仙來蒲州之事，辛漸大喜笑道：「這個可太好了，大夥又聚齊了。」李蒙悻悻道：「最好的就是王翰，天下所有好事都落他頭上了。」

辛漸道：「捲入秦錦案可算不上是什麼好事吧？況且羽仙……」他沒有繼續說下去，但旁人均知他指王翰和王羽仙因同族同姓而無法成親的事。

李蒙哼了一聲，道：「換作我是王翰，早帶著羽仙遠走高飛了，改名換名，誰知道他們兩個都姓王？老狄，你說是也不是？」狄郊搖頭道：「他二人出身高姓大族，從小就被所有人告知他們王氏最珍貴的是家族名譽。這事說起來容易，做起來極難。」

李蒙道：「這麼說起來你也不會跟海印私奔了？」狄郊吃了一驚道：「什麼？」李蒙道：「你暗中喜歡那豆腐女，當我們幾個都看不出來麼？」

狄郊自覺將感情隱藏極深，從沒公然流露過，卻不知道是如何被夥伴識破，最尷尬的是他們早已知情，卻還佯作不知。

忽有逍遙樓夥計急奔過來告道：「又出了大事，蔣素素被人殺了，兩位王公子已經跟蔣翁去了城東，請幾位快些也趕去秦家。」

辛漸等人聞言大吃一驚，急忙回逍遙樓取了馬匹，飛奔趕來峨嵋嶺。秦家外面圍了不少看熱鬧的人，三人好不容易才擠進去。院中站有不少差役，河東縣令竇懷貞正在向蔣大問話，王翰和王之渙站在一旁一言不發，面色凝重。

狄郊上前問道：「出了什麼事？」王之渙道：「蔣素素昨夜被人殺死在房中，你自己去看。咦，辛漸，你……」

辛漸不及解釋，與狄郊進來東廂，卻見蔣素素孝服未除，鬢髮間猶插著一朵小小的白色紙花，仰面朝天躺在床前，胸口中刀，上半衣襟盡被染紅。

狄郊也顧不得避嫌，上前蹲下，掀開蔣素素衣襟，卻見她共中了三刀，刀口如縫，入刀極深，當即失聲道：「這傷口跟錦娘身上的一模一樣。」辛漸道：「呀，當真是一模一樣。」

五人中只有他二人看過秦錦屍首，餘人聞言驚訝異常。王之渙道：「莫非是同一個凶手所為？」狄郊道：「傷口一模一樣，不過錦娘只中了一刀，素娘卻中了三刀。」辛漸道：「這三刀每一刀都是致命傷，可見凶手恨蔣素素遠在恨秦錦之上。」

忽聽得河東縣令竇懷貞在背後道：「你們幾個可別忘了，王翰正是殺死秦錦的頭號疑凶。王翰，本縣正要問你，你昨晚人在哪裡？」王之渙道：「明府，這次你可怪不到王翰頭上了，我們有一大堆的證人，可以證明王翰昨晚沒有離開逍遙樓半步。」

竇懷貞道：「你們都是一夥子，逍遙樓又是王翰所開，證詞作不得數。王翰，我勸你還是乖乖跟本縣回去認罪的好。」

眾人見竇懷貞之前力指王翰姦殺秦錦，捉拿王翰回去後卻又不問案錄供，均猜他有意暗中助眾人從刺客案中脫罪。此刻見他說得煞有其事，意欲將蔣素素之死又算在王翰頭上，不免又開始猜不透這位縣令來。

王翰道：「我沒有殺人，為什麼要認罪？」竇懷貞道：「那好，我給你一個機會來證明自己無罪，若找不出這起姑嫂雙屍案的凶手，凶手就是你王翰了。」也不待眾人答應，率了差役揚長而去。

王之渙目瞪口呆，道：「現在的縣令都是這樣問案麼？這是哪門子的王法，威逼我們去找凶手，找不到的話凶手就是王翰。」忽聽得狄郊道：「快來看！」

眾人忙轉過頭去，只見狄郊不知道從哪裡找了一雙筷子，慢慢撐開蔣素素雙唇，她嘴中不知道含著什麼物事。狄郊用筷子將那物事夾住，輕輕拉了出來，竟是半截血淋淋的舌頭，舌根一方齒痕宛然若新。眾人目目相看，一時驚住。

半晌辛漸才道：「看來凶手是交歡接吻逼姦時，被蔣素素乘機咬下了半截舌頭，惱羞成怒下才殺人滅口。」王翰驀然有所省悟，問道：「之渙，你有沒有想起什麼來？」王之渙道：「什麼？」王翰道：「昨晚咱們不是遇到一個捂住嘴的奇怪男人麼？」王之渙道：「啊，就是他！他一定就是凶手，被蔣素素咬下了舌頭，疼痛難忍，所以才捧著臉一路狂奔。老狄，你昨晚說他是水手傅臘，可有看得清楚？」

狄郊道：「嗯，就算天黑我沒有看得太真切，可傅臘是蔣素素情夫，難脫嫌疑，走，咱們去找他，看他嘴裡是不是只剩下半截舌頭。」便找了一只碗，將舌頭裝好，又出來交代蔣大，儘量保持好蔣素素的屍首，以防有更多線索。蔣大連連抹淚，只應道：「是，是。」

眾人出來巷口，狄郊目光銳利，一眼看見那曾經為傅臘作證、秦錦遇害當晚他人不在秦家的蘇貞，正站在河津胡餅鋪旁朝這邊張望，心中一動，便讓眾人先走，自己與王之渙望胡餅鋪走來。蘇貞見狀，轉身欲走，猶豫了一下，又頓住腳步，回頭等狄郊二人到來，先柔聲問道：「郎君有禮，敢問二位是為素娘被殺而來麼？」

狄郊道：「娘子請說句實話，錦娘被殺當晚，傅臘真在你家中過夜麼？」蘇貞遲疑道：「這個……」狄郊道：「人命關天，按律法來言，作偽證可是要判刑的。」蘇貞面露羞愧之色，低下頭道：「當晚傅臘確實來過我家，不過半夜他又走了，我猜他是要趕去素娘家裡。」

狄郊道：「原來娘子早知道傅臘跟蔣素素之間也有來往。」蘇貞道：「如何不知道，是素娘她……」她的聲音陡然高昂了幾分，一改常見的溫婉，甚至露出忿忿之色，忽意識到自己失言，忙住了嘴。

王之渙忍不住道：「娘子溫柔嫺靜，又如此美貌，與蔣素素分明不是一路人，如何與傅臘這種莽夫……」狄郊忙打斷他，問道：「案發後傅臘可有來找過娘子？」蘇貞的淚水早已奪眶而出，舉袖遮住面孔，哽咽道：「沒有。他知道我丈夫回來了，如何還敢來？」

二人見她眼淚如掉了線的珠子撲簌簌而下，哽咽難言，顯是極為失貞一事懊悔，只得就此告辭，趕忙去追王翰等人。

眾人打聽到，傅臘住處就在西城牆根下的小巷中，很順利地找到他家。踢門進去時，他正躺在床上哼哼唧唧，見有人闖了進來，倏地從床上坐起，伸手去摘牆上腰刀。辛漸一個箭步上前，一手抓住他右臂反擰到背後，一手捏住下巴，迫他張開嘴，果見口中只有半截舌頭。

李蒙道：「哈哈，踏破鐵鞋無覓處，得來全不費功夫，就是你了。」忙找來繩索，將傅臘結結實實地綑好。

姑嫂二人死於同一人同一把刀下已是確認無疑的事，既然傅臘就是殺死蔣素素的凶手，那麼害死秦錦的也是他了。他既是蔣素素的情夫，出入秦家熟門熟路，絕不會摸錯房門誤入秦錦房間。會不會果真是傳聞中的那樣，是蔣素素嫌小姑礙眼，起心害死秦錦，所以請情夫傅臘殺人？可這樣一來，之前蔣素素說看見凶手翻牆逃走就說不通，因為是真有人翻牆出逃，但若是蔣素素與傅臘串通殺人，凶手又何必翻牆逃走呢？

如此，就只剩下一種可能，那就是傅臘早對秦錦有意，逼姦不成，又被蔣素素和當晚留宿秦家的蔣會聽到動靜，遂殺了錦娘滅口。他是水手，孔武有力，一刀致命，輕而易舉。他翻牆出逃後，蔣會隨即進錦娘房中查看究竟，或許是有意，或許是無意，總之失落了王翰的玉珮在凶案現場，由此成為王翰到過秦錦房中的物證。昨晚傅臘又去找蔣素素求歡，大約蔣素素已然發現是他殺死小姑，憤恨之餘咬下了他的舌頭，他一怒之下乾脆連蔣素素也殺了。這起姑嫂連環雙屍案遂告真相大白，眾人忙押了凶手趕來河東縣衙。

河東縣令竇懷貞聽說已經逮到真凶，急忙升堂審案。眾人將傅臘，連同蔣素素口中發現的半截舌頭，一齊呈到公堂上。

竇懷貞道：「傅臘是軍籍水手，隸屬於折衝府，本縣無權審問。來人，將傅臘押去軍府交給折衝都尉處置。」

古代對軍士犯罪的處理比普通百姓往往要輕得多，往往會不了了之。王之渙忙道：「軍士犯罪按理由軍府自行處置，可傅臘犯的不是軍法，而是觸犯律條，殺了明府治下的百姓，這是關聯地方的刑事案件，按律折衝府不得過問地方州縣政務，若明府都無權問案，折衝都尉更無權審問。」竇懷貞甚是驚奇，道：「想不到你倒是熟識朝廷的典章制度。」

王之渙道：「若是明府怕得罪折衝府，結案時與都尉約會同時審問不就成了。」竇懷貞道：「那好，你們如何能斷定傅臘就是殺人凶手？」靜靜聽王之渙講完經過，道：「嗯，有人證，也有物證。傅臘，我問你，你可是殺害秦錦、蔣素素的凶手？」

傅臘神色驚惶，連連搖頭，口中「嗚嗚」連聲，卻是半句話也說不出來。

竇懷貞道：「你們也看到了，傅臘的意思是他不是凶手。」

鐵證如山，縣令卻如此問案，見之未見，聞所未聞，且大有偏袒傅臘之意，眾人又是驚訝又是氣憤。王之渙道：「明府的意思是只要傅臘不認，他就不是凶手了？」竇懷貞道：「莫非你們是想要本縣嚴刑拷打，用酷刑逼迫他承認行兇殺人？」眾人一時無語。

竇懷貞道：「你們口口聲聲說傅臘殺人，可有找到凶器、血衣？」李蒙道：「哪有殺了人還留下證據的？他肯定早將凶器、血衣扔進黃河了。」

竇懷貞的話倒是提醒了狄郊，不由得仔細回想起昨晚傅臘擦過身邊的情形來——他只穿白色貼身衣褲，上身衣衫敞開著，那樣一身打扮難以掩藏凶器，要麼半途已將凶器扔了，可他身上並沒有明顯的血跡，不然眾人早留意到了。從他當時疾步如飛的狀況來看，他應該是疼痛難忍。試想一個男子試圖與女子接吻交歡被意外咬下舌頭，疼痛之下狂性大發殺人，定然是隨手亂捅，哪會留下那如縫隙般的三道精細刀痕？

王之渙正與竇懷貞大聲爭辯，竇懷貞也不動怒，只懶洋洋地道：「本縣明白地告訴你們，凶手不是傅臘。」

王之渙道：「天大的笑話，他失去的半截舌頭在死者口中找到，他不是凶手誰是凶手？」

狄郊失聲道：「舌頭？哎呀，我怎麼忽略了這麼重要的一點，舌頭有問題！」他一直默不作聲，平地冒出來一嗓子立即引來所有人的矚目。竇懷貞問道：「你說什麼？」

狄郊也不多說，匆忙告退，王翰等人知他定然有了新發現，也一窩蜂地跟了出去。公堂上只留下瞠目結舌的縣令竇懷貞等人及傅臘。

原來狄郊忽然想到，他當時留意到蔣素素嘴中鼓起，所以才用筷子撥開她的嘴唇，以查看裡面是否含有異物，但她的牙關並未闔上，輕輕一磕便張了開來，輕而易舉就取出了斷舌。試想一名弱質女流只單憑牙齒咬下一名健壯男子的舌頭，定然將全身之力用在牙根骨上，會導致牙關緊閉，那咬下來的舌頭也必然有血跡滲滿牙縫。她隨即胸口中了三刀，人的要害之處受到劇烈創傷時，會相應地咬緊牙根，這是人體的本能反應，如此，牙關更不可能鬆開了，哪能讓他那麼容易就觸碰了開來？

只是有了之前的教訓，在沒有見到實證之前，狄郊不願意多說，只領著大夥趕來秦家。蔣素素屍首停在堂屋中，尚未入殮，重新撬開她嘴唇查驗，果見牙縫中連半絲血跡都沒有。

辛漸道：「看來是有人故意咬下了傅臘的舌頭，再殺死蔣素素，將舌頭放入她口中，好嫁禍給傅臘。這個凶手好狠毒！」

李蒙也道：「這凶手當真是高明無比！咱們這麼多自詡聰明的人都讓他騙過了。若不是竇縣令……咦，縣令和他下屬從頭到尾就沒有親自驗過屍，舌頭這一細節還是狄郊發現的，他如何能那麼肯定傅臘不是凶手？」

王翰道：「竇縣令其實早知道凶手是誰，所以根本不需要驗屍。他要我們去找凶手時，露出有恃無恐的表情，顯然料到我們會碰壁而回。」王之渙道：「你是說竇縣令在庇護凶手，等我們一無所獲時他再將罪名加到阿翰頭上？」

辛漸道：「確實只有這麼解釋才合情合理。不過也不是一無所獲，至少我們現在知道阿翰的玉珮是如何失落在秦錦房中了，蔣會就是秦錦遇害當晚在蔣素素房中過夜的人，有了這一點，竇縣令便難以再將罪名強加給阿翰。」

王之渙道：「那還等什麼？趕緊走吧，咱們再回縣衙，設法問出是誰咬斷了傅臘的舌頭。」李蒙道：「既然竇縣令一心包庇凶手，還會讓咱們問他麼？」

狄郊道：「李蒙提醒得對，目下這種狀況，竇縣令絕對不會因為傅臘是軍人就放了他，或是移交給折衝府，一定會暫時將他以通姦罪收監關押，以阻止我們再見到他。這樣一來，即便我們知道凶手如何行兇、再嫁禍給傅臘的經過，局面依然對阿翰不利，因為蔣會應該就是竇縣令口中的神祕證人，他當晚人在秦家，跟蔣素素一道親眼看見了凶手翻牆出逃，他是現場目擊者，證詞非常有說服力，說不定他當時已經認出了凶手，但不知道出於什麼原因，他卻力指阿翰就是凶手。這實在於情於理不合。」

李蒙道：「老狄是暗示蔣會背後有人指使？如果是這樣，那他一定是故意將阿翰的玉珮扔在秦錦房中了。」

王翰道：「即使不看在蔣翁的面上，蔣會也不該這麼做，證人未必就是他。」王之渙道：「可惜竇縣令堅持不肯吐露證人姓名，不然我們就不必在這裡瞎猜了。」

辛漸道：「這竇縣令不知道出於什麼目的，真真假假設置這麼多障礙，我們得找出真凶，帶到他面前，才能令他無可抵賴。」狄郊道：「嗯，辛漸說得對。幸好事情發展到現在，尋找凶手相對容易多了。咬下傅臘舌頭的一定是女子，但殺死秦錦和蔣素素的一定是個男子。」

這是理所當然的事，傅臘的舌頭是被咬下而不是被割下，一定是跟女子交歡接吻正濃情密意時被對方使力咬下，隨即疼痛難忍，一路飛跑逃回家中。那女子則將咬下的舌頭交給同夥，同夥摸黑來到秦家，殺了蔣素素，將舌頭塞進其口中，以達到嫁禍傅臘的目的。這本是個天衣無縫的計畫，甚至連狄郊等人也沒有發現破綻，而是直接趕去捉住傅臘當做凶手送去縣衙。不料河東縣令竇懷貞竟似早已知道真凶是誰，一口咬定傅臘沒有殺人，幸得狄郊經提示後及時發現另外的證據，確實能證明傅臘不是凶手。只是如此一來，竇懷貞就顯得相當可疑了。

竇懷貞，字從一，京兆始平[2]人，外戚出身，論起來也是名門之後——其曾祖竇照在西魏時封鉅鹿公，尚中宗文帝之女義陽公主，竇照的親妹妹竇氏就是唐高祖李淵的皇后。竇氏生下來髮垂過頸，三歲與身齊，才識過人，深為父母鍾愛，決意為其求一賢夫，於是在屏風間畫上兩隻孔雀，讓求婚者各射兩箭。射箭的人超過幾十人，唯獨李淵兩箭射中雀睛，遂贏得美人歸，留下「雀屏中選」的千古佳話。唐朝立國，竇氏被立為皇后，生有四子李建成、李世民、李玄霸、李元吉和一女平陽公主，淨是唐初叱吒風雲的人物，就連平陽公主也曾創建娘子軍參加開國戰爭，馳騁殺敵於疆場，其死後下葬，陪葬有羽葆、鼓吹、大路、麾幢、虎賁、甲卒、班劍等，其中「鼓吹」開古制女子下葬之先例。有了這層關係，竇氏家族在唐朝自然十分顯赫，在朝中為公卿者比比皆是。竇懷貞的父親竇德玄在唐高宗時曾出任宰相，不過與其宗族兄弟多好犬馬錦衣、歌舞美食不同，這竇懷貞衣服儉素，折節謙恭，為官清正廉明，在河東一帶頗有聲譽。這樣一個眾所公認的好官，如何要在一件凶殺案上橫加干涉呢？他所庇護的凶手到底是什麼人？

眾人正在蔣素素家中胡亂議著，忽見蔣大領著數名凶肆行人進來院中。李蒙忙道：「蔣翁來的正好，我們正有些事想要打聽。」蔣大便讓行人先將棺材抬進堂屋安置，自己跟隨眾人走到院角，黯然問道：「郎君想要打聽些什麼？」

李蒙道：「蔣翁可知道秦家有什麼仇人？」他這般問，自然是因為凶手要殺的對象是秦錦和蔣素素姑嫂，傳臘不過是作為替罪羊捲入其中而已，只有與秦家有難解深仇的人才會在殺了秦錦後，不顧眾所矚目接連作案殺死蔣素素，尤其誣陷嫁禍傳臘是一個布置巧妙的計謀，非事先精心籌謀者不能為之。

蔣大道：「秦家是忠厚本分的人家，秦嶺生前也只是在普救寺前擺攤賣點小玩意兒，沒聽說有什麼仇人。」

辛漸道：「錦娘和素娘都還年輕，秦嶺年紀也應該不大，他為何如此年輕就過世了？」蔣大道：「天有不測風雲，幾年前秦嶺淋了場雨，回家就得了急病，結果沒能救回來。唉，一個好好的老實人，就這樣沒了。」

眾人聞言無不扼腕歎息，只是要從秦氏仇家來追尋凶手又陷入了死胡同。

蔣大遲疑了一下，道：「有一件事，還是告訴各位郎君的好。適才老家來人，我才知道原來犬子蔣會並沒有回鄉下姥姥家，也不知道他去了哪裡。」

眾人「啊」了一聲，相視無言。要知道蔣會目下可是秦錦遇害當晚，在現場出現並還活著的唯一一個人，原以為他指證王翰為凶手後就跑去鄉下避避風頭，現在看來並非如此。那麼，他人去了哪裡，是自己躲藏起來了，還是已經被凶手殺人滅口？河東縣令竇懷貞知不知道這個證人已經失蹤？

蔣大又吞吞吐吐地道：「這個……錦娘……」言語間，忍不住朝堂屋望去，面上露出緊張驚懼之色來。

狄郊早就想當面確認蔣會和蔣素素的關係，以及秦錦遇害當晚蔣會人在哪裡，不過一直不得其便，聽蔣大如此口吻，立即會意，問道：「蔣翁懷疑蔣會是殺人凶手麼？抱歉，我不該說得這麼直接。」蔣大唉聲歎氣半天，最終還是點點頭道：「是。」

原來自從秦錦被殺後，蔣大已經懷疑兒子就是凶手。蔣會一直對蔣素素十分傾心，卻因為同姓同族不能結婚，本想順勢娶秦錦為妻，再樹上開花親近蔣素素，可秦錦卻識破了他的意圖，不顧羞恥，親自趕來逍遙樓向蔣大當面揭破。蔣會當晚冒充王翰調戲趙曼被當面撞破已經十分懊惱，聽說了秦錦向父親拒婚後更是忿怒，恨恨出了門，再也沒有回來。次日得知秦錦被殺，蔣大才從廚子口中得知兒子臨出門前曾去廚下取了一把剔骨刀，便已經有所懷疑；本來還不願意相信，隨即王翰因為玉珮和人證被河東縣令當做殺害錦娘的凶手捕走，心下才更加確認是兒子蔣會所為，只有他才認得王翰，只有他才有機會取到玉珮，也只有他才有殺死秦錦的動機。但隨後發生的事更令人目瞪口呆，一向桀驁的王翰竟然當眾承認自己正是殺死秦錦的凶手，以致蔣大又糊塗了起來。過了不久，蔣會託街上的閒漢帶信說要去鄉下姥姥家，他也無法當面向兒子問個清楚，心中一廂情願地想著兒子不是凶手。直到今日，蔣大才知道王翰自行承認行兇殺死秦錦是另有緣故，他當晚根本就沒有到過城東，如此一來，還是蔣會嫌疑最大。

王之渙聽完經過，忙道：「蔣翁不必憂慮，令郎不是凶手。」蔣大道：「什麼？郎君可有憑據？」王之渙道：「錦娘和素娘身上傷口一模一樣，凶手是同一個人。既然令郎真心愛慕素娘，他又怎會狠心下手殺她？」李蒙道：「是啊，而且凶手用半截舌頭嫁禍給水手傅臘，這等計謀也不像是令郎所出。」

蔣大尚不知道舌頭和傅臘一事，忙詳細問了經過，不喜反憂，呆在了那裡。

王翰道：「蔣翁可是又想到了什麼？」蔣大道：「是，回阿郎話，這個……這個……」支支吾吾了半天，最終還是說了實話。

原來蔣素素性情風流，同時與好幾個情夫來往媾和，蔣會對此極為不滿，常與蔣素素爭吵，然而蔣素素卻依舊我行我素，蔣會多次揚言要殺了她和其他的情夫。尤其是傅臘，蔣會還找上門跟他打過一架，只可惜不是對手，反而被對方打了個鼻青臉腫。

王之渙道：「這麼說，蔣會確實嫌疑很重。」辛漸道：「他確實有殺死錦娘、素娘的動機，可他為何要在殺死錦娘後指證王翰呢？直接指證傅臘不是更好。」李蒙道：「要我說，他殺死錦娘後無意中遺落了阿翰的玉珮，乾脆順勢將殺人嫌疑轉移到阿翰身上。之後殺死素娘，再嫁禍給傅臘。」

這樣倒也說得通，那麼秦錦遇害當晚在蔣素素房中過夜的就是傅臘了——這一點，倒是與蘇貞所提傅臘半夜離開她家吻合，男人在情濃時離開女人床笫，一定還有另外一處溫柔鄉等著他。

蔣會若是凶手，他理當還有一個幫凶，就是咬下傅臘舌頭的那名神祕女子，又會是誰呢？這傅臘年紀不小，卻還沒有成家，聽說也是個浪蕩風流的人物，那女子到底是他熟識的相好，還是街上臨時搭上的陌生人？河東縣令竇懷貞又為何要包庇蔣會？

眾人低聲商議幾句，決意分頭行事：李蒙和辛漸去河東縣衙，即使無法見到傅臘，也要打探監視縣令竇懷貞的行蹤；狄郊和王之渙留下來追查秦家凶案的凶手；王翰惦記著王羽仙，得先回趟逍遙樓。尋找蔣會下落的事，外地人難以下手，就只能交給蔣大自己了。

一直等到旁人走盡，狄郊才慢吞吞地走出秦家。王之渙開始尚且不解，見他出了巷口即朝對面河津胡餅鋪走去，忙追上問道：「你是想去找蘇貞麼？」狄郊點點頭。

王之渙道：「呀，你不會懷疑是她……」驀然想到蘇貞也是傅臘的情婦，不正有機會咬下傅臘的舌頭麼？而且昨晚傅臘自他們背後奔過，可見他也是來自東城，蘇貞家不正是在東城麼？

忽聽得狄郊歎道：「昨晚遇到傅臘是在將到逍遙樓的時候，所以我們從普救寺出來時，蔣素素應該還沒有被殺，若是當時順道去她家看一看，也許她就不會死。」王之渙見他大有黯然之意，只得安慰道：「生死有命，這怪不得誰。」

二人來到韋家院前，敲了敲門，半晌才聽見蘇貞隔牆應道：「是誰？」王之渙道：「我們之前見過面的，有點事想請教娘子。」蘇貞道：「我丈夫不在，身子又不方便，郎君請改天再來吧。」

狄郊道：「娘子昨晚可有見過水手傅臘？」蘇貞道：「沒有。」又意甚堅決地道，「二位快些離開，別再給我惹麻煩了。」

狄郊問道：「什麼麻煩？」王之渙急忙拉他到一旁，低聲道：「你在這裡隔著牆大聲喊水手傅臘，不是讓人人知道她不貞不潔、背著丈夫偷漢子麼？」狄郊道：「抱歉，我沒有想到這麼多……」

又叫了幾聲「娘子」，院中再無人相應，二人知道蘇貞已然生氣，只得悻悻離開，來到河津胡餅鋪坐下，要了幾張胡餅，又向胡餅商打聽秦家的事。胡餅商道：「沒聽說秦家有什麼仇人。不過我也是秦家郎君過世後才搬來東城，以前他就在這家鋪子裡賣些小玩意。外面風傳其實還是蔣素素惹下的禍事，凶手本來就只是要殺她，第一次下手殺錯了人，才不得不第二次下手。」

狄郊自不會相信這等坊間傳聞，又打聽後院韋姓一家，那胡餅商沒口子地稱讚女主人蘇貞，對男主人韋月將則沒有太深印象，只因他極少回來。

狄郊問道：「最近可有見到那位韋先生？」胡餅商道：「嗯，昨日見到了，每個月他都是這一天回來，在家過了個夜，今早又匆匆出城了。」又深深歎了口氣，道：「唉，現在秦家的人死光了，這房子不知道什麼時候就要被什麼人收回去，我看我們兩家都該留意找新的去處了。」

狄郊心道：「男主人既然在家，蘇貞當無可能與蔣會勾結陷害傅臘。況且之前她不得傅臘叮囑，便肯主動為他作偽證，可見對情夫尚有情義，又是如此貞靜賢淑之人，不可能一口咬下情夫的舌頭。」遂無二話，起身作別。

狄郊、王之渙回來逍遙樓，剛剛見到王翰和王羽仙，尚不及坐下告知情形，夥計來報說外面來了官差，指名要幾人出去。王翰道：「羽仙，你留下等我，我們去去就來。」

趕出來一看，卻是河東縣衙的差役，說奉請縣令之命請三人前去縣廨。王翰問道：「我那兩位朋友辛漸和李蒙呢？」差役道：「辛、李二位公子正在衙門做客。」王翰料來二人已經被竇懷貞拘捕，此行是非去不可，便道：「好，前面帶路。」

差役逕直將王翰、狄郊、王之渙三人領入後衙一間書房中。進去一看，辛漸、李蒙坐在窗下椅子上，手足未帶鐐銬，左右也不見差役看守，不似被拘禁，一時不明所以，忙上前詢問究竟。李蒙雙手一攤，道：「我們來打探消息，沒有別的法子，只好照老一套用金錢賄賂差役，結果錢剛出手，就被請到這裡坐下了。」

五人也不明白這縣令葫蘆裡賣的什麼藥，坐著乾等了一會兒，只聽見腳步聲響，竇懷貞身穿便服，從屏風後轉了出來。五人一起站起身來，竇懷貞道：「請坐。」自己亦掀袍坐下，問道，「幾位公子可有追查到凶手？」王翰道：「有，是蔣會。」目光炯炯，緊盯著竇懷貞不放，這位縣令面上絲毫不見意外之色，顯是早已知道蔣會是凶手。

王之渙道：「看明府神色，似是早已經知道。」竇懷貞點點頭道：「自從蔣會向本縣檢舉指證，親眼看見王翰王公子自秦家翻牆而出，我就已經猜到他才是真凶。」

原來秦錦死後第二天一早蔣素素趕來縣衙報案，竇懷貞隨即派差役前去驗屍，差役在凶案現場撿到了玉珮，出來秦家巷口時正遇到蔣會，恰好二人甚是熟稔，蔣會索要玉珮仔細看過後，稱認得玉珮的主人，又跟著差役來到縣衙，舉報說他昨晚本有意去找情婦蔣素素，意外聽到裡面有動靜，便躲在門口柴垛後，哪知道不久就見到有人從秦家翻牆而出，正是才剛剛住進逍遙樓不久的王翰。

辛漸道：「蔣會的話有始有終，明府是如何發現的破綻？」竇懷貞道：「本縣雖然孤陋寡聞，可晉陽王翰的名字也曾聽說，我又不是三歲小孩，怎能相信堂堂王公子會深更半夜摸進民女家中逼姦殺人？定然是蔣會自己做的事，況且只有他才有機會取到王公子的玉珮。」

狄郊道：「既是如此，明府為何不立即將蔣會逮捕下獄？反而放走了他，任憑他又有機會再次下手殺死了蔣素素。他跟明府到底是什麼關係，明府為什麼要一力庇護他？」竇懷貞長歎一聲，道：「各位公子如此聰明才智，當真猜不到我為什麼要縱容蔣會麼？不瞞各位，河東縣衙距離逍遙樓不遠，那晚的事本縣早已知道經過，淮陽王既然一心要指認各位是刺客，驛站驛長宗大亮和那些羽林軍都是他心腹，各位自信能逃得掉麼？」

狄郊心道：「那宗大亮可不一定跟武延秀一條心，殊不知正是他暗中救了一名真正的刺客，藏在普救寺中。」表面卻不動聲色，道：「原來明府是一番好意，想用蔣會的證詞將王翰捲入另外的案子，間接幫助我們幾個從刺客案中脫罪。」

竇懷貞道：「正是。可本縣料不到幾位公子機智過人，也料不到蔣會竟然又再次下手殺了蔣素素，還想嫁禍給水手傅臘。今日各位已了然真相，本縣的建議是，殺人罪名還是由王翰王公子承擔下來，只不過這仍然是權宜之計。」

王翰倒也鎮定自若，起身問道：「這麼說來，淮陽王針對我們幾個的羅網很快就要收緊了？」竇懷貞道：「淮陽王遇刺當晚已經派驛馬飛傳神都，按理這兩日就該有回信到來，各位想想能是好事麼？」

眾人一齊望著狄郊，他堅決地搖了搖頭。王翰便道：「明府好意心領了，我們不能因為自身一時安危而令真凶逍遙法外，不能讓秦錦和蔣素素白死，這就請明府發告示緝捕蔣會吧。」竇懷貞異常驚訝，半晌才道：「公子應該知道，如此一來，可能就再無退路了。」王翰道：「是，無論來的是什麼風暴，我們五個誓死共進退同擔當。」他這話說得豪氣十足，其餘四人一齊站了起來。

竇懷貞沉吟片刻，道：「既是如此，本縣也不勉強，我這就去簽發告示。」狄郊道：「我們還想見一見傅臘。」竇懷貞道：「這是自然。本縣已知會過都尉，都尉表示要除去傅臘的軍籍，任憑本縣處置。」大聲叫進來一名差役，命他帶五人去大獄。

五人來到大獄獄廳，微微等了一會兒，傅臘被帶了出來。他遭受斷舌之苦，面目已疼痛得扭曲變形，看上去猙獰而恐怖。

典獄嘲諷地道：「這個人既不識字，又不能說話，你們要怎麼問他？」也不等眾人回答，揮了揮手，帶著獄卒便出去了。

狄郊早有所準備，上前餵傅臘吞了一丸藥。他只覺得嘴中一片滑膩清涼，痛楚大減，當即感激地點了點頭。

狄郊問道：「秦錦被殺的當晚，你是不是在蔣素素房中過夜？」傅臘到此境地，知道實話實說是唯一的出路，偏偏又說不出一個字來，只能點了點頭。

辛漸道：「這麼說，你和蔣素素一道看見凶手從秦錦房中跑了出來。」傅臘又點了點頭。

王之渙道：「那你看見凶手的樣子了麼？」傅臘搖了搖頭。

狄郊道：「你昨晚有沒有去找過蔣素素？」傅臘搖了搖頭。

王之渙道：「那麼你去找了誰？是誰咬斷你的舌頭？」傅臘立即激動了起來，口中「呵呵」數聲。

李蒙道：「呀，這下可麻煩了，他只能回答是或不是的問題，無法告訴我們咬掉他舌頭的女人是誰。」

傅臘更是急不可待，緊緊抓住狄郊雙臂，「嗚嗚」叫個不停。狄郊道：「好，好，你別著急，咱們慢慢來。你認識蔣會麼？」傅臘點了點頭。

狄郊道：「你認為蔣會可能是殺人凶手麼？」傅臘臉上閃過明顯的輕蔑之色，竟然搖了搖頭。

辛漸道：「你如何肯定不是蔣會殺的人？」傅臘轉過身去，扯住自己上衣背面，他雙手戴著鐐銬，只能用單手揪住衣襟一點點往上掀。辛漸上前幫他掀開上衣，問道：「你是說，你看見凶手的當晚，那人是光著身子逃出秦家的？」

傅臘點了點頭，又轉過身來，將辛漸背過身去，揭開他衣襟，又從旁邊案桌取過一支筆，往他的背上隨意塗畫了幾下。

狄郊恍然大悟道：「你是說凶手背上有劄青[3]？」傅臘搖了搖頭，連連指著自己，又指著辛漸搖了搖頭。王翰道：「我知道了，他的意思是說凶手身上很乾淨，跟他本人一樣，蔣會背上卻有劄青，所以蔣會不是凶手。」傅臘這才釋然，點了點頭。

本來蔣會是凶手已經是定論，孰知傅臘的證詞令案情峰迴路轉，又再次陷入重重迷霧當中。尤其令人不甘的是，證據就活生生地站在眼前，只要傅臘能說出是誰咬掉他舌頭，追查凶手輕而易舉，偏巧這個人非但說不出話來，還不能寫字，當真是急也能急死人了。

不過最困惑眾人的，還是王翰那塊名貴玉珮莫名失落秦錦房中之事，如果凶手不是蔣會，那麼又是誰丟了玉珮在凶案現場呢？

辛漸問道：「你是不是撿到過一塊玉珮？上面的斑紋看起來像個『王』字。」

傅臘雖然答不出話來，卻露出了驚異之色，顯是知道這塊玉珮。李蒙道：「呀，好小子，原來是你撿到了玉珮。」

原來當真是傅臘在浮橋上撿到了王翰的玉珮，當晚他先去找蘇貞，送了她一件特別的禮物，又來找蔣素素，向她炫耀玉珮。蔣素素聽聞好玉夜間能發光，二人便吹滅燈燭躲在被子中把玩那塊玉珮，當真有微弱光芒發出。正開心之時，忽聽到西廂那邊有動靜，本不想管它，蔣素素堅持要出去看看，瞬間就聽到她叫喊，傅臘趕出去時正見到一光著上身的男子衝出房門，瞬間翻牆而出。一時不知道發生了什麼事，舉燈到秦錦房中一看，才見她倒在床上，已經為人所殺。他大為恐慌，當即交代蔣素素次日一早再去報案，自己則摸黑離開了秦家。回到家中才發現玉珮丟了，後來才知道玉珮被官府差役撿到，成為了關鍵證據，他和蔣素素生怕擔當殺人嫌疑，自然不敢多提半句。

眾人一時面面相覷，不知道該如何繼續追問凶手線索。還是李蒙將傅臘拉到案桌旁，問道：「你自己有什麼辦法能告訴我們是誰咬掉你舌頭麼？」

傅臘提起筆來，往紙上橫著畫了數道，又豎著畫了豎道。李蒙道：「這是什麼？」招手叫道，「之渙，你來看看這是什麼啞謎？」

王之渙反覆盤算了半天，問道：「是棋盤麼？」傅臘搖了搖頭。王之渙道：「那我就不懂了。」他既然不懂，旁人也難以猜透。

眾人均感沮喪，傅臘更是心灰意冷，跌坐在一旁。忽聽到外面有人嚷道：「抓到蔣會了！快，帶他去那裡，明府說要交給那五位公子問話。」王翰皺眉道：「這麼快就抓到了人了？」辛漸道：「多半蔣會一直就在縣衙附近徘徊，見到官府發告示通緝，他又不是凶手，不得不自己投案澄清。」

須臾之間，蔣會被五花大綁地押了進來，見到王翰諸人臉有羞愧之色，但一見到傅臘，便立即轉成了恨意。

辛漸道：「麻煩差大哥解了他身上繩索。」差役道：「這人是殺人重犯，怎能輕易鬆綁？」李蒙道：「這裡有這麼多鐐銬枷鎖，換一副不就得了。」差役聞言便拔刀割斷綁索。

辛漸道：「得罪了。」上前一步，掀起蔣會上身衣襟，蔣會驚道：「你做什麼？」還待掙扎，卻被差役執住手臂。辛漸道：「果然有劄青。」眾人圍上一瞧，卻見蔣會背上文著一隻白額大虎，纖毫畢現，極為威武，占據了整個上背。

差役取過戒具，要給蔣會套上。辛漸道：「不必多此一舉，他不是殺人凶手。」差役聞言大吃一驚，最意外的還是蔣會本人。王之渙道：「你該感謝的是傅臘，是他的證詞證明了你不是凶手，不然你可就死翹翹了，也虧得你背上的這隻大老虎。」

狄郊道：「傅臘現在已經不能說話，真凶還沒有找到，還得麻煩你將當晚情形詳細告知。」

蔣會瞬間經歷了殺人要犯到無辜良民的兩重身分，銳氣盡失，當即斷斷續續說了當晚經歷：原來確實如蔣大所言，他聽說秦錦拒婚後暴躁如雷，取了一把尖刀出門，不過並不是要去殺秦錦，而是想去殺情敵傅臘。蔣會到傅臘院外才發現家中無人，以為他當晚在浮橋當值，於是又來東城找蔣素素。到秦家院外時，只有西廂秦錦房中亮著燈，東廂蔣素素房裡卻是一片漆黑，她生性怕冷怕黑，即使睡著也要在房中習慣性地點一盞燈。蔣會料想蔣素素應該不在家，但又不甘心就此離去，便遲疑著站在門東的柴垛後。忽然，巷子裡踟躕摸索過來一條黑影，到西牆根下敏捷地翻了過去。他一時驚住，以為那一定是來找蔣素素的新情夫，心頭不由得怒火頓起，甚至想上前將那男子扯下牆來，轉念一想，反正蔣素素不在家中，倒要看看這男子如何收場，於是便自柴垛中取了兩根圓木柴，橫在西牆下，若那男子原路翻牆出院，踩上木柴，必然摔個大屁墩。安排妥當，重新躲好，靜等那男子出來看好戲。不料院中隨即有些奇怪的聲音，先是秦錦驚叫了一聲，隨即有一陣「嗚嗚」聲傳出，似是有什麼人被捂住了嘴卻叫不出來。

蔣會這才心中起疑，暗道：「這人該不會是竊賊吧？」自門縫間往院裡望時，秦錦房中的燈卻已經滅了。忽又聽得東廂房有人開了門，蔣素素只穿著單衣，自房中走了出來，揚聲問道：「錦娘，有事麼？」他這才知道蔣素素原來在家，不知道出於什麼緣故竟沒有點燈。正驚疑間，卻見一名男子光著上身從秦錦房中衝了出來，微一停頓，即原路從西牆翻出，果然踩到木柴上，悶哼一聲，仰天摔倒。蔣會還待上前查看究竟，忽聽到院裡有人問道：「出了什麼事？剛才那個是什麼人？」正是他情敵傅臘的聲音。遲疑間，那男子已經爬起來，一瘸一拐地往巷口走了。蔣會顧不上理會，只留神查看院中情形——只見蔣素素回房點了燈，再踏進秦錦房中即慘叫一聲，傅臘搶過去看了一眼，立即拉著蔣素素退了出來，二人均是驚慌失措，在院中走來走去。

許久後，傅臘才道：「是剛才翻牆逃走那人殺了錦娘，可惜未看到面目。我不能留在這裡，不然難脫干係。你等天亮再去報官，實話實說，只是千萬別提我在這裡。」蔣會這才知道秦錦已經死了。只聽見蔣素素應了，又開門送傅臘出來，他自己越想越是害怕，也不敢久留，忙離開巷子，到普救寺旁側的樹林裡混了下半夜。等第二天早上官差來時，他再去秦家看熱鬧，卻看見差役在凶案現場搜到了一塊玉珮，稱是凶手遺失，正預備懸賞徵問主人，好奇要過來一看，上面的紋路看起來像個「王」字，忽想到聽父親提過王翰有這樣一塊玉珮，登時越想越覺得昨晚那翻牆而出的男子像極了王翰，又因貪圖官府的賞金，便跟隨差役來到河東縣衙，向縣令竇懷貞指證了王翰。竇懷貞思索良久，命人取了賞金給蔣會，又令他不可張揚，不可回逍遙樓，暫時先躲起來，這才有了後來一連串的事。

眾人這才明白事情經過。狄郊想起當晚月光情形，問道：「凶手翻牆進去時，月亮東升，你既躲在門東柴垛後，應當可以看到他的面貌才對。」蔣會道：「是，我確實看到了，可他臉上蒙了黑布。」

諸人越發肯定凶手目的明確，意在殺人，逼姦不過是附帶之舉。只是天色已暗，大獄照例要落鎖封門，不及問更多，便被典獄請了出來。蔣會涉嫌命案，結案前無論是不是凶手都要收監。他被獄卒帶走時哭喪著臉大聲叫道：「公子可要向縣令說清楚，我沒有殺人。」

出來大獄時，一名差役奔過來將玉珮還給了王翰，道：「明府請各位好自為之。」眾人猜竇懷貞不欲再多插手行刺一案，均有所感慨。

回到逍遙樓，王翰命夥計治一桌酒菜直接送到狄郊房中，好方便談論案情。去隔壁叫王羽仙時，她正在燈下凝神細看一幅精美的五彩織錦。王翰奇道：「這不是我在京兆武功[4]買了派人送給你的璇璣圖麼？原來你一直帶在身上。」王羽仙道：「嗯，閒來無事，隨意看看。這類回文遊戲雖然格調俗淺，然則宛轉反覆，相生不窮，韻味淒婉，切中情理，還是滿有趣味的。」

王翰笑道：「聽說當今女皇[5]閒暇也鍾愛推敲玩弄此圖，你竟敢說它格調俗淺，好大膽，不怕掉腦袋麼？不過這《璇璣圖》確實是閨閣女子怨中無聊抒懷之玩物，若詩是真好，一首便足以名垂千古，又何須百首、千首？」湊過去扶住王羽仙肩頭，指著織錦上的字念道：「嗟歎懷所離徑，遐曠路傷中情……」忽有所感悟，拉了王羽仙到狄郊房中，將璇璣圖擺在桌上，道：「你們看這像什麼？」

王之渙道：「這是璇璣圖，能像什麼？」王翰道：「如果忽略這些字，不就是橫橫豎豎的一道道線麼？」辛漸道：「你是說剛才在大獄中傅臘畫的是璇璣圖的樣子？」王之渙道：「這不可能，他非但大字不識一個，璇璣圖又是女子之物，他怎麼能畫這個？」

眾人一想也確實不可能。李蒙歎道：「真是可惜，我們明明有證人在眼前，卻還是無法抓到凶手。」狄郊道：「我大概已經知道凶手是誰了。」李蒙道：「呀，你一直悶不作聲，原來早知道了，快說，凶手是誰？」辛漸道：「別急著說出答案，先說說你是怎麼猜到凶手身分的。」

正好酒菜端上桌來，眾人便一邊吃飯一邊聽狄郊講述：「我們今日最大的收穫，是得到了蔣會的證詞，他目睹了秦錦被害當晚的全部經過，對我們非常有用。先說凶手，翻牆入院後直奔西廂，當時秦錦房中有燈，而蔣素素的東廂卻是一片黑暗，可見這個人目標相當明確……」

王之渙道：「你是說凶手當天晚上下手要殺的人就是秦錦，而不是我們一直猜想的他要殺的是蔣素素，不過是摸錯房間？」狄郊道：「不，我不是這個意思，凶手要殺的確實是蔣素素。」

辛漸道：「呀，我知道了，老狄的意思是凶手是奔燈光去的。」狄郊點頭道：「正是。蔣會說過，蔣素素生性怕冷怕黑，晚上總要點燈，當時已是半夜，尋常人家早已安歇就寢，蔣素素吹滅燈燭與傅臘躲在被子中玩弄阿翰的玉珮，秦家只有西廂房有燈，凶手理所當然地認為那就是蔣素素的房間。」

辛漸道：「可既然凶手如此熟悉蔣素素的生活習性，一定是跟她關係很親密的人，蔣會兩次看見過他的身形，怎麼會認不出來呢？」狄郊道：「凶手未必跟蔣素素關係親密，他很少露面，所以大家大多不認識他，但是另外有人跟秦家走得很近，知道蔣素素的習慣，也就是那個咬掉傅臘舌頭的女人。」

王之渙驚道：「你是說蘇貞和她丈夫，怎麼可能？」

他口中反覆說著「怎麼可能」，心中疑慮卻越來越重，這家人確實完全符合凶手的特徵：丈夫韋月將長年在城外教書，一個月才回家一次，蔣會不認識他也屬正常。妻子蘇貞是傅臘的情婦，完全有機會咬下傅臘的舌頭。韋家租住的是秦家的房子，丈夫既極少在家，房東又是女人，交租等事自然由蘇貞來承擔，她與蔣素素、秦錦熟識順理成章，大約傅臘也是由此認識並趁虛而入地搭上了她。如此，韋月將從妻子口中得知蔣素素晚上點燈睡覺的習慣也不足為奇。只是他為何要一心殺死蔣素素呢？就算他知道妻子與水手傅臘有染，下手的對象也該是傅臘才對呀。殺死秦錦當然是誤殺，但當晚他殺人時並沒有安排下嫁禍給傅臘之計。假若韋月將殺對了人，事情應該會就此而止，既是殺錯了，秦家眾所矚目，也該觀望一段時間再說，他卻冒著極大的風險再次到秦家下手，可見與蔣素素有深仇大恨；不過這次倒是將姦夫傅臘捲了進來，先令妻子蘇貞假意求歡咬下傅臘的舌頭，再將舌頭塞入蔣素素口中以達到嫁禍的目的。

然則這一切不過是推測，即使有傅臘從旁點頭作證，韋月將沒有明確的殺人動機，若是他矢口否認，又找不到實證，難以將他定罪。最關鍵的一點，他在城外教書，每月才回來一次，本月恰好是在蔣素素遇害的當天，那麼，秦錦遇害當晚他人並不在城中，這又作何解釋？

議論一番，還是不能全然肯定凶手就是那神祕的教書先生韋月將，遂決定等明日去向傅臘求證過再說。

次日一早，王翰等五人正要出發，王羽仙也打扮成男子模樣，施然走了出來。她早知道王翰捲入秦錦凶殺案，一度被當做殺人凶手，非要跟去看個究竟，王翰不能拒絕，只能任憑她作為。

到河東縣衙前，眾人請差役進去稟告，縣令竇懷貞即令升堂，帶了傅臘到堂前跪下。王之渙早迫不及待，正要上前問是不是蘇貞咬下他舌頭，王羽仙忽道：「等一等！」自懷中掏出璇璣圖，舉到傅臘眼前。

傅臘頓現驚喜之色，指著璇璣圖，口中「嗚嗚」有聲。王羽仙道：「你仔細找你想要指出的字。」傅臘便低了頭，用食指點住右下角最末兩個字。王羽仙道：「河津？」傅臘點了點頭。

王之渙道：「呀，是河津胡餅鋪！」傅臘急忙又點了點頭。王之渙道：「你是說是胡餅商是殺人凶手？噢，你不知道誰是殺人凶手，你是說是胡餅商咬下你的舌頭？」李蒙啞然失笑道：「怎麼可能？胡餅商明明是個大鬍子男人。」果見傅臘先是點頭，又連連搖頭。

王之渙隱約猜到究竟，想問又不敢問，還是狄郊道：「你想說是住在河津胡餅鋪後的蘇貞咬斷了你的舌頭？」傅臘當即點了點頭。

眾人這才知道傅臘雖然不識字，但因為時常路過看見「河津胡餅」的匾額，知道那兩個字的大致樣子。只是這樣一個莽夫，怎麼會想到要用璇璣圖來做字樣比照提示旁人呢？

李蒙道：「看來正如老狄所推測，韋月將才是殺人凶手。」傅臘卻連連搖頭。王之渙道：「莫非你也想到，秦錦被殺當晚韋月將並不在城中？」傅臘點了點頭。

這是顯而易見的事，秦錦遇害當晚，傅臘曾先去韋家找過蘇貞，一番親熱後才戀戀不捨地下床，趕去秦家找蔣素素。

就連傅臘也認為韋月將不是凶手，事情再次複雜起來。殺死秦錦、蔣素素的明明是同一人，如此推算，韋月將倒沒有了嫌疑。可如果不是韋月將，又是什麼人能令蘇貞咬下傅臘的舌頭呢？

傅臘又招手叫過王羽仙，再次指著璇璣圖上的「河津」二字。辛漸道：「莫非你想說凶手是河津胡餅鋪的胡餅商？」傅臘這才欣然點了點頭。眾人不由得面面相覷，不知道傅臘如何能這般肯定，越發感到雲山霧罩起來。

竇懷貞道：「也不必多問了，本縣這就派人去將這兩家人全部帶來審問，不信那蘇貞不吐露實情。」當即發簽派差役去東城緝捕胡餅商和蘇貞，因城外不屬於河東縣境，他無權越境拿人，只能派人去上報蒲州刺史明珪，請刺史派人捉拿韋月將回城。

雖然真凶還未明確，但基本上水落石出只在須臾之間，眾人均感如釋重負，只有王之渙不斷感歎，深為蘇貞惋惜，又道：「一定是凶手逼她，她迫不得已才這麼做。」

等了大半個時辰，差役飛奔進稟告，告知胡餅商和蘇貞均已經人去樓空，鋪子裡、家裡都收拾得乾乾淨淨，似是早有準備；問起周圍攤販，只說看見胡餅商和蘇貞清早一道登車走了，也不知道去了哪裡。

王之渙道：「呀，那胡餅商說『我看我們兩家都該留意找新的去處』，原來已經是有所暗示。」竇懷貞道：「看來凶手一定是胡餅商了。」忙簽發通緝告示，發送公文往鄰近州縣，請求協助追捕凶手。

王翰等人見案情已接近尾聲，遂告辭出來。王之渙問道：「羽仙是如何想到讓傅臘辨認璇璣圖的？」王羽仙道：「嗯，這個，我只是胡亂試上一試。」辛漸道：「這件姑嫂凶殺奇案雖然尚有一些不明之處，不過總算是真相大白。」

狄郊忽道：「快看，河東驛長宗大亮！」眾人一看，果見宗大亮匆匆自驛站出來，往東而去。王之渙道：「莫非宗大亮又要去普救寺查看那名刺客裴昭先？」辛漸道：「就是阿翰所說，在驛站行刺不成反而離奇失蹤的刺客麼？」王翰道：「是他。」

王之渙道：「正好目下辛漸也知道了這件事，先前只是因為蔣素素被殺臨時轉移了大家注意力。眼下咱們得做個決定，辛漸，我和李蒙都主張用裴昭先下落去向李弄玉換取求助，阿翰和老狄反對，你的意見呢？」

辛漸道：「李弄玉非敵也非友，怕是不妥……」李蒙忙道：「羽仙也是我們這邊的。」辛漸沉吟片刻，道：「那好，我支持李蒙和之渙。」

王翰道：「呀，你明明是要反對的，怎麼一聽到羽仙的態度就立刻倒戈了？」辛漸笑道：「難道你希望我反對羽仙麼？我知道你自己心中也不願意的。」王翰道：「我是不願意拂羽仙的意，可這件事我堅決反對。」

王之渙道：「雖然說你是首領，可我們現在是三對二……不，是四對二，你不同意也得同意。」王翰雖然霸道，但一直還算講道理，又極重義氣，不知道為何在此事上很是執拗，賭氣道：「那你們幾個自己做好了，別算上我。」

王之渙道：「哎，這可不合老規矩……」辛漸道：「好了好了，阿翰不願意也別勉強，正好他陪著羽仙。老狄，你呢？」狄郊道：「我按老規矩來。」他如此說，就是要加入辛漸一方了。

辛漸道：「不過我建議還是要設法將裴昭先從普救寺救出來，一是也許可以預先打聽到李弄玉的來歷，二是我們自己可以弄清當天晚上驛站到底發生了什麼事。無論怎樣，袁華大哥是因為幫我們脫罪而硬頂了刺客之名，我們有責任查清這件事。」

王之渙道：「那好，就依辛漸說的辦吧。」李蒙道：「辛漸，你好像並不擔心袁華的安危，這不是你的作派啊。」辛漸道：「袁大哥說他父親跟謝瑤環父親是生死之交，而且他還有一層特別的身分，就是女皇帝也不敢輕易動他，讓我們不要替他擔心。」

王之渙奇道：「特別的身分？袁大哥不是朝廷在逃欽犯麼？女皇連自己的親生兒子都不放過，還有什麼人不敢動？」狄郊道：「袁大哥說他久不回中原，莫非他……是在為外番效力？」辛漸道：「嗯，我猜應該是吐蕃或是突厥，不過他不願意多提，我也不好明問。」眾人一時默然不語。

吐蕃、突厥均是朝廷邊防大患，時戰時和，尤其是吐蕃，自文成公主[6]死後他們便大肆興兵擴張領土，對朝廷在西域的利益構成致命威脅，已經取代突厥成為中國最大的敵人。無論袁華為哪一方效力，均是叛國行為。可這能怪他麼？他父親因得罪武承嗣慘遭陷害，家破人亡，他自身也遭受了異常殘酷的刑罰，在中原無處容身，才不得不逃去外番避難。逼不得已走向投靠異族之路也不獨他袁華一個。武則天稱帝前後，多次以謀反罪名大肆屠殺異己分子，一些在大清洗中漏網的倖存者如徐敬業[7]之堂弟等都投效了吐蕃，據稱與王翰、王之渙同族的大將軍王方翼之子王榮也投奔了突厥，甚至宰相裴炎之姪裴伷先逃亡胡地後，還娶了突厥公主為妻。

還是辛漸道：「無論袁華為誰效力，他總是個有擔待有熱血的好男兒，是我們的恩人，這就夠了。」王之渙道：「辛漸說得對。若不是武承嗣這些人倒行逆施，袁大哥怎麼會走到這一步？我們這就設法將裴昭先救出來，看看能不能聯合李弄玉共同對付武延秀。」王羽仙道：「老狄說看守裴昭先的三人都是勇悍的無賴之徒，你武藝好，也許能打得過他們，可要無聲無息地帶人出普救寺就難了。」

李蒙道：「而且咱們正被官府盯上，不能暴露面孔身分，要救的人又是刺客，這難度實在太大。要我說，那個李弄玉既然手下眾多，不如將裴昭先的下落告知她，讓她自己派人去救好了。」辛漸知道他習慣遇事縮頭，也不理睬，只道：「所以只能智取，不能力敵，得想個萬全的法子。」

王羽仙忽道：「你們記不記得當初普救寺住持提到梨花院的三兄弟，他說的是老三跟人打架受了傷，不便公開露面，老大、老二抬了他到寺中養傷？」李蒙道：「是啊，老住持人很精明，大概靠收留各色人等賺了不少錢，他有意無意地告訴我們這個，無非是暗示我們只要出得起錢，就算是殺人犯他也敢藏起來。嘿嘿，普救寺普救寺，原來是這麼個普救法。」

王羽仙道：「嗯，可裴昭先是刺客，那三兄弟決計不敢張揚，一定是瞞著普救寺將他帶入寺中。」狄郊已然領悟，道：「我知道了，羽仙是想用同樣的法子再將裴昭先帶出來。」

王羽仙道：「嗯。」見王翰虎著臉站在一旁，便問道，「翰郎，你當真不幫他們幾個麼？」王翰依舊默不作聲。王之渙忙道：「羽仙，不用理他，反正你要加入我們，難道他還會不跟來麼？」

當下回逍遙樓關起門來計議一番，各人自去準備，一直忙到下午才安排妥當，於是分雇了三輛大車出門。王翰雖然老大不情願，果然還是跟王羽仙乘坐一輛車來到普救寺。

寺前廣場上清淡了不少，商販明顯有所減少，或許跟附近連續發生兩起凶案有關。河津胡餅鋪早已空無一人，門板破了兩塊，大約是差役進去捕人時踢爛的。王之渙不免又是一番感慨。

李蒙重賞了三名車夫，吩咐他們將馬車停到一旁樹林邊不顯眼處等候，安排妥當，一行人這才到寺門請知客僧通傳。

住持聽說李蒙等人又再次求見，忙迎了出來。當日這幾位少年公子花費重金租下書齋，卻又半途盡數離去，令人百思不得其解。他也不多問，略作寒暄，便笑道：「書齋一直為這位小娘子留著，又添置了一些用品，各位這就去看看？」

王之渙道：「甚好，我妹子還是喜愛這裡的清靜。」住持道：「是，是。」親自送諸人來到書齋。果見裡面多了一些桌椅，比上次來時充實了許多。

李蒙將住持拉到屋外，塞過去一個精巧的絲袋，笑道：「我們幾個還有事要談，晚一些才會走，請住持送些齋飯來，放在門外即可。」住持連聲應道：「可以，可以，貧僧會派人專門等在院外，隨時聽候差遣。」李蒙道：「如此，有勞了。」

住持掂一掂那袋子，笑道：「公子出手如此大方……」忽有一名小沙彌急急奔進來，叫道：「師傅！師傅！」住持斥道：「慌裡慌張成什麼體統？沒看見有貴客在此麼？」小沙彌道：「是，是。師傅，知客僧讓弟子來告訴師傅，說來了貴客，請師傅速去大門迎接。」住持道：「噢？」

蒲州是河東大州，普救寺又是本地名寺，來往於此的達官顯貴不在少數，不然也不會有梨花院這等地方了。李蒙忙道：「住持去忙正事要緊，不必再理會我們幾個。」住持道：「好，貧僧去看看，公子需要什麼，儘管吩咐小徒即可。」當真留了一名小沙彌站在院門口。

李蒙回來房中，打了個手勢，示意一切順利。眾人遂依計行事，大聲在房內說話。等到天黑了下來，辛漸、狄郊脫下身上外袍，露出一身黑色勁衣來，又取黑巾蒙了臉。王羽仙忙取過弓箭遞給辛漸。

王之渙見那竹弓竹箭做工甚是粗糙，箭羽不過是臨時到逍遙樓廚下找的家禽的翎毛，心中不由得很是打鼓，問道：「這把爛弓箭能用麼？」辛漸道：「是爛了點，我臨時取後院的竹子做的，雖然難看了些，射得準就行。

老狄，咱們走吧。」狄郊應了一聲。王翰忽然道：「等一等，還是我跟辛漸一道去吧。」

五人中以辛漸武藝最為了得，王翰次之，可他既不願意參與救人，旁人也不能勉強。王之渙本就文弱，又另有用處。李蒙體肥，不會武藝，做不了這等翻牆救人的事。剩下的就只有武藝同樣不靈光的狄郊了。哪知道最後關頭王翰還是站了出來，他精通劍術，由他去自然比狄郊去勝算要大許多。

辛漸道：「那好，我和阿翰去，老狄你留下。」狄郊卻道：「還是我和你去。我武藝自然比不上阿翰，但我去過梨花院，這點比阿翰有優勢。時間緊急，走吧。」辛漸遂不再堅持。

李蒙先出去到院門向小沙彌交代事情，辛漸和狄郊趁二人說話間翻過院牆，沿甬道往西摸去。

後院林木陰森，一片漆黑，高高低低地走了一會兒，才隱隱見到前面有光亮，正是梨花院。來到院前，辛漸先敏捷地攀上牆頭，只見院中正堂和南廂房都亮著燈，正堂門大開著，南廂卻是虛掩房門，正是關押裴昭先所在，三兄弟大概都集中在那裡。

狄郊上前拍了拍門，叫道：「開門，是我。」

卻見滿臉橫肉的老二飛快奔出來開門，口中問道：「寺裡來的貴客是誰？」驀然見到蒙面的狄郊，不由得一愣，不及發問，已被辛漸居高臨下一箭射中肩頭。那箭只是竹箭，沒有鐵簇，入肉不深，並不致命，卻早淬了狄郊配置的迷藥，老二悶哼一聲，仰天摔倒在地。

房中老大聽見動靜，拔刀在手，出來查看究竟。辛漸早已躍下牆頭，摸到窗下，趁老大望見老二一驚間射中他肚腹，不等他倒下，便飛快地彎弓搭箭，搶過他身邊，衝進房中，預備對付三兄弟剩下的一人。然則房中除了床上躺著一名被綁住手腳的男子，再無他人。

辛漸一時不明所以，上前挖出裴昭先口中的麻布，問道：「你是裴昭先？老三人在哪裡？」裴昭先道：「他適才出去了。你是誰？怎麼會知道我的名字？」辛漸取過桌上的長刀，割斷繩索，道：「我是來救你的。你自己能走麼？」裴昭先道：「能。」坐起身來，活動著被綁得麻木的手腕，只覺得自由真是天下最美妙的事。

狄郊進來問道：「怎麼只有兩個人？」裴昭先道：「適才他們聽說前院來了貴客，派老三出去查看了。」他被剝去衣衫，只穿著貼身內褲，當下上前剝了老大的衣服、鞋襪自行穿了。又見老大尚有呼吸，抓過長刀，一刀戳入心口。

辛漸道：「哎喲，你怎麼殺了他？」裴昭先森然道：「為什麼不能殺他？」狄郊道：「此地不宜久留，我們快走！」

三人一齊出來，狄郊已事先將老二拖開，鬥好了院門。裴昭先又搶過去一刀殺死老二。辛漸道：「喂，你……」狄郊拉住他，搖了搖頭。

裴昭先往老二衣襟上擦盡刀上的血，道：「走吧。」伸手拉開院門，卻見老三正站在門前，臉上正露出莫名驚詫的神色，冷笑道：「太好了！」舉刀便朝老三砍去。

老三大叫一聲，轉身就跑。裴昭先抬腿疾追，他武藝不弱，卻因手足被綁在床上日久，關節早已僵直，失去靈活，一腳竟沒有邁過高高的門檻，絆倒在地，吃了個嘴啃泥，煞是狼狽。

辛漸和狄郊忙扶起裴昭先，卻見那老三已經沒入黑暗中，只能聽見他「啊、啊」地不斷驚叫。辛漸道：「不好，快回書齋！」奪過裴昭先手中長刀扔在一旁，挾著他往前院趕來。

及近書齋時，只見李蒙正站在門前探頭張望。辛漸抿嘴學了聲鳥叫，李蒙便舉手招了招，辛漸知道小沙彌不在附近，忙帶了裴昭先過去。

進來房中，李蒙急急道：「適才有個人匆忙從書齋門前奔過，看見小沙彌大叫梨花院殺人了，讓他趕緊去告訴住持。那個人……」辛漸取下面巾，披上外袍，道：「是三兄弟中的老三。事情出了意外，我們趕緊離開這裡再說。」

裴昭先道：「你們不是四娘派來的！你們到底是什麼人？」王之渙道：「總之不是壞人。」指著地上的門板道，「勞煩郎君躺下吧。」裴昭先道：「你們不是要衝殺出去麼？我跟你們一道。」李蒙道：「我們可不玩砍砍殺殺的那一套。」

裴昭先道：「眼下……」辛漸忽然厲聲道：「快些躺下。」

裴昭先雖不明所以，但料來這些人並無惡意，只得依言躺下。王之渙道：「得罪了。」取過繩索，與辛漸幾人一齊動手將裴昭先的身子一圈圈往門板上綁牢。裴昭先當此境遇，竟不掙扎反抗，也不追問情由。

等到裴昭先已被完全固定在門板上，辛漸和李蒙一起將門板抬起來，掉了個面。裴昭先全身重量頓時落在繩索上，只覺得身子束緊，難受之極。他不知道他起初也是這樣被帶入普救寺的，只不過當時他中刀昏迷，感覺不到而已。

王羽仙取出早已準備好的一條床單搭在門板上，拍手笑道：「好啦。」王之渙道：「這就請娘子躺上去吧。」王羽仙道：「是。」剛一坐上門板，李蒙那端便是一沉，狄郊忙上前扶住。等王羽仙躺好，辛漸、王翰在前，狄郊、李蒙在後，四人各抬了門板四角，王之渙在前面領路，道：「咱們回家吧。」

出來院門時，正遇到數名兵士跟在老三的背後，舉火執刃朝後院趕去。那老三急切之下並未留意到從書齋出來的諸人，奔過去數步後忽又有所警覺，頓住腳步，回頭重重看了一眼，若不是兵士從旁催促，只怕他還要追過來仔細查看一番。

眾人交換一下眼色，均不明白官兵如何能來得如此之快。殺人命案歸河東縣衙管轄，這些兵士明明是蒲州州司的兵士，莫非那傍晚時分來到普救寺的所謂貴客就是蒲州刺史明珪？況且這被三兄弟藏起來的裴昭先是刺殺淮陽王的刺客，他如何敢輕易驚動官兵，這不是自陷死地麼？是不是這本身就是淮陽王武延秀的陰謀，裴昭先行刺當晚已被羽林軍捉住，是他授意驛長宗大亮藏起裴昭先？既如此，為何不將裴昭先祕密關押在蒲州大獄中？

這其中疑點極多，然則眼下對眾人最嚴重的危機就是，怕是他們沒有那麼容易出寺了，老三既知會了官兵，寺門必然已經被封鎖。辛漸道：「我們得在老三返回之前出寺，快點！」當即加快腳步。

走出一段，又遇到住持帶著數名小沙彌趕來，一眼見到王羽仙躺在門板上，雙目緊閉，大吃一驚，忙問道：「小娘子怎麼了？」王之渙道：「我們正要向住持告辭，我妹子得了急病，須得抬回去救治。」住持這才長舒一口氣，道：「不是受傷就好。不瞞各位，小寺臨時出了點事，各位暫時離開也好。」一邊說著，一邊送諸人出來。

寺門兩邊早已燃起許多火炬，亮如白晝，果有數名兵士把守。

王之渙假意驚奇道：「咦，怎麼會有官兵在此？」住持道：「他們是明刺史的扈從，明刺史湊巧今晚來小寺進香。」

兵士見有人要出去，立即上前攔住，道：「使君有令，誰也不能出寺。」住持忙道：「他們幾位是香客。」兵士道：「香客也不行，除非得到使君准許。」住持道：「那好，請各位公子稍候，貧僧這就去請明刺史出來。」王之渙道：「有勞。」

眾人便站在門邊等候，那領頭的兵士見幾人抬著一個年輕女子不放，忍不住道：「喂，使君不知道什麼時候才出來，你們幾個不會先放下她麼？」

門板下還藏著一人，眾人如何敢放下。李蒙氣喘吁吁地道：「地上太涼，我妹子身子弱，受不得寒氣。」兵士更是驚訝，道：「你怎麼喘成這樣？喂，你們瞧，他們四個男人抬一個女人，他還累成那樣。」兵士一齊笑了起來。

一人取笑道：「也許這位小娘子看著瘦弱嬌小，其實卻比石頭還重呢，不如我來試試手。」當真走上前來，去接王翰手中板角。若真讓他接過去，立即就能發現門板的蹊蹺。王之渙忙上前攔住，道：「我妹子染的病非同小可，兵大哥還是小心點好。」那兵士聞言果然縮了手。

領頭兵士笑道：「能是什麼非同小可的病？你們這麼多男人，個個稱呼這位小娘子為妹子，只怕生的是花柳病吧？」

王翰強行忍耐了許久，聽到這裡再也忍不住，將板角丟給王之渙，搶過去照那兵士胸口就是一拳。其餘兵士見他敢毆打官兵，發一聲喊，拔出兵刃就圍了上來。

辛漸道：「哎喲！之渙，你抓緊了，我去攔住阿翰，他沒有兵刃，不是對手。」

眾人為了裝得逼真，並未事先準備擔架，那門板不過是臨時在書齋拆下來的，並不稱手。王之渙一下沒有抓緊，手一滑，那一端便沉了下去。幸虧辛漸身手敏捷，聞聲回身抓住。門板上的王羽仙差點滾落下來，下面的裴昭先更是險些驚叫出聲。

正一片混亂中，只聽見住持大聲叫道：「停手！快些停手！明刺史在此。」

明珪一身便服，從住持背後轉了出來，一張臉拉得老長，問道：「怎麼回事？」領頭兵士道：「稟使君，這些人想強闖出去！說不定就是平老三說的刺客同黨。」明珪走得近些，認出了王翰、辛漸幾人，皺眉問道：「怎麼又是你們幾個？」

住持並不知道王翰幾人姓名、來歷，忽見刺史認得他們，忙道：「原來使君認得他們，那可就好了。」

領頭兵士也頗為吃驚，忙揮手命圍住王翰的兵士退下。王之渙將板角交給辛漸，上前道：「這是我妹子王羽仙，本來圖普救寺清靜，想來這裡借住，不巧得了急病，我們正要抬她回逍遙樓。」

明珪一聽躺著的女子也姓王，料來是并州王氏一族，不敢怠慢，問道：「你們當真不是刺客同黨麼？」

辛漸等人聞言，才確定平老三已經將刺客裴昭先被藏在普救寺中一事稟告了明珪，卻不解他為何要冒這麼大的風險。

王之渙正要回答，明珪又道：「是了，你們幾個本來就曾被懷疑成刺客，更談不上什麼同黨了。」一想到這件令人煩惱的案子又鬼魂般地冒了出來，即便來到寺廟拜佛求神也不放過他，立即頭疼無比，正要命人放走辛漸一行，一名兵士飛奔而來，稟告道：「梨花院裡死了兩個人，是平老三的親兄弟平老大和平老二，二人都是被人用刀殺死，血跡未乾，應該剛死不久。平老三說他親眼看見是兩名蒙面人救走了刺客，正在後院搜索。」

明珪道：「哎呀，快回去叫人來！請謝制使來！叫河東縣令竇懷貞來！哎呀，病倒了病倒了！我今晚非要來什麼普救寺啊！」

住持更是莫名驚詫，道：「梨花院死了人？這……這是怎麼回事？」

明珪忙問道：「寺裡可還有其他人在？」住持道：「使君進來時，貧僧已經下令將所有的香客外人都請出寺去。」明珪指著王翰道：「那他們幾個呢？」住持道：「他們……」

李蒙早將板角交給王翰，歇息了一會兒，調勻氣息，道：「使君，王家娘子的病耽誤不得，不如讓我們先送她回去治病。」明珪不耐煩地道：「走吧走吧，你們幾個也是本使的災星。」李蒙大喜道：「多謝使君。」

辛漸幾人剛一抬腳，有人疾奔過來道：「使君，不能放他們走！」明珪道：「等一等！」辛漸等人無奈，只得停下腳步站住。

那趕到的男子正是平老三。他與兩個哥哥將刺殺淮陽王的刺客裴昭先藏在普救寺中，按理不該驚動官兵，可這老三相當精明，在梨花院撞見裴昭先舉刀的瞬間已經將利弊權衡得清清楚楚——他兩個哥哥多半已被殺死，刺客又被同黨救出，河東驛長及其上面來歷更大的人絕不會放過他，說不定刺客也不會放過他，他除了亡命天涯別無出路；碰巧蒲州刺史人正在普救寺中，刺客及同黨人還在後院，若是及時向刺史求助，派兵封鎖寺門，只要抓住刺客和同黨，那就是大功一件，說不定還可以巴結上淮陽王。至於他們三兄弟為什麼要窩藏刺客在普救寺中，就讓驛長宗大亮去解釋好了，反正他們確實也不知道原因。

只是平老三一直窩在普救寺中，只知道他們看守的是當晚在驛站行刺淮陽王不成的刺客，是重要欽犯，根本不知道外面淮陽王早已指定王翰、辛漸等人是刺客。他飛奔趕來阻止辛漸、王翰等人出寺，看也不看諸人一眼，逕直朝門板上望去——他望的當然是門板本身，而不是王羽仙本人，當初他們三兄弟正是用這個法子帶裴昭先入寺的，而他自己湊巧就是躺在架上裝傷病的那個。

伴隨著那直勾勾彷若穿透門板的眼神，時間好似凝固了，辛漸等人的心一下提到嗓子眼上。平老三又上前兩步，旁人都看得出來他是要彎下身去看門板下面。

那一瞬間，王羽仙正待坐起來分散平老三的注意力，李蒙已然搶將過來，揚手一個巴掌，重重打在他臉上，暴喝道：「你好大膽，竟敢當眾對王家娘子無禮！你知道她是誰麼？她親姊姊可是洛陽縣令來俊臣的夫人！」

「來俊臣」三個字彷彿有一種神奇的魔力，李蒙提到這個名字的時候身子不由自主地戰慄了一下，所有人亦立即驚駭得呆住了。別說平老三，就連刺史明珪也露出了不可思議的意外神色，遠遠比他知曉王翰是天下首富、狄郊是狄仁傑之姪要意外得多，除了震撼，還多了一種發自心底的悚怵與恐懼。

李蒙冷笑道：「還有你明刺史，羽仙得了急病，你非要將我們扣在這裡，萬一出了事，你可要自己向王家交代！」明珪道：「啊，不敢不敢，本使不知道娘子是……來人，快，快放行！」

兵士自動讓出一條路來，李蒙道：「走。」

一行人出來普救寺，卻找不到馬車，大約已經被兵士驅走，只得摸黑往前走。誰也想不到在關鍵時刻竟是有史以來最殘酷的酷吏來俊臣的名字救了大家，一時無話可說。一直到再也見不到普救寺大門，才讓王羽仙站身下地，倒轉門板，解開繩索，放開裴昭先。

辛漸道：「眼下之事麻煩得緊。明刺史適才已經派人去叫謝瑤環和竇縣令，咱們沒有車馬，走不了多遠就會迎頭遇見他們。」

狄郊道：「我有個提議，不如請裴郎去秦家暫避一夜。嗯，我說的不是蔣素素家，她人尚未下葬，靈柩依然停放在家中，一定有人看守，我說的是河津胡餅鋪後韋月將租住的秦家房子。」王之渙道：「這是個絕好的主意！主人捲入人命官司逃走，又被官府通緝，絕對沒有人想到還有人藏在那裡。」

裴昭先卻道：「幾位相救之恩，在下十分感激，大恩來日再報。不過適才平老三已經有所懷疑，他不過是一時被唬住，出於自身利益，一定會告發檢舉，刺史又認得幾位，為避免牽累大家，我們不如就此分手。」

辛漸料想他外面既有諸多同伴，自有藏身去處，便道：「那好，裴郎自己多加小心。」李蒙道：「裴郎，我們幾個可是因為你和你同伴行刺淮陽王惹下了不小的麻煩……」正想提起欲請李弄玉援手對付武延秀一事，狄郊忽叫道：「李蒙！」搖頭示意他別提這件事。

裴昭先轉頭問王羽仙道，「娘子的姊姊當真是惡賊來俊臣的夫人麼？」他目光爍爍，閃現出深深的敵意。

王羽仙微一猶豫，仍然答道：「是。」王翰生怕裴昭先暴起傷人，忙挺身擋在她面前。裴昭先道：「很好，很好。」朝諸人拱了拱手，轉身又往回走。

李蒙道：「就這麼讓他走了，咱們不是白忙活一場？」王翰道：「回去再說。」

事情緊急，不便耽擱，當下王羽仙重新躺回門板，眾人抬了她往西城而來。走不多遠，便見前面火光閃動，一隊騎兵疾馳而來，領頭的正是謝瑤環。她一眼留意到辛漸諸人，勒馬問道：「你們在這裡做什麼？」王之渙忙道：「回制使話，我妹子得了急病，正要帶她回逍遙樓救治。」謝瑤環道：「你們幾個是從普救寺出來的麼？」

這位女制使果然精明過人，一句話就問在了關鍵點上——眼下普救寺已經戒嚴，正關門大搜刺客，若是尋找不到，勢必要懷疑到辛漸等人身上，因為今晚只有他們幾個離開了寺廟。加上平阿三早已洞悉門板機關，即便抵死不認，卻還是難以洗清嫌疑。

王之渙道：「是，我妹子借住在普救寺。」謝瑤環道：「怎麼會這麼巧？聽說刺殺淮陽王的刺客就藏在普救寺中，你們……」

忽聽得王羽仙「嚶嚀」一聲，一個翻身，從門板上掉了下來。王翰大驚失色，忙搶過去扶住，叫道：「羽仙！羽仙！」

李蒙使了個眼色，幾人一齊將門板扔到一旁。狄郊上前一搭王羽仙脈搏，道：「快，回逍遙樓。」

王翰便俯身抱起王羽仙，狠狠瞪了謝瑤環一眼，疾步朝前走去。李蒙忙朝謝瑤環拱了拱手，道：「救人要緊，告辭。」

謝瑤環見這些人言行舉止甚是做作，不免更加狐疑，卻又看不出什麼破綻，回頭命道：「青鸞，你帶兩個人去跟著他們，看看他們在搞什麼鬼。」青鸞微一遲疑，應道：「是。」

王翰將王羽仙抱回逍遙樓房中，狄郊幾人跟了進來。王之渙道：「青鸞一直跟到逍遙樓來了。」王翰不屑地道：「隨她去。」又問道，「羽仙有沒有摔到？快讓老狄看看。」

王羽仙笑道：「沒事。我不翻身下來，你們怎麼能讓謝瑤環親眼看到門板下面並無蹊蹺呢？」王翰道：「那你也該先招呼一聲，突如其來地嚇人一跳。」王羽仙柔聲道：「好啦，是我不對。」

辛漸道：「今晚出了這麼多事，明日官府必定要找上門來盤問，不如大夥先各去歇息，明日才好打起精神應付。」遂各自回房就寢。

次日一早，果然有數名兵士奉刺史之命來請王翰五人前去普救寺，言語雖然還算客氣，卻是一副不動身就要立即強行押走的架勢。眾人早有心理準備，騎馬來到寺中。

謝瑤環在王羽仙預備借住的書齋布置了一處公堂，蒲州刺史明珪、河東縣令竇懷貞、河東驛長宗大亮、住持等均在場——明珪滿臉困頓疲倦，似是一夜未睡；竇懷貞甚是嚴肅；宗大亮陰著臉，面色極其難看；住持則是一副失魂落魄的樣子。

平老三正跪在堂下，見辛漸等人進來，忙道：「就是他們幾個。」

謝瑤環道：「王翰，你們幾個聽著，昨晚有兩個蒙面人從梨花院中救走了刺客，人到現在沒有捉到。」王之渙故作驚奇道：「刺客？什麼刺客？他要刺殺制使麼？」謝瑤環道：「是當晚在河東驛站刺殺淮陽王的刺客之一，一直被關在普救寺梨花院中，由平氏三兄弟看守。平老三說是你們中的兩個救了他，又用門板抬了出去。」

王之渙道：「這等荒唐的話，制使竟也相信？」謝瑤環道：「可從昨晚到現在只有你們五個抬著一名女子出過普救寺，平老三說你們將刺客藏在門板之下，是也不是？」

李蒙道：「昨晚謝制使也撞見我們幾個了，門板下哪有什麼刺客？況且我們昨日下午來到普救寺後，五個人一直在書齋裡面跟王家娘子聊天，未出房門半步，住持的弟子可以作證的。」

住持背後的小沙彌忙道：「阿彌陀佛，確實如此。小僧一直候在門外，五位公子和一位小娘子在房中爭論不休，不僅小僧聽見，幾位路過的同修也聽見了。」又一指平老三道：「這位施主也聽見了。」

原來昨晚平老三聽說來了寺裡貴客，忍不住到前院查探，來回時均路過書齋，聽見裡面有數人爭吵，還特意頓住腳步聽了聽，又向院門前的小沙彌打聽裡面是什麼人。

謝瑤環問道：「平老三，可有此事？」平老三道：「是。不過這幾人聲音聽起來都差不多，又爭吵得厲害，難保不是障眼法。」他卻不知道王之渙天生擅長模仿旁人語氣神態。昨晚本就有李蒙、王翰、王羽仙、王之渙四人在房中，離開的只有狄郊、辛漸二人，王之渙一人充當三人絕色，不過是小菜一碟而已。

李蒙道：「笑話，我們為什麼要救刺客？他躲在普救寺中不出來，害得我們幾個被冤枉成刺客，我們正要找他呢。敢問謝制使有沒有查過是誰將刺客藏在普救寺中？窩藏欽犯，可是重罪。」

謝瑤環看了河東驛長宗大亮一眼：「這件事說起來有點複雜……」隨即揮手道，「使君，明府，你們二位先回去，宗大亮、平老三暫時交給竇明府收監關押。」

她本人住在州廨中，蒲州刺史明珪本人又在場，她不將宗、平二人收押州獄，卻非要押往河東縣獄，不免有些不合常理。明珪卻如蒙大赦，道：「竇明府，快，快些將這二人押走。」

竇懷貞面無表情，彷若毫不關心此事，行了個禮，道：「下臣告退。」命人押了宗大亮、平老三忙不迭地走了。明珪緊跟著退了出去。

謝瑤環摒退兵士，只留下侍女青鸞一人，道：「我早知道你們幾個不是刺殺淮陽王的刺客，袁華也不是，他冒名是為你們頂罪。昨晚發生了什麼事大家心知肚明，只要你們將真的刺客交出來，我會向皇帝陛下竭力保你們平安無事。」辛漸道：「制使，刺客真的不在我們手上。」

謝瑤環默然許久，才問道：「你們是怕我跟淮陽王蛇鼠一窩，將真的刺客殺了滅口，好再將刺客之名嫁禍給你們五個麼？」李蒙道：「當然不是。制使為人正直，一心要查明真相，事情又對我們五個有利，我們怎麼會知情不告？只是我們確實沒有救過什麼刺客，甚至我們根本就不知道刺客藏在普救寺中，噢，不對，不是藏，是關。制使有沒有想過，是什麼人要將刺客關在這裡？這裡面到底有什麼不可告人的祕密？」

謝瑤環搖了搖頭，道：「昨晚發生的事太多巧合，我早已知道你們五個的能耐，無論你們說什麼，我都不會相信。事關重大，你們既然不肯交人，我只好下令以私助刺客逃走的罪名扣住你們幾個，看那刺客自己會不會站出來。來人，將他們五個鎖拿回州廨。」青鸞忙上前道：「娘子，他們五個不是壞人，又救過蒙大哥性命……」

謝瑤環伸手止住兵士，沉吟片刻，道：「那好，我再給你們一天時間考慮，明日這個時候還不交出刺客，不光你們五個，就連那位王羽仙娘子也要一併下獄收審。」王之渙不滿地道：「制使未免太霸道了些。」心中暗道：「還是那個假的謝瑤環好。」

李蒙本想再次抬出王羽仙的姊夫來壓一下謝瑤環，只是「來俊臣」這個名字實在太過臭名昭著，他內心深處實在不願意再提起，喉結動了兩動，終於還是沒有說出來。

謝瑤環道：「我正想順道去逍遙樓看看那位王羽仙娘子的病情，這就一道走吧。」

五人聞言臉色大變，可對方早有疑心，難以阻止，只得悻悻跟在謝瑤環背後。

剛出普救寺大門，便見一些人往河津胡餅鋪後方趕去。王之渙道：「呀，他們是不是要去蘇貞家裡？她不是逃走了？她……她家裡還有人麼？」大惑不解，轉頭朝同伴望去。

狄郊立即想到昨晚曾指點裴昭先躲進蘇貞家中，又見那條巷口站有官差，心中「咯噔」一下，暗道：「不好，該不會是跟裴昭先有關？莫非他昨晚無處可去，最終還是躲進了蘇貞的家中，結果剛剛被官府發現，當場擒住？」

辛漸心中也跟狄郊一般的想法，搶先抬腳往蘇貞家裡奔去。

謝瑤環狐疑問道：「蘇貞是什麼人？」李蒙忙道：「是蔣素素一案的幫凶，就是差點害王翰成了殺人凶手的那起姑嫂命案。」謝瑤環亦聽過此連環案，好奇心大起，道：「我們也去看看。」

蘇貞家院前已經圍有不少看熱鬧的人，均被差役擋在門外。辛漸擠過人群，問道：「裡面出了什麼事？」差役適才在普救寺見過他，答道：「裡面有人被殺了。」辛漸大吃一驚，道：「誰？是誰被殺了？」

卻聽見河東縣令竇懷貞在裡面叫道：「讓他進來。」辛漸搶進院中，竇懷貞正從堂屋出來，指著屋裡道：「人在裡面，你自己去看。」

走近門檻，已能清晰看見堂內情形——一人坐在上首正中案桌旁的椅子中，頭微微仰起，倚靠在後背上，眼睛瞪得老大，一動不動，正是辛漸等人昨晚費盡心思從普救寺中救出來的裴昭先。

一時間，心頭疑雲大起——裴昭先來這裡藏身並不出奇，出奇的是誰知道他臨時藏在這處空宅中、趕來殺了他？這裡距離普救寺不過咫尺之遙，從昨晚到現在，附近有許多官兵、差役，凶手是如何避開眾多耳目？

不光辛漸呆住了，隨後趕到的王翰、狄郊看見屋內情形時也毫不例外地愣在當場。

竇懷貞皺眉問道：「你們認識死者？」謝瑤環問道：「死者是什麼人？」竇懷貞道：「回制使話，無人認得死者。適才下官出寺，遇到一個鄰里少年從巷口出來，見他慌裡慌張地形跡可疑，命人攔下盤問，他交代說是聽聞這家人殺了人逃走了，家中無人，所以想趁火打劫來偷點值錢的東西，結果一推門進來就看見裡面坐著個死人。」

謝瑤環道：「辛漸，你可認得死者？」

裴昭先就是刺客的事實早晚要暴露，如果承認認識他就等於承認跟昨晚的事件有關，辛漸有心否認，可又知道適才初見屍首時所流露的真實驚異難以瞞過謝瑤環雙眼，便乾脆不作答。

青鸞道：「辛漸，快些回答娘子問話。」謝瑤環心念一動，問道：「莫非他就是……」

李蒙道：「謝制使，請等一等。」將謝瑤環拉到一旁，低聲問道，「制使適才在普救寺說只要我們將真的刺客交出來，你會向皇帝竭力保我們平安無事，對麼？」謝瑤環道：「是，不過……」李蒙道：「我們這就交真的刺客出來，他……裴昭先人就在那裡。」

謝瑤環雖心有所感，但聽聞死者就是刺客時還是吃了一驚，道：「原來他叫裴昭先。」裴昭先人雖被驛站驛長宗大亮擒住關押，卻始終沒有透露過姓名。

李蒙道：「是。哎，謝制使，我們可跟刺客沒什麼勾結，就是遊普救寺時意外發現梨花院中綁著個人，驛長還幾次三番來探望，所以才猜想跟驛站行刺有關，想救他出來為我們自己脫罪。」

謝瑤環道：「那我適才要你們交人，你們為何抗拒？」李蒙道：「制使適才也說了，我們是擔心你跟淮陽王一夥，況且我們自己也想知道當晚驛站行刺的真相。不過昨晚情形危急，什麼都還來不及問。」

謝瑤環道：「嗯，那這裴昭先如何死在了這裡？」李蒙道：「這就要讓老狄他們去查了。謝制使，你別進去，查案這種又髒又累的活就交給他們幾個吧。」謝瑤環道：「死者可是行刺淮陽王的刺客。」李蒙道：「那又如何，秦錦、蔣素素那麼難纏的案子他們不是照樣查清了麼？」

竇懷貞也在一旁道：「李蒙說的是實情，多虧他們幾個，錦娘和素娘的案子才得以昭雪。」謝瑤環微一凝思，道：「好，那我就等你們給我一個交代。青鸞，咱們先回去。」

狄郊已走進堂中，正仔細觀察屍體：裴昭先左手無力地垂在身旁，右手蜷曲成團搭在案桌上，唯有食指伸出。狄郊心道：「莫非他在指示著什麼？」順著手指方向望去，卻只是牆壁。再細看案桌，才發現關鍵所在——那案桌是松木所製，由於使用的年頭不短，桌面已經發乾發脆，死者用食指指甲在上面畫了個一寸見方的字，筆跡歪歪扭扭，顯是臨死前耗盡全身氣力所為。那個字，正是一個「王」字！

狄郊回想起，之前王翰正是因「王」字玉珮才身陷秦錦一案難以洗清嫌疑，不由自主地又朝他望去。王翰道：「什麼？」搶過來一看，當即蹙緊了眉頭。他自是沒有殺死裴昭先，只是難以理解為何死者要在死前拼盡力氣寫一個「王」字作為線索留下，是不是有意要陷害他？可在昨晚之前，他根本就沒有見過裴昭先，想不出有什麼理由非要這麼做。還是殺死裴昭先的人也姓王？

死者胸腹並無傷口。狄郊繞到其背後，卻見頭頂血肉模糊，一片殷紅，原來是頭部受到重擊而死。桌案正中擺有一盞膏油燈，燈油已經燃盡，靠近裴昭先的一方有一件黑黝黝的鐵燭臺，取過來一看，底盤處黏有斑斑血跡及少許血肉。

辛漸道：「看來他是坐在這裡的時候，被凶手從旁側用燭臺擊打在頭頂。如此坐姿，似是沒有任何防備，凶手應該是他認識的熟人。」狄郊道：「這說不通。我們昨晚跟裴昭先分手已經是戌時，你看他膚色發青發硬，嘴唇發白，死了至少有五六個時辰了，也就是說，我們昨晚分開後不久他就被殺了。除了我們五個和羽仙，事先沒有任何人知道我們昨晚要救他出來，他的熟人又如何知道他臨時藏身之處、還能趕來跟他相會呢？」

王之渙道：「或許是他的同伴得知了他的下落，也想救他，一直躲在普救寺外監視，結果發現咱們先下了手，後來跟蹤裴昭先來到這裡。」王翰冷笑道：「既然是同伴，為何又要殺他？要我說，最想要裴昭先死的人就是凶手。」王之渙道：「是誰？武延秀麼？他人可不在蒲州。」王翰道：「當然不是武延秀，你適才在普救寺還見過他呢。」

辛漸道：「阿翰是說平老三麼？」王翰道：「不錯，正是他。」

平老三確實嫌疑很大，無論出於什麼目的，他窩藏刺客均是重罪，眼下事情拆穿，所以他肯定是一心想要裴昭先死的人，只要裴昭先一死，死無對證，事情一定會相對容易解決。最關鍵的是，他昨晚人在普救寺中，且識穿了門板正反兩面兩人的把戲，之所以沒有當場揭破，只是被李蒙當場懵住了。說不定他很快回過神來，緊隨五人出寺，一直暗中監視，直至後來跟蹤裴昭先來到這處空宅。

辛漸道：「阿翰厲害，竟然能想到平老三身上，他的確該被列為首要嫌疑人，有殺人動機和時間。不過，有三點對不上：第一，裴昭先昨晚先後殺死平老大和平老二，我和老狄親眼所見，下手毫不遲疑，可見仇恨極深，想來他被綁在梨花院時，沒有少受侮辱折磨。所以他一見到平老三，也是本能地舉刀就砍。可是你看裴昭先現在的姿勢，安然坐在椅子中，很放鬆的樣子，桌上點著膏油燈，凶手是從旁側接近他，用燭臺砸在他頭上。如果凶手是平老三，裴昭先怎麼可能猝不及防地任他靠近？堂內一切都很整齊，沒有絲毫凌亂的樣子，也沒有打鬥的痕跡。」王之渙道：「有可能裴昭先當時犯困，已經快要睡著了。」

辛漸道：「嗯，這個解釋能夠接受。還有第二點，裴昭先為人頗為磊落，我們在書齋時將他綁在門板上，事先沒有說明情由，他雖然滿腹疑惑，卻不多問一聲。可見他極其信任我們。昨晚出寺後他怕牽累我們，主動提出分手，老狄已經提議可以到這裡——也就是到蘇貞家來暫避，但他並沒有接受，可見他當時心中已有去處，蘇貞這處宅子根本不在他考慮之內。而是後來又發生了什麼事，產生了變故，才促使他不得不按照老狄的建議進來蘇貞家。」

王之渙道：「也許這個變故就是裴昭先發現有人跟蹤他，他不想暴露同伴藏身之處，所以臨時來了蘇貞家，結果還是被平老三跟上了，伺機殺了他。走，阿翰，咱們這就出去找竇縣令，要求提審平老三，一問便知。」王翰連連搖頭道：「我可不去。平老三悄悄殺了刺客，還能讓你知道麼？當然要抵死不認了。」

李蒙這才進來道：「好了，謝瑤環和竇縣令都被我打發走了，外面還有差役，竇縣令說你們有需要可以直接使喚他們。唉，好好的一件事弄成這樣子，這下子可好，李弄玉那夥人說不定要遷怒我們。咦，他寫個『王』字，是說凶手姓王麼？」

辛漸道：「這是我要說的第三點對不上的地方。裴昭先意外被殺，死不瞑目，臨死一定要留下最關鍵最有用的提示，這個『王』字，可能是說凶手姓王，也可能是說跟淮陽王武延秀有關。」

李蒙道：「老狄，你死死瞪著這燭臺做什麼？」狄郊道：「這是殺死裴昭先的凶器，凶手也許未必是跟著裴昭先來的。」

王之渙道：「莫非老狄是想說凶手跟今天早晨發現屍體的梁上君子一樣，原本是想到蘇貞家裡來偷竊的？」狄郊道：「不，恰恰相反。你們看這件燭臺，我們進來時它就好好地放在桌案上，桌上還有底盤的血跡印。」辛漸道：「這說明凶手用燭臺砸中裴昭先後，一直擺放在案桌上，並沒有移動過。」

狄郊道：「這正是最奇怪的一點，像燭臺這樣的凶器，一般人殺人後會隨手扔掉，但這個凶手卻將燭臺好好地擺放在桌案上。而且這個燭臺上面沒有燭灰，沒有塵土，說明許久沒有拿出來用過，應該是收藏在什麼地方裡，像裴昭先這樣臨時入來的人是不會知道的。」

辛漸道：「你是說凶手很熟悉這間屋子？」狄郊道：「不僅熟悉，而且很愛惜這裡的環境。你們看，這處宅子雖然不大，卻收拾得乾淨整齊，一切都擺放得井井有條。凶手殺人後沒有將燭臺亂扔，而是順手放在燭臺上，這只是他的個人習慣而已。」

王之渙道：「莫非你懷疑，是這間屋子的主人韋月將殺死了裴昭先？」狄郊道：「嗯，我是覺得這個人嫌疑相當大。不過我不能理解凶手到底是如何殺了裴昭先。河東縣衙的差役昨日來過這裡，院門的扣條已經被弄壞，外人無須翻牆即可進來。若是裴昭先先進來、韋月將後回來，以裴昭先的處境，一定會保持高度警覺，他怎麼會任人將燭臺砸在自己頭上呢？如果是韋月將在先、裴昭先在後，更不可能出現這種坐在堂屋正中殺人和被殺的場面了。」

王之渙道：「既然不可能，你還懷疑是韋月將殺人？這豈不是自相矛盾？」狄郊道：「我只是說，由現場情形來看凶手應該是熟悉這裡的人，無非是韋月將和蘇貞夫妻二人……」

王翰道：「你可別忘了女主人蘇貞還有兩個情夫。」李蒙道：「不就是水手傅臘麼？他人可是被關在獄中。還有一個是誰？」王翰：「當然是胡餅商了。他能令蘇貞與自己同謀咬下傅臘的舌頭，二人不是情人是什麼？」李蒙道：「對呀，而且他就住在前面的店鋪裡。搞不好這兩家之間有暗門，胡餅商就是從暗門進來偷襲了裴昭先。」一邊說著，一邊回頭望去，好像煞有其事。

辛漸道：「胡餅商和蘇貞正被官府通緝，他們應該早離開了河東，還冒險回來這裡做什麼？秦錦、蔣素素一案，我們只知道蘇貞是同謀，雖然有傅臘指認胡餅商是凶手，但我總覺得動機很奇怪；正如阿翰所言，胡餅商跟蘇貞應該是情人關係，可他為什麼一心要殺死蔣素素呢？還有那在城外教書的韋月將，家裡有如此美貌的妻子，難道沒有聽到過任何風聲？」

王之渙道：「這個好解決，竇縣令已經請明刺史派人到城外去捉拿韋月將了，今日應該就能帶他回來。只可惜他的妻子蘇貞和胡餅商捲鋪蓋逃走了，一些事情再也難以弄清。」又道：「老狄，若是官差找不到韋月將，我就支持你的說法——韋月將是殺死裴昭先的首要疑凶。」

正說著，有差役奔進來告道：「竇明府命小的來告訴幾位郎君，刺史派去城外的人回來了，說是韋月將自從幾日前離開東主家後就再也沒有回去，目下他也一併失蹤，明府已以赦免殺人簽發告示通緝他。」

眾人交換一下眼色。辛漸問道：「可確切知道韋月將離開東主家的日子？」差役道：「四月十九。」辛漸道：「就是我們剛到蒲州的那一天。」王之渙道：「秦錦也是當天晚上被殺。」

之前之所以排除韋月將殺人嫌疑，秦錦遇害當晚他不在城中是最重要的證據，然而現在看起來他早有預謀，不但在當日回了河東城，而且還刻意沒有回家。如此，四月十九當晚傅臘才有機會來找蘇貞親熱。一個男人眼見自己的妻子紅杏出牆，卻隱忍不發，到底是什麼緣故？四月二十一晚上，傅臘舌頭被蘇貞咬下，蔣素素被殺。按照胡餅商的說法，韋月將是每個月四月二十一回家，傅臘肯定很清楚這一點，他又怎麼會冒著姦情暴露的危險去找蘇貞親熱、以致被咬下舌頭呢？這只能解釋為是蘇貞用謊言誑去了傅臘，而韋月將不過是假意不在家，其實躲在暗中操縱一切。如此推斷起來，他應該就是殺死秦錦和蔣素素的真凶了。

只是，傅臘為何指認胡餅商是凶手呢？秦錦被殺當晚，他先是來了蘇貞家，隨即去了蔣素素家，正好撞見凶手殺人後逃出，也許他從背影多少認出了胡餅商的身形。可門外的蔣會有更好的視線，而且先後兩次看見過凶手翻牆出入秦家，為何反而認不出胡餅商來？而蔣素素被殺當晚，傅臘去了蘇貞家，斷舌後立即逃奔回家中，他又如何能知道胡餅商是殺死蔣素素的凶手？莫非他在蘇貞家斷舌後有所發現？原以為這起姑嫂連環命案已經水落石出，仔細推敲才發現非但凶手殺人動機不明，就連凶手到底是誰也重新模糊起來。

辛漸忙道：「差大哥可否辛苦跑一趟，向竇明府稟告一聲，帶傅臘來這裡？蔣素素命案尚有一些疑點。」那差役得過李蒙的金砂，滿臉堆笑道：「是，各位郎君稍候，小的這就回去稟告。」忙不迭地去了。

李蒙道：「呀，老狄，你神了，看來昨晚還真是韋月將殺了裴昭先。」狄郊搖頭道：「儘管物證對韋月將不利，但還是不能解釋裴昭先是如何被殺的。」又道，「韋月將冒險回家，一定是來取什麼重要的東西。大家仔細找找，看有什麼可疑之處。」

眾人便四下往廚房、臥室等尋找異常之處，唯有王翰對查案沒什麼興趣，即便身涉其中也是如此，出來院中，站在月桂樹下等候。忽無意中瞥見牆根邊的兩堆柴垛有些怪異——大凡柴垛均是一層一層往上堆壘柴禾，所以越往下柴禾越濕，全是因為越近地面受潮越重的緣故，而這裡的柴垛左邊一堆正常，右邊一堆卻是乾柴在最下面。他心念一動，卻不願意自己動手，揚聲叫道：「大夥快出來，這兒埋的有東西。」

狄郊等人擁出房外，道：「蹊蹺原來在這裡。」辛漸道：「看來柴垛下面埋的有東西。」上前幾腳將柴垛踢翻，將柴禾踢到一邊，果見右邊地面泥土新翻動的痕跡。王翰忙招手叫過院門邊的兩名差役，讓他們從廊下取過工具，將浮土掘開。

王之渙見那新土不過一丈見方，問道：「埋的會是什麼？」差役道：「這坑挖得不大，卻是極深，埋的一定是金銀珠寶。」辛漸道：「若是金銀珠寶，韋月將直接取走便是，又何必費勁將柴一層層重新壘好？反正他也不會再回來。」

狄郊道：「既然他不會再回來，埋的一定是不需要而且需要極力掩蓋的東西。」李蒙道：「那是什麼？」辛漸道：「屍首。」李蒙道：「呀，你還真會猜謎。」狄郊道：「辛漸說得沒錯，這下面應該埋的是個人。」

差役聞聲停下手，駭然道：「不會吧？這麼小個坑，能埋下個人？」遲疑著不敢再往下挖。辛漸便道：「差大哥辛苦，來，鐵鋤給我，讓我來。」

王之渙道：「是誰的屍首？呀，該不會是蘇貞和胡餅商吧？」狄郊搖了搖頭，只凝神望著土坑不語。

辛漸道：「出來了，埋的是個人，看腳的尺寸，應該是個男人。」用鋤頭輕輕刨開浮土，坑裡果然露出了兩隻大腳底。眾人這才會意坑裡的屍首是被頭朝下豎立埋在深坑中，一時間均感毛骨悚然。

又挖了數下，辛漸見屍首的小腿逐漸往一旁傾斜，越往下斜得越厲害，心下大奇，暗道：「莫非這人身子是被對折起來、臀部在底，埋入了坑中？可為什麼掘了這麼深還不見腦袋？」加緊往腿旁的土中挖了幾下，依然不見腦袋。向旁邊的差役要過鐵鍬，用力往下一鏟，旋即遇到硬物，知道自己的判斷沒錯，急鏟幾鍬，露出一處圓圓的斷頸來，原來坑中的屍首早已被砍去了腦袋。

忽有一名火長領著幾名兵士進來，嚷道：「刺客屍首在哪裡？我們要帶走。」差役見是蒲州衙門的官兵，不敢怠慢，忙陪笑道：「就在屋裡。」領頭火長揮了揮手，兩名兵士搶進堂去，用繩索套住裴昭先雙腳，連拖帶拉地倒拽著出來。

王之渙不滿道：「你們這是要做什麼？」火長道：「郎君請讓開些。這人是刺客，犯的是死罪，按例要梟首示眾。」王之渙道：「他人都已經死了，犯得著這樣麼？」

火長知道這幾名少年公子有些來歷，不願意多生事端，望了一眼牆根的土坑，也不理睬，揮了揮手，率人扯了裴昭先屍首去了。

李蒙道：「這下麻煩了，這筆帳搞不好要算在我們頭上。」王之渙道：「誰要跟我們算帳？你是說……」忽意識到尚有縣衙差役在場，忙住了嘴。

辛漸已經將屍首周圍的土挖開，露出全身的樣子來——雙腳和斷頸朝天，陷坐在土坑中，肉骨已經開始腐爛，情狀煞是詭異。雖然沒有了腦袋，但還是可以辨認出這是一名男子。

辛漸回頭問道：「老狄，你跟胡餅商面對面交談過，你看這人像不像他？」狄郊道：「屍首渾身是土，又沒有了首級，實在難以辨認。不過看服飾不像是胡餅商。」一旁差役也道：「胡餅商一個賣胡餅的，哪能穿這樣的長袍？不信你們可以等傅臘來，他跟他熟識，肯定一眼就能認出來。」

過了大半個時辰，只聽見鐐銬叮噹作響，傅臘被差役牽了進來。眾人忙讓他辨認牆根土坑的屍首，傅臘只看了一眼，便連連朝房中努嘴。王之渙道：「你說他是韋月將？」傅臘點了點頭。

眾人雖早已隱約猜到，然一旦確認死者身分，還是不禁面面相覷，著實想不通剛剛才被懷疑是凶手的人如何又被割去首級、埋在了自己家裡。

辛漸問道：「你是如何肯定殺死秦錦和蔣素素的凶手是胡餅商的？」傅臘舉起手來，連連往嘴中遞送，做餵食狀。他雙手被手梏鎖住，活動甚是不便，又勉強倒轉手掌，指著自己的鼻子，使勁吸了吸氣。眾人當即會意，他是指案發時他聞到了胡餅的味道。

雖然凶手殺人動機依舊不十分明確，但這起轟動蒲州的姑嫂連環命案至此總算水落石出，原來殺人凶手就是胡餅商，蘇貞則是同謀。這二人均是秦家的租戶，興許是為了什麼原因跟蔣素素起了口角，遂起殺人之心。韋月將之所以被殺，應該是他撞破了妻子與胡餅商的姦情，他之前提前回家應該是聽到了風聲，想要有所行動，結果反而丟了性命。

只是有一點，從新土痕跡和屍首腐爛狀況來看，韋月將被殺不過是近兩日的事，那麼他之前又去了哪裡？秦錦被殺次日，狄郊和王之渙曾經為確認傅臘行蹤來找過蘇貞，房中有個聲音深沉渾厚的男子，蘇貞似是對其極為畏懼，那人就是韋月將麼？

韋月將既已被殺，昨晚又是誰殺死了躲藏在這裡的裴昭先？是胡餅商麼？他是和蘇貞一起回來取東西麼？到底是什麼物事那麼重要？

案子毫無頭緒，裴昭先屍首又被兵士拖走，幾人也沒有了心情。日過正午，李蒙早餓得發昏，道：「先回去吃點東西再說。」

王翰、辛漸等人悻悻回來逍遙樓，卻不見了王羽仙蹤影。夥計道：「幾位公子早上跟官兵走後不久，就有位姓李的小娘子來，王家娘子跟她說了幾句話，就跟著她走了，一直沒有回來。」辛漸道：「莫非是李弄玉？」夥計道：「她只說姓李，氣派大得很，不過小的聽那些隨從稱呼她『四娘』。」

李蒙道：「不好，李弄玉多半以為裴昭先被殺跟我們有關，要向我們報復，所以抓了羽仙來威逼我們就範。」辛漸道：「不對！夥計說我們剛走李弄玉就來了，當時我們都還不知道裴昭先被殺，她如何能知道？」

王之渙道：「我們還沒有去找她，她倒找上門了。阿翰，你看要不要派人出去打聽羽仙的下落？」王翰道：「不必。她捉走羽仙，必是有所要脅，她自己會來找我們。」話音剛落，便聽見大門口有人叫道：「辛漸在麼？」

眾人聞聲回頭，卻是一名二十餘歲的年輕男子，眉目森嚴，甚是彪悍。辛漸道：「我見過他，他是李弄玉的隨從，好像叫宮延。」

宮延走近眾人，道：「辛漸，我家四娘要見你，你這就跟我走吧。」王翰道：「羽仙人在哪裡？」宮延道：「她人很好，郎君大可放心。」

王之渙道：「你們好大的膽，竟敢在光天化日下劫人為質，這可是重罪，按律不分首從都要處斬。」忽而想到這群人連淮陽王都敢行刺，眼裡哪有什麼律法？宮延只冷冷看了他一眼，道：「你們幾個只要按照四娘的吩咐辦事，王羽仙自可平安歸來。」

王翰道：「羽仙不過是個弱女子，你們有什麼事直接衝我來好了，我跟你去見李弄玉。」宮延伸劍擋住他，道：「四娘只說見辛漸一人。」

辛漸大奇，問道：「為什麼是我？」宮延道：「這個問題，辛郎可以直接去問四娘。」

辛漸向王翰使了個眼色，示意他放心，道：「好，我跟你走。有勞郎君前面帶路。」

出逍遙樓往東走了半里地，路邊停有一輛馬車，宮延命辛漸上車，自己也跟著躍進來，道：「得罪了。」取出一條黑布蒙了辛漸的雙眼。馳了七八里路，馬車停了下來，宮延扶著辛漸下車，挾著他手臂往前走，穿堂過室，拐來拐去，走了一刻功夫才進來一處院子，站在堂前稟道：「四娘，辛漸人帶來了。」

裡面有人應了一聲，宮延扶著辛漸跨過門檻，進來一處偏廳，這才取下他眼睛上的黑布。辛漸舉手擋著光線，適應了一會兒，才看清面前站著一名玉顏清冷的女子，正是李弄玉。

辛漸問道：「四娘見召，有何見教？」李弄玉道：「辛漸，你和你四位同伴這幾日在蒲州可是大出風頭，人人稱讚，倒令我刮目相看。」

辛漸道：「娘子是說調查姑嫂命案一事麼？不過是一點小運氣而已。敢問娘子，羽仙人在何處？」李弄玉道：「她就在裡面。」辛漸道：「請四娘讓我見一見她，我才放心。」李弄玉道：「現在不行。」

辛漸道：「那好，四娘想讓我們辦什麼事？還請娘子明示。」李弄玉道：「你倒是爽快，不過我可沒有那麼著急。」

辛漸道：「如此，就請娘子先放了羽仙，她天真無邪，對世事一概不知。」李弄玉冷笑道：「她天真也好，無邪也罷，你憑什麼要求我？」辛漸微一沉吟，道：「娘子若肯放了羽仙，我願意留下來任憑處置。」

李弄玉道：「王羽仙是你的心上人麼？」辛漸道：「不是，她是王翰……」忽然想到沒有必要跟對方提及這些，又改口道，「我和羽仙一起長大，情若兄妹。」

李弄玉道：「有一件事得告訴你，來俊臣正派了人四處尋找你那位羽仙娘子。」辛漸驚道：「什麼？」

李弄玉哼了一聲，道：「我有一件要緊的事，要你們五個替我去辦。」辛漸道：「什麼事？」李弄玉道：「我丟失了一件重要的東西，你們得替我找回來。」辛漸道：「就是四娘懷疑是王翰偷了的那件東西，還險些殺死他？」李弄玉道：「王翰太驕傲，虛浮驕矜，又愛意氣用事，是他自己不肯辯說，非要自討苦吃。怎麼樣，你肯不肯答應？」

辛漸道：「四娘神通廣大，自己丟的東西都找不回來，我們幾個哪有這個本事？」李弄玉面色一沉，道：「你這是在譏諷我麼？」辛漸道：「當然不是。這蒲州這麼大，人這麼多，我們又不知道娘子去過哪些地方，如何下手尋找？」

李弄玉道：「你們幾個這般機智聰明，連斷舌這樣的奇案都能發現破綻，還有什麼做不到？我眼下有急事要離開蒲州，不能再空耗在這裡，所以尋找失物的事要交給你們幾個來做。辛漸，你只要點頭答應，就能立即帶走王羽仙。若不然，我只能帶她一起走了。」

辛漸無奈，只得道：「好，我答應。請問四娘丟的是件什麼樣的東西？」李弄玉道：「是一幅璇璣圖，不過不是普通的璇璣圖，織錦很特別，你見了自然會知道。」

辛漸道：「天下璇璣圖織錦成千上萬，我們怎麼知道哪幅是娘子要的？」李弄玉道：「這件事確實極難，不然我也不會冒險找上你們五個。我給你們三個月時間，三個月後我們在晉陽相會。」

辛漸道：「是。」還待問得清楚些，李弄玉已然命道，「宮延，帶他出去。」

宮延應聲上前，取出黑布，正要蒙住辛漸的雙眼，院中忽然傳來一陣紛沓急促的腳步聲，隨即有一高一矮兩名突厥人推門闖了進來。高個子氣急敗壞地道：「四娘，裴昭先死了，首級被砍下來掛在西門示眾，屍首也吊在了那裡。」

李弄玉倒也沒有吃驚，只皺眉問道：「是官兵逮住他了麼？怎麼事先沒有聽說就被處死了。」高個子突厥人道：「聽說他一直藏身在普救寺中，是王翰他們發現了他，就是住在逍遙樓的那幾個少年。」

李弄玉轉向辛漸，目光登時如刀鋒般冰冷，問道：「這到底是怎麼回事？」辛漸道：「適才一直不及向娘子提起，此事說來話長，確實是我們發現裴昭先藏在普救寺中，不過……」一語未畢，那一直一言不發的矮個子突厥人喝道：「原來是你！」已然拔刀在手，來勢凶猛，狠狠朝辛漸砍來。

辛漸本不欲動手，但生死關頭，他手無兵刃，唯有快速反擊制敵；便趁那人舉刀下盤大露破綻，飛腿掃中對方小腿，那人失去平衡，朝斜前方撲倒。辛漸微一側身，轉到他背後，執住手臂，輕輕巧巧地奪過刀來。那矮個子突厥人一招即被奪去兵刃，勃然大怒，顧不得爬起身來，即環臂緊抱住辛漸大腿，渾然已經失去招式。

辛漸往後退了兩步，依然沒能甩脫那突厥人，叫道：「喂，快些放手，不然我可不客氣了。」那突厥人不應不睬，只使勁扳提辛漸大腿，意圖用角力[8]將他摔倒在地。辛漸腳下一個踉蹌，險些站不穩，忙倒轉刀背，向那男子背上擊去。

李弄玉忽然喝道：「住手！」辛漸聞聲便停了手，不防另一名突厥人正從背後襲來，只覺得後腦一痛，便即人事不知。

---

1 汾陰：今山西萬榮。因汾水南流過縣，故名汾陰。漢武帝劉徹巡幸河東時得寶鼎祭祀於此，由此名聲大噪。唐人李嶠有長詩〈汾陰行〉吟詠此事，末四句為：「山川滿目淚沾衣，富貴榮華能幾時？不見只今汾水上，唯有年年秋雁飛。」安史之亂唐玄宗逃難蜀中，聽梨園弟子依清平調唱到此詩末四句時，淒然涕下，歎道：「李嶠真才子也。」

2 始平：今陝西興平東南。

3 剳青：在皮膚上刺字或文上圖案，即今日所稱刺青。

4 武功：今陝西武功，「璇璣圖」創制者蘇蕙的故鄉，也是唐太宗李世民的出生地。

5 武則天一生極喜「璇璣圖」，窮盡心智破譯該圖詩句，還親自撰寫〈蘇氏織錦回文記〉，記錄蘇蕙生平及「璇璣圖」創作背景。

6 文成公主：唐宗室女，一說是江夏王李道宗（唐太宗李世民堂弟）親女，貞觀十五年（六四一年）初出嫁吐蕃贊普（國王）松贊干布。松贊干布為迎接文成公主，特地按照唐朝的樣式建築了城郭和宮室，這就是著名的布達拉宮。文成公主入藏時帶去了唐朝的先進文化和生產技術，大大促進了吐蕃的文化進程。此後，吐蕃與唐朝保持了頗長時間的友好關係。

7 光宅元年（六八四年），武則天廢中宗李顯，立睿宗李旦，幽禁睿宗於別殿，獨掌大權，諸武用事。徐敬業（開國名將李勣之孫，本名徐世勣，字茂公）以匡扶中宗為號召，起兵反武。著名詩人駱賓王為徐敬業的幕僚，所作討武檄文中有「一抔之土未乾，六尺之孤何託」之句，傳誦一時。又稱前太子李賢（武則天第二子）未死，奉之為王。起兵之初，應者如雲，聲勢浩大。但由於徐敬業進兵策略失誤，很快便兵敗身死，親朋好友盡遭滅族之禍，連祖父李勣的墳墓也被武則天下令毀掉。其案更成為武則天清除異己的有力工具，宰相裴炎力勸武則天還政睿宗，被御史指為是徐敬業內應，被斬首示眾。上表力救裴炎的右武衛大將軍程務挺也被武則天派人斬首於軍中。程務挺為邊關名將，多次擊敗突厥，威名極高，被殺後突厥人宴樂相慶，又惜其英雄，為其立祠，每出師前則禱之。另一名將王方翼（高宗李治第一任皇后王氏的堂兄，曾任安西都護，負責修築碎葉城）也受牽連流放，半途被殺。

8 角力：一種徒手相搏技能，即後世所稱的相撲、摔角。據《述異記》記載，在五千多年前的氏族時期，黃帝和蚩尤在涿鹿一帶展開了大規模激戰。蚩尤部落的戰士每人頭上戴了各式假角，以角抵人，人莫能禦。最後，黃帝以過人的勇力和超凡的膽略擊殺了蚩尤。但模仿蚩尤部落將士以頭角衝撞作戰的蚩尤戲卻開始盛行，參與者頭戴牛角，互相抵角力。宋人所著《角力記》，是現存最早的一部角力專著，也是最早的一部體育史論著。

【卷四】謀逆大罪

宋璟忽而重重一拍桌子：「狄郊勾結突厥默啜可汗，意圖謀反朝廷，大逆不道！來人，將他拿下！」狄郊生性冷靜，喜怒不形於色，聞言仍大吃一驚，不及反應，一旁差役一擁而上，給他手足上了戒具，強按到地跪下。

再醒來時，辛漸只覺得頭痛如裂，臉上一片冰涼，原來自己是俯伏在青磚地面上。欲起身時，才發現手足均被粗索縛住，無法動彈。勉強席坐起來，只見身前身後各站著幾名男子，有漢人也有胡人，正各以仇恨的眼光瞪視著他，不過卻是不見了李弄玉的人影。

那曾被辛漸奪取兵刃的矮個子突厥人甚是焦躁，來回踱步不止，目光始終不離辛漸半分，忍耐了許久，終於道：「咱們還在等什麼？這就將這小子一刀殺了，再去逍遙樓殺了他的同黨，好為裴昭先報仇。」辛漸道：「我們沒有殺裴昭先，你們要給他報仇，就該去查明真相，找出真凶。」

那矮個子突厥人怒極，上前一腳將辛漸重新踢翻在地，拔出刀比在他胸口，道：「我這就砍下你的首級，去換回裴昭先。」

辛漸躺在地上，冷笑道：「你這般衝動，只會枉殺無辜。你聽誰說是我們殺了裴昭先？叫他來跟我當面對質，我也好死得心服口服。」突厥人道：「當面對質？我這就讓你到陰間去和裴昭先對質。」正要用力捅出，忽聽得有人叫道：「住手！」只見宮延護著李弄玉自後堂出來。

矮個子突厥人忙上前道：「四娘，咱們還在等什麼？這個人不殺，後患無窮。」李弄玉道：「我自有主張。」往堂首坐下，問道：「辛漸，你說，是誰殺了裴昭先？」

辛漸掙扎坐起身來，搖頭道：「我們還沒有查到。本來以為是一個名叫韋月將的男子所為，可是剛剛又在他家中發現了他的屍首。」李弄玉道：「分明是你們幾個指點裴昭先躲去韋月將家，這又怎麼解釋？」

辛漸大為驚奇，問道：「娘子怎麼會知道這個？」李弄玉道：「是也不是？」辛漸道：「是。」李弄玉緊盯著辛漸半晌，忽然一言不發地站起身來，轉入後堂去了。

片刻後，宮延重新出來，取黑布蒙了辛漸雙眼，打個手勢，上來兩人架了他便往外走去。他手足被綁，無法反抗，只得任憑對方將自己在地上粗暴地拖拽著。出來院外，塞上馬車，往前馳去。似有另一輛馬車跟在後面，大約是李弄玉本人所乘坐。辛漸問道：「你們要帶我去哪裡？」旁邊一人喝道：「不許出聲。」

走了數里，隱隱聽到有波濤呼嘯聲，應該是來到了黃河岸邊。有人將辛漸拉下車來，往前坑坑窪窪地拖行了數十步才停住，用力將他摜到地上，強迫他面朝黃河跪下。

咆哮的黃河水宛如一個碩大無朋的怪物，正吐舌濺出一層一層的黃沫，要將擋在它前面的萬物都吞噬下去；又宛若一個絕世舞者，欲竭盡生命中所有力量來完成最後的絕唱，席捲一切，囊括一切。大浪翻騰，粗野狂放，恣意汪洋。強勁的河風帶著濕氣撲面而來，辛漸雖然被蒙住眼睛，依然能清晰地感覺到黃河那踴躍飛奔、滾滾不止的力量和氣勢。萬里白雲，蒼茫浮沉，大河兩岸流瀉出多少生命的故事！紛飛的戰火，高揚的馬蹄，勝利者的高歌，失敗者的窮途，都在這激流澎湃中呼之欲出。只是古往今來，無數馳騁爭雄於兩岸的英雄豪傑早已不復存在，唯有這河水一如既往地洶湧向前流去，逝者如斯夫，不舍晝夜。

辛漸忍不住心道：「他們要在這裡將我殺死，順手將屍首推入黃河中，這樣再也沒有人找得到我。」

他雖然並不畏死，只是死得如此冤枉，難免心有不甘，轉頭叫道：「喂，我們沒有殺裴昭先，反而是我們救了他……」忽覺得後頸一片冰涼，有人已經將刀比在了他脖子上。他知道說什麼都已經沒有用了，微微歎了口氣，不再言語。

等了許久，卻始終感覺不到後頸上有刀砍下來，辛漸正納罕間，忽聽到背後遠遠有人叫道：「辛漸！那是辛漸麼？」分明是王羽仙的聲音。辛漸忙道：「喂，你們要殺殺我一個好了，羽仙她可是什麼都不知道。喂！你們聽見了麼？」

王羽仙奔近來，伸手取下辛漸眼上的黑布，問道：「你說什麼？」辛漸四下一望，這才發現李弄玉的那些手下和馬車早已走遠，不明究竟，問道：「你有沒有受傷？李弄玉有沒有欺負你？」王羽仙道：「你說弄玉姊姊麼？她人很好，怎麼會欺負我？」

辛漸聽她稱呼李弄玉為「姊姊」，更感疑惑，道：「李弄玉派人將我找來，拿你要脅我們五個為她辦事，後來因為裴昭先又要殺我，怎麼會突然又走了呢？」王羽仙笑道：「弄玉姊姊是嚇唬你的。」自靴筒拔出一柄小巧精緻的金刀，割斷綁索，扶辛漸起身，道：「她特意跟我說看不慣你軟硬不吃，要好好嚇唬你一下。」

辛漸百般不解，不及思慮更多，道：「咱們快些回去，不然阿翰該急死了。」

逍遙樓中王翰四人正焦急萬狀，忽見到辛漸帶著王羽仙平安歸來，不免又驚詫萬分。

王翰道：「你沒事吧？李弄玉有沒有對你怎麼樣？」王羽仙奇道：「為什麼你們都這麼問？弄玉姊姊人很好啊，我還跟她說了想請她幫你們應付淮陽王武延秀的陷害，她也一口答應了。」

眾人更是意外，無不詫異地去望著辛漸。辛漸道：「我什麼都不知道，那位四娘對我可是一點也不客氣。」當即說了種種遭遇。

王之渙道：「呀，她竟然派人將你綁到黃河岸邊，預備殺你？」王羽仙道：「弄玉姊姊都說了，她只是要嚇唬你。」辛漸苦笑道：「這是嚇唬麼？我當時可真的以為自己要死了。」

王之渙道：「羽仙竟然都稱呼她為姊姊，這個女人可不好惹。」王羽仙道：「不是啊，我覺得她人很好的。」嘻嘻一笑，重重望了辛漸一眼。

辛漸道：「羽仙，是你告訴李弄玉我們救了裴昭先之事麼？」王羽仙道：「嗯，是。我本來想等你們自己告訴她救了裴昭先這件事，結果她特意來問我，我只好將事情經過原原本本地告訴她了。」

辛漸這才知道他被打暈綁起來後，李弄玉特意去詢問了王羽仙事情經過。

王羽仙尚不知道裴昭先已死一事，問道：「你們都在問裴昭先，是他出了什麼事麼？」王翰道：「昨晚裴昭先被殺了。」王羽仙一驚，道：「什麼？是官府發現了他麼？」王翰道：「不是，這件事很複雜，我回頭再慢慢告訴你。餓了吧，我這就去叫人弄點吃的來。」辛漸道：「多叫些酒菜，我可是餓得能夠吞下一頭牛了。」

忽有夥計在門前叫道：「辛公子，前面大堂有位四娘要找你。」辛漸不由得一愣，道：「她又想做什麼？」硬著頭皮站起身來，道，「我去看看。」王之渙道：「這李弄玉到底要做什麼？辛漸，我陪你去。」

王羽仙忙拉住他，道：「辛漸一個人去就可以了。」王之渙大奇，問道：「為什麼？」王羽仙道：「總之你們都別動，讓辛漸一個人去。」眾人見她笑容甚是奇特神祕，又是好奇又是驚訝。

進來大堂，只見李弄玉一身彩色連衣長裙，窄袖翻領，腰際束帶，正是河東最流行的回鶻裝扮，俊秀英氣，獨自坐在牆角一桌，身側卻是不見她那名寸步不離的隨從宮延。

辛漸走近桌旁，問道：「四娘大駕光臨，有何指教？」李弄玉道：「坐。」雖還是頤指氣使的神態，語氣卻甚是和善，並無敵意。

辛漸不久前才被她手下五花大綁地要砍要殺，見她忽然換了一副和顏悅色，不知道葫蘆裡到底賣的什麼藥，不禁微有遲疑。李弄玉道：「你很怕我麼？」辛漸道：「不是。」在她對面坐下，雖不見得如何緊張，心中卻還是局促不安。

兩名夥計輪流端上滿桌酒菜。李弄玉吩咐擺上兩副碗筷，道：「我馬上就要離開蒲州，路過這裡，想進來吃點東西。你……可願意陪我坐一坐？」辛漸道：「好。」拿起酒壺，往杯中斟滿酒，舉起杯來，道，「我敬娘子一杯。」李弄玉道：「好。」端起酒杯與辛漸碰了一下，一飲而盡，頗有豪氣。

這酒是醪酒[1]，酒面尚飄浮著不少瑩白的酒渣，即文人雅士所稱的「浮蛆酒脂」，又名「玉浮梁」，酒勁綿軟，不著烈字。然則李弄玉幾杯下肚，雙頰立即紅暈開來，露出微醺之態。辛漸正為她斟酒，忽瞥見她面帶胭脂，嬌豔若花，不禁呆住，酒溢滿出杯也渾然不覺。

李弄玉叫道：「喂，酒灑出來啦！」辛漸回過神來，慌忙道：「啊，抱歉……」放下酒壺，心中依舊忐忑不安，眼睛只盯著桌上的酒菜，再也不敢朝對面望去。

李弄玉端起酒杯，把玩不已，問道：「你為何不問我是什麼人？」辛漸也想知道她的來歷，便問道：「娘子到底是什麼人？」李弄玉道：「日後你自會知道。」辛漸道：「是。」

李弄玉道：「有一件事，我想拜託你……」她之前曾先後對王翰和辛漸下過狠手，語氣忽然客氣起來，倒教辛漸不自然起來，忙道：「娘子請講，辛漸力所能及，在所不辭。」

李弄玉道：「你可有聽說數日前羽林軍在蒲津浮橋上橫衝直撞、將一名老婦人擠落河中之事？」辛漸道：「聽過。莫非娘子是因為這件事才派人去驛站行刺麼？」

李弄玉搖了搖頭，道：「行刺之事我事先並不知情，若是知道我絕不允許他們這麼做。武延秀繡花枕頭一個，殺了他解決不了任何問題。阿獻和裴昭先差點壞我大事，若不是你們幾個湊巧惹上武延秀……」言下之意，竟是慶幸辛漸等人捲了進來，及時轉移了武延秀的視線。她大概也意識到這話當面說出來不妥，又改口道，「你可知道那名老婦人的身分？她就是前宰相裴炎裴相公的夫人，裴昭先是裴相公的從姪。」

裴炎，字子隆，絳州聞喜[2]人氏，出身於著名的「洗馬裴」大族，父親裴大同曾任洛交府折衝都尉[3]。裴炎少年時入弘文館[4]求學，他是四品高官之子，又是弘文館三十名學生之一，身分顯赫，能輕而易舉地獲取官職，然而他卻胸懷遠大，篤志十年，勤學不倦。後明經及第，歷官御史、起居舍人、黃門侍郎等，終於在唐高宗晚年拜相，為同中書門下三品，備受信任和倚重。高宗李治臨終當晚，急召裴炎入，命其輔政。據說高宗特意屏開了皇后武則天及其耳目，命裴炎俯身床前，低語交代了一番話，裴炎流涕下拜。

此情此景引來了不少猜測，亦成為武則天的一大塊心病。唐中宗李顯即位後，裴炎以輔政大臣的身分遷中書令[5]。當時門下省有政事堂，是宰相議事辦公地點所在，已經成為唐朝制度。裴炎任中書令後，為了自己方便，將政事堂移到中書省，打破了長久以來的成例，由此可見其人在朝廷中舉足輕重。

然而唐中宗登基伊始，即發生了武則天廢帝事件。中宗李顯為人庸碌薄淺，即皇帝位後幼稚地以為自己真的是君臨天下的天子，下令提拔岳父韋玄貞為宰相，還打算授予乳母之子五品官。裴炎認為不合法統，不肯從命。唐中宗發了怒，吵著說別說是一個侍中官職，他甚至可以將天下讓給岳父。這本是年輕皇帝無知的氣話，裴炎身為宰相，又受先帝遺命輔政，理該婉言勸轉，他卻立即奔去將中宗原話告知太后武則天。武則天遂以太后身分召集百官到乾元殿，命裴炎與中書侍郎劉禕之、羽林將軍程務挺、張虔勗勒兵入宮，廢中宗為廬陵王，幽禁於祕密之處，另立武則天第四子豫王李旦為皇帝，是為唐睿宗。

但朝政大權並沒有轉移到睿宗手中，武則天公然宣稱道：「皇帝諒闇不言，眇身且代親政。」常以太后身分御紫宸殿，聖衷獨斷，政事皆決於其手，睿宗實際上處於被軟禁的狀態。又大力提拔武姓姪子、姪孫，史稱為「則天朝」。諸武用事，天下人均知道武則天是在為改朝換代做準備，朝廷內外氣氛緊張到極點。唐宗室人人自危，眾心憤惋。為了防患於未然，武則天派左金吾將軍丘神勣到巴州殺死廢太子李賢，由此開了殺戒。

裴炎則被認為是引發這一切的禍首，也受到時論的激烈譴責，他自己也是追悔莫及。不久後，武則天聽從姪子武承嗣的主意，要追封先祖，立武氏七廟。裴炎堅決反對，還擺出漢代高祖皇后呂氏的例子來告誡武則天。武則天聞言相當不悅，被迫暫緩修建武氏廟，但仍追尊自己五代祖宗，在并州文水老家立了祠堂。徐敬業公開在揚州起兵反武后，武則天召集重臣詢問對策，群臣皆贊成派大軍征討，唯有裴炎道：「皇帝已經年長，太后卻不讓他親政，以致奸猾之徒有謀反託辭。如果太后還政於皇帝，這些亂賊則不討而解。」武則天勃然變色，當即拂袖而去。次日，監察御史崔詧[6]上言道：「裴炎受先帝遺詔顧託，身居宰相高位，大權在握，卻是聞亂不討，偏偏要請太后歸政。此必定有異圖。」武則天如獲至寶，立即下令以謀反罪名逮捕裴炎下獄，由御史大夫騫味道、侍御史魚承曄審訊。裴炎是天下公認的社稷元臣，受高宗遺詔輔政，其被捕下獄引起朝廷震動。有人勸他暫且委曲求全，裴炎為人剛烈，不願折節苟免，道：「宰相下獄，安有全理。」上書力證裴炎不反的大臣前赴後繼，武則天對他們道：「裴炎早有反狀，不過是你們不知道而已。」大臣胡元範、劉景先道：「如果裴炎是反叛，那我們也是反叛。」武則天道：「我知道裴炎反，你們不會反。」決然下令斬裴炎於神都洛陽都亭驛前街，距他下獄不過十天。

當時民間有民謠唱道：「一片火，兩片火，緋衣小兒當殿坐。」合起來即是「裴炎」二字，有人說這是徐敬業幕僚駱賓王有意傳唱的反間之歌，也有人說是武則天手下編造出來陷害裴炎的。無論如何，裴炎之死牽動政治全局，凡是為他申辯過的官員也都受到懲處：宰相劉景先貶吉州長史，後被酷吏陷害入獄，自縊而死；鳳閣侍郎胡元範流瓊州而死；在外防禦突厥的單于道安撫大使、右衛大將軍程務挺也被誣「與裴炎、徐敬業潛相接應」，於軍中處斬。

因絳州聞喜裴氏名著天下，絳州即在蒲州之北，辛漸早隱約猜到裴昭先是聞喜人氏，卻想不到他會是前宰相裴炎之姪，尤其被擠落黃河的老婦人竟然是裴炎夫人，更是令人驚異。當即問道：「裴夫人和公子不是都被流放在南方麼？」李弄玉道：「是，不過裴老夫人染了重病，即將不久於人世，格外思念故鄉，所以裴相公的長子裴彥先護著母親萬里迢迢地逃了出來。想不到家鄉近在眼前，她卻意外遭此不幸。」辛漸一時無語。

李弄玉又道：「眼下麻煩的是，裴昭先並不是我的手下，你久居河東，應該聽過他族兄裴伷先的大名。」辛漸道：「當然聽過，裴伷先也是一號了不得的人物。」

裴伷先是裴炎之姪，裴炎死後，籍沒抄家，無儋石之畜，家屬盡受牽連。裴伷先時年十七歲，官任太僕寺丞，亦被判流放嶺南。臨行前，裴伷先上表請見武則天，稱要當面向太后問清伯父裴炎的罪名。武則天一時好奇，命人將這個大膽少年押上殿來，道：「你伯父意圖謀反，犯了國法，他被殺是罪有應得。你還有什麼可說的？」裴伷先道：「臣其實並不想為我伯父伸冤，只有幾句事關太后的話要說。」武則天道：「你倒是說說看。」裴伷先從容道：「太后是先帝的皇后，就該信任重用重臣，保持李唐國號。而今皇帝已經成人，完全可以獨立處理朝政，您卻遽攬朝政不放，而且疏斥李氏，封崇諸武。我伯父不過是忠於社稷、忠於皇帝，卻反而被以謀反的罪名處死，連子孫都不能倖免。太后的作法，實在是令人寒心。漢代高祖呂后的教訓，您一定聽過吧？為太后著想，請太后立即歸政皇帝，這樣武氏家族就不會像呂氏那樣遭到滅族的命運，太后自己也可以高枕無憂。」武則天聽後惱怒異常，喝令立即將裴伷先帶出殿外處死。裴伷先掙扎著喊道：「太后如果不聽臣的話，可就來不及了。」武則天更怒，命武士將裴伷先就地在朝堂杖決，也就是活活打死。並召集群臣前來觀刑，以達到殺一儆百的效果。

武士選用了最粗最大的棍棒行刑，一般人往往只挨得三四十下便會疼痛而死。裴伷先伏在地上受刑，數棒之後就已經不能叫喊出聲，打到第十棒的時候，人也暈了過去。按照慣例，無論犯人死活都要打滿一百杖。然而打到九十八棒的時候，裴伷先又出人意料地清醒了過來。武則天見一百杖未能打死他，只好下令將他流放到南方。不過裴伷先為人甚是倔強，不到一年就從流放地嶺南逃走，幾年後才被朝廷重新捕獲。武則天又再次下令杖決，但裴伷先不知如何又挨過了一百杖未死，被改流放到安西都護府[7]。西域人情淳樸，裴伷先因出身名門，又是前宰相之姪，很受當地胡人尊重，一位突厥部落酋長將愛女阿史那冰嫁給他為妻。冰公主帶來了黃金、駿馬、牛羊等巨額嫁妝，裴伷先以這些財物為資本做起貨殖生意，積累了數千萬資財，成為西域巨富不說，還大量招徠豢養門客，專門打探朝廷事務。

李弄玉道：「裴伷先已先行離開蒲州，他暫時還不知道裴昭先慘死的消息。你也聽過他的那些事，這個人頑強剛烈，絕不會輕易甘休。所以我希望你能在他惹出麻煩之前，幫我查清楚到底是誰殺了裴昭先。」辛漸道：「是。裴昭先之死我們多少有些關係，娘子不說，我們也會查個清楚。」

李弄玉道：「聽說裴昭先臨死前用指甲在桌上刻了個『王』字，是也不是？」辛漸心道：「連這點細節她也知道了？是了，她神通廣大，自然可以買通當時在場的差役，打聽到她想要知道的一切。」當即答道，「是。」

李弄玉道：「我手下和裴伷先的手下都認為跟王翰有關，你也難逃干係。」辛漸道：「娘子已經向羽仙問過事情經過，如果問我，我還是那番話。」

李弄玉道：「那好，我問你句實話，你覺得我手下懷疑你們五個是凶手有沒有道理？」辛漸微一思索，答道：「有道理。」

裴昭先之死確實甚是離奇，他們五人自是沒有殺死裴昭先，但外人看來並非這麼回事，尤其是李弄玉這些知道事情經過的人；他們五個加上王羽仙將裴昭先從普救寺中帶出來後即分手，不久裴昭先即死在狄郊提議的藏身之處韋月將家，且死得悄無聲息，沒有任何掙扎的痕跡。之前王翰懷疑凶手是平老三，狄郊懷疑是韋月將，發現韋月將屍首後又懷疑是胡餅商，其實照第三方看來，他們五人才是最大的疑凶，只有他們知道裴昭先躲在已是空宅的韋家，他們也最有機會在裴昭先毫無防備的前提下殺死他。還有裴昭先在桌上刻下的那個「王」字，更是難以否認的鐵證。

李弄玉道：「你倒是個誠實的君子。」幽幽歎了口氣，道，「我正有事要借重裴伷先之力，本該任憑他手下將你帶去聞喜處置。不過……我信得過你，我相信你們沒有殺裴昭先。」辛漸這才知因她放過自己也受了不小壓力，忙道：「多謝娘子，我們一定會努力查明真相，給娘子和裴郎一個交代。」

李弄玉道：「好。不過可別忘了你答應要幫我尋回失去之物。」一邊說著，一邊站起身來。辛漸道：「是。娘子這就要走了麼？」李弄玉道：「嗯。」走出幾步，似有什麼話要說，回過頭來，欲言又止，只淡淡道：「再見吧。」

辛漸目送她走出大門，不知為何心中空蕩蕩地頗感失落。蔣大趕過來道：「那位小娘子還沒有付飯錢，她是辛郎的朋友麼？」

辛漸不知道該回答「是」或「不是」，便道：「飯錢算到我頭上吧。」轉頭見李弄玉點的那桌酒菜基本沒動，忙道，「麻煩蔣翁叫夥計將這些酒菜送去狄郊房中，再添些酒來。」蔣大道：「是。」

辛漸回來房中，王羽仙笑道：「我早說不會有事吧？」王之渙問道：「李弄玉找你做什麼？」辛漸道：「她手下人懷疑是我們殺了裴昭先。」正好夥計送酒菜上來，他這才發覺早餓過勁了，一邊舉箸胡亂吃著，一邊向眾人細細說了經過。

李蒙道：「瞧瞧這好事做的，我們怎麼又成殺人凶手了？」狄郊道：「她懷疑我們很正常，我們的嫌疑確實比平老三、韋月將、胡餅商大得多。」

王羽仙道：「可我已經跟弄玉姊姊說過，我們昨晚跟裴郎分手後就回了逍遙樓，半路還遇到過謝制使。」辛漸道：「四娘沒有懷疑我們，是她手下留人，但她想讓我們查出誰是真的凶手。」

王之渙奇道：「你稱她『四娘』？她果真排行老四麼？」王羽仙道：「嗯，弄玉姊姊說她本來有三個哥哥，大哥和三哥都被人殺了，只剩下一個瘋瘋傻傻的二哥。」

眾人這才知道李弄玉盛氣凌人的外表下有著悲慘的遭遇，一時默然不語。

李蒙道：「這下好了，咱們不光要找什麼璇璣圖，還得追查殺死裴昭先的凶手，可有得忙了。呀，羽仙，你不是有一幅璇璣圖麼？就是拿去大獄給傅臘辨認凶手的那幅。」王羽仙道：「是啊，不過我那幅是翰郎送的，弄玉姊姊要找的肯定不是一幅普通的璇璣圖。」王翰道：「璇璣圖都是那樣，都是錦緞上織有八百四十字，有什麼普通不普通的，除非是織錦本身有什麼祕密。」

狄郊忽然問道：「羽仙，你是怎麼想到拿璇璣圖去給傅臘認字的？」王羽仙道：「是翰郎說傅臘亂畫在紙上的那些筆畫像璇璣圖啊，所以我想試一下也無妨。」王翰道：「我只是看你在把玩那幅璇璣圖，臨時冒出來的想法。」狄郊道：「儘管只是誤打誤撞，但傅臘畫的確實就是璇璣圖。」

王之渙道：「我一直覺得這件事很有些奇怪，傅臘明明是個彪悍的水手，如何會想到用璇璣圖來提示我們呢？」狄郊道：「這正是我要說的，傅臘是個男子，又不識字，怎麼能臨時想到璇璣圖呢？除非他在這之前幾天湊巧見過一幅璇璣圖。」

辛漸道：「對呀，傅臘是水手，時常在浮橋上巡視，浮橋搖晃不定，最容易失落物品。說不定跟他撿到阿翰的玉珮一樣，也撿到了李弄玉失落的璇璣圖。」王羽仙道：「很有可能，弄玉姊姊也說她的璇璣圖是來蒲州後丟失的。」

眾人交換一下眼色，均不敢相信尋找失物這樣天大的難事會驟然變得這般容易。還是辛漸道：「也許不一定是同一幅璇璣圖，不過還是要去大獄問一下傅臘。」正待起身，王翰叫道：「哎，天色不早，大獄該落鎖了。你累了一天，還險些被人殺掉，好好休養一下，明日再去問傅臘也不遲。」

辛漸見外面天光已暗，點頭道：「也好。」王翰道：「還有，你可別想著去西門救下裴昭先的屍首，這肯定是個陷阱。」

辛漸確實有過要解救裴昭先屍首和首級的念頭，好讓他入土為安，可也知道在官兵眼皮底下非但難以成功，而且會給自己和同伴惹來殺身之禍，當即道：「放心，我不會在這個時候莽撞地去冒險。」

眾人又聊了一陣，胡亂吃了些酒食，便各自回房洗澡歇息。

到了半夜，李蒙忽然挨個來敲各人的房間，大喊出事了。眾人聞聲出來，見他衣服都顧不上穿，不知道發生了什麼大事，忙跟他來到房中。自窗口望出去，只見西門方向火光映天，人聲嘈雜。

王之渙道：「呀，該不會是失火了吧？」李蒙道：「黃河岸邊，怎麼會莫名其妙地失火？這倒是稀奇。」

古代失火非同小可，因為汲水不暢，沒有有效的滅火措施，容易大面積地蔓延開來，因而唐律對故意縱火者處罰極重：只要放火，即使沒有造成任何損失也要處三年徒刑；損失計贓額值滿五匹絹[8]，處流二千里；滿十匹絹，絞死；致人死傷，則要按故意殺傷人罪論處，一般是處斬。凡普通百姓也對失火極為緊張，一旦火起，不待官府召集，便主動積極參與救火。果見一些手腳快的百姓提桶端盆，朝西門趕去。

王翰皺眉道：「看情形確實像失火。呀，會不會是有人有意放火引發騷亂，不然怎麼會這麼巧？」他傍晚時曾特意叮囑辛漸不可冒險去西門解救裴昭先的首級和屍首，轉瞬即想到這一點。

狄郊轉頭一看，失聲問道：「辛漸人呢？」王翰不見辛漸，驚道：「呀，這小子，該不會當真去解救裴昭先的屍首了吧？」忙搶進辛漸房中，床上被子凌亂，卻是不見人影。

王翰道：「這個人……唉，早跟他說那是陷阱。我去西門看看，你們都別動。」李蒙道：「你不能去！鬧這麼大的動靜，官府早驚動了，你現在去也救不了辛漸。」狄郊也道：「若是辛漸已經脫險，他自己會回來。若是已被官府擒住，更不必去了，官府很快會派人來將咱們幾個都請去。」

王之渙道：「阿翰，不如你帶羽仙先走。」王翰搖頭道：「我可不會拋下你們獨自逃走，羽仙也不會答應。」一扭頭不見王羽仙，不禁吃了一驚，忙趕去她房中，卻如辛漸般也是不見蹤跡。

幾人發覺辛漸和王羽仙同時去向不明，不由得面面相覷。若說辛漸重情重義，不忍見到裴昭先死後屍體還受到荼毒，非要冒險去解救，王羽仙又去了哪裡？她雖然一派天真，不諳世事，卻也是個極聰慧靈秀的女孩，不但不會跟隨辛漸去冒險，還一定會阻止他這麼做。

匆忙來到大堂，櫃檯尚有值守的夥計，問他可有看見辛漸和王羽仙。夥計道：「適才看到辛郎和娘子往後院去了。」

幾人忙來到後院，卻見辛漸和王羽仙並排坐在槐樹下低聲嘀咕著什麼。王翰這才鬆了口氣，問道：「你們怎麼跑來了這裡？」王羽仙站起身，拍拍衣裳上的塵土，笑道：「是我睡不著，所以叫辛漸出來聊天。」

王之渙奇道：「你睡不著幹麼要找辛漸聊天？阿翰得罪你了麼？」王羽仙上前挽住王翰手臂，笑道：「當然不是啦，是因為我要聊的事情只跟辛漸有關。」

王之渙道：「到底什麼事？」王羽仙笑而不答。辛漸甚是尷尬，問道：「你們怎麼都出來了？」李蒙道：

「西門那邊出了事，我們還以為是你……」辛漸驀然有所省悟，道：「一定是四娘的人要去救裴昭先的屍首。不好……」抬腳想趕去查看究竟，卻被狄郊一把扯住，道：「你不能去。」辛漸道：「不行，四娘她……」王翰厲聲道：「你是要跟我們動手麼？老狄，帶他回房去。」

王羽仙忙上前牽了辛漸的手，道：「走吧，回房再說。」

回到李蒙房中，卻見西門火光更加明亮，大約火勢越發猛烈，人聲沸沸揚揚，比適才的動靜更大了。

李蒙道：「謝瑤環早已經猜到是我們從普救寺救了裴昭先出來，但不知道為什麼她樂得裝傻不追究這件事。我們若再跟裴昭先扯上干係，可真是跳進黃河也洗不清了。」辛漸道：「她是為了袁大哥。」李蒙道：「什麼？」辛漸道：「謝瑤環是為了袁華大哥。」

他曾被與袁華一起關押在州獄中，親眼見到謝瑤環帶醫師來獄中為袁華診治咳嗽，傻子也能看出來她情意殷殷，對袁華極為關切。

王之渙道：「可明明是謝瑤環抓回了袁華啊。」辛漸道：「我聽袁大哥說過，他父親雖與謝家是世交，但因為謝瑤環自小被收入宮中，他並未見過。本來他已經離開逍遙樓，後來聽說有制使名叫謝瑤環，就是那位假的謝瑤環，很是吃驚，於是出城去追。但半路刀傷創口迸裂，只能停在路邊客棧。結果傍晚時忽然有大批官兵趕來搜捕客棧，他身上有傷，又隨身攜有兵刃，當即被當做反賊同黨抓了起來。他那時才知道領兵的女子就是真的謝瑤環，不過一直隱忍不肯說出自己的姓名，因為他是朝廷逃犯的身分，而對方卻是威風顯赫的朝廷制使，不知道該如何相認。直到後來，袁大哥為了讓我們脫罪，自頂刺客之名，才不得已表明了身分。」

眾人這才恍然大悟，難怪當初在普救寺謝瑤環明明猜到是他們救了裴昭先，卻肯以交人為條件力保他們無事，原來她是想抓住真正的刺客，好助袁華脫罪。如此看來，砍下裴昭先首級、將屍首懸掛在西門示眾、引刺客同黨出來，也是她的主意，想來她已經成功了。

又過了大半個時辰，西門方向的火才逐漸滅了下去。一名夥計進來稟道：「西門亂得很，有人在那裡放火，聽說是刺客同黨想趁亂搶走懸吊示眾的屍首。」原來王翰早暗中交代夥計去打探了情形。

辛漸忙問道：「救走了麼？」夥計口齒甚是伶俐，道：「本來是救走了，但走不多遠，又遇到了一隊正要進城的大官隊伍，所以刺客同黨和屍首都被截住了。那同黨是個突厥人，武藝好生了得，一個人對一群人，還打得官兵落花流水，最後官兵用絆索才將他絆倒按住。突厥人還要掙扎，那大官似乎認得他，上前厲聲呵斥了幾句，他這才不再反抗，束手就擒。」夥計其實也沒有親眼看見，大多是道聽塗說，不過與官兵對仗之事在蒲州難得一見，忍不住就繪聲繪色地說起書來。

辛漸問道：「來搶屍首的只有一個突厥人？」夥計道：「嗯，是個年輕的突厥男子，小的親眼看見他被五花大綁地押去州司了。」王翰命夥計退下，道：「這該不會是我遇到過的另一名刺客阿獻吧？」

李蒙道：「如此，謝瑤環豈不是如願以償？裴昭先死了，阿獻被捕，兩名刺客都落在了她手裡。」心中倒也頗為慶幸，如此一來，淮陽王武延秀再要誣陷他們幾個是刺客就難上加難了。

辛漸的心情則更加複雜：袁華為他們頂罪，他當然希望袁華無事，可又不希望看到阿獻這名真正的刺客落入官府手中；並不全然因為他是李弄玉的手下，還因為他敢去行刺武延秀，本身就需要非凡的勇氣和膽量，非壯士不能為。而今他被官府捕獲，所面臨的必是殘忍的酷刑和可怕的折磨，到最後也難逃一死。

一時無話，便各自回房睡了。

次日一早，眾人吃過早飯，正要趕去河東縣衙向傳臘詢問璇璣圖一事，忽見一名老年男子正在櫃檯打聽著什麼。李蒙一眼認出那老者是自己家中的管家廖峰，大為驚訝，上前問道：「廖翁，你怎麼來了？」廖峰慌忙見禮，道：「李公患了急病，特意命小人來請公子回去。」李蒙先是一驚，隨即笑道：「廖翁，你可不是會撒謊的人，是我爹稱病想騙我回去，是也不是？」

廖峰也不多說，回身打了個手勢，四名僕從一齊上來，左右各兩人將李蒙手臂執住，便往外拉。李蒙道：「放手，我不走！喂，快放手！辛漸，快，快救救我！」

辛漸道：「你們這是要做什麼？」廖峰道：「小人奉李公之命帶我家公子回去。原因麼，幾位郎君都很清楚，也不必小人多言。王郎，是你的僮僕田睿趕來向李公報信，他本與我們一道來蒲州，但在半道遇到了淮陽王一行。淮陽王說田睿是刺客從犯，派武士強行將他捉走了。」

王翰微微一驚，即點點頭，道：「我知道了。多謝告知。」廖峰道：「小人這就將我家公子帶走了，幾位郎君多多保重。」行了個禮，帶人強押著李蒙出去。外面早備好車馬，飛一般地離開，馬蹄得得中，猶能聽見李蒙的叫喊聲。

王之渙道：「李宮監是怕我們連累他的寶貝兒子啊，這招厲害。」王羽仙道：「其實李宮監這麼做也沒錯，心疼愛子麼。」

狄郊忽正色道：「之渙，辛漸，淮陽王最想對付的是我和阿翰，不如你們這就跟李蒙一起回去晉陽，不必再耗在這裡。」

王之渙將手中扇子狠狠打在狄郊頭上，道：「說的什麼話？」揚手又打了一下，道，「這下是替辛漸打的。」辛漸笑道：「打得好。咱們走吧。」

出來正要上馬，卻見一大隊兵士疾奔過來圍住幾人。領頭的隊正問道：「你們是王翰、狄郊、辛漸、李蒙、王之渙幾個麼？」辛漸道：「是，閣下有何見教？」隊正道：「咦，怎麼只有四個人，又多出了一個女的？」

王羽仙見這些人來意不善，生怕他們派人去追李蒙回來，忙道：「隊正要找的就是我們五個。」

隊正也沒有見過諸人，一時間弄不清情形，便道：「奉御史之命，請五位往州司走一趟，這就請吧。」

王之渙道：「什麼御史？是制使吧？」隊正道：「不是謝制使，是昨晚新到的宋御史宋相公。」王之渙道：

「宋相公？不會是御史中丞宋璟吧？」隊正道：「正是宋相公。」

眾人大吃一驚，這才知道昨晚夥計所言正要進城的大官就是宋璟。御史中丞是御史臺[9]最高長官，為中樞重臣，權柄極重，怎麼會突然來到蒲州？莫非是因為淮陽王遇刺案？可為何來的不是武氏親信，而是以率性剛正著稱的宋璟呢？

宋璟，字廣平，邢州南和[10]人。他是名宦之後，少年時即以博學多才、文學出眾知名，十七歲時中進士，少年得志，顯赫一時。他既官運亨通，也是著名的能吏，在朝野有「腳陽春」的讚譽，意指宋璟如一縷春風，所到之處似春風煦物，陽光普照，充滿生機。其人性情剛直，刑賞無私，深為武則天信用。莫非正是因為他不屬於任何派系，斷案公正，才被武則天選中派來蒲州？

隊正也不容辛漸等人多問多想，揮手命兵士一擁而上，半推半攘地將五人押到蒲州州廨。

等候在堂前階下時，遠遠見到公堂上坐著一名四十歲左右的紫袍官員，面色沉鬱，一名身穿赭色囚衣的男子正跪在堂下受審。堂中差役、侍從、兵士遍布，卻是不見刺史明珪和制使謝瑤環。

過了一刻功夫，那官員叫了一聲，有兵士上前將那名男子扶了出來，正是袁華。袁華見到辛漸一干人，微微一愣，不及開言，便聽見堂內有人叫道：「帶王翰、狄郊等人上堂。」

辛漸等人被推進公堂下站定。一名侍從喝道：「這位是御史中丞宋相公，堂下之人還不下跪？」宋璟擺手道：「不必，他們只是證人，暫時還不算是犯人。」問道，「李蒙為何沒有來？」

王之渙大奇，問道：「中丞又沒有見過我們，如何能一眼就認出李蒙不在其中？」宋璟道：「嗯，你們五個容貌性格各異，不難區分。狄郊，你站出來！」狄郊道：「是。」上前幾步，站到堂中。

宋璟忽而重重一拍桌子，喝道：「狄郊勾結突厥默啜可汗，意圖謀反朝廷，大逆不道！來人，將他拿下了！」

狄郊生性冷靜，喜怒不形於色，聞言還是大吃了一驚，不及反應，一旁差役已經一擁而上，給他手足上了戒具，強按到地上跪下。

王之渙等人更是感到莫名其妙。辛漸心道：「宋中丞口口聲聲說狄郊勾結外敵，莫非是因為袁華為突厥效力的緣故？」

狄郊昂起頭來，道：「勾結突厥謀反可是滔天罪名，中丞可有憑據？」

宋璟見他不立刻著急鳴冤，而是問自己有沒有證據，反應大異常人，不由得暗暗稱奇，道：「憑據當然有。你可有寫過一封信給你伯父狄仁傑狄相公？」狄郊道：「有。」宋璟道：「好，你上前來看個清楚，可是這封信？」

狄郊起身走上前去，見那信皮上的字正是自己親筆，卻不知道這封家信如何到了御史臺手中，應道：「是。不過這只是封家信，中丞如何會得到？」宋璟臉色一沉，問道：「當真只是家信麼？」狄郊道：「好吧，這封信是因為淮陽王武延秀誣陷我們五個是刺客，我在信中提請伯父自己多加小心。」

宋璟道：「白紙黑字，還敢狡辯，你自己倒是讀讀這封信看。」狄郊道：「好。」上前取過信件。他雙手被銬住，多有不便，王之渙道：「中丞，不如由我來讀。」宋璟點了點頭。

王之渙取出信箋展開，剛讀了「伯父大人」四個字便呆住了！這確實是一封反信，狄郊聲稱朝廷腐敗，女皇無能，他已經按照狄仁傑的指示跟突厥默啜可汗取得聯繫，默啜可汗預備近期發兵攻占河東，請狄仁傑速速派人救出廬陵王李顯，暗中送到河東，好奉其為帝，與武周抗衡。

宋璟道：「怎麼不念出聲來？」王之渙將信舉到狄郊眼前，結結巴巴地問道：「這是你寫的麼？你……你……」

辛漸搶上前來，奪過信箋匆匆看了一遍，道：「這確實是狄郊的筆跡，不過他寫不出這樣內容的信。請教中丞，你是從哪裡得到的這封信？」宋璟道：「是狄仁傑狄相公親自交到皇帝陛下手中的。」眾人聞言瞠目結舌，驚訝得不能自已。

原來當日有名河東口音的男子來到洛陽狄仁傑府邸，自稱蒲州逍遙樓的夥計張五，奉其姪狄郊之命前來送信。狄仁傑不顧患病，親自召見那名夥計，問起狄郊近況。夥計大致說狄郊等人的困境。狄仁傑安置好夥計，凝思片刻後，拆也沒拆即攜著信件進宮，鄭重其事地呈給了女皇，武則天反而是第一個看到這封反信的人。狄仁傑前腳剛走，魏王武承嗣就帶著大隊人馬上門「拜訪」，若不是遲了一步，還不知道又要鬧出什麼大事來。

狄郊這才恍然明白，是有人冒充自己的筆跡另寫了一封反信送給狄仁傑，可狄仁傑又是如何知道信的內容於己不利，看也不看就遞交給女皇帝？若非如此，不但他們五人死無葬身之地，狄仁傑自己怕也是身首異處，廬陵王多半也難逃此厄。一時間，脊背上冷汗直冒，既為這等毒計心驚，又為伯父竟能事先識破而暗暗慶幸。

狄郊道：「中丞明鑒，這信不是我所寫，是有人冒充了我筆跡。當日派去洛陽送信的確實是逍遙樓的夥計，可是他人一直沒有回來，怕是已經遭了毒手。」宋璟道：「未必。」命道，「帶送信的夥計上來。」

卻見一名灰衣男子進堂跪下，正是當日被派去洛陽為狄郊送信的夥計張五。

宋璟道：「張五，你將情形詳細說一遍。」張五道：「是。」當即說了被店主蔣大選中、去給宰相狄仁傑送信一事。

宋璟道：「可有人半途接近你，將信件掉了包？」張五連連搖頭道：「絕不可能。這可是給當朝宰相的信，小人哪敢怠慢？信一直在小的懷裡，從來不離身的。」

宋璟道：「狄郊，你還有什麼話說？」狄郊無言以對，只能搖了搖頭。

辛漸踏上前一步，抓住張五的胸口，問道：「你為什麼要說謊？他們給了你多少錢？」張五道：「小的哪敢說謊？小的說的都是實話。」

宋璟命人將辛漸拉開，道：「本史已經查過了，你們五個形影不離，狄郊勾結突厥造反，餘人豈能不知情？來人，將他們都拿下了。」

差役應了一聲，取出手梏、鐐銬，便要將眾人鎖上。王翰挺身擋在王羽仙面前，道：「羽仙一直沒有跟我們在一起，她才來河東幾天，所有事情一概不知。」

宋璟道：「好，小娘子，你到本史這邊來。」王羽仙握住王翰手臂，遲疑不肯動。王翰道：「去吧。」王羽仙道：「可是我……」王翰低聲道：「宋御史有話想要問你，你照實告訴他，說不定這是我們的機會。去吧。」輕輕將她推開。

謝瑤環快步進來，見辛漸等人均被鎖拿住，道：「宋相公真的相信狄郊會勾結突厥可汗反叛麼？他們不過是五個遊山玩水、無所事事的紈袴子弟而已。」

宋璟肅色道：「娘子身為聖上特派制使，巡按天下，該知道斷案要的是真憑實據，如今既有物證，又有人證，就連狄郊自己也無話可辯。除非找到新的證據，不然謀反罪名難以澄清。」謝瑤環道：「這太荒謬了。」

宋璟道：「制使請慎言。來人，先將狄郊他們四個打入死牢，單獨關押，不得本史之命，任何人不得探視提審。」又招手叫道，「王家娘子，你跟我來。」

王羽仙眼睜睜地望著王翰等人被押走，無力相救，只得拭了拭眼淚，跟著宋璟來到堂後一間偏廳。宋璟摒退眾人，只留下兩名心腹侍從。

王羽仙問道：「相公想知道什麼？」宋璟搖頭道：「本史想知道的都已經知道，我想請娘子見個人。」拍了拍手，屏風後轉過一名青衣少年，卻是王翰的僮僕田智。

王羽仙道：「啊，你是田睿還是田智？你怎麼會在這裡？」

田智乍然見到王羽仙，也是驚訝，問道：「娘子何時來了蒲州？是因為得知阿郎出事了麼？噢，小的是田智，田睿回了晉陽。」

原來這對孿生兄弟當日見王翰陷於麻煩難以脫身，便私下商議，由田睿回晉陽請李蒙之父李滌拿個主意，田智則去了洛陽找宰相狄仁傑報信。狄仁傑聽後不發一言，只命將田智留在府中住下。兩天後就有張五自蒲州送信來，稱是狄郊親筆，狄仁傑看也沒看就上交給了武則天。武則天看完信後忍不住發笑，因為之前已多次有人上告狄仁傑要謀反，不過這次又加入了與突厥勾結的新花樣。狄仁傑正色道：「臣沒有謀反，臣的姪子狄郊也沒有謀反的事。不過既然這封信確實是狄郊筆跡，臣願意自請在家待罪，希望陛下派一位天下人公認的能臣清官去蒲州調查這件事。」湊巧此時洛陽縣令來俊臣和魏王武承嗣入宮，來俊臣主動請纓，表示願意去河東調查此案。不過之前狄仁傑被誣下獄時他已有偽造謝死表[11]的先例，武則天並不同意，素來與來俊臣一個鼻孔出氣的武承嗣竟也表示反對。武則天於是選中御史中丞宋璟，既表示重視這起案子，也因為他是唯一一個令狄仁傑和武承嗣雙方都服其公正的人。宋璟臨出發前，狄仁傑又將一直軟禁在府中的田智和夥計張五交給了他，是以大致情形經過他早已從田、張二人口中得知。

王羽仙道：「既是如此，相公應該知道這一切都是有人刻意在操縱陷害。」宋璟道：「正如我適才對謝制使所言，斷案憑的是證據，如今有狄郊的親筆反信，又有送信的證人指認，狄郊難以脫罪。除非能找到新的證據、證人。」

王羽仙道：「好，請相公放了王翰、辛漸、王之渙他們三個出來，我們好去尋找證據。」宋璟道：「他們三個是反叛同謀，豈能輕易開釋？並非本史不近人情，而是此處州廨是蒲州中心所在，眾所矚目，本史不得不如此，小娘子可明白我的意思？」

王羽仙遲疑道：「相公是說有人盯著這裡麼？」宋璟不答，回頭命道：「帶王家娘子去大獄，讓她探視一次。」侍從躬身應道：「是。」領著王羽仙和田智出來，一路來到大獄。

蒲州大獄跟鸛雀樓、州廨衙門一樣歷史悠久，均為鮮卑貴族宇文護所建，歲月的積澱為這處堅固的石牢平添了許多詭異陰森。死牢位於大獄西北角，幽密潮濕，石壁縫中甚至長有青苔。被關在這裡的犯人都是重囚，披枷帶鎖，行動困難，基本上單獨關押，以防止意外。

路過一間牢房時，王羽仙看見了適才在堂前遇到過的袁華，不由得頓住腳步。袁華也認出了她，舉手朝西指了指，示意王翰他們被關在裡面。王羽仙點點頭，跟著獄卒繼續往裡走。

下一間關的是一名青年男子，手足間釘了重鐐，雙手、脖子均被厚厚的長枷套住，雙腳也卡緊在腳枷中，無法動彈分毫。他只能埋頭坐著，將沉重的枷板頓在大腿上，好減輕頸部的壓力。聞聽見腳步聲，艱難地揚起頭，露出一張稜角分明的突厥男子臉龐來。

王羽仙問道：「你是昨晚那位到西門解救裴昭先屍首的郎君麼？」突厥男子道：「是我。小娘子是誰？」王羽仙道：「我叫王羽仙。他們為何要將你鎖成這樣？」

突厥男子不及回答，裡面的王翰聽到王羽仙的聲音，叫道：「羽仙？是羽仙麼？」王羽仙道：「是我。」急忙奔近牢房，幸好王翰、辛漸、王之渙、狄郊四人關在一處。

王翰道：「你怎麼進來了？」又看見田智跟在後面，極為驚奇。王羽仙等獄卒走遠，才隔著柵欄向幾人簡略說了經過。

王之渙道：「老狄，你伯父真是老謀深算，換做一般人早就著道了，那封信他只要拆開看過，可就是有嘴說不清。他是怎麼知道信件已經被掉了包的？」

狄郊道：「嗯，武延秀離開蒲州時雖然捉了我們，卻只是移交給明刺史審問。明刺史膽小怕事，假謝瑤環雖是意外，但想來武延秀並沒有真正指望明刺史能審出什麼結果。他早料到我會寫信給伯父，提醒也好，求助也好，所以有所準備，暗中派人將信件掉了包。我想，伯父從田智口中得知，武延秀不派人押送我們進京時，心下已經起了疑心。」

辛漸道：「難怪這些天一直不見武延秀來對付我們，原來他早伏有更厲害的後著。他早知道誣陷我們為刺客漏洞百出，難以置我們於死地，更別說扳倒狄相公了。羽仙，這位宋御史是在暗示你去尋找新的證據。」王翰道：「不行，這件事太凶險，我不放心羽仙去做。」王羽仙道：「你們都被關在這裡，非得我去做不可。翰郎放心，我自己會多加小心。」

王翰知道難以阻止，只好道：「老狄，你看要怎麼辦？」狄郊道：「張五是本案關鍵證人，按律也該被關在獄中，直到結案。這位宋御史剛正嚴明，斷然不會徇私放人。既無法從張五身上著手，難以查清他是被收買，還是在不知不覺的情況下被旁人換走了信，現在只能設法找到捉刀寫信之人。那筆跡仿冒得唯妙唯肖，就連我自己也難以分辨，河東縣並不大，這等能人應該不是無名之輩，所以武延秀才會知道。」

王羽仙道：「好，我這就去找他。」王翰道：「千萬要小心。田智，保護好娘子。」田智道：「是。」

王羽仙戀戀不捨地辭別情郎出來。日正當空，將她瘦削的身形往地上投射出一個小小的影子。她微微感到天氣有些炎熱，環顧這座陌生的古城，心頭一片茫然，不知道該往何處去尋找那仿冒狄郊筆跡的人。

還是田智道：「我們人生地不熟，何不先回逍遙樓，向蔣翁打探一下？」王羽仙道：「好。」走出幾步，又道，「不好。張五就是逍遙樓的夥計，卻背叛了阿翰他們幾個，嗯，這件事還是不要張揚的好。」

田智道：「可狄郎不是說，也有可能是有人在張五不知情的情況下換走了信麼？」王羽仙道：「狄郊是怕阿翰難堪才有意那麼說。你想想看，掉包的人需要先取得狄郊原信，再請仿冒者模仿，這可不是一時半刻所能完成的事，張五一定是參與者。嗯，一定有人在暗中監視逍遙樓的一舉一動，咱們不能貿然行事。萬一剎那些壞人搶在咱們面前殺人滅口，那可就糟了。」

田智忽然有所感應，本能地回過頭去，當真見到一名黑衣男子正在不遠處鬼鬼祟祟地朝這邊探望，慌忙道：

「娘子，後面當真跟的有人。」王羽仙點點頭，道：「那咱們先領著他四下逛一逛，反正我還沒有好好逛過蒲州。」

兩人當真一前一後地在河東縣城裡閒逛了起來。王羽仙在路邊買了一頂竹笠戴上，一是新鮮好玩，二來可以遮住容顏麗色，不那麼引人注目。正巧路過一處紅樓時，二樓窗邊的兩名女子大聲叫道：「蕭郎[12]！」朝田智招手嘻笑。

王羽仙奇道：「你認得她們麼？」田智道：「不認得。」王羽仙道：「那她們為何朝你招手？」田智知她不諳世事，只得實話告道：「這二人都是娼妓，任誰經過都會如此的。」王羽仙「啊」了一聲，一時凝思不已。走過一段，回頭望去，果見那兩名女子又再向別的路人搔首弄姿。

王羽仙道：「我有個主意，也許能打聽到我們想知道的人，不知道你願不願意去做？」田智忙道：「娘子儘管說，只要能救郎君們出來，小的上刀山、下火海，在所不辭。」王羽仙道：「不需要赴湯蹈火，只要你……嗯……」吞吞吐吐地不肯說完。

田智道：「要我做什麼？」王羽仙微一遲疑，即回頭指了指紅樓，道：「要你去那裡。」

田智恍然大悟，原來是想讓他去青樓嫖妓。這確實是個好主意，娼妓們每日迎來送往，閱人無數，應該是蒲州消息最靈通的人了，最妙的是，還不會引起旁人懷疑。

王羽仙紅了臉，道：「其實我的意思是……」田智道：「好，娘子這個主意極好。」王羽仙道：「嗯，重要的是，你要問得不動聲色。」田智道：「小的知道。」

二人隨意逛了逛，便回了逍遙樓，閉門不出。到晚上時，田智刻意打扮一番，從側門溜了出去，見無人跟蹤，逕直來到白日經過的青樓。剛到門前，即被一名中年婦人扯住笑道：「郎君是第一次來吧？進來，快些進來。郎君貴姓？」田智道：「我姓蕭。」順手取出一小片金葉子，遞到中年婦人手中。

這家青樓名叫「宜紅院」，是私人經營，娼妓的姿色才藝遠遠比不上蒲州管轄的官妓[13]，生意一直不見好。中年婦人見田智年少，並不如何重視，忽見他出手大方，立即眉開眼笑道：「原來是蕭郎。我叫金三娘，郎君叫我阿金[14]就可以了。」轉頭招呼道，「喂，你們幾個還不快些過來服侍蕭郎。」

當即有幾名女子圍了過來。田智見這些女子均不過十五六歲年紀，不但姿色平常，且面黃肌瘦，各有怯色，大約是窮人家的女兒，新被賣入青樓不久。他跟隨在王翰身邊日久，所見女子大多絕色佳人，不免目光有些挑剔，瞧不上眼前這幾名娼妓。尤其是她們這麼年輕，能知道他想要打聽的事麼？

阿金見田智皺眉，忙問道：「怎麼，蕭郎沒有中意的？」田智道：「她們幾個都太年輕了，有沒有年紀大一些的？嗯，最好是……」一時找不到合適的話語，眼睛只在阿金身上打轉。

阿金卻誤會了他的意思，心中罵道：「你這個毛頭小子才多大，竟然敢打老娘的主意？」表面卻笑道，「我們這裡倒是新來了一位娘子，不到三十歲，也姓蕭，人稱蕭娘。」

田智道：「是本地人麼？噢，我是想要個本地的。」阿金道：「是，是。我知道，外地來的公子們都喜歡找本地的。」田智道：「那好，就請安排房間，我想見一見這位蕭娘。」

阿金道：「是，不過這其中有個難處，早先蕭娘眼睛四周生了暗瘡，一直沒有治癒，她愛惜容顏，不想讓人看見，所以戴上了面具。」田智道：「那更要見一見了。」

阿金便領著田智進來樓上一間雅室，房間收拾得極為整潔，那阿金更是個精細愛乾淨之人，見到門框上有手印都要立即掏出手絹來擦乾淨。

阿金請田智坐下，道：「郎君請稍候。」留下他一個人在房中，搖搖擺擺地出去了。

片刻後，有人送來四盤菜、一瓶酒。又等了一刻，才聽見腳步聲響，阿金領著一名二十餘歲的女子進來，笑著介紹道：「蕭娘來了。」

那蕭娘穿著一身單薄的紗衣長袍，身材婀娜，腰肢若隱若現，分明是個美人胚子，卻偏偏臉上戴了個黃色的面具，襯著白皙如玉的膚色，不僅大煞風景，也極見詭異。

阿金一推蕭娘，道：「還不快去服侍蕭郎。」蕭娘道：「是。」聲音極為溫柔，輕飄飄地走到田智身旁坐下，星眸低頫，香輔微開。

映著燭光，田智這才看清楚她那面具是黃銅製成，打造精巧，與她面形貼合，架在鼻梁之上，遮住上半邊臉，只露出一雙眼睛。更奇的是她後腦杓下有一道銅箍，自耳後斜伸上去，與面具雙耳焊接在一起，如此，面具牢牢箍嵌在頭上，再也難以取下。田智不由得一呆，問道：「娘子這面具是鑲死的麼？」蕭娘道：「是，小婦人容顏已毀，不願意旁人見到，今生今世也不打算再取下面具。」

田智見她言談溫柔從容，很是喜歡，便朝阿金點了點頭：「她很好。」阿金笑道：「好了，今晚可就看蕭娘的了。」蕭娘道：「是。」扶著田智到床邊坐下，伸手解開他衣帶，又自行去脫衣服。阿金這才滿意一笑，帶好門出去。

蕭娘卻忽然停下手，頹然跌坐在床上。田智道：「娘子不舒服麼？」蕭娘道：「不是。」

她上半邊臉被面具遮住，田智無法得知她面上表情，卻清晰地看見她那雙眼睛噙滿淚水，不由得有些著慌，忙起身道：「娘子若是不願意，大可自行離去，我絕不會強求。」蕭娘慌忙扯住他，道：「不，不，我願意。」將田智重新拉回床沿，咬咬牙，脫下衣服，便往他嘴上湊來。

田智尚不知該如何是好，蕭娘道：「蕭郎請張開嘴。」田智依言張開口，蕭娘伸出自己的舌頭，輕輕放入他嘴裡。二人的舌頭瞬間膠結在一起，相互抽遞迎送。她面上的銅面具間或碰上田智的臉龐，一點冰涼，倒也是別樣風情。

田智初嘗旖旎銷魂滋味，只覺得唇乾舌燥，全身發燙，有如烈火燃燒，忍不住脫下衣服，扶住蕭娘肩頭，將她壓翻在床上。正行事時，蕭娘忽驚叫呼痛。田智忙道：「抱歉，我太用力了。」蕭娘道：「不是蕭郎的錯，是小婦人……那個地方……私處……有傷。」

田智聞言，強忍慾火爬了起來，呆望了一會兒她裸露的胴體，這才扭過頭去，慢慢穿好衣服。

蕭娘半坐起來，問道：「郎君是嫌我不濟事麼？」田智道：「不是，是我不好。」起身撿起紗衣為她披上，問道：「娘子是本地人麼？」蕭娘道：「其實也不算是，我本是京兆武功人，我夫君是洺州武安[15]人，不過來蒲州居住倒是有好幾年了。」

田智奇道：「娘子既有丈夫，如何來了青樓這種地方？」蕭娘忽然悲泣起來，她本能地舉手去擦拭眼淚，觸到銅面具才會意過來，顯是對戴上面具尚未習慣。

田智心道：「哎喲，我可是觸及了她的傷心之處了！看起來她也是大戶人家的女子，想來丈夫已死，無以謀生，才不得已來了青樓這種地方賣身。她戴上面具，一是要遮住暗瘡，二來也是出於羞恥之心，怕熟人認出。」只是他另有要事，沒有心思去探究這個神祕的面具女子，便道：「娘子可知道本地有什麼字寫得好的人？我上次在洛陽見過一人，他能夠模仿當今聖上的飛白書[16]，別無二樣，簡直神了。」

蕭娘道：「嗯，我聽我夫君提過，蒲州書法大家非張道子莫屬，他是當今石泉縣公王綝[17]的內弟。我夫君就是仰慕他書法出眾，才不辭辛苦，去張家做教書先生。」

田智道：「張道子可擅長仿人筆跡？」蕭娘道：「張氏是蒲州大族，張道子又是書法名家，如何屑於做這種事？蕭郎問這個做什麼？」田智道：「不過是隨意問問。」站起身來，道，「娘子身上既不方便，我先走了，改日再來拜訪。」

蕭娘扯住他衣袖，道：「蕭郎別走。」田智道：「娘子還有事麼？」蕭娘忽「嗚嗚」哭了起來，道：「蕭郎是個好人，求蕭郎救救小婦人，救救我。」田智道：「娘子是想要我為你贖身麼？這我可辦不到，抱歉了。」抬腿要走。蕭娘滾下床來，死抱住田智大腿不放，悲戚地哭道：「我本是良家女子，被丈夫狠心賣來這裡，又被迫戴上這個勞什子面具，再也不得見天日……」

田智道：「娘子不是自願戴上這面具的麼？」蕭娘道：「不是。蕭郎，求你幫我帶個信……」只聽見「砰」的一聲，兩名男子踢門闖了進來，上前將蕭娘架起來拖了出去。蕭娘哭叫道：「蕭……「郎」字尚未出口，嘴已被人用麻布堵住，再也叫喊不出來。阿金叫道：「哎喲，慢點，別讓她踢到牆，弄髒了牆面。」

田智正驚疑間，阿金進來笑道：「蕭娘新被她丈夫賣來這裡，今日是第一次接客，有些小情緒，蕭郎莫怪。」田智道：「原來如此。那我就告辭了。」阿金上前挽住他手臂，道：「長夜才剛剛開始，幹麼著急走啊。」

阿金笑道：「瞧，大家各有自己的小祕密。蕭郎，你今日來到我這宜紅院，到底想要做什麼？」田智笑道：「蕭郎應該不姓蕭吧？」田智道：「蕭娘應該也不姓蕭吧？」

「金娘問得有趣，這裡是青樓，我來還能做什麼？」

阿金道：「你打聽張道子做什麼？張家可是蒲州有名的豪族大家。」田智這才知道她在暗中監視房中談話，心中暗生警惕，道：「不瞞金娘，我今日才第一次聽說張道子的名字。我得走了。」

阿金道：「哎，話不說清楚不能走。你是不是想打張家那本王羲之真跡的主意？來我們宜紅院打聽這事的人可是不少。」田智道：「啊，金娘誤會了。」見阿金一副不信的樣子，便道，「那好，我實話實說，不瞞金娘，我家阿郎在蒲州有個朋友，他有一柄絕世寶劍，可任誰也不給看，給多少錢也不賣，可我家主人十分想得到那柄劍，所以想找一個能人，冒充劍主的母親寫一封信給他……」

阿金道：「啊，我明白了。你小子，怎麼不明說……」田智「噓」了一聲，道：「劍的主人可不好惹，我剛來這裡，哪敢公然四處打聽？」

阿金笑道：「我告訴你吧，這張道子是個古怪傲慢的老漢，住在城外雷首山的莊園裡，閉門謝客已經多年，你請不動他的。我倒是能給你找一個人，不過麼……」田智忙取出兩片金葉子遞過去，道：「這事可全仰仗金娘了。」

阿金喜不自勝，將金葉子舉到唇邊吻了一下，道：「城西門北邊有個黃瘸子，蕭郎去找他試試。」

田智道：「這黃瘸子是什麼人？」阿金道：「原先也是出身富戶人家的公子，又嫖又賭的把家產敗光了。他讀過書，會寫字，看見門前『宜紅院』的牌匾了麼？那就是他寫的。你如果想弄封假信騙到寶劍，非找他捉刀不可。」

田智道：「難道這蒲州城中再沒有其他人了麼？」阿金道：「會寫字的人不少，可仿人筆跡仿得旁人看不出來的，只有黃瘸子一個。」

田智大喜過望，道：「多謝。」又想起適才那蕭娘甚是可憐，問道，「蕭娘當真沒有古怪？」阿金道：「蕭郎也聽到她自己說了，她是被她丈夫賣來這裡，我手裡有她丈夫親筆契約為憑，那面具也是她丈夫給她戴上的，來的時候就有。我還覺得可惜了，明明是個美人，偏偏戴了這麼個鬼怪東西。」

田智遂無話可說，告辭出來，匆忙趕回逍遙樓。遠遠見到樓前高高挑起的氣死風燈，心頭一喜，正要加快腳步，忽然旁側閃出一名醉漢，一頭撞了過來。田智甚是機靈，微一側身，那醉漢即摔倒在地。田智想不到對方醉得如此厲害，「哎喲」一聲，慌忙俯身去扶。忽然眼前一黑，醉漢不知從哪裡取出一條布袋，套在了他頭上。田智驚道：「你要做什麼？」面前那醉漢已經敏捷地站起來，抽緊布袋，將田智抱起來扛在肩上就跑。

田智心道：「壞了，肯定是白日跟蹤我和羽仙娘子的壞人同黨。」一邊掙扎，一邊大聲呼救。扛著他的大漢怒罵道：「你奶奶的，喊什麼喊？你主人被關在牢裡，有人來救你麼？」田智乘機擰住他耳朵，想迫他鬆手。大漢吃痛之下更怒，使勁將他摔在地上。田智的屁股重重蹾在地上，只覺得五臟六腑都要被顛了出來，身子如散架般雙腿發麻，難過之極。大漢見他再也叫不出來，這才重新將他扛起，繼續朝前走。

走了一刻功夫，來到一處院子前，大漢喊了一聲，有人來開了門，問道：「怎麼捉他回來了？」大漢道：「他溜出逍遙樓時我沒有看見，不抓回來問清楚怎麼行？」扛著田智進到房中，將他放在一張椅子中，取繩索將他連人帶椅牢牢縛住，也不取下布袋，只問道：「你晚上溜去了哪裡？」

田智又是驚惶又是害怕，故作鎮定道：「什麼去了哪裡？你們是什麼人？為什麼綁我？」

大漢也不跟他廢話，讓同伴打來滿滿一銅盆水，擺放在桌上，將田智連人帶椅提起，腦袋直按入了銅盆中。那水是新打上來的井水，田智只覺得面上一涼，隨即呼吸為之窒息，胸口如被大石壓住，用力掙扎，水濺得滿桌都是。

等了一會兒，田智掙扎漸弱，神智漸失，大漢才將他鬆開。他劇烈地咳嗽，大口吐水，頭上的布袋因浸水緊貼在臉上，呼吸依舊艱難。

大漢喝道：「說還是不說？」見田智不答，又要將他提起再次浸入水中，忽聽到門外有人叫道：「田智是在裡面麼？」大漢驚奇地望了望同伴，伸手就去取兵刃。同伴道：「你傻啊，他敢公然在門口叫板，你想能是什麼人？」大漢道：「那乾脆殺了這小子再說。」門外那人笑道：「殺了人你就走不了了。」

大漢道：「你奶奶的……」同伴道：「他只想要這小子活著，走，咱們從後門走。」大漢道：「咱們怕他做什麼？」同伴道：「你想壞大事麼？」不由分說地將大漢拖入後堂跑了。

田智張大嘴，費勁地吸著氣，忽覺面上一鬆，有人揭下了那條濕漉漉的布袋。大口喘了幾下，這才看清來人，驚訝地問道：「你……你不是宋相公的侍從麼？」那人拔刀割斷綁索，道：「是，我叫楊功，奉宋相公之命來救你。」

田智聽說堂堂御史中丞竟然派人來救自己，極感受寵若驚，問道：「宋相公也知道我被壞人捉了？」楊功道：「相公暫時還不知道。他命我暗中保護你和王家娘子，走吧，我送你回逍遙樓。」

楊功直將田智送進逍遙樓中，才趕回州廨去向御史中丞宋璟稟報。田智忙將今晚的經歷一五一十地告知王羽仙，只略過蕭娘一節不提，一是因為她不過是個毫不相干的人，二來他本人與蕭娘有過親熱之舉，現今回想起來猶面紅耳赤，因而只說是向那宜紅院主人阿金打聽到了要找的人。

王羽仙道：「這些壞人雖然暫時還不知道你去了宜紅院，不過他們也許會猜到我們在找仿冒信件的人，因為這個人眼下是能證明狄郊清白無罪的關鍵，說不定他們要殺人滅口。走，我們這就去找黃瘸子。」

田智慌忙搶在王羽仙面前跪下，懇求道：「娘子也看見了，這些人膽大包天，敢將我當街綁走，若不是宋御史暗中派了人，怕是小的已經見不到娘子。現在已是半夜，娘子出去找黃瘸子太過冒險，萬一有個閃失，小的如何向阿郎交代？求娘子明日再去，明日一早，小的就陪娘子去找黃瘸子。」

王羽仙道：「可是……」忽有夥計來拍門道：「樓前有人請娘子出去。」田智搶過去拉開門，問道：「是什麼人？」夥計道：「不認識，是個陌生男子。」王羽仙道：「好，我這就出去。」

出來一看，樓前站著一名二十餘歲的年輕男子，腰懸長劍。王羽仙道：「我就是王羽仙，郎君是找我麼？」那男子點點頭，道：「在下是謝制使的侍衛蒙疆，娘子請跟我來。」田智慌忙上前攔住，道：「娘子，你可不能跟他走。」

蒙疆問道：「你是誰？」王羽仙道：「他是王翰的僮僕。」蒙疆道：「那好，你也跟我來。」田智還待阻止，見王羽仙已走出門，只得也跟了上去。

走過街口，往東拐入一條小巷子。田智見越走越黑，不免疑心大起，叫道：「你這是要帶我們去哪裡？」忽聽見王翰的聲音道：「我們在這裡。」

王羽仙大喜，急奔過去，果見王翰、狄郊四人躲在牆角中，問道：「你們……你們是逃出來的麼？」王翰道：「是蒙疆和青鸞偷了謝制使的制書，暗中放了我們。狄郊本還不願意出來，是我怕你一個人查案遇到危險，堅持要走。」蒙疆道：「好了，你們自己去追查真相吧。我得回去了，青鸞還在等著我。」

他這一回去必然要被捕下獄，說不定還會面臨酷刑拷打，被逼問狄郊等人下落，他卻極為坦然，絲毫沒有放在心上，眾人很是感激。辛漸道：「大恩不敢言謝，蒙侍衛冒險相助，我等銘記於心。」蒙疆道：「狄公子救過我性命，我不過是報恩而已。況且想救你們的未必只有我一個，大夥對真相心知肚明。適才出府衙時正遇見宋御史的侍從楊功，他不是也佯作不識你們幾人麼？」

狄郊道：「治病救人是醫師該盡的本分。蒙侍衛的犧牲則要大得多。我是死囚，你私下放我出來，罪名極大，按律當絞。」蒙疆笑道：「公子還忘了一條，盜竊制書也是大罪，按律要判二年徒刑。不過公子不必擔心，我是隸屬軍府的武官，謝制使和宋御史在外無權殺我，頂多只會將我押回洛陽交回內府軍中處置。只要各位在這之前找到真相，我還是有機會活命的。」

狄郊道：「無論如何，多謝了。請轉告謝制使和宋御史，等我們查明真相，自會回去投案自首。」蒙疆道：「好。各位多保重，河東縣城並不大，官兵很快就會追捕到你們，你們頂多只有一到兩天的時間。」狄郊道：「是，多謝。」蒙疆朝眾人拱了拱手，沿原路返回。

王羽仙極為欣喜，道：「太好了，有你們幾個在，我就什麼都不怕了。我們這就一起去找黃瘸子吧。」一路往西門而來，半路說了田智今晚的經歷。

王之渙笑道：「田智，你這說的是鍾會騙取荀勖寶劍[18]的故事麼？上次咱們在洛陽一次酒宴上，還特意說過這故事。」田智道：「是啊，小的就是當時聽了覺得好玩記在心上的，想不到今晚竟然用上了。」眾人聞言，無不莞爾而笑。

及近西門時，即聞到了一股強烈的焦糊味道。王之渙道：「是失火了麼？」辛漸道：「應該是昨晚阿獻想救裴昭先有意放火引發的大火。」

目力所及，能看到多處燒焦的民居，越往前走，燒毀得越厲害，緊挨城牆的一排房子已是殘垣斷壁，不知道哪裡隱隱有男子歎息與女子哭聲傳出。路邊的斷牆處坐著一名老婦人和一名小女孩，相依相偎地靠在壁上。老婦人睡得很熟，額頭上每一道皺紋都是滄桑人世的痕跡，寫滿了生活的艱辛和無奈。那小女孩卻尚未入睡，正睜大眼睛好奇地望著路過的陌生人。

辛漸上前問道：「你們原本是住在這裡麼？」小女孩點點頭。辛漸回頭望了一下王翰，王翰點點頭。辛漸道：「你叫什麼名字？」小女孩道：「練兒。」辛漸道：「這位是你奶奶麼？你叫醒她。」練兒便推了推老婦人，道：「奶奶！」

那老婦人驚醒過來，見眼前站著幾名陌生人，不由得有些害怕，問道：「你們想做什麼？」辛漸道：「太夫人別怕。你先起來，帶著孫女暫時去客棧安頓。」老婦人搖頭道：「老身沒錢的，家裡一切都燒掉了。」

王翰命道：「田智，你帶太夫人和練兒先回逍遙樓去。」田智道：「是。」又遲疑道，「小的送太夫人回去，萬一被人瞧見，會不會反而連累她？」

王翰點點頭，道：「有理。」他身上的物件早在下獄時盡數被官府搜走，一摸腰間空空如也。王羽仙便取下手腕上的金釧，遞到老婦人手裡，道：「太夫人拿著這個去逍遙樓，蔣翁自會招待。」老婦人這才會意遇到了好心人，忙連聲道謝。

王之渙順勢打聽道：「太夫人可知道附近住有一個黃瘸子？」老婦人道：「當然知道，他就住在我家隔壁，喏，就在那裡。郎君要找他麼？不幸得很，昨晚失火，他人沒能逃出來，燒死了。」

眾人聞言大吃一驚，田智難以相信，追問道：「燒死了？黃瘸子真的燒死了。」老婦人道：「真的燒死了。唉，天意啊，他最近突然發了筆橫財，有錢買酒，每天晚上都要喝得醉醺醺的，誰知道……」

眾人不由得悻悻然，誰也料不到好不容易找來的線索被一場大火給掐斷了，而這大火還多少跟他們有些關係；若不是他們費盡心思將裴昭先從普救寺救出來，他也許不會橫死在空宅中，也就不會有後來的一連串事件。難怪在獄中時有獄卒說什麼「被燒」的，這些獄卒都是本地人，多半有人在昨晚大火中損失了家產，所以才深恨那突厥人阿獻，不斷進進出出其牢房，對其「優待照顧」。時下制使和御史均在蒲州，他們不敢動用私刑拷打，卻故意將各種戒具全副武裝架在阿獻身上，令他動彈不了分毫，就連解手都要靠獄卒格外施恩。又不給他飯吃、不給水喝，無疑是變著法子虐待折磨他，即使不能在獄中整死他，也要讓他痛不欲生，吃盡苦頭。無怪乎昔日漢代名將周勃也歎道：「我曾經統率百萬大軍，自以為位極人臣，尊貴無比，哪裡知道一個小小的獄吏竟然也如此尊貴[19]！」

忽遠遠見到一隊官兵正游弋而來，幾人慌忙遣走練兒祖孫，藏入一處斷壁中。所幸官兵只是例行巡視，更留意不到燒壞的廢屋中還有人藏身。

王之渙深深歎息，道：「最關鍵的證人莫名其妙燒死了，這可怎麼辦？再也沒有人能證明老狄的清白了。」辛漸道：「也許還有一個人。如果仿冒書信的人真是黃瘸子，淮陽王武延秀他們一行只是路過蒲州，斷然不會知道有這麼個人，更不會知道他有仿人筆跡的本事，一定是有人向武延秀舉薦了他。」狄郊道：「河東驛站驛長宗大亮。」

辛漸道：「我猜也是他。不過他將裴昭先藏在普救寺中，已經被謝瑤環下令逮捕，正關押在河東縣獄中。以我們目前的處境，只有羽仙方便去求見竇縣令。」王羽仙道：「好，我這就去。」

雖然夜色已深，然而此事實在太過重大，萬一有人搶在前面將宗大亮殺死滅口，那可就萬事休矣，眾人也不遲疑，逕直往河東縣衙趕來。及近縣廨，王翰等人躲在牆角暗處，王羽仙與田智往大門而來。剛登上臺階，緊閉的大門便打開了，領先跨出門檻之人正是御史中丞宋璟的侍從楊功。

田智驚道：「楊侍從，怎麼是你？」楊功乍然見到田智，也頗為吃驚，道：「怎麼是你？」他在州廨也見過王羽仙，問道：「小娘子可有見過王翰、狄郊四人？他們適才從州獄逃走了。」

王羽仙不及回答，田智知道她一派天真，不善撒謊，忙道：「沒有見過。」楊功點點頭，道：「那好，我先走了。」揮了揮手，只聽見鐐銬聲響，他背後兵士押著兩名犯人出來。

王羽仙驚道：「他們……他們不是河東驛站驛長宗大亮，還有那個平……平老三麼？」楊功道：「原來小娘子也認得他們。」王羽仙點點頭，問道：「楊侍從要帶他們去哪裡？」楊功道：「奉中丞之命帶這二人去州司審問。」

王羽仙問道：「宋相公也想到宗大亮牽連其中了？」楊功道：「什麼？噢，這還多虧了田智。他被人綁走關押的那處宅子，就在驛站旁邊，是宗大亮的一處私宅。」王羽仙道：「原來如此。」她知道宗大亮一旦被帶入州廨，再要見上一面就更加困難，一時遲疑該不該就在這裡質問他，可又覺得場合實在不合適，心裡矛盾，忍不住回頭朝王翰等人藏身的地方望去。

楊功道：「小娘子深夜來到縣衙，有事麼？」王羽仙道：「我們想……」田智忙插口道：「沒事，沒事，就是路過。楊侍從公務在身，請吧。」楊功道：「好，告辭。」領人押了宗大亮和平老三走了，二人始終低著頭，不曾看旁人一眼。

田智見門邊差役正狐疑地審視自己，忙拉著王羽仙步下臺階，走出數步，才聽見背後「扎扎」作響，縣衙大門又闔上了。

王羽仙疾奔回王翰身邊，說了宗大亮、平老三被帶走是因為田智今晚被綁的緣故。王之渙道：「這說不通啊，綁架田智的肯定是武延秀的人，所以楊功前去營救時才不敢跟他們動手，只在門前出言恐嚇。如此，宗大亮肯定是跟武延秀一夥，他為什麼又要救了裴昭先藏在普救寺中呢？若是出於武延秀的授意，藏人在他私宅中豈不是更好？」

眾人也想不出究竟，只是目下所有線索要麼斷了，要麼被御史中丞宋璟抓在手中，他們無跡可查，已是一籌莫展的境地。王翰道：「先找個地方安身再說。羽仙，你不用跟著我們東躲西藏，你和田智大大方方地回逍遙樓去。」王羽仙道：「我不。」王翰無奈，問道：「你們可有想到藏身之處？」

王之渙道：「不如去城東韋月將家。那裡剛剛抬出了兩具屍首，是名副其實的凶宅，估計很長時間內沒有人再敢接近。」辛漸道：「主意是不錯，可我們眼下在城西，往城東去太遠，雖說蒲州不似京師那般夜禁森嚴，但一路難免會遇上打更巡夜的，萬一……」王翰一聽「凶宅」二字就大起反感，忙道：「辛漸說得對，我們不能冒險去那裡。」

田智道：「小的倒有個主意，郎君們覺得宗大亮那處私宅怎麼樣？綁小人的那兩人已經逃走，諒來一時半刻不敢再回來。」辛漸道：「不錯！如果遇上那兩人，咱們可以乘機將他們拿下，如果遇不上，也有個藏身之處。」王翰雖然覺得冒險，可也沒有別的去處，只得同意。

田智在前面帶路，他被帶去時頭上罩了布袋，跟隨楊功離開時也是慌亂有加，根本記不清楚準確位置，只得摸索著往驛站方向而來。王之渙道：「這不是回逍遙樓的路麼？那裡怕是有官兵。」田智慌忙道：「錯了，錯了。」

王翰道：「田智，你到底記不記得路？」田智道：「記得。不過天這麼黑，總要找上一找。」領著眾人拐進一道黑乎乎的小巷子，走不多遠只覺得腳下踩著一個軟軟的東西，當即朝前絆倒，「呀」的一聲驚叫，道：「人……這裡躺著個人。」

辛漸忙打燃火摺，上前一照，見那人仰面躺著，血流滿面，不過胸口起伏不定，尚有呼吸，道：「他沒死，只是被打暈了過去。」依稀覺得那人面熟，將火摺伸得近些，奇道，「這不是鸛雀樓前那算命道士車三麼？」只聽見那人呻吟了一聲，應道：「是我。」

辛漸忙扶他坐起來，問道：「車先生如何會躺在這裡？」車三道：「貧道在賭坊輸了錢還不起，就被他們毒打了一頓，扔在這裡。」

眾人聽了又好氣又好笑。狄郊上前檢視一番，皺眉道：「這些人下手可不輕，先生的肋骨斷了，怕是得儘快診治才行。」車三道：「不礙事不礙事，賤命一條，早就習慣了。」掙扎著站起來。

辛漸道：「不如我們先送先生回去。這位狄公子通曉醫術，或可能為先生接骨醫治。」車三遲疑道：「好是好，不過貧道可付不起診金。」王之渙忙道：「不用診金，你讓我們在你家裡待一晚上就可以了。」

車三狐疑道：「你們……你們正被官府追捕麼？」辛漸不願意謊言欺騙，道：「是。先生若是怕受連累，我們送先生到家就會立即離開。」車三搖頭道：「從來只有貧道連累他人的。快，快些扶我回去，哎喲，痛死我了。」

王翰卻是不願意跟這邋遢道士親近，道：「田智，你先將那處房子位置告訴我，你和老狄一道送先生回去後，再來找我們。」田智為難地道：「這個……回稟阿郎，小的怕是真記不清了。」王羽仙道：「難得先生不怕受到牽連，不如大夥一道送先生回家，也好有個照應。」她既這麼說，王翰再不情願也只得照辦。

當下來到車三的住處。狄郊和辛漸扶了他進房躺下，自去打水清洗傷口，預備接骨。

房子小而簡陋，只有三間屋子，中間堂屋，左邊廚房，右邊臥室。堂屋中椅子都沒有一把，只有一張方桌，四條板凳。王翰等人只得圍著桌子坐下，困倦之極時，竟也伏在桌上睡著了。

一直到次日上午，王之渙才最先醒來，見王翰、王羽仙、田智三人依舊伏案熟睡，不忍驚醒，便躡手躡腳地進來房中，卻見車三平躺在床上，辛漸和狄郊倚在床沿，竟也睡著了。

臥房中也是一貧如洗，只有一張木床，連櫃子都沒有一個，倒是窗邊有一張書桌，上面擺有筆墨紙硯等文房之物。王之渙走過去一看，案頭幾張紙上寫著一篇《道德經》，一手隸書頗有飄逸之姿，雖非十分出眾，但對一名算命道士而言，也可謂難得了。

辛漸已然起身，叫了狄郊、王之渙一齊出來，拍醒王翰，道：「現下所有線索都已經斷了，老狄昨晚跟我說，他想回去州廨，將宗大亮、黃瘸子的事主動告知宋御史。我也仔細想過，不如我和老狄一道回去自首，你們留下來，萬一有事，也好有個照應。」王之渙道：「說好要共同進退，要去一起去。」辛漸道：「不行，我們四個如果都回去，就剩羽仙一個人在外面，她的處境又危險了。」

狄郊道：「之渙，你還是留下來跟阿翰一起照顧羽仙。官府要抓的人主要是我，我回去了，他們就不會那麼著急追捕。你們人在外面，萬一有新線索，也好追查到底。」當此境地，眾人也別無選擇，王翰只能同意。

辛漸和狄郊從車三家出來，原路穿過昨夜經過的小巷，剛拐上大街，就見到河東縣令竇懷貞正與一名白髮老者邊走邊談，神色甚是急切。辛漸叫道：「竇明府！」竇懷貞一愣，問道：「你是誰？」

辛漸猜想對方已經知道自己淪為通緝要犯，假裝不認識，不過是有意放縱己方逃走，當即道：「我是辛漸，他是狄郊，我們正要去蒲州州廨投案。」

竇懷貞道：「噢，那你們自己去吧，本縣還有要事，恕不奉陪。」竟也不命隨從差役捉拿辛漸、狄郊二人，與那老者自去了。

辛漸只得與狄郊自行往州司而來，到了衙門前，也沒有遇到任何搜捕的官兵，不免有些出人意料。竇懷貞一行一直走在二人前面。狄郊道：「他們是不是也要去州廨？」果見那一行人進了蒲州州司。辛漸道：「奇怪了……」

正巧謝瑤環從衙門出來，遠遠見到辛漸、狄郊，忙叫道：「逃犯在那裡！」門前數名兵士「嘩啦」一聲拔出兵刃，朝二人圍上來。辛漸道：「謝制使不必著急，我二人本來就是來投案的。」蒙疆、青鸞二人搶上前來，又是意外又是不解。

謝瑤環喝道：「將他二人綁了。」兵士取走繩索，一擁而上，辛漸、狄郊也不反抗，反手就縛。

辛漸見蒙疆無事，倒也欣慰，又見他身上背有行囊，有車馬正停在衙門前，問道：「謝制使是要走了麼？」

謝瑤環道：「我奉詔立即回京。」扭轉了頭，道，「狄郊，你可千萬別再逃了，不然會害死許多人。」狄郊道：「狄郊愚鈍，請制使明示。」

謝瑤環道：「神都有消息傳來，聖上已經派人將盧陵王自房州押回京師。」狄郊大吃一驚，道：「皇帝又要殺自己的親生兒子麼？」謝瑤環道：「哼，你該知道，這跟你那封反信有很大干係。」

狄郊道：「制使自己也說過不相信我會勾結突厥可汗反叛，那封反信是旁人偽造的。」謝瑤環道：「我是知道，很多人都知道，可想要盧陵王死的人會假裝不知道。」狄郊聞言，一時戰慄驚懼，不能自已。

自武則天登基後，全仗高壓手段維持寶鼎神器，人心思唐，然則最具威望的前太子李賢已經被殺，兩個兒子也被武則天下令活活鞭死，是以人們將全部的希望全放在盧陵王李顯身上。昔日，宰相裴炎因告密導致李顯被廢帝位，儘管其人也不贊成武則天稱帝，最終甚至獲罪被殺，但至今仍遭時論非議。狄郊心道：「是我害了盧陵王，我成了千古的大罪人，我……」額頭汗水涔涔而下，悔之莫及。

謝瑤環道：「不過，盧陵王並沒有下獄，聖上只說他病重，要將他接回洛陽治病，如今軟禁在宮中。盧陵王的生死，可見全看你這件案子的結果了。」揮手命道，「將他們兩個押進去交給宋御史。」重重看了蒙疆一眼，道，「可得鎖好了，別再讓人救走。」

蒙疆道：「娘子……」謝瑤環道：「你還敢多話？回去神都奏明聖上再好好治你的罪。」蒙疆被她一喝，便默默低下頭，不再言語。

兵士將辛漸、狄郊二人押到公堂外，等了許久，才有人來傳令，命將犯人帶去後衙書房中。御史中丞宋璟正站在桌案前凝思，絲毫沒有留意到有人進來。侍從楊功從旁提醒道：「相公，狄郊、辛漸二人帶到了。」

宋璟「噢」了一聲，抬起頭來，命人鬆了綁縛，招手叫道：「你們二位請過來。」二人依言走過去，見桌案上正攤放著那封反信。宋璟命楊功將信件取走，擺上一張白紙，道：「狄公子，請你在紙上寫下你和幾位同伴的名字。」

狄郊料想是要辨認筆跡，依言在紙上寫下自己和辛漸、王翰等五人的名字。楊功又將反信擺在一旁比照。宋璟本人也工於翰墨，俯身看了幾遍，搖頭道：「在本史看來，字跡可是一模一樣，看不出任何分別來。來人，請張道子先生出來。」

只聽見腳步聲響，屏風後轉出一人，正是適才辛、狄二人在路上遇見過的，那位與河東縣令竇懷貞在一起的老者。狄郊心道：「原來他就是張道子。」

張道子甚是沉穆，只朝宋璟略微點頭，逕直走到桌案前，兩下一看即道：「雖然筆跡確實很像，難辨真假，然則正如老夫適才對相公所言，寫這封信的人是左手持筆，寫這張姓名的人卻是右手執筆。」

狄郊大奇，問道：「這張姓名是我所寫，請教先生，如何能分辨出書寫人是左手還是右手執筆？」張道子道：「咦，你年紀輕輕，字寫得還不錯。你細看『王翰』的『王』字，有何出奇之處？」狄郊心道：「這是我親筆所寫，能有何出奇之處？」搖頭道，「狄郊愚鈍，看不出來。」

張道子又指著反信道：「那麼這『盧陵王』的『王』字呢？」狄郊仔細看了看，道：「嗯，似乎沒什麼分別。」張道子道：「你仔細看最末一畫。」

狄郊湊得近些，見那一横甚是流暢，並無奇特之處，只在最後一點時，極細微的毫筆絲往左挑回，這才恍然大悟——平常人也就是右手執筆的人寫信，均是紙張在左，毫筆在右，「王」字最後一横是收勁所在，應該是個重重的頓點，再抬起毫筆；而左手執筆的人是紙張在右，毫筆在左，到最後一横時非但無法像右手使筆者那般沉力，而且寫完後左臂會自然收回往左，毫筆斜提上來，微微一帶，即有筆絲，這是人天生的本能，無論如何都無法掩飾。只是這等細微差別極難分辨，若非張道子這等嗜字如命之人，旁人萬難察覺。

張道子見狄郊已經明白其中原委，捋捋鬍鬚，點頭道：「孺子可教也。」狄郊道：「多虧先生指點。」

他本來極為沮喪懊悔，萬萬想不到憑空冒出一個人來，輕而易舉地證明了信是仿冒，不僅還他本人以清白，還戳穿一場大陰謀，力挽狂瀾，拯救了廬陵王李顯和宰相狄仁傑，臉上不自禁地流露出喜色來。

張道子道：「聽說是你們幾個發現了韋月將的屍首，對麼？」狄郊不明白他如何認識韋月將，又突然提起這件無頭案子，道：「是，韋月將被埋在他家院中的柴垛下，我們發現他也是純屬僥倖。」

張道子道：「僥倖，嘿嘿，僥倖。那你們有沒有僥倖發現一本王羲之的書卷？」狄郊一愣，搖頭道：「沒有。先生認得韋月將麼？」張道子道：「唉，這個人……人已經死了，不提也罷。宋相公，老夫這就告辭了。」

宋璟道：「好，我送先生出去。」上前扶了張道子手臂，親自送了出去。

辛漸道：「是竇縣令特意請來張先生相助的麼？他是如何想到請張先生來辨認筆跡的？」狄郊搖了搖頭，道：「這竇縣令當真深藏不露，行事出人意料，我實在猜不透這個人。」辛漸道：「不管怎樣，這下可算是洗清你的冤屈了。」

等了一會兒，宋璟重新回來，命道：「來人，將狄郊鎖了，押回死牢監禁。」

辛漸驚道：「御史適才親眼看見狄郊右手握筆寫字，不是已經清楚信是偽造、他是被冤枉的麼？」宋璟道：「狄郊是謀逆重犯，豈能因一名證人的話就輕易釋放？」揮手命人將狄郊帶走。

辛漸無力阻止，又不知道宋璟為何刻意留下自己，問道：「宋御史有什麼要問麼？」宋璟道：「咦，你們二人專程回來投案，不是有話要告訴本史麼？怎麼反倒問起本史來了？」

辛漸道：「是，我們查到一個綽號叫黃瘸子的人可能就是仿冒信件者，找去的時候，才知道他已經在前晚的大火中遇難了。」宋璟道：「你們認為是河東驛站驛長宗大亮做了中間人，所以想去河東縣獄找他問明白，不巧的是，宗大亮剛好被本史派人帶了出來。」

辛漸望了楊功一眼，心道：「原來你早知道當時我們就藏在附近。」他見宋璟極其精明，又曾派人暗中保護王羽仙和田智，也不想有所隱瞞，道：「原來御史早就知道了。現下我們能找到的線索都斷了，無跡可循，只好回來投案。御史，你已經審過宗大亮了麼？」宋璟道：「你是狄郊的同犯，本史不能輕易透露其他證人的供詞給你知道。」

辛漸道：「那好，御史打算如何處置我？」宋璟道：「你這就回去，說服王翰、王之渙還有李蒙一起回來投案自首，本史保證不追究你們上次逃獄一事。」辛漸道：「是。」行了個禮，昂然走了出去。

宋璟招了招手，叫道：「楊功！」楊功忙躬身問道：「相公是要屬下跟著辛漸麼？」宋璟搖了搖頭，道：「不必，辛漸這些人講義氣、重情意，本史扣住了狄郊，他們幾個都會乖乖回來投案，不必再派人手追捕。你派人去帶宗大亮來，再去查一下黃瘸子這個人。」楊功道：「是。」

辛漸離開州廨，走出老長一段，確信沒有人跟蹤，這才直奔車三家中而來。王翰等人無處可去，當真還滯留在這裡，見辛漸這麼快就獨自回來，極為意外。

辛漸因為車三還躺在屋裡養傷的緣故，感覺談話不便，道：「走吧，回逍遙樓再說。」王之渙道：「回去不是自投羅網麼？肯定有官兵守在那裡。」

辛漸道：「宋御史本來就沒有因為我們昨晚逃獄大肆派人搜捕，眼下他扣住了狄郊，料我們早晚要回去投案，更不會派兵守在逍遙樓了。」王翰早厭惡車三家裡的氣味，忙道：「就算有伏兵，我也要回去。」

幾人遂辭了車三，回來逍遙樓。果如辛漸所料，逍遙樓一切正常，並無官兵埋伏。自從王翰等人來到蒲州，變故連連，蔣大早已見怪不怪，迎上前來，也不問幾人是如何逃脫，只道：「昨夜黃老太太帶著孫女綀兒拿著王家娘子的信物住了進來，我已經將她們安頓好。」王翰道：「很好。蔣翁，我還有件事要你親自去辦，你這就趕去晉陽，找到大管家王安，傳我命令，命他調一百萬錢來蒲州。」

蔣大吃了一驚，問道：「阿郎忽然調這麼多錢過來蒲州，到底做何用？」王翰道：「嗯，這筆錢暗中交給河東縣令竇懷貞，請他用這筆錢幫助前晚西門大火中遭難的那些災民。」蔣大這才明白究竟，道：「啊，阿郎真是菩薩心腸。好，好，我這就去準備上路。」

王翰低聲叮囑道：「不過蔣翁可別提這裡發生的事。另外，順便打聽一下田睿的下落。」蔣大道：「是。田睿失蹤了麼？」王翰道：「他被淮陽王武延秀捉走了，不過先別讓田智知道。」蔣大道：「是，阿郎放心。」

辛漸見蔣大頭上依稀幾根白髮，數日來蒼老憔悴了不少，忙道：「蔣翁不必為令郎蔣會憂心，他目下雖被關在縣獄，不過是證人而已，等到結案自會釋放。」蔣大連聲道：「小子不爭氣，不用理會他。各位請回房歇著，我這就派人送酒菜上來。」

回到房中，辛漸這才詳細說了今日張道子神奇出現後的峰迴路轉。田智道：「張道子？我聽過這個名字，聽說他是王什麼的內弟，家裡藏有王羲之的真跡。」辛漸大奇，問道：「你是怎麼知道的？」田智只得紅著臉說了蕭娘的事。

王之渙笑道：「你自稱蕭郎，人家就給你個蕭娘，哈哈，有趣得緊。」田智道：「那蕭娘古怪得緊，蕭娘並不是她真名。」王翰聞言，對那戴著神祕面具的蕭娘大起興趣，不過礙於王羽仙在場不好明問。

辛漸道：「我有一種不好的預感，怕說出來你們不信。之渙，我和你去河東縣衙找一趟竇縣令。」王翰忙道：「我跟辛漸去。之渙，你留下來陪著羽仙。」

辛漸道：「這事非之渙同去不可。」王翰道：「那好，我們三個一起去。田智，你留下來好生伺候娘子。」他生性疏懶，是以跑路奔波之事眾人從不敢輕易叫他，不知道今日為何這般積極。田智很是驚異，也不敢多問，只道：「是。」

王翰道：「錢，錢，快給我取些錢來。」田智慌忙取了半袋金砂，交到主人手中。王翰收了金砂，這才道：「走吧。」

辛漸急於解開心中謎團，甚至不及騎馬，拔腳就朝河東縣衙趕來，到門前說有急事求見竇縣令。竇懷貞正批閱公文，命差役帶二人進來，頭也不抬地問道：「你們又有什麼事？」辛漸道：「我們是特意來拜謝明府請了張道子先生到州廨辨認書信筆跡。」竇懷貞道：「本縣可沒有去請張道子，況且就算請也難以請動，他是自己來的。」辛漸道：「什麼？張先生他……」竇懷貞道：「啊，你們剛到蒲州不久，還不知道這件事，張道子就是韋月將的東主。」

辛漸早隱隱猜到這其中關聯，趕來縣衙就是要特意證實這一點，倒也不意外。王翰則驚奇地張大了眼睛，道：「天下怎麼會有這麼巧的事？」

竇懷貞道：「巧麼？一點也不巧，這韋月將處心積慮地到張家當教書先生，目的就是為了盜取張家的王羲之真跡。」

原來韋月將幾年前攜妻子來到蒲州後，想方設法進入張家，教習張道子的孫子孫女讀書。他為人深沉，有禮有節，從不多話，頗得張家上下人歡心。他也表示想跟張道子學習書法之道，不過性格孤僻的張道子沒有答應。兩日前，張道子偶然檢視書卷，發現所珍藏的至寶王羲之真跡被人掉了包，裱糊的封面跟原作一模一樣，但裡面全變成了白紙，將莊園翻了個遍也沒有找到，不由得懷疑起提前幾日請假離開、再也沒有回來的韋月將，遂派僕人找到蒲州刺史明珪報案。明珪卻稱重病不起，又因為制使目下正住在州廨，沒有人手來處理，命人將此案轉交給河東縣令竇懷貞經辦。僕人只好找到縣衙，請求竇縣令派人追捕韋月將。竇懷貞一聽即聲稱疑犯已經找到，命人抬出韋月將的無頭屍首來。僕人回報張道子後，他自是悻悻然，但韋月將既死，他也無法知道究竟，想來想去，總是不甘心，所以今日一大早就乘車進城，親眼見到韋月將的屍首後才算作罷。竇懷貞提起發現韋月將屍首的是狄郊等人，又提到幾人因正被緝拿，而罪證就是一封反信。原主狄郊則稱信的筆跡是自己的，內容卻是偽造。張道子聽了當即道：「這世上絕沒有一模一樣的筆跡，不過是有人分辨不出來罷了。」遂與竇懷貞一道來到蒲州州司，要求看看那封反信，果然發現了端倪，成為證明狄郊無辜的關鍵證人。

辛漸等人聞言很是吃驚，謝過竇懷貞，匆忙告辭出來。王之渙這才想到其中關聯，道：「田智提到的蕭娘曾經說過，她夫君仰慕張道子書法出眾，所以不辭辛苦，去張家做了教書先生。這教書先生既是韋月將，那蕭娘豈不就是蘇貞？呀，辛漸，難怪你非要拉上我。」辛漸道：「是，我們之中只有你和老狄見過蘇貞。」

王之渙道：「可是蘇貞不是跟胡餅商一起失蹤了麼？她如何又做了娼妓？真是她丈夫賣了她？」王翰道：「這可能麼？韋月將人早已經死了。辛漸，你既然早已經猜到，為何剛才不告訴竇縣令，請他派人去將蕭娘捉來，一問便知究竟。」

王之渙連連搖頭道：「不好不好。」他見過蘇貞本人，很是喜歡她的貞靜賢淑，若她果真淪落為娼妓，外人不知，事情尚有和緩餘地，一旦見官，醜聞傳遍全城，對她這樣性情的女子而言，那可就真逼她上死路了。

辛漸道：「事情未明，萬一蕭娘不是蘇貞呢？還是我們親自確認過，再告知竇縣令。」王翰道：「那好，我正想會會這神祕的面具女人。」

辛漸道：「我們這趟去宜紅院，確認蕭娘是不是蘇貞還在其次，關鍵是要向青樓主人阿金問清楚黃瘸子的詳細來歷。雖然他人已經死了，也許還有什麼我們漏掉的線索。」王之渙笑道：「這件事就交給你自己去辦，我和阿翰去會會那面具蕭娘。」遂向路人問明宜紅院位置，直往青樓而來。

時值正午，宜紅院還沒有開張。拍了拍門，門縫中露出一張男子臉，問道：「你們找誰？」王翰不悅地道：「你們這裡不是青樓麼？我們三個男人來這裡，難道是找你麼？」那男子「哎喲」一聲，慌忙拉開門，道：「請進，請進。」扭頭揚聲叫道，「金娘，有主顧上門。」

等了好大一會兒，才見阿金一邊繫衣帶，一邊從堂後出來，笑道：「幾位郎君好早。」走得近些，打量三人氣度不凡，顯是名家公子，心中大喜過望，忙道，「莨子，快，快去叫大夥起床來伺候幾位郎君。」莨子道：「是。」王翰道：「不必。不瞞金娘，我就是昨日來過這裡的蕭郎的主人，我想見見蕭娘。」阿金一愣，隨即笑道：「好說，來，各位郎君先請到花廳坐下，慢慢再聊。」領著三人來到二樓一間雅室坐下。

王翰道：「這就請蕭娘出來吧。」阿金道：「阿金不敢相瞞，蕭娘目下身上有傷，不能讓各位盡興，怕是招待不了幾位郎君。」王之渙道：「我們只是聽說蕭娘花容月貌，偏偏臉上戴有個銅面具，很是好奇，想見她一見，又不是要對她怎樣。」阿金笑道：「就算如此，蕭娘新到這裡沒幾天，還不適應青樓生活，須得好好調教。萬一她哭哭啼啼壞了郎君們的興致，我如何擔待得起？」

她越是不肯讓蕭娘出來，眾人越是起疑。王翰掏出半袋金砂扔到桌上，道：「只要蕭娘出來陪上我們一個時辰，這金砂就是金娘的。」阿金拿起袋子，打開看了看，極為心動，臉上卻依舊猶豫難決。

王之渙指著王翰道：「不瞞金娘，我這位同伴生平閱盡無數美女，可從來沒有見過戴著銅面具的女人，他心下好奇，非要見到不可。」阿金見王翰玉樹臨風，確是個翩翩佳公子，又見三人年輕，不似官家人，終於下定決心，笑道：「那好，三位郎君請稍候。還沒有用過午飯吧？我這就派人送上好的酒菜來。」收了金砂，一扭水蛇腰，如風拂楊柳，一搖一擺地出去了。

這間花廳布置得頗為典雅，牆壁上掛有不少字畫，整齊有序。辛漸一直一言不發，只凝神查看那些字畫。

王之渙催道：「你還在看什麼？快去找阿金打聽黃癘子的事。」辛漸道：「等一等！田智提過『宜紅院』的牌匾是黃癘子寫的，對也不對？」王之渙道：「是提過，不過……」

辛漸不待他說完，匆匆奔出樓來，站在門前，仰頭觀看那「宜紅院」三個大字，心中有所省悟，急忙來找阿金。在樓梯口遇見一名女子，問道：「娘子看到金娘了麼？」那女子一指堂後，懶洋洋地道：「她在後院，你自己去尋吧。」

辛漸依言尋去，剛跨進院子，正見阿金和莨子押著一名女子自一間房屋出來；那女子全身赤裸，一絲不掛，恍若一尊白玉，蓬亂的頭髮遮住了大半邊臉，依稀能見到上半臉面有個黃澄澄的面具，雙手反縛在背後，頸間繫著一條白綾帶，一端牽在阿金手中。

辛漸一愣，問道：「她就是蕭娘麼？」阿金料不到會在這裡遇見辛漸，慌忙解釋道：「是，她就是蕭娘。她不聽話，昨夜想逃跑，所以我叫人把她綁了起來，這是青樓的老規矩。莨子，快帶蕭娘去沐浴更衣，梳妝打扮，再送去花廳招待幾位郎君。」莨子應了一聲，牽了蕭娘上樓去了。蕭娘頭垂得老低，始終不敢抬起來一下。

辛漸的心思根本不在蕭娘身上，無暇多問，只道：「我適才見到外面牌匾上的字寫得不錯，請問那是誰的墨寶？」

阿金見他絲毫不多問蕭娘之事，似是知道青樓發生這等事很正常，這才放下心中一塊大石頭，笑道：「原來郎君也愛好書法。什麼墨寶不墨寶的，是本地一個叫黃瘸子寫的，不過來這兒的客人都說寫得還不錯。」歎息了一聲，道，「不過我才聽說他在前晚大火中燒死了，唉。昨日那位蕭郎不是要找他寫信麼？唉，他真是命薄，能輕易賺到手的錢卻無緣賺到。」

辛漸道：「黃瘸子可是左撇子？」阿金奇道：「左撇子？郎君如何會這麼問？我年輕時跟他好過一陣子，從來不知道他是左撇子，他都是右手拿筷子吃飯、右手拿筆寫字的。」

辛漸心道：「黃瘸子右手執筆，當不是偽造書信的人了，寫那封反信的另有其人。這河東縣城不大，卻是藏龍臥虎，在民間隱有如此多高手，當真難得，到底是天下之中的舜城。」仔細想了一想，又問道：「牌匾上『宜紅院』三個字是金娘親眼看見黃瘸子本人所書麼？」阿金歪著腦袋仔細想了想，道：「那倒不是，是黃瘸子寫好送來的。不過樓上花廳的那些字畫，大多是我親眼看見他當場作的。郎君問這些做什麼？」

辛漸道：「嗯，我就是有些好奇這些字，所以想問個清楚。」又走出樓來揚頭凝視那牌匾。阿金見狀，以為他不過跟傳說中的張道子一樣是書癡，也不再理會。

辛漸正是按張道子指點狄郊的方法，發現了這牌匾字跡和樓上花廳那些字畫的不同——牌匾上的「紅」字最後一筆有細微筆絲帶起，也就是說，寫「宜紅院」牌匾的人是左手執筆；而花廳裡的字並無異樣，才是黃瘸子親筆所書。

如此推斷起來，黃瘸子背後還有一個左手執筆的人，他既能仿冒黃瘸子的筆跡，當然也能偽造狄郊的書信，他才是真正仿冒書信的人。只是這個人既有如此本事，為何一定要藏在黃瘸子背後呢？如此一來，顯名的是黃瘸子而不是他本人，豈不是不合世人務求揚名立萬、光宗耀祖的常規心理？這位無名氏既是默默無聞，旁人不可能知道他，當是河東驛站驛長宗大亮向淮陽王武延秀舉薦了黃瘸子，黃瘸子出於某種原因，又找到他代筆。只是眼下黃瘸子已被燒死，又如何能知道無名氏姓甚名誰？

辛漸苦苦思索良久，也始終沒有頭緒，只得重新上樓來。花廳中酒菜滿桌，蕭娘已盛妝豔服打扮得齊整，坐在王之渙和王翰當中，垂著頭一言不發，場面甚是難堪。

辛漸問道：「如何？」王之渙點點頭，示意蕭娘正是蘇貞，又搖了搖頭，表示她非但不肯自明身分，還假裝不認識他。辛漸聽過田智的遭遇，料來這廳中必有暗眼供阿金監視，蘇貞心有畏懼，不敢多嘴，便道：「蕭娘既是身子不便，我們不如過幾日再來。」

王翰見蘇貞一副悶悶不樂的樣子，又不肯開口說話，也甚覺沒趣，道：「嗯，這裡酒菜太差，不合我口味。走吧！」王之渙無奈，只好道：「改日再來看娘子。」蘇貞始終不吭一聲，也不起身相送。

三人剛出花廳，阿金便笑著迎上前來，笑道：「我早說過蕭娘不懂事，還需要好好調教，幾位郎君掃興了吧？」王之渙道：「沒有沒有，這位蕭娘挺特別的，我們改日再來。」

辛漸想起適才初遇蘇貞時她的慘狀，特意指著王翰道：「我這位同伴特別喜歡蕭娘這類的女子，金娘可要善待她，我們很快會再來找她。」

阿金笑道：「瞧郎君這話說的，蕭娘如今是我們宜紅院的第一大搖錢樹，我如何敢不善待她？放心，郎君們下次來，保管她服服帖帖地伺候好各位。」親自送出樓來，再三叮囑道，「幾位郎君還要再來呀。」王之渙道：「一定。」

走出一段，辛漸見左右無人，說了在宜紅院的發現。王翰道：「這可奇怪了，黃瘸子自己如此窮困落魄，還會有人在暗中幫他做事？」辛漸道：「可事實就是如此。眼下線索已斷，我想去一趟州廨，告訴宋御史這件事，看看他能不能讓我見見宗大亮，也許能問出一些線索。」

王翰道：「那好，咱們一起去。」辛漸道：「不，如果我們同去，怕是就再也回不來了，肯定要被宋御史下獄關押候審，萬一有新的線索，無法親自追查，難免會受制於人。還是我一個人去的好，宋御史多半還會放我回來。」

議定後，辛漸獨自往蒲州州廨而來，順利見到御史中丞宋璟，見禮後告道：「我們找到新的證據，寫那封反信的人原來不是黃瘸子。」宋璟道：「噢？可宗大亮已經招認，他向曹符鳳舉薦的人就是黃瘸子。」

辛漸道：「宗大亮已經招供了？實在太好了。不過偽造書信的人確實不是黃瘸子。」當即詳細說了在宜紅院的發現。宋璟聽完，沉默許久，才道：「難得，難得。」隱有讚許之意，又道，「嗯，本史知道這件事了。辛漸，你先回去，繼續勸說你的同黨回來投案自首。」

辛漸見他表面不動聲色，一派嚴肅，卻總以同樣的理由放自己出去追查線索，心中忍不住暗暗發笑，道：「是。」行了一禮，退出堂來。他猜以宋璟之精明厲害，必有所行動，是以並未真正離開，只躲在暗處監視。

過了小半個時辰，果見宋璟的心腹侍從楊功領著一隊人押著一名赭衣囚犯出來，站在臺階上。那犯人手足被鐐銬鎖住，頭上罩了個黑色布袋，沒及頸間，完全遮住了面容。

辛漸心道：「這人是誰？為何不讓旁人看見他的臉？是老狄麼？宋御史要派人押他去哪裡？」

等了一會兒，有差役趕過來一輛囚車，楊功命人將那犯人塞入囚車，自己上馬，帶隊往東而去。囚車行走不快，辛漸從容跟在後面。來到城東普救寺外，車馬停下來，楊功令人拽出犯人，架著往寺裡而去。住持早得到稟報，候在門邊，不敢多問一句。

辛漸一直等楊功一行盡數進寺，這才幾個箭步登上臺階。住持登時認出他來，叫道：「哎，你不是……」辛漸「噓」了一聲，一步跨入門檻，裝成是香客的樣子，不遠不近地跟在楊功等人背後。

卻見楊功帶著犯人逕直來到寺後梨花院外，命人摘下犯人頭套，問道：「是這裡麼？」那犯人卻不是狄郊，而是河東驛長宗大亮。宗大亮點點頭，道：「就藏在裡面。」楊功道：「好，你帶我進去找。」一行人擁進了梨花院中。

辛漸躲在樹後，暗中瞧見，心道：「原來是宗大亮，卻不知道他為何帶宋御史的人來這裡，是跟裴昭先有關麼？可裴昭先已死，另一名刺客阿獻又被宋御史擒住，刺客案水落石出，再無意義，他還來這裡做什麼？」因有兵士守在院門前，他難以接近，更無法得知院中情形，只有乾著急的份兒。

過了一會兒，楊功重新出來，道：「走吧。」又將宗大亮蒙了腦袋，原路押回。

辛漸一心想知道究竟，跟出寺外，即上前叫道：「楊侍從！」楊功道：「是你！你是在跟蹤我們麼？」辛漸道：「抱歉，我也是不得已。楊侍從專程跑一趟普救寺，可有什麼發現？」楊功道：「事關案情，辛郎本人又是嫌疑人，恕我不能洩露機密。郎君若真想知道，何不跟我一道返回州廨？」辛漸道：「也好。」當真一路跟在楊功背後。

1 醪：江米酒，即用上好的糯米浸透蒸熟，拌以小麥製成的麴子，裝缸發酵，經一夜成「酟」，三宿為「醅」。通常在取飲之前要加水壓濾酒醅，名「過酒」。過酒的時候也可加入蜜糖醃的黃桂醬，煮後飲用，甜香怡人，是名「醴」。許多文人如李白愛喝「撇醅」，即不經過濾，直接撇出的原漿。

2 聞喜：今山西聞喜。聞喜裴氏自三國以後人才輩出，晉代的裴徽、裴楷父子，南朝宋史學家裴松之，隋光祿大夫裴仁基等就是其中的代表。裴氏定著五房：一曰西眷裴，二曰洗馬裴，三曰南來吳裴，四曰中眷裴，五曰東眷裴。

3 洛交府，今陝西富縣。唐府兵制軍府稱折衝府，長官為折衝都尉，上府正四品上，中府從四品下，下府正五品下。

4 弘文館：唐武德四年（六二一年）置修文館於門下省，唐太宗即位後改名弘文館，聚書二十餘萬卷。置學士，掌校正圖籍，教授生徒。置校書郎，掌校理典籍，刊正錯謬。設館主一人，總領館務。學生數十名，皆選皇族貴戚及高級京官子弟，師事學士受經史書法。

5 唐承隋制，中央仍實行三省六部制。唐朝的三省為中書省（位於太極宮太極殿西側）、門下省（位於太極殿東側）和尚書省（位於皇城承天門街東）。中書省的正副長官是中書令和侍郎，下設中書舍人，負責起草詔旨。門下省的正副長官是侍中和侍郎，下設給事中，負責審核中書省起草的詔旨，駁正違失，並審批尚書省的奏鈔。尚書省的正副長官是尚書令和左右僕射，下設左右丞。該省統轄吏、戶、禮、兵、刑、工六部，負責貫徹執行中央朝廷擬定的政令。因唐太宗李世民曾任尚書令，以後臣下避居該職，形同虛設，故左右僕射實際上成為尚書省的最高長官。唐初，三省的最高長官都是宰相。門下省還設政事堂，為三省宰相共議軍國大事的場所。後來，凡參加政事堂會議的官員都是宰相，他們均加有「參知機務」「參知政事」等頭銜，再後逐漸確定為「同中書門下三品」或「同中書門下平章事」。如此，增加了宰相人數，避免一兩個宰相專權，可以集中更多意見。又，唐代一品官、二品官很少，宰相通常都是三品官。

6 崔詧：博陵（今河北安平）人，他本人後來也為武則天所殺。唐代著名大詩人王維之母崔氏即為其後代。

7 貞觀十四年（六四〇年），唐軍攻破高昌（今新疆吐魯番）。為加強對西域及西突厥故地的控制，鞏固西北邊疆，唐太宗於高昌設置安西都護府，後移至龜茲（今新疆庫車）。都護府管轄天山以南直至蔥嶺以西、阿姆河流域的遼闊地區，掌管著龜茲、于闐、疏勒、碎葉四鎮的重兵，對唐朝在西域有效地行使權力、鞏固邊防和維護中西陸路交通，具有重要作用。最高長官為都護，負責管理境內邊防、行政和各族事務，為郡縣官制，不世襲，由漢官擔任。部分史籍記載，裴伷先第二次流放地為北庭都護府，但實際上北庭都護府長安二年（七〇二年）才由武則天設立於庭州（今新疆吉木薩爾北破城子），裴伷先再次被流放時還未設立。

8 唐代以銅錢、絹帛為流通貨幣，一千個銅錢為一貫（又稱一緡），五匹絹約價值四貫銅錢。

9 御史臺：唐代監察機構，掌監察之事。

10 南和：河北邢臺南和縣。

11 謝死表：舊時臣下感謝君主的奏章。大臣處死，通常也要上謝死表。

12 蕭郎：原指南朝梁國的建立者梁武帝蕭衍，據《梁書・武帝紀》：「遷衛將軍王儉東閣祭酒，儉一見（蕭衍），深相器異，謂盧江何憲曰：『此蕭郎三十內當做侍中，出此則貴不可言。』」唐時泛指女子所愛戀的男子。又有蕭娘一詞，為古代女子的泛稱，也跟南朝梁國蕭氏有關。西元五〇六年，梁武帝蕭衍派六弟蕭宏和大將呂僧珍率兵伐魏，蕭宏聽說魏國援兵逼近，畏懼之下不敢前進。魏人譏笑其人怯懦，送女子的衣衫給他，還編了歌謠唱道：「不畏蕭娘與呂姥，但畏合肥有韋武。」蕭娘、呂姥分指蕭宏與呂僧珍，暗諷二人怯懦如女子老婦。韋指南朝名將韋睿，指揮果斷，謀略過人。

13 官妓：名隸各級官府樂籍（將罪人、戰俘等一類的妻女及其後代，籍入特別的賤民名冊，迫其世代從樂從妓）的妓女，以獻藝為主，也常常賣身。一般是集中居住於樂營，不能隨便出走，由官府供給衣糧，隨時準備承應官差。另有專供軍士娛樂的妓女，稱營妓。

14 唐時稱呼女子，除習慣以其姓加行第再加「娘」，也常常於女子的姓氏前加上「阿」字。

15 武安：今河北武安。

16 飛白書：書體之一，又稱草篆。傳說漢代文學大家蔡邕到皇家藏書的鴻都門送文章時，看到修牆的工匠用掃把蘸石灰刷牆，常常每一刷下去，白道裡有些地方透出牆皮來，由此得到啟發，創造了了黑色中隱隱露白的筆道，即飛白書——「取其若絲髮處謂之白，其勢飛舉謂之飛」。飛白曾經得到許多帝王喜愛，如唐太宗李世民、唐高宗李治、武則天均擅飛白，武則天的飛白作品至今猶存。

17 石泉：今陝西石泉。縣公：爵名，從二品。王綝：字方慶，王羲之（東晉書法名家，隸、草、正、行各體皆精，被奉為「書聖」）二十代重孫，以書法顯名當世。武則天愛好文藝，執政後大力搜求王羲之真跡，但天下的王書真跡基本上已被其第一任丈夫唐太宗搜盡。武則天便召來王綝詢問，王綝不敢隱瞞，將家傳真跡王羲之之書一卷呈獻上去。武則天珍愛不已，留在身邊日夜觀賞臨摹，又命人刻拓成帖，頒賜給大臣，這就是有名的《萬歲通天帖》，開了中國書法史上刻拓字帖的先河。之後，武則天將書法真跡裝在名貴的寶匣中賜還給王綝。

18 鍾會：字士季，潁川長社（今河南長葛東）人，三國時期魏國太傅鍾繇之子。鍾繇在書法上成就斐然，師承蔡文姬，為書法名家蔡邕的第二代傳人；他在書法史上首定楷書，對漢字的發展做出了重要貢獻，被公認為中國書史之祖。鍾會為鍾繇的幼子，自幼才華橫溢，上至皇帝、下至群臣都對他非常賞識。西元二六三年，鍾會支持司馬昭的伐蜀計畫，與鄧艾分兵攻打蜀漢，導致蜀漢滅亡。此後鍾會結交西蜀名士，欲據蜀自立，與蜀漢降將姜維共謀其事，卻因部下不支持而失敗，自己也死於兵亂之中。鍾會幼承父學，行書、草書都很漂亮，尤工隸書。名士荀勖（鍾會異母姊之子）家中藏有一柄絕世寶劍，價值百萬錢。鍾會垂涎外甥的寶劍，就模仿荀勖筆跡寫了一封信給姊姊，騙到了寶劍。荀勖也是當世書法繪畫名家，得知事情究竟後，決定以其人之道還治其人之身。剛好鍾會花了一千萬錢修建了一座精美的住宅，剛剛落成，還沒有搬進去。荀勖悄悄溜進新居，在牆壁畫上鍾會已故父親鍾繇的像。鍾會興高采烈地來到新居時，突然見到父親遺像，容貌、服飾一如生前，栩栩如生，呼之欲出，不由得雙膝跪倒在地，傷痛哭泣。畫像也不能抹去，這座花費巨大的住宅最終只能被閒置一旁。鍾會滅蜀後，也將善於模仿筆跡的本領用在對付政敵鄧艾上，模仿鄧艾的筆跡寫了一份辭令悖傲的表章，直接導致鄧艾被殺。

19 周勃：漢代開國名臣，漢高祖劉邦時封絳侯，呂后（劉邦皇后）專權時任太尉。呂后死後，周勃與陳平謀畫誅滅諸呂擁立代王劉恆（劉邦第四子，母薄姬）為帝，即為漢文帝。後為漢文帝猜忌，被誣下獄。獄卒對其百般凌辱。周勃吃盡了苦頭後，只得以千金向獄卒行賄。獄卒得了錢，才放過周勃，而且指點了一條「出路」，讓其向文帝的母親薄太后求助，最終得以無罪釋放。周勃歷盡折辱，出獄後不由慨歎道：「吾嘗將百萬軍，安知獄吏之貴也！」

【卷五】璇璣懸斡

金娘雙手高舉被吊在房梁下，頭髮纏繞在繩索上，下巴微揚，一雙眼睛如死魚般瞪得老大。全身赤條條的一絲不掛，上下布滿刀傷刀痕，胸口更有兩個大大的血窟窿，血淌滿地，死前顯然遭受了極為殘酷的折磨和虐待。

進了蒲州州廨，楊功命人將宗大亮押回大獄監禁，自己帶著辛漸往書房來見宋璟。宋璟也不避嫌疑，命辛漸進來站在一旁候著，問道：「可有找到書信？」楊功道：「找到了，宗大亮沒有撒謊，一共有兩封信，信的筆跡大致差不多，不過內容卻有天壤之別……」自懷中掏出幾張紙，一一在桌案上展開，指著其中一張道，「這一封，據宗大亮說，臨摹的是狄公子家書原件，書法相當不錯。第二封信，是仿狄公子筆跡的反信。屬下按張道子先生教的方法細細看過，寫這兩封信的人當是右手執筆，應該是黃瘸子本人所寫。而相公手中的那封反信，應該就是辛郎所提及的左撇子無名氏。」

辛漸這才明白事情經過——起初宗大亮受命於羽林軍校尉曹符鳳，找人模仿狄郊的筆跡寫反信時，知道事關重大，為防曹符鳳將來過河拆橋，他暗中留了一手，不僅命黃瘸子模仿狄郊筆跡抄寫了兩遍反信，而且將曹符鳳交給他的狄郊原信也照貓畫虎地模仿了一份。不過不知道為什麼黃瘸子自己只抄了一封狄郊筆跡的反信，另外一封卻是找的無名氏出面仿冒，這就是後來送到宰相狄仁傑手中、又被狄仁傑斷然上交給武則天的反信。反信原件與狄郊親筆家書當然已經被曹符鳳索回銷毀，但原先黃瘸子多仿冒的兩封信則一直留在宗大亮手中，他將裴昭先關在普救寺梨花院時，暗中將信藏在那裡，以備將來不時之需。也多虧他如此，眼下才又多了兩樣關鍵證據。只是有一點，為什麼黃瘸子明明可以自己仿冒反信、有能力完成任務，還要再找無名氏出頭呢？

宋璟凝思片刻，命道：「去帶狄郊來。」楊功道：「是。」躬身應命而去。

宋璟又招手叫道：「辛公子請過來。」辛漸依言走近桌案，宋璟將狄郊家書的仿冒品收入懷中，只擺上兩封仿冒狄郊筆跡的反信，問道：「你認得信的筆跡麼？」辛漸道：「確實是狄郊的筆跡，不過，這兩封信好像略有不同。」宋璟道：「嗯。」只皺眉凝視那兩封信，不再言語。

過了好大一會兒，楊功帶著狄郊進來。他已經被迫換上了囚衣，多少露出些犯人的樣子來。狄郊見辛漸也在場，也不意外，只點了點頭。

宋璟道：「狄公子，請你過來看看這兩封信有何不同？」狄郊走近一看即道：「兩封信均是仿冒我的筆跡，不過這一封要更真一些，連我自己也難以分辨出來。」他所指的那封，正是左撇子無名氏的傑作。

事情終於弄明白了，無名氏仿冒旁人筆跡的水準要高於黃瘸子，黃瘸子自己仿了一封信後並不十分滿意，所以又請無名氏出馬。只是隨著他的被燒死，無名氏線索就此中斷。宗大亮也是絲毫不知道無名氏之事，他甚至以為三封仿信都是黃瘸子一人所寫。他肯向宋璟交出保底的兩封信，應該不會是謊話。

宋璟命道：「來人，先帶狄公子下去。」辛漸急忙上前攔住，道：「如今已經有這麼多證據、證人可以證明狄郊無罪，宋御史為何還要扣狄郊不放，還將他當做犯人對待？」宋璟只淡淡道：「狄郊放不得。帶他走。」

狄郊忙道：「等一等！宋御史，請讓我跟辛漸說一句話。」宋璟道：「好。你二人需要單獨交談麼？」狄郊道：「不必，事無不可對人言，我就在這裡說。」握住辛漸雙手走到一旁，道：「你可還記得當日那羽林軍校尉曹符鳳拿著一柄凶器栽贓於我，而持凶器的人留下的血指印，表明他正是左手持刀？」辛漸道：「當然記得，是謝瑤環……是那假冒謝制使的女子先說了出來。」

狄郊道：「左撇子雖不少見，可也不是日日都能遇見，幾十人中不過有一人而已，可為何在這兩件案子中都出現了？」辛漸道：「你是說無名氏就是那柄凶器的主人？」狄郊道：「這個很難判斷。我只是覺得天底下沒有這麼湊巧的事。」

辛漸道：「可當晚在河東驛站只有兩名刺客，我親眼見過裴昭先使刀，他是右手沒錯。另一名刺客阿獻已被宋御史擒住，別說他是突厥人，做不了仿冒筆跡這等事，他本人也跟我們一樣只是路過蒲州，又怎麼會與黃瘸子這樣的人相識？這二人都不可能是無名氏。」

狄郊道：「嗯，當日行刺案至今真相不明……也許是我多心了，我只是要提醒你知道，這其中可能有關聯。」辛漸道：「好，我往這個方向追查一下。」

宋璟見他二人再無話說，揮手命人押了狄郊出去，又問道：「辛公子預備如何去找那無名氏？」辛漸知道他聽到了狄郊適才所言，道：「狄郊為人精細，他提醒得很有道理，我想去河東驛站追查一下。」

宋璟道：「驛站本史自會派人去。你何不再去逛逛那宜紅院，找那阿金好好聊上一聊，問問黃瘸子平常都跟些什麼人來往。」辛漸恍然大悟，道：「我明白了，多謝宋御史指點。」

回來逍遙樓中，王之渙和王翰正為蘇貞的事爭論不休，王羽仙笑著坐在一旁看熱鬧。

辛漸道：「不必爭了，咱們今晚再去宜紅院。」又叫過王羽仙道，「羽仙，有一件事要麻煩你，你去找練兒祖孫聊聊，問問黃瘸子的事，他們是鄰居，抬頭不見低頭見，黃瘸子有什麼祕密，一定瞞不過她們。」王羽仙笑道：「好，這任務再輕鬆不過，我最喜歡跟老人、小孩聊天了。」

王翰道：「我陪羽仙去。」王羽仙道：「你可別去，我寧可田智陪我去。」王翰道：「為什麼？」王羽仙只抿嘴微笑，卻是不答。

王之渙道：「你還問為什麼？你總是一副高高在上的樣子，誰願意把祕密告訴你？」辛漸也笑道：「就跟宋御史不派手下人，而是讓我們去宜紅院是一樣的道理。」

王翰哼了一聲，道：「那我哪裡也不去，就在房裡睡覺好了。」辛漸道：「隨你。」

然而到了晚上，辛漸、王之渙二人出發時，王翰還是忍不住走出房來。辛漸笑道：「跟我們一道去吧，你是風流貴公子，這種場合非得有你不可。」王之渙道：「是啊，你沒看阿金的眼光一直只往你一個人身上瞟。」

王翰道：「這可是你們兩個非要拉我去的。」辛漸道：「是，就當是為了老狄吧，阿金就交給你應付了。」

夜色正濃時，三人摸黑來到宜紅院。阿金正站在門前招徠客人，見到三人，臉上立即笑開了花，上前將手搭在王翰肩上，道：「三位郎君回來得好快。」

王翰因今生無法娶到王羽仙，早自暴自棄地染上了風流的毛病，他晉陽家中蓄有歌妓美女無數，雖說這阿金比他任何一位侍女都要老要醜，可因為狄郊的緣故，他還是願意將就，當即順勢去攬阿金的後腰，笑道：「怎麼，金娘這麼快就嫌棄我們三個了？」

阿金閱人無數，見他是一把風月老手，心中疑慮頓去，笑道：「怎麼會？正求之不得！」依舊領三人進來那間擺設最雅致的花廳，問道，「三位依舊還是要蕭娘麼？」王翰搖頭道：「我今晚只要金娘你陪我好好聊聊天。至於他們兩個是不是要蕭娘，金娘自己去問他們好了。」

王之渙道：「嗯，我想要蕭娘。」阿金問道：「這位郎君呢？」辛漸道：「嗯，我……」王之渙忙道：「他跟我一道。」阿金料這二人都是少不更事，心中暗笑，道：「好，幾位郎君稍候，我去去就來。」

三人生怕暗中有人偷聽監視，只說些無聊的話。又有意讚蕭娘膚若凝脂，令人觸手難忘，面具之醜陋倒在其次，將來必是蒲州最紅的娼妓。

過了好大一會兒，阿金進來請王之渙和辛漸前去最裡間的荷葉廳。二人依言來到荷葉廳，推門進去，果見蘇貞坐在燈下，只穿著一件半透明的白色紗衣，清淡可人。王之渙上前道：「蕭娘，我們又來了。」蘇貞「嗯」了一聲，卻不肯抬起頭來，大概覺得無顏面對知道她真實姓名的人。

辛漸不經意地在房裡轉了一圈，見蘇貞始終不肯出聲，假意不滿地道：「娘子何必這般忸怩？這就請上床吧。」不由分說地抓住她手臂，拖到床邊。蘇貞驚呼一聲，卻已經被辛漸扯掉紗衣，按倒在床上。

王之渙道：「喂，你……」辛漸回頭叫道：「你到底來不來？」王之渙無奈，只得脫掉鞋子，爬上了床，順手放下帷幔。

蘇貞也不掙扎，絕望地閉上眼睛，大滴的淚水自眼角滲出，流入銅面具下，瞬間不見了蹤跡。不料辛漸卻沒有順勢撲上來，而是脫下外衣，蓋到她身上，附耳低聲道：「娘子別慌，我們不過是做做樣子。」蘇貞張開雙眼，只驚恐地連連搖頭，指了指床下。

辛漸心道：「她是暗示床下有人偷聽麼？我適才四下仔細看過，床下並沒有藏人啊。」正想找個理由查看床下，卻聽見王之渙道：「蕭娘的膚色真好。」一邊說著，一邊向辛漸使個眼色，自懷中掏出早已備好的盒墨紙筆，放到枕頭旁。蘇貞這才點點頭，俯身趴在枕頭上，取紙筆寫道：「我確是蘇貞，求郎君不要再來了。」王之渙寫道：「到底出了什麼事？」蘇貞寫道：「一言難盡。」王之渙寫道：「寫出來，我們可以幫助娘子離開這裡。」

他二人一來一去寫個不停，辛漸乘機檢視蘇貞腦後的銅箍。那銅箍緊貼在她後腦杓下，與面具本是一個整體，唯右耳上方有一道焊縫，很是精巧。只是合攏時需用高溫加熱才能貼面焊緊，蘇貞當吃了不少苦頭。他出身鐵匠世家，自是這方面的行家。

以筆代話費時費事，過了大半個時辰，已經寫了一摞紙，二人還沒有交談完。辛漸倒也耐心，只是怕外人聽不見床上動靜而起疑，正發愁時，忽聽見王翰在門外叫道：「喂，你們完事了麼？」忙解開衣衫，下床去開了門，道：「之渙還在裡面，你……」

王翰一把掀開他，一個箭步躍上床，隨即驚叫道：「呀，這女人跟死魚一樣，既不動又不叫，有什麼趣味？」王之渙怒道：「我就快完事了，你快些給我滾下去。」

王翰鑽出帷幔，向辛漸得意一笑。王之渙隨即收好東西下床，道：「你怎麼淨壞人好事？」王翰道：「這女人跟石頭一樣，有什麼好。」王之渙道：「我就是喜歡她這樣的。」

兩人假意爭吵不休，阿金進來笑道：「蘿蔔白菜，各有所愛。」搶到床前，掀開帷幔一看，見蘇貞光著身子躺在床上，閉著眼睛抽泣著，一副委屈的樣子，這才寬下心來，轉身賠禮道：「蕭娘新來乍到，今晚同時服侍兩位郎君，難免會拘謹一些。下次再來就好了。」

王之渙重重一推王翰，道：「掃興！」拂袖走了出去。辛漸、王翰便趁勢告辭，約好改日再來。

離開宜紅院甚遠，王翰道：「我可是不辱使命，將阿金知道的都問出來了。她年輕時是蒲州有名的娼妓，黃瘸子本名叫黃莊，是個富家子弟，對阿金很是迷戀，將全部家產都花在了她身上。後來房子和地都賣光了，逛不起青樓，又去地下賭坊賭錢，結果欠下巨債還不起，被打斷了一條腿，所以人稱黃瘸子。那以後他就靠著代給人寫信、賣對聯過日子，有一頓沒一頓的，阿金念在舊情上也偶爾接濟他，不過也是以他的字畫為交換。至於仿人筆跡的事，黃莊年輕時就做過，在本地很是有名。」

辛漸道：「嗯，那黃莊生前都跟些什麼人來往？」王翰道：「這個我也婉轉問了，據阿金說，他沒什麼朋友，就算有，也無非是賭棍、酒棍。」辛漸若有所思，道：「看來要找到無名氏的蹤跡並不容易。」

王之渙道：「喂，你們難道不好奇蘇貞身上都發生了什麼事麼？」辛漸道：「對了，我正要問你，你怎麼知道在床上說話也有人能聽見的？」王之渙道：「床上有銅管通向旁邊的房間，這是青樓監視雛妓的老把戲，王翰早就提醒我了。要不是我早有準備，你今晚可又害了貞娘了。」

王翰道：「其實何必這麼費事？她既承認自己就是蘇貞，我們只須去報官，她是蔣素素凶案的幫凶，竇縣令自會派人去捉拿她歸案，這樣她既可以一五一十地說出真相，也可以離開青樓那種地方。」王之渙道：「不可以！貞娘說她寧可留在青樓為娼妓，也不願意見官上公堂。」

王翰道：「你喜歡蘇貞麼？」王之渙連連搖頭道：「我怎麼會喜歡她？她年紀可是比我大許多，我只是同情她而已。」

辛漸道：「那你有沒有問她秦錦、蔣素素姑嫂案到底是怎麼回事？」王之渙道：「問過了，她不肯說。」

王翰道：「蘇貞自己是幫凶，當然不肯說了。之渙，你精通律例，殺人致死，該當何罪？」王之渙道：「致人死命，首犯處斬，從犯處絞。」王翰道：「這就是了，她不說出真相，尚可以留在青樓當娼妓，說出來則是死路一條。」

王之渙不滿地道：「阿翰，你怎麼一點憐憫之心也沒有？貞娘是受人威逼，才被迫咬下傅臘的舌頭。」王翰冷笑道：「我沒有立即向官府告發她，已經是最大的憐憫。秦錦、蔣素素被殺至今沒有結案，裴昭先和她丈夫韋月將都死在她家裡，你敢說蘇貞一點關係也沒有麼？她可不簡單。你想想看，裴昭先在毫無防備的情況下被殺，他那樣的處境，怎麼會輕易放鬆警惕？只有蘇貞，既是主人，又是女人，才有機會下手。」

王之渙道：「你……你怎麼會懷疑是貞娘殺了裴昭先？她不過是一個柔弱女子。」王翰道：「不管怎樣，蘇貞現在是官府通緝的殺人從犯，你想救她，就會變成從犯的從犯，我可不會答應。」王之渙道：「你倒是忘了，你自己眼下不也是逃犯麼？我們三個都是逃犯，能比貞娘好到哪裡去？」

王翰道：「你怎麼能將我們跟蘇貞相提並論？我們可是被人陷害。」王之渙道：「你怎麼知道貞娘不是被人陷害脅迫？」王翰道：「你……」

辛漸道：「好了好了，自家兄弟，幹麼為個女人紅臉？之渙，蘇貞既然不肯透露案情，你們在紙上寫了半天，都在談些什麼？」王之渙道：「貞娘說了她的身世，說她丈夫很可怕，將她賣來青樓不說，還怕熟人認出她救她出來，強迫她戴上那樣可怕的面具。我告訴她韋月將已經死了，她還不相信。還說她知道一個天大的祕密，想用這個祕密來換我們救她出去。」

辛漸道：「什麼天大祕密？」王之渙道：「她不肯說。」辛漸道：「莫非是張道子先生提到過的王羲之的真跡？」王之渙道：「呀，很有可能，我怎麼沒想到？」辛漸道：「張道子先生說韋月將偷走了王羲之書卷，韋月將已死，那幅真跡卻下落不明，多半已經落入胡餅商之手，或者被蘇貞藏了起來。」

王翰道：「我就說吧，這女人可不簡單。」見王之渙又要發急，道，「好了，好了，隨你怎麼做，我不再管這件事。」

王之渙賭氣道：「不管就不管。辛漸，你幫不幫我？」辛漸沉吟道：「張道子先生在洗清老狄謀逆罪名上發揮了關鍵作用，於我們有恩，若是能幫他找回王羲之真跡，我願意幫忙。不過蘇貞到底是殺人從犯，如果不將她送交官府，秦錦和蔣素素豈不是死不瞑目？她若真是受脅迫，竇縣令自會考慮從輕量刑。如果她能幫張道子先生找回王羲之書卷，更是大功一件，可以減罪一到兩等，總比她自己在外逃亡一輩子要強。」

王之渙還待再說，辛漸道：「好了，這件事急不得，等救出老狄後再一起來想辦法。」

回來逍遙樓，王羽仙正在房中等候，一見三人便問道：「怎麼現在才回來？我可是從練兒祖孫口中問到不少有用的消息，急著告訴你們呢。咦，翰郎，你怎麼這副表情？」王之渙道：「不用理他，他跟我吵架。」王羽仙道：「你們……」王翰上前扶住她，道：「來，坐下來慢慢說。田智，去叫人弄點夜宵來。」

王羽仙道：「我問到黃瘸子既窮困潦倒，又好賭博飲酒，不但沒什麼朋友，就連鄰居也不怎麼喜歡他。平日裡他也很少在家，要麼在賭坊裡混，要麼在酒肆裡飲酒。不過失火的那天晚上，黃瘸子在家中一邊飲酒，一邊開懷大笑，隔壁幾家都能聽得一清二楚。練兒一時好奇，趁奶奶還在熟睡，從床上爬起來，到他家窗下去偷瞧，看到他一手抱著酒壺，一手抓著一塊黃澄澄的金子……」

辛漸道：「金子該是武延秀收買他仿冒書信的報酬。」王羽仙道：「嗯，桌上還有好幾塊金子，大約四五塊的樣子，黃瘸子看得眉開眼笑。練兒看了一會兒，見他笑個不停，也覺得沒趣，就回到家中繼續睡覺，可怎麼也睡不著。又聽見隔壁有人聲，似是黃瘸子在嚷嚷嘀咕著什麼，又大叫了一聲，練兒躡手躡腳地出來，卻見黃瘸子家中一團紅光。一開始她只覺得好玩，就站在院中看究竟，等到大火升起來才知道是失火了，慌忙進去叫醒奶奶……」

眾人聞言均吃了一驚。王之渙道：「你是說，西門那場大火最先是從黃瘸子家燒起來的？」王羽仙道：「嗯，練兒是這麼說的。」

王之渙道：「這麼說來，我們……噢，是大夥都錯怪阿獻了，是有人故意縱火，要殺黃瘸子滅口。如果不是淮陽王武延秀的人，就是宗大亮自己。」

辛漸道：「宗大亮已經在失火前一天被關入河東縣獄，他不可能放火殺人。也許這些人本來連宗大亮也要殺，不過碰巧他被關進了大獄，才就此逃過一劫。」王之渙道：「有道理，正因為如此，宗大亮自己大約也感覺到危機，所以才主動向宋御史招供，交出了那兩封信。」

辛漸道：「可還是沒有無名氏的任何線索。」王翰道：「黃瘸子這樣的人，向鄰里打聽他是沒用的，得去賭坊。好賭的人進了賭坊，什麼底都露出來了，那無名氏說不準是他的賭友。」辛漸道：「嗯，那明日一早咱們去賭坊問問。」

唐代律例禁止賭博，賭錢賭物的最輕也要杖責一百，賭吃賭喝不在此列，因而賭坊都是半地下經營。地方官府雖然也知道，不過經營賭坊的一般都是本地豪族惡霸，只要不太明目張膽，也不願意多事過問。況且就連女皇武則天本人也愛好葉子戲和雙陸[1]，常以此與臣下賭物賭事，因而葉子戲、雙陸在京師長安、洛陽的權貴重臣當中極為流行，宰相狄仁傑更是此道高手。

次日一早，辛漸和王之渙帶了酒食，先來到算命道士車三家，一是看望他傷勢，二來順道打聽賭坊所在。車三這次受傷不輕，依舊臥床不起，聞言笑道：「郎君打聽賭坊做什麼？二位可不像是會進那種地方的人。」

辛漸道：「我們想找人打聽黃瘸子的一點事，先生既也常去賭坊，可認識他？」車三道：「認識是認識，不過並不熟。咦，聽說那晚刺客的同黨放火，他不是燒死了麼？」辛漸道：「是。」

車三歎息幾聲，將賭坊的詳細地址告訴了二人，又道：「不過此刻時辰尚早，賭坊還沒有開張，二位郎君還是等天黑再去吧。」

告辭車三出來，王之渙道：「難道我們真要等到天黑麼？現在可才是早上。」辛漸道：「如果無名氏真是黃瘸子的賭友，賭坊人多眼雜，不適合交談。仿冒反信這等大事，豈是隻言片語就能說清？他們至少要尋個可以安安靜靜說話的地方。」王之渙道：「酒肆！」

二人遂尋來西門酒肆。所幸酒肆獨立建在一棵大柳樹下，與附近民居並不相連，未被大火殃及。店主剛剛拆下門板，預備開張。王之渙上前道：「店家，生意好啊。」

店主是個典型的生意人，甚是和氣，應道：「託福。郎君請坐，我這就沽酒來。」

王之渙忙道：「我們不吃酒，只打聽點事，店家可認得黃瘸子？」店主一聽就很是生氣，道：「怎麼不認得？他還欠小店幾百酒錢呢！這下倒好，他人死了，酒錢也沒處討要了。」

辛漸道：「黃瘸子平時都是一個人來這裡飲酒麼？」店主「啊」了一聲，道：「郎君倒是提醒我了，酒錢不能就這麼算了，我該去找車三要。」辛漸道：「車三？是時常在鸛雀樓前擺攤算命的道士麼？」店主道：「可不就是他！上次他跟黃瘸子來小店……」

忽聽得有人笑道：「老宋，黃瘸子又是欠你酒錢沒還吧？」說話間，一名四十來歲的大漢走了進來。

老宋道：「是啊，莫非黃瘸子也還欠黃郎的錢？」那姓黃的大漢道：「可不是麼，他可是還欠我賭坊好幾萬錢呢，我正要叫人把他另一條腿也打瘸，哪知道他卻燒死了。」

原來這大漢就是賭坊的坊主黃昌，與黃瘸子同族。老宋似是對他很畏懼，只訕笑道：「是，是。黃郎稍候，我這就去沽酒。」黃昌道：「嗯，快去！還有，你將黃瘸子的酒帳算一算，我今日一併替他還了。」

老宋似是難以置信，愣了一愣，才道：「哪敢要黃郎替他還錢？」黃昌道：「嗯，我心情好，替他還了。」老宋便不再堅持，連聲道：「是，是，多謝了。」急忙奔進去沽酒。

王之渙道：「黃郎可是黃瘸子的朋友？」黃昌笑道：「論起輩分，黃瘸子是我堂弟，不過朋友就說不上了。自打他敗光家產，他哪還有什麼朋友，他女人阿金不都離開他了麼？」

辛漸試探問道：「那道士車三……」黃昌道：「噢，那個髒道士，他跟黃瘸子倒是一路人，走得很近。咦，你們是誰？打聽這個做什麼？」辛漸道：「不做什麼，就是順便問問。」

黃昌奇道：「最近怎麼有這麼多人打聽黃瘸子的事？」辛漸道：「嗯，可能是因為他死了的緣故。告辭。」拉著王之渙出來，直奔車三家而來。

王之渙忽然重重一拍腦袋，道：「啊，我怎麼這麼糊塗？我早該想到了。」辛漸道：「你是說車三與黃瘸子交好的事麼？其實我們到蒲州的第一天，阿翰就曾經在賭坊附近遇到過車三，只是我們誰也沒有懷疑過他。」車三明明常跟黃瘸子來往，適才卻謊稱不熟，自是心中有鬼。

王之渙道：「不是啊，我在車三房間見過他筆架上的筆，上面有很深的指印，他是左撇子。」辛漸道：「壞了，我們竟然還向車三打聽黃瘸子的事，他知道事情敗露，多半已經逃了。」

趕來車三家，一腳踢門進去，卻見車三正蹲在院中槐樹下，從一只酒罈中往外取東西。那罈子上滿是泥土，顯是新從槐樹下挖出。他取出的東西不是別的，正是黃澄澄的金塊。

車三見到辛漸、王之渙二人重新回來，甚是尷尬，解釋道：「這是……」王之渙咬牙切齒地道：「原來你就是無名氏。你……你為什麼要陷害狄郊？就是為了這些金子麼？虧得老狄還救了你，為你治傷。」

車三愕然道：「郎君在說些什麼？」辛漸道：「先生既然不懂，就請跟我們一道去一趟州廨吧。」車三連連搖頭道：「為什麼要去州廨？我不去，我不去。」

忽聽得門前有人道：「那可由不得你了。」說話間，宋璟的侍從楊功帶著一隊兵士走了進來。車三道：「你們這是……」楊功道：「來人，將車三拿下。」兵士大聲應命，不顧車三抗議，上前反剪了他手臂，押了出去。車三大聲呼痛，叫道：「哎喲，輕點，我身上有傷，輕點……」

楊功又命人將金子、罈子用布包起來收好，再仔細搜車三家中，一件可疑的物品也不能放過。安排妥當，這才走過去笑道：「你們二位可是搶在宋相公前頭了。」

辛漸道：「宋御史是如何查到車三頭上的？」楊功道：「從賭徒身上下手。黃瘸子被打瘸後，是車三背了他回家，兩個人關係一直不錯。他也是黃瘸子唯一的朋友。」王之渙道：「真是好險，若不是車三貪戀這些金子，只怕已經出城逃走。」

楊功道：「車三一貧如洗，家中如何能有這麼幾大塊金子？」辛漸道：「應該原本是黃瘸子的。」當即將小女孩練兒的所見所聞告訴楊功。

楊功道：「好，我這就派人去黃瘸子家的廢墟中找尋，若是找不到金子，那麼車三就是當晚放火燒死黃瘸子、又搶走金子的人。」王之渙道：「他還是那位左撇子無名氏，房中的筆就是證據。」楊功道：「這點宋相公已經知道了。車三在賭坊擲色子，一向都用左手，所以被人譏笑為阻手阻腳，總也贏不了。」

辛漸道：「如今人贓俱獲，這件案子是不是可以審理了？」楊功道：「應該很快了。我先押車三回去稟告宋相公，二位請先回逍遙樓等消息。」

出來院子，車三正五花大綁地被押在一旁，見辛漸、王之渙二人出來，忙叫道：「喂，為什麼抓我？是因為那些金子麼？那可是黃瘸子送給我的。」王之渙道：「你不是說跟黃瘸子不熟麼？怎麼他還會送金子給你？」車三這才無言以對。

回到逍遙樓，辛漸立即將已經抓到無名氏的消息告訴了王翰和王羽仙，二人很是驚異。王翰道：「想不到這邋遢道士深藏不露，虧得老狄還救了他。」王之渙道：「我也是這麼說。」歎息一回，但心上的大石頭總算是放下了。

下午時，忽有兵士奉御史中丞之命來請諸人。辛漸等人料到是宋璟要審理狄郊案，忙跟著兵士來到州廨。果見公堂上宋璟正襟危坐，正在審案。辛漸一眼認出那跪在堂下的人，是早晨在西門酒肆見過的賭坊坊主黃昌，心下大奇，不知道他如何也捲了進來。

宋璟問道：「黃昌，你在黃癩子家做什麼？」黃昌道：「回相公話，小的跟黃癩子本是同族兄弟，聽說他在大火中燒死了，很是難過，所以想特意到他家中看看，睹物思人。」

宋璟道：「謊話！當年黃莊在你賭坊輸了錢，不正是你派人打斷他一條腿麼？那時你怎麼不念他是你同族兄弟？」黃昌無話可說，只好道：「小的說實話，黃癩子欠了小的錢，小的聽說他死了，錢沒有著落，所以想到他家轉轉，想看看有什麼值錢的東西能夠抵債。哪知道什麼都燒沒了。」

辛漸忽道：「宋御史，我有話要說。」宋璟道：「辛公子請講。」辛漸道：「今天早上我和同伴王之渙在西門酒肆遇見黃昌，他臉上毫無悲戚之色，不但不為他堂弟黃癩子之死難過，還自稱心情好，主動替黃癩子還清了酒帳。店主老宋可以作證。」

宋璟問道：「可有此事？」見黃昌不答，便道，「來人，去帶酒肆店主老宋來。」黃昌知道難以抵賴，萬一老宋被帶來公堂，怕是會有更多不利自己的事情抖露出來，忙道：「相公不必費事了，確有此事，小的承認便是。」

宋璟道：「這可合情理？黃昌，你既然想要向黃癩子追討賭債，甚至到他家廢墟中翻找值錢之物，如何又主動替他還清酒帳？說，你到底在黃癩子家找什麼？」黃昌道：「沒什麼，真的沒什麼。」

忽見楊功疾奔進堂，手中提著一個布包，稟告道：「相公，找到了！」宋璟點點頭。楊功將布包擺到堂中地上打開，卻是四塊金子。

王之渙道：「呀，這不是在車三家找到的那些金子麼？」楊功搖頭道：「不是，在車三家找到的五塊金子我已經當做證物呈交給宋相公，這四塊金子是我剛剛從黃昌家中搜到的。」

原來楊功從辛漸口中得知練兒失火當晚所見後，立即派人去黃癩子家中尋找金塊。兵士到達時，卻看見黃昌正在廢墟中仔細翻找，當即起疑，將他綑來州廨。宋璟早聽過黃昌其人其事，聞訊立即命楊功率人前去黃昌家搜索，竟然當真找到四塊金子。

宋環問道：「你這些金子從哪裡得來的？」黃昌道：「這金子是小人自己的私物，是小的多年積蓄所得。」

宋環命人將自車三家中找到的金子擺到一旁，眾人一看，兩堆金子的成色、形狀、大小一模一樣。

王之渙問道：「這……這到底是怎麼回事？」辛漸恍然有所省悟，心道：「難道當晚放火殺人的不是車三，而是黃昌？」

宋環道：「你自己也看到了，這九塊金子別無二樣，肯定是一爐所出。本史猜想一共是十塊金子，五塊在車三手中，五塊在黃瘸子手中。你不知道從哪裡得知了黃瘸子發財的消息，半夜來到他家中，趁他不備殺人奪走了金子。為了毀屍滅跡，又放了一把火。結果慌亂中遺失了一塊金子，所以你手中只剩四塊。你回家後發現，心有不甘，所以今早又回廢墟尋找，想找回那塊失落的金子，對不對？」

黃昌道：「冤枉啊，這四塊金子分明是小人的私物。黃瘸子一向窮得揭不開鍋，人所共知，他哪裡會有這麼多金子？」

宋環見他狡詐滑頭，鐵證如山還抵死不認，便下令用刑。差役將黃昌拖翻在地，舉杖朝他臀部狠狠擊打下去。才打了三下，黃昌已然不能忍受，連連叫道：「別打了，小的願招。」當即招認了殺人放火經過，果然一切如宋環所言。

宋環命書吏將供狀拿到黃昌面前，讓他過目畫押。又道：「黃昌謀財殺人，又放火毀屍滅跡，大火蔓延開去，更害得許多無辜百姓家破人亡，按律該處以斬首。因其人罪大惡極，民憤極大，特批杖斃在州廨前。」黃昌聞判，當即癱倒在地。

宋環道：「判司，你這就命人四下張榜，將黃昌的罪行公告蒲州，再帶往西門處公開行刑，以慰人心。黃氏賭坊即日關閉，黃昌的所有家產充公為專款，用來賑濟那些在大火中受災的所有災民。」判司躬身領命，帶人拖了黃昌出去。

唐代為避免冤假錯案發生，唐太宗李世民起制定了嚴格的複審制度，州縣地方的死刑案件均要由刑部複審，然後上報皇帝裁決。然自武則天登基以來，告密成風，因一言不慎被殺者不可勝數，酷吏來俊臣等人更是常常先殺大臣再編造口供，法制極其鬆弛。不過宋璟卻不屬於此類，他既是御史臺最高長官，又有皇帝特使身分，自有決斷之權。

辛漸、王翰等人親眼見宋璟斷案乾脆俐落，絲毫不拖泥帶水，又是驚奇又是佩服。又聽見宋璟道：「來人，帶狄郊上堂。」

片刻後，鐐銬噹噹，狄郊被押了進來，不待差役呵斥，主動跪下。宋璟道：「堂下下跪之人可是并州晉陽人氏狄郊？」狄郊道：「是。」

宋璟道：「你可有派逍遙樓夥計張五往洛陽送信給你伯父狄仁傑？」狄郊道：「有。不過信件半路被人掉包，成了所謂的反信。」

宋璟道：「辛漸可在？」辛漸道：「是，我人在這裡。」宋璟道：「你可知道狄郊有意勾結突厥謀反一事？」辛漸道：「我跟狄郊朝夕相處，從來不知道有此事。」

宋璟道：「狄郊，你既有意謀反朝廷，為何不拉攏辛漸？」狄郊被問得莫名其妙，道：「我本來就沒有謀反，如何拉攏辛漸呢？」

宋璟卻不理會，道：「辛漸的父親辛武掌管大風堂，本朝兵器十之二三出自他家，我中原武器之利遠勝突厥，你既想謀反，怎麼會沒有想到透過辛漸來拉攏辛武？大風堂可抵得上十萬雄兵。」

狄郊微一凝思，即明白他弦外之音，忙道：「御史明鑒，這反信是有人冒充我筆跡栽贓嫁禍於我，信中有個大大的破綻。」

宋璟道：「破綻在哪裡？你指出來？來人，拿信給他看。」

狄郊道：「不必，破綻不是信中寫了什麼，而是有一件極重要的事情沒寫進去——誠如御史所言，辛漸尊父辛武掌管的大風堂可抵得上十萬雄兵，我雖然愚鈍無識，卻還是明白這一點，若要謀反，最先要做的事一定是拉大風堂入夥。可反信中連突厥都捲進來了，卻絲毫沒有提及辛漸半句，可見起草信件之人當時並不知道辛漸的身分，他首要對付的只是狄某一個。這越發證明信是偽造，並非出自我本人之手。」宋璟道：「嗯，聽起來確有幾分道理。書吏，你將這一段供詞記錄下來後，重點標注出來。」書吏道：「遵命。」

宋璟又命帶送信的夥計張五上堂，張五卻不肯承認信件中途被人掉包。宗大亮隨即被帶上堂來，供認道：「是羽林軍曹校尉給了下吏一封反信，又命下吏找人監視逍遙樓的一舉一動。張五背著行囊出來後就被盯上捉回，下吏許以重金，拿到了狄公子的原信，又找到黃瘸子，答應給他十塊金子，讓他模仿狄公子的筆跡抄寫了一遍反信。再將新寫好的信交給張五送去洛陽。」

張五大呼冤枉，道：「哪有這種事？驛長可不要冤枉小人。」他抵死不認，自是知道一旦承認罪名就身敗名裂，死且不算，家人還要受到牽累。宋璟便命人先押他下去，又問道：「反信原件和狄郊原信呢？」宗大亮道：「都被曹校尉留下的人要回去燒了。不過下吏怕將來事發後有口難言，所以當時命黃瘸子多仿了兩封信，一封是仿仿狄公子家書原件，一封是以狄公子筆跡仿的反信。」

宋璟道：「如此，已經足以證明狄郊無辜。來人，開了狄郊身上枷鎖。狄公子，委屈你了，你先起來，站去一旁。」狄郊躬身道：「多謝御史。」

宋璟又問道：「宗大亮，你為何不讓黃瘸子模仿一封曹符鳳交給你的那封反信原件？」宗大亮倒也乾脆，老老實實地道：「下吏不過是想為自己留一條後路，若當真模仿了反信原件，那可再也沒有後路可退，而且會招來殺身大禍。」

言下之意，無非是透過反信原件的筆跡難免會追查到淮陽王武延秀頭上，這如同武延秀背上的芒刺，不除不快，他可沒有這個勇氣跟淮陽王父子作對。

宋璟點了點頭，問道：「那麼你交給張五送去洛陽的那封反信，和你手中留存的狄郊反信可是一模一樣？」宗大亮道：「是。」猶豫了一下，又道，「也不全是。下吏當時將兩封反信跟狄公子家書原信比照過，覺得有一封似乎更像些，所以取了那封交給了張五。」

宋璟命人帶車三上堂，問道：「你可認識這個人？」宗大亮道：「認識，他是本地算卦道士車三。」宋璟道：「你可知道他跟黃瘸子的關係？」宗大亮道：「只聽說他二人都好賭博，至於他二人是否有交情，下吏並不清楚。不過仿冒書信時，下吏一直從旁監視，黃瘸子倒是提了句：『要是車三在就好了。』」

宋璟道：「黃瘸子仿冒書信時，你一直從旁監視麼？」宗大亮道：「是。不過黃瘸子寫到一半時，說他得回家取自己的毫筆才稱手，下吏就讓他去了，等他走了才發現所有的書信他都帶走了。下吏當時嚇壞了，急忙趕去他家，卻是沒人，也沒有人見他回家過。正四處找不到他時，他卻自行回到我家，而且按下吏的要求，三封信都仿好了。下吏便如約將曹校尉留下的十塊金子都給了他，他拿著金子興高采烈地走了。」

宋璟點點頭，命道：「來人，先押宗大亮下去，等判決時再帶他進來。」宗大亮忙道：「宋相公可是答應過，要對下吏從寬處理。」宋璟道：「你主動招供，又交出了關鍵證物，本史既答應了你，自會有所考慮。」揮手命人押走。

宋璟這才問車三道：「你可認得你面前的金子？」車三道：「認得。這是黃瘸子不知道從哪裡得的，他給了貧道五塊，自己留了五塊。咦，怎麼少了一塊？」

宋璟道：「還有一塊埋在黃瘸子的廢墟中。車三，本史問你，黃瘸子為什麼要給你五塊金子？」車三道：「不為什麼，大概就是有福同享的意思。」

宋璟道：「嗯，你不肯說，本史來說，是你仿冒了本史手中的這封反信。當時黃瘸子稱回家取筆，其實是去找你，因為你仿人筆跡的水準比他高。本史看過你抄寫的《道德經》，書法在本地應該還算不錯。因為你幫了黃瘸子這個大忙，所以他才將金子分了一半給你。」

車三道：「什麼反信？」宋璟便命人將兩封反信舉到他眼前，道：「這兩封信內容一樣，但筆跡卻有細微差別，一封是黃瘸子本人執筆，另一封則是左撇子你的傑作。」

車三匆匆瀏覽一遍，大叫道：「貧道從來就沒有見過這封信，這信是要陷害廬陵王和狄相公，貧道決計不會做這樣的事，況且貧道根本不會仿人筆跡。」

王之渙道：「鐵證如山，你何必再狡辯？你若不是心虛，為何要騙我和辛漸，說你跟黃瘸子不熟？我們前腳剛走，你後腳就著急挖金子出來，分明是知道事情已經敗露，所以預備逃跑。」車三道：「不，不是這樣，貧道知道黃瘸子的本領有限，卻忽然得了十塊金子，怕是來路不正，又見他人已經死了你們還在打聽，生怕你們是要追回金子。」

宋璟見這道士說精不精、說傻不傻，面對如此多的證據還要強辯，不過是恃仗黃瘸子已死、死無對證，便下令對他用刑。

車三忙道：「先等一等！」宋璟道：「怎麼？你可願意招認？」車三道：「貧道沒有做過的事，為什麼要招認？等一等，先等一等，貧道想問問相公，到底是誰要陷害狄郊狄公子？」

王之渙冷笑道：「還能有誰？當然是淮陽王。」車三驚道：「是他？」宋璟咳嗽一聲，道：「目下還沒有證人、證據表明事情跟淮陽王有關，交代宗大亮辦事的是羽林軍校尉曹符鳳，本史已經派人去并州追捕他到案。」

王之渙道：「曹符鳳不過是個校尉，如何敢攀誣本朝宰相？如果不是淮……」辛漸急忙拉住他，搖了搖頭，示意不可再說。

車三卻毫不忌諱，往地上重重「呸」了一聲，道：「狗屁，貧道怎麼會幫淮陽王做這種傷天害理的事？貧道恨他還來不及。」宋璟見他強硬，便發了一支簽，道：「來人，打他二十杖。」

差役剛要拖倒車三，他又叫道：「等一等，等一等！貧道有證據，有證據，可以證明貧道不會寫這封反信。」宋璟道：「什麼證據？」車三咬咬牙，道：「當晚貧道曾經入河東驛站行刺淮陽王。」

眾人聞言大吃一驚。王之渙道：「這不可能。那曹校尉口口聲聲說有兩名刺客，現在大夥都知道了，一人是裴昭先，一人是突厥人阿獻……」宋璟道：「他叫阿史那獻，是興昔亡可汗阿史那元慶之子。」

辛漸等人這才知道阿獻的身分原來是突厥王子，他父親在朝中任左威衛大將軍，因欲舉兵扶持武則天幼子李旦登基而被腰斬。

車三道：「什麼獻什麼先，那晚貧道確實曾化裝驛卒的樣子混入驛站。當晚驛站人多，很是混亂，又是軍士又是驛卒，雙方互相都不認識，混進幾個刺客並不難。貧道聽見有歌聲，猜想那一定是淮陽王在尋歡作樂，所以循著歌聲走，果見一名少年郎君正在廳中邊飲酒邊觀看一名美貌歌姬跳舞，應該就是淮陽王武延秀。等那歌姬唱完一曲，淮陽王便叫她到身邊，站起來擁著她回去房中，坐在床邊調笑。正巧廳前衛士換班，貧道趁空持刀闖進去。本來就要得手，那淮陽王忽然扯過歌姬擋在了前面……」

王翰失聲道：「原來你刺中的是趙曼。」車三道：「貧道可不知道她叫什麼名字。貧道見誤傷了人，又見那小娘子死死瞪著我不放，外面又有人大叫『抓刺客』，一時也嚇壞了，不及拔出匕首，轉身就逃。出來廳外，見到一群衛士正圍著兩名男子亂打一氣，居然也跟貧道一樣，是驛卒打扮，不過用黑布蒙著臉，大約就是你們說的什麼獻什麼先的，一片混亂，貧道趁亂溜走了。」

宋璟道：「淮陽王可看到你的面孔？」車三道：「貧道是去行刺，又不是作法，衝進去時當然要蒙住臉了。」

宋璟道：「那你為何要行刺淮陽王？」車三道：「這是貧道的私事，恕不能奉告。」宋璟倒也不再追問，命道：「來人，去帶阿史那獻來。」

過了一刻功夫，兩名兵士架著阿史那獻進堂。他幾日來飽受獄卒折辱，體力衰弱，委頓不堪，又因手足不得動彈，被各種鼠蟲蚊蟻反覆光顧，兵士剛一鬆手，便即癱軟在地。

宋璟見他灰白的面容上有許多斑斑點點的血胞，問道：「獻王子生病了麼？」阿史那獻只是輕蔑地哼了一聲，並不答話。

宋璟命人除去他身上長枷，讓他坐在地上，指著車三道：「獻王子當日闖入驛站行刺時，可有見過此人？」

阿史那獻冷漠地掃了車三一眼，既不回答「見過」，也不回答「沒見過」。

車三忙道：「當日貧道可是在驛站見到王子和同伴被官兵圍住。王子，你再好好看看，貧道見過你，你怎麼會沒有見過貧道？」阿史那獻看也不看，道：「沒有見過。」也不知道是真沒有看見還是想為車三遮蓋。

宋璟見他桀驁難馴，始終不肯多開口說話，有意激將道：「獻王子雖是突厥人，卻在中原長大，自小封有爵位。尊父阿史那元慶曾率軍西討吐蕃，有大功於本朝。如今你非但不為朝廷盡忠，還行刺淮陽王，罪同謀反，這到底是何緣故？」

阿史那獻聞言頓生怒氣，道：「宋相公問我為何行刺？那好，我也有幾句話想問問宋相公，我父親既有大功於朝廷，為何卻被來俊臣誣為謀反，將他腰斬在神都？淮陽王武延秀縱馬在浮橋上橫衝直撞，堂堂前宰相裴炎的夫人被擠落黃河，屍骨無存，相公有沒有問問武延秀為什麼？還有裴昭先，他是名門洗馬裴之後，人都已經死了，還被官府砍下首級，將屍體懸吊在城門示眾，相公有沒有問問謝瑤環為什麼要這麼做？宋相公，我爹爹在世時也常常談論你，說你當得起『疾風知勁草』五字，對你很是佩服。換作旁人來審我，我阿史那獻也不願意理睬，今日就告訴相公一句實話，我就算走到今天這一步，也從來沒想過要反叛朝廷，我要反的只是這些為一己之私而濫殺無辜、誣良為盜的酷吏昏官。」

宋璟道：「獻王子問的三個問題本史確實都回答不了，不過這番話足見你對朝廷忠心尚在，何不將經過情形原原本本說出來？事情或許還有和緩餘地。」阿史那獻搖頭道：「我可不抱什麼希望。我要說的剛才都已經說完了，再無二話，要殺要剮，悉聽尊便。」

宋璟幾次問話，阿史那獻果然只是充耳不聞，對他這樣倔強的人刑罰全無用處，只好命人先押下去。

狄郊道：「等一等。」上前說了阿史那獻在大牢被獄卒「特別對待」的事。

宋璟道：「原來如此。傳本史話給典獄，命他好生照看獻王子。」阿史那獻冷笑一聲，竟連替他出頭說話的狄郊也不曾看一眼，一步一挪地慢慢走了出去。

阿史那獻既不肯開口，車三無從證明自己當晚人在河東驛站，便道：「還有淮陽王和那位小娘子可以作證。」宋璟道：「那好，來人，速去尋找趙曼下落，派人去并州找到淮陽王問清楚當晚之事。將車三先關入死牢。所有涉及謀逆案的人均要單獨監禁，不准探視，不得交談。」車三道：「哎呀，貧道自稱是刺客沒人信，非要說貧道謀逆，真是冤枉。」

宋璟也不睬他，命人押他下去，又招手叫道：「狄公子，你們五位跟我來。」

狄郊、辛漸、王翰等五人跟著宋璟來到後堂。宋璟指著一旁的行囊箱道：「本史本以為鐵證如山，今日定能審結此案，預備結案後立即動身返回京師，哪知道車三不但不肯招認，而且自己舉出了決計不會參與的證據。來，幾位都請坐下，談談你們對這件案子的看法，別拘束，別管我御史的身分。」

王翰等人本來就不是拘謹之人，依言隨意坐了。宋璟見王羽仙不肯離開王翰身邊半步，情狀甚是親昵，微感驚詫，卻也不問。

王之渙道：「我們本來也以為今日一切都能真相大白，誰能料到竟有如此峰迴路轉！」辛漸道：「老狄曾經提醒我，仿信者和凶器的主人都是左撇子，之間或許會有關聯，卻沒想到會是這樣的聯繫。」

宋璟問道：「幾位覺得車三的話可信麼？」王之渙道：「車三承認刺客之名是死罪，承認偽造反信依照反坐之法也是死罪，都是死路一條。而且前面一項罪名因為得罪的是淮陽王，豈會一刀便宜了他？只會讓他臨刑前遭更多的活罪痛苦，他本人很清楚這一點。所以我認為他說的是實話。」辛漸也道：「嗯，我也是這麼想。車三肯主動交代行刺來證明自己不會偽造反信，說明他愛惜自己的聲名，不願意背上助紂為虐四個字。」

宋璟點點頭，道：「車三所講述的行刺一事有頭有尾，有聲有色，相信應該不是謊話。不過之前我已經派人詳細調查過這個人，人品雖然不壞，可說他好話的人也不多，好賭成性，有錢沒錢每晚必去賭坊，欠下不少債。你們覺得他會不會是因為一時貪心，為了那五塊金子，咬牙仿冒了反信？狄公子，你曾提過行刺和仿信有關聯，也許本身就是車三一人所為。」

狄郊猶豫道：「我是本案被告，方便發表意見麼？」宋璟對其謹慎沉靜深為讚賞，道：「狄公子已經被證明無罪，車三仿沒仿信跟你沒有利害關係，但說無妨。」

狄郊道：「我只是從機率上來判斷，左撇子畢竟是少數，幾十人中不過有一人而已。刺客案和謀逆案兩件案子所牽涉進來的人，包括我伯父、廬陵王，以及裴昭先、獻王子在內，也不過十來人，出現兩名左撇子的機會並不大。」

宋璟道：「自從張道子先生指出偽造反信者是左手執筆後，我已經派本地差役打聽統計出河東縣城內所有的左撇子。這裡有份名單，一共是三十七人，除了車三，其餘都跟黃瘸子沒有任何關係，且絕大多數人根本不識字。當然，名單不全，肯定還有很多左撇子沒有被留意到。」

車三的嫌疑確實太大——左手寫字，擁有五塊金子，又是黃瘸子唯一的朋友，並在聽到辛漸等人調查黃瘸子時即掘金預備逃走。王之渙也不得不承認，道：「所有的證據的確都指向車三。如果兩件案子都是他做的，他為何要多承認行刺一案呢？」

王翰忽道：「為了名譽！自古以來，出了多少沽名釣譽之徒，手段層出不窮，不惜以死留名者不在少數。偽造反信和行刺淮陽王兩項確實都是死罪，下場並無區別，可對車三的名譽就很不相同——他若因為偽造反信罪名被殺，死後也是千夫所指，背負罵名；可若是因為行刺淮陽王被殺，那可就大大的不同，他就是眾所仰慕的英雄……」

宋璟聽他公然為刺客叫好，忙重重咳嗽了一聲，打斷了話頭，道：「王公子的話本史已經聽明白了。嗯，既然所有的證據都指向車三，本史也只能依法辦事，即使他不肯招供，依照眾證定罪制度依舊要判他偽造反信；他既承認行刺，不過是多了一條罪名而已。」站起身來，道，「楊功，你命人將所有的犯人帶到公堂，本史要宣判。」

辛漸道：「宋御史不是已經派人去找淮陽王和趙曼了麼，何不再多等一日？也好確認車三的話。」宋璟道：「我可以等，可身在洛陽的聖上不能等。」辛漸不解地道：「人命關天，皇帝為什麼不能等？」狄郊拉了他一下，低聲道：「宋相公其實是想說廬陵王不能等。」

廬陵王李顯已經因為反信一事被押回洛陽囚禁，這位當初因戲言要將天下送給岳父、就被立即廢掉的皇帝，正再一次領略親生母親的冷酷無情，殺人的寶劍就懸在他頭頂上，隨時可能掉落。既然已經證明反信是假，追查捉拿偽造反信者倒在其次，難怪宋璟要著急趕回京師了。

宋璟正正官服，正要上堂，忽有兵士進來稟告道：「派去并州捉拿羽林軍校尉曹符鳳的人回來了，說半路遇到淮陽王一行，淮陽王不肯交人，說要綑了曹符鳳當面交給相公謝罪。」

宋璟皺了皺眉，道：「淮陽王現今人在哪裡？」兵士道：「大王護送著恆安王的家眷遺孤，行走不快，要明日才能到蒲州。」宋璟微一凝思，道：「那好，我就再多等一晚，明日動身回京。狄公子，天色也不早了，你們幾位不如留下來，一起用晚飯，咱們也好隨便聊聊。」

他以堂堂御史中丞之尊，溫言挽留小輩吃飯，王之渙等人多少有些受寵若驚。只有王翰錦衣美食挑剔慣了，認定州廨的酒食必定難吃，很不情願，可也不好明說，只得悻悻跟著眾人來到後衙的涼亭中坐下。

果如王翰所料，州廨的飯食極其難吃，宋璟只舉箸吃了幾筷就放下了，起身走到欄邊，仰望星空。眾人見主人心情不佳，也只能跟著放下筷子。王之渙走過去問道：「御史可是有心事？」宋璟道：「嗯。你們來看那邊。」辛漸道：「那是北斗七星。」

時逢月底，並無月光，深邃廣大的天幕上只有點點繁星，彷彿一顆顆鑲嵌在黑色錦緞上的寶石，閃爍著輕盈的光芒，聖潔柔美，毫不耀眼，卻顯示著生動的爛漫。

北斗七星居天之中，為天之樞紐。七星分別名為天樞、天璇、天璣、天權、玉衡、開陽、搖光。中國古代極為崇拜北斗七星，不僅因為北斗七星均是傳說中掌管人類陽壽的大仙，而且七星對應著春、秋、冬、夏、天文、地理、人道七政。也就是說，凡天地運轉、四時變化、五行分布以及人間世事吉凶否泰，均由北斗七星所定。北斗一天樞星和北斗二天璇星連成一線，指的正是北極星。北極星號稱至上天帝，被認為是陽氣北極，極南為太陽，極北為太陰，日、月、五星行太陰則無光，行太陽則能照，所以是昏明寒暑之限極。而北極又維繫著北斗，七星斗杓提攜著整個星空旋轉——斗杓東指，天下皆春；斗杓南指，天下皆夏；斗杓西指，天下皆秋；斗杓北指，天下皆冬——由此分辨出四方四時四季，成為民間百姓觀象授時的基礎。

王之渙道：「璇璣斡運四時，上及天子，下及黎庶，壽祿貧富，生死禍福，幽冥之事，無不屬於北斗之統。而今在這號稱天下之中的舜城，觀看天上之中的北斗，當別有一番意味了。」

宋璟道：「天上璇璣，凡間萬事。這塵世間世事人情，不停地交替變換，生老病死，悲歡離合，一代接一代地今來古往，可天上的北斗從來沒有變過，一直在那裡，就像人間的正義，雖然有時候會被烏雲遮蓋，可我們不能因為看不到光芒就認為它已經消失。璇璣懸斡，晦魄環照[2]，只有正義才是永恆。狄公子，你這些日子受了很多委屈和壓力，你可明白我這番話的意思？」狄郊道：「是，多謝御史教誨。」

宋璟道：「好，你們這就去吧，陪我這麼個嚴肅的御史吃飯也沒什麼趣味，我就不強行拘你們在這裡了。」命人將之前被曹符鳳搜走、移交給州司作為證據的五柄佩刀還給幾人，又道：「明日審案，我再派人去逍遙樓叫你們。」

出來州司時，夜色已深，可衙門前還圍了不少人，指指點點地議論著。原來白日黃昌已經在西門被當眾杖殺，屍首拖回來擺在州廨前示眾三日。這黃昌不但把持著本地賭坊，還放收高息利錢，害得不少人家破人亡，民憤極大。對他的死，幾乎人人拍手稱快，有人不惜從遠端趕來，就為特意看一眼他的屍首。

一路回來，不斷遇到搬了板凳坐在街邊納涼的人。天氣逐漸熱了，可蒲州的夜風中還是帶著森森涼意。寧靜的夜空下，人也變得格外澹泊，一把蒲扇搖來晃去，足以帶來最愉悅的慰藉和享受。雖然洛陽的權貴們忙著爭權奪利，擁李派和姓武的鬥得死去活來，可這又關老百姓什麼事呢？人們所滿足的，不過眼前這一刻的安詳而已。至於太宗的英武，高宗的懦弱，女皇的殘忍，種種傳奇僅僅是酒後飯餘的助興談資罷了。正如宋璟所言，日月經天，星辰隱現，千年往事恰如滾滾黃河水不斷逝去，無數風流人物也化作了黃土，這是無法抗拒的規律。唯有天上的璇璣指引著人間萬事，地老天荒，永遠不變，那才是世人內心深處虔誠仰慕的希望所在——距離那麼遙遠，卻感覺觸手可及。

眾人回到逍遙樓，久久回味宋璟意味深長的一番話，感慨萬千，胡亂吃了些東西，也沒有心思歇息，只聚在房中聊天，如此過了大半夜，將近天亮時才各自去睡了。

次日一大早，樓前傳來了劇烈的吵鬧聲。王羽仙最先趕出來查看究竟，才知道是幾名遼東來的商人，拖家帶口，要住進樓裡。夥計卻因為王翰之命，不肯放他們入住，是以爭吵了起來。

王羽仙道：「蒲州的客棧不少，他們為何一定要住進這裡來？」夥計道：「娘子不知道，這兩日蒲州來了不少遼東、河北逃難的人，客棧、邸店早就人滿為患了。」王羽仙道：「逃難？逃什麼難？」夥計道：「聽說是契丹人舉兵造反了，具體小的也不知道。」

王羽仙便命夥計放那些人進來住下，又叫住一名中年男子，問起究竟。原來是契丹松漠都督李盡忠、歸誠州刺史孫萬榮舉兵殺了營州[3]都督趙文翽，聲稱要反掉武周，光復李唐，擁戴廬陵王重歸皇位。王羽仙道：「呀，又來一個徐敬業。」忙奔回樓上，叫醒王翰等人，告訴他們契丹反叛一事。

契丹原意為鑌鐵，屬於東胡後裔鮮卑的一支，兩漢時就已經見於中國史書，早期歷史都是以神話傳說為主。關於契丹族的起源，有一個古老的傳說：據說有一個年輕男子騎著白馬從湟河而來，一個年輕女子騎著青牛從土河[4]而來，二人在途中相遇後一見鍾情，結為夫妻，生下八個兒子，由此成為八個部落，經歷了生生不息的繁衍，逐漸發展成為以後的契丹族。這當然只是傳說，契丹人一度自認為是黃帝之後[5]，從鮮卑族中分裂出來，遊牧於湟河以南、土河以北地區，傍水草而居，以畜牧、狩獵謀生。後來，契丹漸漸發展成——悉萬丹部、何大何部、伏弗郁部、羽陵部、日連部、匹絜部、黎部、吐六于部八個部落。部落各有酋長，稱為「大人」，八部大人再推選一名首領，稱「八部長」，可以號令八部，但以三年為一任，不得爭奪，頗有民主選舉之風。在戰事動盪的歲月中，契丹各部為了生存，不得不走向聯合，於唐朝初年形成了統一的大賀氏聯盟。當時的北方草原上，突厥稱雄一時，而東方則是更加強大的唐朝。契丹酋長為了生存，不得不根據形勢輾轉依附於唐朝和突厥之間。

唐高祖武德四年，契丹別部酋長孫敖曹內附唐朝，唐朝廷授其為雲麾將軍、行遼州總管，後來又授右玉鈐衛將軍、歸誠州刺史，封永樂縣公。唐太宗貞觀二年，契丹首領大賀摩會擺脫了突厥人的控制，率部屬投降唐朝。突厥頡利可汗十分生氣，提出要以叛逃唐朝的梁師都[6]交換大賀摩會，卻被唐太宗李世民嚴詞拒絕；在這位雄才大略的天可汗[7]心中，已經完全將契丹視為自己的子民，此舉廣泛贏得了契丹人心。到了貞觀二十二年，契丹酋長窟哥主動率部屬前來內附唐朝。窟哥當時實際上統率契丹八部的大賀氏聯盟，他的內附意義重大，唐朝廷特意設置了松漠都督府，授窟哥為左領軍將軍，兼松漠都督府都督，負責掌管契丹各部事宜，並賜姓李，以示尊榮。唐高宗顯慶五年，李窟哥病死，繼任松漠都督的阿卜固率契丹諸部與奚族聯兵叛唐，不久兵敗，阿卜固被執送東都洛陽。唐高宗李治任命窟哥之孫李枯莫離為左衛將軍、彈汗州刺史，封歸順郡王；另一個孫子李盡忠為武衛大將軍、松漠都督，統率契丹八部。李盡忠娶妻孫氏，妻兄孫萬榮為孫敖曹曾孫，襲任歸誠州刺史一職。

辛漸聞言很是吃驚，道：「我們五個去年北上遊玩，到過營州龍城，在酒肆飲酒時遇到兩名契丹大漢，跟他們拼酒，他二人同時喝，我們五個輪番上陣，最後還是喝不過對方，敗下陣來。後來才知道其中一人就是松漠都督李盡忠，另一人是契丹名將李楷固，都是血性豪氣、淳樸好客的好男兒，怎麼會突然舉兵謀反呢？這其中定有緣故。」

特意下樓找了幾名商人詢問，果然問到此次契丹反叛另有緣由——去年遼東大旱，莊稼顆粒無收，契丹部落發生了大面積的饑饉，百姓軍士生活無著，貧苦無依，契丹首領李盡忠和孫萬榮二人不得不向上級營州都督趙文翽求助。趙文翽剛愎自用，自恃是大周官吏，不但不對契丹軍民加以賑濟，反而視兩位酋長如奴僕，大肆辱罵，由此惹惱了二人，乾脆拔刀殺了趙文翽，占據營州，起兵反武周。這二人倒不是有勇無謀之輩，自知契丹孤弱，難以匹敵朝廷大軍，特意打出了迎歸廬陵王的旗號，據說河北、河東有不少對武周不滿的人正聚集在一起，街談巷議，大有伺隙而起之勢。

辛漸回房將真相告訴同伴。王之渙道：「昔日徐敬業興兵反武，意在匡復唐室，也是以迎歸廬陵王為號召。聽說那些日子裡，朝廷三天兩天都有特使趕去房州，生怕廬陵王與徐敬業勾結，或是被人救走。」辛漸道：「嗯，聽說廬陵王日夜憂懼不安，甚至打算自殺一死了事。幸虧王妃阿韋阻止，才沒有釀成大禍。後來又有虢州人楊初成詐稱郎將，稱手中有高宗皇帝御筆制書，召集豪俠往房州營救廬陵王，結果事敗被殺。想不到契丹也會利用中原百姓不滿朝廷的心理，打出了廬陵王的大旗。廬陵王本就因為反信案被押回洛陽，處境岌岌可危，這下怕是更難了。」

王翰冷笑道：「可惜淮陽王武延秀預先估算不到契丹會舉兵反叛，還編造什麼老狄勾結突厥謀反。」辛漸道：「這是因為契丹非但實力遠不及突厥和吐蕃，而且素來對朝廷忠心耿耿，不像突厥、吐蕃那樣反覆無常、唯利是圖。」狄郊道：「若是在信中說成我和伯父勾結契丹，而今契丹起兵是實，假信也變成了真信，咱們這一干人，包括廬陵王怕是都已經身首異處了。」

王之渙道：「不知道宋御史是否知道契丹反叛之事？」狄郊道：「宋御史應該已經知道此事，所以他才著急趕回京師澄清狄相公勾結突厥謀反是子虛烏有，為的就是避免廬陵王的處境雪上加霜。」

王羽仙道：「不如我們一道去州司看看，你們幾個都到過遼東，又見過李盡忠本人，也許可以給宋相公一些建議，好讓他回去後轉告朝廷。」辛漸道：「要解決這件事最容易不過，朝廷無須徵發大軍，只要派一名特使前往契丹，好生撫慰賑濟，契丹人重信重義，自會退兵散去。」

王翰道：「我敢擔保洛陽的那位女主一定不會這麼做，她正要找個機會為姪子武承嗣樹立聲望，好立其為太子，眼下豈不是大好機會？她肯定要派武承嗣為主帥討伐契丹，再多選精兵良將，務求必勝，不過是用昔日漢武帝傾天下精兵扶持戚族衛青、霍去病、李廣利之典故。契丹雖然勇悍，畢竟只有數萬人口，如何能與中原抗衡？等到武承嗣得勝，可就要被吹成居功至偉，儲君之位非他莫屬了。」

辛漸搖頭道：「武皇未必會這麼做。這是軍國大事，豈能視作籌碼、等同兒戲？派出一名使臣即可平息戰亂，安定一方，無須勞師動眾，拯救黎民百姓於水火，何樂而不為呢？武承嗣這樣的人，所作所為人神共憤，就算他平了契丹、平了突厥，即便連吐蕃也平了，天下人也不會服他。武皇雖然年老，可並不糊塗，也不是一味袒護自己武家人，不然她這次為何選派宋御史來審理反信案？」王翰道：「我不跟你爭論，將來你總會知道那位女主的見識。」

幾人遂往蒲州州廨而來，剛走出不遠，正遇到楊功。楊功道：「我正有個好消息要告訴各位，車三已經主動認罪了。」

眾人均不知道車三的態度為何忽然轉變，吃了一驚，忙詢問究竟。楊功道：「今日一早天還未亮，車三在獄中吵著要見宋相公，一見面就主動認罪，承認是黃癘子拿著反信來找他，他同時看了狄公子家書原信和反信原件後，當即就明白是怎麼回事，可黃癘子催促得甚急，他一時貪圖五塊金子的重酬，就摹擬狄公子筆跡抄寫了一遍反信。後來也很是追悔，不過卻已經來不及了。」

王之渙道：「那他有沒有說，昨日為什麼寧肯說出行刺淮陽王之事，也不願意承認反信一事？」楊功道：「他說諸武惡貫滿盈……噢，這不是我說的，是車三的原話，他不想背上助紂為虐的名聲而死。不過他在牢裡一夜已經想通了，男子漢要敢作敢當，他不能因為一時的糊塗再繼續錯下去，他願意認罪，而且表示要戴罪立功，指證淮陽王才是幕後主謀。」

王翰道：「嗯，想不到車三這個人貪財猥瑣，倒是還有些擔待。大家都知道幕後主使是誰，卻只有他公然說了出來。」

狄郊問道：「車三指證淮陽王可有憑據？」楊功道：「有，而且是非常有利的證據。」

原來車三除了臨摹狄郊筆跡寫了一封反信交給黃癘子，還將狄郊家書和反信原件各臨摹一份留了底。他也知道事情重大，所以將兩封信用油布包了，藏在院中槐樹上的鳥窩中，是以之前楊功派人搜查竟沒有找到。

眾人聞言很是欣慰。之前宗大亮因為畏懼武氏勢力，一直只提是受羽林軍校尉曹符鳳之命，不肯提淮陽王武延秀半句。就連楊功無意提到淮陽王時，也總為宋璟阻止，這自是宋璟生性謹慎，因為並沒有發現直接指向淮陽王的證據。而偏偏宗大亮也沒敢留下反信原件的仿冒件，倒是車三深謀遠慮。透過這臨摹反信原件的筆跡一定可以有重大發現，說不定可以直接與主謀武延秀聯繫起來。唐律有反坐之法，謀逆大罪當然要處斬，從者絞刑，誣陷人謀逆則要反坐，主謀處斬，從者處絞。

楊功似是猜到他們心中所想，道：「不過那封反信原件的仿冒件，書法相當漂亮，淮陽王應該沒有這等好書法，估計是他手下人所寫。」

辛漸問道：「宋御史可有派人請淮陽王來公堂與車三當面對質？」楊功搖了搖頭，道：「淮陽王還滯留在城外，宋御史認為他是有意拖延，所以已經押著車三、宗大亮、張五、平老三一干人犯動身出發回洛陽了。」

王羽仙道：「宋御史是擔心盧陵王的處境麼？」楊功點點頭，道：「而今遼東契丹舉兵叛亂，公開叫喊『何不還我盧陵王』，又以盧陵王的名義在山東大肆散發小冊子，號召大家起兵，導致局勢更加複雜。宋相公儘快趕回洛陽，是希望早日了結反信案。我是奉命來告訴你們一聲，然後也要押著袁華和阿史那獻啟程。」

辛漸問道：「袁華和獻王子跟反信案件並無干係，為何也要一併帶走？」楊功道：「袁華和獻王子本是流人[8]，不得朝廷赦令便擅自潛逃，本該行重杖，若他們能挺過杖刑，便要被重新流放。然而袁華已經供認自己在為突厥效力，獻王子又入驛站行刺淮陽王，所以要押回洛陽重新立案定罪。狄公子，本來與反信案相關的所有人都要被帶回洛陽結案，但宋相公特別交代，你和你的幾位同伴可以不用再辛苦跑一趟。」

狄郊道：「這是為何？辛漸他們可以不去，我可是本案首要被告，結案時理當在場。」楊功道：「宋相公說，狄公子還是不在場的好，不然只怕會失望。曹符鳳已經死了，據稱是畏罪跳水自殺，淮陽王稱對反信一事毫不知情，所有的罪名都被推到曹符鳳頭上。」

狄郊恍然大悟，問道：「宋御史是打算到此為止，不再追究幕後主謀麼？」楊功道：「反信幕後主使到底是誰，大家心知肚明。若一定要追究下去，等於捅破了最後一層窗戶紙，就算能逼迫淮陽王承認是幕後主使，以他目前在聖上心目中的位置，也不能拿他怎樣。而魏王諸武一黨勢必會全力反擊，那時盧陵王可就真正危險了。若就此放手，以宗大亮、車三服罪結案，廬陵王和狄相公的處境要安全許多。狄公子，宋相公讓我轉告你，這世間有些事很是無奈，有時候不得不在利與害之間取一平衡，他有愧『持正』之名，抱歉了。」

狄郊道：「我明白宋御史的苦心了，多謝楊侍從。」楊功道：「那好，各位，我這就告辭了。日後有機會再見吧。」

眾人目送楊功上馬而去，均感鬱鬱滿懷，誰也料不到會是這樣的結局。

王羽仙道：「大夥幹麼都板著臉？既然已經是這樣的結果，無力改變，只好接受它了。」辛漸道：「羽仙說得對。阿翰，你們先回去，我去送送楊侍從。」狄郊忙扯住他手臂，道：「你是想去救袁華？不必了。」

辛漸料到自己的心思難以瞞過同伴，昂然道：「受人滴水之恩，當以湧泉相報。當初是袁大哥主動承認刺客之罪名，才換得了我們幾個的自由。」狄郊道：「我不是不讓你去報恩，而是叫你放心，眼下正有契丹叛亂，袁華和阿史那獻都死不了。」

王翰也道：「契丹既起，朝廷最擔心的是突厥、吐蕃趁火打劫，袁華既為突厥效力，武皇待其為上賓還來不及，又豈會加害？阿史那獻是突厥王子，當初武皇殺阿史那元慶已經引來諸多騷動，再殺了他，只怕河曲六州數千帳降戶，都要倒向默啜，這對北方邊防局勢無異雪上加霜。她即使要殺阿史那獻，也不會在這個時候動手。」

辛漸聽了，也覺得有理，點頭道：「希望真是如此。」

王之渙道：「阿史那獻既是突厥王子身分，還得聽從李弄玉號令，可見這位四娘身分一定非同小可了。」王翰道：「還用說麼？她可是姓李，十八子的李。」

唐朝立國前，民間曾有讖語流傳，說「十八子」將得天下，「十八子」合起來就是個「李」字，後來果然是李唐得了江山。眾人均知王翰暗指李弄玉是皇族身分，只是李姓皇族要麼被殺，要麼被流放，碩果僅存的如廬陵王李顯、嗣子李旦及其子女均被囚禁，這李弄玉又如何能逃脫羅網，並且堂而皇之地手持金牌令箭進出河東縣衙？一時也想不明白究竟。

王羽仙道：「辛郎，你答應要為弄玉姊姊尋找璇璣圖，可千萬別忘記了。」辛漸道：「哎喲，這兩日因為老狄的案子暈頭轉向，還真給忘了。咱們這就去河東縣衙找傅臘問個明白。」

眾人來到河東縣獄探望傅臘，雖然他口不能言，但在七嘴八舌的追問下，事情還是弄清楚了，當真如之前幾人推測的那樣，傅臘在浮橋上撿到了一幅璇璣圖，他一眼就看到最右下端有兩個他認識的字——「河津」，所以後來才想到用璇璣圖來提示眾人，胡餅商和蘇貞與凶殺案有關。

辛漸問道：「那幅圖呢？還在你家裡麼？」傅臘搖了搖頭，又指著自己的斷舌，「呵、呵」連聲。狄郊心念一動，問道：「你是說，你將璇璣圖送給了咬斷你舌頭的蘇貞？」傅臘連連點頭。

王翰皺眉道：「怎麼又跟這個女人扯上了？我早說她不簡單。」狄郊尚不知道蘇貞之事，問道：「蘇貞不是在蔣素素案發後就跟胡餅商失蹤了麼？」王之渙不願意當眾談論蘇貞身陷青樓，忙道：「回去再說。」

回到逍遙樓，王之渙大致說了蘇貞被賣入宜紅院做娼妓之事，又道：「老狄，你也見過貞娘，你說她的遭遇是不是值得同情？」狄郊道：「這件事很奇怪。」王之渙道：「當然奇怪了，她是被人脅迫……」

狄郊問道：「這蘇貞是什麼時候被她丈夫賣入青樓的？」王之渙道：「這倒是不清楚，最早是田智在宜紅院遇見她。」

田智掐指算了算，道：「應該是大前天。」狄郊道：「嗯，那就是四月二十五。真是蹊蹺！」

辛漸道：「我大概明白老狄的意思了。四月十九日，我們幾個到了蒲州，當天晚上秦錦被殺；四月二十日，阿翰被當做殺死秦錦的凶手捉去河東縣獄……」

狄郊道：「這一天，我們四人去城東調查秦錦案，遇到水手傅臘，他為證明自己昨晚不在殺人現場，舉出蘇貞為證人。我和之渙、李蒙隨即去了河津胡餅鋪，跟胡餅商打聽蘇貞，然後才到她家，她證明——昨晚傅臘在她家……」王之渙道：「當時，我們聽見她房中有個男人說話，聲音低沉，貞娘似乎怕他怕得厲害，那人應該就是她丈夫韋月將。」

辛漸道：「四月二十一日，我被謝瑤環扣押在州獄中，你們四個先被放了出來，當天深夜蔣素素被殺，那一天剛好是羽仙來到蒲州的日子……」王翰道：「不錯，羽仙來到後，我覺得盯著逍遙樓的耳目眾多，我們便送她去普救寺住，也就是那時，老狄發現裴昭先被平氏三兄弟關在梨花院中，我覺得那裡不安全，又帶羽仙回來。半路上，水手傅臘從我們身邊呼嘯而過……」

辛漸道：「對，這一段巧遇後來成為水手傅臘被懷疑成殺人凶手的契機。次日，也就是四月二十二日，蔣素素屍首被發現，老狄發現她口中的斷舌，聯想起與傅臘的深夜偶遇，由此追查到傅臘頭上……」

王之渙道：「我們離開蔣素素家去查驗傅臘是否斷舌，出來巷子口，老狄還見到貞娘正站在河津胡餅鋪旁張望。我和老狄過去跟她聊過幾句，她曾提到丈夫已經回來。」

狄郊道：「嗯，這一點細節很重要，可惜我們當時注意力都在傅臘身上，發現他斷舌後，更認定他是殺人凶手。虧得竇縣令提醒，我才發現蔣素素牙齒中無血，傅臘是被嫁禍……」王之渙道：「竇縣令也是誤打誤撞，他以為蔣會是凶手。」

狄郊道：「後來我和之渙又去了蘇貞家，她非但沒有開門，還催促我們趕快離開。所以我們又去胡餅鋪打探，胡餅商極力稱讚蘇貞，卻不怎麼提到她丈夫韋月將。還說——韋月將昨日回來在家過夜，今早已經離開。這一天是二十二日。第二天，二十三日，羽仙透過璇璣圖的提示，知道是蘇貞趁接吻交歡時咬下了水手傅臘的舌頭……」

田智驀然大叫一聲，嚇了眾人一跳。辛漸道：「田智是不是想到了什麼？」田智忙道：「不是不是，就是聽說有人被咬下舌頭怪嚇人的。」王之渙道：「可不是麼，這事咱們都是頭一回聽說。尤其貞娘她……」忍不住歎息一聲。

王翰斥道：「沒事別再大驚小怪。」田智諾諾連聲，不敢再多說。他至此方才知道那個水手傅臘是被蘇貞咬斷了舌頭，而他本人還曾經跟這個女人口對口交吻纏綿，當時還覺得旖旎無限，現在回想起來，不但噁心得想要嘔吐，心底還升騰起一股莫名的寒意。

狄郊續道：「得知蘇貞是幫凶後，竇縣令急忙派人去捉拿蘇貞，發現她和胡餅商已經同時失蹤。當天晚上，裴昭先在蘇貞家中被殺。這一天是二十三日。第二天，二十四日，我們去勘驗裴昭先的屍首時，阿翰在院牆下發現了韋月將的無頭屍首。二十五日，田智在宜紅院遇到戴著面具的蘇貞。」

王之渙道：「也就是說，儘管我們二十二日沒有見到貞娘，卻分明聽到她的聲音，她還在家中，但二十三日就已經蹤跡全無，她應該是在這期間被賣去了青樓，最有可能的時間是二十二日晚上。」

辛漸道：「可是這完全說不通。蘇貞自稱是被丈夫賣進宜紅院，雖然她沒有提名字，但我們都知道那人是韋月將。按照胡餅商的說法，韋月將二十二日早晨已經回去東主張道子家。當然，胡餅商肯定是說了謊話，他當時應該已將韋月將殺死，埋屍在院中，殺人日期也與我們後來發現屍體時的腐爛狀態吻合。那麼賣蘇貞到青樓的應該是胡餅商才對，怎麼又成了韋月將？」

狄郊道：「這正是最大的矛盾之處。以蘇貞目前的處境，她應該不會撒謊……」田智忙道：「小的多嘴插一句……」狄郊道：「你說。」田智道：「依小的看，貞娘提及她丈夫時總是很驚慌害怕的樣子。不過那時候小的不知道她丈夫姓甚名誰，也不知道他已經被人殺了，當時只是覺得奇怪，貞娘人溫柔有禮，雖然戴著面具，可以前的容貌應該也不差，天下怎麼會有這麼狠心的丈夫，將妻子賣去做娼妓呢？僅僅是因為貞娘生過重病毀了容麼？可既然賣了她，為何又要強迫她戴上面具？」

狄郊道：「蘇貞眼下是官府通緝的凶手從犯，要將她賣掉，首先要瞞過青樓的主人，所以才強迫她戴上面具，怕旁人認出她來。不過這凶手也夠絕的，為何不殺了她滅口，而要將她賣做娼妓？」王之渙道：「大夥都知道殺人凶手就是胡餅商，街上到處貼著緝拿他的圖形告示，他殺了貞娘，又能滅什麼口，不過是徒增一條人命而已。」

狄郊道：「之渙，我知道你同情蘇貞，可眼下紙難以包住火，我們得帶她離開宜紅院，去一個地方。」王之渙喜道：「好啊，我正要說我們得將貞娘從青樓救出來。」

狄郊的本意是報官，請河東縣令竇懷貞派人將蘇貞從青樓中帶出來，見到王之渙如此反應，一時躊躇，便望著王翰，想徵詢他的意見。王翰微一凝思，即道：「好，我這就去宜紅院帶蘇貞出來，你們在這裡等我。」他一直不怎麼喜歡蘇貞，也不贊成王之渙出頭去營救這種女人，為此還幾次爭執，忽而態度大轉變，不免令人驚訝。王翰卻命田智取了一袋金砂，主僕二人「噔噔」下樓去了。

王之渙問道：「羽仙，阿翰他怎麼……怎麼……」王羽仙抿嘴笑道：「你既是一心想救貞娘，翰郎又怎會置身事外？」辛漸道：「是啊，你別看阿翰因為蘇貞的事跟你吵架，可他到底還是顧念兄弟情誼。」王之渙會過意來，很是感動，道：「我這就去追阿翰，跟他一起去宜紅院。」辛漸笑道：「你就別去湊熱鬧了，他又不是真的去逛窯子，人多不一定好辦事。阿翰既然不叫我們同去，肯定有他的道理。」

等了大半個時辰，王翰當真帶著蘇貞回來了。她頭上戴了一頂帷帽，半透明的幔紗遮住面容，外人無法看到她臉上的面具。進房來才取下帽子，盈盈向眾人下拜，謝道：「小婦人蘇貞多謝各位郎君、娘子相救。」王羽仙上前扶住她，道：「娘子不必多禮。」又見她身上衣服又破又爛，連路邊的叫花子也不如，忙道：「我帶娘子到隔壁換身衣服再說。」自領著蘇貞回房。

王之渙忙問道：「很順利麼？」王翰道：「嗯。」王之渙道：「那阿金一心要將貞娘當搖錢樹，如何肯輕易將她交出來？」田智道：「阿金一聽貞娘是通緝要犯，早嚇得半死，巴不得早早送貞娘出門。阿郎又有錢給她，她何樂而不為？」自懷中取出一張紙，道，「這是自阿金那裡取到的貞娘賣身契。」

王之渙接過來一看，日期寫的是二十二日，簽押者卻只是署著一個「胡」字，而不是「韋月將」的名字，不禁微感失望，心道：「貞娘到底還是騙了我！她說什麼被丈夫賣入青樓，不過因為胡餅商是在逃的殺人犯，她不敢輕易說出來，況且說是被自家夫君賣身更容易博人同情。」

狄郊道：「我一會兒想先帶蘇貞去一個地方，大夥先別提她丈夫的事。」王之渙道：「好。不過……」

正說著，王羽仙領著蘇貞重新進來，果然靚裝之下增色不少，只是面上的銅面具青光閃閃，煞是詭異。蘇貞意識到自己臉上的面具是眾人目光聚焦之處，不由自主地舉起衣袖，擋住了面容。

王羽仙道：「娘子先別著急。辛漸，你過來看看貞娘這面具有沒有法子取下來？」

辛漸之前在宜紅院早已仔細查看過，那只面具打造精巧，取下不易，怕是要費一番周折，道：「取是能取下來，不過這面具焊死時是加過熱的，怕是有的地方已經與肌膚合在一起，娘子得吃苦頭不說，取下來時亦會扯壞肌膚。」

蘇貞被戴上面具前已經被人打暈，根本不知道其中過程，聞言驚道：「郎君是說即使能取下面具，我的面容也已經毀去，是麼？」辛漸不願意謊言相欺，道：「應該是這樣。」

大凡女子均愛惜容顏，蘇貞身遭劇變，在困境中唯一的念想就是將來有一日能取下面具，回去家鄉與親人團聚，不想這最後一點盼望都破滅了，「啊」了一聲，失聲痛哭起來。一邊哭泣，一邊本能地舉袖拂拭眼淚，卻只能觸到冰冷的面具，心中越發悲涼。

眾人見狀，也頗覺淒慘，可又不知道該如何勸慰。等了一會兒，狄郊才道：「事已至此，貞娘還是看開些吧。那人將你害到這般境地，貞娘難道不想報仇麼？」蘇貞一愣，道：「報仇？不……」連連搖頭，露出了驚懼的神色來。

狄郊道：「那好，我想請貞娘跟我去一個地方。」蘇貞抽抽噎噎地道：「小婦人的性命是各位救的，敢不為郎君效力？」王羽仙便為她戴好帷帽。

狄郊道：「我們要去的地方不適合羽仙去，阿翰，你還是留下來陪著羽仙。」王翰道：「是宜紅院麼？早知道你要去，就不必我多跑一趟了。」

狄郊也不答話，領著蘇貞出來。走出一段，王之渙才會意過來，追上前幾步，低聲問道：「老狄，你該不是要將貞娘交去河東縣衙吧？」蘇貞也意識到有所不妙，頓住腳步，遲疑著不肯再往前走。

狄郊道：「不錯，我是想帶貞娘去河東縣衙，不過不是要送她投案。」王之渙道：「不是投案，是做什麼？」狄郊道：「我要請貞娘去見一個人。」蘇貞立即會意過來，道：「是傅臘，不，我不見他！我不願見他！」慌裡慌張，掉頭就跑，卻被辛漸一把抓住手臂，動彈不得。

辛漸道：「娘子不願見傅臘，是因為內心有愧麼？」蘇貞哭道：「我真的不是有意要害傅臘，我……我這是被逼的……他……他說如果我不咬下傅臘的舌頭，他就要將我賣去做娼妓，讓我被千人騎、萬人跨，從此永遠不得翻身。」

狄郊道：「他是貞娘心頭重負，如果不找出他來，怕是貞娘一輩子也不得安生。走吧，貞娘放心，我不會害你的。只要查明真相，抓到凶手，我願意替貞娘向竇縣令求情。」

蘇貞只是哭泣不止，一旁漸有路人留意圍觀，狄郊無奈，便與辛漸一左一右挾了蘇貞手臂，往縣衙而去。王之渙道：「喂，你們……」他素來信任狄郊，一時也想不出別的辦法，只得跟了上去。

河東縣衙的差役早已認得狄郊等人，一見便上來問道：「郎君們又為案子而來麼？」狄郊道：「嗯，我想見見那具無頭屍首，不知是否方便？」差役笑道：「有什麼不方便的？只要郎君不怕屍臭，隨時可以來看。」又問道，「這婦人是誰？」狄郊道：「是名證人。」王之渙聽了這話，才算放下心來。

差役領著幾人來到停放屍首的房間。房中臭氣熏天，屍首橫在房中地面上，上面蓋著塊白布。狄郊道：「差大哥可否行個方便，讓我們幾個單獨待一會兒？」差役道：「郎君請隨意。」緊捂著鼻子，小跑著奔了出去。

狄郊道：「貞娘，請上前認一下這具屍首。」蘇貞本來膽小，被帶來縣衙停屍房這種地方已是十分不情願，又聽說要讓她認屍，心中更是猶豫。

狄郊道：「他是貞娘親近的一個熟人，難道貞娘不想看看是誰麼？」蘇貞這才想起，王之渙曾經提起她丈夫韋月將已死的事，「啊」了一聲，轉頭問道：「是他麼？」王之渙點點頭，道：「可他沒了首級，貞娘要有心理準備。」

蘇貞點點頭，忽然變得坦然了許多，上前在屍首邊蹲下來，伸手去揭屍體上的白布。她的手明顯因為緊張而發抖，但還是慢慢接近了屍首。屍布揭開了，她愣在了那裡，眼波中那一點點略帶欣慰的期盼，瞬間轉變成為失望和恐懼。

狄郊道：「貞娘可認得他？」蘇貞點點頭，道：「不過不全然如郎君所言，我們熟識沒錯，卻並不親近。」王之渙吃了一驚，道：「貞娘的意思是，你跟你丈夫……」一時間找不到合適的言辭。

蘇貞道：「丈夫？啊，郎君以為他是我丈夫麼？不，不，你們搞錯了，他是我家前面的胡餅商。沒錯，這身衣服是我夫君的沒錯，可人不是。」

最意外的人非王之渙莫屬，這才明白狄郊為什麼堅持要帶蘇貞來認屍，原來他早隱隱猜到死的人不是韋月將，蘇貞並沒有說謊，確實是她丈夫將她賣入青樓。至於眼前的無頭屍首，凶手是有意給他穿上韋月將的衣服，讓大家誤認為他是韋月將，砍走頭顱更是為了混淆視聽。能做到這些並從中受益的人，自然只有韋月將了。

回到逍遙樓，狄郊大致說了無頭屍首的新發現。王翰、王羽仙連日來經歷的怪事多了，倒也不覺得如何驚奇。狄郊肅色道：「事情到了這個地步，貞娘怕是得說實話了，凶手是你丈夫韋月將對不對？他不但殺了秦錦、蔣素素，還事先找好了替死鬼胡餅商。只是我始終不明白動機，我知道你丈夫來河東意在得到張道子先生家中的王羲之真跡，可秦錦這些人跟張家沒有半點關係，他為什麼還要大費周章地殺死這些人？」

蘇貞自到河東縣衙看過胡餅商的屍首後，人倒是變得沉靜了許多，不像之前那般手足無措，沉默了一會兒，抬頭道：「好，我就將我所知道的事情經過原原本本告訴各位。秦錦被殺之事我事先並不知情，我甚至不知道我夫君當日已經回到城裡。那天晚上，天上有月光，傅臘換班後家也沒回就直接來到我家裡，我做了晚飯給他吃，然後就上了床。到半夜時，傅臘突然要走，我知道他第二天不當值，猜想他是要趕去附近的素娘家裡，因而也沒有多挽留。過了大半個時辰，又有人輕輕敲門，我以為是傅臘回來了，哪知道開門一看，卻是我丈夫。不知道為何緣故，他穿著胡餅商的衣服，一身的胡餅味道，神色也甚是不安。我不明究竟，也不敢多問，急忙讓他進屋；服侍他洗漱時，看見他手上、衣服上均有血跡，身上還有一把短刀。我當時嚇壞了，他卻說是半路遇到了劫匪，動手傷了人，讓我把衣服丟到灶下點火燒了。」

王之渙道：「你丈夫提前回城，又一身是血，你難道一點也不起疑麼？」蘇貞道：「不瞞王郎，我丈夫為人苛刻嚴厲，我平日已是十分畏懼他，他突然回來，我生怕他發現傅臘剛剛來過之事，哪敢再多半句嘴？幸好他只是洗乾淨血跡後就直接上床睡了，再無二話。次日，狄郎和王郎來到我家打聽傅臘行蹤，我這才知道錦娘昨晚被殺，立即想到可能是我丈夫所為……」

狄郊道：「莫非尊夫韋月將與秦家素有仇怨？」蘇貞道：「不是，其實還是因為我……」猶豫半晌，還是吞吞吐吐地說明了情由。

原來蘇貞因丈夫長年不在家，寂寞難耐，偶爾會到房東秦家走動，不過是想尋秦錦、蔣素素姑嫂說說話而已。有一日，湊巧撞見來秦家私會蔣素素的水手傅臘，傅臘一見蘇貞，驚為天人，傾倒不已，苦苦哀求蔣素素介紹蘇貞給他。蔣素素開始有些生氣，但她自己也是水性楊花，同時有好幾個姘頭，乾脆樂得做個人情，便主動邀請蘇貞來家中做客，用酒將其灌醉，再留宿家中。傅臘早等在一旁，趁蘇貞醉暈時姦污了她。蘇貞醒來後才知道上了大當，痛哭不已，有心尋死覓活，慢慢經蔣素素勸轉也就罷了。況且那傅臘極善挑逗女人，帶來的肉體歡愉是她那嚴肅冷漠的丈夫從來沒有過的，因此不但沒有張揚，還就此與傅臘勾搭。傅臘時常趁韋月將不在家時與蘇貞私會，有時候也會一夜去上兩家。

眾人這才知道韋月將為什麼一心要殺蔣素素，她是居中的冰人[10]，害得他妻子失貞的罪魁禍首。

狄郊問道：「尊夫每個月只回一次家，而且只待一夜，如何能知道是蔣素素從中牽的線？」蘇貞道：「世上究竟沒有不透風的牆，我丈夫大概是聽到了一些風言風語。三個月前，我丈夫回來家中，二話不說，命我跪在堂中，讓我交代清楚背著他偷漢子之事。我怕說出來他會殺了我，他以前曾經警告過我，說我若是偷人他就要按家鄉習俗將我推入井中淹死，再弄成過失殺人的樣子[11]，我怕他當真會這麼做，所以不肯說實話。哪知道我丈夫立即扯住我頭髮，拖到廚下水缸旁，將我的頭按入水中，等到我嗆夠水幾近昏迷時，才將我拉起來……」

田智也曾被人如此逼供，那種難受的滋味至今記憶猶新。在他得知蘇貞正是咬下水手傅臘舌頭的女子之後，本來對其極感噁心，看也不願多看她一眼，此刻見她楚楚可憐，不禁又同情起她來。

蘇貞續道：「我死去活來幾次，實在沒法子，只得說了實話，又苦苦哀求他不要殺我。他倒沒有再繼續折磨我，而是將我拉起來，命我換了乾淨衣服坐下，說這事不怪我，全怪那蔣素素，那女人自己不安分守己，還將野漢子介紹給我認識，他非殺了她不可……」

王之渙道：「蔣素素從中牽線是不對，可姦夫罪過不是更大麼？韋月將為何不直接對付他？」辛漸道：「之所以不直接對付傅臘，是因為傅臘是個軍籍水手，孔武有力，非尋常人可比，韋月將沒有十足把握。」

蘇貞道：「辛郎說得極是，我丈夫心計極深，我根本不瞭解他心中在想些什麼。不過我知道他到張道子先生家教書是有所圖謀，是他所稱的『大事』，他也不想因為要對付素娘、傅臘壞了大事，所以才表示不追究通姦一事，還讓我跟以前一樣，與素娘、傅臘繼續應酬來往。」

王之渙驚叫道：「哎呀，天下哪有這樣的丈夫，發現了妻子的姦情，還要讓妻子繼續與姦夫敷衍。他倒也真忍得住！」蘇貞道：「我一開始也以為丈夫是在說反話，一再哀告說再也不敢了。他卻說若是我敢拒絕傅臘，或是吐露半點風聲，令傅臘、蔣素素有所警惕察覺，他就要去官府告我和傅臘起意謀害他，那不但是砍頭的重罪，而且按本地習俗，淫婦要騎木驢[12]遊街，從此身敗名裂。我知道他精通律令，不敢爭辯，只能流淚答應下來。」

王翰道：「這韋月將當真陰沉得可怕，他讓娘子繼續對傅臘、蔣素素虛與委蛇，無非是不讓他二人起疑，等王羲之真跡到手，再騰出手來將二人殺死。」蘇貞道：「原來我丈夫想要的是張家的王羲之書卷，難怪總聽他反覆提起。」

原來韋月將在秦錦遇害當日就已經偷到王羲之真跡，藉故離開東主家回城。他大概為這一天已經計畫了很久，刻意沒有回家，而是躲藏在秦家附近不露面，本意就是要製造自己仍然在城外的假象。他早從妻子口中知道蔣素素有點燈睡覺的習慣，到半夜時，換上早已備好的胡餅商衣服，這是為萬一被人撞見做準備——夜深難以看清身形面孔，但氣味卻不會改變。韋月將翻牆進入秦家後直奔亮室，意圖先姦後殺。原聽說蔣素素對男人來者不拒，哪知道闖進去撲上背後她拚命反抗。又聽見外面有人叫「錦娘」，他這才知道找錯了對象，但因秦錦已見到他的面孔，只能殺了她滅口。他衝出來後，正要將蔣素素一併殺死，忽見對面廂房門邊站著個高大的男子，略微猶豫，即翻牆出逃，結果摔了一跤，他不知道那是躲在柴垛後的蔣會刻意為之，不免有些慌亂。幸得院中一對男女自己也是心懷鬼胎，無人追出，他才順利逃回家中。蘇貞見丈夫突然回家，驚懼異常，也不敢多問。

次日，秦錦的屍首被發現，王翰被當做凶手被捕，但狄郊等人上門向蘇貞求證——昨夜傅臘行蹤一事還是很令韋月將緊張了一陣子。他原本計畫誣陷傅臘下毒害自己，這樣一來傅臘和蘇貞都是死罪，自有官府來幫他舉刀，可昨晚錯殺秦錦，蔣素素還得設法除掉，遂眉頭一皺，計上心來，叫過妻子道：「我在蒲州的大事已了，我們要儘快離開河東。然而你卻曾被水手傅臘姦污，你既遭辱，我亦如同身受，此仇不可不報。我有一計，你須照計行事。如有違抗，你自己也知道後果。」蘇貞知道一旦拒絕，丈夫又不知道要用什麼古怪法子來折磨自己，只得答應下來。韋月將道：「明日本該是我回城的日子，你託人帶話給傅臘，謊稱我本月有事不能回家，約他晚上到家裡來。你可與他假作親熱，趁其不備，將他的舌頭咬下。以後的事你便不要管，自有我來處置。」又仔仔細細囑咐了蘇貞一番。蘇貞心道：「丈夫雖然嚴厲，然自成親以來並不曾少了我衣食，家裡吃穿用度費用全仗他在外辛苦賺回。我不守婦道，失身於傅臘，本就對不起丈夫。如果能如他所願，咬下傅臘舌頭，他也許會原諒我，我們夫婦一道離開蒲州，從此再也不要回來。」遂決意助丈夫一臂之力。她以為丈夫只是要出口惡氣，絲毫不知其預備殺死蔣素素，再用斷舌嫁禍給傅臘。

第二日晚上，不等夜深，傅臘便應約而來，翻牆跳入韋家的院子，摸進屋內。蘇貞果然盛裝坐於燈下，正向門外張望。傅臘喜不自勝，上前一把抱住蘇貞，二人便相依相偎地來到房間裡，倒在床上。蘇貞主動張開嘴，傅臘見她今日格外溫柔體貼，大喜過望，將舌頭放入其口中，兩人來回抽送。正當得意忘形，傅臘忽覺口中一陣劇痛無比，想叫卻叫不出聲，低頭仔細看時，卻見蘇貞嘴裡正咬著自己半截血淋淋的舌頭。蘇貞咬下舌頭後，不及吐出，扭身跑出屋外，躲在暗處。傅臘口中疼如刀割，也顧不上追趕，急慌慌地朝自己家中跑。一直躲在一旁監視的韋月將這才笑吟吟地走出來道：「做得好！你把那半條舌頭交給我，你收拾一下去睡吧。我去去就來。」將半條舌頭用紙包好，揣入懷中。然後又帶了一把利刃，直奔秦家，翻身越牆直入蔣素素臥房。蔣素素剛剛才將小姑秦錦下葬，忙累一天，正點燈躺在床上，尚未闔眼。聽得外面有人聲，以為是哪個情夫來了，問道：「是誰？」韋月將閃身在門旁，也不吭聲。蔣素素見無人答話，便取燈開門來看。門剛一開，韋月將便直闖上前，將蔣素素當胸揪住。蔣素素未來得及喊上一喊，已被一刀結果了性命。韋月將恨她自己淫蕩無恥不說，還連累妻子失身，又多捅了兩刀洩憤，這才將屍首拖到床上，從懷中取出傅臘的半條舌頭，放入蔣素素口內。事畢，韋月將吹燈掩門，仍跳牆出了秦家，循原路回家。

這計畫一石二鳥，本來做得天衣無縫——蔣素素被殺後次日，也就是四月二十二日，屍首被人發現報官，狄郊等人果然由斷舌追查到傅臘身上，認定他是殺人凶手，卻意外由於河東縣令竇懷貞誤打誤撞的干預，又發現了新證據證明其無辜。

當日一早，韋月將起床後命蘇貞收拾衣物行裝。蘇貞心頭暗喜，以為丈夫要帶自己離開蒲州，忙依命行事。韋月將自己則喬裝打扮一番出了門。蘇貞收拾妥當後，忽有胡餅商來拍門，告知東主蔣素素昨晚被人殺了，而且嘴中有半條舌頭。蘇貞這才意識到丈夫殺了蔣素素，又利用自己嫁禍給傅臘。胡餅商見她一聽之下就嚇得呆住，忙安慰了幾句，又道：「我看見尊夫一大早回去東主家了，他怕是還不知道這件事。娘子若是有事，儘管到前面鋪子來找我。不過，這個地方咱們怕是住不下去了，東主姑嫂都死了，大不吉利。」蘇貞只是不答。胡餅商走後，她心中忐忑難安，便出來家中，恰好遇見狄郊和王之渙。二人問起她有沒有見過傅臘，她慌裡慌張地說丈夫昨日已經回來，傅臘決計不敢再來。回到家中後，久久不見韋月將回來，生怕他拋下自己獨自逃走。後來狄郊發現新的證據證明傅臘也是受害者時，又與王之渙一道來找蘇貞，她卻連門也不肯開，只催促他們快離開。

一直到傍晚天黑時，韋月將才回到家中。蘇貞既不敢問他去了哪裡，也不敢多提半句蔣素素命案的事。吃完晚飯，等蘇貞收拾好碗筷，韋月將忽然取出一壺酒，說要與她共飲一杯。丈夫從來不飲酒，蘇貞雖覺奇怪，卻不敢違逆，只得飲了一杯，誰知道酒剛一下肚，就天旋地轉，眼前一黑，頓時什麼都不知道了。再醒來時，人已經躺在一張又香又軟的大床上，丈夫正坐在床邊冷冷望著她。她心中一驚，坐起來問道：「這是什麼地方？」韋月將道：「這裡是宜紅院，青樓。」一直言告訴妻子已經將她賣到這裡做娼妓。蘇貞知道丈夫素來說到做到，登時嚇得魂飛魄散，爬下床來撲倒在丈夫腳下，連連磕頭哀告，韋月將卻只是不理。蘇貞這才驚覺自己面容有異，一摸臉上，不知道何時被套了個銅面具，一時駭異得呆了，連求饒的話也說不出一句。正好宜紅院主人阿金進房驗貨，韋月將主動剝光蘇貞的衣服，將她牽到阿金面前，叮囑道：「這女人最會裝清高可憐，又愛編些謊話，娘子可要看得緊些。」阿金見蘇貞臉上雖有面具，可身材皮膚均是一流，且價格低廉，不過才五貫銅錢，當即歡天喜地地接了過去，道：「郎君放心，我阿金別的不會，管教女人可絕對是一把好手。」蘇貞當此境遇，欲哭無淚，欲叫無門，癱軟在地上，再也站不起來。

眾人聽蘇貞講完經歷，均感義憤填膺——通姦固然不對，可畢竟罪不至死。尤其韋月將之處心積慮，將妻子套上面具後廉價賣入青樓之舉更令人心寒。那面具打造得精巧無比，又與蘇貞面容契合，他一定是早有準備，決意如此對待妻子已非一日，可他竟能一直不露聲色，利用她除去所有仇家後，這才最後下手處置妻子。天下男子最冷酷無情者，莫過於此人。

辛漸道：「韋月將將貞娘送去宜紅院後，一定又重新回去家中，設法將胡餅商誘來家中，用藥酒迷倒他，給他換上自己的衣服，再一刀殺死，割下首級，將屍首埋在院中柴垛旁，又不厭其煩將柴垛的柴碼了一半到埋屍的地上，有意留下痕跡，好讓人發現。」

狄郊道：「應該是這樣。第二日他離家時將首級和貞娘收拾好的行囊一併帶走拋入黃河，這便絲毫不留痕跡。官府派人來追捕貞娘不見人影，只以為她已經逃走，殺人兇手無非是胡餅商和韋月將中的一人，等到再發現無頭屍首誤以為是韋月將，罪名便完全落在胡餅商和貞娘頭上，真可謂無懈可擊。」

王之渙聽得冷汗直冒，道：「這韋月將好厲害的心計。若不是田智因為反信案到宜紅院打探消息，貞娘向他求救時洩露了身分消息，此案怕是萬難查明真相。」田智忙道：「這可不是小的功勞，是羽仙娘子的主意。」

眾人這才知道去宜紅院最初是王羽仙的主意，只是不知道玉潤冰清的她如何會想到派田智去那種地方。

辛漸問道：「秦錦被殺的那天晚上，傅臘是不是送了一幅璇璣圖給娘子？」蘇貞「啊」了一聲，雖看不到她臉上表情，可分明極為驚訝，半晌才問道：「是傅臘告訴郎君的麼？」

辛漸道：「差不多。不過傅臘因為不能說話，也只能指出璇璣圖送給了娘子，卻無法講出詳細經過情形。不知道傅臘有沒有說璇璣圖是從哪裡得來的？」蘇貞道：「倒是提過幾句，說那幅璇璣圖是一名極美麗極高貴的紫衣女郎掉落在浮橋上的，傅臘親眼看到，但因為那女郎的手下對他無禮，他便有意不說，等那些人走後撿了回來。」

王羽仙道：「呀，那應該就是弄玉姊姊失落的那幅璇璣圖了。」蘇貞道：「弄玉是璇璣圖的原主麼？她一定大有來歷。」

辛漸道：「娘子如何知道？」蘇貞道：「這幅璇璣圖不是普通的織錦，非常人所能擁有。」

辛漸心下越發肯定這就是李弄玉千方百計要找回來的璇璣圖，忙問道：「璇璣圖現在在哪裡？請娘子交出來，我要將它歸還給原主。」蘇貞搖了搖頭，道：「應該在我丈夫手中。」

狄郊問道：「四月二十二日晚，是貞娘最後一次見到尊夫麼？貞娘可知道他去了哪裡？」蘇貞微一遲疑，隨即搖了搖頭。

辛漸道：「如此，只有請竇縣令發告示緝捕韋月將了。」轉頭向王羽仙使了個眼色。她當即會意，上前握住蘇貞的手，道：「娘子餓了吧？我先帶你到樓下去吃些東西。」

等到二人走遠，狄郊、辛漸幾人才商議如何處置蘇貞。她本人肯定是不願意見官，可她不但是關鍵證人，而且是殺人從犯，再情有可憫也該接受律法的制裁，不然如何對得起那些死去的人？

狄郊道：「之湙，我知道你同情蘇貞，她的遭遇也確實可憐。不過眼下最要緊之事是將一切真相告訴竇縣令，請他發文追捕韋月將，所以我們沒得選，必須得將蘇貞交給官府。」王之湙道：「如此她豈不是死路一條？殺人從犯，按律當絞。」

狄郊道：「未必。蘇貞咬下的是傅臘的舌頭，韋月將殺的是蔣素素，而不是傅臘，舌頭不過是用來嫁禍傅臘的證物，因而嚴格說起來，蘇貞並不是殺人從犯。當然，她犯了通姦罪，按律要判兩年徒刑，故意傷人罪，三年徒刑，數罪並罰，不過是三年徒刑[13]。再說，我們送她去官府時，可以說是她主動願意自首，如此一來還有減刑的可能。」

王之渙賭氣道：「你又不是坐堂判案的堂官。」狄郊道：「我的確不是，不過我們可以出面替蘇貞向竇縣令求情。」

辛漸道：「對了，不如問問蘇貞可知道，她丈夫盜走的王羲之真跡下落，若是能尋回來交給張道子先生，也是個將功折罪的法子。」王之渙道：「對呀，就是貞娘說的那個什麼大祕密……」

忽有一名夥計奔來門前叫道：「前面出了事，羽仙娘子請各位速去看看。」

眾人不知道出了什麼事，急忙趕來大廳，卻見堂中空空蕩蕩，蘇貞縮在牆角一張桌子下，全身發抖，王羽仙怎麼拉她也不肯出來。

王翰問道：「出了什麼事？」王羽仙道：「我們才剛剛坐下，貞娘忽然說她看見了她丈夫，然後就成這副樣子了。」

王之渙忙上前道：「貞娘不必害怕，你丈夫盜寶在先，殺人在後，他早就離開蒲州，遠走高飛了。」蘇貞哭道：「不，他在這裡，我剛才明明看見了他。他……他今晚上肯定又要來找我。」

辛漸道：「又？之前韋月將是不是還到宜紅院找過娘子？」蘇貞道：「是……我害怕……」王之渙道：「別怕，我們有這麼多人在這裡，他不敢來的。」將蘇貞拉出桌底，扶她站起來。蘇貞渾身戰慄，眼睛一直不由自主地往大門口望去。

王翰招手叫過一名夥計，問道：「適才有人來過麼？」夥計道：「來過好幾撥，都是想吃飯住店的，被小的給打發走了，沒有一個放進來。」

王翰點點頭，轉身問道：「娘子是不是還有什麼事瞞著我們？」蘇貞低下頭去，不肯回答。王翰道：「那好，夥計，這就請娘子出去。」蘇貞大驚失色，忙道：「不，不，別趕我出去，我……我願意說實話。」

回來房中，蘇貞一邊掉淚一邊道出原委。原來她被賣入宜紅院後，以為丈夫早已遠走高飛，從此只有自己一人在這青樓受無窮無盡的凌辱，心如死灰。哪知道第二日晚上，韋月將竟然又來到宜紅院，竟然也像尋常嫖客那樣付錢點了妻子的牌，抱上床後一番雲雨。蘇貞頭天晚上已經被宜紅院幾名大漢輪番姦污，被折騰得痛不欲生，實在忍受不了，連聲哀告求饒，韋月將這才放手，逼問璇璣圖之事。

辛漸吃了一驚，道：「韋月將也知道那幅璇璣圖非比尋常麼？」蘇貞已然鎮定了許多，歎了口氣，幽幽道：「他原本是不知道的，他當時根本就不知道我手中有那幅璇璣圖，他想知道的只是璇璣圖背後所隱藏的祕密。各位不必吃驚，我姓蘇，本是京兆武功人氏。」

王羽仙道：「莫非娘子跟璇璣圖創制者蘇蕙源出武功蘇氏一脈？」蘇貞點點頭，道：「貞觀末年，我曾祖父曾奉詔入宮，為太宗皇帝解一幅璇璣圖。曾祖窮盡心力，最後嘔血而亡。因而一直傳說太宗皇帝留下一幅神祕的璇璣圖，裡面藏有一個驚天動地的大祕密。我曾偶爾向我丈夫提過此事，他當時並沒有當回事，這次回來，就是特意要問清這件事。」

王之渙道：「既然韋月將當時還不知道貞娘手中有璇璣圖，一定是他在離開蒲州後半路聽到了什麼，所以不惜冒險折返回來。」蘇貞道：「嗯，我丈夫確實提到他是特意回來問這件事的。可是我根本就不知情，不僅我本人、就連我祖父一輩都不知道所謂的大祕密是什麼，自然答不上來。我丈夫卻不相信，又開始折磨我，他將棍棒插入我……我的私處，我……不堪忍受污辱，只好說出我得到了一幅璇璣圖，很有可能就是那幅神祕的璇璣圖，就藏在櫥櫃鐵燭臺的下面……」

辛漸眼睛一亮，道：「燭臺！老狄，你有沒有想到什麼？」狄郊點點頭，道：「嗯，這個稍後再說，還是先讓貞娘說完。」

蘇貞道：「我說出璇璣圖的藏處後，我丈夫先是愕然，接著便說我騙他，說我一個婦道人家，怎麼可能得到璇璣圖，我只得說了是傅臘在浮橋撿的。他聽後更加生氣，下手更重，直至我昏迷了過去……」

辛漸道：「貞娘如何能知道傅臘送給你的，就是那幅神祕的璇璣圖？」蘇貞道：「那幅織錦非常古樸，看上去有些年頭了，但錦紋卻細密精緻，有些針法我從來都沒有見過。我知道事關重大，這等宮廷機密，我本不敢輕易洩露，所以不敢對任何人說，連傅臘也不知道，只將它摺好後鄭重收藏了起來。」

辛漸道：「看來是韋月將回家去取璇璣圖時，意外撞見了裴昭先，所以殺了他滅口。」王之渙道：「可如果是裴昭先先入室，以他的武藝和處境，怎麼會不加防備，任憑陌生人接近自己？」狄郊道：「關鍵就在於韋月將不是陌生人，他暫時還是這處房子的男主人，他只要表明身分，裴昭先不但不會警惕，還會心生愧疚。我猜韋月將回家後乍然見到裴昭先，雙方都吃了一驚，隨即各自說出身分，裴昭先聽說主人回來，便主動道歉，預備離開。韋月將則因為他本人『已經死去』，須得殺了裴昭先滅口，佯作熱情挽留，稱要款待他。取出鐵燭臺下的璇璣圖後，順手將燭臺帶了出來，趁裴昭先不備，用燭臺狠狠砸在他頭上……」

辛漸道：「我也認為事情是這樣。裴昭先臨死發現璇璣圖在韋月將手中，所以他在桌上刻寫的不是『王』字，而是『璇』字的半邊；他知道李弄玉失落了璇璣圖，正焦急萬分，甚至不及提醒是誰殺了自己，也要暗示璇璣圖的下落，只可惜不及寫完便力盡而亡。」

王羽仙道：「要是弄玉姊姊人在這裡就好了，總算可以給她一個交代。不然她手下那些人還總冤枉是你們幾個殺了裴昭先。」辛漸道：「宋御史早派人將裴昭先的屍首、首級縫好裝斂，送往聞喜安葬。等我們回去并州，路過聞喜，再將真相告訴裴氏族人不遲。」

王之渙問道：「貞娘之前所稱的大祕密就是璇璣圖麼？」蘇貞道：「是。其實我知道璇璣圖早已經被我丈夫取走，只是我一心想離開青樓，又怕各位將我交給官府，無計可施，只好以謊言欺騙各位。不過，我剛才真的見到我丈夫了，你們要相信我……」

狄郊搖搖頭，道：「尊夫已經同時得到王羲之真跡和璇璣圖，又背負這麼多條人命血案，尤其裴昭先不是普通人，非秦錦、蔣素素所能相比，聞喜裴氏近在咫尺，一定會有人趕來復仇，他斷然不會再滯留在河東。貞娘是太過緊張了。抱歉的是，我們這就得送你去河東縣衙。」

蘇貞的反應大大出人意料，居然點了點頭，道：「也好。」眾人無不驚詫。王之渙道：「貞娘放心，你犯的罪不是死罪，不過是幾年徒刑而已。」蘇貞淒然道：「我現在這樣子，人鬼不分，跟死又有什麼分別？」

眾人無言以對，遂一起往河東縣衙而來。縣令竇懷貞聽聞找到殺人從犯蘇貞，又聽說無頭屍首是胡餅商，而殺人真凶正是「死去」的韋月將，驚訝得嘴都合不攏，只盯著蘇貞臉上的銅面具不放。狄郊提醒道：「明府，請儘快簽發告示緝拿韋月將。」竇懷貞道：「好，好，本縣這就簽發公文。」

真相大白，剩下的只是追捕凶手，那是官府要做的事。眾人見大事已了，決意次日離開蒲州，動身回并州。

王羽仙道：「辛郎，你答應弄玉姊姊要尋回璇璣圖，現下被韋月將得到，又不知他人去了何處，這可要怎麼辦？」辛漸沉吟道：「韋月將辛苦取到璇璣圖，一定會千方百計破解其中的祕密。四娘既是璇璣圖原主，肯定知道背後隱藏著什麼，也應該知道璇璣圖最終指向哪裡，她應該有線索能找得到。」王羽仙道：「那好，我們趕快回晉陽告訴弄玉姊姊。」

辛漸奇道：「你知道四娘去了晉陽？」王羽仙道：「是啊，我們約好在晉陽見面的。」

王之渙道：「怎麼，你也決定回晉陽了，不怕尊公要將你嫁人？」王羽仙滿面紅暈，望了一眼王翰，道：「我已經和翰郎商量好了，這次回去晉陽，我也學太平公主避婚吐蕃的法子，出家當女冠去。這樣，誰也不能再強逼於我。」

太平公主李令月，是高宗皇帝李治與武則天最小的女兒，身分尊貴。吐蕃曾經派使者來求婚，點名要娶走太平公主。高宗和武則天不想讓愛女嫁到遠方，又不敢直接拒絕吐蕃，便讓公主出家為女道士，修建了太平觀讓她入住，以此來避免和親。王羽仙既無法嫁自己所愛的男人為妻，出家為女道士也是沒有法子的法子。況且道教在本朝擁有很高的地位，享有很大的特權，甚至獨立於法外，道士、女冠犯罪，所在州縣官不得擅行決罰。甚至道教也不似佛教那樣提倡禁欲，而以舒服自在、追求享受為目標，因此士大夫、名媛入道遊仙者絡繹不絕。

回來逍遙樓，卻見幾名羽林軍士撫刀守在門前。眾人見狀，心頭均是一沉。王之渙道：「莫非是淮陽王到了？」王翰道：「哼，他無緣無故捉了田睿，來得正好，我正要去找他。」跟在背後的田智這才知道兄長被抓一事，不由得愣住，見王翰已大踏步奔進樓中，慌忙跟了進去。

卻見永年縣主武靈覺正坐在堂中一張桌子旁，背後跟著數名羽林軍士，站在旁側與她交談甚歡的不是旁人，正是李蒙。

眾人都愣住了。李蒙聽見動靜，急忙迎上來笑道：「我又回來了。想不到你們幾個這麼快就逢凶化吉。」王之渙道：「她是怎麼回事？」李蒙道：「永年縣主麼？我是半路遇到她，虧得她將我從廖管家手中救了出來。」

王翰道：「你不會不知道她也姓武吧？老狄背上謀逆罪名，可全是拜姓武的所賜。」李蒙道：「姓武的也不全是壞人。」刻意壓低聲音，道，「你們知道麼？是縣主救了裴昭先，當晚他行刺不成，也受了重傷，本來難以逃脫，是永年縣主將他藏在房中。」

原來武靈覺不知道出於什麼目的，交代宗大亮將裴昭先藏起來，不讓旁人發現。她在諸武中地位雖遠遠不及武延秀，可其嗣母卻是太平公主李令月；這位公主才是真真正正的不倒大樹，是先帝高宗皇帝和本朝女皇武則天的獨生愛女，將來若是武氏當權，她丈夫姓武，若李氏當權，她本人就姓李，無論何種局面，都少不了她的富貴榮華。因而宗大亮不敢抗命，可又顧忌裴昭先的刺客身分，所以特意找了本地地痞無賴平氏三兄弟，讓三人將裴昭先綁在普救寺梨花院中，等武靈覺回轉蒲州再做處理。至於後來機緣巧合下發生了諸多事情，裴昭先更是窩囊地被韋月將殺死在其家中，則不是人力所能預料。

辛漸等人這才解開心中一個大謎團，只是好奇武靈覺為什麼要這麼做。忽聽得田智大叫一聲，道：「哥，你怎麼成了這副樣子？你怎麼了？」眾人這才發現一旁板凳上躺著一個人，急忙搶過去一看，正是田睿——渾身是傷，奄奄一息，昔日清俊的臉上被刀交叉畫出數道傷口，左眼只剩下一個血窟窿，煞是恐怖。

武靈覺在一旁道：「還能怎麼了？你難道看不出來麼，他一隻眼睛被挖出來了。」王翰面色紫漲得厲害，怒道：「你們好歹毒！有本事衝我來，如此對付一個下人算什麼本事？」羽林軍士生怕他暴起傷了縣主，搶上前來，喝道：「退下！」

武靈覺揮手示意軍士退開，咯咯笑道：「這可不是我做的，你要發火報仇，得找武延秀去。」李蒙忙過來勸道：「若不是縣主出面救了田睿，怕他早已經死無全屍了。」

武靈覺道：「好了，我也不需要你們領我的情，我走了。李蒙，有空來神都吧。」李蒙道：「是，多謝縣主。」恭恭敬敬地送武靈覺出去。

狄郊忙命田智抱了田睿回房，仔細查驗診治，半晌才出來。王羽仙問道：「田睿傷勢怎麼樣？」狄郊道：「他受了不少折磨，鞭傷、燙傷、刀傷都有，不過這些都可以慢慢復原，唯有面容和眼睛……」深深歎息一聲。

王翰恨恨道：「他這是為了我而受苦。」狄郊道：「是為了我們大夥，一定是淮陽王逼迫他攀誣我們謀反，他不肯聽從，所以備受苦刑。」

王翰道：「我找淮陽王評理去。」李蒙忙拉住他道：「淮陽王已經先行趕回洛陽，你上哪裡去找他？況且你找到他又能怎樣？你鬥得過他麼？這事還是算了吧。」

王翰依舊氣憤難平。王羽仙上前握住情郎的手，溫言勸道：「我們明日就要回并州了，何必生氣？善惡終有報。就算能為田睿復仇，他的面容和眼睛也一樣回不來了。」王翰這才怒氣稍解。

因為田睿之事，眾人晚飯都吃得相當鬱結。王翰忽然道：「咱們明日就要走了，有件事我還是說出來好，不然之渙日後又要怪我。」王之渙道：「我怎會怪你？不過到底是什麼事？」王翰道：「你們都知道我不喜歡蘇貞，我一直冷眼觀察她，卻覺得她這次沒有說謊，她可能真的看到了她的丈夫韋月將。」

王之渙驚道：「你是說韋月將真的還在蒲州？」王翰道：「蘇貞本來寧死也不肯去官府，但適才卻不加抗拒，乖乖跟我們去了縣衙，主動入獄，並不是她想投案自首了結案子，而是她擔心丈夫又會找上她。她知道丈夫手段厲害，在外面不安全，此刻最安全的地方莫過於監獄。」眾人仔細一回味，均感有理。

王之渙道：「可韋月將為什麼要冒這麼大的險？是想殺貞娘滅口麼？」王翰道：「不，滅口不是韋月將首先要做的事。據我推測，他應該沒有拿到那幅璇璣圖。螳螂捕蟬，黃雀在後，一定還有人知道了璇璣圖的祕密，搶在他之前下了手。璇璣圖，這才是韋月將甘冒性命之憂滯留在蒲州的原因。」

眾人深感意外。辛漸道：「璇璣圖一事極為機密，我們幾個也是剛剛才從蘇貞口中知道，蘇貞又只告訴了韋月將一人，還會有誰知道璇璣圖藏在她家中？」王翰道：「你忘記了麼？為何之前之渙在宜紅院跟蘇貞交談要用紙筆？」辛漸這才恍然大悟，道：「啊，隔牆有耳。」

原來宜紅院一些房間的牆壁、床下都裝有銅管，通向隔壁的暗室，人在房內、床上說話，隔壁監視的人聽得一清二楚。韋月將不可能知道這個，蘇貞大概也是後來冒險向田智求助後才知道隔牆有耳，所以她被迫說出璇璣圖的那番話，應該一字不漏地落入了阿金或是其手下的耳中。阿金遂用法子絆住韋月將，派人或是自己親自去他家裡搶先取了璇璣圖。等到韋月將趕回時，自是遲了一步。

狄郊道：「這麼說，應該是阿金下手殺了裴昭先，她一樣可以冒充宅子的女主人，令裴昭先放鬆警惕。」辛漸點點頭，道：「應該是她。憑桌上那個『王』字，誰手中有璇璣圖，誰就是凶手。而且我留意到她有潔癖，所以她用燭臺砸死裴昭先後，將燭臺放好，沒有順手扔掉。」

辛漸道：「我這就去宜紅院問個明白。」王羽仙忙道：「一起去吧，正好可以散散心，看看天上的星星。」眾人遂留下田智照顧田睿，便一齊往宜紅院而來。此時夜幕剛剛落定，舉頭繁星滿天，環顧燈火點點，頗有意趣。

離宜紅院尚遠，眾人便發現不對勁。此刻華燈初上，正是青樓開門做生意的最好時間，宜紅院卻是大門緊閉，燈火全無。

辛漸忙道：「你們等在外面，我先進去看看。」打亮火石，推開大門，叫道：「金娘，有客上門！」卻是無人應聲，舉手點燃門旁兩只大油燈，登時一片亮堂，偌大的廳堂內卻是空無一人。

王之渙道：「咦，人呢？怎麼不見阿金？」狄郊使勁嗅了嗅，道：「不好，有血腥氣。」循著氣息轉到樓梯背後，卻見那裡藏著數具屍首，有男有女，看服飾打扮似是宜紅院裡的人。

忽聽得辛漸輕輕「啊」了一聲，人呆立在小廳門前。狄郊知道事情有異，忙趕過去一看，映入眼簾的是一幅血淋淋的畫面——一名婦人高舉雙手被吊在房梁下，頭髮纏繞在繩索上，下巴微揚，一雙眼睛如死魚般瞪得老大，口中堵著一團麻布，面上淨是驚恐痛苦之色。全身赤條條地一絲不掛，上下布滿刀傷刀痕，胸口更有兩個大大的血窟窿，血淌滿地，顯然在被殺死前遭受了極為殘酷的折磨和虐待。這婦人，正是宜紅院的主人阿金。

眾人的第一個念頭便是：「這是韋月將做的，他又搶先了一步，用殘忍的手段逼迫阿金交出了璇璣圖。」

王翰忙用手掩住王羽仙的眼睛，將她攬入懷中，不讓她看見這血腥殘忍的一幕。忽聽得背後有人問道：「你們幾個在這裡做什麼？阿金人呢？」回頭一看，卻是一隊巡城的兵士，不知怎的巡視進了青樓中，且一副熟門熟路的樣子。

辛漸道：「阿金人在這裡。」

領頭的隊正上前一看，即呆若木雞，直至背後的兵士驚呼一聲，這才回過神來，大聲喝道：「來人，快，快將這些人通通拿下了！」

1 葉子戲：一種類似現代撲克牌的遊戲。雙陸：一種類似現代跳棋的棋類遊戲。

2 璇璣：天璇星和天璣星，代指北斗七星。晦魄：夜月。本句意思是北斗七星高高懸掛在天上，不斷地轉動著斗柄，四季隨之變換，明晦的月光灑遍人間每個角落。

3 營州：州治龍城，今遼寧朝陽。

4 潢河：今西拉木倫河。土河：今老哈河。

5 遼朝大臣耶律儼《皇朝實錄》稱契丹為黃帝之後，《遼史・太祖紀贊》和《世表序》稱契丹為炎帝之後。近年在雲南發現的契丹遺裔保存有一部修於明代的《施甸長官司族譜》，卷首附一首七言詩，詩曰：「遼之先祖始炎帝……」

6 梁師都：夏州朔方（今陝西靖邊白城子）人，世為本郡豪族，後仕隋為鷹揚郎將。隋大業十三年（六一七年）起兵反隋，自稱大丞相。後又聯兵突厥，攻占弘化（今甘肅）、延安（今陝西延安）等郡，自即帝位，立國號梁，建元永隆；又接受了突厥贈給的狼頭纛，受始畢可汗封為大度毗伽可汗、解事天子。唐統一全國後，他依舊不斷勾結和慫恿突厥南侵。唐太宗多次遣使告諭，不肯聽從，後被堂弟所殺。

7 唐貞觀四年（六三〇年）三月，各少數民族部落酋長齊聚長安，唐太宗在太極宮正門承天門接待。眾首領一齊上書，請為皇帝上尊號「天可汗」。可汗是遊牧部落部眾對最高首領的尊稱，鮮卑語稱「可寒」，意為「神靈」「上天」。唐太宗笑道：「我為大唐天子，難道又為可汗之事麼？」但此後，他賜給西北各部落酋長的璽書都用「天可汗」之印，由此可見他其實對「天可汗」的稱號相當滿意自得。

8 流人：被流放到邊遠地服苦役的人。武則天時，流人多指獲罪被流放的皇族、大臣及其親屬。

9 河曲：河套之南，突厥降戶和內附中原者的居住地。帳：古代遊牧民族計算人戶的單位，因他們逐水草而居，每戶住一頂帳篷，故按帳計人戶數。

10 冰人：古代對媒人的稱呼。出自《晉書・藝術傳・索紞》：「孝廉令狐策夢立冰上，與冰下人語。紞曰：『冰上為陽，冰下為陰，陰陽事也。士如歸妻，迨冰未泮，婚姻事也。君在冰上與冰下人語，為陽語陰，媒介事也。君當為人做媒，冰泮而婚成。』」

11 依唐律，通姦者處一年半徒刑，有夫之婦處兩年徒刑。姦夫謀殺親夫無論是否得逞均處斬，通姦妻妾無論是否知情均處斬。丈夫過失殺傷妻子，無罪。

12 古代通常將犯通姦淫罪的婦女掛上犯由牌，裸體綑縛在馬上，走鄉串巷示眾。因騎馬有抬人之意，北周時官府改真馬為木馬，後又改為木驢（驢四季性欲旺盛），成為一種羞辱犯下姦淫罪女犯的酷刑。

13 依唐律，同時犯兩種以上罪名（非累計處刑犯罪），以最重的一種罪處刑。

【卷六】 并刀如水

辛漸道：「我雖是大風堂的人，可卻不會打鐵之術。你們帶我走也沒用，并州刀劍稱霸天下，是并鐵的鐵質好，工藝倒在其次。」那人接道：「你是漢人，既給契丹人當細作，為何就不能告訴我們突厥人百煉鋼的祕密？」

「太原」古稱晉陽、霸府，又稱「并州」，在長安東北一千三百六十里，至東都洛陽八百里。相傳禹治洪水，劃分域內為九州，并州即為九州之一。它地處汾水上游的沖積平原，為太行山以西至黃河之間的腹心，東臨娘子關，北靠雁門關，南瀕中原腹地，形勢險要，史稱「東帶各關，北逼強胡，年穀獨熟，人庶多資，斯四戰之地，攻守之場也」。這樣一處形勝之地，自春秋末年建城伊始，就成為中國北部屏障，掌北門之管鑰，控朔塞之河山，為兵家必爭要害，歷朝歷代均以強兵勁旅鎮守。

中國歷史上有兩大著名盛世——漢代的「文景之治」和唐代的「貞觀之治」，尤其「貞觀之治」以其驕人的治國成就成為古代中國最強有力的政治象徵，對後世產生了難以估量的影響。而這兩大盛世的締造者均是從太原城中走出——漢文帝劉恆即位前受封代王，率兵鎮守太原，防禦北方匈奴，龍潛十六年後才由名將周勃等人擁戴繼位；唐太宗李世民年輕時一直跟隨父親李淵生活在太原，名號「太原公子」，父子二人從太原晉陽宮起兵反隋，輾轉征戰，一手打下了大唐江山。地靈人傑，人傑地靈，作為漢文帝龍潛和唐帝國發祥之地，太原由此得了「龍城」的外號。

如此雄藩巨鎮龍蟠虎踞的樞紐之地，自然得到當權者的重視。唐代立國以來，歷任太原長官均是由親王兼任，且只有在位皇帝的親子才可遙領，如高祖時齊王李元吉出任第一任并州總管，太宗時晉王李治長期遙領并州大都督，後來李治當了皇帝，先後任命第三子李顯和第四子李旦領并州大都督。

貞觀二十年，西元六四六年春，太宗李世民從遼東征討高麗前線返回長安，半途折道太原，回憶起青蔥歲月、崢嶸往事，感慨無限，來到晉祠遊覽後，親筆撰書〈晉祠之銘並序〉[1]，記敘了先皇高祖李淵在太原起兵時，受到晉水之神晉侯唐叔虞神助，表明自己勒碑石上是為報大恩、鐫美德於無窮。

皇帝親臨褒贊，這還不是太原歷史上最輝煌的時刻。

三年後，一代天驕太宗皇帝作古，留下一個名叫武媚的侍妾。雖然太宗在世時並不如何寵愛這位武才人[2]，她卻早靠心機聰敏牢牢籠絡住了性情怯懦的太子李治的心，與太子一直暗通款曲。這個靠著用肉體侍奉父子兩代皇帝起家的女人，自從成為高宗李治的皇后後，開始掌握朝政大權，與皇帝並稱「二聖」；高宗去世後，更是改名武曌，以皇太后身分臨朝稱制。

西元六九〇年，武曌六十七歲，已經是年近古稀、垂垂老矣，卻是勃勃野心不滅，終於在九月初九重陽節這天廢去兒子睿宗李旦皇帝位，受尊號為聖神皇帝，改唐為周，君臨天下，這就是中國歷史上空前絕後的女皇帝武則天。傀儡皇帝睿宗李旦被降格為皇嗣，原皇太子李成器則降為皇太孫，獲賜武姓，成為千古奇聞。

這一年，距離李君羨被殺整整四十二年，昔日「女主昌」的讖語終於實現。武則天一邊大殺李氏宗室，一邊下詔為李君羨平反昭雪，追復官爵，厚禮改葬。

女皇的籍貫是并州文水，距離其第一任丈夫太宗李世民的發家之地晉陽不過百里路程。為榮耀故土，武則天特下詔定并州為北都，改州為太原府，府治晉陽，此為太原建府之始，太原遂與京師長安、東都洛陽並稱「三都」，進入全盛時期。

為了營建太原，武則天煞費苦心，特意提拔精幹能吏崔神慶為并州長史[3]，當面叮囑道：「并州，朕之枌榆。」又取出并州地圖，親自與崔神慶一同商議治州大計。

當時太原城已有東太原縣和西晉陽縣，二城隔汾水相對——汾水西面即是晉陽縣，又稱西城、州城，長四千三百二十一步，寬三千一百二十二步，周圍一萬五千一百五十三步，合四十二里，城高四丈。城中又囊括有三座小城：南面為大明城，即春秋末年趙簡子家臣董安予所建的晉陽古城，城周四里，因北齊高緯在城中建有大明宮而得名；東北為新城，又名宮城，東魏高歡在此建晉陽宮。隋朝建立後，隋文帝楊堅封次子楊廣為晉王，駐守太原，楊廣性好奢侈，又在晉陽宮外築宮牆，周圍二千五百二十步，高四丈八尺；新城之西是倉城，為隋朝時楊廣所築，東城牆與新城西城牆相連，城周八里，高四丈。整座晉陽城闕巍峨，宮苑壯麗，極有王者氣派，并州州府及晉陽縣廨均在這裡。比之晉陽縣的富麗堂皇，汾水東面的太原縣則是另外一派風光，碧水環繞，綠樹成蔭，房舍盡掩映於依依楊柳中，彷若一座巨大的花園林苑，清雅秀麗，風景極佳。這是太宗貞觀年間并州長史李勣[4]所築的新城，南北約八里半，東西約五六里，與西城隔水相望。並且又特意開鑿了引西面晉水到東城的引水渠，稱為「晉渠」，這玉帶般的河渠自西向東，凌越汾河，洞穿全城，不但解決了東城飲水的問題，也大大美化了城市景觀。

崔神慶到并州上任後，徵發民夫在汾河上築起城堞，東西長為二百六十步到一里間，號稱中城，將東、西兩城連接起來，耗費鉅資，兩年乃成，由此形成東、西、中三體合一的新太原城，成為天下一大勝景。

極為諷刺的是，宏偉壯麗的新城池並未給太原人帶來多少好運。正是自當今女皇帝武則天登基後，吐蕃、突厥等諸蕃不斷攻擾邊境，地處邊防要地的太原備受烽火壓力。

武則天當上皇帝後，歷經徐敬業、越王李貞等數次以匡復唐業為名的反武起兵，雖以重兵鎮壓，然天下士民不服者依然大有人在，她便縱恿周興、索元禮、來俊臣等酷吏濫殺無辜，陷害忠良，意在剷除異己臣僚，唐宗室貴戚被殺者數百人，大臣數百家，刺史、郎將以下不可勝計，引來朝野諸多不滿。國家動亂依賴於良將平定，國家安定依賴於賢相治理，宰相是輔佐皇帝、總領百官辦理國家大事的最重要職位，對整個國家而言舉足輕重。然而自武周立國以來，連年更換宰相，年年有宰相因各種名義被殺，大周朝政之混亂由此可見一斑。內政不穩，外敵便伺機而入。而這位性格強硬的女皇帝自以為強大，想依靠武力征服，連年派大軍出征，調發日加、百姓虛弊不說，竟然還任命男寵薛懷義為元帥率軍征討突厥，成為天下共傳笑柄。

今年遼東契丹起兵反叛更是令北部邊防雪上加霜。契丹素來歸順朝廷，松漠都督李盡忠、歸誠州刺史孫萬榮舉兵本是事出有因，全因管轄境內大旱，百姓兵士無以為食，營州都督趙文翽殘酷不仁，非但不加賑濟，還加倍侮辱李盡忠等契丹首領，由此才釀成營州事變。

雖則真刀真槍殺了人，可終究只是一個邊境小事件，朝廷完全可以透過綏撫的方式解決。可惜身在洛陽的武則天得報後不立即下詔平息事態，反而為洩一己之憤將李盡忠改名為李盡滅，將孫萬榮改名為孫萬斬，由此使得局面進一步惡化，徹底喪失了和平解決契丹營州事變的希望。這位女皇帝當年殘酷整死第二任丈夫高宗皇后王氏、淑妃蕭氏後，曾改王姓為蟒氏，改蕭姓為梟氏，意在用降低門望出身[5]的方式來侮辱仇敵，令他們死後也不得安生，此刻不過是故技重施罷了；只是李盡忠的「李」是她第一任丈夫太宗李世民親自賜姓，她不敢擅自更改，只好換作改名來宣洩火氣。

不過李盡忠並沒有立即盡滅，孫萬榮更沒有當場萬斬，反而實力越來越強。當時契丹及其他少數民族部落均不堪忍受武周朝廷官員的欺壓凌辱，聽說營州起兵後紛紛趕來投奔。尤其孫萬榮年輕時作為契丹質子[6]長期在洛陽生活，與朝中不少官員交好，對武周和李唐勢同水火的矛盾深為瞭解，因而及時打出迎歸廬陵王為帝的大旗，甚至山東一帶不少不滿武則天統治的漢人也積極回應他所提出的號召，主動與契丹聯絡。如此，李盡忠起兵後，在短短十日內就發展到數萬兵馬，以營州為基地，以孫萬榮為先鋒，攻城掠地，聲勢越來越大，遂自稱為「無上可汗」，這也是契丹首領首次稱「可汗」。

武則天越發不能容忍，遂決意大張撻伐，任命姪子梁王武三思為主帥，率領左鷹揚衛將軍曹仁師、右金吾衛大將軍張玄遇、左威衛大將軍李多祚、司農少卿麻仁節等二十八名大將進討李盡忠，其中曹仁師、張玄遇、李多祚均是朝中重臣。

以時局而論，相比於突厥和吐蕃而言，契丹實力孤弱，絕非勁敵，武則天卻派出如此聲勢浩大的隊伍，不由得人不懷疑她是在為改立太子做準備。她雖有親生兒子廬陵王李顯和皇嗣李旦在世，卻因為姓李入不了她的法眼；她一手開創了武周王朝，當然夢想著王朝代代相傳，傳位自然要傳給姓武的，那就只有考慮血緣相對親近的姪子武承嗣和武三思。可惜這二人貪婪殘暴，貪鄙低能，素來為士族輕視，武則天不是不知道這一點，所以她才決意利用營州事變提高武氏威望，因而勞師動眾，派武三思統帥眾多名將及三十萬大軍征討契丹，意在使他立下平定契丹的不世軍功。二十八名大將均趕赴河北前線，而武三思則屯兵在勝州[7]一帶，留在後方，不冒絲毫戰陣危險，然則一旦前方克敵制勝，功勞卻盡歸在他頭上。

然而戰事演變的結果卻出乎所有人的意料。契丹在西硤石黃獐谷[8]事先設伏，誘敵深入，充分利用了地形優勢，先後分兩批殲滅了官軍前鋒和後軍，曹仁師、張玄遇、麻仁節等大將均被俘虜，官兵全軍覆沒。契丹一戰成名，聲勢更盛，隱隱有雄霸河北、進軍中原之勢。早在幾年前，民間流行一首〈黃獐歌〉，歌詞道：「黃獐黃獐草裡藏，彎弓射你傷。」一直至契丹因黃獐谷之戰威震天下，官兵諸軍並沒，罔有孑遺，黃獐之歌才得以驗證。

朝廷官兵出師遭受重大失利，前方敗報傳到洛陽，武則天勃然大怒，忿恨武三思不爭氣，立即撤銷了姪子的統帥職務，任命另一姪子建安王武攸宜為新任統帥。可之前朝廷三十萬大軍全軍覆沒，西北吐蕃、突厥又蠢蠢欲動，她一時無兵可調，驚慌失措下，竟然下令在天下囚犯及士庶家奴中挑選勇敢善戰者，由官府出錢贖出，以組成臨時軍隊抗擊契丹。幸虧右拾遺[9]陳子昂堅決上書阻諫，這一在唐朝歷史上破天荒的詔令才沒實行。

經過一番全國境內的東拼西湊後，武攸宜再率四十萬大軍出發，但因再無名將可用，不得不起用白衣[10]王孝傑為前鋒。

這位王孝傑也是個傳奇人物，年少時就以軍功入仕，唐高宗儀鳳三年率軍西討吐蕃時，與主帥劉審禮同時成為吐蕃軍俘虜。二人被押到吐蕃都城邏娑[11]後，待遇大不相同：劉審禮被剃光頭髮，淪為最卑賤的奴隸，從事各種苦役，直至悲慘地死去；王孝傑則一躍成為贊普墀都松贊的座上客，備受禮遇，後來更是被放還中原，只因為其相貌酷似墀都松贊的父親。武則天稱帝後，王孝傑因在蕃日久，熟悉其情，出任武周軍統率討擊吐蕃，收復之前被吐蕃軍占領的龜茲、于闐、疏勒、碎葉四鎮，以軍功出將入相，顯赫一時。然而就在去年與吐蕃素羅汗山一戰中，王孝傑再次大敗，差點又當了俘虜，武則天盛怒之下，將其免官，削為平民。

可惜急於戴罪立功的王孝傑也未能給武攸宜帶來好運，他率領十八萬軍隊為前鋒，在東硤石谷[12]與契丹軍遭遇，正布方陣對敵時，後軍總管蘇宏暉畏敵而逃，武周軍陣勢鬆動，契丹軍乘機出擊，官兵大敗，王孝傑逃跑時墜崖而死，兵士被殺或奔踐相踏，死亡殆盡，十八萬軍隊全軍覆滅。

武攸宜軍聽聞敗訊後，軍中震恐，不敢前進。主帥武攸宜更是心摧魂死，又聽說契丹軍大舉南下，惶惶不可終日，甚至打算棄幽州逃走，幸為總管府參謀陳子昂阻止，但從此再也不敢進擊，只是閉城緊守。

陳子昂出身蜀中豪族，二十四歲中進士，才華橫溢，風骨崢嶸，素以安邦經國之才自負，屢獻奇計，卻不被武攸宜理睬；剴切陳詞，反遭貶斥，徒署軍曹。眼看著自己報國的良策無法實現，空懷報國為民之心，悲憤之極，他登上了幽州臺，寫下了名傳千古的〈登幽州臺歌〉：「前不見古人，後不見來者。念天地之悠悠，獨愴然而涕下。」

幽州臺又稱燕臺，史傳是燕昭王為招攬人才而築的黃金臺。詩人俯仰古今，深感人生短暫，宇宙無限，不覺中流下熱淚。〈登幽州臺歌〉由於深刻地表現了詩人懷才不遇、悲壯蒼涼的情緒，語言蒼勁奔放，富有感染力，成為後世傳誦名作。

武則天連接敗報後，還意識不到前方戰事失利是由於統帥不習軍事，一心妄想諸武立下不世軍功，一面派使者到前線追斬蘇宏暉，一面派姪子河內王武懿宗統軍二十萬增援武攸宜。武懿宗儀形短小，容貌粗鄙醜陋，性情怯懦，剛到趙州就聽說契丹大將何阿小正率遊騎南下，城內又有人暗中散發大量妖書，即宣傳小冊子，內容無非是思慕李唐，痛斥武周，號召天下人起來反抗女主，迎廬陵王為新皇帝。他猜已經有契丹細作混入趙州城中，擔心內外受敵，立即下令大軍南撤，一口氣逃至相州才停下。一路丟盔棄甲，委棄軍資，不計其數，這就是著名的趙州大潰敗。契丹大將何阿小輕而易舉地占領了趙州，大肆屠城。朝中左司郎中張元一作詩，嘲諷武懿宗未見敵即狼狽逃竄的醜態道：「長弓度短箭，蜀馬臨高騙。去賊七百里，隈牆獨自戰。忽然逢著賊，騎豬向南竄。」[13]

武則天見詩後居然問道：「懿宗沒有馬騎麼？」張元一道：「騎豬，就是說夾豕[14]。」武則天聞言居然大笑，也不處罰臨陣脫逃的武懿宗。

至此，女皇前後所派出的平亂大軍多達百萬，人數是契丹軍的十餘倍不止，卻屢戰屢敗。武則天再無兵可調，無計可施，只好召集佛教僧人參與解決國家大事，敕令名僧法藏在洛陽依經教遏寇虐。法藏於是沐浴更衣，建立道場，設置十一面觀音像，行道作法，預備將武周軍隊變成所向披靡的神王之眾。

自趙州大潰敗後，燕南諸城，十不存一，河朔之地，人懷兩端。契丹軍已深入河北腹地，占據多座城池。河東緊貼河北，亦不斷有契丹彪騎入境，燒殺搶掠，局勢十分緊張，太原為此已經多次戒嚴。

太原因交通四通八達，商業繁茂，經濟富庶，手工業尤為發達，不但是朝廷鑄造貨幣的中心，而且出產天下最好的鐵製兵器，尤其是大風堂打造的百煉鋼刀刀口犀利，鋼水分明，鋒利無比，盛譽全國。然而自朝廷與契丹交戰以來，太原城中人煙稠密、商旅若織的景象逐漸消失不見，代之以市井蕭條，如遭劫掠。大街上行人稀疏，一派清淡，淨是巡邏的兵士，全副武裝，遇到陌生面孔會立即攔下嚴厲盤問，對方稍微遲疑答不上來，便會被當作契丹奸細綑送并州州府嚴刑拷問。就連王翰、狄郊等人自蒲州歸來，入城時也大費了一番周折。

倒不是所有人都受到了懷疑，被攔住的只有辛漸一人而已——他眉骨凸顯，眼窩深陷，一張國字臉有稜有角，確實跟遼東那些叛亂的契丹人很有幾分相似，守衛城門的兵士又是新從其他州調來，不認得他是城中著名鐵匠大風堂堂主辛武之子，一望之下，立即上前攔住。

辛漸猜到是自己長相的緣故，他這一路下來，沒少被官兵盤問，當即冷冷道：「怎麼，你們官逼民反不算，還是預備抓光殺盡天下所有契丹人麼？」領頭校尉見他出言不遜，腰間又有兵刃，喝一聲道：「拿下了！」兵士便一起圍了上來。

李蒙忙道：「先別動手！這位將軍，你一定是新來的，不認識我們，我們幾個都是本地人，不過是去外面玩了一陣，剛好今日回家。」校尉道：「本地人就不可能是契丹細作麼？長史特別下令，最需要留意的就是你們這些本地人。」

眾人聞言很是不悅，大夥這次在蒲州受了不少委屈，被迫滯留日久，連牢飯都吃過了，想不到回到家門前還要受氣。王翰冷冷問道：「你叫什麼名字？這就將我們所有人都抓起來，帶去州府交給張長史吧，看看他怎麼說。」校尉居然也不吃他這一套，道：「好，來人……」

晉陽縣尉富嘉謨正率大批吏卒、差役出城捕盜，忙上前攔住道：「這幾位都是城中名門公子，不會是契丹細作。這二位和這位小娘子都姓王，這位姓李，這位姓狄。」

校尉一聽都是大姓，料來是名門之後，又指著辛漸道：「那他呢？」富嘉謨笑道：「他叫辛漸，是大風堂辛堂主獨子。你們佩帶的兵器大概也是他家打造的。」校尉這才釋懷，道：「抱歉了，大敵當前……」王翰哼了一聲，也不理睬，昂首進城去了。

太原城有外城、子城，城內又分作一個一個獨立的坊區，坊區四周圍以坊牆，表面上跟京師長安和洛陽的坊區類似，其實功效大不相同。長安、洛陽城中，坊區封閉是為了便於治安管理，而太原則是以重重關欄封鎖外力，緩解穿堂風的威力——因河東地處西北，四季有風，太原又是「兩山夾一川」的地形，長年颳著北風。城中街道也大多是丁字街，北街和南街從來不像京師那樣南北對齊對稱，而是錯開一定距離，如此才好藏風聚氣，遏制北風長驅直下。

辛漸等人一進城就感受到了冷清的局面。王之渙歎息道：「想不到數千里之外一個不足幾萬人口的小小契丹部落，竟然也能令堂堂北都蕭條如此。」王翰冷笑道：「廟堂之上朽木為官，殿陛之間禽獸食祿，狼心狗行之徒滾滾當道，奴顏婢膝之輩紛紛秉政，社稷丘墟，蒼生塗炭，受苦的還不是老百姓。」李蒙忙道：「這話回頭再說。大夥都累了，先各自回家報個信，好好歇上幾天。」

王翰道：「好，大夥先散了吧。羽仙，我送你回去。」王羽仙卻不願意就此回家，道：「我訂了一把剪刀，想去辛漸家看看做好了沒有。」回到太原，她自是不能像在蒲州那樣與王翰公然親近。五人的雙親之中，她最喜歡辛漸的母親賀大娘[15]，兩人很是談得來。況且大風堂位於西城外懸甕山下，距離晉祠不遠，堂邊就是晉水，風景秀麗。

辛漸笑道：「住在我家都沒問題，就怕你嫌打鐵聲吵。」王羽仙道：「嗯，叮叮鐺鐺也滿有趣的。」王翰道：「也好，那我先陪你去辛漸家。之渙，你到羽仙家打探一下，摸清楚情況，再來辛漸家找我們。」王之渙道：「這事包在我身上。不過我想先去海翁家吃一碗豆腐花，再配上蓧麵栲栳，那味道，嘖，嘖……」

辛漸道：「呀，之渙不說起來還好，一說還真是嘴饞得緊。都一年多沒有吃過了，真想念啊。」王羽仙道：「我也要去。」李蒙搖頭道：「一碗豆腐花就饞成那樣，說你們什麼才好。你們要去自己去，我得趕緊回家。」一夾馬肚，得得先走了。

王羽仙又問道：「狄郎也去麼？」王之渙道：「不用問他，他跟海印那麼熟，怎麼會不去？」王羽仙奇道：「海印不是一直對狄郎最凶麼？」狄郊面色一紅，搖頭道：「我不去了，我得先回家看姨母她老人家。」遂就此分手。

辛漸、王翰四人自往海氏豆腐坊而來。豆腐坊位於晉陽縣城南面，就在大明城東牆根下。大明城即是最古老最悠久的晉陽古城，始建於春秋末年。歲月的積澱給這一帶的民居也渲染上了古樸的色彩。

豆腐坊坊主之女海印正在門前晾曬過濾豆腐用的粗布，扭頭見到幾人，先是一愣，隨即淡淡招呼道：「來了？是要吃豆腐花加蓧麵栲栳麼？我阿爹送豆腐去了，沒人做蓧麵。」

王之渙道：「娘子不是也會做麼？去年還吃過的，味道不比令尊手藝差。」海印只冷冷橫了他一眼，也不答話。辛漸咳嗽了幾聲，道：「那就先來四碗豆腐花。」拴了馬，自到一旁的涼棚裡坐了。

王之渙低聲笑道：「我敢打賭，海印一會兒肯定要主動問老狄的事。」王羽仙這才恍然大悟，道：「你是說海印喜歡狄郊麼？可為什麼她以前總是對狄郎冷嘲熱諷？」王之渙道：「你怎麼不明白，這叫打是親，罵是愛……」

王翰不願意王羽仙聽到這些，忙叫道：「之渙，這話留著等老狄人來了再說。」王之渙歎道：「本來是可以吃到蓧麵栲栳的，偏偏老狄不來，印娘賭氣……」

話音未落，卻聽見馬蹄聲響，狄郊疾馳而來，叫道：「辛漸，你家裡出事了，你父母大人都被官兵捉了，還有那些大風堂弟子，都被繩索綑成一串，押進了州府，我剛剛親眼所見。」辛漸大吃一驚，也不及多問，忙解繩上馬。

海印正端著豆腐花出來，忽見王翰、王之渙等已經上馬絕塵而去，不由得大怒，叫道：「你們可再也別來了！」狄郊尚在當場，勒轉馬頭，道：「抱歉，辛漸家中出了事。印娘儘管將豆腐花的錢記在我頭上，我回頭再來結帳。」

海印遲疑了一下，問道：「你……你這一年多都去了哪裡？」狄郊卻已經打馬去追趕同伴，根本沒有聽見。

并州州府位於晉陽縣倉城正中。州廨是隋煬帝楊廣為晉王鎮守太原時所興建，坐北朝南，規模宏大。府門前即是著名的受瑞壇，傳說當年太原公子李世民慫恿其父太原留守李淵起兵反隋，李淵尚猶豫不決，因其母與隋煬帝楊廣生母獨孤伽羅為嫡親姊妹，有一層至親的血緣關係。後來有人在州府門前發現一塊瑞石，上有「李理萬吉」四字，加上城西開化寺[16]蒙山大佛夜晚大放金光，李世民說這是天降祥瑞，李淵才下定決心舉義，到李唐得了天下，特意在出石處築壇紀念。

州府大門內外兵士密布，戒備森嚴，手中兵刃閃閃發亮，給已經惶惶多日的太原城更添一絲肅殺氣氛。辛漸匆忙趕來，下馬後直奔大門。

領頭兵士攔住問道：「你找誰？想做什麼？」辛漸道：「我叫辛漸，你們剛才是不是捉了我爹娘進去？」領頭兵士問道：「你是大風堂辛武之子？」辛漸道：「是。」領頭兵士喝道：「交出你的兵刃。」

辛漸便依言解下腰刀，領頭兵士一把搶奪過去，叫道：「來人，將辛漸拿下了。」

兩名兵士上前反執了辛漸手臂，取出繩索牢牢縛住。辛漸惦記父母，不敢反抗，只問道：「我犯了什麼罪？我爹娘又犯了什麼罪？」領頭兵士道：「大風堂勾結契丹，意圖謀反，這可是大大的死罪。」

王翰、狄郊等人恰好趕到，聞言都愣住了，心中均想：「先是在蒲州時狄郊被誣陷勾結突厥，現在一回到并州，又有大風堂辛氏勾結契丹一案。說不定又是淮陽王武延秀在搞鬼。可本州長史張仁亶分明不是武氏一黨，又怎能輕信人言，發兵將大風堂上下盡數拘捕？莫非當真有什麼不利於大風堂的證據？」

本任并州長史姓張名仁亶[17]，華州人，因武藝高強入仕，為武則天喜愛，選為殿中侍御史。後來一些大臣為討好武則天，聯名上表請求立魏王武承嗣為皇太子，邀請張仁亶署名時，遭到嚴辭拒絕，由此觸怒武周權貴。武則天雖貶張仁亶出京師，但還是愛惜人才，欣賞其人文韜武略，果斷英武，特任命為并州長史，實際上是明貶暗升。張仁亶上任并州長史時間雖然不長，卻有禦突厥於千里之外的決心，自來到太原，積極修治兵甲，甚至還親自光顧過大風堂，對這家為朝廷軍隊提供了大量武備的非官方鐵器作坊表示感謝，當時辛漸人也在場。話猶在耳邊，怎麼這位鯁直的長史又突然以謀反的罪名逮捕了大風堂所有人呢？

辛漸滿腹疑惑，正要問官府可有憑據，那兵士卻揮手道：「長史正要審案，你自己送上門來正好，來人，快些押他進去。」

既是反賊之子，兵士也不客氣，將辛漸粗暴地拉扯進來。轉過照壁，卻見州廨公堂前的甬道兩旁黑壓壓地跪滿了大風堂的人，大多是孔武有力的精壯漢子，個個雙手反剪，用粗索串在一起，被命令彎腰伏在地上，不准抬頭。大隊兵士手執弓弩守在四周，箭已上弦，只要有人稍有異動，便要當場射殺，渾然是對付真正反賊的樣子。

公堂中並排跪著一對四十餘歲的青衣夫婦，正是辛漸的父母辛武和賀英。辛漸被逕直扯進來摜在母親身邊。

賀英一張國字方臉，高高的顴骨下有一雙細小靈活的眼睛，皮膚雖然細膩，卻呈現出一種奇特的深褐色，極見英氣。她乍見愛子，又驚又喜，道：「小漸，你……你終於回來了。」

辛漸道：「孩兒不孝，才剛剛進城，就聽說大風堂出了事。阿爹，娘親，到底出了什麼事？」賀英搖了搖頭，道：「娘親也不知道究竟。適才大批官兵趕來大風堂，說我夫婦二人勾結契丹，意圖謀反，將所有人都捕來了這裡。」

忽聽得有差役揚聲喊道：「長史到！」卻見一名四十餘歲的官員大踏步進來，身形魁梧，一身紫袍，到堂首坐定，正是并州長史張仁亶。

張仁亶往堂下一望，道：「辛漸也捕到了？很好。」辛漸道：「是我自己主動送上門來。」張仁亶點點頭，道：「辛堂主，賀大娘，抱歉在這樣的情形下再次見面。張某可得事先聲明，一會兒若是二位不肯招承謀反詳情經過，少不得要大刑伺候，張某職責所在，絕不會因為以前的交情而忘了國家大義。」辛武素來沉默寡言，只是一言不發。

辛漸道：「使君說大風堂勾結契丹謀反，可有憑據？」張仁亶正要答話，忽聽得外面一陣嘈雜之聲，不禁皺眉道：「什麼人這麼吵？是那些大風堂的人不服管教麼？本史不是早交代過麼，謀逆大罪，非同兒戲，若有人膽敢反抗，立即射殺。」

辛漸吃了一驚，忙道：「使君還沒有審案，怎能輕易將人以謀逆大罪對待？萬一有錯，豈不是枉殺無辜？」張仁亶道：「對於勾結外番謀反這等大罪，寧可錯殺，也絕不放過一人。」

辛漸大怒，道：「莫非在使君眼中，人命當真如草芥？」張仁亶冷冷道：「你可知道契丹攻我河北破城池後是如何對待城中百姓的？丁壯男子擄為奴隸，年輕女子淪為營妓，其餘羸老一概殺死。你們大風堂不過幾百人，你認為你們這幾百人比河東、河北幾十萬百姓的性命更重要麼？」

辛漸道：「可我辛家祖祖輩輩在并州打鐵為生，我們大風堂的三百人也是幾十萬百姓中的一員，使君憑什麼拿我們區別對待？要誣陷我們勾結契丹謀反？」張仁亶指著賀英道：「就憑她。」辛漸道：「什麼？」轉頭望著母親，隱有問詢之意，賀英卻只微微歎了口氣。

出去查看究竟的兵士進來稟道：「並非大風堂的人鬧事，是王翰、狄郊幾人吵著要進來，稱是這一年來一直跟辛漸一道在外面遊歷，他們要為他作證。要不要將他們幾個抓起來？」

張仁亶倒也聽過王翰幾人的名字，擺手道：「不用理會他們。」又一拍桌子，喝問道：「辛武，快些交代你是如何與契丹勾結？你偷藏了多少兵刃鐵器，預備如何輸送給契丹？這城中還有多少契丹細作？是不是讓你裡應外合，攻取河東之地？」

太原號稱中原北門，人文集聚，物資富庶，自古以來就是圖謀大業的根據地，大風堂又擁有百煉鋼獨傳祕技，所造兵刃吹毛立斷，天下無雙，也難怪張仁亶如此緊張了。

辛武只是搖了搖頭，慢吞吞地道：「我從未與契丹勾結，更沒有私藏兵器。」張仁亶道：「那好，賀英，你來說。」賀英道：「我沒有什麼可說的，我丈夫說什麼就是什麼。」張仁亶便發了一支簽，喝道：「來人，用刑，先杖打辛漸六十杖。」

唐代刑罰共有五級，由輕到重分為笞刑、杖刑、徒刑、流刑、死刑：笞刑就是用荊條製的木杖擊打犯人臀部和腿部，是刑罰中最輕的一種，又分為五等：笞十下，二十下，三十下，四十下、五十下；杖刑是用比笞杖更粗的木棒擊打犯人臀部、腿部和背部，分杖六十、七十、八十、九十、一百五等；徒刑是用鎖鏈拘禁犯人，強迫其服苦役，分一年、一年半、二年、二年半和三年；流刑是將犯人流放到邊遠蠻荒地帶，強迫其服勞役，分二千里、二千五百里和三千里，往往是作為對死刑寬大處理的一種形式；死刑是刑罰中最重的一種，分絞刑和斬首兩種，另有腰斬，往往用來對付皇帝格外痛恨的謀逆者。對於拷打犯人，〈獄官令〉明文規定拷訊總次數不能超過三次，總杖數不得超過兩百，六十杖已經是重刑。

賀英吃了一驚，道：「使君打我孩兒做什麼？他去年外出遊歷，今日才回太原，所有事情一概不知。」

張仁亶問道：「辛漸，你願意替你母親受刑麼？」辛漸點點頭，道：「願意。使君有什麼手段，儘管用到我身上。」一轉頭道，「娘親不必擔心，孩兒受得起。」

掌刑差役上前將辛漸拖翻在地，掀起外袍，舉杖朝他臀部、大腿分擊下去。才打了數下，辛漸已渾身汗濕，黃豆大的汗珠從額頭一滴一滴滾落到青石上，聚成一小灘水跡。他只是咬牙強忍，一聲不吭。

差役知道長官務要儘快得到口供，因而下手極重，刑杖落在肉體上，一聲一聲「劈啪」，煞是令人心驚。

堂外大風堂的弟子不知道是辛漸受刑，有人叫道：「師傅！不要打我師傅！」頓起一片呼應叫喊，兵士大聲呵斥也不能彈壓。辛武回頭厲聲喝道：「都給我住口！」他聲音不大，卻是堅定有力，門外鼓噪之聲立時歇止。

打到四十杖時，辛漸人已經暈了過去。兩名差役將他架起來，令他跪在地上，另一名差役裝了一銅壺醋，壺嘴對準辛漸鼻孔，再用火往銅壺底部加熱，用酸氣熏他。辛漸輕哼一聲，慢慢睜開眼睛，一清醒居然張口問道：「這是地道的清源醋[18]吧？」差役也不理睬，將他重新按倒在地，高高舉起木杖，預備繼續打完剩下的二十杖。

賀英親眼見到獨生愛子在自己面前被人拷掠得死去活來，再也忍受不住，叫道：「住手，別打了。好，我承認。」

辛漸大吃一驚，掙扎著叫道：「娘親怎能承認自己沒有做過的事？使君，你利用我娘親愛子心切，如此屈打成招，跟來俊臣那些酷吏又有什麼分別？」

張仁亶也不動怒，只道：「這件事全在賀大娘一念之間。」

辛武忙勸阻妻子道：「英娘，你切不可如此。小漸生死事小，你若是認罪，大風堂百年聲名可就毀於一旦了。」賀英搖頭道：「事已至此，我總不能看著小漸在我眼前受苦。況且，事情終究是瞞不住了。」辛武一呆，問道：「什麼？」

張仁亶冷笑一聲，揮手命行刑差役退開。賀英膝行挪到辛漸身邊，她雙手反綁在背後，無法抱住愛子，只能流淚凝視著他，良久才道：「娘親有一件事，一直瞞著你爹和你，我其實是契丹人，本名叫李英……」

辛漸「啊」了一聲，震驚中也有幾分明白過來，心道：「難怪大家都說我的樣子有些像契丹人，原來娘親她真的是契丹人。她……她為什麼不告訴我？她真的跟契丹有勾結麼？」他知道契丹族人沒有姓氏，像李盡忠和孫萬榮都是朝廷賜姓，母親既是姓李，一定是酋長之女，名副其實的契丹公主。辛武顯然也是第一次聽說，眼睛睜得滾圓，瞪著妻子不放。

果聽見賀英道：「我是大賀氏部落酋長李楷固的姊姊，因不願意接受松漠都督李盡忠安排的政治聯姻，私下逃了出來，改名賀英，四處遊歷。後來在太原遇見了你爹，一見鍾情，不能自拔，從此留在了這裡。唉，我從來沒有對任何人提起過我的身分，跟你舅舅及契丹族人也沒有任何聯繫。但不知道為何緣故，今年年初的時候，你舅舅竟然派人找到了我……」

辛漸道：「啊，多半是因為孩兒的緣故。去年我們五個遊歷到龍城，遇見過李……舅舅，當時他就說感覺跟我很親，或許是我的樣子跟娘親有幾分像？他特意詳細問了我的年齡、籍貫、家址等，原來……原來……」

張仁亶忽然重重一拍桌子，喝問道：「賀英，你弟弟李楷固號稱契丹軍中第一勇士，眼下又在李盡忠手下任大將。他託人帶信給你，到底有什麼陰謀？快些從實招來！」

賀英搖頭道：「我已經說過了，我弟弟只在年初派人找到我，我告訴來人我現在叫賀英，生活得很好，不想再跟以前那個李英有任何干係，就把他打發走了。我是契丹人沒錯，可我沒有跟契丹串謀，大風堂也沒有為他們打造兵器。」

張仁亶道：「你還敢狡辯，這是城門衛士截獲的一封李楷固給你寫的親筆信，信中讓你和辛武將他之前拜託大風堂打造的一萬件兵刃儘快準備好。」賀英道：「什麼？信？使君，這怕是有奸人刻意挑撥，我弟弟根本就不認識幾個漢字[19]，他怎麼可能寫信給我？」

張仁亶道：「信可以讓手下書吏來寫，這上面可是蓋有你弟弟的刺史大印。」賀英道：「讓我看看那封信。」張仁亶便命差役將那封信展開，舉到她面前。賀英一看便道：「這信是假的。若真是我弟弟派人寫信給我，我是他姊姊，又不是朝廷官員，他何必蓋上刺史大印？我們姊弟是大賀氏部落的人，這身分遠遠比州刺史高貴得多，楷固若是寫信，一定會用上部落記號。」

張仁亶不是蠢人，一聽就明白過來了。今日一早這封信呈送到他案頭，他聽到經過，已經有些奇怪。據說是有個男子鬼鬼祟祟地在城門口向人打聽大風堂，兵士見他形跡可疑，上前盤問，那男子卻轉身就跑。兵士沒有追到人，只在原地撿到了這封信。張仁亶閱信後的第一個念頭便是，這樣一封涉及大風堂和契丹勾結叛亂的重要反信，得來未免太容易了些。不過信中所提之事有頭有尾，落款又有契丹大將李楷固印信，尤其大風堂非一般鐵匠鋪可比，賀英若真是契丹公主身分，難保辛武不會不牽連其中，是以他立即簽發軍牒，調了一千兵，將大風堂的人盡數逮捕，只是並沒有搜到信中所稱的一萬件兵刃。眼下看來，這是有人刻意滋生事端，要剷除大風堂。可賀英隱姓埋名二十多年，連丈夫、兒子都不知道她是契丹公主，除了她弟弟李楷固，誰又會知道她的真實身分呢？所以儘管賀英的話可信，信是有人偽造，可這件事還是相當可疑。況且賀英是反賊姊姊的身分，本身就該搜捕下獄，等待朝廷處置。辛武應該並不知情，可是他是賀英丈夫，理當連坐同罪。至於外面那些大風堂的人也放不得，他們對辛武忠心耿耿，萬一心懷不滿弄出亂子來，抑或真的去勾結契丹，那可就釀成大禍了。目下局勢不同往日，河東道九成以上兵力均被朝廷調去河北前線與契丹交戰，倘若真有細作與契丹裡應外合，後果不堪設想。

沉吟一番，張仁亶才一拍桌案，道：「那好，本史先派人去驗明信的真偽。來人，將辛武、賀英和外面那些人都押入大牢。辛漸，嗯，他今日才剛剛回到太原，事先並不知情，先放了他。」

辛漸見兵士將父母從自己眼前拉走，忙道：「我不走，我不要你放我，我要跟我爹娘在一起。」

張仁亶哼了一聲，一拂袖袍，領著從官轉入後堂去了。

賀英道：「好孩子，你先出去，好好養傷，千萬別莽撞來救我們。」辛漸道：「不，我不走。」兵士哪容他分說，上前將他架起來，一直拖出州府大門，這才解了綁索。

王翰、狄郊、王之渙、王羽仙四人還等在門外，忽見辛漸被人拉出來扔到地上，站也站不起來，背後血跡斑斑，分明是受過刑杖，忙搶上前扶起他，問道：「到底出了什麼事？令尊可還好？」

辛漸推開王翰的手，道：「你們不要管我，我娘親是契丹人，我也是契丹人，我會連累你們。」

其時雖然在中原生活的胡人眾多，但在漢人看來，蕃人仍是低劣人種，尤其契丹一直被視為「奴隸餘苗，凶頑小丑」，地位排在突厥、吐蕃之下，為漢人輕視，不然也不會出現營州都督趙文翽辱罵契丹首領、因而激起叛亂的情形。辛漸乍逢劇變，得知母親是契丹人後更是詫異萬分，雖然不至於不能接受，卻也多少起了自卑之心。

王翰等人聞言異常驚奇。狄郊見辛漸刑傷極重，便道：「先送他到我家上點藥再說。」王翰道：「你姨母在家，多有不便，還是去我家吧。」辛漸道：「你們沒聽見我的話麼？不要管我。」

王之渙道：「你胡喊些什麼？還嫌挨的打不夠麼？」辛漸道：「我……」卻被王之渙一扇子打在傷處上，痛得忍不住叫出聲來。

王翰道：「還好，還知道喊痛，有得救。」便與狄郊一左一右架了辛漸，讓他橫俯在馬鞍上，牽馬離開了并州州府。

王翰在太原有好幾處宅邸，他平日不住城裡，都住在蒙山別墅中，不過辛漸身上有傷，走不得遠路，便就近來到大明城西的宅邸。這處宅子極見宏偉，原是「落鵰都督」斛律明月[20]的故宅，占地極大，幾乎趕得上整個大明城，後來一分為二，西面一半歸王家所有，東面一半改為正覺寺。

門前僕人經年不見王翰，忽見主人一聲不吭地到來，大感意外，慌忙迎上前來。王羽仙忽道：「後面有一胖一瘦兩名青衣人一直跟著咱們。」狄郊道：「如果辛漸尊母真是契丹人，此刻該被關在大獄中才對。」辛漸怒道：「什麼真是，本來就是。」狄郊也不理他，道：「看來張長史是有意放了他，然後再派人暗中監視。」

王翰便讓狄郊和僕人先扶辛漸進去，自己和王之渙朝那跟蹤的青衣人而來。胖、瘦青衣人交換一下眼色，神色甚是局促，可也不就此避開，還朝二人拱手示意。

王翰道：「二位是州府的人吧？可知道我是誰？」那身材有些發胖的男子道：「小的們也只是奉命行事，冒犯之處，請王公子見諒。」

王翰道：「嗯，你們要抓誰要打誰我管不著，不過這裡是我家，我今天第一天回來晉陽，就遇到這些事，心情很不好。」胖男子道：「王公子既然明說了，小的原也該識趣些，不過辛漸是反叛軍將李楷固的外甥，使君交代，務必要監視他的一舉一動，防止他逃出太原。」

王之渙道：「什麼？你說辛漸是李楷固的外甥？你說的李楷固是契丹的那個李楷固麼？」胖男子道：「正是契丹大將李楷固。二位王公子還不知道麼？辛漸的母親賀英是契丹公主，是李楷固的姊姊。」

王翰和王之渙交換一下眼色，露出了難以置信的神情。愣了好半晌，王之渙才道：「不可能！這怎麼可能？你們不能因為辛漸的長相有些像契丹人就誣陷他。」瘦男子道：「是真的，賀英自己都當堂招認了。辛漸這件事，還要請二位王公子多多幫忙。」

王翰道：「你們該抓的都抓了，人也打了，我們能幫什麼忙？」瘦男子道：「若是辛漸真有暗通契丹之舉，還請公子及時告發。」王之渙道：「這是自然，無須囑告。」

王翰冷笑道：「就算辛漸的母親是契丹人，舅舅是李楷固，那又怎樣，就代表辛漸要反叛麼？他自去年跟我們一道出門壯遊，今日才第一天踏進太原，一回來就被你們一頓好打，我倒想聽聽，他是怎麼個謀反法？」

瘦男子也不計較他的冷嘲熱諷，如實說了李楷固送信給賀英的事，甚至連賀英指出信的疑點也說了，道：「想必二位公子也知道張長史為人，雖然性子嚴峻些，但總還是講道理明事理的人。只是眼下的情形，就算辛武無辜，根本不知道妻子身分，可他和大風堂的人都放不得，這也是沒有辦法的事。辛漸年紀雖輕，卻是條好漢子，替他母親受刑，哼也不哼一聲，張長史相信他並沒有捲入其中。不過，外人並不知道賀英的身分，萬一……萬一……」

王翰道：「我大概明白閣下的意思了。請轉告張長史，若真有一萬件兵器的事，又或者有契丹人來找辛漸，我王翰定會第一個向官府舉報。」

瘦削男子很是欣慰，忙道：「如此，就多謝了。只是我二人有命在身，還得在貴府前稍做盤桓。」王翰道：「請便。」

辛漸被扶進房中，俯身伏在榻上。狄郊命兩名戶奴先為他清洗傷口，他的內衣早凝結在傷口上，扯下來很是費了一番功夫，創口迸裂，血流滿床。狄郊又不直接用現成的金創藥，而是將取來的竹子燒灰後與金創藥粉和水成漿，慢慢用火熬成糊狀藥膏，趁熱用木杓抹往傷口。辛漸大叫一聲，痛得彈了起來。

狄郊道：「抱歉了，良藥苦口。我知道你心急出去，金創藥藥性太慢，非得熱敷才能好得快。」命兩名僕人上前按住辛漸手腳，將藥膏盡數抹在他臀部和雙腿受刑之處。

王羽仙站在房外，聽見裡面辛漸狂叫不止，不禁緊緊抓住王翰臂膀，憂心忡忡。

王之渙道：「這可奇了，剛才那瘦子說辛漸受刑時哼也沒哼過一聲，怎麼這會兒上個藥反倒大呼小叫，難道比挨杖更厲害麼？」王羽仙道：「那不一樣，辛漸在公堂上必得努力忍受痛楚，不能向對手示弱。可咱們都是他最信任的人，他無須再掩飾……」

忽聽得辛漸又大叫了一聲，狄郊道：「好了，都進來吧。」進去一看，辛漸的樣子頗為滑稽，狄郊在他下半身罩了一個架子，上面用布蓋住，這樣他無須穿衣服，也不必在眾人面前有赤身裸體的難堪。

王翰命僕人退出，問道：「尊母當真是契丹公主麼？」辛漸歎了口氣，閉口不答。王之渙便將瘦子的話轉述給王羽仙和狄郊聽。王羽仙道：「呀，難怪我一直覺得賀大娘與眾不同，原來她是契丹女子。」欣喜之情溢於言表，絲毫不以賀英是契丹人為意。

狄郊道：「原來是張長史放了辛漸，是想觀察有沒有契丹細作與他聯絡，以此來查驗那一萬件兵器是不是真有其事。」辛漸道：「可笑，我今天才知道我自己是半個契丹人，又有哪個契丹細作會來找我？」狄郊道：「未必。現在河東、河北到處都有妖書散發，官兵查也查不完，這肯定是有人在暗中操縱。這件事非同小可，辛漸，你不能再捲進去。」辛漸道：「我爹娘正被關在州府中，你讓我如何置身事外？」

王翰道：「走吧，咱們先出去，讓辛漸好好養傷。」向眾人使了個眼色。辛漸當即明白他的心思，忙叫道：「不，你們不能把我關在這裡。阿翰！阿翰！」

王翰也不理睬，開門招手叫過僕人問道：「這邊怎麼只有這麼幾個人伺候？」僕人道：「阿郎還不知道麼？朝廷發河東道兵討伐契丹，兵員不足，百姓家有適齡男子都得應召當兵，大戶則得出家奴，咱們也攤派了二十個人頭，管家便從各處宅子的戶奴中湊齊了二十人送去，小鄧他們都到北方打仗了。」

王翰暗罵了一句，也無可奈何，道：「派人去蒙山多叫些人來這邊，好好看著辛郎，他要什麼都給他，不過若是讓他走出這房間半步，唯你們是問。」僕人道：「是。」

辛漸怒道：「阿翰，你……你這還當是我朋友麼？老狄，之渙，你們聽我說……」王翰等人卻聽也不聽，掩了門自去了。

辛漸又叫了幾聲，聽見腳步聲漸行漸遠，終於氣餒。過了半個時辰，有美貌侍女送來飯菜，每樣菜不多，種類卻有十餘種，還配有一小壺酒，極為豐盛。

侍女笑道：「阿郎特別交代，有一句話轉告辛郎，吃飽飯，養好身子，才好有力氣從這裡逃走。」辛漸道：「有道理。」便撐起身子，慢慢將酒菜吃光。

侍女見他胃口甚好，問道：「辛郎還要再添些飯菜麼？」辛漸搖頭道：「不必了。我也有句話請你轉告王翰，他別想將我餵成肥豬。」侍女聞言，莞爾一笑，收拾了碗杓自去了。

這侍女司顏竟成了幾日中辛漸唯一能見到的人，門前雖有看守，卻從不進房，送飯、端水、餵藥、換溺器、打掃房間，進進出出、忙來忙去全靠司顏一人。辛漸道：「王翰他們人呢？為什麼不來看我？」司顏道：「阿郎只交代奴婢好好伺候辛郎，其餘奴婢一概不知。」辛漸猜想王翰必是有意如此，可他有傷在身，也無可奈何。

直到三日後，狄郊才又帶著膏藥進來，查看了傷勢，換完藥，道：「虧得你身子健壯體格好，又沒有傷到筋骨，才好得這般快。再換兩次藥，就該差不多了。」

辛漸道：「你別著急走。你們不肯放我出去，總該讓我知道外面情形怎樣了。」狄郊道：「不怎樣，一切照舊。令尊都還關在州獄中，沒有再過堂，也沒有吃什麼苦。大風堂有一些人被轉押去晉陽縣獄，一些轉去太原縣獄。總之，因為這次大風堂事件，三處監獄都人滿為患了。」

辛漸歎了口氣，不再言語。狄郊道：「我們去追查過假信的事，沒有任何結果。我們都相信尊母所言，信是假的，可除了你娘親，外人均不知道信假在何處。而且你母親隱姓埋名多年，你和尊公都不知道她是契丹人，誰又能知道她是契丹公主？這件事既蹊蹺又沒頭沒尾，關鍵處咱們還不能去找李楷固本人確認，不然就是潛通反賊的罪名。」辛漸道：「我知道了，多謝，你們別再管這件事。你扶我一把，我要下床走走。」

狄郊便依言扶辛漸起來，脫下自己的外袍給他穿上。辛漸一手扶著手杖，一手扶著狄郊，慢慢踱出房外。

門邊各有兩名彪形大漢，一見他出房便圍了上來。狄郊擺手道：「沒事，我帶他到園子裡走一走，活動一下筋骨。」大漢這才退到一旁。

辛漸苦笑道：「這是阿翰派給我的獄卒麼？何必如此勞師動眾。我眼下的情形，能跑得了麼？」狄郊道：「大夥也是為了你好。」辛漸道：「好，我想去湖上走走。」

他養傷的地方是一處小巧玲瓏的別院，掩映在千竿修竹之中。步出院門便是園苑，中心是一個天然大湖，後又引入了晉渠的活水，四周栽有各種花木，湖光水色，楊柳依依，花木飄香，景色幽異。湖中有山有亭，疊石假山懸險如削，鶯語雙亭飛簷翹角。一座曲徑鵲橋橫架在湖上，亭橋相接，湖山銜聯，地勢起伏，山水活潑。

辛漸一直走到湖中亭子才停下，他無法坐下，只能扶著圍欄，佇立一旁。狄郊道：「你傷口初癒，不能久站，這就回去吧。」辛漸道：「好。不過咱們別走回頭路，繞湖半圈。」遂往前穿過曲橋。

上岸後，辛漸忽稱要往路旁樹後解手，狄郊扶他走出幾步，驀然意識到什麼，忙道：「你千萬不要……」卻被辛漸拿手杖打在後腦上，登時暈了過去。

辛漸道：「抱歉了。」抱住狄郊將他輕輕放平在地上，順手撿起一塊石頭，直奔樹後。他早知道闖出王府大門極難，況且門前一定有官府的人在監視，王府花園中有一扇小門直通東面的正覺寺，正在這裡。

卻見門上銅鎖綠繡斑斑，已經許久沒有打開過，辛漸兩下砸開銅鎖，用力拉開小門，鑽了出去……

辛漸下手並不重，狄郊只暈了一小會兒便醒過來。他坐起來時，見到王翰派來看守辛漸的四名戶奴正飛奔過橋，急忙招手叫道：「快，辛漸逃進正覺寺了，他身上有傷，走不了多遠，快些將他帶回來。別傷著他。」戶奴道：「是。」

狄郊站起身來，摸了摸後頸，也跟著戶奴自小門鑽進了正覺寺中。

戶奴們穿過竹林，不見辛漸人影，匆忙往前院追去。狄郊一眼留意到甬道邊有一隻布鞋，暗道：「這不是侍女新給辛漸做的鞋子麼？我特意叮囑他傷好前走路必須穿布鞋，不可穿靴子。」他又刻意停下來一陣，往竹林中仔細查看，不見任何動靜，這才去追趕戶奴。

趕來正覺寺的正北門，卻見一名戶奴正向門前的知客僧打聽，見狄郊追上來，忙過來稟道：「沒有人見到辛郎經過，適才根本沒有人出過寺裡。不過他們三個還是出寺，分往三個方向追去了。」

狄郊道：「嗯，你先等在這裡，等他們三個回來，都扮作香客留在寺裡，一人守住大門，餘人去查看寺裡有沒有什麼可疑的人。一有異常，立即回來通知我。」戶奴道：「是。狄郎是認為辛郎還在正覺寺中麼？」狄郊道：「嗯，有這個可能。去辦事吧。」自己沿原路回來王府。

王之渙、李蒙、王翰都在前院，聽說辛漸逃走，又急又氣。王翰道：「這人怎麼就是不聽話呢？來人，快叫負責看守辛漸的幾名戶奴來這裡！」狄郊道：「這事不能怪他們，要怪就怪我，我想不到辛漸傷勢才剛剛開始恢復就有心逃走。」

李蒙道：「辛漸如今無家可歸，他會去哪裡？」王之渙道：「也許咱們現在趕去大風堂能堵到他。」

狄郊道：「我得告訴你們一件不好的事情，辛漸怕是被人擄走了。」說了在正覺寺道旁撿到辛漸鞋子的事。王之渙道：「這肯定是辛漸故意脫下來迷惑你的。他既不敢對你下重手，又知道自己有傷走不快，所以有意甩下鞋子。」

狄郊道：「可這樣做沒有任何道理。辛漸傷勢不輕，不可能那麼快走出正覺寺，他脫下鞋子，難道是要告訴追兵他人還在寺中麼？如果換作你是辛漸，你要逃走，會怎麼做？」王之渙道：「嗯，我知道自己身上有傷，逃到半路就會被你追上，可藏在正覺寺中更容易被甕中捉鱉。如果是我，我會先躲在一邊，等你們都往正覺寺中追我，我再折回來藏在阿翰家裡，等風頭過去從容逃走。」

狄郊道：「換作我，我也會這麼做，這也是唯一能夠順利逃脫的法子。然則我們幾個一起長大，心有靈犀，辛漸想得到的，我們也能想到，他很清楚這一點，我們只要派人守住兩邊的大門，他就會被困住。所以，他反而不會選擇這唯一的法子，而是要盡力加快腳步，離開我們的視線，離開正覺寺。這樣，鞋子的事就說不通了，我們都知道辛漸武藝高強，就算有傷在身，他自己也不可能失落鞋子。」

王翰道：「老狄的意思是，早有人料到辛漸要從正覺寺這條道逃走，所以事先埋伏在那裡？」狄郊點點頭，道：「這不難猜到，你家正門有官府的人明目張膽地守著，辛漸若是一定要逃走，肯定會走東鄰正覺寺這條道。」

李蒙道：「擄走辛漸的肯定不是官府的人，該不會真的是傳說中的契丹細作？」狄郊道：「這正是我最擔心的事。萬一這些契丹人利用辛漸救父母心切的心理，別有所圖，辛漸一時不辨是非，墜入彀中，那可就真就坐實謀逆大罪了。」

王翰道：「不一定是契丹人。辛漸無疑是被人強行帶走，以他的性格，即使有傷在身，也一定會竭力反抗，所以才會在爭鬥中遺落鞋子。如果是契丹人，他想查清李楷固那封信的真相，不但不會跟他們動手，還會主動跟他們走。」狄郊道：「嗯，希望阿翰說得對。不過這些人既然不是僧人，之前長期潛伏在正覺寺中，一定會有人察覺到異樣，我已經讓阿翰的戶奴去打聽。」

正說著，僕人忽領著一名州府的老差役進來告道：「長史召辛漸公子去州府，王公子幾位也請一同前去。」眾人知道瞞不過去，只得實話告知辛漸已經逃走，人又離奇在正覺寺失蹤。差役急忙領著王翰幾人趕回州府稟告長史。

張仁亶倒也不著慌，沉吟片刻，問道：「你們看會是誰擄走了辛漸？」王之渙道：「使君是問我們幾個麼？」張仁亶道：「嗯，我聽說你們幾個在蒲州破了好幾件大案奇案——姑嫂連環命案，空宅雙屍案，還有那件血洗滿門的青樓案。」

王之渙忙道：「坦白說，青樓案並沒有破，河東竇縣令雖然認定凶手是韋月將，也以此結案，可這其中疑點尚多，韋月將只是一個人，哪能一口氣將宜紅院那麼多人殺得一個不剩？而且那些人身上的傷口跟他以前所殺秦錦、蔣素素也有所不同。」張仁亶道：「無論怎樣，你們幾個如今名滿河東，是人們爭相傳誦的神探了。不妨談談你們對辛漸被人擄走以及大風堂謀逆案的看法，但言無妨。」

王之渙道：「辛漸被人綁走，我們幾個也看法不一，我和老狄認為是契丹細作幹的，王翰則認為不是。」

張仁亶聞言，詳細問了兩方意見理由，思慮一會兒，招手叫過一名下屬，命道：「立即往全城張發告示，懸賞一萬錢緝拿辛漸，罪名是與反叛契丹通謀。」下屬道：「遵命。」

王翰不滿地道：「使君明明知道辛漸是被人強行帶走，為何又要給他扣上這麼大的罪名？」張仁亶道：「本史知道辛漸無辜，不過他父母被關在州獄中，焉能不出力營救？正如狄公子所言，他以後的作為可是難以預料，這也是我為什麼關住大風堂所有人不放的原因。」

王之渙道：「可大風堂這件案子，明顯是件冤案，使君一日內逮捕這麼多人，導致監獄人滿為患，既導致人心惶惶，又有損使君清名。何不先放了他們，令他們各自歸家？」張仁亶道：「這件事可沒有這麼簡單。」

狄郊道：「使君所慮，無非是擔心大風堂弟子忠於堂主，出獄後會出力營救辛堂主夫婦，既如此，不如連辛堂主也放了。賀大娘既是契丹公主、叛將之姊，按律要下獄關押，等候朝廷處置。可辛堂主對妻子身分一無所知，賀大娘也並沒有做過任何對朝廷不利的事。」

張仁亶道：「你們也覺得這封信是假的，是有人要刻意扳倒大風堂？」狄郊點點頭道：「這件事我們幾個詳細討論過，并州刀劍鋒銳無比，自古以來名馳天下，而大風堂更有百煉鋼獨門技藝，所造鐵鏡比銅鏡還要光亮，歷來是進獻宮中的貢品，所鍛兵器更被公推為天下最優。眼下邊事正起，有人故意利用賀大娘的身分，偽造書信，來陷害大風堂，扳倒它只會對朝廷不利。」

張仁亶道：「可是只有契丹人才知道賀英就是李英，難道你認為是她的族人偽造了她弟弟李楷固的書信？」狄郊道：「不，契丹人重情重義，目下朝廷正征討契丹，若揭破賀大娘身分，等於陷她於死地，他們斷然不會如此對待自己的公主。而且若是契丹人偽造書信，他們當知道賀大娘出自大賀氏部落，會用上部落標記，而不是李楷固的刺史大印。偽造書信的人，根本就不熟悉契丹內部事務，一定不是契丹人。」

張仁亶道：「那你覺得會是什麼人？」狄郊道：「吐蕃人，突厥人，都有可能。」只是有一點疑問，這個陰謀的主使人是怎麼知道賀英的真實身分是契丹公主？狄郊一時難以想通，又道：「其實早知道大風堂勾結契丹是一個陰謀，為何又為了一點憂慮而逮捕這麼多人下獄？豈不知人心……」

忽有兵士捧著一封箭書匆匆奔進來，躬身稟道：「有人往州府門前射箭投書，書信上寫著使君的大名，小的們不敢擅自拆閱。」

張仁亶皺眉道：「投書人呢？」兵士道：「那人騎著馬，一晃就過去了，小的們沒有追上。」李蒙道：「說不定是綁架辛漸的人射來的。」

張仁亶接過書信拆開，只一眼便臉色大變。王之渙道：「信裡寫的什麼？」張仁亶搖了搖頭，迅即將書信收入懷中，道：「本史還有要事，恕不能多談。來人，送幾位公子出去。」袖袍一拂，疾步出了書房。

王翰等人面面相覷，也不知道箭書寫了些什麼，竟能令深沉的張仁亶產生如此大反應。

李蒙道：「該不會又是什麼大風堂謀反的書信？呀，有人要火上澆油。」王之渙道：「本朝律令，匿名投書告人罪者證詞不予採納，而且一旦捕獲要流放二千里。官員受理，要處三年徒刑。張長史不會不知道這些，他如此反應，肯定不會是什麼新的反信。」

眾人一時也猜不透究竟，只得悻悻出來。剛到前院，便見數名兵士押著賀英往大堂方向而去。

賀英遠遠見到王翰等人，忙掙脫兵士，奔過來問道：「小漸可還好？」王翰道：「他……」猶豫著該不該說出辛漸傷重的真相。

李蒙忙道：「賀大娘放心，辛漸正在王翰家中養傷。」賀英道：「小漸的傷……」不及說完，兵士已然追上，扯住她手上鐐銬，強行拉走。

李蒙道：「看到了吧？張長史看信後就立即提審賀大娘過堂，我早說書信一定跟大風堂有關。」眾人有心瞭解事情經過，便有意在衙門前徘徊不走。差役認得他們幾人，也不敢強趕。

等了一會兒，忽聽見公堂中有驚呼聲傳來。正莫名驚詫時，一名兵士急急忙忙地奔出來，滿手是血，嚷道：「大夫！快去請大夫！」狄郊忙道：「我就是大夫。」兵士道：「快，你快跟我來！」

奔進堂中，卻見賀英橫躺在堂中，胸膛被畫開一道長長的口子，露出五臟六腑，腸子也流了出來，血淌遍地。張仁亶正站在一旁看著，神色既驚奇又古怪。

王翰大怒，喝道：「張長史，你好狠毒，明明知道這是一起冤案，卻還對賀大娘下此毒手。」張仁亶搖頭道：「不是我做的。」

王翰這才看見賀英手中握著一柄小巧的金刀，跟王羽仙收在靴筒中的那把一模一樣，這才明白她是用藏在靴子中的金刀自殺。

狄郊蹲下來一探賀英口鼻，尚有一絲微弱氣息，忙道：「快些打開鐐銬。」差役尚有所遲疑，見張仁亶點點頭，這才取鑰匙開了手銬腳鐐。

狄郊忙將賀英腸子放回原處，擺正五臟位置，自懷中取出藥包，用桑皮線縫好創口，正好身上還有辛漸用剩的藥膏，略微加熱後塗上創口。

張仁亶問道：「怎樣？賀大娘她還救得活麼？」狄郊道：「現在還很難說。請長史準備一間靜室，派人熬一些參湯，我再開些藥。」張仁亶道：「好，好。來人，快按照狄公子的吩咐去做。」狄郊便讓人用擔架將賀英先抬去靜室。

張仁亶怔在一旁，表情極為複雜，既有震驚，又有沮喪。王之渙上前道：「敢問使君，賀大娘是自己剖心自殺麼？」張仁亶大奇，問道：「你如何知道？」王之渙道：「我只是從幾年前的皇嗣謀反案上猜的。」

原來魏王武承嗣為剷除政敵，曾勾結女皇武則天寵婢團兒誣陷皇嗣李旦謀反。李旦全家上下均被逮捕下獄，左右家臣、侍役在酷吏來俊臣的嚴刑逼供下均被迫招認李旦謀反是實，來俊臣得意洋洋，正準備退堂時，忽然有一個人闖入公堂，大聲叫道：「大堂之上嚴刑相逼，還有什麼口供取不到？皇嗣並未造反，為何誣陷他？我是一名樂工，本不願干預此事，但事關國家社稷，怎能不辨個明白？我願剖心表明心跡！」說完從懷中掏出匕首，撕開自己的衣服，照著胸口用力一畫，頓時鮮血噴湧，昏倒在地。這情景剛好被武則天派來的使者看見。武則天聽說有人剖心呼冤後，大為震動，命御醫全力救活自剖之人。等這人清醒過來後，武則天親自前去探望，詢問他叫什麼名字。這人答道：「臣名安金藏，長安人氏，是太常寺樂工。」然後說了一通皇嗣無辜的話。武則天聽了黯然傷神，道：「我自己的兒子尚不知他好壞，連累了你，真是忠心可鑒！」讓安金藏安心靜養。回到宮中，武則天下詔停止追查，一場即將釀成的大冤獄因安金藏的義舉而意外平息。

王翰冷笑道：「賀大娘剖心自辯，難道還不足以證明這是一場冤獄麼？」張仁亶深深歎了口氣，似有極大的難言之隱。

忽見狄郊又匆匆出來，叫過王翰道：「賀大娘命懸一線，能不能挺過今夜是關鍵，你派人去我家告訴我姨母一聲，說我今晚要守在州府，不能回去了。」王翰道：「好。」狄郊道：「還有，快些找到辛漸帶他來這裡。如果愛子在身邊，賀大娘清醒過來的機會要大很多。」

王翰點點頭，遂與王之渙、李蒙一起趕來正覺寺，王氏戶奴尚守在大門處，告知並沒有發現可疑之人。王翰便親自動手，挨門挨戶地搜查寺中每一間僧房、客房。他年幼時便常常闖進正覺寺搗亂，年紀大些的僧人都認識他，忽聽他稱家中有侍女逃走要搜查寺中，竟然也不覺得奇怪。只是仔細搜了一遍，絲毫不見辛漸的蹤影，也不知道他人到底被藏去了哪裡。

直到傍晚天快黑時，才有一名校尉趕回州府向并州長史張仁亶稟告，說黃昏時辛漸在正覺寺附近的一家麵館吃蓧麵，湊巧他帶兵巡視經過，認出他是通緝要犯，遂上前緝拿。辛漸倒也老實，絲毫沒有反抗，只說身上有傷，懇請不要上綁。校尉一時大意，答應了他。哪知道經過宮城時，辛漸忽然趁兵士不備，闖進了晉陽宮中。因為晉陽宮是皇帝行宮，校尉等人不得擅入，宮門又只有兩名老兵看守，沒有多餘的人手追捕，只好眼睜睜地看著他逃脫。

張仁亶聞言深感棘手，可就算他自己也無權闖入行宮，只好命人去請晉陽宮副宮監李濎相助。

王翰等人也在州府，等候在安置賀英的靜室外，聽到消息後十分驚訝。王翰道：「原來辛漸根本沒有被人擄走，他有意留下那隻鞋子是為了混淆我們的視線，害得我們白為他擔心了半天；他人一直藏在正覺寺中，只是不知道如何瞞過了我們的耳目。」

王之渙道：「這可奇怪了，辛漸為何要逃跑？我們關住他是有意不讓他插手，他一心要逃走查明真相、救出父母，這還說得過去。可他既然已被官兵拿住，為何又多犯一條闖宮罪名？而今滿大街都貼著他的圖形告示，他又能逃到哪裡去？」

李蒙道：「宮城緊挨著州府，也許他知道他母親是契丹公主，無論如何都難逃一死，所以預備來劫獄相救。」王翰連連搖頭道：「辛漸雖然武藝高強，可而今有傷在身，如何能闖進戒備森嚴的州府中？」李蒙道：「所以我猜他是要找個地方藏身養傷，晉陽宮當然最合適不過。宮城那麼大，外人進不去，難以搜捕，他想待多久就可以待多久。」

這一夜，太原城中有許多人都難以入眠，而最緊張的人莫過於狄郊了。他寸步不離地守在賀英床前，盯著她面部的表情——她人雖在昏迷中，臉上肌肉卻不停地抽動，顯露出非同尋常的煩躁不安，似有什麼難解的心結。

然而當狄郊輕聲呼喚她時，她卻始終醒不過來，似是陷入了一個巨大深不見底的夢魘漩渦中。

次日清晨，倚靠在床前打盹的狄郊忽然驚醒，他清清楚楚地看見賀英睜開眼睛，一隻手抓住他，道：「快，快去救小漸，他出事了！」狄郊道：「賀大娘放心，辛漸不會有事的。」忙取過早已熬好的參湯，餵賀英喝了下去。

賀英又道：「小漸出事了，你快去看看！」狄郊只好道：「是，賀大娘先好好歇息，我出去看看。」剛走出門外，便見一名兵士領著王府戶奴趕來。狄郊心中一緊，忙掩好房門，上前問道：「出了什麼事？」戶奴道：「辛郎他……」

狄郊「噓」了一聲，走出院外，才問道：「辛漸怎麼了？」戶奴道：「辛郎快要不行了，阿郎命我速請狄郎回府中救治。」狄郊吃了一驚，道：「走，邊走邊說。」

原來一大早天還沒亮時有人敲王府大門，僕人開門去看又不見人，只見臺階上躺著一個全身是血的血人。僕人嚇了一跳，好半晌才認出那是辛漸，急忙去稟告了王翰，王翰又命人來州府請狄郊。

狄郊慌忙趕回王府，卻見辛漸躺在床上，面色如紙，侍女正為他清洗身上傷口，一盆一盆的血水從房中端出，露出一道一道的鞭痕。

王翰見狄郊進來，忙道：「我看辛漸氣息越來越微弱，生怕等不到你回來，所以自作主張給他灌了一碗參湯吊氣。」

狄郊點點頭，略微搭了搭脈息，道：「他失血太多，你讓人給他上藥止血，我先開幾張方子，派人去抓藥。」又見辛漸身上傷痕太多，道：「不要直接上藥了，去取乾淨的素布來，將金創藥用水化開，拿素布泡了做成藥布，裹在他身上。」王翰忙命人照做。

王之渙、李蒙聞訊趕來，見辛漸如此慘狀，無不憤然。王之渙道：「辛漸手腕上有被繩索綑綁留下的瘀痕，他昨晚被人抓住狠狠拷打了一頓，身上這些傷都是鞭子抽的。」

李蒙道：「這可說不通，辛漸人明明逃進晉陽宮中，我爹還承諾張長史說今日派人搜捕，這搜捕還沒有開始呢，誰能去宮裡抓住他拷打，然後打完了還送到王翰家門口？」

眾人均是百般不解，可這些疑問只能留待辛漸醒來解開。

到正午時，辛漸忽然出聲叫道：「飛閣……飛閣……」狄郊問道：「飛閣什麼？辛漸，你醒醒！」

辛漸卻始終不見醒來，口中只喃喃「飛閣」二字，語音漸漸低了下去。

狄郊道：「辛漸念念不忘飛閣，莫非是他約了什麼人在那裡見面？」王翰道：「可是辛漸昨日一早打量你逃走後，人一直躲在正覺寺中，黃昏時溜出寺來吃麵又被官兵認出，隨即逃進了晉陽宮中，後來又不知道被什麼人抓住拷打，今天早上送來這裡就是這副樣子，他哪裡有什麼機會跟人約見面？」

狄郊道：「你沒聽那校尉說麼？他帶兵捉拿辛漸時，是辛漸自己主動請求不要上綁的，以他的性格，寧可忍受痛苦，也絕不會這般低三下氣地求人，之所以如此，只能說明他當時已經有逃走的計畫，逃走的目的也許就是要去見什麼人，找什麼關鍵證據。」

王之渙道：「那好，我騎馬跑一趟飛閣。走，李蒙，你跟我一起去看看。」

飛閣位於中城上，是一處圍欄式的大亭榭，恰好建在汾河與晉渠渡槽[21]的交叉點上，凌空跨起，宛如一條巨龍跨越於汾河之上。磚臺臺基高達十丈以上，臺榭地勢高敞，空曠處可同時容納二三百人，是登高攬勝的絕佳之處。東、西邊各建有兩座樓閣，稱鬱儀樓、結鄰樓，高聳對稱。站在樓上憑高遠眺，太原全城千門萬戶盡收眼底。正因為如此，自建成之日起，飛閣就代替晉祠成為太原城最有特色的靚麗景點，號稱「一州之勝地」，太原官民均愛來此賞景休憩。

飛閣上能夠俯瞰城西南的晉祠和豫讓橋。晉祠是為紀念西周時周成王弟叔虞而建的祠廟，曾名叔虞祠，因晉水發於斯俗稱晉祠，始建年代不詳。據北魏酈道元《水經注》：「懸甕之山，晉水出焉，昔智伯之遏晉水以灌晉陽，其川上溯，後人踵其遺跡，蓄以為沼。沼西際山枕水，有唐叔虞祠。水側有涼堂，結飛梁於水上，左右雜樹交蔭，希見曦景……於晉川之中最為勝處。」《魏書・地形志》載：「晉陽西南有懸甕山，一名龍山，晉水所出，東入汾，有晉王祠。」可見最晚在北魏已有晉祠。它素來被認為是太原的靈脈，古木參天，殿宇宏偉，歷代多次重修擴建。

豫讓橋則在晉祠東北方向，橋為砂石砌築，橋上勾欄圍護，橋下晉水長流，得名於春秋著名俠客豫讓。春秋末期，晉卿智伯為奪取趙家封地，決晉水以灌晉陽，兵敗被誅。家臣豫讓為報仇謀刺趙襄子，第一次事情未成，被趙襄子擒住，趙襄子大度放了他。豫讓仍然不死心，漆身毀容，吞炭變啞，趁趙襄子遊晉祠之際，再次懷利刃伏於祠北里許橋下，但還是被趙襄子發現。趙襄子感其忠義，脫下錦袍，讓豫讓擊袍三劍後賜其自盡。後人因為豫讓血流橋下，所以改名為赤橋，亦稱豫讓橋，橋側立有碑記。

晉祠和晉水是太原最具代表性的遊覽勝地，歷史故事與自然風光融為一體，相得益彰，因而飛閣雖大，遊客們卻只集中在兩處，要麼擠在西面結鄰樓上，要麼擁在榭臺南面，因為這兩處是遠眺名勝古蹟的最佳位置。唯有一名三十五六歲的黑衣漢子孤單地站在臺榭北面，左手扶在腰間長刀上，右手緊緊抓住圍欄扶手，眉頭緊蹙，凝視西北方向的晉陽宮，似是內心積桴，愁緒百結。

王之渙一上來就留意到這名漢子，然而當他和李蒙朝這漢子走去時，他忽然警惕地轉過身，朝臺階口走去。李蒙道：「呀，你不是那個契……」好不容易忍住沒有說出「契丹」兩字來。

那漢子停下腳步，也認出了二人，忙上前道：「二位郎君是替辛郎來赴約的麼？小人等了許久，正準備要走了。辛郎人在哪裡？」王之渙道：「原來你還真是跟辛漸有約，這就跟我們走吧。」當即領著那漢子走下飛閣。

原來那漢子是契丹大將李楷固的隨從室木，辛漸、王翰五人去年遊歷遼東龍城時，曾與契丹首領李盡忠、李楷固偶遇拼酒，當時室木也隨侍在場。

路上，王之渙問起室木為何來到太原，以及如何與辛漸相約，室木卻是隻字不吐，只說一切要等見了辛漸本人才能說。

然而辛漸這次先後兩次受刑，舊傷未癒，新傷復來，備受摧殘，幾近垂死，狄郊甚至動用了猛藥，也不見任何成效。他的脈息若有若無，徘徊在生死一線之間，狄郊數次在他手足行針，都沒有任何反應。到最後別無辦法，只好沿用民間的土方子，狂給傷者灌大補之藥，好在王翰家資富饒，本身就經營有藥材生意，府中藏貨極豐，人參也可以任意拿來當蘿蔔吃。室木非要等到辛漸清醒過來再說出原委，王翰等人也無可奈何，也只能將他收留起來，命人好生款待。

如此過了五日，還是不見辛漸醒來，始終只是半死不活地躺在那裡，大家心中都開始有些絕望了。

王翰道：「我已經忍了很久了，老狄，你總是不讓給辛漸酒喝，說是對傷口有害。他以前最喜好我家自釀的葡萄酒，如今成了這樣子，還有什麼禁忌不禁忌的。」一邊說著，一邊當真從懷中拿出一瓶葡萄酒來，揭開瓶塞，命侍女上前扶起辛漸的頭，往他嘴裡灌了幾口。

狄郊無奈地搖搖頭，道：「胡鬧。」王翰忽然叫道：「呀，他醒了！他真的醒了！哈哈！果真還是葡萄酒管用！」

眾人圍上前去，果見辛漸正睜開眼睛，喃喃道：「飛……飛閣……」王之渙道：「你放心吧，你在昏迷中一直不停地叫『飛閣』，老狄機靈，讓我和李蒙趕去飛閣，差點錯過，幸好李蒙還記得室木是李楷固……噢，是尊舅的手下，已經帶了他回來。不過他說有話只能對你一個人說。」

辛漸微微舒了一口氣，道：「我……要見他……」狄郊道：「你昏迷了五天五夜，剛從鬼門關回來，身子虛弱得很，完整的話都說不上一句，怎麼見他？你放心，你爹娘暫時都沒事。張長史不敢擅處，已經將此案上報朝廷，等候批覆。你還有時間查明真相。」

王翰問道：「到底發生了什麼事？是什麼人對你下這麼重的毒手？」辛漸道：「我……我……」狄郊見狀忙道：「他沒有力氣說太多話，這些都回頭再問吧。」

忽有一名僕人進來稟道：「門外有一名自稱是四娘的小娘子想來探望辛郎。」李蒙道：「四娘？那不就是李弄玉麼？她來做什麼？」只聽見辛漸大叫一聲道：「她……她……」急怒攻心，又暈了過去。

眾人嚇了一跳，狄郊忙搶上前查看。王之渙道：「辛漸怎麼一聽到李弄玉來就那麼大的反應？」狄郊道：「他本來脈息微弱，現在卻突然跳得極快。」

王翰道：「我聽羽仙提過幾句，李弄玉似乎很喜歡辛漸。」李蒙道：「他們兩個之間肯定發生過什麼事，所以辛漸一聽到李弄玉的名字才會這樣。」

狄郊道：「我猜應該是李弄玉救了辛漸，不然她如何知道辛漸眼下在阿翰家裡？她稱探望，說明她已經知道辛漸受了重傷。」王翰道：「那好，請她到知客堂稍坐。」

眾人出來會客時，李弄玉正在堂中反覆躑躅，大有焦灼之色。倒是她那位隨從宮延一直冷冷地佇立一旁，極見平靜。

王翰道：「四娘稀客，大駕光臨寒舍，有何指教？」李弄玉道：「我是特意來看看辛漸的傷勢。」狄郊問道：「是娘子救了辛漸麼？」

李弄玉既不承認，也不否認，只道：「辛漸人怎麼樣？」狄郊道：「命是救回來了，不過眼下還虛弱得很。」

李弄玉道：「他人在哪裡？我想見見他。」語氣中帶著不容人置疑的頤指氣使。王之渙咳嗽了一聲，道：

「適才辛漸本來已經醒了，可一聽說娘子來了，人又暈了過去。」
李弄玉微一沉吟，從懷中取出一方黑木盒子，遞給狄郊道：「這是西域龍膏，你看看能不能給辛漸用上。」
狄郊接過來，才掀開盒子一角，已聞見一股極清涼極辛辣之氣，盒子中裝滿深褐色的半透明藥膏，彷若一塊大琥珀，紋理分明，一看便知道是外傷聖藥，當即謝過，又問道：「娘子是從什麼人手中救了辛漸？不知道是否方便告知？」
李弄玉道：「這話還是等辛漸醒來，他自己再告訴你們更合適。」
王之渙道：「娘子可是有什麼難言之隱？」李弄玉點點頭，又道：「我還是看看辛漸吧，看一眼就走。」眾人早看出她對辛漸情意殷殷，不便拒絕，狄郊領著她來到辛漸房中。李弄玉一見辛漸全身裹在藥布當中，形銷骨立，氣息奄奄，眼中立即有了淚意。狄郊見狀，忙帶著侍女先退了出去。
李弄玉走到床邊，慢慢坐下來，望著辛漸發怔，不知怎的，眼淚如斷了線的珠子一顆一顆掉落出來。
忽聽得辛漸道：「你……你……」李弄玉料不到他突然醒過來，大驚失色，慌忙站起來背過身去，一邊舉袖拂乾眼淚，一邊抬腳朝房門走去。
辛漸叫道：「你……站住！你不能走！」李弄玉頓住身形，問道：「你是想將我留下來交給官府麼？你的同伴狄郊就在門外，你只要叫喊一聲，他便會立即進來。」
辛漸本有此意，但聽她揭破出來，不禁又有所猶豫，暗道：「我如果現在揭穿她的陰謀，將她交給官府，以她的身分，她還活得了麼？不是像她父親一樣被殺，就是如同她兩個哥哥一樣被鞭死。她雖出身皇族，身世卻如此悲慘可憐，全家人被親生祖母殘害而死。我……我到底該怎麼做？她適才是為我流淚麼？」
原來辛漸當日打暈狄郊，自王翰府邸小東門溜進了正覺寺中，他傷勢未癒，這連番動作立即引來鑽心劇痛，幾乎難以站穩。好在牆邊是一片竹林，他一手扶住手杖，一手抓住竹竿，一步一步地走出竹林。卻見四下幽靜，空無一人，遂放心踏上甬道。剛走出幾步，斜背裡奔過來一人，叫道：「這位郎君，請問這正覺寺……」

辛漸剛一側頭，那人已搶過來抱住他。辛漸驚道：「什麼人？」待要掙扎，一旁又搶過來一人，拿一團布塞入他口中，隨即用布袋套到他頭上，再奪去手杖，一塞一套一奪，迅捷無比。辛漸只覺得口不能言，眼前一黑，雙臂各被一雙大手緊緊抓住，挾持著往旁邊走去。

到一處拐角處，辛漸忽然發作，左腳踩上左邊那人右腳，右手肘回擊右邊那人胸腹，他下身有傷，手上功夫卻是不失，右邊那人登時痛得鬆開了手，再往左邊那人臉上一拳，雙手得脫掌握，往前疾奔。只是難以行快，走出幾步腿上傷處便疼痛難忍，只得先停下來，伸手去摘下頭上的布袋。剛一取下，背後兩人已然追至，辛漸不及轉身，只覺得腦後挨了重重一擊，人頓時暈了過去……

也不知道過了多久，辛漸悠悠醒轉，卻見眼前有燈光閃爍，不由得一愣，暗道：「已經天黑了麼？我竟然暈過去這麼久。」環顧四周，自己正躺在一間空蕩蕩的石室中，除了室中的石柱和牆壁上的兩盞油燈，再無別物。這才恍然大悟，並不是天黑了，而是被關在一間不見天日的暗室或是地下囚室中。

他只覺得屁股、大腿劇疼無比，後腦也是火辣辣地作痛，勉強翻過身來，一動不動地伏了很久，疼痛稍減，這才慢慢爬起來，一隻鞋子不知道什麼時候落下了，只剩下了一隻。所幸綁他的人尚留下了手杖，遂拄著起身往四面查勘。石室牆壁均是一尺見方的大石，明顯有歲月磨礪的滄桑痕跡。一扇一人高的鐵門鏽跡斑斑，他用力推拉，紋絲不動。用手杖往門上敲了敲，發出空曠的回音。太原城中誰家裡能有這種地方？又是什麼人抓了他？

正滿腹疑慮時，鐵門忽然打開，一名女子盈盈地走了進來。辛漸頭腦一陣轟響，呆在了當場，半晌才結結巴巴地問道：「四娘，怎麼是你？」那女子不是旁人，正是李弄玉。

李弄玉點了點頭，道：「很久不見，別來無恙？」辛漸心道：「你派人在正覺寺中等著抓我，可見早知道發生在我身上的事，居然還問什麼別來無恙的話。」當即問道，「這裡是什麼地方？娘子派人捉我來做什麼？璇璣圖和裴昭先的事，路過聞喜的時候，我可都已經向娘子手下人交代清楚了。」

李弄玉道：「不是為那些事，是我有一件很重要的事要告訴你。」辛漸道：「什麼事？」李弄玉道：「我不想瞞你，是我派人偽造了李楷固寫給你母親賀大娘的書信。」

辛漸「啊」了一聲，極為震驚，道：「你……原來是你。你……你為什麼要這麼做？」李弄玉道：「我有兩件大事分別要找你尊父尊母幫忙，可他們都拒絕了，我也是無奈，才不得不出此下策。」辛漸道：「哼，你才是真正有心謀逆反叛的那個人，我爹娘當然不會答應與你同謀。」

李弄玉臉上如罩嚴霜，冷笑道：「謀逆？這天下本來就是我李家的，我只是要從姓武的手中奪過來而已。」辛漸道：「啊，我倒是忘記了，你姓李。」李弄玉道：「不錯，我是前太子李賢之女。」

辛漸與同伴早暗暗猜到她是李姓皇族身分，可聽聞她是前太子李賢之女還是吃了一驚。李賢在高宗諸子之中天分最高，最為父皇鍾愛，立為太子，因而也最為母親武則天嫉妒，被誣陷謀反廢黜，後又被處死。

怔了好半晌，辛漸才道：「就算你是前太子之女，就有權力害得人家破人亡麼？」李弄玉道：「你父母雖然被官府捕去，可暫時不會有事。只要你母親肯交出我要的東西，我自然有法子救她出來。」

辛漸道：「原來你抓我來不是為了告訴我真相，是要用我要脅我娘親。你……你……」李弄玉道：「你說得不錯。辛漸，我實話告訴你，我真的不想這樣對你，不過你母親賀大娘所知道的祕密干係太大，我非得到手不可。」

辛漸道：「你胡說。就算我母親以前是契丹公主，可她隱姓埋名多年，早已經是鐵匠的妻子，能知道什麼祕密？」一想到爹娘身陷囹圄，說不定繼續被長史張仁亶刑訊，氣惱無比，忍不住上前一步，將李弄玉推到牆壁邊，拋下手杖，雙手扼住她咽喉，道，「你……你放我出去，跟我一起去并州州府說清楚，好讓張長史放了我爹娘和大風堂的人。」李弄玉搖了搖頭，堅決地道：「不行。」

辛漸手上加勁，道：「你放不放？」李弄玉道：「不……不放……」門外幾人聞聲搶進來。宮延拔出兵刃，抵住辛漸背心，喝道：「快些放開四娘！」辛漸甚是倔強，道：「我不放，就算你殺了我，我也不放，你們害得我好慘，我……」忽見李弄玉呼吸急促，一張玉臉漲得通紅，心中一軟，不由自主地鬆開了手。李弄玉喘了幾口大氣，彎著腰劇烈地咳嗽起來。

宮延命人將辛漸拖開，拉到石柱旁，取出繩索，將他雙手背在柱子上綁好，這才護著李弄玉出去。鐵門「鐺」的一聲關上，回音久久不絕，石室又重新陷入一片沉寂中。

辛漸反抗不得，心中更是怒極，大叫道：「放我出去，放我出去！李弄玉，你好卑鄙，你害了我爹娘，還要把我關在這裡！我告訴你，無論你怎麼折磨我，我都不會屈服，我娘親也絕不會向你屈服，你休想得到你想要的大祕密！」

忽聽得鐵門重新打開，李弄玉又走了進來，道：「你大可放心，令尊不會有事。」辛漸道：「哼，你當我傻子麼？我娘親是契丹公主，眼下朝廷正跟契丹交戰失利，難道不會拿她性命去要脅李……要脅我舅舅麼？況且張長史親口說過，寧可錯殺，也絕不放過一個契丹細作。」

李弄玉道：「張仁亶性格太強硬，該到邊關去當鎮關大將。他原先對你爹娘無禮，是因為不知道你母親的身分。」辛漸道：「張長史就是因為知道了我母親是契丹公主才派兵捉拿她，若不是我當日湊巧回到太原，趕去州府，他刑訊的對象可就是我娘親。」

李弄玉道：「你放心，他如今再敢動你母親一根頭髮，就是大不敬之罪，這可是族誅重罪。」辛漸一呆，道：「什麼？」李弄玉道：「你母親是先帝高宗皇帝的妃子，張仁亶原先不知道，眼下我已經派人射書告訴了他，他豈敢對你母親有半分無禮？」

辛漸聞言，驚訝得張大了嘴巴，半晌才道：「你說我娘親是……是……」李弄玉道：「嗯，論起輩分，賀大娘還是我的祖輩。現在你知道為什麼你母親會握有宮廷的大機密了吧？」

辛漸道：「不，我不信。我娘親是契丹人沒錯，她怎麼會是高宗皇帝的妃子？我不信。」李弄玉道：「你母親是大賀氏部落酋長之女，大賀氏在契丹八大部落中地位最尊。二十多年前，新繼承松漠都督的李盡忠選中你母親，將她送去洛陽嫁給高宗皇帝，因為沒有正式封號，所以外人不得而知。賀大娘進宮後不久，宮中即對外宣稱她不幸病逝，契丹還特意派了李楷固也就是賀大娘的弟弟來洛陽弔唁。」

辛漸越聽越覺離譜，連連搖頭道：「我不信，你胡說。」李弄玉忽然發怒，厲聲道：「你敢跟我頂嘴麼？」辛漸昂然道：「我又不是你下屬，有什麼不敢？你盡可以打我殺我，可是要讓我服你，千難萬難。」

李弄玉怒瞪著他，他也毫不示弱地回視著她。對峙半晌，李弄玉先轉過頭去，輕歎口氣，道：「你先安安靜靜地聽我把話說完，再評判我有沒有胡說。其實賀大娘並沒有死，她奉高宗皇帝之命帶著一個大祕密出了宮。你母親進宮時間極短，卻被先帝選中，可見她人品極不一般。也正因為如此，誰都沒有懷疑她會跟宮廷機密有關。家父被廢太子位前，高宗皇帝已經將大祕密的一半交給了家父，後來家父被貶到巴州，他知道阿武[22]早晚要殺他，遂一直留意可靠之人。只是家父形若囚徒，身邊只有些侍女、僕人。後來他終於選中一名侍女，這侍女就是家母。家父將一半大祕密交給家母後就逼著她離開。不久，阿武就派人殺死了家父，那時我還沒有出生，家母聞訊痛不欲生，幾欲自殺，幸好一些忠於李唐的大臣及時找到了她，我才得以順利出生……」

辛漸暗道：「難怪這李弄玉能逃過女皇帝的掌握，不像她三位兄長那樣，兩人被鞭殺，一人被杖瘋，原來她是遺腹女。」

李弄玉續道：「我手中只有一半大祕密，也就是那幅璇璣圖，還有另一半解開璇璣圖的法子在你母親賀大娘手中。這消息只有受高宗皇帝遺命輔政的宰相裴炎一人知道，裴炎一直沒有對任何人吐露，直到後來他被阿武處死，被殺前將祕密告訴了姪子裴伷先。裴伷先根本不知道世間還有我這麼個人，也不知道伯父告知的祕密關乎什麼，所以一直守口如瓶，直到最近，我才知道要解開璇璣圖還需要另一半祕密，所以特意趕往裴伷先的流放地安西都護府尋他，卻湊巧在蒲州遇見。我表明身分，又許下重誓，才從他口中得到了祕密。」

辛漸道：「你就是這麼知道我娘親真實身分的？」李弄玉道：「不，我雖然知道了祕密在你母親手中，可根本不知道上哪裡去找她。雖然覺得她肯定不會回契丹，但我還是派了人北上遼東到契丹部落尋找你母親的下落。這次原本打算來晉陽辦完事後我也要北上，哪知道我有事到大風堂找你父親商議，湊巧遇到了你母親……噢，你不必驚異，你母親入宮時，我還沒有出世，根本不認識她。是我俊叔叔認出了你母親，當年他曾奉命到契丹迎你母親入宮，對你母親的面容身形一清二楚。當真是踏破鐵鞋無覓處，得來全不費功夫。我冒著性命危險主動表明身分，足見誠意，你母親卻一口否認自己就是先帝的妃子。」

辛漸道：「所以你就陷害我娘親，陷害大風堂，用這麼多人的性命要脅她承認自己的身分？」李弄玉道：「抱歉，你母親性格剛強，我反覆曉以利害，她卻始終只說她是賀英，根本不認識什麼妃子。我也是沒有法子，因為只要你母親交出先帝留下的祕密，我就能解開璇璣圖，這祕密干係極大，拿出來可以立即置阿武於死地。」

辛漸道：「哼，四娘手中的璇璣圖不是已經失落了麼？就算我娘親交出祕密又有何用？」李弄玉只是微微地冷笑。

辛漸驀然想到了什麼，道：「原來是你！在蒲州血洗宜紅院、折磨死青樓主人阿金的那夥神祕人就是你和你的手下！你又重新得到了璇璣圖，是也不是？」李弄玉也不否認，只道：「辛漸，我知道你是個孝子，如果你答應去說服你母親交出那一半祕密，我不但立即放你出去，還能救她出來。」辛漸道：「不！我說過，你用卑鄙的手段害了我全家，我絕不會向你屈服。你就是關我一輩子，我也絕不會答應你。」

李弄玉露出失望之極的表情，沉默許久，才問道：「你當真這般恨我麼？恨不得要掐死我？」辛漸道：「不錯，我恨你。你這樣為達目的不擇手段，就算得到了天下又能怎樣？你鄙視姓武的那些人，你自己跟他們又有什麼區別？」

李弄玉氣得渾身發抖，當即揚起手掌，就要朝辛漸臉頰扇下。辛漸一聲冷笑，昂起頭迎上去，但那一巴掌始終沒有打下來。她慢慢放下手臂，一張俏臉漲得通紅，大顆大顆的淚珠滾落下來。

辛漸一見她流淚，歉意頓生，一種難以名狀的情愫湧上心頭，暗道：「我是不是話說得太重了？」轉念又想，「這女子陰險之極，害得我家破人亡，又將我捉來綁在這裡，我怎可對她再生同情？她不過是要利用我得到她想要的東西。」當下硬起心腸，轉過頭去，佯作不見。

宮延忽然出現在門前，舉手輕輕敲了敲門板，叫道：「四娘，請出來一下，有消息。」

李弄玉舉袖抹了抹眼淚，這才轉身，點點頭，走了出去。鐵門重新鎖上，辛漸的心彷彿也被套上了一把枷鎖，沉甸甸的，竟有不堪重負的感覺。他要如何面對這一切？

過了很久，辛漸漸漸站立不住，他的雙臂被牢牢反縛在柱子上，無法挪動分毫，只覺得雙腿越來越痛，越來越軟。正疲累不堪時，宮延帶著兩名手下進來，取出一雙鞋子給他換上。

辛漸問道：「要帶我去哪裡？」宮延不答，拔刀割斷繩索，拿布袋套在他頭上。辛漸雙腿無力，又渴又餓，沒有絲毫力氣反抗，只能任憑他們擺布。幾人架著他出了石室。走過一條長長的甬道，便是往上的臺階，來回轉了三次，有三十餘級。辛漸心道：「這地牢好深，不知道到底是什麼地方？」忽被人按住頭拽過一扇矮小的門，只覺眼前驀然亮堂了許多，原來是已經出了地道。又彎彎曲曲走了一段路，宮延道：「就在這裡。」

兩邊押解的人便拉住辛漸停下來。他耳中聽見颯颯響聲，暗道：「這不是風過竹林的聲音麼？莫非……」宮延忽湊上來，附耳低聲道：「四娘決定放你走，你可別辜負了她的好意。若是膽敢洩露她所告訴你的任何機密，不用四娘下令，我也會親手殺了你，讓你死得淒慘無比。你聽清楚了麼？」

辛漸一呆，道：「什麼？」卻不見回答，左右執住他的人也鬆開了手。辛漸忙去取頭上的布袋，那布袋在他腦後打了死結，好不容易才解開取下來，宮延等人早不見了蹤影。他站在正覺寺後院竹林邊的甬道旁，竹碎亂風，超離俗塵，正是他被李弄玉手下擄走的地方。

辛漸不覺呆住，心道：「原來我一直沒離開過正覺寺，那地牢就在寺裡。她……她費盡心思，派人埋伏在這裡捉到我，為何又突然放了我？她的陰謀和祕密已盡為我知曉，難道不怕我告發她麼？我……我到底要不要告發，是她偽造了通謀契丹的反信，以救出我爹娘？」

忽聽見有人問道：「施主在這裡做什麼？」辛漸轉頭一看，是名手執笤帚的小沙彌，忙道：「沒做什麼。」

他逃離王翰府上時還是早晨，現在卻已經是黃昏，竟是被關了一整天，眼見天色不早，便慢吞吞地往前院走去，大方出了寺門。忽聞見一陣蓧麵香，他只吃過早餐，更感腹中饑餓難耐，忙走到路邊小飯鋪要了一屜蓧麵栲栳[23]和一碗羊肉臊子，也不敢坐下，只站在桌邊狼吞虎嚥地吃起來。

辛漸見那店主不斷地望著自己，大概是覺得自己站著吃飯的樣子太奇怪，只得尷尬一笑，解釋道：「我後面有傷，坐不得。」

店主點點頭，依舊不斷看著他。辛漸心道：「莫非我身上有什麼奇怪之處？」低頭一看，這才想到自己穿的是狄郊的外衣，身上一文錢都沒有，更是難堪。只得走過去道：「抱歉，我身上忘記帶錢。不如這樣，我寫個紙條給我朋友，你憑著紙條去他家討要飯錢，他會代我付給你。」店主連連搖搖頭，道：「不要你的錢。」

辛漸大奇，道：「這是為什麼？店主認得我麼？」店主點點頭，又迅即搖搖頭。

辛漸道：「莫不是……」忽有一名黑衣漢子走過來，叫道：「店家，來碗麵！」話一出口，就知道這漢子不是本地人。

這蓧麵栲栳是本地特色小吃，將蓧麥麵粉用滾開的水潑起，調和得不硬不軟，然後趁熱將麵揉搓成長圓形狀，放在抹了油的青石板上，用手掌勻力推開，再從上部將推成長條的麵皮輕輕揭起，順勢在食指上繞一下，使麵皮形成一個圓麵捲，形若栲栳，所以稱蓧麵栲栳。然後把一個個麵捲立著碼放在籠屜上，待放滿時，其狀與蜂房十分相像，上鍋蒸熟即可食用。蓧麵栲栳佐以羊肉臊子味道最鮮美，作法是把剁碎的羊肉用調料調起，不加水，放在碗裡和蓧麵栲栳同屜蒸熟，由於蒸氣可凝結為水，出籠時臊子碗裡沁出鮮湯，香味撲鼻；臊子中再配以蘑菇，別有風味。

店主一聽，忙應道：「來啦！」又問道，「要熱炒，還是冷拌？」漢子道：「隨便啦。」店主便入內去廚下端蓧麥，臨走還不忘偷看辛漸一眼。

辛漸見店主甚是古怪，也不及多理會，重新走回桌旁。那黑衣漢子忽然湊上前來，低聲問道：「辛郎還認得小人麼？」

辛漸仔細打量著他，覺得他有些眼熟，可又想不起來在哪裡見過。

那漢子道：「辛郎與四位同伴去年在龍城與我家將軍拼酒，還是小人在一旁斟酒。」辛漸道：「啊，你是……」忽見一隊官兵正朝這邊趕來，忙轉起身，低聲道：「你快些走，明日正午我們在飛閣相會。」那漢子點點頭，起身往東而去。

卻見店主飛快地從裡屋出來，指著辛漸叫道：「就是他！他人在這裡！」領頭的校尉打個手勢，數名兵士拔出兵刃，圍了上來。

辛漸原以為官兵是來追捕那契丹人，這才明白他們是來捉拿自己，問道：「為何要拿我？我犯了什麼罪？」校尉問道：「你可是辛漸？」辛漸道：「不錯，是我。」校尉道：「那就沒錯了。還問為什麼拿你，你自己看看牆上的告示，勾結契丹，密謀反叛。」

辛漸轉過頭去，卻見牆壁上貼著一張圖形告示，雖看不清告示內容，自己相貌倒畫得相當逼真，他卻不知道畫這像的是州府書吏，他被行杖當天也在堂上記錄，對他印象極深，寥寥數筆，形神俱出。辛漸心事重重，又餓得發慌，竟沒有留意到街上的情形，難怪那店主不斷看他，原來是比照告示認出了他是通緝要犯。

辛漸無路可逃，只好點頭道：「好，我跟你們走。不過我新受了杖刑，身上有傷，走不動路，請將軍不要下令綁我。」

校尉見他甚是順從老實，願意束手就擒，又因為捕到他可以大大發筆橫財，領到一萬貫賞錢，便爽快地應道：「好。來人，帶他走。」

店主忙上前攔住，訕訕笑道：「將軍，這人可是小人發現告發，那一萬貫的賞錢上哪裡……」校尉喝道：「人是你逮到的麼？沒告你私藏要犯就不錯了，還敢要賞錢。」粗暴地將他推到一邊，帶人押了辛漸揚長而去。

辛漸懇請校尉不要給自己上綁，原是計畫半途逃走，好去赴明日的飛閣約會。這裡距離州府不遠，往北直行過兩個街口便是。數名兵士前後挾著他，跑是決計跑不掉的，唯一的機會是路過宮城的晉陽宮時闖進宮去。

晉陽宮為東魏丞相高歡始建，隋煬帝楊廣即位後曾大肆擴建，成為一座華麗巍峨的行宮，專供他外出遊覽時居住。當時北方突厥強盛，楊廣特意任命表兄李淵[24]為太原留守和晉陽宮宮監，以防禦突厥。李淵的次子李世民一直跟隨父親生活在太原，他胸懷大志，想趁隋末混亂之際起兵奪取天下，但又不敢對父親明言，遂拿出幾百萬私錢，命人與晉陽副宮監裴寂賭博，故意輸錢，趁裴寂贏錢高興之際，請他出面遊說李淵。裴寂遂利用李淵好色的弱點，選派晉陽宮中美貌宮女送給李淵。按照律法，私幸宮女是大罪，李淵上當後追悔莫及。裴寂便乘機告知李世民已祕密組織兵馬，準備起兵，李淵無路可退，只好同意。當時晉陽宮中儲存有大量物資，裴寂從宮中調出米糧五萬斛、雜彩五萬段、鎧甲四十萬，領作為輜重糧秣送給李淵。唐朝立國後，晉陽宮依然是行宮的地位，但因高祖李淵在起兵反隋前，官領晉陽宮宮監一職，所以不再設正宮監，副宮監其實就是晉陽宮主管長官，負責處理一切宮務。

因為行宮的特殊地位，晉陽宮的一切宮務立於地方體系外，即使是并州長史也無權過問。非法擅入宮門者要判兩年徒刑，若是闖入裡面宮殿的殿門，罪名就更大，判刑也更重。而看守宮門的不過是兩名老兵。現任副宮監即是李蒙之父李滁，他時常抱怨宮中兵士不足，人手太少，又多是老弱病殘，辛漸正是預備利用這些來脫身。

路過南宮門時，果見兩名老兵正坐在門檻上打呵欠，預備等天黑就關門落鎖。辛漸忽然轉過頭去，大叫道：「契丹細作！」兵士驚然回頭間，他抬腳便奔向宮門。校尉回頭不見人影，知道上當，卻見辛漸並沒有逃跑，而是朝路旁的晉陽宮奔去，一時不明究竟，叫道：「你要做什麼？快抓住他！」

辛漸奔到門前，叫道：「我找李宮監！」不待老兵反應過來，一腳跨過門檻，闖入了宮中。

老兵道：「咦，這不是辛漸麼？喂，你站住，李宮監不在裡面！」又見校尉領著兵士持刀追趕過來，忙正正衣服，上前攔住，喝道：「喂，你們做什麼？要造反麼？」校尉道：「剛才進去的那個人才是反賊，我們正押他回州府。」

老兵本可以立即出聲示警，召宮內巡邏的兵士過來追捕辛漸，可他們平日閒極無聊，又總被人輕視，有心看州府的笑話，當即笑道：「將軍想進宮捉拿反賊？抱歉了，別說你，就算是你們張長史親自來，也進不了這個門。」

校尉道：「人可是你二人放進去的，反賊若是逃走，你們也難脫干係。」老兵道：「哎喲，我們可不敢放反賊進宮，是反賊自己闖進去的，況且我們也不知道他是反賊。將軍，小的倒想問一句，這人既是反賊，為何不綁住手腳？你們這麼多人怎麼都看不住他？」

校尉無言以對，心中還惦記那一萬貫賞錢，只得先軟下來，問道：「那你說怎麼辦？」老兵道：「這裡就我們兩個人，我們又不能離開大門進去幫你們捉拿反賊。這樣，你去找李宮監商量商量，看要怎麼辦。反正反賊困在裡面，他也跑不出去，跟坐你們州府大獄差不多。」

校尉既生氣又無可奈何，只得命手下守在宮門前，自己趕回州府向長史張仁亶稟告。

晉陽宮宮門數重，殿堂、宮室各數座，因為是行宮，宮中絕大部分面積都是園林，以供遊賞——西面是太液池，面積極大，池中建有四邊形迴廊大亭，每一面寬達八楹，供人徘徊遊賞；北面是九曲池，流水彎彎曲曲，有如蛇行；東面則是巨型葡萄園，所種葡萄均是花費鉅資從西域引入。

辛漸年幼時常常與同伴們偷入晉陽宮中玩耍，雖然也被人發現過，可因為李蒙是副宮監公子的緣故，也沒有人敢告發。他對宮中地形極熟，知道東面葡萄園牆邊有樹，可以翻出高牆外。牆外不遠處就是昆林坊，坊區內聚居的多是胡人和賤民，魚目混珠，成分複雜。

天色漸漸暗了下來，薄暮輕煙，濛濛四散。老木寒雲，充斥著暮氣沉沉的衰颯。辛漸慢慢悠悠往東而去，如散步一般，他忽然很喜歡這種感覺，這讓他又想起無憂無慮的少年時光來。半途中，辛漸也遇到兩隊巡邏的士兵和幾名老宮女，卻只是擦身而過，竟無人上來盤問，大約是見他儀態悠閒，將他當成了宮中的僕役。

果見牆根那些樹華蓋如雲，比以前來時更粗大了。他趁著天光尚明拉開一根拇指粗的葡萄藤，也不扯斷，只別在腰間，選了最細的一棵樹爬上去，由於雙腿不能使勁，很是費了一番功夫。等到與高牆齊身時，一手抓住牆頭，一手抓住葡萄藤，翻了出去。葡萄藤沒有他想像的那般長，到離地面還有一丈時便已經拉死，只得鬆開手，重重落在地上，頓時觸動傷口，百骸欲散，忍不住叫出聲來。

忽聽得暮色中有人問道：「誰在那裡？」辛漸吃了一驚，反問道：「你是誰？」那人問道：「跟你一樣的梁上君子。你得手了麼？」辛漸這才知道對方是要偷入晉陽宮行竊的竊賊，一時不答。

那人已摸索過來，打亮火石，往辛漸臉上一照，不滿地道：「你壞了江湖規矩，這裡可是我們的地盤。將你身上的東西交一半出來，這次就這麼算了，下次不准再來這裡。」辛漸扶著牆壁慢慢站起來，道：「我……我不是竊賊。」

那人冷笑道：「你不知道道上規矩麼？不交出東西，休想離開。」一旁忽有一個尖細嗓子道：「啊，談哥，我認得他，他就是告示上的那個人，辛漸，值一萬錢呢。」

辛漸急忙轉身欲走，卻被那談哥扯住手臂大力一拉，當即仆倒在地。談哥順勢騎上身來壓住他，反擰了雙手，解下腰帶縛住，居然還嘲諷道：「你是官府通緝的要犯，總以為你三頭六臂，厲害無比，怎麼被我輕輕一拉就倒了？喂，小元子，快過來幫忙。」辛漸被他正壓在傷處，無力抵擋，只是強忍疼痛，一聲不吭。

那小元子從樹叢後溜了出來，原來是個十四五歲的少年，與談哥兩人一左一右架了辛漸，拉著往東而去。穿過大道時，遠遠見到一隊巡邏的兵士，談哥做竊賊做慣了，急忙扯住辛漸閃在樹後，本能地伸手捂住他的嘴巴，防他叫喊。

小元子奇道：「談哥，咱們不是正要拿辛漸去官府領賞麼？為何還要躲著官兵？」談哥這才回過神來，道：「誰說要立即送他去官府了？先帶他回家，好好搜搜他身上，榨乾油水再送他去官府領賞。從晉陽宮翻牆出來，能沒財沒物？我才不信了。」等兵士走遠，這才拖著辛漸飛快地穿越街道，翻過坊區內一堵半塌的矮土牆，又走過幾條黑漆漆的小巷，這才進了一個院子，裡面有兩排房屋，燈火通明。

房裡有人聽見推門聲，出聲問道：「這麼快就回來了？得了什麼寶貝？」小元子答道：「是個一萬錢的寶貝。」那人笑道：「一萬錢？我可沒有一萬錢給你。」小元子道：「不用你給。」將辛漸拉入最北面的房間，按坐在木椅上。

辛漸強忍屁股傷痛，道：「你們無非是想要錢，放了我，我給你們兩萬錢。」談哥道：「我知道你是大風堂辛堂主獨子，這話我以前還信，可眼下你家被抄，爹娘被逮，你一無所有，哪裡來的兩萬貫？騙誰呢！」辛漸遭他譏諷，猶如傷口上撒鹽，心中痛如刀割，越發恨起李弄玉來。

談哥便來搜他身上，卻什麼也沒有找到，不禁很是生氣，上前一把拉起辛漸，道：「起來，這就送你去官府。」忽聽得門口有人道：「把他交給我，我給你兩萬錢。」

小元子奇道：「這人有這麼值錢？」說話的是個四十歲左右的突厥男子，點點頭，道：「交給我。」談哥似是對突厥人頗為畏懼，忙將辛漸推了過去，又問道：「那兩萬錢……」突厥人道：「我眼下沒這麼多現錢，下次你再賣偷來的贓物給我時，我一併付給你。」談哥道：「是，是。」

突厥人便帶著辛漸來到南面一間大屋，裡面還有數名突厥人，一齊站起來，問道：「相大哥，這人是誰？」那阿相道：「他就是大風堂辛武之子辛漸。」一人喜道：「當真？你當真就是大風堂主之子。」辛漸已經隱約猜到這些人要從他身上得到什麼，只是一聲不吭。

阿相也很是欣喜，道：「想不到大汗交代的事這麼輕易就辦成了。咱們明日就帶著他回草原去，讓他專門為咱們突厥打鐵。」

以辛漸的性格，當然不會輕易屈服，可他若是繼續沉默，當真被對方帶回突厥，那可就徹底完了，忙道：「我雖然是大風堂的人，可我並不會打鐵之術。況且你們帶我走也沒有用。并州刀劍之所以稱霸天下，是因為并鐵的鐵質好，工藝倒在其次。」

阿相道：「你這話前半部分是假，後半部分是真，已足見是個行家。我告訴你，我們突厥缺的就是技藝高超的鐵匠，不管并鐵什麼鐵，你給我打出鋒利的好刀就行了。我們不會虧待你。」辛漸昂然道：「你可別妄想。就算你帶我去突厥，我也絕不會為你們打一把刀。」

一名胖胖的突厥人道：「相大哥，這小子是契丹細作，現在城中到處貼著這小子的通緝告示，怕是很難帶他出城。」

阿相沉吟片刻，道：「你是漢人，既然給契丹人當細作，為何不能給我們突厥人當細作？你想要多少錢？只要你說出百煉鋼的祕密，我不但放了你，價碼也隨你開，另外我個人加送你十匹駿馬。」辛漸道：「我不知道什麼百煉鋼的祕密。」

阿相見他倔強，也不多費口舌，招手叫過兩名手下，道：「帶他到裡屋去，吊起來拷打，直到他說百煉鋼的祕密為止。」

突厥人的刑罰很簡單，就是不斷用馬鞭子抽，暈過去後用水潑醒再繼續抽。因為怕辛漸叫喊被外人聽見，又拿布堵了他的口，每抽十鞭就取出布團問一遍：「說不說？」等到挨了百餘鞭，辛漸已是奄奄一息，即使勉強用水澆醒，也是全身麻木，鞭子抽上去再沒有任何知覺。

他不知道這一夜是怎麼熬過來的，只覺得眼前影影綽綽，不斷有人晃過來閃過去，那在火光中泠泠閃亮的應該是刀光，就像出爐時映著火焰的鋼刀，他再熟悉不過，可是刀子始終沒有落到他身上。後來不知道什麼緣故，臂膀被吊索拉扯的痛楚忽然減輕了許多，有人將他放了下來，叫道：「辛漸！辛漸！」

辛漸呻吟一聲，問道：「你……你是四娘麼？」李弄玉道：「是我。」辛漸道：「你怎麼會……」李弄玉道：「你離開正覺寺後，我一直派人跟著你。」辛漸道：「我……不要……你救……」想努力推開李弄玉的手，卻是一絲力氣也使不出來。

一旁有人道：「他流血過多，傷勢太重，怕是不行了。」辛漸心道：「不，我不能死，我還要去飛閣與那契丹人見面，還要揭穿李弄玉的陰謀，好救爹娘出來。」只覺得眼皮越來越重，意識逐漸模糊，似乎有雨點一滴一滴地落在臉上，終於又失去了知覺……

等到辛漸再醒來時，全身如躺在棉花堆裡，軟綿綿的，半分力氣也沒有，眼前晃動的正是再熟悉不過的同伴的臉。他不知道自己已經昏迷了好幾日，還以為所有的事情都發生在昨天，那一天一夜的驚魂經歷恍如夢境；白天他在正覺寺被李弄玉手下擄走，雖然身體上沒有吃太多苦頭，但李弄玉的一番話卻令他如遭雷轟，震驚不已，他幾乎不能相信她所說的都是真的——自己母親竟然曾是高宗皇帝的妃子，還掌握著能致女皇帝於死地的大祕密，可若不是真的，李弄玉又何必費盡心思，將他弄得家破人亡？只是，她事先費盡心機，後來為何又突然放了他？後來他陰差陽錯落入突厥人的手中，被嚴刑拷問百煉鋼的祕密，本以為有死無生，又是誰救了他？難道那不是夢境，真的是李弄玉？他傷勢嚴重，難以思索，稍微一用精力，便覺得疲累之極。

李弄玉見辛漸既不答話，也不出聲呼叫狄郊進來，胸口劇烈起伏不止，知道他內心矛盾掙扎，便重新走到床邊，苦笑道：「你如此費心躊躇，已足見盛情。你放心，是我害你成這樣子，我自會對你有所交代。」辛漸道：「你……你想怎樣？」

話音未落，便聽見有人疾奔至門外，狄郊上前阻攔道：「宮延你不能……」宮延已排開他推門進來，道：「有羽林軍來了，指名要帶辛漸走，王翰正設法拖住他們，四娘快走。」李弄玉點點頭，道：「我知道了，你先走，我還有些事要辦。」宮延道：「是。」口中應著，腳下卻是不動。

辛漸道：「你……你還在這裡做什麼？請快些出去，我再也不想見到你。」李弄玉道：「你趕我走，是擔心我被羽林軍捉住麼？」

辛漸被她說中心事，卻不願意承認，哼了一聲，道：「你害了我爹娘，他們至今仍在獄中，我巴不得你被官府捉住才好。」李弄玉道：「那好，我就如你所願。」

宮延道：「四娘，你……」李弄玉厲聲喝道：「住口！我叫你快走，你敢抗命麼？」宮延咬咬牙，道：「不敢，宮延遵命便是。」

狄郊忙命侍女帶宮延從側門出去，又勸道：「羽林軍既是為辛漸而來，娘子不如暫時避一下。」李弄玉道：「你沒有聽見辛漸的話麼？是我害了他父母，是我仿冒了那封信，我要留下來。」狄郊驚愕不已，道：「什麼？怎麼會是你？」

卻見腳步聲紛沓而至，二十餘名羽林軍搶進院中，王翰等人跟在後面。為首的是兩名戎裝將軍，一人四十來歲，另一人二十餘歲，卻是突厥王子阿史那獻。

阿史那獻一進房中，目光先落在李弄玉身上，驚得呆住，嘴唇蠕動了幾下，有心招呼，卻又有所顧忌，終於還是訕訕保持了沉默。

那四十來歲的中年男子逕直走到床前，俯身問道：「你就是辛漸麼？」辛漸道：「是我。」那男子道：「我是左羽林衛將軍李湛，奉聖上之命來押解你和你母親回神都。」

狄郊忙道：「辛漸傷勢極重，今日才剛剛甦醒，暫時挪動不得。請將軍暫緩幾日，等他傷勢好轉些，再帶他走不遲。」

這李湛也是個大有來頭的人物，其父就是大名鼎鼎的「李貓」李義府，此人狡詐陰險，心胸狹窄，但外貌卻溫和謙恭，與人說話必嘻怡微笑，「笑裡藏刀」的典故即由此而來。他出身寒微，對名第極為看重，多次為兒子向山東士族求婚，被拒後慫恿高宗皇帝重修《氏族志》，並禁止五姓七家互相通婚。比如李蒙是趙郡李氏，其父李滌一直想為愛子求娶王羽仙為妻，然而王羽仙偏偏是太原王氏一族，兩家均在五姓之列，不能通婚。不過李義府人品雖惡，卻以文翰見重，文章詩歌都寫得相當好，唐太宗李世民就是因為聽說他才華出眾，予以召見後才授門下省典儀的官職，後升任監察御史，並在晉王府兼職。晉王李治後來即位為唐高宗，李義府跟著一路加官進爵。他善於吹拍武則天，極力促成其當上皇后，由此攀上一根高枝，更受重用，直至擔任宰相。登上高位後，李義府恃寵專權，越加囂張，與他的母親、妻子、兒子一起貪贓受賄，結黨營私。他自恃有皇后武則天作後臺，排擠正直朝士，連高宗皇帝也不放在眼中，高宗曾當面勸他稍微收斂些，不要公然賣官鬻爵。李義府聽了勃然變色，質問道：「是誰說給陛下聽的？」高宗回答道：「如果我說的是事實，你何必問是誰？」李義府竟冷笑著掉頭而去。高宗自然很不高興，後找了個理由將李義府定罪流放。消息傳出，朝野相慶。李義府不久便憂憤而死。李湛是李義府的幼子，父親死時僅六歲，武則天感傷功臣之死，特授年紀幼小的李湛任周王府文學。李湛成人後襲封河間郡公，武則天稱帝後授予其禁軍兵權，親賜免死鐵券，恩遇遠過諸臣。就連武則天的姪子梁王武三思也嫉妒李湛得寵嫉妒得發瘋，一度進讒言詆毀，可惜未能如願，由此可見李湛在武則天心目中的地位。

本以為李湛有這樣的出身，又是武則天的心腹親信，一定是武延秀一類的驕橫人物，狄郊也不過是順口一說，不料李湛甚是大氣爽快，當即點頭應允道：「辛公子可以暫時留在這裡養傷。」又問道，「是誰將辛公子打成這樣？」辛漸道：「是一群突厥人。」

李湛很是意外，道：「突厥人？你怎麼會被突厥人捉住的？」辛漸道：「這件事說來話長，請將軍恕我重傷未癒，氣力不足，容我日後再詳細說明。」

李湛微一沉吟，便立即會意過來，問道：「突厥人是想向你逼問百煉鋼的祕密，對麼？」辛漸道：「是。」

狄郊忽然想到什麼，問道：「那些突厥人是不是住在昆林坊中？」辛漸道：「是。你如何能猜到？」狄郊道：「五天前，昆林坊發生滅口血案，有一個院落的人一夜之間全被殺死，一共有三十七人，其中大部分是突厥人。本來傳聞說他們是自己內訌，現在看來……」他轉瞬懷疑到李弄玉身上，不由自主地回頭看了她一眼。李弄玉竟立即爽快承認道：「是我做的。」

眾人大感意外。辛漸更是心道：「原來我不是在做夢？真的是她救了我。如果不是她，我大概早已經被那些突厥人活活打死了。可若不是她陷害我爹娘，我也不會在公堂上受杖，不會連兩個竊賊也打不過。說到底，她才是引發這一切的罪魁禍首。我到底是該恨她，還是該感激她？」

李湛走到李弄玉的面前，問道：「還沒有請教小娘子尊姓大名。」李弄玉道：「我是……」阿史那獻忽爾搶到她面前，道：「這女人是個瘋子，李將軍切不可聽信她的胡言亂語。」又忙轉頭叫道，「來人，快將這個瘋女人趕出去。」

李弄玉大怒，喝道：「阿史那獻，你好大膽，我跟李將軍說話，什麼時候輪得到你來插嘴？」阿史那獻對她極為畏懼，被她一喝，立即低下頭去。

李弄玉冷冷道：「怎麼，你現在當上了羽林衛將軍，眼睛裡就沒有別人了？」阿史那獻忙道：「當然不是，阿獻決計不敢對四娘無禮。況且我也不是什麼羽林將軍，聖上為了防禦突厥默啜，新在庭州[25]設置北庭都護府，命我襲父興昔亡可汗封號，任北庭都護，充安撫招慰十姓大使。我是北上赴任，與李將軍同道，聽說辛漸出了事，因當日與他在蒲州有過一面之緣，特意前來探望。」

他父親阿史那元慶因親附皇嗣李旦，而被武則天處以最殘酷的腰斬之刑，他自己也被酷吏來俊臣迫害幾死，多虧李弄玉出手相救，而今他自己卻又再次接受殺父仇人所授予的官職，面對李弄玉鄙視的眼光，不免羞愧難當，無地自容，當即單膝跪下，拔刀捧過頭頂，道：「我這條命是四娘救的，這就請四娘拿回去吧。」李弄玉側身避開，道：「獻王子而今已經是可汗身分，請自重。」

阿史那獻進也不是，退也不是，極為尷尬。狄郊忙上前扶他起來，道：「而今契丹、吐蕃、突厥幾大強敵環顧，對我中原虎視眈眈，可汗能放下私人恩怨，挺身為國家效力，高風亮節，令人欽佩。」

阿史那獻道：「狄公子當真這般認為？」狄郊道：「當真。不僅我，我們大家都這麼認為。」

李湛冷眼旁觀，一切都瞧在眼中，甚是了然，當即命道：「辛公子重傷在身，需要靜養。其他人都出去，有話外面說。」

李弄玉刻意留在最後，臨出門的一剎那，忍不住回頭看了辛漸一眼，只見他正側頭怔怔望著自己，大有關懷之色，當即淒然一笑，決然轉身走了出去。

出來院中，李湛命道：「來人，留下四個人守在這裡，看著辛漸，沒有我的命令，不准他離開這個院子。」當即有四名羽林軍士守在辛漸房前。

李湛這才轉向阿史那獻，道：「可汗，軍情緊急，西域又萬里迢迢，你該上路了，你父親的舊部都還等候在城外。可汗放心，你一路講給我聽的辛漸幾人事蹟，我都記下了，你這就請吧。」

阿史那獻知道他辦事極為幹練，立即要審問李弄玉，不欲自己再參與其中，忙道：「這位四娘……」李湛道：「我自有處置。可汗，國事為重，請你立即上路。」

阿史那獻無可奈何，只得向李弄玉行了一禮，這才轉身，走出幾步，又回過頭來，急促地道：「四娘，你不是總說中原是個是非傷心之地麼？不如你跟我一起去西域，從此以後永遠不再回來。只要有我阿史那獻在一日，一定保護你周全。」

李弄玉搖了搖頭，正色道：「可汗，我剛才不該那樣對你。狄郊說得對，你能放下私人恩怨，挺身為國家效力，這一點可比我強多了。只要你永遠忠於中原朝廷，那便是對四娘好。」

阿史那獻還想要再勸，李湛厲聲喝道：「來人，速速送可汗出城赴任。」竟是命手下上前執住阿史那獻臂膀，意欲強行趕他出去。阿史那獻只得道：「放手，我自己會走。」

李湛命人強行送走阿史那獻，才道：「這位四娘，請跟我走一趟吧。」又道，「你就是狄郊麼？你也跟我來。」當即命人帶著李弄玉和狄郊出了王邸。

李蒙道：「這李弄玉到底什麼來頭？李將軍為何要帶走老狄？」王翰見院中尚留有四名羽林軍士，當即使個眼色，道：「進去看看辛漸再說。」

一見幾人進來，辛漸忙問道：「她……四娘被李將軍帶走了麼？」王翰點點頭，道：「她倒像是有意暴露身分，好讓羽林軍帶走她。辛漸，當真是李弄玉從突厥人手中救了你麼？她到底是什麼人？你又怎麼會被突厥人抓去？」辛漸道：「我……」王之渙道：「算啦，他都累得喘不上氣了，讓他歇一會兒吧。」

王翰見辛漸確實表情呆滯，反應遲鈍，疲累不堪，只得命侍女端了一碗寧神靜氣的湯藥來餵他服下，讓他好生歇息。

忽有僕人進來稟道：「海印來了，說是有急事。」王翰皺眉道：「豆腐女能有什麼急事？你去告訴她，老狄人不在我這裡。」僕人道：「她求見的是阿郎。」王翰道：「找我做什麼？」

出來廳堂，海印一身藍色布衣，正在堂前搓手徘徊，焦急萬狀，一見王翰便道：「王公子，你快去救救羽仙娘子。」

---

1 唐太宗御制御書〈晉祠之銘並序〉碑至今尚存，是中國現存最早的行書碑，書體飛逸灑脫，風格雄奇，筆力道勁，神韻獨特，極為後世書法大家推崇。

2 才人是級別很低的嬪妃，是後宮中三夫人、九嬪以下二十七世婦中品級最低的一類，跟普通宮女沒有太大區別。

3 唐初在地理位置重要的州設有都督府，并州、益州、荊州、揚州是級別最高的大都督府，最高長官都督均由親王遙領，實際主理州事的是長史，如武則天的生父武士彠曾任揚州大都督府長史、并州長史（官秩三品），不但兼任并州刺史，還統領河東澤、潞、汾、儀、嵐、忻、代、朔、蔚等十數州軍政，權高位重，類似後來的節度使。

4 李勣，唐代開國功臣，本名徐世勣，字懋功，即《隋唐演義》中傳奇人物徐茂功的原型，因功賜李姓，後避唐太宗李世民諱改名為李勣，歷事唐高祖、唐太宗、唐高宗三朝，被朝廷倚之為長城，死後陪葬昭陵（唐太宗陵墓）。其孫即為徐敬業，起兵反武被殺，全族被屠戮殆盡，李勣的陵墓也被武則天下令搗毀。

5 王皇后出自并州王氏，蕭淑妃出自南蘭陵（今江蘇常州）蕭氏，均為天下聞名遐邇的名門望族，與歷代皇室多有聯姻。王皇后為唐高祖李淵之妹同安公主重孫女，而隋煬帝的皇后蕭氏即是南蘭陵人氏。

6 質子：古時派往其他國家作為人質的人，多為王子或諸侯之子。

7 勝州：治今內蒙古托克托西南。

8 西硤石黃獐谷：今河北遷安東北。

9 拾遺：諫官官名，也就是專門規勸天子改正過失的官，為唐朝首創。「拾遺」的意思是把皇帝「遺」忘的東西「拾」起來，免得因遺忘而做錯了事。這種官官職不高，卻是能夠親近天子的言官。唐朝的進諫任務由門下省和中書省共同承擔。門下省設給事中四名及輔員若干，並設左諫議大夫四名，左散騎常侍四名，主要職責是匡正政治上的得失，以諫諍為任。其中，給事中掌封駁（即複審之意）詔制，權力更重。中書省設右諫議大夫四名，右散騎常侍四名，舉凡主德缺違、國家決策，皆得諫正。補闕和拾遺兩個新創官職則分置左右，左隸門下省，右隸中書省，負責看管供其他諫官呈遞奏摺所用的四只匣子。

10 白衣：指平民。古代衣飾顏色是用以區別貴賤的一種標誌，白衣是平民的衣服。

11 邏娑：今西藏拉薩。

12 東硤石谷：在今河北盧龍境內。

13 趙州：今河北趙縣。相州：今河南安陽。蹁：走路腳不正，姿勢歪斜。

14 豕：即為豬。夾豕取諧音「夾屎」，指武懿宗膽小如鼠，遇敵後嚇得屎尿直流，夾屎而逃。

15 大娘：「大」為賀英排行，「娘」為唐代對女子的尊稱，如著名的劍舞高手公孫大娘也是類似叫法。

16 開化寺：位於今山西太原西南蒙山腳下，始建於北齊天保二年（五五一年），依山崖雕造佛像，高約六十多米，規模宏偉，即蒙山大佛。隋仁壽元年（六〇一年），建高大佛閣，改稱淨名寺，後復名開化。唐高祖、唐太宗、唐高宗、武則天都曾到此瞻禮。

17 張仁亶後因避唐睿宗李旦諱，改名張仁愿。

18 清源：今山西清徐，古名梗陽，隋開皇十六年（五九六年）因城西有清源水置清源縣，唐時屬并州。清源是山西老陳醋的正宗發源地。醋原名醯。唐初名相房玄齡以懼內出名，一日在宮中宴飲，唐太宗李世民有意賜了兩名美女，房玄齡趁著酒興領回了家。夫人盧氏一見勃然大怒，將美女打出了房府。太宗只好親自出馬，召來盧氏，指著桌子上的一杯酒說：「如果你不讓房玄齡納妾，就把這杯毒酒喝下去。」結果盧氏毫不猶豫，端起毒酒一飲而盡，這才發現不過是一杯清源醋。太宗見她寧死也不讓丈夫納妾，只好就此作罷。「吃醋」遂成典故，成為妒忌的代名詞。

19 當時契丹還沒有自己的文字。契丹大字創制於西元九二〇年，由遼太祖耶律阿保機下令由耶律突呂不和耶律魯不古參照漢字創制的，大約有三千餘字。契丹文頒布以後，立刻在遼國境內使用。但由於契丹貴族大都通曉漢文，並以漢文為尊，契丹文使用範圍極其有限。後遼太祖弟耶律迭剌受回鶻文啟示，對大字加以改造，創造了契丹小字。小字為拼音文字，較大字簡便，約五百個發音符號。遼國滅亡後，契丹文仍然被女真人所使用，並幫助創造女真文。直到金章宗明昌二年（西元一一九一年），「詔罷契丹字」，才徹底停止使用。

20 斛律明月：即北齊名將斛律光，字明月，高車族人，其父為斛律金（著名的〈敕勒歌〉即為其所唱）。斛律光少工騎射，以武藝知名，一次打獵時看見一隻大鳥在雲際飛翔，引弓射之，正中其頸，大鳥如車輪旋轉落地，原來是一隻大鵰，時人稱之為「落鵰都督」。其人治軍嚴明，驍勇善戰，在北齊和北周的頻繁戰爭中從未打過敗仗。後為北齊後主高緯（高緯的皇后即斛律光女）所忌，被族誅。斛律光死後不久，北周立即興兵滅了北齊。

21 渡槽：輸送渠道水流，一種以助跨越河渠、溪谷、窪地和道路的架空水槽。

22 阿武：指武則天。
23 栲栳：一種用竹子或柳條編的盛裝器具，形狀像斗或圓筒。
24 李淵之母為獨孤信（鮮卑人，西魏、北周名臣）的第四女，隋煬帝之母為獨孤信的第七女。
25 庭州：今新疆烏魯木齊東北。北庭都護府初轄鹽、治等十六番州，當時與安西大都護府分掌天山南北兩路，屬隴右道。

【卷七】洛州無影

看熱鬧的人個個往前伸長脖子，倏地忽見三顆人頭被高高舉了起來。刑場上的氣氛達到了最高潮，人人發出興奮的驚歎。這種凌駕在毫無同情心的幸災樂禍激動情緒消退得很快，人們很快便感到無聊，開始慢慢散去。

王翰一聽說是關於王羽仙的事，忙道：「羽仙怎麼了？我前天才跟她大人談過[1]，他們都同意讓羽仙出家做女道士，我正要派人在蒙山修建一座道觀。」海印跺腳道：「哎呀，什麼道士道觀的，羽仙娘子被她家大人送去洛陽了。」王翰吃了一驚，問道：「這是什麼時候的事？」海印道：「今日一早。聽說護送的人都是從洛陽來的，是奉洛陽縣令來俊臣的命令。」王翰也不待海印說完，疾步奔下堂。王之渙道：「哎喲，阿翰又要惹禍了！一聽事關羽仙，他就全然失去理智！對方可是來俊臣，比武延秀可怕多了！」慌忙追出去阻攔。王翰命僕從牽馬到大門前，正要上馬，王之渙上前一把抱住他，道：「你別這麼莽撞地去追，咱們一起來想想辦法。」王翰道：「放手，快放手！來人，快將他拉開！」王之渙道：「你們誰敢動！王翰要去闖禍，你們也由得他？」正糾纏不清時，忽見晉陽縣尉富嘉謨率數名捕盜差役趕來，下令圍住二人，道：「二位王公子，有人舉報你們兩個合夥窩藏盜賊，這就跟本官走一趟吧。」王翰道：「什麼盜賊？快些讓開。」富嘉謨道：「王公子何必著急否認？我同僚吳少府[2]已經帶人趕往這位王公子府上，是真是假，一搜便知。」王之渙「啊」了一聲，道：「糟了！」放開王翰，轉身就朝家中跑去。富嘉謨道：「攔住他。」兩名差役上前，擋在王之渙面前。富嘉謨道：「二位是名門公子，我就不下令給二位上戒具了，不過還請二位自重。」

王翰狐疑地審視王之渙。王之渙不敢辯解，只低下頭去。忽見他那三四歲的堂姪王昌齡奔了過來，叫道：「渙叔叔，家裡來了好多官差，你的那兩位客人都被他們抓走了，大人叫你快些回去。」

王翰問道：「客人是誰？」王之渙知道事情已經敗露，長歎一聲，道：「是俱霜和胥震。」王翰道：「俱霜是誰？」王之渙不答。

王翰依稀覺得「胥震」這個名字有些耳熟，仔細一回想，恍然大悟，他就是蒲州那假謝瑤環的隨從，那麼「俱霜」一定就是那冒充謝瑤環的女子，不知道這二人如何來了太原，又如何躲在了王之渙家中？只是著急去追回王羽仙，一時間不及多問，忙道：「富少府，不關我的事，我根本不知情。既然人是在王之渙家中搜到的，你這就將他帶走吧。」

王之渙大怒，道：「怎麼不關你王翰的事？明明是你讓他們藏在我家中的。」王翰大為生氣，道：「你以為你這樣就能阻止我去追羽仙麼？」王之渙道：「什麼？你以為是我報的官麼？荒唐！」

富嘉謨道：「這就有請二位王公子跟我回縣衙吧。本官可是仰慕太原王氏威名，對二位客客氣氣，禮敬有加，沒有上枷鎖，二位若想要反抗或是逃跑，那就休怪不講情面了。」

李蒙和海印趕出來時，正見王翰和王之渙二人被差役擁了離去，不由得吃了一驚。僕人一旁看得一清二楚，急忙稟告了經過。

李蒙跌足道：「這事情可來得真巧！一定是有人知道了那假謝瑤環藏在之渙府中，有意在這個時候抖落出來，好阻止王翰去救羽仙。哎呀，他們兩個被晉陽縣尉捉走，老狄被羽林軍帶走，只剩下辛漸重傷在床，還有羽林軍看守，我該怎麼辦？」

他們幾個平時習慣有事互相商議，忽然同伴都不在身邊，便彷若失了魂魄一般。

海印神色緊張，問道：「狄公子被羽林軍帶走了麼？他犯了什麼罪？被帶去了哪裡？」李蒙道：「嗯，他應該沒事，羽林將軍大概有話問他。海印，你是怎麼知道羽仙被來俊臣的人帶走的？」

海印道：「今天一早，羽仙娘子突然乘車來到豆腐坊，說要吃豆腐花和蓧麵。她背後跟著好些隨從，大概有二十來人，個個騎著高頭大馬，緊緊護著她不放。我就覺得奇怪，阿爹也說那些人看著怪怪的，不像本地人。後來娘子小解，我跟著進了茅廁，她才告訴我究竟，說這些人是她姊夫洛陽縣令來俊臣派來接她去洛陽的。她本來特意讓我不要告訴王公子……」

李蒙道：「好了，好了，我知道了。你先回去，等老狄回來我告訴他。」海印臉一紅，問道：「告訴狄公子什麼？」李蒙道：「告訴他是你報的信。」他目下沒有心思跟海印糾纏，忙分派僕人去并州州府和晉陽縣衙打探情形。

正慌亂之時，李家管家廖峰趕來告道：「宮監有急事，請阿郎快些回去。」

李蒙猜是父親聽到風聲，不欲自己跟辛漸、王翰等人走得太近，很是不快，沒好氣地道：「我朋友眼下都出了事，他讓我這時候棄他們不顧，我日後怎麼在城裡混？況且太原城中人人都在議論大風堂是冤案，辛漸父母還沒有被定罪呢，現在畫清界限也太早了些。」

廖峰道：「不是為這個，是外面風傳晉陽宮中有大批財物失竊，李宮監擔心要出大事，讓公子快些回去。」李蒙道：「事已至此，著急又有什麼用？」口中說著，畢竟還是牽掛父親，抬腳跟著廖峰往家而去。

王翰和王之渙二人被晉陽縣尉富嘉謨帶來晉陽縣衙時，正遇見另一晉陽縣尉吳少微率人押著一對年輕男女回來。王翰立即認出正是在鸛雀樓遇見過的那一對男女，卻不能確認他們就是冒充朝廷制使的人，問道：「是他們兩個麼？」王之渙點點頭，道：「是他們自己跑來我家，說惹了麻煩，風聲正緊，出不了太原城，我一時心軟，就答應了。本來早要告訴你們的，可辛漸出了這麼大的事，大夥心思全在他那裡，一時也沒顧得上開口。」

俱霜、胥震被繩綑索綁，神色極為沮喪，只是垂下頭去。

王翰轉頭道：「請問富少府，這二人犯了什麼罪？」富嘉謨道：「詐財罪。這二人冒充闊主，在城西開化寺騙走了寺中預備重鍍佛像金身的黃金。」王翰道：「那好，我願意出十倍的黃金賠償開化寺。」

富嘉謨正色道：「王公子，這可不僅僅是錢能平息的。」王之渙忙道：「可以，可以，少府出面捕人，無非是因為開化寺控告他二人詐騙錢財。只要開化寺願意接受賠償，撤銷控告，沒有了控主，案子也就沒了。」

富嘉謨道：「抱歉，本官不能允准這麼做。」上前問道，「少府可有搜到贓物？」吳少微搖頭道：「沒有。問他二人，他們也不肯說。」富嘉謨道：「那好，麻煩吳少府帶他二人去開化寺，讓住持認人。二位王公子遭人舉報，牽涉案中，難脫干係，先行收監關押。不過要好生對待，別委屈了二位。」差役應了一聲，上前道：「這就請吧，二位王公子。」

王翰道：「是什麼人舉報？」富嘉謨不答，只揮揮手，命差役將二人帶走。

縣獄中當真關押了不少人，每間牢房都滿滿當當。王翰、王之渙被塞進一間大牢房中，只能勉強站在門旁。二人未帶戒具，在一大堆鐐銬鋃鐺的囚犯當中格外扎眼。

王翰沒來由地遭這樣一場官司，不由得又氣又憤。王之渙自知有愧，不敢正眼看他。王翰道：「還有誰知道這對騙子藏在你家裡？」王之渙低頭道：「我不敢說。」王翰氣得抓住他領口，道：「你看看我們現在在什麼地方，你還敢不說？快說！」王之渙道：「羽仙！」王翰一呆，道：「什麼？」王之渙道：「除了我家裡人，只有羽仙知道！我找她要了幾套換洗衣服給俱霜。」

王翰連連搖頭道：「我不信，我不信。」王之渙道：「你就承認事實吧，是羽仙告發的你，不然只告發我一人即可，何必一定要捲入你？是羽仙想以此來阻止你，不讓你貿然去救她，平白丟掉性命。」王翰道：「你胡扯，我不信。」大力搖晃木柵欄，叫道：「來人，快來人，放我出去。」

獄卒聞聲過來，皺眉道：「什麼事？」王翰道：「我要取保，我頂多只是干連人，不是罪犯，我要取保。」獄卒道：「神經！」罵了一句，轉身欲走。

王之渙忙叫道：「等一下！」從王翰腰間摸了一塊玉墜遞過去，道：「我也要取保，請獄卒大哥行個方便。」獄卒立即眉開眼笑，打開牢門放二人出來，先帶到獄廳候著。

等了很久，獄卒才從外面進來，道：「縣尉特別交代，不予給二位王公子取保。抱歉了。」

正要重新將二人押入牢房，忽見兩名差役持差牌進來，道：「縣令有令，要提審王翰、王之渙。」將二人押了出來。

卻見獄門前正等候幾名羽林軍士，將王翰、王之渙接了過去。王之渙道：「要帶我們去哪裡？」一名羽林軍士道：「李將軍要見你們兩位。不遠，就在隔壁晉陽驛站。」擁著二人往西門而來。

李湛正在驛廳跟一名屬下交談，見二王被帶了進來，揮手命屬下退出，招呼道：「二位請坐。」又問道，「你們是怎麼認識俱霜和胥震的？」

二人不知道他堂堂羽林衛將軍如何知道這兩個騙子的名字，猜想或許是因為謝瑤環的緣故。王翰道：「我並不認識他們，只是在蒲州鸛雀樓遇見過一次，後來他們到逍遙樓投宿，是我准許他們住了進來。」

李湛道：「這麼說，他們兩個冒充朝廷制使的事你們也知道。」王之渙見他所知遠比晉陽縣尉為多，料來難以隱瞞，只得實話道：「知道，不過我們也是事後才知道，況且他們冒充制使也沒有做什麼壞事。」

正說著，兩名羽林軍押著俱霜、胥震進來稟道：「將軍要的人帶回來了。」李湛忽地站起來，大步流星走到俱霜、胥震面前，狠狠瞪著二人不放。王之渙見他面色如鐵，氣憤之極，生怕他會出手打人，不由得滿懷緊張。

忽聽見李湛命道：「鬆綁。」羽林軍士遂拔刀割斷繩索。李湛來回踱了幾步，喝問道：「你們兩個到底要闖禍闖到什麼時候？」俱霜囁嚅道：「我們已經遵將軍之命離開京師了。」

李湛道：「所以你們就跑到外地搗亂，騙錢騙財不說，你還膽大包天，冒充謝制使。」俱霜不以為然地道：「誰稀罕冒充那謝瑤環？我不過是要救王之渙他們幾個，臨時用了一下她名字而已。況且我也沒有說我是朝廷制使，是將軍手下的校尉曹符鳳自己巴巴地把我當成了……」李湛怒道：「住口！還敢狡辯！來人，把他們兩個帶下去關起來！」

王翰和王之渙在一旁瞧得目瞪口呆，雖見李湛態度嚴厲，但與俱霜、胥震關係顯然非同一般，一時不知道二人什麼來頭。

李湛命人將俱霜、胥震押走，這才重新坐下，問道：「二位公子可知道俱霜、胥震的身世？」王之渙道：「這幾日他二人一直住在我家中，從來沒有提過身世之事。也怪我自己太忙，總是待在王翰府中。」

李湛道：「我有事想拜託二位王公子，請二位幫忙照顧俱霜、胥震一陣子，不知道王公子是否願意？」王之渙吃了一驚，道：「這個……這個……」李湛道：「王公子放心，他二人之前犯的案子我都會設法平息。」

王翰道：「將軍權柄顯赫，足以照顧俱霜、胥震周全，何須我二人效力？」他知道李湛是李義府之子，李義府笑裡藏刀、以柔害物之伎至今談起來令人不寒而慄，這李湛明明是武則天親信，卻非要弄兩個人到他們身邊，不是很奇怪麼？

李湛道：「其實正是因為我的身分，不便照顧他們兩個，嗯，這話日後你們自會明白。即使我勉強收留他們在我身邊，我公務繁忙，根本無暇顧及他們兩個。」深深歎息一聲，續道，「他二人如今都是孤兒，無家可歸，我真怕他們四處滋事，惹出大亂子。今日若不是我湊巧來到太原，我手下人在路上看到他們被地方官府擒獲，只怕已經捅出了漏子。王公子，你們肯答應收留他們兩個麼？你們都是年輕人，應該很好相處。」

王翰尚在猶豫，王之渙已然答應道：「好。不過就怕他們兩個自己不願意。」李湛道：「這不要緊，我自會好好教訓他們兩個，讓他們侍奉二位為兄。」當即命人帶了俱霜、胥震出來，告知要將他二人交給王翰、王之渙管束一事。

俱霜當真遵命跪下，向王翰、王之渙口稱「阿兄」。胥震本不願意，被逼不過，只得也隨俱霜跪了下來，但那一聲「兄」卻是叫不出口。王之渙忙將二人扶起來，道：「不敢當，不敢當。」

李湛板著臉道：「俱霜，你現在有家有兄，已不再是街頭的小混混了，你若是再惹禍，就會牽累你兩位兄長，就像今天這樣，我救得了你一次，救不了你第二次，知道麼？」俱霜道：「是。俱霜從此一定安分守己，不再惹禍。」李湛道：「這樣再好不過。你們去吧。」

王翰問道：「將軍之前從我府上帶走了狄郊和李弄玉，他二人現在人在哪裡？」李湛道：「我已經放狄郊回去了，他大概也去了你府上。」王翰道：「那李弄玉……」李湛打斷了他，站起來揮手道：「來人，送客。」幾人只好就此告辭。

出來驛站時，正遇到王府趕來打探情形的戶奴，見主人出來，歡天喜地地趕過來侍奉。王翰見天色不早，料到城門已經關閉，無論如何已追不上王羽仙，不由得臉有悻悻之色。

俱霜很是欣喜，上前挽住王之渙的手臂，笑道：「阿兄，我現在也有阿兄了，咱們這就回家吧。」王之渙道：「先等一等。」拉了王翰到一邊低聲道：「他們兩個還是住到你府上吧。」王翰愕然道：「為什麼？你家沒空房間麼？他們之前不就躲在你家裡麼？住原來的地方好了。」

王之渙道：「哎呀，他們兩個是竊賊，從我家裡當眾被官府抓走，怎麼能再回去？人家也叫了你阿兄，你得盡責，推不掉的。」也不等王翰答應，轉身招呼道，「咱們先去王翰家，他家裡人多熱鬧。」招手叫過戶奴，命他去自己家裡報信，說已經無罪釋放了，要在王翰家吃過晚飯才回去。

戶奴尚要等主人示下，王之渙一推王翰，他只好點點頭，道：「去吧。」

回來王翰家中，僕人報辛漸已經醒過來，狄郊正在他房中，王翰便命人先招待俱霜、胥震沐浴更衣，自己跟王之渙往別院趕來。

狄郊見王翰、王之渙平安歸來，也甚是驚奇，問道：「你們不是因為窩藏竊賊被晉陽縣尉帶走了麼？」王之渙道：「沒事了，是誤會一場。」上前問道，「辛漸好些了麼？」辛漸點點頭，道：「多謝。」

狄郊道：「室木已經冒充僕人混進來見過辛漸，原來他才是真的辛漸舅舅的信使。」王之渙道：「太好了，正好可以揭破張長史手中那封信是假的。信呢？」辛漸道：「沒有真信，只有口信。不過口信轉述之事只涉及到我母親私事，我不便相告。」

原來近來有漢人到契丹部落四處打聽李英下落，李楷固雖不明白姊姊為何要在二十多年前假死、多年來又不與自己聯絡，但還是關心姊姊安危，所以派室木趕來太原通知姊姊。哪知道室木到時，賀英正好被逮下獄。眼下她的契丹公主身分雖被揭穿，但無人得知她還曾經進宮當過高宗皇帝的妃子，更不知道她二十多年前曾經假死過一回，辛漸不欲此事為外人知曉，所以不肯說出室木來太原的目的。

眾人聞言面面相覷，他們幾人自小無話不說，再隱密的事也從不隱瞞對方，此時辛母賀大娘因為一封假信被關在獄中，真信使好不容易顯山露水，辛漸卻稱內容只涉及私事，不肯吐露，看來室木所帶的口信不足以成為證據，證明賀大娘並無與契丹通謀。

王之渙問道：「室木人呢？」辛漸道：「他已經趕回契丹了。不過我已經向他詳細問過契丹內部情形，你們或許可以轉告張長史，應該對朝廷軍隊有用。」他終究有一半契丹血統，一想到下面所講的這些即將成為重要軍事情報，會被用來對付他母親的族人，不由得又有所猶豫。

王翰猜出辛漸心思，道：「你若是不情願，大可不必勉強說出來，畢竟契丹那邊也有你的親人。還記得我們之前的爭論麼？這場戰爭本來一開始就可以避免的，是女主自己非要為了私利開戰，現在倒好，朝廷一百萬正規軍隊對付不了區區幾萬契丹騎兵，看她如何下臺。」

辛漸道：「可是受苦的還是雙方的老百姓。」歎了口氣，緩緩道，「室木說，契丹人其實也不願意與朝廷為敵，畢竟實力懸殊太大。然而正如阿翰所言，是女皇帝自己一步一步地將雙方逼上了絕路。而今契丹首領李盡忠重病，契丹軍權盡在孫萬榮手中，這個人野心很大，提出迎歸廬陵王為帝以籠絡中原人心就是他的主意。據說他在柳城附近建了一個祕密基地，名叫新城，將所有軍備、物資、糧食都囤積在那裡，是契丹的根本所在，而看守的卻都是些老弱病殘。」

王之渙道：「如果派一支輕騎搗毀新城，那麼契丹就失去了所有後備。」辛漸點點頭。王翰冷笑道：「朝廷軍隊畏死不敢前進，這等深入契丹腹心之事，我敢說沒有人去做。」

狄郊一直沉默不語，忽然問道：「你和李弄玉之間到底發生了什麼事？她到底是什麼人？為什麼偽造反信陷害大風堂和你父母？」

王翰、王之渙此時方知道這件事，大驚失色，異口同聲地道：「怎麼會是她？」他們曾懷疑過許多對手和敵人，包括突厥人、吐蕃人、契丹人，甚至懷疑過在蒲州結下仇怨的淮陽王武延秀，卻唯獨沒有想到會是李弄玉。

辛漸歎了口氣，道：「這件事……」忽聽見有人疾步進來院中，喝道：「奉羽林衛李將軍之命，速速押送辛漸到并州州府。」

守在門前的羽林軍士便推開房門進來，道：「辛公子，李將軍有令，這就準備走吧。」狄郊忙道：「等一等。」猶豫了片刻，道，「辛漸，有兩件事我一直沒有告訴你，但現在看樣子是瞞不住了。尊母她……」

辛漸聞言大為緊張，問道：「我娘親怎麼了？」狄郊道：「你先別著急，尊母現下安然無恙，不過數日前她在公堂上剖心明志，受了重傷……」

辛漸腦子「嗡」的一聲，恍若被閃電擊中，剎那間一片空明，暗道：「娘親寧可死，也不肯表露她曾為先帝妃子的身分，我明白她的意思了。難怪四娘說她人品極不一般，也難怪她能被高宗皇帝選中。」

狄郊見他不答不應，只得續道：「還有一件事怕是對你打擊更大……」辛漸道：「是什麼？」狄郊道：「你的雙腿……你之前受了杖刑，傷勢未癒便強撐一口氣逃走，後又多經磨難，傷了筋骨元氣，怕是……怕是……」

辛漸道：「你是想說，我從此再也不能走路了？」王之渙忙道：「世事難料，你自幼習武，身子比尋常人健壯許多，說不定會慢慢康復。」

不料辛漸既不驚慌也不恐懼，只點點頭，道：「我知道了。」

羽林軍士聽說辛漸雙腿已廢，再也無法行走，忙道：「快去找副擔架來。」

辛漸這種反應，狄郊委實不能放心，便向傳令的兵士道：「我是大夫，辛漸有傷在身，我想跟他一起去，可以麼？」那兵士道：「李將軍只傳辛漸一人。」

狄郊道：「我只跟著你們到州府門前，等在那裡便是。辛漸母子都受了重傷，萬一有事，也好及時救治。他母子是欽命要犯，李將軍總要將他們活著帶回洛陽才能交差。」兵士微一思索，即道：「也好。」

當即找來擔架，將辛漸小心地搬了上去。四名羽林軍士各抓住擔架一角，跟在那傳令兵士背後，出了王邸，往州府而來。

外面天色已然黑定，狄郊提了一盞燈籠，跟在擔架旁，一同隨行。辛漸道：「老狄，你何須如此？」狄郊只是搖頭不應。

穿過晉渠渡槽，正拐過丁字路口，旁側忽然擁過來一群嘻嘻哈哈的醉漢。傳令兵士喝道：「夜禁了，不知道麼？快些讓開路。」一名醉漢湊上前來笑道：「軍爺當這裡是天子腳下麼？太原的夜禁從來不過是擺擺樣子。」

狄郊叫道：「小心，他們不是……」卻已是遲了，醉漢手中持著短棒圍上來，見人就打。狄郊肩頭挨了兩下，腦側挨了一下，只覺得「轟」的一響，燈籠自手中掉落，人也半暈不暈地倒在地上。他尚能看清街角的情形，四名羽林軍士被一一圍毆放倒，傳令兵士指揮醉漢們搶過裝著辛漸的擔架，飛一般地抬走了，猶能聽見辛漸叫喊了一聲「老狄」……

女皇親自點名要押送神都洛陽的欽犯，被人當街從羽林軍士手中搶走，這件詭異離奇的事同時令并州長史張仁亶和羽林衛將軍李湛臉上相當無光，當晚太原全城連夜展開大搜捕。狄郊、王翰、王之渙、李蒙等人均被帶到州府，受到官吏的嚴厲詰問，各人家中也被細細搜查。一直折騰到次日中午，狄郊等人才被釋放，允准回家。

王之渙怒道：「明明是羽林軍士弄丟了辛漸，怎麼反倒找起我們麻煩了？」李蒙道：「我更是冤枉，我昨晚根本連辛漸的面都沒有見過，卻被官兵半夜從床上揪起來押來州府審問。」

王翰問道：「老狄，辛漸是當著你的面被人搶走的，你覺得會是誰做的？」狄郊道：「我也不知道。不過那些假扮成醉漢的人不是本地人，他們動手很快，迅疾如風，一看就是身懷武功，絕非尋常百姓。」

王翰道：「首先傳令兵士就是假的，這件事應當是早有預謀。那些扮成醉漢的只用短棒做兵器，可見他們意在辛漸，並不想殺人。」狄郊道：「這些人可能只是不想樹敵太多，多殺一人對他們並無好處，但對辛漸未必就會客氣。辛漸一定是知道了什麼重大祕密，他們才會冒險從羽林軍手中把他搶走。唉，我擔心的是辛漸為人剛硬，絕不會輕易屈服，他已經受了重傷，如果再繼續被刑訊逼問，怕有性命之憂。」

王之渙道：「會不會跟上次一樣，搶走辛漸的人是為了得到大風堂的百煉鋼祕技？」狄郊道：「這正是我最擔心的事，若辛漸果真落在突厥人、吐蕃人或是大風堂對頭的手中，這次可真就是有死無生了。」

然而眾人著急也沒有用處，羽林衛將軍李湛比他們還要著急，日日催促長史張仁亶派兵挨家挨戶地搜查，對於出城的人更是詳加盤問，如此持續了數日，全城被翻了個底朝天，卻根本絲毫未發現辛漸的蹤跡。辛漸的圖形告示被重新張貼在大街小巷中，懸賞也由之前的一萬錢狂漲到五萬錢。

這一日，李湛終於等不及找到辛漸，先行押送賀英踏上回洛陽的歸途。不過他離開太原前，做了一件廣為人稱道的好事，那就是力排眾議釋放了大風堂堂主辛武和其餘大風堂的人出獄。雖然長史張仁亶為保險起見，派了一隊兵士到大風堂監管，但辛武未受妻子牽連繼續被押，本身已經是對大風堂信任有加的表示。人們歷來相信「有其父必有其子」的說法，經歷了這件事後，才開始用新的目光來打量李湛其人。

王翰已經在辛漸失蹤的第二天先行離開晉陽，趕去洛陽營救王羽仙，雖然他明知此行凶險，無異於以卵擊石，可還是不聽勸阻，堅持要走。臨行前，李蒙特意趕來道：「我家裡出了點事，父親大人又不能擅自離開太原，所以派我去洛陽活動。」

眾人均知道他說的事是晉陽宮財物大量失竊一事。晉陽之地，士馬精強，宮監之中，府庫盈積，似宮監李滁這般失職可是重罪。

李蒙又道：「阿翰，我本該跟你一道同行，可我這次要帶的財物不少，沒有你馬快。你牽掛羽仙，憂心如焚，先行一步也好，等我到洛陽後再去尋你。」頓了頓，又吞吞吐吐道，「另外，我求了父親大人很久，求他出個主意救救羽仙，別讓她落入來俊臣的魔掌。」

王翰知道李蒙之父李滌為人圓滑，足智多謀，是官場上的不倒翁，他若能給個主意，說不定會有轉機，忙問道：「尊父可有什麼好主意能救羽仙？」李蒙道：「父親大人說，你如果真的想從來俊臣手中救出羽仙，只能去找太平公主試試。」

王翰聞言一愣，道：「太平公主？」李蒙道：「她是本朝唯一的公主[3]，地位之高，自不必多說，最關鍵的是，她第一任丈夫薛紹就是死在酷吏周興手中，她對酷吏的厭惡不比咱們差。周興失寵後被流放嶺南，半道被人殺死，傳聞就是太平公主派人下的手。」

薛紹是高宗皇帝的嫡親外甥，生母為太宗皇帝愛女城陽公主，因相貌英俊被高宗選為太平公主的駙馬。二人成親時，婚館設在長安萬年縣縣衙，盛況空前，轟動長安，照明的火把甚至烤焦了沿途的槐樹。只有武則天對這樁婚事很不滿意，認為薛紹的嫂嫂蕭氏和成氏出身不夠高貴，想逼薛家休妻，有人以蕭氏出身蘭陵蕭氏，並非寒門相勸，才使她放棄了這個打算。薛紹的兄長薛顗也曾因太平公主來頭太大而怕惹來禍事。不過太平公主與薛紹相當恩愛，二人的感情絲毫沒有因為這些外界因素而受影響。高宗死後，武則天臨朝稱制，唐宗室諸王多有不服者，武則天命酷吏周興大興冤獄，大肆屠戮異己。薛顗時任濟州刺史，被認為與琅邪王李沖通謀，被斬首示眾。薛紹因是天子女婿，死法格外開恩，杖責一百，餓死於獄中，以保全屍。當時太平公主正懷著她和薛紹的第四個孩子，心情煩悶可想而知，不過也不敢對心狠手辣的母親有絲毫怨言。但畢竟是唯一的愛女，武則天還是有所表示，打破唐公主食邑不過三百五十戶的慣例，破例將太平公主的食邑加到一千二百戶，以示撫慰。然而這件事對太平公主刺激極大，她後來雖然改嫁武攸暨為妻，卻完全變了一個人，大肆包養男寵，與朝臣通姦，還將自己中意的面首張昌宗進獻給母親武則天。

王之渙聽了李蒙的話，也拍扇叫好，道：「這主意不錯！阿翰，李宮監說得對，你如果想從來俊臣手中救出羽仙，必須在朝中尋找同盟，太平公主就是最好的人選。」

王翰搖頭道：「話雖如此，不過我素來不與朝官來往，在朝中並無親信之人。來俊臣是女主的得力鷹犬，與他作對非同小可，就算是太平公主也不敢輕易得罪他。況且，我與太平公主素未謀面，貿然找上門去，她定然以為我是個瘋子，說不定還會命人將我綑起來送交來俊臣處置。」

李蒙道：「不，不，不，太平公主求賢若渴，她府中收留了不少上門求助的人。你雖不在仕途，卻是天下有名的晉陽公子，你若是主動上門求見，公主定會待以上賓之禮。」

王翰這才會意過來，大怒道：「你是想讓我投靠太平公主？」李蒙囁嚅道：「這也是不得已，為了羽仙，你委屈一下又有何妨？」王翰道：「不，我寧可為羽仙死，也絕不為她投靠太平公主。都給我讓開！」飛身上馬。

眾人見他毅然絕塵而去，不禁目瞪口呆。李蒙跌足道：「都到什麼時候了，阿翰還這般驕傲。」狄郊道：「他連戶奴都不帶一個，獨自上路，怕真是做好了死的準備。」

王之渙道：「不如我去追他回來。」狄郊搖頭道：「他那副脾性，九頭牛都拉不回來。」

俱霜也在一旁，笑道：「我倒是很喜歡翰哥哥這份氣概。之渙哥哥，不如我們這就跟翰哥哥一起去洛陽，說不定也能幫上忙。」

王之渙心中不免有所遲疑，他自是知道得罪來俊臣會有什麼下場，倒不是他怕死，而是他不像王翰那般無牽無掛，他家中尚有母親要奉養，萬一因為這件事牽累母親，那可就是百死莫贖了。

俱霜見他不應，賭氣道：「原來你也害怕來俊臣。那我自己去幫翰哥哥，胥震，咱們走。」當真命僕人去牽馬。狄郊忙叫道：「先別著急，眼下辛漸失蹤，阿翰又獨自出走，咱們不能再分散了，先好好商議一下再做打算。」俱霜對他很是服氣，歪著腦袋想了想，道：「那好，就聽狄大哥的。」

王翰離開太原，一路快馬加鞭，逕直南下。他雖未帶隨身僕人，然而王氏在驛道沿路都有商鋪、產業，倒也沒有覺得絲毫不便。只是一路見到官府大肆徵發民夫、役夫、騾馬，驅趕往河北前線為朝廷軍隊效力，且時值秋收時節，許多婦女、孩子追趕相送家人，哭聲震天，情形極為淒慘可憐。

這一日傍晚到了蒲州，依舊住進逍遙樓。逍遙樓店家蔣大見東主到來，慌忙出來迎接，又知道王翰不喜人多吵鬧，命夥計在外面掛上客滿的牌子。王翰擺手道：「罷了，我只住一晚，明日一早就走。」

蔣大便親自送王翰進來上房中。王翰問道：「運來蒲州的一百萬錢如何了？」蔣大道：「遵阿郎之命，已經全部交給竇縣令，用來重建西門一帶民居。竇縣令也遵守諾言，沒有洩露是阿郎出了這筆鉅款，只說是向河東富戶募集所得。外人不知道究竟，人人稱頌竇縣令的大恩大德。」王翰道：「嗯，如此甚好。」

蔣大道：「還有一件奇事，就發生在前日，阿郎可還記得蘇貞麼？」王翰道：「如何不記得？她不是被竇縣令判杖一百、再罰三年徒刑麼？」蔣大道：「是，她被押在官府開採的鹽池勞作服苦役，但前日不知道什麼人救走了她。這件事在本地很是轟動。」王翰道：「蘇貞孤身跟隨她丈夫來到河東，也沒有什麼親人朋友，她陷身青樓時尚無人求助，又有什麼人冒險闖入鹽池救她？嗯，說不定是她那變態扭曲的丈夫。」他鞍馬勞頓，根本無心顧及旁人之事，當即命蔣大打來熱水、送來酒菜，吃飽喝足，上床睡下。

次日清晨，王翰早早打馬上路，經蒲津浮橋渡過黃河，直奔潼關。

潼關北臨黃河，南踞山腰，因黃河在關內南流，潼激關山，潼浪洶洶，故取名「潼關」，又名「沖關」。這處關口最初是曹操為預防關西兵亂修建，後成為關中的東大門，為兵家必爭之地。這裡南有秦嶺屏障，北有黃河天塹，東有年頭塬居高臨下，中有禁溝、原望溝、滿洛川等橫斷東西的天然防線，勢成「關門扼九州，飛鳥不能逾」，被唐太宗稱為「崤函稱地險，襟帶壯兩京」。唐朝立國後，從潼關到長安，每三十里設一烽堠，日曉日暮，各放烽火一次，稱為「平安火」。

王翰到達潼關時，剛好是日暮舉烽火時，他一路倉促趕路，竟遺失了過所[4]，在過關時被攔下拘禁在馬廄中。他大聲抗辯，也無人理睬。被關到次日，還是不得不學習李蒙的那一套法子，拿出身上的金錢賄賂關吏，這才得以通行。只是他所乘的良馬也被貪心的關吏沒收，一直往前走了數里，才在路邊的邸店用餘錢買了一匹駑馬，卻是連吃飯的錢都沒有了，只得拿身上的飾物抵作現錢。好不容易捱到陝州[5]，在自家的綢緞店鋪取到銅錢，才擺脫了狼狽不堪的窘境，得以順利到達洛陽。

洛陽自古之都，王畿之內，天地之所合，陰陽之所和，雄踞在滔滔東流的黃河南岸，是一座歷史名城，因以地處洛河之陽得名。中原有中國文化發源於河圖洛書的提法，而「河出圖，洛出書，聖人則之」，又有「帝王始興，各起河洛」，河是黃河，洛就是洛陽，洛陽由此被認為是中華文明的發祥地。這座泱泱千年古都北屏巍巍邙山，南繫清清洛水，東呼虎牢，西應函谷，控以三河，固以四塞，不僅形勢險要，風景秀麗，而且土質肥沃，氣候溫和。昔日漢高祖劉邦到此，曾經感歎道：「吾行天下多矣，唯見洛陽。」由於當交通要衝，居中原而應四方，在絲綢之路貿易和交流中具明顯優勢地位，使洛陽自古以來一直都是中原的政治經濟文化中心，絲毫不隨歲月滄桑、王朝更迭而更改。尤其隋唐大運河的開通，令漕運[6]變得極為便利，洛陽迅速成為商業盛極的國際性貿易大都會，人物華盛，珍貨充積，儲糧豐富，宏偉繁榮。

唐時的洛陽城位於漢魏故城西十八里，興建於隋煬帝楊廣即位後，總設計師正是設計了隋唐長安城的將作大匠宇文愷。這座城市東面十五里，南面十五里，西面十二里，北面七里，周回六十九里，建制宏偉，壯麗無比，由宮城、皇城、外郭城三部分組成：宮城在城池的西北角，是皇宮所在地；皇城則是中央衙署的所在地，北接宮城，南臨洛河；外郭城則是居民區，被建成一個個齊整封閉的里坊，彷若棋盤，分布在洛河南北兩岸。東西走向的洛水橫貫洛陽城中，將城區天然地分為南、北兩塊，南區共九十六個坊里，北區共三十坊。雖然皇城、宮城均在洛水北，然而北區卻以貧寒人家居多，就連北市也被稱為「糠市」，達官貴人的邸宅多在洛河以南。武則天稱帝後，定洛陽為神都，遷雍州、并州等地十萬富戶充實洛陽，洛陽由此迅速成為天下人口第一大城市，超過百萬，經濟繁榮程度甚至連西京長安也不能相比。

洛水上有橋四座，用來連接南、北兩塊城區。其中最有名的是天津橋，因洛水被譽為「天漢」[7]，而這座橋是天河的渡口，所以稱「天津」。這座橋亦始建於隋煬帝楊廣在位期間，原先只是一座用鐵索連起無數大船而形成的浮橋，跟蒲津浮橋一樣。橋的南北兩端還修建了對稱的四所重樓，為日月表勝之象。到隋朝末年，瓦崗起義軍因痛恨隋煬帝暴政，放火燒毀了這座著名的浮橋。唐朝建立後，浮橋被修復，每隻船上還刻上了善於搏擊風浪的鷁鳥圖形。唐太宗李世民曾作〈賦得浮橋〉道：「岸曲非千里，橋斜異七星。暫低逢輦度，還高值浪驚。水搖文夌動，纜轉錦花縈。遠近隨輪影，輕重應人行。」生動地描繪了他乘坐御車渡越天津橋時，船頭和纜索搖曳起朵朵浪花、在江河波濤上動盪的景象。

但浮橋總有耐用度的問題，遇到洛河漲水時極易沖壞，因而總是時壞時修。貞觀十四年，官府決定將天津橋改建為石橋；在二百多丈寬的洛水上，組織石工累方石為腳，修建了二十多個橋墩，支撐起一座巨大的龜背型橋梁，其規模之大，設計之精，令人歎為觀止，也是當時世界上最為宏偉的橋梁。

天津橋是東入洛陽的必經之路，地處交通樞紐；正西是皇家禁苑東都苑，高宗與武則天的長子李弘就是死在東都苑合璧宮中，內有凝碧池。苑東洛河北岸有上陽宮，位於宮城、皇城之外，東接皇城之西南隅，為高宗所興建，宮中竹木森翠，有如仙境，高宗、武則天在洛陽時最喜歡住在這裡，其中最著名的是仙居殿；橋正北即是皇城和宮城，飛棟沖霄，連楹接漢，富麗堂皇；橋的東北有斗門，斗門旁則修建有亭子，稱北斗亭或斗門亭；橋東駐足眺望，則是屢遭戰亂破壞的漢魏故城，也正是三國才子曹植筆下洛神仙子凌波微步的地方；橋南便是洛陽南區河南縣，橋頭建有一座豪華的天津酒樓，洛陽士民送友迎客，均喜愛選在此處。鳳閣舍人張說曾有〈離會曲〉詩道：「何處送客洛橋頭，洛水泛泛中行舟。」詩人劉希夷有〈公子行〉一首：「天津橋下陽春水，天津橋上繁華子。馬聲回合青雲外，人影動搖綠波里。」

正因為天津橋人煙稠密，車馬行人川流不息，是洛陽最為繁華熱鬧的場所，一些官方政治活動也往往選在此地進行。前太子李賢被母親武則天指為謀反後，從東宮中搜出的數百甲冑便是在天津橋上公然燒毀，以昭示天下李賢謀反是實。更有一些重要犯人的死刑也刻意被選在橋南執行，以期在百姓之中帶來最大的威懾和影響。

王翰到達洛陽天津橋時，正好遇到官府在橋南監斬犯人。當街殺人歷來能引起轟動性的圍觀，一時間，天津橋上橋下人山人海，天津酒樓二樓也伸出一排齊刷刷的人頭。王翰連人帶馬被堵在橋背最高處，進退不能，只得扶住欄杆，混雜在人群當中，往橋南觀刑。

刑場中先後進來三輛檻車，分裝著三名赭衣囚犯，雙手均反綁在背後，腳上釘有腳鐐。兵士上前將三人一一拖出檻車，其中兩人垂頭喪氣，任人拉來扯去，另一名粗壯的漢子卻甚是桀驁，腳剛一落地，就拚命掙扎反抗，好幾名兵士上前才能抓住他。那漢子猶自不屈不撓，揚頭向圍觀的人群「嗚嗚」叫喊，似有極大的冤屈，只可惜他口中塞了木丸，一個字也說不出來。

死囚木丸跟酷吏政治一樣，也是當今女皇帝武則天的一大發明。昔日武則天還是高宗皇后時已經大權在握，高宗皇帝本人淪為傀儡，他身患重病，一度灰心喪氣，在妻子的種種壓力下，打算正式讓武則天攝政。宰相郝處俊勸阻道：「天子理外，後理內，天之道也。陛下怎能以高祖、太宗之天下委天后而不傳子孫！」高宗才算打消了主意。武則天為此恨郝處俊入骨。當時郝處俊的子孫和兵部侍郎許欽明的子孫特別喜歡盛飾車馬，優遊里巷，當時有順口溜諷刺這些紈袴子弟道：「衣裳好，儀觀惡，不姓許，即姓郝。」後來武則天當上皇帝，郝處俊已死，郝家子孫依然沒有逃過瘋狂報復，均被酷吏周興誣謀反之罪族誅。郝處俊之孫郝象賢當時任太子通事舍人，無辜被殺。臨刑前，郝象賢大罵武則天，當眾揭露其淫穢隱惡之事，並掙脫綁縛，奪下市人手中的木柴擊打行刑者。他最終被殘酷肢解而死，祖父郝處俊也被開棺戮屍。但郝象賢公然在大庭廣眾下揭露宮中醜事令武則天心有餘悸，特下詔從此法司施刑必須先以木丸塞罪人之口，讓罪人無法說話。

三名囚犯被強按在監斬官員案前跪下。今日監斬犯人的主官是秋官侍郎[8]張柬之，他已經年逾七旬，白髮蒼蒼，卻是一臉肅色，不怒自威。又有洛州[9]長史敬暉同時到場壓陣。敬暉以幹練善治知名，當女皇武則天離開洛陽時都是指名他任東都副留守，全權處理洛陽的一切事務。這兩位監斬官員的官職、官秩直接表明罪人所犯之罪必然是了不得的滔天大罪。張柬之先起身簡略地宣讀了犯人罪狀，即立刻下令行刑。

按照唐朝慣例，死囚處決前要先行杖一百。三名囚犯被鬆去綁縛，脫光衣服，按住手腳伏在地上，兩邊各四名刑吏高舉棍棒，狠狠朝他們臀部、腿部、背部擊打下去。人群頓時一片雷動歡呼。

王翰卻是驚得呆了，他分明從監斬官員的口中聽到了「車三」「張五」「平老三」的名字，也就是說，眼前被處死的正是狄郊反信案中的涉案犯人，這種偶遇巧合就連他自己也不能相信。

其實仔細推算起來，倒也沒有什麼不合情理，車三在蒲州被逮是五月份，按照慣例，罪犯押送京師後改移交刑部複審，而今已是秋季[10]，正是處決死刑犯的時期。只是王翰隱隱覺得有些不對頭，檻車進刑場時他看見了三名囚犯的面孔，當時沒有多留意，現在想起來，張五、平老三確實人在其中，可剩下那不斷掙扎的粗壯漢子就是車三麼？怎麼跟他在蒲州見過的邋遢道士一點不像，完全不是同一個人？而且當日案子由御史中丞宋璟審訊，車三是自己主動服罪，如何今日行刑時他有如此大的反應，似是有冤難訴？

王翰心中疑雲越來越重，便棄馬慢慢朝前擠去，想看得分明些。他身在橋上，人往下走，多少有些順勢的便利。正巧三名囚犯力氣用盡，不再「嗚嗚」出聲喊叫，均伏在地上一動不動，人人爭相往前看他們是暈了還是死了，人群有所騷動。王翰乘機擠下橋來，靠近刑場邊緣。他從人腿縫中瞄到一眼那粗壯漢子的臉，那人受杖盡在背部要害之處，雙目緊閉，已經昏暈了過去，然而他肯定不是張五，也不是平老三，更不是車三。待要看得真切些，卻又被人擋住。再想往前擠，卻是無濟於事，無論如何都擠不動了。

只聽見棍棒「劈啪劈啪」作響，三名罪犯哼也不再哼一聲，終於打滿了一百杖。刑吏上前稟告道：「車三、張五經受不起杖刑，已經氣絕而死。平老三還有氣。」張柬之遂令將三人梟首示眾。

看熱鬧的人個個往前伸長脖子，忽「呀」的一聲驚呼，只見三顆人頭被高高舉了起來。刑場上的氣氛登時達到了最高潮，人人滿面紅光，發出興奮的驚歎聲。但這種凌駕在毫無同情心上的幸災樂禍激動情緒消退得極快，人們很快便感到無聊，開始慢慢散去。王翰終於擠到了刑場前面，只見三名罪犯赤裸著身子仆倒在地上，斷頸中尚有血跡沁出，雖然沒有了首級，但還是可以分辨出誰是張五，誰是平老三，唯獨最旁邊那漢子的身材分明比道士車三要矮要壯許多。再去看首級，卻已經被刑吏用布裹住，預備拿去城門懸掛示眾。

兵士見王翰死死瞪著最旁邊的罪犯屍首不放，不免很是狐疑，上前問道：「你做什麼？」王翰問道：「這個人犯的什麼罪？」兵士道：「你沒聽見麼？偽造反信，陷害廬陵王和當朝宰相狄相公，罪大惡極。他是首犯，本該族誅，不過他是個道士，家裡再沒有別人了，倒是便宜了他。」

王翰更加肯定真正的車三已被偷梁換柱，而眼前的車三是假的。要做到這一點可不容易，非權高位重者不能為之，眼前這四品秋官侍郎和三品洛州長史就是最大的嫌疑人。只是這二人均是權柄顯赫的紫袍高官，為什麼要冒著風險救下車三這樣一個人呢？更奇怪的是，車三如何成了反信案的首犯？就算沒有人敢追查到淮陽王武延秀身上，那麼宗大亮呢？難道不是他找黃瘸子捉筆摹信麼？他的罪可比車三重多了，這才是該族誅的主兒。莫非因為他跟女皇帝沾親帶故，得到了特別的赦免？

他滿腹疑慮，只覺得眼前之事詭異離奇之極，說不定又跟一場大陰謀有關，不過他這次為王羽仙而來，也不想多生事端，見那秋官侍郎張柬之已率屬下離場，也欲轉身離開。忽有一名兵士奔過來叫道：「這位公子請留步，敬長史請你過去。」

王翰料來無法推託，只得跟著兵士來到桌案前。敬暉五十來歲，一臉肅色，先問道：「公子尊姓大名？是剛到洛陽麼？」王翰道：「是。」微微欠身行了一禮，道：「并州王翰，拜見使君。」

他明明知道這位洛州長史已經對自己生疑，他王翰的名字一定也出現在車三一案的卷宗中，他該隨意報個假名好脫身，不過他性情驕傲，不願意謊報姓名，最終還是照實說了真名。

敬暉大為驚訝，道：「原來是晉陽王公子。你……」本能地側頭看了一眼車三的屍首，改口問道，「王公子這次來神都所為何事？」王翰道：「一點小私事。」

敬暉點點頭，道：「本史是絳州平陽[11]人，論起來跟王公子也有同道鄉里之誼。王公子若不嫌棄，可到舍下稍做盤桓。」

他是朝廷三品大臣，官秩尚在張柬之之上，居然邀請一個素昧平生的後生晚輩去他家裡，不免令人猜測不透用意。王翰心道：「他多半不懷好意。嗯，他知道我已經認出眼前這人是假車三，怕我去向宋御史或是狄相公揭露他的陰謀，我去了他家多半就被會軟禁，哪裡還出得來？」忙道，「使君何等身分，在下一介白衣，不敢高攀。我還有事，這就告辭了。」敬暉也不好阻攔，只點點頭道：「也好，有機會再見吧。」

王翰匆忙回頭去尋馬匹，哪裡還尋得著，不知道是自己跑了，還是被人順手牽走，好在也不是什麼名馬。他在洛陽南市、北市、西市各有一處店鋪，另有兩處私宅分別位於河南縣的淳和坊和惠訓坊，淳和坊的宅子蒞臨東都苑，惠訓坊的宅子正在洛水之濱，均是位置奇佳之地，上次他與辛漸幾人來洛陽遊覽便是住在惠訓坊。這次肯定也是要住在那裡，不過他猜到洛州長史敬暉必然要派人跟蹤自己，他因有事要辦，不便背後總有人監視，便刻意步進了天津酒樓。

天津酒樓的主人姓董，對王翰這位出手闊綽的豪門公子記憶猶新，一見他進來忙放下帳簿迎上前來，笑道：「王公子，很久不見，又是來洛陽遊覽麼？」王翰點點頭，低聲問道：「董翁這裡可有後門？」董翁瞥了一眼他背後，道：「有，有。公子先假意上樓，樓角有一道小梯子直通往廚下，穿過那裡，院子裡有一道小門，不過是專門運送雞鴨魚蔬，有些污穢。」王翰道：「多謝。改日再來光顧。」

當即按照店主指點，上了二樓，果見樓角有一道極窄的木梯，下來穿過廚下，出來後院，便是洛水窈娘堤。他沿著堤一路往東，走過兩個坊區大約兩里多地，便到了惠訓坊。

王家宅邸位於坊北，原是隋朝的繙經館，正對著洛河上的中橋，站在北面閣樓上眺望，西北皇宮和東北洛陽縣盡收眼底，腳下就是「其色蒼蒼」[12]的洛河水。這處位置絕好的宅邸當然也沒有空著，主持經營王家洛陽一帶生意的戶奴鄭元就住在這裡，另有一處小院借住給一位名叫劉希夷的士人，大約四十來歲，頗有詩名，是王翰遊歷到揚州時所結交的忘年好友，談詩論酒，意趣甚歡。

王翰被老僕迎進來時，見到劉希夷正在旁邊院中桂樹下仰頭悵歎，他知道這位大才子這副樣子是有詩要作，也不驚擾，自從一旁入室。略作歇息，問明洛陽縣令來俊臣的宅邸就在毓德坊的洛陽縣廨東，忙命老僕去牽馬，預備立即出門。老僕道：「家裡只有一匹馬，被鄭翁騎去南市了。」

王翰只好命老僕租了一輛馬車，出來上車，命車夫往洛陽縣衙趕去。馬車到洛水利涉橋邊便停住了，車夫叫道：「郎君請先下車，這裡是浮橋，小的得慢慢通過，怕顛簸了郎君。」王翰道：「罷了。如此，車馬還沒有我腳快。」當即打發走了車夫，自己步行穿過浮橋，往洛陽縣廨趕去。

整個洛陽城被畫為兩個縣——河南縣和洛陽縣，不過並不是以洛水為界，而是東西分治，南市西一街、北市西二街以西屬於河南縣管轄，以東則屬於洛陽縣管轄。毓德坊位於洛水以北的北市西二街，在北區城東北角。

坊中有鬥富臺，昔日西晉權臣石崇曾與貴戚王愷鬥富，王愷飯後用糖水洗鍋，石崇便用蠟燭當柴燒；王愷做了四十里的紫絲布步障，石崇便做五十里的錦步障；王愷用赤石脂塗牆壁，石崇便用花椒；王愷是晉武帝舅父，皇帝也暗中幫助他，賜了他一棵二尺來高的珊瑚樹，枝條繁茂，樹幹四處延伸，世間罕見。王愷把這棵珊瑚樹拿來給石崇看，石崇立即用鐵製的如意打碎珊瑚樹，命令手下將自己家中的珊瑚樹全部擺出來，棵棵高達三四尺，光耀奪目。王愷自愧不如，失意之極。石崇最後因愛惜寵妓綠珠被殺，而寫下〈綠珠篇〉的喬知之也是因美婢窈娘得罪魏王武承嗣，在洛陽縣廨中被來俊臣刑訊成冤，以反罪族誅。難怪有人暗中稱毓德坊為綠珠坊了。

王翰來到來俊臣私宅前，卻見朱門緊閉，門前也無人把守，越發顯得冷清神祕。就連來往路過的行人也是遠遠避到街道的另一邊，不敢多靠近這位大名鼎鼎的酷吏家門前半步。

等了許久，始終不見人出來，王翰不免有些著急，可又不敢貿然前去敲門。正不知所措時，忽聞見背後腳步聲，回頭看去，正見一名中年人施然朝自己走來，問道：「郎君在這裡做什麼？」

王翰見他一身灰衣長袍，模樣儒雅，氣派雍容，想了想，問道：「先生可知道這家主人的事？」那中年人道：「嗯，多少知道一些，我就住在這坊里。郎君想知道什麼？」

王翰道：「這姓來的新近從太原強擄來一名年輕小娘子，先生可有聽說？」中年人道：「嗯，聽說過。那小娘子姓王名羽仙，對不對？」王翰大喜，道：「正是。她人可還好？」中年人道：「她會有什麼不好？倒是你，馬上就要不好了。」打個手勢，不知道從哪裡鑽出來四名黑衣差役，兩人上前執住王翰手臂，另兩人往他身上搜索一陣，稟道：「來公，他身上並無兵刃。」

王翰掙脫不得，聽到差役稱呼中年男子為「來公」，這才恍然大悟，道：「啊，你……你就是來俊臣？」

這男子正是令天下人聞名色變的酷吏來俊臣，他受當今女皇武則天寵信，在朝中不可一世，平日僚屬均以「來卿」「來公」稱呼，王翰當面稱呼他名字，可謂無禮之極。他也不動怒，微笑著點頭道：「正是來某。這就請郎君到縣衙走一趟吧。」命差役扯了王翰來到公堂，問道，「郎君尊姓大名？為何鬼鬼祟祟地打探來某之事？」

王翰見他溫和客氣，與傳說中的酷吏形象大不相符，不由得深為警惕。來俊臣見他遲疑不答，只微微一笑，兩名差役立即上前反剪了王翰雙手，另一人站到他面前，伸出手來，慢悠悠去解他腰帶。

王翰驚道：「做什麼？」差役笑道：「來這裡的犯人都要剝下衣衫，裸體受審，裸體受刑，不分男女，不論官階。」

王翰自幼練習劍術，武藝不弱，聞言本能地回肘反擊，甩開了差役。來俊臣道：「原來郎君會武藝。」拍了拍手，西側暗門閃出一隊黑衣甲士，手中持著角弓弩。領頭的是個魁梧的戎裝漢子，一揮手，甲士齊齊拉箭上弦，手扣扳機，箭頭對準王翰。洛陽縣衙公堂上竟伏有弓弩手，且持的是裝備軍隊單兵的強弩，實在令人驚奇。

王翰只得不再反抗，差役重新執住他，又去解他衣衫。王翰掙扎叫道：「我不是犯人，放手，快些放手。」差役笑道：「進了這裡，不是犯人也是犯人。公子還是老實些，別說你，多少王公大臣也是如此待遇呢。當今宰相魏元忠[13]魏相公當初任御史中丞，來到這裡還不是一樣被脫光衣服，由人拽著雙腿在地上拖來拖去。」

王翰這才明白受過來俊臣逼供的袁華所說精神上侮辱、荼毒的含義，難怪魏元忠這樣的強硬人物當初也主動承認了謀反罪名，想來實在是難以忍受審訊時非人的凌辱，眼見外袍已被掀開，忙道：「好，我說，我沒有打聽來明府，我只是打聽羽仙。我也姓王，名叫王翰，是尊夫人和羽仙的族兄。」

一旁那弓弩手首領奇道：「你就是晉陽王翰？」王翰道：「正是。」那首領笑道：「我叫衛遂忠，與公子同鄉，也是河東并州人氏。」揮手命弓弩手退開。王翰料他定是來俊臣的心腹爪牙，不願意多理睬，只冷冷道：「現下可以放開我了麼？」

來俊臣道：「退下，快些退下。王公子，失敬，失敬。」忙走下堂來，親自為王翰正好衣衫，笑道，「這可是大水沖了龍王廟，一家人不識一家人。王公子，我早聽過你的名字。」

王翰心道：「我若不是姓王，只怕已經被他們在公堂上剝下衣衫，當眾羞辱。」一想到來俊臣手段如此卑劣，只覺得背上颼颼發冷，對眼前這人更有說不出的噁心厭煩，閃身避開，強行忍住怒氣，敷衍道：「明府客氣了。我這次有事路過洛陽，特意來看看羽仙，不知道她可在明府府上？」

來俊臣何等樣精明人物，一眼就看出王翰沒有說實話，不過他是賭徒之子，出身卑賤，生平最渴望的事就是與名門望族結交，不然也不會休了原配妻子、千方百計地娶王蠙珠為妻，這王翰名聞天下，又跟他現任夫人沾親帶故，少不得要好好結交一番，當下笑道：「羽仙確實在我府上，不過她新來洛陽，水土不服，抱恙在身，不便見客。」

王翰驚道：「什麼？羽仙病了？」來俊臣道：「王公子放心，羽仙是我夫人的親妹妹，也就是我小姨，來某不敢怠慢，已經請了神都最好的大夫來為她診治。」

王翰知道對方刻意不讓自己見王羽仙，不免悵恨狄郊不在身邊，不然可以令來俊臣無以推託。他雖心急如焚，卻尚有理智，知道面臨什麼樣的對手，當下抱拳道：「既是如此，我就先告辭了。我暫時住在河南縣惠訓坊，等羽仙病情好轉方便見客時，麻煩明府派人知會一聲，我好登門拜訪。」來俊臣道：「這是自然。」

王翰回到惠訓坊家中時幾近夜禁[14]，家奴鄭元早已趕回來等候，他也沒有心思多理會，隨意吃了些東西填飽肚子，坐在樓上面朝洛河發呆。

天色漸漸開始變暗，對岸巍峨的皇宮慢慢混沌起來，就連那金碧輝煌的明堂也隱沒到黑暗中。夜色淡化了神都的威嚴，一切都變得朦朧美麗起來。皓月傾下銀輝，腳下的洛河越發嫻靜幽雅，波光忽隱忽現，忽明忽暗，粼粼閃動，彷彿有無數調皮的精靈爭相雀躍，愜意地在浪尖跳舞。它們是在迎接洛神的到來麼？大才子曹植筆下的洛神「翩若驚鴻，婉若遊龍，榮曜秋菊，華茂春松，彷彿兮若輕雲之蔽月，飄颻兮若流風之迴雪」，那是何等的風情呀！

喧鬧了一整天的天津橋終於安靜下來，陷入難得的沉寂中。因為夜禁的緣故，這座線條優美的石橋上甚至看不到別處常見的橋上情侶月下依偎的情形，只有月光溶溶，無聲地滿地流瀉。人們所能欣賞到的，只有次日清晨夜禁解除後的曉月了。不過天津曉月也是洛陽相當出名的一道風景。昔日宰相上官儀曾在凌晨入朝，經過洛水窈娘堤時，步月徐轡，詠詩道：「脈脈廣川流，驅馬歷長洲。鵲飛山月曙，蟬噪野風秋。」音韻清亮，路人望之猶如神仙一般。

只是王翰當此情形，又哪有心思賞月抒懷？萬籟俱寂的夜晚，往事總會如泉湧。遺情想像，顧望懷愁，悵然半晌，曼聲歎道：「明月的的寒潭中，青松幽幽吟勁風。此情不向俗人說，愛而不見恨無窮。」忽聽得門外有人道：「原來王郎也愛他的詩。」

這首詩並非王翰本人所作，是當今尚書監丞宋之問的大作，屬對精密，音調諧和，而這位宋之問正是劉希夷的舅舅。王翰一聽這話，立即知道是隔壁鄰居到了，忙去開門。果見劉希夷抱著琵琶站在門前，笑道：「劉某特意遣開僕人，冒昧上樓，希望沒有打擾王郎雅興。」王翰道：「哪有什麼雅興？快些進來。先生請坐，我這就叫人送些酒菜來，許久不聞先生琵琶仙樂，今日正好一飽耳福。」

這劉希夷字庭芝，汝州[15]人士。他出身頗為悲苦，父親因家貧入贅左驍衛郎將宋令文家為婿。宋令文有數子，其中五子宋之問、六子宋之悌、七子宋之遜三人最為出眾，各有成就。宋之問文詞錦繡，知名當世；宋之悌武藝高強，驍勇過人；宋之遜精通書法，尤擅草隸。在這樣一個文武俱備的大家庭當倒插門女婿，日子當然不好過，幾年後劉父就淒涼病死。當時劉希夷已經出生，幼年喪父又相繼喪母，不得不長期寄居於外祖父家。但他自幼勤奮好學，發憤攻讀，終於在二十五歲時與舅舅宋之問同登進士榜。之後宋之問巧思文華取幸武則天，一路官運亨通。一次遊洛陽龍門時，武則天命群臣賦詩，左史東方虬詩先成，武則天賞賜錦袍。等到宋之問〈龍門應制〉詩成奉上，文理兼美，左右稱善，武則天遂奪東方虬錦袍轉賜給宋之問。從此宋之問成為扈從武則天的近臣，宴樂優遊，志事僅得，形骸兩忘。而劉希夷則不願意為武氏效力，不入仕途，從此遊歷於山水間。只是他長期寄人籬下，沒有任何家底，囊中羞澀，不能像王翰等人那般盡情恣意，只能借住在沿途山寺中。前次回來洛陽，本是旅資耗盡，生活無著，不得不投奔依附舅舅宋之問，幸好途中遇見王翰，大方地提供住所，供給衣食，這才避免了再次遭宋家人白眼的命運。其人不但姿容俊美，風流倜儻，且能歌善詠，尤其善彈琵琶，深為王翰激賞。

劉希夷笑道：「我新作了一首〈代悲白頭吟〉，正好吟唱出來，請王郎指點。」王翰大喜過望，白日的鬱悶之氣一掃而光，忙道：「正要聆聽受教。」

劉希夷便抱起琵琶，叮咚彈了幾下，應清平調唱道：「洛陽城東桃李花，飛來飛去落誰家。洛陽女兒惜顏色，坐見落花長歎息。已見松柏摧爲薪，更聞桑田變成海。古人無復洛城東，今人還對落花風。今年花落顏色改，明年花開復誰在？寄言全盛紅顏子，應憐半死白頭翁。」

他的琵琶彈奏指法精到、嫻熟，嘈嘈如急雨，切切如私語，擒控收放自如。歌聲豐滿渾厚，別具一種沉雄蒼鬱的韻致。歌詞雖柔婉華麗，辭意卻多感傷，曲調也甚是悲涼。王翰暗道：「眼下已是深秋，即將入冬，哪裡來的桃花？這詩如此哀怨，使人感慨甚多，當是懷念故人往事。劉先生至今未娶妻子，孑然一身，莫非是因為那位『洛陽女兒』的緣故？」

又聽見劉希夷續唱道：「此翁白頭眞可憐，伊昔紅顏美少年。公子王孫芳樹下，清歌妙舞落花前。光祿池臺開錦繡，將軍樓閣畫神仙。一朝臥病無相識，三春行樂在誰邊。宛轉蛾眉能幾時，須臾鶴髮亂如絲。但看古來歌舞地，惟有黃昏鳥雀悲。」

一曲唱畢，琵琶樂戛然而止，室中久久無聲。好半晌王翰才擊掌讚道：「好詩！好詩！」劉希夷道：「當年我與她初逢在洛陽城東，正是桃花盛開的季節，如今二十年過去……」深深歎息一聲，再也說不下去。又道，「『今年花落顏色改，明年花開復誰在』這句，我覺得有些不妥，王郎以為如何？」

王翰道：「嗯，我也覺得『今年花落顏色改，明年花開復誰在』一句多少有些近似語讖，尚待商榷。西晉潘岳[16]〈金谷集作詩〉中有『白首同所歸』一句，後來果然與好友石崇同日被殺。」他才剛剛去過毓德坊，從石崇舊跡門富臺前經過兩次，印象深刻，此刻聽到不免有所感懷。

劉希夷沉吟片刻，道：「那便去掉這句，改為『年年歲歲花相似，歲歲年年人不同』，王郎以為如何？」王翰重重一拍桌子，道：「好！好！不過原先那句也可保留，放在『坐見落花長歎息』之後。」劉希夷道：「就依王郎所言。」又吟誦了一遍。

王翰不忍見他鬱鬱滿懷，遂舉杯道：「好詩該配好酒，來，我敬先生一杯。」兩人各懷心事，放懷暢飲。劉希夷酒量極大，素有海量之稱，王翰先醉得不省人事，劉希夷當即叫僕人進來，抬他上床安置，又自行飲過一巡，這才自己慢慢踱回院中歇息。

次日一早，王翰宿酒未醒，便被人強行從床上拉起來。他勉強睜開眼睛，見是幾名官府差役到來，心中已然明白過來，問道：「你們是洛州長史派來的吧？」領頭差役道：「不錯。敬長史有事請公子到州府走一趟，這就請吧。」

王翰見對方並未強行給自己上綁，語氣也還算客氣，有個「請」字，料來事情應該不算太糟糕，便道：「好，請前面帶路。」

劉希夷聞聲趕出來問道：「出了什麼事？他們是什麼人？為何要捉拿王郎？」王翰道：「他們是州府的官差，我沒事，先生不必擔心。」

洛州州府位於宣範坊中，在惠訓坊正南面，只隔兩個坊區，逕直往南過三個路口即到。王翰昂然跟著差役進來州府大堂，敬暉正在批閱公文，聞聲抬起頭來，道：「王公子，我們又見面了。」王翰冷冷道：「使君有話就請直說吧。」

敬暉面色一沉，道：「本史本可以命人將你鎖拿，因敬你太原王氏大名，所以派人好言相邀，王公子何故敵意如此之盛？」

王翰道：「那好，我想問問，使君打算用什麼罪名鎖拿我？」敬暉道：「有人告發你在惠訓坊家中登樓眺望。」王翰愕然道：「這算什麼罪名？」敬暉道：「你登高私望皇城，窺探宮殿，還敢說不是罪名？按照律法，登高窺測宮內者當判一年徒刑。」王翰冷笑道：「這可當真是欲加之罪，何患無辭了。」

敬暉道：「這麼說，你是不肯認罪了？你敢否認你沒有站在樓上窗口眺望皇宮？」王翰一時無言以對，他家後窗正對的就是東城，東城西面緊挨皇宮，人往窗邊一站，不想看也全看到了，只是黑漆漆的一片，他又能看見什麼？不過是皇宮中燈光格外亮、人影格外多而已。

敬暉重重一拍桌子道：「王翰，你願意服罪麼？」王翰道：「堂堂洛州長史，原來也管起這種小事來了。使君不過是要找個名目拘捕我，我服不服罪又有什麼分別？」

敬暉道：「嗯，王公子既要這般明說，少不得要受些委屈了。來人，王翰不肯服罪，先行關押，此案擇日再審。」命人給他上了戒具，押入州獄囚禁。

王翰被單獨關押在一間小囚室中，完全是死刑犯的待遇。他心中明白，這是敬暉怕他向旁人洩露被殺的車三是假的，刻意將他與周圍隔離起來。他忍無可忍之時也大吵大鬧，然而獄卒既不打他，也不罵他，可就是不跟他說一句話，手足的戒具也絕不鬆開。可這種無人理睬的日子反倒更令王翰害怕，一想到不知道要被關到什麼時候，心愛的女人近在咫尺卻不得相見，不禁心生恐懼。又想到劉希夷詩中「年年歲歲花相似，歲歲年年人不同」以及「宛轉蛾眉能幾時，須臾鶴髮亂如絲」等詩句，花開花落，時光擲人，昔日紅顏美女，今成半死白媼，更覺悲涼起來。

如此過了數日，忽有差役持牌將王翰提出大獄，押來大堂。卻見堂前敬暉正與來俊臣執手交談。敬暉見王翰帶到，慌忙命人去了手足間枷鎖，將入獄時從他身上搜走的私人物品如數奉還，又歉然道：「王公子，抱歉了，原來是一場誤會。來公，人在這裡，你這就接走吧。」來俊臣笑道：「來某可是欠了敬長史一個人情。」

來俊臣雖然跋扈不可一世，但官秩上只是五品京縣縣令，連紫袍都還沒有穿上。敬暉卻是三品大員，堂堂神都洛陽的最高長官，在行政職務上正是來俊臣的頂頭上司。按照唐朝制度，洛陽縣令見到洛州長史，應行參見禮。只是這位下屬來頭駭人、手段陰狠，背後直接有女皇撐腰，素來不依律條章法辦事，看誰不順眼抑或是揣測女皇看誰不順眼就要千方百計地刑訊成冤、予以剷除，上司也不得不敬畏三分，連聲道：「不敢，不敢。」

來俊臣遂領著王翰出來州府，笑道：「王公子剛到洛陽不過幾天，如何得罪了敬長史？」

王翰一聲不吭，心中卻著實惱火，他實在想不到救他出獄的人居然是來俊臣。忍了忍，終於還是問道：「羽仙的病好些了麼？」來俊臣道：「嗯，好多了。我已經將王公子來到洛陽的事告訴了內子，內子想邀請公子到來某家中做客，不知道王公子意下如何？」王翰道：「榮幸之極。我已經有好幾年沒有見過蠙珠……噢，不，是王夫人了。」

來俊臣道：「那好，來某還要邀請幾位別的朋友，時間就定在三日後的晚上吧。到時我會預先派人來接公子。」王翰道：「好。」

早有差役搶上前來，服侍來俊臣上馬，一行數十人絕塵而去。王翰心道：「這來俊臣出門身邊帶這麼多人，一定是因為仇家太多，所以時時刻刻有所提防。若真要強行從他手中救人，怕是比登天還難了。」一想到三日後終於可以堂而皇之地見到王羽仙，心中不免怦怦直跳。

回到惠訓坊家中，王之渙、俱霜、胥震竟然都在，王翰大出意料之外，也很是感動。

王之渙道：「呀，你回來了。」王翰道：「是啊，你們什麼時候到的？」王之渙道：「昨日才到。我們聽說你被洛州長史派人帶走就再也沒有回來，幾次到州府打探，都被人趕了出來。我還正盼望狄郊快點到洛陽，好讓他去找他伯父狄相公救你呢。」

王翰道：「狄郊也來洛陽了麼？」王之渙點點頭，道：「不過人還在路上。羽林衛將軍李湛因為他精通醫術，讓他跟隨來洛陽，一路好照顧賀大娘。」

王翰道：「辛漸可有下落？」王之渙搖頭道：「石沉大海，我們走的時候依然沒有消息。你可有見到羽仙？」王翰搖了搖頭，大致說了來洛陽後的情形，不過因為俱霜、胥震在場，沒有提假車三一事。

王之渙道：「登高窺測宮內判一年徒刑，窺測殿中兩年徒刑，律令中確實有這樣一條規定。可你家窗口對的就是皇宮，能有的選麼？居然還有人告發，這是故意要害你。」又歎道，「昔日梁鴻[17]登山眺望宮中，作〈五噫歌〉，結果被皇帝親自下詔追捕，與你今日情形倒有幾分異曲同工。」

胥震冷笑道：「而今洛陽宮室可比當年的漢宮富麗堂皇多了，有人敢作〈五噫歌〉麼？哼，那姓武的老賤人……」他素來沉默少言，忽然冒出這麼一句譏誚之語，不免令人驚奇，尤其他敢稱呼宮中那位高高在上的女皇帝為「老賤人」，更令人刮目相看。俱霜慌忙打斷了他，道：「想不到居然是來俊臣救了翰哥哥。」

王之渙這才想起來，借住在這裡的劉希夷也在為王翰被捉一事奔走，忙道：「劉先生一直很為你擔心，一大早趕去求他舅父宋之問出面救你了。」

劉希夷寧可接受王翰的資助，也不願意與有權有勢的宋家親戚們來往，可見與舅舅們的矛盾非同一般，居然會為了救他去向宋之問低頭，王翰既意外又感動。

一直等到正午過後，才見劉希夷心灰意冷地回來，似乎事情進行得並不順利。王翰忙迎出堂來道：「承蒙先生盛情，我已經平安回來。」劉希夷大叫一聲，驚喜地問道：「翰郎真的沒事了？」王翰笑道：「沒事了。」劉希夷道：「哎呀，那我得趕緊回去說清楚，不換了，不換了。」手舞足蹈，匆忙轉身出門。

俱霜道：「詩人都是這樣瘋瘋顛顛麼？噢，當然翰哥哥和之渙哥哥除外。之渙哥哥，我想到南市去一趟，那裡有許多舊朋友。」王之渙道：「不成！李將軍之前交代過，不准你們兩個回到洛陽，我偷偷帶你們來，已經是冒了風險。萬一你出門遇到那個謝瑤環什麼的，神仙也救不了你。」

俱霜又軟語去求王翰。王翰披枷帶鎖地被關在牢中多日，坐不能坐直，臥不得臥平，人疲累不堪，又髒又臭，正要沐浴歇息，被纏不過，只得答應道：「要去可以，得有之渙陪著。」俱霜笑道：「那是自然。」不待王之渙應承，上前拉住他便往外走，回頭見胥震一動不動，叫道，「喂，走啊。」胥震遲疑了一下，儘管很不情願，但還是跟著出去了。

王翰便命老僕燒了熱水，泡完澡直接上床睡了。到傍晚時，忽又有人將他從床上拉了起來。王翰懵懵懂懂，本能地反應道：「一定又是敬暉，他迫於來俊臣的壓力不得不放了我，但隱患未除，又派人來向我下手，這次可不會只關著我了，一定會殺了我滅口。」哪知道眼睛一睜開，卻是俱霜，不由得很是生氣，道：「我已經好多天沒有躺下過了，你就不能安生些，讓我好好睡個覺？」

俱霜忙道：「我不是故意要吵翰哥哥，是之渙哥哥讓我來叫你啊，他出事了。」

王翰聞言一驚，道：「他出了什麼事？」俱霜道：「我們在逛南市時有人偷他錢袋，他死命去追，結果被石頭絆了一下，摔壞了腿。」

王翰忙趕下樓來，果見王之渙抱著腿倚靠在榻子上哼哼唧唧，胥震站在一旁，多少有些幸災樂禍的神色。王翰道：「請大夫了麼？」俱霜道：「老僕已經出去請了。」王之渙道：「我不礙事，不礙事。阿翰，你坐下，我有件重要的事情要告訴你。」

王翰見他神色鄭重，便依言坐在榻邊。王之渙道：「適才我們在南市聽人議論，說溫柔坊碧落館新來了一名奇異的女娼，人稱銅面蕭娘……」王翰頓時會意，道：「你不會認為她就是蘇貞吧？」

王之渙道：「我這次路過蒲州，特意擠出一點時間去鹽池看她，可聽說她已經被神祕人救走。如今在神都再出現這麼一個銅面蕭娘，應該不是巧合。阿翰，我腿斷了，不能前去驗證，趁夜禁還沒有開始，你往溫柔坊走一趟，看看那娼女是不是蘇貞。」

王翰搖頭道：「我可不去。就算她真是蘇貞又能怎樣？有人救了她不是更好麼？咱們眼下這局面，辛漸失蹤，生死未卜，羽仙又落入來俊臣手中，我至今未能見到她一面，哪有精力顧得上蘇貞？」

王之渙道：「可這件事你不覺得相當蹊蹺麼？蘇貞身上又能有什麼東西值得神祕人冒著被官府追捕的危險去營救呢？為什麼她陷在蒲州青樓時沒有人救她？」王翰道：「她被自己的丈夫戴上面具悄悄賣入青樓，也許想救她的人不知道罷了。」

俱霜忽然插口道：「哥哥們說的蘇貞是誰我不知道，不過翰哥哥的推測沒有道理，如果有人真心想救她，為何又讓她出來做娼妓呢？」王之渙道：「這正是我下面要說的。阿翰，你想想看，蘇貞是個柔弱女子，遭遇淒慘，一直以來連自己的命運都無法把握，有人冒著風險救她，多半是因為她知道了什麼要緊的事。救她的人從她口中逼問到想知道的祕密後，便又將她賣為娼女。」

王翰道：「這情形跟當初蘇貞的丈夫韋月將賣她到宜紅院差不多。」王之渙道：「不過，後來韋月將又重新回去宜紅院尋找過蘇貞一次，你還記得這件事麼？」

王翰立即省悟，道：「呀，我明白你的意思了，你是說，從蒲州鹽池救走蘇貞的人就是在宜紅院殺死阿金那夥人？」王之渙道：「不錯，我正是這個意思。雖然韋月將是血洗宜紅院的首要嫌疑人，最終也被官府定為殺人兇手通緝，可我們都知道他一個人沒有那麼大能力，在短短時間內一舉殺死宜紅院所有人而不被外面路人發覺，也就是說有一夥人搶在韋月將前頭，先用酷刑逼迫阿金交出了璇璣圖……」

俱霜道：「璇璣圖？是宮中的那幅璇璣圖麼？你們怎麼會知道？」王之渙大為驚訝，道：「啊，霜妹也知道璇璣圖？你聽起來像個知情者，是怎麼知道的？」俱霜支吾道：「這個……嗯，就是無意中聽人說的。」

王翰重重看了她一眼，命道：「俱霜，你先和胥震出去看看大夫來了沒有。」俱霜道：「不，你是不想讓我聽你們的談話，我偏要聽。」王翰厲聲道：「你若再不聽話，我就立即派人送你回晉陽。」俱霜不屑地道：「瞎神氣什麼，說不定將來你還要求我呢。」

王之渙忙向胥震使了個眼色，胥震便道：「走吧，人家不願意我們聽，何必再賴在這裡？」便上前拉了俱霜出去。

王翰道：「咱們先繼續說完，你是說這夥人雖然搶到了璇璣圖，可並不知道其中的祕密，而蘇貞是武功蘇氏後人，曾聽祖輩說過璇璣圖的事，這夥人不知道如何得知，所以才救了她出來，問到了祕密，抑或發現她根本就不知情，所以將她帶來洛陽賣做娼妓？」

王之渙道：「是，是，我正是這個意思。不過他們不是有意帶蘇貞來這裡，而是他們辦完事必須回來洛陽，順道而已。」王翰道：「嗯，有道理，這夥人應該是洛陽人，至少是在這裡居住生活。」

王之渙道：「還有辛漸被人劫走這件事，你記得當初老狄說過，那傳令兵士遇見假扮成醉漢的同夥，先叫道：『夜禁了。』有人答道：『軍爺當這裡是天子腳下麼？太原的夜禁從來不過是擺擺樣子。』這對答不過是隨口之語，肯定不是事先編排好的。」

王翰道：「呀，對呀，這是很重要的一個細節，我們之前竟然完全沒有留意到。只有京師才實行嚴格的夜禁制度，這些人也一定是來自洛陽，所以才說什麼太原的夜禁不過是做做樣子。」

王之渙道：「嗯，我也是這麼想，我甚至懷疑在蒲州救走蘇貞和在太原綁走辛漸的根本就是同一夥人。」王翰道：「這怎麼可能？之渙，你是故意這麼說，好讓我替你跑一趟溫柔坊，去驗證那銅面蕭娘到底是不是蘇貞，對吧？」

王之渙忙道：「決計不是！阿翰你可冤枉我了！我雖然關心蘇貞，可只是同情她的遭遇而已。辛漸卻是我們的兄弟，自從他被人劫走，我們哪個不是日日擔驚受怕，生怕等官府找到他時他已經變成了一具屍首，我怎麼會拿自己兄弟的生命來開玩笑？你看，辛漸被劫在先，蘇貞被救在後，時間上完全對得上。」

王翰思索片刻，道：「如果這些人救走蘇貞為了璇璣圖，劫走辛漸又是為什麼呢？我們先前可都一致認為是朝廷的對頭綁走了辛漸，目的是要從他身上逼問百煉鋼的祕密。」

王之渙道：「可是你別忘了，璇璣圖原本是在李弄玉手中，辛漸幾次單獨跟她在一起，她鍾情於辛漸，說不定已經將祕密告訴他，綁走辛漸的人也許根本不是為了百煉鋼，而是為了璇璣圖。」

王翰道：「嗯，雖然聽起來有些離譜，不過分析得也有幾分道理，要是老狄人也在這裡就好了。既然可能跟辛漸有關，我無論如何要去一趟。之渙，還有一件事，關於俱霜、胥震二人的身世來歷，你可有問過他們？」王之渙道：「試探問過，可他們不肯說。」

王翰道：「他們兩個肯定不是壞人，要不然當初也不會在蒲州冒充制使營救我們。不過他們可是羽林將軍李湛強安在我們身邊的，李湛什麼來頭你也知道，這件事還是要問清楚才好。這樣，我們今晚將他二人分開，我這就帶著胥震去溫柔坊，留下俱霜照顧你，你乘機盤問她的來歷。」王之渙道：「好。」

王翰便走到門前叫俱霜、胥震二人進來，說要帶胥震去溫柔坊。不料胥震一口拒絕道：「不，我不去。」王翰道：「為什麼不去？」胥震道：「就是不想去。」

俱霜忙道：「我去，我跟胥震換，我跟翰哥哥去，他留下照顧之渙哥哥。」王翰愕然道：「你是女子，怎能去青樓那種地方？」俱霜道：「我裝扮成男子，扮成翰哥哥的隨從不就完了？」

王翰見天色不早，再耽擱坊門就該關閉了，便答應道：「那好，你去換身男子的衣服。」

俱霜喜笑顏開，忙奔進內室，再出來時，果真成了一個模樣清俊的小廝。王翰不由得想起了那一對機智伶俐的僕僮田睿、田智來，田睿當日被武延秀酷刑殘害，容貌盡毀，左眼珠也被挖出，有一日他照看鐵鏡，不能忍受自己的醜陋模樣，終於上吊自殺。田智懇請將兄長靈柩運回鄉里。王翰遂還他平民身分，讓他護送兄長屍首還鄉安葬，也不知道田智一切是否順利。

俱霜見王翰盯著自己不放，面色一紅，問道：「很難看麼？」王翰回過神來，道：「就這樣吧，快要夜禁了，趕緊出去雇輛車馬。」特意掛上腰刀，帶著俱霜乘車往溫柔坊而來。

溫柔坊位於南市西二街，在惠訓坊東南，僅隔兩個坊區，車馬瞬間即到。剛到碧落館前，便聽見夜鼓「咚咚」響起。車夫跌足道：「又不及回家了。」

近來因朝廷對契丹作戰，民間騾、馬大量被徵用，洛陽城中車馬也不是十分好雇，王翰對那車夫道：「正好我來洛陽後還沒有置辦車馬，不如你先來我家當一陣子專用車夫，我加倍給錢就是，總比你四下奔波尋找主顧強。」又問了他名字，原來他姓梁名笑笑，名字頗為有趣。

那車夫喜出望外，道：「多謝郎君照顧。小的家在里仁坊，反正也來不及趕回去，小的就在這裡等郎君、娘子出來，明日再回去跟家裡招呼一聲。」

俱霜奇道：「你看出我是女的了麼？」梁笑笑道：「是，小娘子眉清目秀，怎麼看都不像是男子。」俱霜道：「呀，我居然裝扮得這麼差勁，連車夫都能看出來。」王翰道：「走吧，你只要自己拿自己當男子，沒人會多問你的。」

碧落館跟平日常見燈紅酒綠的青樓不大一樣，它外表看起來不過是一處大戶的宅邸，大門虛掩，燈火朦朧，進來後也沒有一堆娼女迎上來。也就是說，這裡的娼女不多，卻都是身價不凡的女子。

王翰走進數步，才有名四十餘歲的婦人從堂中迎出，問道：「郎君今日登門，要找哪位娘子？」不是如何熱情，卻也不見冷淡。王翰道：「銅面蕭娘。」

那婦人問道：「郎君貴姓？」王翰道：「姓王。」婦人道：「請王郎到客廳少坐。」迎王翰進來堂中坐下，自稱姓陰。又道，「我們碧落館的娘子個個才貌雙全，身價不菲，想來郎君是知道的。」王翰點點頭，從懷中取出一袋金砂倒在桌上，問道：「這些夠麼？」阿陰立即笑容滿面，笑道：「夠，夠，太夠了。王郎稍候，我這就去叫蕭娘出來。」

俱霜驚歎道：「一下子就給她這麼多錢？翰哥哥，你是不是瘋了？」伸手抓起幾粒金砂，便欲揣入自己懷中。王翰道：「放下！」俱霜只得訕訕放下來，猶有不捨之意。

王翰道：「喂！」朝堂後打個手勢，俱霜問道：「做什麼？」王翰又使了個眼色。俱霜道：「啊，你是說那裡有人在偷看我們？」忙奔過去掀開簾子，卻已是空無一人。王翰見這俱霜遠不及田睿、田智機智，不由得浩歎不止。

過了片刻，阿陰一搖一擺地出來，戀戀不捨地看了一眼桌上的金砂，這才道：「抱歉了，蕭娘已有約客，今晚不能會見王郎。不過我這裡還有秋娘、月娘，都是這洛陽城中數一數二的女子，我這就叫她們出來伺候王郎。」王翰道：「不必了，我聽說蕭娘臉上銅面神奇，很是好奇，特意想來見見她。既然蕭娘已有約客，我也不好打擾，不過連見一面的時間都沒有麼？我這金砂難道連一面都買不到麼？陰娘不妨再考慮考慮。」

阿陰望著那些金砂，又回頭往堂後看了一眼，遲疑半晌，還是搖頭道：「不行，蕭娘不願意見王郎，我也沒有法子。」

她明明貪戀金砂，卻非要強擺出一副拒人於千里之外的神情，王翰越發覺得有鬼。他見不到蘇貞本人，就無從問清是誰救了她，更無法追查到辛漸的下落，心道：「為了辛漸，我今晚非見到蘇貞不可。」便向俱霜使個眼色。

俱霜這次極為機靈，立即上前扯住阿陰臂膀，笑道：「陰娘何須如此？我家阿郎又不是要對蕭娘怎樣……」

王翰乘機舉步朝堂後走去，剛走出簷廊，忽從旁側閃出一人。王翰早有警覺，不待那人近身，回身一腳踢中其腹部。那人慘叫一聲，仰天摔倒在地上。

王翰笑道：「我不過是想見蕭娘一面而已，有你們這麼待客的麼？」

話音未落，背後已有人悄然貼近，挺出一柄匕首抵住他後心。王翰還要去拔腰刀，那人低聲道：「不想外面那女的死，就別抵擋出聲。」

王翰聽他拿俱霜來威脅自己，料想她已經落入對方掌握，只得停步問道：「你想要怎樣？」那人解了他腰刀，道：「走！」押著王翰重新出來堂中。

俱霜還在與阿陰和兩名青衣婢女糾纏，她很有幾分氣力，青衣婢女上前想拉開她，卻被她甩了個跟頭，忽見王翰被一名漢子持刀推了出來，知道事情不能成功，只得鬆了手。

阿陰氣急敗壞地奔到王翰面前，道：「王郎一表人才，如何做出這等下作事？蕭娘不肯見你，你就要強闖？」王翰冷冷道：「強闖又如何？這就請陰娘送我去見官吧。洛州州府就在溫柔坊斜對面，近得很。」

阿陰一呆，望了那持刀漢子一眼，忙道：「送官就不必了，王郎還是趕緊走吧。」王翰接過那漢子遞還的腰刀，道：「好，我還會再來的。」大踏步走出碧落館。俱霜慌忙收了金砂跟上去，問道：「沒有見到人，是麼？」王翰道：「嗯，這裡很是蹊蹺。咱們先回去，等老狄人到了洛陽再說。」

車夫梁笑笑正倚靠在馬車上打盹，見王翰剛進去不久即又出來，很是驚異，卻也不多問，只道：「坊門已經關閉了。前面有家溫柔客棧，郎君可以到那裡將就一晚，明日一早夜禁解除再回去。」

王翰便依言來到客棧，要了三個房間，梁笑笑聽說有一間是專門給自己住，感激涕零，道：「郎君實在是個好人。」王翰便命他去卸下馬匹，吃點東西，自行歇息，將俱霜叫進房中，問道：「你到底是什麼人，怎麼會知道璇璣圖？我要聽實話。」

俱霜道：「不說可以麼？」王翰道：「不可以。」俱霜道：「那我也不想說。」王翰道：「那好，你明日和胥震一道回晉陽去。」俱霜道：「不，我要留下來幫你。」王翰道：「你幫我？」俱霜道：「嗯，我在這裡長大，大致也有一些朋友，你想知道什麼事，你說出來，我包管幫你打聽到。」王翰道：「我想知道羽仙好不好，想知道辛漸的下落，你能打聽到麼？還說想幫我。明日一早就送你走，不准再拖延。」俱霜賭氣道：「走就走。」摔門出去了。

客棧的床板不但硬，且有一股子黴味，王翰這一夜自是耿耿難寐，他總在想今夜在碧落館遇到的事。照情形看來，那銅面蕭娘必是蘇貞無疑，以她的性格，淪為娼妓是迫不得已，斷然不會自己出來挑客，因而最先躲在堂中簾子後偷窺的人一定不是她，替她挑選客人的是簾子後面的那個人。他能面對整袋金砂毫不動心，必然不是碧落館的人。那麼他又是誰？他是因為認識王翰，還是在等待什麼特殊的人，所以才斷然拒絕蕭娘出來？

謎團一時也難以解開，轉而又想到王羽仙尚在來俊臣手中，只覺得煩悶無比。一直到後半夜，才迷迷糊糊地睡過去。

次日醒來，外面已是日上三竿，竟然連晨鼓聲都沒有把王翰驚醒。出房一看，車夫梁笑笑正候在外面，迎上來道：「車馬已經備好了。」王翰問道：「俱霜人呢？」梁笑笑道：「一直沒有見到俱霜娘子出來，應該還在房中睡覺。」

王翰便走到隔壁房前，敲門道：「咱們該走了，要睡回家再睡。」不見動靜，一推門就開了，床上空無一人，被子也疊得整整齊齊。王翰道：「我昨晚說要送她回晉陽，她竟然生氣走了。」忙下樓問夥計。

夥計道：「那位小娘子昨晚上就走了。當時正是夜禁，小人還特意告訴她不到清晨出不了溫柔坊，她理也不理，甩手就走了。」

王翰道：「這麼說她一夜沒有回來，又能去哪裡？」一旁梁笑笑忽插口道：「會不會又回去了碧落館？」王翰道：「你怎麼會知道？」梁笑笑陪笑道：「小的不過是瞎猜的。」

王翰沉吟片刻，將梁笑笑叫到門外，問道：「你是來縣令派來的，還是敬長史派來的？」梁笑笑道：「什麼來縣令、敬長史的，小的不知道郎君在說什麼。」

王翰冷笑道：「你在洛陽城中趕車，眼觀六路，耳聽八方，竟然會不知道洛陽縣令和洛州長史的名字，這謊話未免編得太過了些。」

梁笑笑見身分已被識破，難以挽回，也不再否認，道：「郎君好眼力！不過小的以前當真是趕車的出身，自認為並無破綻，不知道郎君是如何識破的？」王翰道：「你早看出俱霜是女扮男裝，她今日失蹤，你卻能一口斷定她回去了碧落館，可見你已經知道我們昨晚在碧落館的經歷。這般好奇知事的車夫，我還從來沒有見過。」

梁笑笑嘿嘿一聲，道：「郎君果然聰明過人，佩服，佩服。不過小的只是奉命行事，抱歉了。既被郎君識破，小的也只好就此告辭。」

王翰道：「站住，俱霜人在哪裡？」梁笑笑道：「小的不知道。」

王翰道：「你是洛州敬長史的手下，對不對？你們以為綁走俱霜，就能要脅我麼？」梁笑笑道：「小的職位卑微，無法回答郎君的問話。不過小的心想，自古以來都是禍從口出，只要郎君守口如瓶，俱霜娘子就不會有事。」王翰道：「好，我明白了。」

忽見惠訓坊家中老僕飛奔趕來，叫道：「阿郎原來在這裡，倒教老奴好找。」王翰見他氣喘吁吁，滿頭大汗，忙問道：「出了什麼事？」老僕道：「劉先生昨夜醉酒死了，王郎請阿郎快些回去。」

王翰極為震驚，追問道：「你是說劉先生死了？怎麼會？」也不及細問究竟，匆忙奔回家中，來到別院劉希夷的臥房。卻見他仰面躺在床上，臉色微紅，有醺醉之態，有些扭曲變形，卻是相當平靜，彷若只是熟睡一般。王之渙正扶著胥震，淒然站在一旁。

王翰顫聲問道：「這……這到底是怎麼回事？」王之渙道：「昨日傍晚你剛走不久，有人送劉先生回來，當時他已經醉得不省人事。家裡的老僕和胥震都忙著在照顧我，所以只讓人將他抱上床，沒有多理會。今日一早，老僕進房打掃，才發現先生他已經……已經……」一時哽咽，再也說不下去。

王翰搶上前去，拉起劉希夷的手，那隻數日前還彈奏出泠泠仙音的手卻早已僵直，沒有半分熱氣。一條活生生的生命就此消逝，面前只剩下一具冰冷的屍體，還有帶給周圍人嚴寒般的冰冷情感。

王翰只覺得手足發麻，全身如墜寒潭之中。數日前的晚上他還跟這個人一起把酒言歡，怎麼轉瞬間說去就去了呢？眼前的一切隱隱約約給他一種虛幻的不真實感，他感覺自己腳下變得輕飄虛浮起來，不知怎的就軟倒坐在地上，任憑淚水緩緩流淌過臉頰。有人將他扶起來拉到一旁坐下，在他耳邊說話，他也木然沒有任何反應，人整個都變得空洞了。

不知道過了多久，忽聽得有人道：「劉先生不是醉酒而死，是被人害死的。」王翰陡然驚醒，「噔」地站起來，上前問道：「老狄，你……你說劉先生是被人害死的？」

狄郊正站在床前勘驗屍首，點點頭，道：「劉先生口鼻扁平，周圍表皮有輕微擦傷，皮內、皮下出血，很像是有人用手捂住他口鼻，導致他窒息而死。」

王之渙道：「這不大可能。昨晚劉先生被送回來後不久，老僕送大夫出去，閂了大門，之後再沒有人進來過。昨日湊巧鄭元也沒有回來，因而家中只有我、胥震和老僕三人；老僕不必說，我這樣子也殺不了人，難道胥震會沒來由地去殺劉先生麼？」胥震只冷冷站在一旁，一言不發，根本不屑做任何辯解。

王之渙又道：「如果是有人偷偷翻牆進來加害劉先生，他呼吸不暢，一定會驚醒反抗，弄出聲響來。我恰好就住在他隔壁房間，因腿痛一夜未能睡著，根本沒有聽見任何動靜。」

狄郊問道：「昨晚是誰送劉先生回來的？」老僕道：「是劉先生的六舅父。」六舅父是宋之悌，武藝高強，驍勇過人。

王之渙道：「這就是了。老狄，劉先生若真是他殺，我和胥震、老僕三個嫌疑最大，宋氏兄弟知道了焉能甘休？」狄郊道：「嗯，劉先生屍表徵象不明顯，看起來確實像自然死亡，不過……」一時遲疑難定，轉頭問道，

「阿翰，你跟劉先生關係最近，可知道他在洛陽有什麼仇家？」

王翰搖頭道：「劉先生借住在這裡，極少出門，他是個典型的書呆子，又對仕途沒有任何興趣，安貧樂道，詩酒自娛，能有什麼仇家？」狄郊道：「那就等宋氏兄弟和凶肆行人看過再說。」

幾人出來別院，胥震已經忍耐很久，終於問道：「俱霜人呢？」王翰這才想起還沒有向眾人交代俱霜失蹤一事，只得道：「抱歉，俱霜被人綁走了。」胥震大驚道：「什麼？」

王之渙也問道：「什麼人綁走了她？」王翰也不提洛州長史派人冒充車夫監視他之事，只道：「事情暫時還不清楚。不過你們放心，對方要對付的人是我，等我處理完羽仙的事，自會去換俱霜回來。」胥震瞪了王翰一眼，一甩手，恨恨出去了。

王之渙很是著急，問道：「是來俊臣麼？不過他綁走俱霜做什麼？」王翰搖搖頭，道：「這事說來話長，回頭再細說。老狄，你不是和羽林衛李將軍一道麼？你人到了洛陽，賀大娘是不是也該到了？」狄郊道：「放心，目下賀大娘還滯留在蒲州。」

王翰很是意外，道：「李湛奉旨押解辛漸母子進京，結果辛漸被人劫走，莫名失蹤，而今時隔多日，賀大娘人還在半路，他難道就不怕女皇降罪麼？」狄郊道：「嗯，李將軍稱賀大娘重病，經不起長途顛簸，只能時走時停。」

王之渙道：「賀大娘當真傷得如此之重麼？你不是說她其實已無大礙，只需調養，辛漸的傷勢遠比她重麼？」狄郊道：「這件事……嗯，我猜是李將軍有意拖延。而今朝廷軍隊屢屢敗於契丹，李楷固是契丹第一勇士，其部最彪悍善戰，損傷官兵最多，朝廷上下恨其入骨。這樣的情形，賀大娘到了洛陽還活得成麼？她人一到這裡，必然被當眾殘酷處死，首級也要被送往河北前線向契丹示眾。」

王翰道：「你是說李湛有意耽誤行程？」狄郊點頭道：「我猜他其實想暗中幫助賀大娘。他有皇命在身，不敢私縱賀大娘逃走，可路上耽誤幾天並不是什麼大事，拖上一陣子，或許朝廷對契丹戰事能有轉機，那麼賀大娘的危機也就相對減輕了。」

王翰道：「可李湛不是跟姓武的一夥子麼？他跟武承嗣私交最好。」狄郊道：「嗯，不過我一路觀察，李將軍這個人還真跟武承嗣、武延秀等不大一樣，精明幹練，軍紀嚴明，一路約束部下不得驚擾地方，以他的身分，能做到這些已是十分難得。對了，我星夜趕來洛陽，是因為發現了辛漸被劫的一些線索，那些人很可能是……」

王之渙道：「很可能是來自洛陽，對不對？我們已經發現了。阿翰，你昨晚夜探碧落館的情形如何？」王翰歎了口氣，大致說了昨夜的遭遇，連來洛陽當日遇見秋官侍郎張柬之和洛州長史敬暉處斬假車三的事也說了。

王之渙道：「這麼說，是敬暉派人綁走了俱霜？」王翰點點頭，道：「敬暉的目的無非是要讓我閉口，不要亂說。我雖然也好奇他冒險換出車三的原因，可眼下事情太多，我的心思全在營救羽仙和找到辛漸上，哪有功夫去理會假車三還是真車三，這件事少不得要先放一放了。」

狄郊道：「車三不過是個默默無名的道士，敬暉這般冒險偷梁換柱，也許是想利用車三仿人筆跡唯妙唯肖的本領。」王之渙道：「你是說敬暉又要跟之前淮陽王武延秀用假信陷害你和你伯父一樣，利用車三偽造假信來陷害朝中哪位大臣？」狄郊道：「應該是這樣的。」

王翰根本沒有往這方面多想，哪怕因為假車三處斬一事被敬暉逮捕下獄多日，此刻經狄郊提醒，才悚然而悟，道：「這件事非同小可，萬一……萬一……老狄，不如這就去找一趟你伯父吧，你上次來洛陽就沒有登門拜訪，已是失了禮數。」狄郊也顧不上姨母不准自己與伯父來往的禁令，道：「好。」當下留王之渙在家中照看劉希夷後事，自己跟王翰一道雇了車馬往城南而來。

狄仁傑城中的住宅位於長夏門西的尚賢坊，在惠訓坊正南方，隔有五個坊區。狄府隔壁鄰居就是建安王武攸宜，也就是目前征討契丹的武周大軍統帥。王翰和狄郊經過建安王府，正遇到大批侍從、婢女護著一名中年婦人出來。那婦人三十餘歲，梳著髻花髻，方額廣頤，又粗又寬的廣眉之間染著一抹桃紅的花鈿[18]，全身裹在大袖紗羅長裙中，雙臂挽著一道帔帛，氣質雍容，華貴飄逸。

婦人一眼望見了王翰，特意頓下腳步，目光在他身上逡巡片刻，這才扶著侍女上馬。狄郊問道：「你認得她麼？」王翰道：「不認得。」他一眼看出這婦人是個淫蕩角色，大約是看到自己年輕英俊所以刻意矚目，但他不願多惹事，忙夾馬加緊離開。

湊巧狄仁傑因病沒有上朝，聽聞幼姪狄郊求見，大為意外，忙命三子狄光昭[19]出迎。狄仁傑總共有三子，長子光嗣在朝中任戶部郎中，次子光遠在外地任州司馬，三子光昭任員外郎。當初武則天讓狄仁傑推薦員外郎人選，狄仁傑毫不猶豫推薦了第三子，被武則天認為是舉賢不避親的典範。

狄光昭將狄郊、王翰迎來書房，狄仁傑早已在此等候。他年近七旬，頭髮花白，背也有些佝僂。狄郊多年不見伯父，忽見他老邁至斯，不禁心有所感，上前行禮，叫了一聲「伯父」，已經是哽咽難言。

狄仁傑呵呵笑道：「好，好，郊兒這般大了。這位是……」狄郊慌忙引見王翰。狄仁傑道：「王公子，我久聞你的大名。還真要多謝你和你的同伴，如果不是你們幾個幫忙查出真相，上次那件反信案可真不知道會如何收場。」王翰道：「狄相公何須客氣，本是分內之事。今日冒昧拜訪，正是為反信案一事。」

狄仁傑道：「反信案由御史中丞宋相公審結，後來刑部又複審過，而今已經結案，車三等犯人均已伏誅，還有什麼不妥麼？」狄郊道：「這件案子還沒有完結，車三沒有死。」

狄仁傑聞言微微一愣，隨即揮手命隨從和兒子均退出書房，只留下狄郊、王翰二人，這才肅色問道：「這是怎麼回事？」王翰當即說了來到洛陽當日偶然發現被斬首的車三並非是真車三的事，又說了洛州長史敬暉還因此逮自己下獄。狄仁傑聽完經過，重重一拍桌子，道：「胡鬧，真是胡鬧。」狄郊道：「車三有臨摹他人筆跡的本領，怕是敬長史要利用這一點。」

狄仁傑道：「嗯。這件事還有旁人知道麼？」王翰道：「沒有，狄郊和之渙也是剛剛才知道。」狄仁傑道：「敬暉位高權重，又極得聖上信任，他要是決心做些壞事，還真不好辦。這樣，你們提到的秋官侍郎張柬之恰好是我門生，這件事交給我來處置，你們不要再理會。」狄郊道：「是。」

狄仁傑又問道：「你們這次來洛陽所為何事？」狄郊道：「是為羽仙和辛漸而來。」當即詳細講述了關乎二人的事情。

狄仁傑道：「據我所知，來縣令對王夫人極為愛慕敬重，羽仙既是王夫人的親妹妹，想來來縣令也不會對她怎樣。他派人接小姨子來洛陽，也許只是為了安慰王夫人的思親念鄉之情。若是他真有敵意，就不會出面從敬暉手中救出王公子了。」

王翰心道：「我最瞭解王夫人為人，她自被迫嫁給來俊臣後，深以為恥，若不是擔心連累親人，只怕早已自殺。她素來最愛惜羽仙，怎麼會為了一點思念就將妹妹與來俊臣扯上呢？」但對方既是狄郊長輩，又是當朝宰相，不便公然反駁，只得道，「狄相公說得極是。」

狄仁傑道：「至於辛漸，希望他吉人自有天相吧。不過反過來想，有人將他劫走未必是一件壞事，若是他現在被押到洛陽，因為跟契丹大將李楷固有外甥舅之親，一樣要受株連處死。」

狄郊道：「伯父的意思是，劫走辛漸的人或許是要救他？」狄仁傑道：「我也不能確定，也只能是一種推測吧。」又留二人吃飯，狄郊知道王翰尚惦記劉希夷後事，便辭謝道：「伯父身子不好，還是下次吧。」狄仁傑道：「也好。」又叮囑二人切記不可再插手真假車三一事，這才叫進三子狄光昭，命他送客出門。

離開狄府，狄郊道：「我伯父說得有道理，也許劫走辛漸的人當真是要救他。」王翰道：「這不可能。你想想看，辛漸是欽犯，劫他是死罪，願意冒這麼大風險出全力營救辛漸的人，應該只有我們和大風堂的人，或者是契丹室木等人。我們沒有做，大風堂的人當時都還被關在監獄裡，那麼只剩了室木一種情況。可我們已經能夠確認那些人是來自洛陽，室木因而也可以排除，包括突厥、吐蕃人在內。我敢說，劫走辛漸的人一定是不懷好意，絕不是為了救他。」

狄郊道：「會不會是李弄玉的手下做的呢？她對辛漸鍾情，本身就與朝廷作對，根本不顧忌什麼死罪不死罪的。」

王翰道：「你忘記了麼？李弄玉已經承認是她害了大風堂、害了辛漸，她肯定是李唐皇族身分，所以阿史那獻才肯對她下跪。李湛當日在場，肯定也看出了這一點，你認為他會輕易放過她麼？李弄玉如今是生是死都不知道，她哪裡還有能力來救辛漸？再說辛漸已經知道她是害慘大風堂的罪魁禍首，絕不會領她的情，她不是不知道這一點。」

狄郊也覺得有理，思慮過一回，才道：「看來只有期盼之渙的推測是對的，希望溫柔坊的銅面蕭娘就是蘇貞，也希望救她的跟劫走辛漸的是同一夥人。」王翰道：「嗯，我們先回去安排妥當劉先生的後事，然後再去碧落館走一趟。」

計議已定，遂匆忙趕回惠訓坊，卻發現宋之問剛剛派人運走了劉希夷的屍首。狄郊道：「驗屍的行人怎麼說？」王之渙道：「根本就沒有行人同來，而且一句話都沒問就直接搬人走了。」

按照慣例，死者無論什麼原因死亡，若是臨死前沒有緦麻[20]以上親屬在場，均需要官府派人檢驗屍首後才能下葬。宋之問如此倉促地將外甥屍首抬走，不合常理，難免令人起疑。

王翰道：「午飯後我們去宋家看看。」匆匆吃過午飯，與狄郊騎馬趕去洛水北面的清化坊。

清化坊位於皇宮正東面，這裡是左金吾衛的駐地，又有都亭驛，不少名臣如裴炎等都被斬殺在這裡。宋之問宅邸在清化坊東，王翰、狄郊二人趕到時，宋府上下正在忙著張掛喪布。王翰報了姓名，片刻後就有一高大魁梧的男子趕出來迎接，道：「二位公子有心，我是希夷六舅父宋之悌。」

狄郊問道：「昨晚送劉先生回惠訓坊的就是宋郎麼？」宋之悌道：「正是。我親手抱了外甥下車，放他到床上，出來後因趕上夜禁，出不了坊門，在坊西客棧滯留了一夜，今日清晨才匆匆離開，哪知道……哪知道……唉……」

王翰道：「我與令甥相交不長，卻是一見如故，請允許我在他靈前祭奠一番，以慰故人之情。」宋之悌道：「多謝盛意，只是靈堂未成，頗見倉促寒陋。」領著二人來到靈堂中。

靈堂才剛剛開始搭建，只有一方靈柩，幾條白布。王翰頗為感傷，在靈前拜了三拜，見宋之悌正為後事忙得不可開交，不斷有僕人來請示各種事宜，只得就此告辭。宋之悌歉然道：「我兄長剛剛被聖上召去了宮中，家裡只有我一人，實在忙不過來，怠慢了。來人，送客。」王翰道：「不必，我二人自己出去便是。」

出來靈堂，王翰低聲道：「你看出來了麼？這宋之悌並不怎麼為外甥的死難過。」狄郊道：「嗯，劉先生輩分比他低，年紀卻比他大，想來自小感情就不和睦。不然為何先生寧可住你那裡也不來投奔宋氏兄弟？」

剛到門邊，忽有一名婢女奔過來叫道：「郎君請留步，我家盧夫人想請二位到別院坐一坐。」王翰道：「盧夫人？是哪位盧夫人？」婢女道：「尚書監丞宋相公的夫人。」王翰與狄郊交換一下眼色，均心下起疑，不知道宋之問夫人找他二人何事。

王翰道：「盧夫人見召，有事麼？」婢女道：「是為劉郎的事。」二人聽說跟劉希夷有關，遂跟著婢女來到一處小別院。一名四十餘歲的婦人正佇立樹下等候，不過與常見的雍容華貴外命婦[21]不同的是，那婦人一身道袍，不施任何脂粉，素淡得倒像是尋常百姓家的女子。

婢女道：「這就是盧夫人。」盧夫人道：「多謝王公子一直以來收留照顧劉郎。」王翰道：「盧夫人認得我麼？」盧夫人道：「我聽劉郎幾次提過公子。請進來坐。」

引著二人進來堂中，室內極為素淨，只有簡單的桌椅，別無他物。盧夫人歉然道：「我入道修行已有數年，一直居住在此，簡陋慣了，只是怠慢了二位尊貴公子。」

王翰道：「夫人不必客氣。」見桌上擺有兩張詩箋，順手拿起來一讀前兩句「洛陽城東桃李花，飛來飛去落誰家」，便知道是劉希夷那首新作〈代悲白頭吟〉。

盧夫人道：「聽說王公子新近遭了官司，想來已經無礙。劉郎昨日來到宋家，懇求我夫君出面救你，我夫君本已答應。唉，若是早知道王公子吉人自有天相，劉郎又何須苦苦哀求……」王翰忙道：「劉先生仗義相助，王翰十分感激。只可惜昨日還來不及說一個謝字，劉郎又匆匆出門，今日再見，竟是……竟是……」一時悲慟，難以說下去。

盧夫人臉有淒涼之色，道：「他終究是先我而去了。」

王翰道：「還請夫人轉告尊夫，儘管事沒有成行，還是多謝肯答應出面相救。」盧夫人登時換了一副臉色，鄙夷地道：「公子以為我夫君是心甘情願救你麼？他不過是貪圖劉郎這首……」瞟了一眼桌上的詩箋，忽覺得在外人面前議論自己丈夫終究不妥，便道：「總之，我是想替劉郎多謝公子。」王翰道：「區區小事，不值一提。」遂與狄郊告辭出來。

狄郊道：「這位盧夫人似乎對劉先生很看重，對自己那大名鼎鼎的丈夫反而不以為然。」王翰道：「宋之問詩是寫得不錯，只可惜人品實在有虧，想來盧夫人也是因此而看不起他。」

原來宋之問身材高大，儀表堂堂，文章華美，有雄辯口才，又懂得傾心獻媚，正是武則天喜愛的那一類。他甚至主動獻詩，表示願意當女皇的面首。可惜偏偏有口臭的毛病，只能入得朝堂，上不了武則天的床第，他便大肆巴結武則天寵愛的面首張昌宗、張易之兄弟，甚至為二人手捧溺器，成為洛陽轟動一時的笑柄。

回來惠訓坊，將事情對王之渙說了，忍不住又喟歎了一番。王翰和狄郊又往溫柔坊碧落館而來，未近門前，遠遠見到一名男子正在門前窺探徘徊。那人四十來歲，頭戴一頂雙耳胡帽，壓得老低，見到有人騎馬到來，便轉身欲走。王翰卻已經認出了他，一時驚得呆了，幾乎不敢相信自己的眼睛。

狄郊見王翰神色有異，問道：「那人是誰？」王翰道：「王孝傑王將軍。」狄郊道：「你認錯人了吧？王孝傑已在征討契丹時戰死，朝廷下了制書追贈其為夏官尚書，封耿國公。」王翰道：「真的是他！他想跟我們太原王氏聯族，征討吐蕃路過太原時還一起喝過酒呢。」打馬追上前去，叫道，「王將軍！」

那人頭也不回，反而加快了腳步。王翰道：「將軍留步，不然我可就要大聲喊了。」那人停了下來，慢慢踱回來，歎了口氣，叫道：「王公子，幸會。」王翰道：「王將軍，當真是你。你不是已經……」王孝傑道：「王公子說得極是，這世上已經沒有王孝傑這個人，他早死了。」

王翰當即會意，王孝傑是敗軍之將，活著回來只會被武則天下令處斬，說不定還會牽累親朋好友，戰死沙場卻有朝廷追贈的爵位，可以遺澤眷屬子孫，「死」是他目下唯一的選擇。只是他既已經是個「死人」，為何又要冒險回來神都洛陽呢？

狄郊也追了過來，大有好奇之色。王孝傑四下看了一眼，道：「這裡不是說話之地，咱們找個安靜些的地方。」遂來到前面的溫柔客棧坐下。

王翰道：「洛陽認得將軍相貌的人極多，將軍冒險回來到底是為什麼？」王孝傑吞吞吐吐地道：「王公子也是性情中人，我不敢隱瞞，我在碧落館有個相好，人稱月娘，是洛陽城中第一歌姬。我這次回來就是想看她一眼，哪知道碧落館中多了許多陌生人，我弄不清狀況，不敢輕易進去……」

忽有客棧夥計端上來酒菜，狄郊道：「我們好像沒有點過這些。」夥計陪笑道：「這是小店送給幾位郎君的，不要錢。」狄郊和王翰均以為是客棧主人認出了王孝傑，不由得朝他望去。

夥計卻對王翰笑道：「郎君嘗嘗看，合不合口味，不滿意的話還可以再換。」王翰道：「你認得我是誰？」夥計道：「郎君昨晚不是來小店住過一夜麼？」王翰道：「是啊，可我也沒有報姓名，用的是同伴俱霜的名字。」夥計道：「郎君這樣的貴人何須報姓名！不過小的還是想知道郎君到底是誰？」

王翰道：「你連我是誰都不知道，就白送這些酒菜，不怕我是騙子麼？」夥計道：「昨日為郎君趕車的車夫可是堂堂洛州州府的兵曹，這是小的親眼所見，假不了。郎君，你到底是什麼人？」

王翰這才明白夥計為何要百般奉承自己，不禁有些哭笑不得，問道：「你怎麼知道車夫是洛州州府的兵曹參軍？你認得他麼？」夥計道：「原先不認得。今早公子走了後，他立即召來許多官兵，把碧落館圍了，小的去看熱鬧，聽一個當兵的說的。」

王翰微微一驚，問道：「官兵可有從碧落館帶走什麼人？」夥計道：「沒有。官兵來的時候氣勢洶洶，但進去後不久就一股腦擁出來撤走了。小的猜裡面肯定正好有位來頭極大的客人，就像郎君這樣的。」

王翰隱約覺得事情不對頭，忙道：「這件事回頭再說。」打發走了夥計，轉頭道，「王將軍，此地不宜多留，你可有什麼打算？」王孝傑道：「我預備西去吐蕃，不過不是去為吐蕃人效力，而是勸贊普儘量跟我們中原和睦相處。」王翰也聽說過他與贊普墀都松贊的父親容貌酷似之事，便道：「如此甚好，將軍既有了容身之處，又可為兩國和平盡一分力量。將軍放心，月娘我自會替她贖身，好生安置。」

王孝傑知道他是天下第一巨富，經濟上有此能耐，答應了的事也一定會做到，當即起身拜謝，道：「王某就此告辭。」

送走王孝傑，狄郊望著他背影，搖了搖頭，道：「他冒險回來神都，不為妻子兒女，而是為一名娼女，當真令人咋舌。」王翰道：「正好我們去會會這月娘，看到底是如何的千嬌百媚，才能將王將軍迷成這樣。」

狄郊道：「可別忘記了裡面有一位能驚走洛州州府兵曹參軍梁笑笑的大人物。」王翰道：「嗯，正好也去看看是何方神聖。」

1 洛州無影：洛州指洛陽；傳說洛陽城最初由周公營建，周公曾經在洛陽附近（實際地點在今河南登封觀星臺）測日影，定方位。唐代時出現一種奇怪的說法，認為夏至之時，在洛陽當地，日表之下沒有光影，即所謂的「洛州無影」。而根據現代天文學，洛陽位於北迴歸線以北，一年之間任何時候都不可能出現無影的情況，「洛州無影」一說遂成為史學界有爭議的神祕話題。有人稱「無影」是觀星臺的獨特設計所致，感興趣的讀者可前去登封古觀星臺考察驗證。

2 少府：唐代對縣尉的尊稱。吳少府：指另一名縣尉吳少微。晉陽是京縣（等級最高的縣。唐制，京縣共六縣：西京長安的長安、萬年，東都洛陽的洛陽、河南，北京太原的太原、晉陽），通常有兩名縣尉（掌治安捕盜之事）。晉陽縣尉富嘉謨、吳少微與晉陽主簿谷倚三人當時以文詞著名，稱「北京三傑」。

3 唐朝制度，只有皇帝的女兒才能封公主。高宗膝下雖還有別的嬪妃所生之女，如蕭淑妃所生義陽公主和宣城公主，但太平公主卻是武則天唯一親生愛女，所以稱本朝（武周）唯一公主。

4 過所：古代通過水陸關隘時必須出示的交通證明書。唐代實現關禁制度，在全國各交通要樞設有關卡二十六處，專門負責勘察來往之人，以控制人口流動，「凡行人車馬，出入往來，必據過所以勘之」。唐代過所由中央尚書省或地方都督府或州須發。領到過所者就可以照規定的路線通行無阻。失落過所，須審查後才予補發。如果無過所而私自渡關，判徒刑一年。

5 陝州：今河南三門峽市西。

6 漕運是中國歷史上一項重要的經濟制度，即利用水道（河道和海道）調運糧食（主要是公糧，稱漕糧）的一種專業運輸，一般是當權者將徵自田賦的部分糧食經水路解往京師或其他指定地點，水路不通處輔以陸運，多用車載（山路或用人畜馱運），故又合稱「轉漕」。漕運的目的是供宮廷消費、百官俸祿、軍餉支付和民食調劑。唐初，水陸運抵關中之糧僅一二十萬石左右。唐高宗在位期間，因東南運路長年失修，因而河南至關中運道漕運極為艱險，所以，故唐朝廷常駐在漕運便利的東都洛陽，稱為「就食」。

7 天漢：古人對銀河的稱呼。

8 武則天執政後大改官職名稱，隱有江山變色之意。秋官（《周禮》分設天、地、春、夏、秋、冬六官，秋官以大司寇為長官，掌刑獄）侍郎即為刑部侍郎，是刑部副長官，職位次於刑部尚書，為刑部事務實際執行者。唐代刑部執掌全國法律事務，管理地方上訴案件，審核地方上的大案要案和發生在京城的笞杖以上重案，審理中央官員違法犯罪的案件。

9 洛州：即後來的河南府。唐初改河南郡為洛州，治所在洛陽（今河南洛陽東北）。後於唐玄宗開元元年（七一三年）改名為河南府。洛州長史等於後來的河南府尹。

10 古人相信「春行、夏養、秋殺、冬藏」的天道，唐代〈獄官令〉規定，立春之後、秋分之前不得執行死刑，違者判一年徒刑。另每月有十個禁殺日：初一、初八、十四、十五、十八、二十三、二十四、二十八、二十九、三十，即這些日子不能處決死刑犯。

11 絳州平陽：今山西臨汾。唐代時，絳州與并州同屬河東道。

12 秦始皇遊覽到洛陽時曾作歌道：「洛陽之水，其色蒼蒼。」

13 魏元忠，本名真宰，宋州宋城（今河南商丘南）人。早年是太學生，志氣倜儻，不喜官場運作，長年無法升遷，師從盩厔（今陝西周至）人江融學習「古今用兵成敗之事」。儀鳳中，吐蕃多次侵擾邊塞，魏元忠上書言「命將用兵」之得失，得到武則天矚目，逐漸步入中樞重臣行列。他早年為人剛直，先後兩次為酷吏陷害，誣以謀反罪名判處死刑，然而武則天愛惜他才華，不忍處死，總是流放一段時間後又重新召回。

14 唐代長安、洛陽均嚴格實行封閉坊里管理及夜禁制度，按照〈宮衛令〉規定：居民居住的坊里四周以圍牆封閉，每面僅開一扇門，坊角設有武侯鋪，由衛士守衛；城門和坊門早晚都要定時開閉，以擊鼓為準。日暮時分，擊鼓八百聲，關閉城門、坊門，夜禁開始。直到次日清晨五更二點（凌晨三點半）時，夜禁才結束，坊、市、城門開啟。凡是夜禁期間在城裡大街上無故行走的，稱為「犯夜」，被巡邏的金吾衛士發現後，至少笞打二十下。

15 汝州：今河南臨汝。

16 潘岳：西晉大才子，與石崇交好。他自幼聰慧，被人們譽為神童。潘岳父親曾任琅邪太守，專門派了一名叫孫秀的小吏服侍愛子。孫秀為人詭詐狡猾，潘岳極其厭惡他，經常責罵。後來孫秀成為中書令，而潘岳還是個小小的散騎侍郎，由於長年鬱鬱不得志，三十二歲時就白了頭髮。後來潘岳遇到孫秀，招呼道：「孫秀，你還記得過去你我隨從相處的事麼？」孫秀答道：「這些事我都深埋在心中，哪一天忘掉過它！」潘岳知道孫秀遲早要對自己下毒手，後果然與石崇同日被族誅。

17 梁鴻，字伯鸞，東漢人。少孤，受業太學，家貧而尚節介。娶同縣醜女孟光為妻，孟光賢慧，與丈夫共入霸陵山中隱居，以耕織為業，詠詩彈琴自娛。不久，梁鴻因事過洛陽，登北邙山，看到漢宮殿華麗，作〈五噫歌〉道：「陟彼北芒兮，噫！顧瞻帝京兮，噫！宮室崔嵬兮，噫！民之劬勞兮，噫！遼遼未央兮，噫！」歎宮室豪華，憐百姓疾苦，由此觸怒漢章帝，下詔追捕。梁鴻不得不改名換姓，避居齊魯，淪為奴僕。然而夫妻依然保持著禮節，每到吃飯時，孟光將粗陋的食物放在木托盤裡，舉到眉毛的高度，低著頭，端端正正地奉給梁鴻。此即「舉案齊眉」典故的來歷。主人偶然撞見識破了梁鴻身分，這才將他們夫妻當賓客供養起來，直到病逝。

18 花鈿：唐代女子盛行的化妝方式，用顏色在兩眉間染繪出各種圖案，甚至用金屬片貼在眉間做裝飾。據說始於南北朝時，有位公主偶然在宮殿的屋簷下睡著了，一朵豔麗的梅花緩緩飄下，正落在她白皙的額頭上，結果眉間染上梅花的顏色，幾天拂之不去，越發顯出公主的千嬌百媚。後宮女們爭相仿效，遂成流行。

19 狄光昭後因避唐玄宗母親（昭成順聖皇后）謚號之諱，改名為狄景暉。

20 緦麻：五服中關係最疏遠的一種親屬關係，五服中的第五等。這種親屬關係，按照古代喪服制度，要穿細麻布織成的孝服，服喪三個月。緦麻親屬有高祖父母、曾伯叔祖父母、族兄弟及未嫁的族姊妹、中表兄弟、岳父母等。

21 唐代有內外命婦之制：皇帝的妃、嬪、世婦、女御等為「內命婦」；宗室貴戚、達官貴人之正妻均有皇帝所賜的封號，稱為「外命婦」。唐朝慣例，夫人前面姓氏稱謂為娘家姓，非夫家姓。

【卷八】若有所思

人們慶幸終於有一件能令酷吏來俊臣傷心哭泣的事發生。此人外貌英俊儒雅，心腸卻比蛇蠍還要狠毒，雙手染滿了鮮血，令成千上萬的人家破人亡。眼下，他也終於嘗到失去所愛之人的滋味，誰能不彈指相慶呢？

王翰、狄郊來到碧落館前，舉手叩了叩門環，裡面有人應聲道：「來啦。」門一拉開，露出了阿陰的笑臉，見到王翰便立即愣住了。王翰笑道：「陰娘，我又來了。」阿陰道：「啊，我還以為郎君再也不會來了，快些請進。」

王翰本已經做好吃閉門羹的準備，哪知道對方竟熱情開門迎客，不禁大奇。阿陰笑道：「郎君今日還是要找蕭娘麼？她今日有空。」

王翰更是驚異，順水推舟道：「好，就找蕭娘。另外，聽說這裡有位歌技非凡的月娘，也一併請出來陪我這位同伴吧。」阿陰道：「是，是。」招手叫過一名青衣婢女，命她先帶二人去蕭娘的房間，自己親自去叫月娘。

穿堂過院，來到一處三楹房前，婢女道：「娘子有客。」裡面一個女聲應道：「請進吧。」

婢女便打起簾子，請王翰、狄郊進去。裡面是一間布置得很是雅致的廳堂，一名荷衣女子正憑窗而坐，她的臉上當真有一個銅面具，不過一看就知是點綴，銅質部分只在雙眼上，看上去倒像個銅眼罩，下面墜著一道一道的瓔珞，遮住了大半面容。見到人進來，那女子慌忙起身迎接，上前拜道：「蕭娘見過二位郎君。」

這女子比蘇貞要年輕許多，面具也是嶄新的，王翰猜想是有人知道他還會再來，所以事先將真的銅面蕭娘調了包，拿這個女子冒充來敷衍自己，便坐下問道：「蕭娘來洛陽多久了？」蕭娘道：「不過才半月。」

王翰道：「我瞧娘子容貌並不差，為何要戴上這麼個奇怪的面具？」蕭娘笑道：「郎君不知道神都美人如雲麼？尤其這碧落館中每位娘子都是才貌俱佳，我容貌不過中上之姿，又無才藝，想要出人頭地，只能想別的法子。若不是這銅面，我蕭娘如何能成得了碧落館中身價最高的紅人？」

王翰見她言語從容，侃侃而談，不像是在說假話，心道：「莫非是我們多疑，根本就沒有什麼蘇貞，所謂銅面蕭娘不過是妓館用來招徠顧客的幌子？昨晚阿陰將我趕走，確實是因為蕭娘約了來頭極大的客人？」

狄郊問道：「聽說今早有官兵包圍這裡，不知道所為何事？」蕭娘道：「噢，他們是洛州州府的人，好像來找一位失蹤的小娘子，說是她昨晚來過這裡。」

狄郊重重看了王翰一眼，王翰也立時會意過來——梁笑笑帶人來搜碧落館，想搜的不是別人，一定是昨夜失蹤的俱霜。如此推算，根本不是洛州長史敬暉派人綁走了俱霜，梁笑笑不過是順著王翰的話說而已，等到王翰人一走，他便立即領兵包圍碧落館搜人，想真的把俱霜握在手中來要脅王翰。如此看來，梁笑笑起初提醒王翰俱霜可能回了碧落館，原本是好意，因他身分尚未敗露，想繼續討好王翰，潛伏在王家，結果料不到這句話反而暴露了自己。王翰本來因為這眼前蕭娘的緣故，已經開始認為碧落館並沒有原先想像的那麼可疑，然而此刻心頭疑雲又再次浮起，不由得仔細審視起蕭娘來。

忽聽得環佩聲響，門外有人叫道：「月娘來了。」

簾子一掀，一名麗人低著粉頸，手抱琵琶款步進來，盈盈拜道：「月娘見過二位郎君。」

王孝傑為這女子癡迷不已，王翰原以為她是國色天香的絕代佳人，一見之下不免有些失望，月娘相貌平常，不過中人之姿，不過她既稱洛陽第一歌姬，想來歌藝非同凡響，又見她懷抱琵琶，當即道：「月娘請坐，有什麼拿手的新曲，不妨唱上一首。」

月娘應道：「是。」當即往凳子上坐了，撥弄了幾下絲弦，嚶嚶唱道：「洛陽城東桃李花，飛來飛去落誰家。洛陽女兒惜顏色，坐見落花長歎息……」嬌音縈縈，曲調雖然不同，但歌詞卻分明就是劉希夷那首〈代悲白頭吟〉。

王翰大吃一驚，道：「等一下！月娘從哪裡聽來的這首〈代悲白頭吟〉？」月娘道：「回郎君話，這詩不叫〈代悲白頭吟〉，而叫〈有所思〉，是宋之問宋尚書的新作。」

她是洛陽第一歌姬，凡是她唱過的歌均能迅速傳唱大江南北，文人有詩詞新作也往往最先送給她，正是顯揚詩名的最好方式。

王翰道：「娘子何時得到的這首詩？」月娘道：「是宋尚書昨日派人送來的，妾今日還是第一次唱，有什麼不妥麼？」

王翰轉向狄郊，氣急敗壞地道：「這詞我來洛陽當日已經聽劉先生唱過。他……他是為了救我，所以將這首詩送給了宋之問。」狄郊恍然大悟道：「啊，難怪盧夫人那般說。阿翰，咱們得先回去，我有極重要的事情要跟你說。」

王翰見同伴面色凝重，料來是關於劉希夷的，再也顧不得真假銅面蕭娘一事，匆匆掏出一袋金砂扔在案上，與狄郊匆忙出來庭院。正見一名三十餘歲的黑衣男子站在門前，向阿陰笑道：「我找銅面蕭娘。」一邊說著，一邊遞過來幾吊銅錢。

阿陰道：「郎君找蕭娘麼？貴姓？」那男子道：「姓蕭。」阿陰道：「是蕭郎，請進，快些請進。」轉身正見王翰、狄郊出來，不由得一愣，問道，「二位郎君怎麼這麼快就出來了？月娘的曲子唱得不好麼？」王翰道：「不是，我們兩個臨時有點事，抱歉了，改日再來拜訪。」阿陰也不挽留，道：「好，郎君好走。」自領著那新來的黑衣男子進去了。

狄郊道：「你沒有覺得不妥當麼？」王翰道：「什麼？」狄郊道：「陰娘還沒有看見我們出來，就已經答應那黑衣男子讓他見蕭娘。」王翰道：「啊，有兩個銅面蕭娘，讓咱們見的是假的，讓這男子見的是真的。奶奶的，搞什麼鬼，我……」他是名門公子，修為極好，開口罵人還是破天荒的頭一遭。

狄郊忙道：「反正碧落館在這裡跑不了，我們得趕緊去宋家。」王翰道：「對，我正想要去宋家為劉先生討個公道，反正宋之問也沒有出力救我，他可不能將劉先生的嘔心瀝血之作據為己有。」

狄郊道：「阿翰，你還沒有明白過來麼？劉先生是被宋之問兄弟害死的。我們得趕緊去宋家，不然證據可就全沒有了。」

原來狄郊驗屍時，除了發現劉希夷口鼻四周有輕微擦傷，還發現他胸口衣衫上有沙土微粒，後來又在別院牆角花叢中發現了一堆沙土。洛陽城北高南低，南區多瘀土，沙土只有北區才有。狄郊當時已經懷疑是送劉希夷回來的人，趁他酒醉時用土囊壓在他胸口，再用手捂住口鼻，活活憋死了他，只是聽說送他回來的人是宋之問的弟弟宋之悌後，便隱忍沒有說出來，只因姓宋的跟劉希夷是舅甥至親，想不出什麼殺人的理由。況且狄郊若真指出劉希夷死於非命，王之渙和胥震首當其衝，嫌疑最大，沒來由地又惹來一場大麻煩。然而此刻得知劉希夷〈代悲白頭吟〉一詩之事，方才想通究竟——一定是劉希夷為了營救王翰出獄，不得不去求他那在女皇面前當紅的五舅父宋之問，宋之問乘機以詩句勒索，劉希夷不得不答應將新作〈代悲白頭吟〉相贈。宋之問大喜，遂改〈代悲白頭吟〉為〈有所思〉，命人抄錄後送去給碧落院的月娘譜唱。不料劉希夷回家後發現王翰已經出獄，驚喜交加，忙回去找宋之問索回〈代悲白頭吟〉。宋之問自是不肯，威逼利誘不成，遂起殺機，用酒將外甥灌醉，再命以武藝知名的弟弟宋之悌送劉希夷回家，用事先盛好的土囊壓死了他。當時老僕、大夫、胥震均圍著斷了腿的王之渙轉，絲毫沒有人留意。宋之悌殺人後嫌棄土囊礙事，便將袋子撕破，沙土倒在花叢中，留下了蛛絲馬跡。

王翰聽完經過，面色鐵青，一言不發，打馬朝宋府趕去。狄郊生怕他盛怒下要與宋氏兄弟兵刃相見，忙追上去叫道：「阿翰，你冷靜些。」

王翰卻是不聽，馳馬朝北飛奔。過洛水新中橋時，因為是浮橋，不得不下馬步行，迎面遇上御史中丞宋璟帶著楊功等侍從，辦完公事回家。楊功先看到王翰，叫道：「王郎！」王翰只點點頭，竟對宋璟視而不見，擦肩便過去了。

狄郊忙上前道：「宋御史！楊侍從！」宋璟道：「王翰這是怎麼了？」狄郊道：「他……」浮橋路窄，他牽著馬停下，後面的人便無法通過，有人大聲催道：「快走！前面的快走！」

狄郊只得道：「這事回頭再向御史稟告。」宋璟道：「好。」狄郊行了一禮，匆匆去追王翰。

楊功道：「王翰怒火中燒，滿面殺氣，會不會是因為王羽仙的事去找來俊臣算帳？」宋璟微一凝思，命道：「你帶人去跟著他們，王翰若是想生事，就以我的名義拘捕他，將他帶回來，正好我有事要問他。」楊功道：「遵命。」

王翰逕直來到宋宅，不待僕人通報，直闖靈堂，卻見一堆穿著孝服的人正在靈前交談甚歡，毫無悲戚之色。王翰怒火更盛，見為首一名老者儀表俊逸，風度奇佳，便上前問道：「你就是宋之問麼？」

那老者正是宋之問，見一年輕人闖進來直呼自己名字，登時露出警惕之色，反問道：「閣下是誰？」宋之悌忙道：「他是晉陽王翰王公子。」

宋之問道：「啊，久仰……」王翰道：「你好卑鄙！」揚手一掌打在宋之問臉上，喝道，「這一巴掌是我替劉先生打的。」他直闖入堂毆打主人，靈堂登時一片驚呼之聲。

宋之悌上前扭住王翰，喝道：「你想做什麼？」王翰冷笑道：「我想做什麼，你難道不清楚麼？你們兄弟害死……」宋之悌慌忙拿手捂住他的嘴，王翰不甘示弱，反手擰開宋之悌手臂，二人當即扭打在一起。

宋之問忙道：「大夥先出去，我跟王公子之間有點小誤會，說清楚了就沒事了。」

狄郊追了進來，見宋之悌已將王翰壓在身下，忙叫道：「快些放手！放手！」宋之問道：「六弟放手。」宋之悌這才鬆開手。王翰爬起來，撣撣身上的土，道：「你們是不是想連我也殺了滅口？」宋之問愕然道：「王公子這是何意？是你闖進來打人在先，我六弟動手反在你後。」

狄郊向王翰使個眼色，咳嗽了一聲，道：「這其中有些誤會，宋尚書切莫在意。請容許我二人再為劉先生祭拜一次。」強行拉過王翰，低聲道：「你如此莽撞，只會壞了大事。」

他性情本就冷靜，又不像王翰跟劉希夷關係那般親密，早看出這件事不簡單，劉希夷看起來本就極像是醉酒自然死亡，又不是死在宋之問家中，若沒有實證，不但不能為劉希夷伸冤，自己也會落個誣告重臣的罪名，按律要反坐。王翰素來信服狄郊，聞言才勉強壓制怒火，不再發作。

狄郊這才道：「既是靈柩尚未闔上，請容許我再瞻仰一次劉先生遺容。」宋之問很是客氣，拱手道：「狄公子請便。」

狄郊走到靈柩前，卻見劉希夷已經被換上了嶄新的壽衣，知道沙土證據已毀，適才進來時，正撞見僕人在院角刷洗馬車，肯定就是載運過劉希夷和土囊的那輛車，一切的實物證據都有意無意地被抹去了痕跡。剩下的唯一線索就是〈代悲白頭吟〉那首詩，可只有王翰一人能證明那是劉希夷原作，而能證明〈有所思〉是宋之問所作的則有宋宅一大家子人，律法採取「眾證定罪」，宋之問的證人可是比王翰多多了。

狄郊一念及此，當即出來拱手道：「我同伴王翰今日心情不好，多有冒犯，請宋尚書恕罪。」宋之問道：「狄公子客氣了，還請公子得便時，轉達之問兄弟對狄相公的敬意。」狄郊心道：「原來你早已經知道我伯父是當朝宰相，難怪如此客氣。」拉著王翰告辭出來。

王翰氣呼呼地道：「算便宜了宋之問，咱們這就去河南縣報官，舅父為一首詩害死親外甥，也算是千古奇聞了。」狄郊搖頭道：「不妥，這件案子如果現在報官，你我必輸無疑，最終只會落下反坐。除非能說服盧夫人出面作證〈有所思〉就是〈代悲白頭吟〉，是劉先生所作，也許還有一線轉機。」王翰道：「這更不可能了，你我都擔心會落下反坐之罪，盧夫人若是上公堂告發丈夫，無論如何都是死路一條。」

唐代以《唐律疏議》為刑事法典，其中規定有所謂的十惡制度，列謀反、謀大逆、謀叛、惡逆、不道、大不敬、不孝、不睦、不義、內亂十條為最嚴重的罪行，不享有贖、免等特權，即後世所謂的「十惡不赦」。古代尤其講究倫理，凡告發期親尊長，即使犯罪屬實，告發者要處二年徒刑，若被告發者犯了重罪，告發人則比所告者罪減一等處罰。而妻子告發丈夫更是犯了「十惡」中的「不睦」大罪，若是盧夫人告發宋之問，宋氏兄弟殺人罪名成立遭處斬，盧氏因告發也要處絞；即使宋氏兄弟無罪，盧氏仍要處罰。

狄郊聞言，也深感棘手。忽見宋之悌又追了出來，冷笑道：「我五哥有幾句話讓我帶給二位郎君，二位若是有心替我外甥劉希夷出頭，也該弄清楚究竟。他色膽包天，一直暗中傾慕五舅母，二人眉來眼去、勾搭成奸已有多年。這等家醜本不該外揚，只是若非走到見官的那一步，就非明說出來不可了，『內亂』[2]可是十惡重罪之一。王公子當眾毆打我五哥，已是犯了王法，我五哥大度不予計較，王公子何不也退讓一步？我們雙方相安無事，我外甥也得以入土為安，半生清譽得以保全。他人已經死了，還有什麼比名聲更重要呢？」

王翰知道對方是以劉希夷與盧夫人有私情來要脅他，不由得大怒，上前一拳揮出。宋之悌早有防備，接了一招，罵道：「不識好歹的晉陽小子！」一腳朝王翰踢來，王翰擰身閃開。二人竟然就在宋府大門前打了起來。狄郊連連勸止，卻是無人理睬。幸虧今日出門倉促，王翰未隨身攜帶兵器，不然只怕要鬧出更大的事來。

清化坊是左金吾衛駐軍之地，這一番動靜立即引來一隊路過的金吾衛士。領頭衛士問道：「什麼人敢到宋尚書門前搗亂？」宋府僕人紛紛道：「就是他！就是他，正在跟六郎扭打。」

金吾衛士正要上前擒拿王翰，一旁忽趕過來三人。一人喝道：「住手！王翰當街鬥毆鬧事，奉御史中丞宋相公之令將其拘捕。」

宋璟為人鯁正，不畏權貴，名爍京師。宋之悌一聽到「御史中丞宋相公」幾個字，便立即停手跳開。

王翰還要追上前扭打，楊功命人捉住他，喝道：「王翰，你鬧夠了沒有？帶走！」

狄郊忙道：「我們不過是跟宋尚書有點小誤會，沒有什麼大事。王翰一時衝動，還請楊侍從高抬貴手，放了他吧。」

楊功道：「誤會？有什麼誤會回去向宋相公說清楚。馬上就要夜禁了，麻煩狄郎也跟我走一趟吧。」命人牽了馬，押著王翰、狄郊回來城南明教坊的宋璟住宅。

御史中丞宋璟的宅邸甚是奇特，所有房舍都是東西相對，沒有任何斜曲，當真是宅如其人。

宋璟聽說王翰是到清化坊宋之問家而不是到毓德坊來俊臣家搗亂時，很是驚異，問道：「你如何又與宋尚書結了怨？」王翰陰沉著臉，一言不發。

狄郊忙道：「回宋御史話，其實就是一點小誤會，宋尚書的外甥劉希夷劉先生一直借住在王翰洛陽家中，昨夜醉酒死去，我們上門祭拜劉先生時跟宋六郎言語間起了些爭執，阿翰一時忍不住就動了手。」

宋璟道：「原來如此。」似對宋之問印象不佳，不願意多提，又問道，「辛漸一直沒有消息麼？」狄郊道：「沒有。」心道，「宋御史是中樞重臣，執掌御史臺，百官盡在其掌握。河東日日有文書飛馳朝廷，他為何還問我有沒有辛漸消息？莫非是在暗示什麼？」

又聽見宋璟感慨道：「本史今日看過李湛將軍派人送回朝廷的文書，裡面提到辛漸因為不肯洩露百煉鋼的祕密，被突厥人嚴刑拷問，導致雙腿殘廢。當初在蒲州一見，對他印象很是深刻，想不到時隔幾月，竟起了如此大的變故。」

王翰忽道：「宋御史只道辛漸剛毅堅強，可知道他是在家破人亡、被官府通緝追捕的時候，落入了突厥人之手？若換作一般人，當此最危難時刻，心怨朝廷，早就倒向了敵陣。然而突厥人百般利誘，辛漸亦絲毫不為所動。試問這樣的人會反叛朝廷麼？」

宋璟道：「賀英通謀契丹一案，李將軍在文書中已經寫得很清楚，純屬子虛烏有，是被一名名叫李弄玉的女子誣陷，不過賀英的身分確實是契丹公主，她自己也已經承認。」

狄郊與王翰交換了一下眼色，試探問道：「不知那李弄玉可有被捕獲？」宋璟道：「嗯，她已經被李湛將軍祕密處死。」

王翰越發肯定李弄玉是李唐皇族身分，他跟李弄玉並無深交，甚至幾次相遇時她對他亦相當粗暴無禮，在河東縣獄時她曾命手下宮延扼住他咽喉逼問璇璣圖下落，差點令他窒息致死。可她敢率人從官府手中營救阿史那獻這樣的「反賊」之子，果斷用行為與武周暴政對抗，至少比他們這些只知道暗地以言語發洩不滿的人要有勇氣得多。此刻聽說她已被李湛處死，忍不住心悸起來，問道：「李將軍為什麼要這麼做？」

他當然不是問李湛為什麼要對付李弄玉，而是問為何只將她悄悄了結。宋璟卻立即會意，答道：「因為李弄玉身分特殊，若是公開審理論刑，不知道要牽連多少人家。李將軍這次做得很對，換作我，也會這麼做。」重重歎息了一聲，道，「你們今晚就留在這裡吧，外面夜禁，你們也走不出坊門。」吩咐人叫來第三子宋渾，命他好生款待二人。

宋渾與王翰、狄郊年紀相當，熱情開朗，不似其父那般深沉，也不領二人去客房，而是逕直領來自己居處，好酒好菜款待。

王、狄二人與他聊過一陣，方知他新與趙郡李氏定親，納徵[3]已成，只待請期親迎了。狄郊道：「恭喜！恭喜！」宋渾喜孜孜地道：「禮成之日，務請二位駕臨府上，喝杯喜酒。」狄郊道：「一定會來叨擾。」

他與王翰二人奔波勞累一天，心情也不佳，吃過晚飯，略與宋渾交談幾句，便洗漱歇息。宋渾特意讓出自己的房間給二人居住。

到了半夜，狄郊忽道：「我明日跟你一起去來俊臣府上赴宴，如何？」王翰道：「嗯。你也睡不著麼？」狄郊道：「嗯。」

王翰道：「劉先生的事就只能這麼算了麼？」狄郊道：「只能這麼算了，咱們既告不倒宋氏兄弟，還會累及劉先生聲名。你沒有當面將這件事告知宋御史，心中不是早已經想得明白了麼？」王翰道：「可是我不服氣，劉先生可以說是因我而死，我要為他報仇。」

狄郊道：「我不希望你因為報仇而違反法紀，將自己也搭了進去。宋氏兄弟人品低劣，為人不齒，不會有什麼好下場。」王翰道：「你這話可是自欺欺人了，這世上的壞人不是個個都活得好好的麼？我們眼下已經知道是宋氏兄弟殺了劉先生，等於抓住了他們的把柄，就算我不對付他們，他們也不會輕易放過我。」

狄郊知道難以阻止他報仇，道：「那好，我答應你，找到辛漸後一起跟你想辦法對付宋氏兄弟，但在這之前，你不能輕舉妄動。」王翰道：「嗯。也不知道辛漸怎麼樣了。老狄，他的腿當真從此殘廢了麼？」

狄郊道：「慚愧，我醫術低微，確實治不好他的腿。但天下能人奇藥極多，只要找回辛漸，一定有辦法的。我伯父本人就是針灸高手，治癒過不少癱瘓病人，改日我要好好向他請教。」

王翰道：「咱們明日一早就逕直去碧落館，將真的蘇貞揪出來，直接問她到底是誰救了她？又是誰將她困在那裡當娼女？」

狄郊驀地坐起來，反覆拿手掌擊打自己的腦門，道：「啊，我好糊塗，我好糊塗！阿翰，我們出來碧落館時遇到的黑衣男子就是韋月將！難怪，難怪我覺得他的聲音有些耳熟，當初在蒲州時，我和王之渙在門外聽過他在自己家中說話。我聽到他自稱姓蕭，所以就沒有多想。」

王翰也驚得坐起身來，道：「什麼？韋月將？」狄郊道：「銅面蕭娘就是蘇貞，是有人故意布下陷阱，為的就是要引韋月將上鉤。你我均認得蘇貞容貌，安排的人怕事情提前洩露，所以千方百計地阻止你我見到她。啊，我怎麼這麼笨！哎呀，我真是笨啊，稍微回個神，就可以當場戳破這場陰謀。」

王翰道：「如果說銅面蕭娘的安排是為了誘捕韋月將，那麼在幕後安排的就應該是官府的人了，莫非是蒲州州司或是河東縣衙的人？」

狄郊道：「按道理該是這樣。可是今日一早洛州州府的人馬來過這裡，結果一進來就被人打發走了，你覺得洛州州府的人會怕小小的蒲州州司或是河東縣衙麼？」

王翰道：「當然不會，等於地頭龍和弱蛇之比。」狄郊聽他將「強龍難壓地頭蛇」改成了「地頭龍」和「弱蛇」，大感新鮮，不禁會心一笑。

王翰又道：「可這樣看來，誘捕的人就應該不是為韋月將在蒲州犯下的多起命案，而是因為別的事。」驀然想起了什麼，與狄郊異口同聲地道，「王羲之真跡！」

王羲之真跡素來是稀世珍寶，甚至連太宗皇帝李世民也為奪取〈蘭亭集序〉不擇手段，留下了一段不光彩的往事。〈蘭亭集序〉是王羲之生平最得意之作，字體遒媚勁健，婀娜多姿，內中共有二十個「之」字，形態都不相同，被譽作「天下第一行書」。王羲之後來又寫過數十本，但總不如原來的好，他自己非常看重這本〈蘭亭集序〉，把它作為傳家寶傳給子孫，至七代孫智永和尚，智永臨死時又鄭重地傳給心愛的弟子辨才。太宗皇帝對王羲之書法推崇備至，大量搜集王羲之書法真跡，又派人四處尋訪〈蘭亭集序〉，多次重金懸賞索求，但一直沒有結果。後來得知真跡在越州永欣寺[4]和尚辨才手裡，便下令將辨才調進後宮講經場，千方百計地勸誘辨才交出〈蘭亭集序〉。辨才卻始終不承認手中有真跡，太宗皇帝無奈，只好把辨才放回原寺。不久便派監察御史蕭翼假扮成窮書生混入永欣寺，與辨才傾心交結，終於查到辨才將〈蘭亭集序〉藏在房梁上，趁辨才外出盜出了真跡。太宗皇帝得到〈蘭亭集序〉後，如獲至寶，朝夕觀賞，叫人臨摹數本，賜給皇太子、諸王、大臣等人，病逝前特別要求太子李治將〈蘭亭集序〉殉葬昭陵。

因絕大多數王羲之真跡已落入太宗皇帝手中，民間散落的寥寥幾件便成為了價值連城的稀罕物品。天下覬覦王羲之真跡的人極多，上至女皇武則天，下至愛好書法的平民，韋月將為盜真跡不惜到蒲州書法大家張道子家潛伏五年，便是明證，更不用說原先就擁有真跡的張道子了。他姊夫王綝在朝中為官，曾先後出任洛州長史、宰相要職，極得女皇信任，而今雖以年老多疾乞請閒逸，改授麟臺監修國史，封石泉縣公，卻因在中樞多年，自有一股勢力，做出銅面蕭娘這樣的安排絕非不可能。

狄郊道：「只是這樣一來，救走蘇貞的人肯定就不是劫走辛漸的那夥人了，這條線索等於完全中斷了。」

王翰道：「如果辛漸果真被帶來了洛陽，從太原到洛陽數千里，一路總有人見過他。不如我們懸以重金，官府懸賞五萬錢緝拿辛漸，我懸賞五十萬錢尋他下落，總會有人貪圖重賞。」

狄郊聞言嚇了一跳，道：「切不可這麼做。你比官府多出十倍的賞金，會惹來多少人忌恨？若被人彈劾你意圖凌駕於朝廷之上，那可是重罪。」王翰道：「實在沒有別的法子了，我命人暗中進行便是。」

次日一早，王翰先來到南市，找到家奴鄭元，命他找幾個可靠的江湖人士四下散布懸賞的消息。

鄭元久在京師，頗有見識，道：「五十萬實在太多，過於引人矚目反而不好，不如減為二十萬。請阿郎裁決。」王翰微一沉吟，道：「那好，就按你說的辦。」

與狄郊回來惠訓坊，眾人正為他二人一夜不歸著急，不過俱霜和胥震卻已經回來了。

王翰問道：「你這兩天去了哪裡？」俱霜道：「我怕你送我回太原，所以躲起來了。」王翰很是生氣，道：「你一聲不吭地走掉，知不知道旁人多為你擔心？」

王之渙忙道：「別發火，人回來了就好。阿翰，我昨日跟送米的夥計聊了半天，現在洛陽城中關於來俊臣的消息可多了。」王翰關心王羽仙，不免要好好聽上一聽。

傳說來俊臣為固恩寵，又將發動大規模的告密運動，他經常召集手下在龍門集會，朝刻著朝中大臣名字的石壁上扔石頭，石頭砸中了誰的名字，誰就是他告密的對象。不過傳奇的是，來俊臣最痛恨的監察御史李昭德，其名字始終沒有被擊中。

又有流言說，來俊臣一直把自己比作十六國時期的後趙皇帝石勒。石勒原本是羯族貴族，然而年輕時因并州一帶鬧饑荒淪為奴隸，後來靠武功起家當上了將軍，大權在握後又自立當了皇帝。

王翰聽了笑道：「來俊臣不過是說他自己的採花求色之才可比石勒，這是有人刻意附會張揚，暗示來俊臣要謀反。」

王之渙道：「這種話會有人信麼？」王翰道：「你我當然不信，但那些一直窺測帝位的人未必不信。」王之渙道：「你是說諸武？這麼說，是有人故意散布謠言挑撥來武聯盟？」

正說著，忽見老僕領著李蒙進來，眾人不禁又驚又喜。原來李蒙到神都已有幾日，因與族人忙著為父親失職一事四下奔走，今日才得空趕來會見大夥。

狄郊見李蒙臉有焦急之色，問道：「令尊之事進行得很不順利麼？」李蒙點點頭，道：「不過我有更重要的事情要告訴大家。」望了一眼俱霜，欲言又止。王之渙忙道：「霜妹和胥震都是自己人，不必忌諱。」

李蒙還是吞吞吐吐不肯說，俱霜只好牽著胥震的手出去。李蒙這才道：「不是我不信任他們兩個，而是事關重大。淮陽王武延秀聽說阿翰來了洛陽，正預備對付你。」王翰冷笑道：「莫非他又想找車三臨摹我的筆跡寫封反信？」

李蒙道：「呀，我要說的事情正與車三有關。你們看，我這裡有三封信。」

王翰等人接過去一看，不由得大驚失色，那正是反信案中的三封信——一封是狄郊寫給伯父狄仁傑的原信，另兩封是反信，內容一樣，一封是臨摹狄郊筆跡，另一封筆跡迥異，正是反信原件的摹本。

狄郊道：「這其中兩封應該就是車三招供後交給宋御史的信了，你是從哪裡得來的？怎麼還多了一封狄郊筆跡的反信？是宗大亮交出來的那封麼？」李蒙道：「我也不知道，這件事相當蹊蹺，有人悄悄將信放進了我的行囊中，我事後才發覺。」

王之渙道：「你還不知道，前些日子被處斬的車三是假的吧？」李蒙驚道：「什麼？」王之渙便將王翰來洛陽後的種種經歷大致敘說了一遍，李蒙果然瞠目結舌。

狄郊道：「這信是反信案的重要物證，應該封存在刑部，怎麼會突然被人拿出來放在李蒙身上？莫非跟假車三一事有關？」

王翰冷笑道：「存放在刑部的證物怎麼可能輕易被人取出？這信是假的，並非車三交出的原信。大家按張道子先生教的法子，仔細看看字的筆畫就明白了。」

眾人細細審視，果然發現了端倪，寫信者是右手執筆，而車三是左撇子，早已是眾所皆知的事實。

狄郊道：「可這人仿我筆跡一樣仿得極像，而且他必然是看過三封信的原件才能仿得出來，案子早已經審結，證據均已經封存，他又從哪裡看到的原件呢？」王之渙道：「會不會又是淮陽王武延秀的詭計？他手裡可是有原信的。」

李蒙道：「可反信案已結，淮陽王還弄出這樣三封信做什麼？又沒有任何用處？」眾人一時也猜不透究竟。

王翰問道：「你是如何知道武延秀有心對付我的？」李蒙道：「是永年縣主告訴我的。」

王翰道：「武靈覺？你跟她走得很近麼？」李蒙面色一紅，道：「家父這次麻煩不小，怕是要丟官下獄。我特意去找永年縣主，想請她嗣母太平公主居中幫忙。」

他家中有事，眾人也不便多說什麼，紛紛道：「你先去忙尊父的事情，信的事交給我們來辦。」李蒙道：「好，你們自己當心點。我若是從縣主那裡聽到什麼消息，會及時通知你們。」

等李蒙離去，狄郊才說了發生的事。王之渙嚷道：「啊，宋之悌竟然在我眼皮下殺死了劉先生，這惡徒，我絕不會放過他。」王翰道：「之渙，你精通刑名，當真如老狄所說，拿宋氏兄弟一點辦法也沒有麼？」

王之渙歪著腦袋想了半晌，才道：「沒有。而且此案一旦張揚開來，劉先生名譽盡毀不說，宋氏兄弟依然可以逍遙法外。他們非常聰明，在阿翰家裡殺了劉先生，若是告官，你我的嫌疑反而比宋氏兄弟大得多，首先要逮捕下獄的是我和你以及胥震、老僕幾個。啊，這對兄弟實在太倡狂，竟然為一首詩殺死了至親外甥，說出去怕是都沒人會相信。」狄郊生怕王翰怒火再起，忙道：「劉先生的仇早晚要報，不過等找到辛漸再說。」

王翰道：「之渙，抱歉了，我始終沒有見到蘇貞，韋月將昨日既已上鉤，那夥人肯定已經撤出碧落館了。」

王之渙道：「這件事也相當奇怪，你們有沒有想過，安排陷阱的人是如何認得阿翰的？」王翰道：「呀，我怎麼沒有想到這一點？我第一次去碧落館時只報了姓氏，那阿陰並不認得我；有人躲在簾子後窺測，應該就是他認出了我，所以告訴阿陰不可讓我見蕭娘。」

狄郊道：「如此說來，一定是認得阿翰面貌的人。我們之前本來推測，最有可能的人是石泉縣公王綝的手下，就不合情理。」

王之渙道：「張道子，會不會是張道子先生？他認得你們，又認識韋月將，最關鍵的是，他正是王羲之真跡的原主。」狄郊搖頭道：「不，張道子先生在蒲州州司只見過我和辛漸，他並不認得阿翰。況且，張先生年紀已大，為人孤僻，不大可能去碧落館那樣的地方。不過之渙提醒得極是，既然這夥人中有人認得阿翰，碧落館依然是條線索。只是我們已經遲了一步，如阿翰所言，他們既誘出了韋月將，如願以償，昨晚肯定就已經帶著韋月將和蘇貞離開。」

王之渙道：「蘇貞曾經提過，她是京兆武功人，韋月將是洺州武安人，既然韋月將已得到王羲之真跡，又因數起命案被官府通緝，還逃來洛陽做什麼？更奇怪的是，那夥神祕人將蘇貞從蒲州救出帶來這裡，再安排她到碧落館當娼女，費盡心機，可他們如何知道韋月將一定會來洛陽呢？」

狄郊道：「之渙分析得有理，這夥人為王羲之真跡精心布置陷阱並不奇怪，奇怪的是他們怎麼知道韋月將一定會來洛陽，怕不只是王羲之真跡這麼簡單，一定還有別的緣故。阿翰，你留下來照顧之渙，我再去一趟碧落館，看看有沒有什麼遺留的線索。」

狄郊前腳剛走，來俊臣派來接王翰赴宴的車馬便到了。王翰道：「不是說好是晚上麼？」接他的人道：「來明府怕夜禁後賓客出入多有不便，所以改成白日了。王郎這就請上車吧，別讓明府久等。」王翰等狄郊不及，只得出來登上馬車。

進來來俊臣府邸，卻見裡面張燈結綵，布置得頗為華麗。來俊臣正在花廳中陪著一名年輕公子說話，見王翰被人引進來，忙介紹道：「王公子，來某為你引見，這位是淮陽王武君。二大王，這位是晉陽王翰王公子，是內子的親戚。」

淮陽王武延秀和王翰均是吃了一驚，他二人有過一番激烈交手，卻是沒有見過面。王翰想起之前在蒲州的經歷，以及無辜慘死的僮僕田睿，便狠狠瞪著武延秀，眼中隱有仇恨之意。武延秀乾笑道：「當真是聞名不如見面，王公子，近來可好？」王翰冷冷道：「託大王洪福，王翰還沒有被害死。」

來俊臣見二人敵意極重，不免為自己的安排竊喜，正好心腹衛遂忠進來稟告一切已安排妥當，便笑道：「這就請夫人和羽仙娘子出來吧。」王翰一驚，轉頭望去。只聽見環佩叮噹，一堆婢女簇擁著王蠙珠、王羽仙姊妹出來。王羽仙面色蒼白，消瘦了許多，卻越發顯得飄逸脫俗。

王翰腳下一動，忍不住就想衝上前去，忽見一旁來俊臣目光灼灼，正緊緊盯著自己，只得強行忍住衝動，道：「王夫人，羽仙。」王羽仙「啊」地低呼了一聲，露出了極為驚詫的神情，顯然不知道王翰要來。王蠙珠也道：「翰郎，許久不見了，想不到你也會來。」

王翰心道：「來俊臣跟我說是王夫人邀我赴宴，可眼前這情形，王夫人分明不知情，不知道他想搞什麼鬼。」不由得心生警惕。

武延秀搶上前笑道：「延秀見過王夫人、羽仙娘子。」來俊臣道：「這位是淮陽王。」王蠙珠忙行禮道：「妾身見過大王。」王羽仙只微微點了點頭，目光始終落在王翰身上。

衛遂忠忽進來稟道：「來公，宮裡有人來賜紫雪。來的人是……」上前幾步，附耳低語了幾句。來俊臣大為意外，忙站起來道：「快請，快請。」

卻見數名黃衣宦官簇擁著一名錦衣男子走了進來。那男子不到二十歲，面色白皙如玉，容貌俊美之極，人未近身，已聞見一股濃濃的香氣。來俊臣慌忙上前拜道：「五郎大駕光臨，當真令蓬華生輝。」神態謙恭無比。

一旁武延秀未免有些不快，他適才到時，也未見來俊臣行如此大禮，但他也不敢得罪這脂粉氣十足的粉面男子，忙上前拱手道：「五郎好。」

這令酷吏來俊臣和淮陽王武延秀又敬又畏的美男子，正是女皇武則天最寵愛的面首張易之，排行第五，人稱五郎。他是太宗朝太子少傅張行成的族孫，因門蔭遷為尚乘奉御。其六弟張昌宗美如蓮花，通曉音律，被太平公主李令月收為男寵。武則天的男寵薛懷義失寵被殺後，太平公主為討好母親，將自己最心愛的男寵張昌宗送入宮中，張昌宗一步登天，從此飛黃騰達，又舉薦了同父異母兄張易之。兄弟二人入宮後均得幸於武則天，恩遇遠遠超過當初的薛懷義，張昌宗官拜散騎常侍，張易之拜司衛少卿。二人的母親韋氏、臧氏均被拜為太夫人，賞賜不可勝計。武則天甚至擔心臧氏寂寞難耐，下敕命夏官侍郎[5]李迥秀以情夫身分侍奉臧氏，李迥秀因討得臧氏母子歡心，更是因此而拜相。

張易之早已見慣眾人奉承不及的場面，神色倨傲，只微微點了點頭，道：「奉聖上旨意，特賜來俊臣夫人王氏紫雪兩罐。」一邊說著，一邊示意背後宦官遞過來兩只銀質罌罐。紫雪是女子用來敷面打扮的膏狀物，可以遮蓋臉上的瑕疵，修飾面容。來俊臣慌忙稱謝，雙手接了過來。

張易之道：「這紫雪裡面用的硝粉是來自并州太原的貢品，聖上知道來明府夫人是太原人氏，特賜紫雪，以慰王夫人思鄉之情。」眼波一轉，落在王蠙珠身上，問道，「這位便是尊夫人麼？」來俊臣道：「正是內子。」忙命妻子過來拜謝。

王蠙珠只得款步姍姍，過來盈盈拜倒，謝道：「謝聖上賞賜，五郎辛苦。」張易之忙上前扶住，道：「王夫人何須多禮。久聞夫人芳名，今日一見，果真是容色無雙，不枉這『洛陽第一美人』的別號。」又有意無意地握住王蠙珠雙手。那雙手豐若有餘，柔若無骨，宛然玉筍一般。張易之笑道，「這紫雪飾容養顏，光亮肌膚，神妙無比，王夫人的雙手也該用上一用。若是不夠，易之再親自送幾罐來。」王蠙珠動也不敢動，只垂首道：「不敢有勞五郎。」

來俊臣看得清清楚楚，見張易之竟敢當面調戲自己的妻子，心中大怒，表面卻不動聲色。忽見淮陽王武延秀正似笑非笑地看著這一幕，大有幸災樂禍之色，更是惱恨。又不便當場發作，只得佯作不見，扭過頭去，卻見王翰正在一旁與王羽仙竊竊私語，心中一驚，忙趕過去問道：「你們堂兄妹在談些什麼？」王翰道：「沒什麼。來明府，我還有些私事，這就告辭了。」也不待來俊臣回應，昂然步出，對那前呼後擁、派頭極大的張易之竟是始終未正眼看上一眼。

王翰心懷憤懣，疾步走出來俊臣府邸。忽見前面拐角地上坐著一名衣衫襤褸的乞丐，正朝自己招手，不明所以，走過去問道：「你有什麼事麼？」那乞丐道：「我有幾件關於羽仙娘子的事情要告訴公子。」王翰奇道：「你如何會知道……」

一語未畢，後面閃出一名大漢，橫臂勒住他脖頸。王翰正要抬腿反擊，卻被面前的乞丐緊握住雙腳提了起來。王翰道：「你……你們……」

王翰只覺頸中被一道鐵箍緊緊勒住，一絲氣息也吸不進來，胸口越來越憋悶，掙扎了幾下，便暈了過去。他不過是因窒息暫時暈厥，很快便又清醒過來，只是手腳已被繩索牢牢綁住，雙眼也被黑布蒙上。兩邊各有一人緊緊夾住他。

王翰怒道：「來俊臣，你好卑鄙，只聽說你慣於用酷刑逼供，想不到連暗中綁架這等手段也用上了。你以為你殺了我，就能對羽仙為所欲為麼？」

他早看出淮陽王武延秀並不知道自己要來，適才目光又一直在王羽仙身上，應來不及安排這些事，肯定是來俊臣早有心對付自己，忍不住大罵出聲，卻根本沒有人理睬回應。只聽見「駕」的一聲，身子往前動了起來，王翰這才知道自己是坐在馬車上，忙問道：「你們要帶我去哪……」「裡」字不及出口，嘴中便被塞進一團布，再也說不出話來。

走了一會兒，馬車忽然慢了下來，只覺車身上下顛簸得厲害。王翰心道：「這是在過洛河上的浮橋，他們要帶我去南區。這麼說，不一定是來俊臣下的手，莫非是洛州長史敬暉？洛州州府在浮橋西南，若是往西，定然就是了。」

他暗中留意，馬車卻逕直往南，連個彎都沒有拐一下。忽聽得人語漸去，鳥鳴啾啾，這才恍然明白是出了南門，到了洛陽城外了。馬車這才開始拐彎，拐來拐去走了大約半個時辰，終於停下來。王翰被拖了出來，有人抱起他扛到肩上，曲曲折折走了好長一段路，進來一間空廂房中，將他放在一張椅子上。

王翰雖然看不到周圍的情形，卻隱約感到前後各有一人看守，心道：「這到底是什麼地方？又是什麼人綁我來這裡？」

等了一刻功夫，忽有一人匆匆進來，掏出王翰口中布團，問道：「你身上的三封信是從哪裡得來的？」聽聲音，年紀已然不輕。王翰這才想起，他順手將李蒙送來的信收進自己的懷中，竟已在昏暈時被這夥人搜去，不免十分後悔。

那人厲聲喝道：「快說，信從哪裡來的？」王翰冷冷道：「恕難奉告。」那人道：「你不肯說，是不是？好，我帶你去見一個人。」命人割斷他腳上繩索，架出房來。七拐八拐走了一段路，只聽見有鐵門打開聲，那人伸手取下王翰雙眼上的黑布，指著室裡道：「你看那是誰？」

卻見內室中央的木榻上平躺著一名年輕男子，雙手用鐐銬鎖在扶手上，眼睛被黑布蒙住，精赤著下半身，分明是失蹤已久的辛漸。王翰大吃一驚，叫道：「辛漸，是你麼？」

辛漸聽見聲音，勉強側過頭來，卻是目不能視物，只好問道：「是阿翰麼？你……你怎麼在這裡？」

王翰見有人正蹲在臥榻前，往辛漸雙腿上抹黑乎乎的膏狀物，也不知道是什麼東西，著急忙道：「住手，快些住手，你們要對他做什麼？」話音未落，又被黑布蒙住眼睛，拉扯出來，重新押回原先那間廂房，按在椅子上坐下。

那人走到王翰面前，道：「你看見了麼，辛漸也在我們手上，說不說實話可全在你一念之間。」王翰又驚又怒，問道：「你們到底是什麼人？為何要在太原劫走辛漸，又帶他來洛陽？」

那人森然道：「眼下可是我在審問你，還輪不到你發問。你到底說還是不說？」見王翰不答，便叫道：「來人，去將辛漸的一條腿砍下來，反正他雙腿已廢，留著也沒有用處了。」有人大聲應命，拔出刀來。

王翰道：「等一等……好，我說，我說實話，可你們不能再折磨拷打辛漸了。」那人道：「好，我答應你。」王翰道：「這三封信是有人悄悄放在我好友李蒙的行囊中。」那人斥道：「一派謊言！這信是車三交出的關鍵證據，應該封存在刑部庫房中，怎麼可能到了李蒙的行囊中？莫非你以為我只是在嚇唬你麼？來人，去帶辛漸來，我要當面斬下他的右腿。」王翰忙道：「等一下！我沒有撒謊，這信是假的，不是車三交出來的那三封……不，兩封信。」

那人道：「你說什麼？」王翰道：「寫這三封信的是右手執筆，車三是確認無疑的左撇子，右手並不會寫字。閣下既然知道車三一案詳情經過，又敢公然在京都綁人，想來也是個了不起的人物，若是不信，可自行到刑部比照一下那三封信的筆畫，即可知道我沒有騙你。」

刑部位於皇宮東面的東城中，嚴格論起來也是皇城的一部分，戒備森嚴，怎麼可能說進就進？王翰不過隨口一說，那人聽了，竟然立即轉身就出去了。

王翰叫道：「喂，喂，你答應我不再折磨辛漸，快些叫你手下人放開他。」卻是無人理睬。

過了很久，有人進來架起王翰，押回到他初見辛漸的那間石室前，解開他手上綁縛，取下眼下黑布，開門將他推了進去。卻見辛漸依舊躺在臥榻上，不過手上的鐵銬已經打開，蒙住雙眼的黑布也已取走，雙腿裹在厚厚的藥布中。

王翰忙奔過去問道：「你沒事吧？他們往你腿上抹的是什麼？」辛漸笑笑道：「不礙事，是藥膏。」王翰道：「藥膏？可我剛才明明看見你被他們綁住。」辛漸道：「嗯，我猜這裡有些人不願意我看見他的臉，所以每次給我醫治上藥前都會用鐐銬將我鎖起來，蒙住雙眼。」王翰道：「哎呀，剛才那人演得真像，我可完全被他騙過去了。」

辛漸道：「你如何到了這裡？」王翰道：「跟你一樣，是被人強行綁來這裡。」

辛漸道：「不是，我是問你如何到了洛陽？你們應該不會想到我被人帶來了洛陽。」王翰道：「開始確實沒有想到，我是為了羽仙而來。」當即詳細說了經過及來洛陽後的種種遭遇，由於經歷複雜，竟滔滔不絕地講了一個多時辰。

辛漸很是驚異，半晌才歎道：「想不到我被人囚禁後，外面竟發生了這麼多事情。劉先生他……唉，可是死得太冤了。」王翰道：「不錯，他是為我而死，我立誓要為他報仇。」

辛漸歎道：「只怕不是那麼容易，宋之問這樣的人品，卻一樣在朝中混得風生水起，女皇帝實在需要他這樣的佞臣文士來裝點門面。不過你別著急，等我好了一定助你一臂之力。來，你扶我一下，咱們說了這麼長時間的話，藥力已經滲入肌膚，我該起來走走了。」

王翰簡直不敢相信自己的眼睛，道：「你……你的腿……老狄不是說你不能走路了麼？」辛漸道：「劫我的人請來一個醫術十分高明的大夫，每日為我治療敷藥，我身上的傷已經痊癒，雙腿也慢慢恢復了力氣，目下已經可以自己扶著牆壁慢慢行走。」當真讓王翰扶著站起來走了幾步。

王翰道：「如此說來，綁你的人並不是心懷惡意。」辛漸點點頭，道：「是。」輕輕歎了口氣，道，「我雖然沒有見過她的面，可我心裡很清楚，她將我關在這裡是為了我好。」王翰道：「她？你是在說李弄玉麼？」辛漸道：「嗯。」

王翰不敢提李弄玉已經被羽林衛將軍李湛暗中處死一事，只道：「不管是誰劫了你，你沒事真是太好了。」辛漸道：「四娘派人將我劫來關在這裡，我能理解。可她為什麼要綁你呢？而且還是在來俊臣府邸門前，這可太奇怪了。」王翰苦笑道：「我哪裡知道？說不定她是怕我知道了什麼祕密。」

辛漸道：「你說的碧落館銅面蕭娘一事，倒很像是四娘的行事手法，不過她志在天下，斷然不會為了一卷王羲之真跡如此大動干戈。」

王翰道：「你自被帶來洛陽就一直關在這裡麼？」辛漸道：「嗯。不過每天上午如果天氣好，會有人帶我出去曬太陽，當然也是被人架住，蒙住了眼睛，看不見周圍情形，但總是能聽見鳥聲、水聲，所以我推測這裡應該是洛陽郊外的一處別墅。」

王翰道：「我們得設法逃出去。來俊臣預備把羽仙嫁給武延秀，我答應她一定要救她出來。」辛漸道：「怕是極難。你聽，門外的看守走路又輕又穩，而且有節奏，他們都會武藝。」

王翰道：「這我已經領教過了，綁我來這裡的人很是訓練有素。」辛漸沉吟片刻，道，「這樣，我跟看守提出要見四娘，如果能見到她，我會請她先放了你。」王翰道：「不，辛漸，你徹底弄錯了，綁你的人絕不是李弄玉，她人根本不在洛陽。」

辛漸愕然問道：「你怎麼會知道？」王翰道：「我是從宋御史那裡聽到的，她……她人還在太原，羽林衛將軍李湛送回朝廷的文書上寫得很清楚。」

辛漸一呆，心道：「自我被帶來這裡後，明明有幾次感到四娘人就在那位醫術高明的大夫身邊。我眼睛雖然被蒙住，看不到她的人，可我真的聽到過她的歎氣聲，阿翰卻說她人還在太原，到底是怎麼回事？難道是我的幻覺麼？還是她確實來看過我，但心中還是放不下璇璣圖的祕密，又回去太原找羽林衛將軍李湛，想從我娘親口中套出所謂的大祕密？可這不是互相矛盾麼？當日李湛將四娘從阿翰府上帶走，多半已經猜到她的身分，既沒有殺她，而是放了她，應該也是憐憫她的身世遭遇，可他為什麼又在送回朝廷的文書上提到『李弄玉』這個名字，這不是自曝徇私、自尋死路麼？」

王翰見辛漸沉吟不語，以為他已經起疑，自知不善撒謊，生怕被看出破綻，忙轉換話題，道：「你怎麼不問尊母的下落？你不擔心麼？」辛漸道：「嗯，我知道娘親眼下滯留在蒲州，她人暫時沒事，這裡的看守已經告訴了我。」

王翰心道：「看來這處別墅的主人對辛漸還真是好，生怕他擔心，還特意打聽了賀大娘下落。既然如此，此人是友非敵，可綁我來做什麼呢？我又沒有被官府通緝。啊，我知道了，我出那麼高的懸賞尋找辛漸下落，重賞之下，必有勇夫，劫他的人擔心早晚要暴露，所以一不做二不休，乾脆連我也劫了。」

正沉思間，鐵門忽然打開，闖進來三名大漢，兩人反剪了王翰手臂，一人用黑布蒙住他眼睛，押了出來。又回到原來那間空廂房，大漢取出繩索將王翰縛坐在房中椅子上，掩門退了出去。過了一會兒，有人進來走到王翰背後，揭開他眼上黑布，將一封信舉到他面前，問道：「你認得這個麼？」聽聲音，正是之前拿辛漸要脅他說出三封信來歷的男子。

王翰道：「當然認得，這是你從我身上拿走的信。」那人道：「不，你錯了，你眼前的這封是我剛從刑部取出來的車三證物……」又將另一封信舉起，道：「這一封才是從你身上搜到的。你發現有什麼不同麼？」

王翰略略一看便即駭住，愣得一愣，道：「你放開我，讓我看得清楚些。你命手下綁住我不過是怕我看到你的真面目，我向你保證，我絕不會回頭看你。辛漸在你手中，你還怕我會逃走麼？」那人倒也乾脆，道：「好。」當真拔刀割斷綁索，將信遞了過來。

王翰仔細對照一遍，沒有發現任何區別，這才是真正震撼他的地方。他思索好半天，才問道：「這一封信當真是你從刑部取出來的證物？」

那人道：「你是個聰明人，該知道這信對我並沒有任何用處，我之所以要冒險拿證物來給你看，不過是要告訴你，狄郊反信一案……」王翰緩緩道：「我知道，弄錯了，我們都弄錯了，這五封信全部出自黃癟子之手，車三不過是代人受過，他本人大概根本不會臨摹人筆跡。」

原來這五封信的筆跡顯出寫信者均是右手執筆。其中兩封是車三被捕後主動交出來的，承認是他親筆所作，最後也成為他被定罪的關鍵證物。但實際上身為左撇子的他根本寫不出這樣兩封信來，這只能說明他對反信一事毫不知情，也根本沒有捲入其中；這兩封信是他的好友黃癟子交給他的，為防止有人過河拆橋。因為傳遞到狄仁傑手中那封反信是左撇子所書，車三本人左手執筆不說，又有黃癟子贈送的五塊金子，被捕時正準備掘金逃走，種種證據均不利於他，作為最大的嫌疑人，他忽然認罪後，案子由此而結，再無人想到要去仔細核對筆跡，以致釀出了一起冤案。

既然車三交出的兩封信是黃癟子的手筆，那麼另三封也別無二主，黃癟子事先留了兩手，第一手兩封信交給了車三保管，第二手三封信交給了一個可靠可信的神祕人。而這個神祕人又悄然將信放入了李蒙行囊中。可他為什麼要這麼做，是想替車三伸冤平反麼？車三根本沒有模仿人筆跡的本領，那刑場上的假車三又是怎麼回事？

忽聽得那人道：「你已經親眼看見辛漸在我這裡，他人很好，但你也知道他眼下是被通緝的欽命要犯，我強行扣留他在這裡，不過是受人所託。若是你再一味胡來，弄什麼重金懸賞，我興許會將他交給官府，他若就此成了朝廷的刀下之鬼，你可不要怨我。」

王翰心道：「果然是因為懸賞一事才綁了我來這裡，原來只是要讓我親眼看見辛漸沒事。」當即道，「好，我答應你不再追查辛漸下落。你是預備放我走麼？」那人道：「嗯，不過你要想走出這裡，必須得答應替我辦兩件事。我知道你是晉陽王翰王公子，大名鼎鼎，生性驕傲，最恨受人要脅，不過眼下你沒有別的選擇。最重要的是，你對頭不少，而我卻不是你的敵人。」

王翰道：「你說，是哪兩件事？」那人道：「第一，車三既然不是模摹反信者，原先送到狄相公手中的反信又是左手執筆者所作，定然還有一個人隱藏在案子背後沒有被發現，你和你的同伴最熟悉這件案子，你們得找出這個人。第二，將信悄悄放入李蒙行囊的人到底是誰？有什麼目的？這些你也得查清楚。而且這兩件事你只能暗中進行，絕對不能驚動官府，尤其不能讓御史中丞宋璟知道。」

王翰道：「好，我答應。」遲疑了一下，最終沒有揭破假車三一事，問道，「閣下可知道反信案的主謀之一宗大亮下落如何？」那人道：「宗大亮？嗯，他在刑部獄中時，稱有機密要事要向聖上當面告變，後來被召入宮中，此後下落不明。他堂兄宗楚客反而受到牽累，被罷去宰相職務，貶為播州司馬[6]。不過依我推測，宗大亮應該還活著，活得好好的。你要是想找他，可以試試正平坊太平公主府上。」

王翰越發好奇對方的身分，幾乎忍不住要轉過身去，看看背後這人到底是何方神聖。忽聽得那人道：「天色不早，你得趕在夜禁前入城，這就去吧。所有的信我都留下了。」

王翰道：「信可以留給你，可我想再見一見辛漸。」那人道：「不行。來人，快些送他出去。」

幾名大漢聞聲進來，依舊用黑布蒙住王翰雙眼，縛了雙手，帶出來塞上馬車。到了洛陽長夏門附近，有人將他拉下車來，解開綁縛，低聲道：「你若敢尋回來，我家主人就會對付辛漸，明白麼？」

王翰點點頭，伸手取下黑布，卻見那馬車已經飛一般地朝南去了。他確實有心跟回去，想弄清這些人的來歷，但那主人如此精明厲害，料來也是徒勞無功，況且辛漸還在他手裡。

時辰不早，許多人正趕著入城，王翰也跟隨人流進來。又嫌長夏大街人太多，往西走過一個坊區，這才轉向北，朝住宅所在地惠訓坊走去。經過溫柔坊西門時，又想起銅面蕭娘的種種詭異，不禁朝裡面看了一眼，卻見到極為離奇的一幕——一名戴著銅面具的女子正扶著一名男子出來。那男子只穿著一件單袍，頭戴闊簷胡帽，壓得老低，遮住了面孔，似是受了重傷，扶著女子肩頭，行走得極為吃力。

王翰近來經歷的離奇事甚多，還是不能相信自己的眼睛，使勁眨了眨——沒錯，那銅面女子確實是蘇貞無疑。他愣了好半晌，眼見蘇貞扶著那男子轉向南去，這才回過神來，追上前問道：「娘子可是姓蘇？」

蘇貞「啊」了一聲，慌忙扶著那男子加緊腳步。王翰挺身攔住道：「蘇貞，我知道是你，你不能走，太多事情跟你有關。你放心，我不會將你交給官府，只想請你跟我回去，把話說個明白。」

忽聽得蘇貞慘叫一聲，朝王翰撲來。王翰見她銅面後的眼睛閃爍著奇異的光芒，不及反應，本能地避讓到一邊，卻見她逕直仆倒在地，重重悶哼一聲，這才意識到不對勁，忙上前翻過她身子，卻見她胸口正中插著一把剪刀，沒入極深。

王翰「啊」了一聲，忙伸手按住傷口助她止血，揚聲叫道：「來人！快來人！」

此刻暮色蒼茫，正值夜禁鼓聲響起，各坊門即將關閉，街上行人極其稀少。王翰扭過頭去，見那胡帽男子正一瘸一拐地朝南疾行而去，忙叫道：「凶手，站住！」正待去追，卻被蘇貞扯住衣袖，哀告道：「不要……王公子……不要追……」

王翰登時明白過來，道：「他就是你丈夫韋月將，是也不是？」蘇貞道：「他……他是我命中的……魔星……魔星……」聲音漸漸低微了下去。

王翰眼見這遭遇奇慘的女子死在自己懷中，心頭惻然，忍不住道：「你怎麼那麼傻？你救了他，他反而為了自己逃命，殺了你。」心中忿然，忙放下蘇貞，起身去追韋月將。追到宣範坊時，已清晰見到韋月將的背影，距離不過十餘步。

王翰叫道：「站住，你以為你跑得掉麼？」正要加快步伐，忽只聽見背後馬蹄得得，數名金吾衛士馳趕過來，舉弓張箭，將他圍住，喝道：「別動！」王翰道：「我不是凶手，殺人凶手是前面那人。」

溫柔坊坊正也率幾名坊卒趕過來。領頭的金吾衛中郎將問道：「是他麼？」坊正道：「就是他！小臣親眼看見那銅面女子臨死前扯住他衣袖不放，他匆匆甩開那女子，往南面逃來。」

中郎將便命人將王翰綑了。王翰怒道：「你們這樣不分青紅皂白，錯抓好人不說，還放走了真凶。」中郎將道：「你是不是好人不是你自己說了算，若真有你說的真凶，眼下已經夜禁，坊門馬上就要關閉，他又能逃到哪裡去？」吩咐坊正押著王翰連同蘇貞的屍首，送去位於寬政坊的河南縣衙，自己帶人繼續往南搜索。

正巧洛州兵曹參軍梁笑笑自宣範坊東門出來，認出王翰，趕過來問道：「出了什麼事？」坊正大致說了經過。梁笑笑道：「這人犯我認得。長史還在堂上辦公，這件案子州府接了，坊正，你帶人跟我走吧。」

洛州州府近在眼前，寬政坊卻在城西南，隔了四五個坊區，坊正省卻跑腿之苦，自是再樂意不過，慌忙押著王翰跟在梁笑笑背後，進來州府。

洛州長史敬暉有事滯留在州府中，尚未歸家，忽聽得下屬梁笑笑進來稟告州府鄰近坊區街上出了命案，忙命暫時不必下獄，親自趕出來查看，見到王翰被綑縛一旁，不由得一愣，上前問道：「怎麼是你？」

王翰知道這位長史一直有心對付自己，現在終於因捲入殺人案堂而皇之地落入他手中，肯定不會有什麼好結果，越想越是氣悶，乾脆一言不發。

坊正忙道：「使君認得這人麼？他就是當場被抓住的殺人凶手。」敬暉便命將人犯、屍首帶入堂中，詳細向坊正詢問了經過，又上前查勘一遍屍首，這才起身道：「他不是凶手。」命人解開王翰綁縛。

王翰很是意外，冷冷道：「敬長史是因為看來縣令的面子麼？如此，我可不要領情。」

敬暉道：「當然不是。我不信堂堂王翰王公子會對一名弱女子下手，況且凶器是一把剪刀，本來應該是在這女子身上。溫柔坊西坊門即設有武侯鋪，駐有金吾衛士，在那附近殺人，必然事出倉促，是不得已為之。既是臨時起意，王公子又怎麼會在這女子身上摸索到剪刀再殺她呢？直接扼死她豈不是更簡單。王公子，這就請你將真相說出來吧。」

王翰心道：「原來這位長史並非糊塗人，那麼他策畫假車三換真車三一定大有圖謀了。嗯，這件事狄相公已經答應調查清楚，我不必再多管。只是之前敬暉已派手下梁笑笑搜查過碧落館，而韋月將也是在那裡被人誘捕，那些人身分不明，內中干係甚多，我不能就此透露給官府，只是蘇貞的身分無論如何是隱瞞不住了。」當下指著屍首道，「這女子名叫蘇貞，我在蒲州時見過，她被丈夫脅從捲入命案判了徒刑，我剛才路過溫柔坊時遇見她扶著一名男子從西門出來，很是驚詫，不知道她如何逃脫官府拘禁來了這裡，正上前問她時，她忽然朝我撲過來，我避讓開去，等她倒在地上我才發現她胸口插了一把剪刀。」

敬暉道：「這麼說，是蘇貞扶著的那男子殺了她？」王翰點頭道：「那男子名叫韋月將，是蒲州多起命案的在逃凶手，也是蘇貞的丈夫，蘇貞扯住我衣袖不讓我追趕，也是因為這個緣故。」

敬暉命書吏一一記錄下來，讓王翰簽字畫押，又道：「這件案子既已水落石出，王公子先回去，我自會簽發告示緝捕韋月將。來人，持州府公牒送王公子回惠訓坊。」

差役一直送王翰進來惠訓坊才轉身回去覆命。開門的正好是坊正本人，舉燈一照，道：「公子不就是北面那處宅子的主人麼？如何現在才回來？你家裡今日可是出大事了。」

王翰驚道：「出了什麼事？」坊正道：「下午洛陽縣來了許多人圍住了公子家，有捕盜差役，有弓手，說是奉洛陽縣令來公之命要逮捕所有人……」

王翰道：「啊，我家裡所有人都被捕走了麼？」坊正忙道：「公子別慌，沒有，一個也沒有帶走。」王翰道：「什麼？」坊正道：「那些人來時可真是氣勢洶洶，刀出鞘，箭上弦，弄得坊里雞飛狗跳，這情形只有來公任侍御史時有過，但自他被彈劾改任洛陽縣令後已經收斂多了，像今日這樣洛陽縣派人跨界到河南縣捕人也還是第一次聽說……」

王翰道：「那後來呢？」坊正道：「這些人闖進公子家後，不知道為什麼，進去後不久又悻悻退了出來。公子，你到底是什麼人？居然連洛州長史也派人持公牒送你回坊。」

王翰不及多說，道：「多謝告知。」匆忙趕回家，卻見堂中燈火通明，王之渙、狄郊正聚在一起焦急地議事，見到王翰回來，均是大喜過望。王之渙道：「啊，你還活著，我們都以為你被來俊臣捕去了呢！血……你身上的血……」

王翰道：「不是我的。」轉頭不見俱霜和胥震，問道：「俱霜他們人呢？」王之渙道：「放心，他們去了朋友家。」狄郊道：「你到底去了哪裡？下午來俊臣派人來搜捕，要將我們所有人都帶走，我們都以為你出了什麼事了。」

王翰忙問道：「來俊臣的手下又如何退走了呢？」王之渙道：「說起來再巧不過，你走後不久，袁華大哥就來了。朝廷因為要應付契丹，不得不主動與突厥默啜可汗講和，所以放袁華大哥回去做中間人。他今日與朝廷使者閻知微、田歸道一起離開神都，不知如何得知我們來了洛陽，所以順路來探訪，偏偏你和辛漸都不在。」

王翰知道僅憑袁華身分不足以嚇退來俊臣手下，問道：「莫非女官謝瑤環也一同來了這裡？」王之渙道：「正是，所以俱霜和胥震才覺得不好意思，躲了出去。是謝瑤環喝退了那些人。袁華大哥怕你有事，又請她回宮出面營救。我倒是要問你，明明是去來俊臣家赴宴，怎麼反倒惹來了一大堆追兵？」

王翰便詳細說了經過，道：「我並沒有明惹來俊臣，是他知道我不會放棄羽仙，所以要搶先下手對付我。只是我半道就已經被神祕人派手下捕去，好在終於看到了辛漸，他安然無恙，總算是放心了，不過又揭出了老狄那件案子裡的車三是受人冤枉。」

王之渙道：「呀，這麼說神祕人是好意劫走辛漸？」王翰道：「嗯，他還請了名醫，醫好了辛漸的腿。之渙，還有一件事，我……適才在溫柔坊附近遇到了蘇貞……」

王之渙道：「呀，你遇見了貞娘？老狄白日還去過溫柔坊，沒有任何發現。你……你怎麼不帶她回來？」王翰搖頭道：「不能，她已經死了，就死在我面前。」

王之渙一呆，問道：「死了？怎麼死的？」王翰大略講了情形，道：「當時若不是我側身閃開，她就不會仆倒在地上，剪刀就不會沒胸至柄，也許還有得救。」不免十分懊悔。

狄郊問道：「那韋月將有沒有被捕獲？」王翰道：「到我離開州府時，仍然沒有韋月將的消息。」

狄郊道：「原來韋月將被人誘捕後一直關押在溫柔坊中，他身上有傷，想來是受到嚴刑拷打，逼他交出王羲之真跡或是其他什麼祕密。但不知道為什麼那些人並沒有對蘇貞怎樣，沒有拘禁她，還繼續將她留在那兒，所以韋月將又花言巧語說服妻子解脫束縛，逃了出來。湊巧遇到阿翰，他身上有傷，不是阿翰的對手，為了能逃脫，便刺了蘇貞一剪刀，以妻子的性命來阻擋阿翰。此人當真是我所見過心腸最歹毒之人。」

王翰道：「這也是我覺得不可理喻的地方，當初韋月將那樣對待蘇貞，強行套上銅面具賣入青樓，任憑她被人肆意凌辱，而今蘇貞居然還肯救他。」

王之渙歎了口氣，緩緩道：「也許他們夫妻二人的關係本就是愛恨交加，十分複雜。若是韋月將一點也不在意妻子，又怎麼會在聽到銅面蕭娘的傳聞後立即跑去碧落館，以致墜入人家事先布置的圈套？他是通緝要犯，難道不知道拋頭露面對他而言是極其危險的麼？」

王翰道：「啊，之渙這句話真的點醒了我。你們還記得麼？當初韋月將得到王羲之真跡，殺死胡餅商冒充自己，再將妻子戴上面具後賣入青樓，本已經離開蒲州，再也不打算回來，後來卻又冒險折返回到宜紅院……」

狄郊道：「璇璣圖！我明白阿翰的意思了，韋月將冷酷無情，對妻子沒有任何愛意，他這次來碧落館，跟上次去宜紅院一樣，都是為了璇璣圖。」

王翰道：「正是！雙方都是為了璇璣圖，韋月將本人，還有那些設下銅面蕭娘陷阱的人。」王之渙道：「璇璣圖到底在誰手裡？」

璇璣圖的去向確實是一個令人費解的問題。璇璣圖最初在李弄玉手中，在蒲津浮橋遺失後為水手傅臘所得，傅臘一介武夫，根本不知道其貴重，又轉送給情婦蘇貞。蘇貞湊巧是京兆武功蘇氏後人，其曾祖曾在貞觀末年奉太宗皇帝之命入宮解一幅神祕的璇璣圖，她見那璇璣圖精緻古樸，懷疑就是宮中原物，於是悄悄收藏在家中。韋月將盜寶殺人後離開蒲州，半路不知如何聽到璇璣圖的事情，想到妻子曾經提過太宗璇璣圖，於是又回到宜紅院逼問究竟。蘇貞本不知情，不堪忍受折磨之下，只好說出自己手中有璇璣圖，就藏在家中。豈料隔牆有耳，青樓主人阿金搶先一步拿走了璇璣圖，並殺死了正躲在那裡避風頭的裴昭先。但璇璣圖很快就為她帶來了殺身大禍，她自己被殘酷折磨而死，宜紅院其他人也均被殺死滅口。這件案子的最大嫌疑人當屬韋月將，只有他才知道事情經過，才能推算到是阿金偷聽到了自己與蘇貞的談話，可他一個人怎麼有能力殺死宜紅院所有人？抑或確實是他臨時找到一群同夥，一起殺進宜紅院，從阿金手中拿到了璇璣圖？只有這般才能解釋清楚銅面蕭娘一事。那些人不遠千里將蘇貞從蒲州官府手中救出來，又精心安排她到洛陽當娼女，以銅面蕭娘的名義引韋月將出來，籌畫這一切需要巨大的人力、物力，除非他們能肯定韋月將手中有璇璣圖，不然絕不會這麼做。那麼，韋月將既然已經得到璇璣圖，為何又要冒險來碧落館呢？難道真如王之渙所言，他對蘇貞尚有一絲愛意，可他當著王翰的面毫不猶豫地戳死妻子，又是怎麼回事？

狄郊道：「嗯，這一點矛盾之處我能解釋，想來那璇璣圖中一定藏有一個大祕密，但卻不是那麼容易解開，不然為何蘇貞的曾祖父窮盡心力也未能如願，最後反而嘔血死去？璇璣圖的關鍵應該在洛陽，所以那些安排陷阱的人知道韋月將一定會來這裡。而韋月將得到了璇璣圖，卻解不開圖中的祕密，他知道蘇貞是武功蘇氏後人，心想或許妻子會有辦法。因而當他聽到銅面蕭娘的傳聞後，猜到那人一定是他妻子，所以想來探路試試，卻料不到自己已經是獵物，早有布好的陷阱在等著他。」

王之渙重重一拍桌子，怒道：「這韋月將罪惡滔天，害死這麼多人，居然還一直逍遙法外，這究竟是什麼世道！」

王翰道：「你放心，韋月將行蹤暴露，洛州長史已簽發告示通緝他，洛陽非蒲州可比，只要在各坊里坊門處張貼他的圖形告示，他便寸步難行，逃不掉的。眼下最要緊的，得設法救羽仙出來。」

王之渙道：「你也看到來俊臣的架勢了，你才剛剛有一點要救羽仙的想法，他手下大隊人馬就殺上門來，今日不過是湊巧謝瑤環在場，才僥倖逃過一劫。他有權有勢，背後又有女皇撐腰，我們不過是平民百姓，如何能與他對抗？」

王翰道：「硬拼當然不行，巧取未必會輸。這個人作惡多端，仇家無數，想殺他的人成千上萬，朝中文武除了姓武的，大概沒有一個不怕他不恨他，也許我們可以利用這一點。」

狄郊道：「阿翰的意思我懂，這件事急不來，怕是要從長計議，等待恰當的時機。」王翰道：「我能等，可羽仙不能等。」

狄郊道：「這樣，我們先來一招緩兵之計，要阿翰上門道歉不可能，來俊臣也不會相信。之渙，你的腿也好得差不多了，你明日一早到來俊臣府上替阿翰向他賠罪。你是羽仙五服內族兄，來俊臣不會不見你。我去找一趟我伯父。阿翰，你就別出門了，好好待在家裡，外面不知道有多少雙眼睛盯著咱們這裡呢。」

王翰歉然道：「之渙，真是抱歉，居然要你去做這種事。」王之渙道：「嗯，沒事，我在屋子裡待了好幾天，憋得慌，正好要出門發洩發洩。」

三人計議一番，便各自睡了。

次日一早，王翰等人還沒有起床，便聽見大門被捶得山響，匆匆趕出來一看，卻見門口站著數名官府差役，自稱是河南縣令楊珣派來的，要逮王翰去縣衙問案。

王翰冷笑道：「我就是王翰。來俊臣真有辦法，這下連跨縣追捕都免了。」狄郊忙將他拉到一旁，上前問道：「王翰犯了何事？」領頭差役道：「宋府派人控告他指使人搗亂。」

狄郊道：「宋府？是清化坊宋之問宋尚書府上麼？」差役道：「正是。」

狄郊道：「怎麼個搗亂法？」差役道：「王翰派人運了兩筐蛇倒進了宋府。宋府昨晚可是亂了一夜，到今天早上蛇還沒有抓乾淨呢。」

狄郊尚莫名其妙，王翰先忍不住大笑了起來。

差役道：「呀，你還笑！瞧你笑得那麼開心，還真是你做的。來人，把他抓起來。」狄郊忙道：「等一下！宋府有證據能證明是王翰指使人做的麼？」差役道：「宋府有好幾個人看見王翰在門外鬼鬼祟祟的，這還不是證據麼？」

王之渙拄著手杖步出來，笑道：「哈哈哈，宋府的人在說謊！差大哥，我實話告訴你，我們阿翰倒是真想跟宋尚書搗亂來著，可他實在太忙，根本沒空。你看啊，他昨天從御史中丞宋御史家回來後不久，就被洛陽縣令來縣令派車接走，再後來……後來去了洛陽郊外，緊接著又被洛州州府請去，夜禁後才被送回來。他去每一處有人證喲，宋御史、來縣令、敬長史都是證人。」

差役果然被這些證人的名字唬住了，面面相覷，不知所措，可他們奉命逮人，公堂上還有告主在等候，又不能就此退去。正遲疑間，忽聽見有人叫道：「晉陽王翰王公子是住這裡麼？」眾人轉過頭去，見是一名騎著高頭大馬的黃衣宦官，慌忙讓到一邊。

王翰上前道：「我就是王翰。中使大駕光臨，有何指教？」宦官道：「奉太平公主令，召王翰去宮裡問話。王公子，這就跟我走吧，別讓公主久等。」王翰心道：「太平公主如何知道了我的名字，又一大早派人召見？而且她出嫁多年，在城中營建有豪華私邸，為何偏偏要召我入宮？」一時也想不明白究竟，只得牽馬出來，跟在那宦官背後，往皇宮而來。

洛陽的皇宮與長安不同，並非位於全城中央，而是在洛陽北區西北隅，是城中地勢最高的地段。最初由隋朝將作大匠宇文愷設計，當年每月役使夫多達二百萬之眾，歷時兩年方才建成。唐朝立國後，太宗、高宗、武則天多有擴建，有皇城、宮城、東城、曜儀城、圓璧城、含嘉倉城幾大部分組成，整個布局井然有序，遠對南面的嵩山，近映洛水橋側的清波。

皇城又名太微城、寶城，是中央官署所在地。南面蒞臨洛水，正南門名「端門」。端門門外立有天樞，為梁王武三思鑄造，目的在於歌頌武則天黜唐興周的功業，上面刻有武三思所撰的功文，羅列有百官和四夷酋長名字，以及武則天親筆題簽「大周萬國頌德天樞」字樣。

宮城又名紫微城、太初宮，在皇城以北，是皇帝辦公和生活的處所。正南門本名則天門，始建於隋煬帝手中，瓊門玉戶，恍疑閬苑仙家，金陛瑤階，儼是九天帝闕。太宗皇帝來到洛陽後認為太過奢華，下令拆掉端門樓，毀壞了則天門及門闕。有意思的是，偏偏他死後留下一名侍妾，當上他兒子的皇后，更自他孫子手中奪取了江山，改唐為周，自己亦號稱則天皇帝，則天門重建修復後被饒有意味地改名「應天門」。

宮城內有別殿、臺、館數十所，主要殿堂有明堂、紫宸、武成、集賢、集仙、長生等宮殿，畫梁直拂星辰，閣道橫穿日月，殿堂巍峨，壯麗無比。「明堂」是洛陽城中最醒目的建築，本應位於宮城一側，武則天為了體現自己的開明和與眾不同，下令毀掉主殿乾元殿，在原址上修建了明堂，號稱「萬象神宮」。這座宏大的建築由武則天第一個面首薛懷義主持修建，歷經磨難，建成後不久即被大風摧毀。武則天下令重建，耗資以萬億計，府庫由此消耗殆盡。然而不久後薛懷義因嫉妒武則天第二個面首沈南璆，竟縱火燒了明堂。武則天對此事諱莫如深，不但不追究，反而命薛懷義第三次營建明堂，然這時的明堂已經比原規模小了許多。最令人驚奇的是，武則天曾允准平民百姓進入明堂參觀，包括所有東都婦女和各州縣的百姓代表，酒食全部由朝廷支付。如此多的平民進入皇宮腹心之地，這還是破天荒的頭一遭。

宮城的北面是曜儀城，再北面則是圓璧城，東面是東城，司農寺、光祿寺、太常寺、尚書省、少府監、軍器監、大理寺等中央機構均設在其中。東城的北面還有一座含嘉倉城，營建於隋代，是儲存糧食的倉窖，內中有洩城渠穿越，可以直接運糧進入。

在皇宮之外還有一座上陽宮，為高宗皇帝在位時修建，南臨洛河，西至穀水，北連西苑，東接皇城。丹墀內有奇花異草，紅勝綿，白如錦；曲檻中有怪獸珍禽，嬌解言，巧能舞。簾櫳回合，鎖萬里之祥雲；香氣氤氳，結一天之瑞靄。亭榭中紅香綠嫩，四季春風吹不謝；樓臺上翠繞珠圍，一天明月去還來。

又有皇家禁苑西苑，位於都城西邊，穀水、洛河匯流其中，風亭水榭，竹茂樹幽，號為都城的勝景，可惜尋常百姓無福進去其中。西苑修有西上陽宮，與上陽宮夾洛水相對，中間架設虹橋以通往來。

進入皇宮有一套極嚴格的制度，王翰沒有門籍[7]，很是費了一番功夫。宦官帶著他跨過一道道宮門，來到臨波閣中。站在堂前等了一會兒，有宮女出來道：「公主召王翰晉見。」打起軟簾來。王翰一腳邁進去，便望見堂首軟榻上坐著一名三十來歲的豐碩婦人，正是他在尚賢坊建安王武攸宜宅邸門前見過的貴婦，不由得愣住，心道：「原來她就是太平公主。」

一旁宦官喝道：「見了公主，還不下拜？」王翰無奈，只得上前跪下，道：「晉陽王翰，拜見公主。」

太平公主道：「起來吧。」又嬌笑道，「晉陽公子王翰，我聽過你的名字，想不到你如此風神俊朗。難怪昨日謝瑤環特別在聖上面前誇你一表人才，除了文采出眾，相貌也生得英俊。你若是當真被來俊臣殺了，倒也可惜。」

王翰一呆，心道：「原來是因為謝瑤環在女皇面前誇過我，所以才召我入宮。只是她為什麼要這麼說？」

他不知道當今女皇武則天跟歷代皇帝好美女一樣，也喜好容貌英俊的男子，謝瑤環自幼跟在她身邊，深知道這一點。白日謝瑤環斥退來俊臣派去惠訓坊的人後，來俊臣便上了一道奏書，稱謝瑤環以制使身分巡視蒲州時便大肆庇護王翰等人，現又內外勾結在一起圖謀不軌，應當立即下獄拷問。謝瑤環也立即上書，稱來俊臣濫殺成性，動輒牽連無辜，白日無緣無故地派出大隊人馬跨界抓人，擾得百姓雞犬不寧，實在是有損聖上威名。武則天信用來俊臣多年，深知他是個什麼貨色，她也從來不懷疑他的忠心，只是她年事已高，揮了十幾年屠刀的手也累了，近來又患了病，對政事日益厭倦，只想與寵愛的面首張易之、張昌宗在一起，多過些快樂的時光。來俊臣上書彈劾謝瑤環之事，多少令她有些不快，須知謝瑤環在她身邊長大，待在一起的時間比跟她的親生女兒太平公主還要長，實在是比女兒還要親。來俊臣在外面為非作歹倒也罷了，畢竟他也算得上是大周朝的功臣，可連內宮的女官都敢彈劾，還要將其逮捕拷問，實在是有些過分。謝瑤環又刻意提及王翰才貌雙全，風流無雙，極易為人所嫉恨，暗示來俊臣不過是嫉妒這位名門公子才要對付他。太平公主李令月也在一旁，道：「湊巧這一幕鬧劇還讓突厥使者袁華瞧見了，真是丟臉。若不是謝女官在場，真不知道要鬧出什麼亂子來。」武則天果然道：「嗯，瑤環做得對，派人傳話給來俊臣，叫他離王翰遠一些。不過是個平民百姓，能有什麼大過錯值得來卿興師動眾地跨縣抓人呢？」謝瑤環道：「臣奉旨。」武則天回味「風流無雙」四字，頗為心蕩神馳，又道：「得閒時召王翰入宮，看他是不是有瑤環說得那般風流，難道比朕的五郎、六郎還要美貌麼？」謝瑤環不過順口一說，聽武則天竟有收王翰為面首的意思，忙道：「王翰雖然英俊，不過與五郎、六郎相比可就差遠了，簡直天上地下。」武則天這才作罷。

然而太平公主也跟其母一樣，好招徠俊俏男子，記住了王翰的名字，念念不忘，她最近因為有事一直住在宮中，一大早便迫不及待地派人將王翰召來，見他果然儀表出眾，風姿瀟灑，尤其這類世家名門公子有一種難言的恣意氣度，遠遠為薛懷義、張易之之輩所不及，很是歡喜，溫言問道：「你是如何得罪了來俊臣？他強搶奪來的夫人也姓王，不正是與你同族麼？」

王翰聽她語氣，對來俊臣頗為不屑，本可以順勢懇求她出手相助，可他也知道這位太平公主風流成性，沒來由地召自己入宮絕不是什麼好事，要他也學張昌宗那樣以色相侍奉這些貴婦，他可萬萬做不到。當即昂然道：「回公主話，王夫人確實跟我同族，她妹妹王羽仙跟我比親兄妹還要親。來俊臣倚仗權勢，將王夫人強搶來做妻子不說，又派人將羽仙強行帶來洛陽，預備嫁給淮陽王，作為自己結黨營私的棋子。我不願意看到羽仙受苦，有心救她出來，由此得罪了來俊臣。」

太平公主道：「這麼說，你很喜歡那位羽仙娘子？你們都是太原王氏，不是同族麼？」王翰道：「同族又如何？同族就不能互相喜歡麼？就算我和羽仙今生無法成親，我們也約定要一起出家做道士，我終身不娶，她終身不嫁。」

太平公主聽到「同族」和「道士」，一時回憶起無數往事來：她也曾經因為婚事上的煩惱出家為女道士，「太平」本來是她的道號，後來才成為封號。還是少女的時候，她也喜歡過自己的二哥李賢，後來愛上薛紹是因為他的眼睛跟二哥很有幾分相似。唉，她深愛過的人都已經化作了塵土，他們的面容也早已模糊，再想這些又有什麼用呢？太平不太平。為什麼她身為公主，總是這般不順，總有這麼多煩惱呢？

暖閣中靜悄悄的，深宮中的靜謐總是令人不安，彷彿潛伏在地底的陰謀詭計、魍魎鬼影會伺機而出。公主有心說點什麼來打破這種瘮人的沉寂，可卻懶洋洋地提不起半分力氣。那些往事還是這般沉重麼？她以為它們早化作了輕煙，原來卻像刀鏤斧鑿，永銘心底。早年愛的跡象穿過歲月的荒漠，又變得青蔥一片。

凝思許久，太平公主才幽幽歎了口氣，揮手道：「你去吧，不必擔心來俊臣。」王翰不知道公主的神色為何突然由輕佻變得肅穆起來，也不願意多問，道：「是，王翰告退。」

宦官領著王翰自原路退出，到皇城時遇到一隊武士巡視經過，領頭的將軍忽然停下來叫道：「王公子！」

王翰這才認出那一身兵甲的將領是在蒲州見過幾次的蒙疆，當時他還是以謝瑤環侍從的身分出現，忙應道：「蒙將軍！」

蒙疆道：「我尚有要務在身，要帶兵往太廟巡視，王公子請將住址告知，回頭我好登門拜訪。」王翰便說了惠訓坊的地址。蒙疆道：「好，我記下了。」

回到惠訓坊家中，王之渙和狄郊均出門辦事了。王翰一眼看到俱霜和胥震鬼鬼祟祟躲在柱子後，叫道：「你們兩個過來。我問你們，往宋之問家放蛇之事是不是你們做的？」

俱霜囁嚅道：「是。不過我沒有想到宋家會那麼快找上門來，還派人誣告你。對不起啊，翰哥哥，我其實也是想替大家出口氣，求你不要送我回太原。」

王翰道：「誰說要送你回太原了？做得好！下次放蛇咱們一起去，奶奶的，兩筐蛇太少，下次咱們弄他個十筐八筐的。」

俱霜大喜，拍手笑道：「太好了，咱們今晚再去，我這就去弄幾筐蛇去。」王翰道：「等等，今晚就別去了。來，你們坐下，我有幾句話要對你們說。」

俱霜道：「什麼話？」王翰道：「你們也看到了，我和狄郊、辛漸幾個人麻煩不斷，我之前要送你們回太原也是一番好意，跟著我們，你們怕是有性命危險。」俱霜道：「嗯，我早看出來了，其實是翰哥哥你麻煩最多，可你為什麼不送之渙哥哥和狄大哥走呢？只送走我和胥震，是不是不把我們當自己人？」王翰道：「當然不是。我們五個一起長大，幼年時就曾立下生死與共的誓言。就算我想送走之渙和狄郊，他們也決計不肯走。」俱霜道：「那我也不走，胥震也不走。胥震，是不是？」胥震向來唯她之命是從，應道：「是。」

王翰道：「你們留下也可以，不過以後再要做什麼事，得事先告訴我。你也看到了，我們做事都是要大夥商量後才決定。」俱霜道：「好。若是我的提議對，多數贊成的話，你也不能反對，是不是？」王翰道：「是。我再去睡會兒，之渙和狄郊回來就來叫我。」

剛剛進房躺下，洛州長史敬暉又派人叫他到州府，為畫師描繪韋月將的容貌，一直折騰到下午才放回來。狄郊人已經回來了，王之渙一直到夜禁前才進家門，笑道：「一切順利。來俊臣說不過是一場誤會，過幾日是王夫人生辰，他要宴請我們大夥，重新修好。」

俱霜道：「我有個主意，咱們先在江湖上散布這個消息，來俊臣仇家極多，誰能殺死來俊臣，那可就是轟傳天下的英雄人物，從此留名青史，所以一定會有刺客蠢蠢欲動。咱們再事先往酒中下迷藥，當然你們也會跟來俊臣一起被迷倒，但這樣刺客就有機可乘，將他一舉殺死，永絕後患。」

王翰道：「這主意行不通。一是來俊臣為人相當謹慎，投毒要冒很大的風險；二是來俊臣有個心腹叫衛遂忠，率著一隊弓弩手，時刻不離他左右，就算是聶政、荊軻再世，也難以靠近來俊臣半步。」

狄郊道：「嗯，我贊同阿翰，靠武力是解決不掉來俊臣的。我伯父再三囑咐，目下最好不要招惹來俊臣。他以前是女皇眼前的大紅人，武承嗣、武三思那些人都趕著奉承他。而今女皇有了張易之、張昌宗，半步也離不開，武承嗣等人又轉而去巴結張氏兄弟。來俊臣感到自己有那麼些不再得寵，所以急需幹一件大事，也就是織造一件大冤案來鞏固權勢，咱們可不要撞到他槍尖上。」

王翰道：「難怪來俊臣要將羽仙弄來洛陽，預備嫁給淮陽王武延秀，他也看出女皇年紀大了，他得為自己留條後路。」王之渙道：「那好，咱們先以靜制動。」

既然來俊臣這邊暫時無事，眾人又議起反信案來。王之渙道：「其實這件事不難查清，死的車三是假的，真車三一定還活著，找到他問清楚，一切就真相大白。」

王翰道：「刑場上死的固然是假車三，真車三未必還活著。你們想想看，只有官府的人才能將真假犯人暗中掉包，暗中掉包為的是什麼？並不是因為車三無罪，而是掉包的人看中他仿冒旁人筆跡的本領。眼下肯定已經有人發現車三根本不會仿信，留著他還有什麼用？早就一刀殺死埋了。敬長史之前見了我滿是警惕之色，現在卻相當泰然，甚至主動為我申辯不是我殺了蘇貞，這其中態度的變化就是明證。」

狄郊道：「嗯，我想車三應該已經被人滅口，線索完全斷了。這件案子時過境遷，相關人犯均被處死，重新查起來難度極大，也許那將三封信放入李蒙行囊的人是個知情者。」王之渙道：「可是人海茫茫，咱們根本不知道對方是什麼人，又上哪裡去找他？」眾人議過一番，一時苦無計策。

如此過了數日，來俊臣當真下帖子來請王翰、王之渙、狄郊三人赴宴，送帖子的信使特意強調宴會並無外人，是由王夫人出面邀請了神都所有有名的王姓人氏，請三位也務必光臨。王翰道：「這又是來俊臣打著王夫人生辰的旗號四處誆騙，不知道他如此大張旗鼓，有什麼目的？」王之渙道：「去看看就知道了。」

因為要避開夜禁的緣故，宴會特意選在日間。來俊臣與妻子王蠙珠一道站在堂前迎客，見了王翰等人也是彬彬有禮，說了不少客氣話。若不是之前王翰早領教過他的手段，幾乎要被他表面的和善騙過。尤其內向羞怯的王蠙珠居然也跟隨丈夫出來，實在讓人覺得有些怪異。

王翰等人到時，賓客已經到了大半，當真是神都王姓權貴都趕來捧場，就連並非出自太原王氏的石泉縣公王綝也到了。王翰等人一度懷疑是他為了助內弟張道子奪回王羲之真跡，安排了銅面蕭娘的詭計，後來才發現另有其人。王翰等人也無意與他人結識，遇上熟人招呼才勉強回應。那王綝卻扶著兒子的手顫巍巍地尋過來，道：「久仰三位公子大名，想不到會在此遇見。內弟張道子曾在信中提及幾位公子，多虧你們，才得以識破那惡賊韋月將李代桃僵的詐死詭計。」

王之渙道：「可惜未能捉住韋月將，助張先生追回王羲之真跡。不過相公不必憂心，韋月將來了洛陽，他跑不了。」王綝點點頭，道：「我已見到四處張貼著那惡賊的圖形告示，只是書帖真跡是萬萬取不回來了。」

狄郊聽他話中有話，問道：「莫非相公已然知道真跡下落？」王綝歎了口氣，道：「這件事不方便在這裡說，幾位公子得閒時，請來勸善坊寒舍坐坐。」狄郊道：「好，我們就住在緊臨勸善坊的惠訓坊，改日一定登門拜訪。」王綝道：「隨時恭候大駕。」又重重歎了口氣，扶著兒子走開。

王之渙道：「王相公似乎有什麼難言之隱。」狄郊道：「嗯，壽宴一完咱們就去拜訪，也許能有什麼線索追查到韋月將。」

這場盛大排場的壽宴事先經過精心準備，賓客如雲，對待來俊臣的態度各個不同，有著力奉承的，有局促不安的，有不卑不亢的，有站在一邊冷眼旁觀的，但人人心中著實畏懼來俊臣，因而氣氛並不喜慶熱鬧。來俊臣見有些冷場，便忙叫開宴。酒如池，肉如山，瞬間端上桌來。

賓客圍坐了六張大方臺，濟濟滿堂。王之渙因與王蠙珠姊妹血緣較近，被安排在首桌，王翰和狄郊則在第五桌。酒過三巡，王翰依舊不見王羽仙人影，不免很是心急。忽見王蠙珠施然走過來，王翰忙站起來敬了她一杯。王蠙珠一飲而盡，上前一步，握住王翰的手，輕聲道：「翰郎，羽仙就交給你了，你代我好好照顧她。」王翰道：「王夫人這話是什麼意思？羽仙人呢？」

忽有一人跌跌撞撞地直闖入堂，指著王蠙珠的鼻子罵道：「你這個賤女人，說要將妹妹許配給我為妻，今日過壽，卻嫌我上不了檯面，命人不放我進來。你有什麼了不起，不過是個殘花敗柳，要不是來公看你有幾分姿色，你還不知道在哪裡呢？」王蠙珠呆了一呆，隨即舉袖掩面，轉身奔進內堂。

那渾身酒氣的人正是來俊臣的心腹衛遂忠，眾人見忽起變故，鬧事的人又是來俊臣的心腹，不明究竟，無不駭異。

衛遂忠醉眼朦朧，環視四周一圈，道：「你們姓王的是什麼名門望族，回頭讓來公給你們安個大逆不道的罪名，將你們一個個殺死，夷滅三族。」

王翰大怒，一拍桌子，喝道：「你說什麼？」衛遂忠道：「王翰？呀，來公不是要殺你麼，你這會兒怎麼還活著？」

來俊臣再也忍不住，叫道：「來人，快來人，將衛遂忠綑出去。」旁側奔出幾名甲士，抓住衛遂忠，將他強行拖了出去。賓客見氣氛尷尬緊張，壽星又因當眾受辱負氣而走，遂紛紛起身告辭。

王之渙奔過來問道：「咱們怎麼辦？」王翰道：「當然不能走。王夫人適才話中有話……」忽有一名婢女奔出來，顫聲道：「夫人……夫人她飲藥自殺了。」來俊臣「啊」的一聲驚呼，道：「來人，將衛遂忠拖到堂前杖死。不，先斬下他手腳，留他狗命，等我慢慢折磨他。」下完這道令人毛骨悚然的命令，才匆忙往後堂趕去。

王翰和王之渙急忙跟上去，狄郊卻一言不發，轉身緊隨眾賓客往外狂走。王之渙叫道：「老狄，這邊……」狄郊只揮了揮手，頭也不回地去了。

趕來內室，只見王蠙珠安靜地躺在床上，王羽仙正哭倒在一旁，婢女黑壓壓跪了一地。來俊臣搶上前拉住妻子的手，卻已是一片冰涼。

王翰道：「老狄，你醫術高明，快來看看王夫人還有沒有救。」扭頭卻是不見狄郊，才知道他沒有跟來，不免驚詫萬分。

來俊臣聽見如獲至寶，慌忙奔過來道：「救救我夫人，救救蠙珠。」王翰道：「我們中只有狄郊懂醫術，他人呢？」王之渙雖不明白狄郊為何決然離開，但料來必有緣由，不得不為他掩飾道：「適才賓客太多，一擁之下，將他帶出去了。」

來俊臣忙道：「來人，快去找狄公子來，快！」卻聽見狄郊道：「我人在這裡。」急急奔進床前，一搭王蠙珠脈搏，卻早已沒有了跳動，暗道，「好厲害的毒藥！王夫人進內堂不過是瞬間之事，眼下人卻已死得透了。」

當即起身，搖了搖頭。

來俊臣道：「你不是名醫麼？聽說羽林軍將領蒙疆中了奇毒，也是你救活的。我求你救救蠙珠，我知道你們惱恨我，只要能救起蠙珠，我發誓再不與你們為敵。」他神色焦急，流露出愛妻的真情來，與他酷吏的名頭完全不符。

狄郊道：「不是我不肯救人，莫說王夫人是羽仙的姊姊，就是來縣令你本人有事，我也絕不會袖手旁觀。只是尊夫人服下的毒藥非比尋常，瞬息致命，就算華佗再世，也難以挽回。」來俊臣一呆，道：「非比尋常？」轉身奔到床前跪下，撫著妻子的屍首，嚎啕大哭起來。

狄郊一推王翰，道：「你傻站在那裡做什麼？還不快去扶了羽仙走？」王翰道：「什麼？」狄郊道：「你沒明白王夫人的話麼？快去，快走！」

王翰一時不及思索更多，上前扶起王羽仙，見她嚶嚶哭泣，淚痕滿面，心疼不止，低聲道：「別哭壞身子，先出去歇口氣。」王羽仙傷心欲絕，任憑情郎扶了出去。

來府早一片大亂，王翰攙著王羽仙出來居然問都沒有人問一聲。狄郊牽過馬匹，道：「你們不能回惠訓坊，若是藏去我伯父家，來俊臣很快就會找到。你帶著羽仙去正平坊太平公主家。」王翰道：「什麼？」狄郊道：「公主若不肯收留你，你再轉去我伯父家不遲。」

王翰道：「我接羽仙出來又不是什麼犯法之事，憑什麼要躲躲藏藏？我偏要回自己家中。來俊臣敢派人來抓羽仙，我就敢去洛州州府告他強搶民女。」扶了王羽仙上馬，自己往後坐了，兩人並乘一騎，往城南趕去。

狄郊無奈，只得與王之渙各自上馬，跟在王翰後面往惠訓坊而來。王之渙問道：「你剛才去了哪裡？」狄郊道：「趕去救衛遂忠。」王之渙道：「什麼？」狄郊道：「不過那些甲士都是衛遂忠的人，不等我救他，他們已經放他逃走了。」

王之渙道：「啊，難不成你想利用衛遂忠？」狄郊道：「不是我想利用衛遂忠，是王夫人利用了他。我猜剛剛發生的一切應該都是出於王夫人的安排。」王之渙道：「怎麼可能？王夫人溫柔善良，來俊臣又對她妹妹看管極嚴，她哪有能力和機會安排這些？」狄郊道：「嗯，也有道理，興許是我想太多了。」

王之渙道：「那衛遂忠人呢？」狄郊道：「他死到臨頭，還能去哪裡？肯定趕去投靠魏王武承嗣了。」

王之渙道：「武承嗣跟來俊臣不是一夥的麼？你可別忘了，來俊臣正想將羽仙嫁給武承嗣做兒媳婦呢。」狄郊道：「來俊臣倚仗權勢，從段簡手中奪娶王夫人，天下盡知王夫人並不如意，來俊臣還將妻妹強行從太原擄來，預備許給武延秀為妻。武延秀可能垂涎羽仙美貌，但武承嗣性情多疑，肯定會懷疑來俊臣沒安好心，不僅是聯姻固盟這麼簡單。這群人，有共同利益才是一夥，沒有共同利益就是敵人。」

王之渙道：「朝中恨死來俊臣的大臣多不勝數，衛遂忠未必會投奔武承嗣，畢竟還是要冒風險。」狄郊道：「朝中幾位在任宰相除了吉頊，都被來俊臣往死裡整過，吉頊以殘忍著稱，是著名酷吏，也是來俊臣的同黨，因而權貴之中有威望與來俊臣抗衡的只剩下諸武，諸武又以魏王武承嗣為首，衛遂忠要想活命，武承嗣是唯一的選擇。」

王之渙道：「可武承嗣為什麼一定要收留衛遂忠呢？跟來俊臣結盟不是比貿然撕破臉皮要有益得多麼？」狄郊道：「衛遂忠是來俊臣的心腹，深知來俊臣靠告密起家，他必然也會去向武承嗣告密，稱來俊臣要對付諸武。武承嗣為人本就好猜忌，加上衛遂忠一直是來俊臣心腹，即使是半信半疑，也必定要先下手為強，全力反擊。」

王之渙道：「哎呀，照你這麼說，洛陽馬上就有好戲看了，兩大反派要打起來了。」狄郊道：「這只是我個人的推測。你先回去看著阿翰，我去趟我伯父那裡。」

王翰堅持帶王羽仙回來惠訓坊，百般勸慰。王羽仙被拘禁在來府中多日，心情鬱鬱，忽又遭逢姊姊慘死，雖然回到了情郎身邊，卻還是難止悲慟。

來俊臣的夫人王氏於壽宴眾目睽睽之下遭人辱罵、不忿服毒自殺一事瞬間傳遍了全城，坊間市井爭相談論這件事，沸沸揚揚，長久以來苟安的情緒忽然變得激烈起來。百姓並不知道具體真相，雖然多少有些為那位公認的洛陽第一美女王蠙珠惋惜，但大多還是幸災樂禍的態度，慶幸終於有一件能令來俊臣傷心哭泣的事發生。這個人外貌英俊儒雅，心腸卻比蛇蠍還要狠毒，就像來自地獄的惡魔，雙手染滿鮮血，令成千上萬的人家破人亡。眼下他也終於嘗到失去所愛之人的滋味，誰能不彈指相慶呢？

王之渙等人卻是另一種情感，既傷痛王蠙珠之死，又為也許即將面臨來俊臣的瘋狂報復而惴惴不安。宰相狄仁傑聽狄郊訴完經過也是相當驚異，良久不發一言。狄郊本想從伯父那裡聽一些意見，不料他只是保持沉默，只得退了出來。

晚上誰都沒有食欲，就連嘴快的俱霜也不再多舌，只默默站在一旁，幫助王翰照料王羽仙。堂中燈燭幽幽閃動，屋外傳來幾聲狗吠，空曠而遙遠，虛幻得讓人好像不知所措。

漆黑夜色籠罩下的神都，許多人歡天喜地，也有不少人憂心忡忡，更有一些人欲借勢而動。

秋風吹老，今日已非昨日，明日更加不知道會發生些什麼事情。一切都是不可知的、無序的，今晚還能活著，已經是一種幸運。然而，還是有人情不自禁地要問，長夜已經太久，光明究竟還有多遠？

本就難以入眠，到凌晨時，鄰近的道術坊忽然喧鬧無比，簡直比白日的天津橋還熱鬧。隋朝時的道術坊是占候、卜筮、醫藥者的聚居地。隋朝立國前，著名道士焦子順曾向隋文帝密告受命之符[8]，暗中幫助他奪取北周政權。隋文帝即帝位後，封焦子順為「天師」，經常和他商議軍國大事，甚至還特意在皇宮附近建了一座五通觀，方便天師來往。然而隋文帝又害怕讖緯之事應在別人身上，曾特意下詔令私家不得藏緯候圖讖。隋煬帝楊廣殺父即位，對讖緯之事更是忌諱，一即位便下令禁止圖讖，與讖緯有關的書，一概燒毀，私藏禁書者查出後處死刑。又將天下所有懂得五行、占候、卜筮、醫藥的人捕來，關押在東都洛陽的道術坊中，坊門派有兵士把守，不許人出入。直到隋朝滅亡，道術坊這座「大監獄」才重新開放，一度被太宗皇帝賜給最寵愛的四子魏王李泰，但李泰很快與太子李承乾爭權失敗，被貶他州，道術坊又重新淪為三教九流的聚居地。

京都夜禁森嚴，道術坊忽然鬧得如此人仰馬翻，王翰等人知道一定是出大事了，只是當此情形，又哪裡有心思再去理會旁人之事？

風暴還是如期而至。次日，有大隊官兵趕來惠訓坊，不過並不是來俊臣的人，而是御史中丞宋璟派出的金吾衛士，將王翰、王之渙、狄郊三人盡數逮捕，戴上手銬腳鐐，押往御史臺。本來連王羽仙也要一併帶走，金吾衛士見她氣息奄奄，臥病在床，起了憐憫之心，總算勉強作罷。

唐代的御史臺是監察機構，位高權重，專司推勘詔獄，糾劾百官，下設三院：臺院、殿院和察院。臺院是御史臺的本部，掌握彈劾中央百官、參加大理寺審判和審理皇帝交辦的重大案件。殿院執掌糾彈百官在宮殿內違法失禮之事，維護皇帝的威儀和尊嚴。察院執掌監察州、縣地方官吏。其中，臺院下設侍御史，殿院下設殿中侍御史，察院下設監察御史。

御史臺位於皇城中，進來端門西首第一間官署即是，而堂上控告王翰等人的告主正是來俊臣本人。這實在是令人驚詫了，以他的權勢和倡狂，為什麼不直接安個罪名，派手下來逮捕王翰呢？即使是因上次謝瑤環斥退一事，他不敢再輕易跨界，大可以知會河南縣或是洛州州府，請他們出面捕人，為何偏偏要親自來御史臺告狀呢？難道不知道主持御史臺的御史中丞宋璟是出名的剛直麼？

堂官正是宋璟，道：「來縣令控告王翰下毒謀害王夫人，王之渙、狄郊是從犯。王翰，可有此事？」王翰愕然道：「王夫人是我族姊，我怎麼會下毒害她？再說，我們到來縣令府上一直待在堂中直到壽宴開場，哪裡有半分機會下毒？」

宋璟道：「來縣令，這就請你將事情經過再敘述一遍。」來俊臣道：「是。昨日是內子生辰，的來某精心安排了一場壽宴，王翰、王之渙、狄郊三人因與內子同族同鄉，也在賓客之列。不想王翰為了將內子的妹妹王羽仙從來某府上帶走，不惜串通內子和來某屬吏衛遂忠，先讓衛遂忠裝作醉酒大鬧壽宴，假意當眾辱罵內子，王翰乘機將毒藥交給內子，內子進房後服下假死……」

狄郊吃了一驚，問道：「來縣令是說王夫人並未死去？」來俊臣道：「這毒藥正是狄公子親手所配，又何須假意吃驚？不錯，內子雖然氣息、脈搏全無，其實並未真正死去。你們雖然當場騙過了我，帶走了羽仙，但到晚上入殮時發現內子身體既不僵硬，也無敗壞，才有所省悟。來某曾經審過一起案子，犯人為了逃脫刑罰，服下類似毒藥，表面看起來已死，但容色如生，兩日後自會醒過來。」

王翰等人均料不到會有這樣的變故，又不知道來俊臣的話是真是假，面面相覷，驚愕不已。

來俊臣又道：「宋相公，這件事發生在洛陽縣毓德坊中，正是來某的管轄之地，來某本可以自行拿人，可案情關乎內子，照例該迴避。來某久慕宋相公公正無私，特意來到御史臺告狀，還望相公秉公處置，切莫因為某些人是宰相之姪而徇私枉法。」

宋璟道：「這是自然。來縣令，若真是王翰三人將毒藥交給王夫人，他們這麼做的動機僅僅是為了帶王羽仙走麼？聽起來似乎是來縣令先拘禁了王羽仙。」來俊臣道：「來某確實限制羽仙的自由，不准她出府，可她是內子的親妹，王翰、王之渙不過是遠房族兄，論疏親我比他們要近許多。況且岳丈大人早將羽仙託付給來某，令我為羽仙找一門好親事，就算我拘禁羽仙，也是來某的家事。」

宋璟道：「既是來縣令家事，可王夫人又如何肯答應與王翰通謀呢？」來俊臣歎了口氣，道：「來某預備將羽仙出嫁，內子認為對方配不上她妹妹，我夫妻二人為此大大起了爭執。內子愛惜妹子，一怒之下決意私縱羽仙逃走。又因為來某派人看管甚嚴，她無機可乘，遂勾結王翰和衛遂忠，想到了這個用藥假死的法子。宋相公，本朝律法嚴禁配製毒藥，用藥犯罪者當處絞刑。這三人均該處絞，王翰家中所有人知情不報，該流放三千里。」

宋璟的侍從楊功喝道：「來明府，這裡是御史臺，目下是宋相公在審案，用得著你當堂來教宋相公律條麼？」

來俊臣臉上怒氣頓生。他最輝煌時也曾任過左御史中丞，只是因多次受賄被朝臣檢舉揭發，武則天竭力庇護他，但朝野反對他的人實在太多，也不得不稍示懲罰，導致他宦途幾次沉浮，而今只任洛陽縣令，不過也是正五品，官秩比他的死對頭監察御史李昭德的八品高出許多，比宋璟的正四品也低不了多少。不過這怒氣在他臉上稍縱即逝，立即恭謹應道：「是，請宋相公明斷。」

宋璟道：「嗯，來縣令的供狀有始有終，書吏先一一記下來。王翰，你們幾個怎麼說？」王翰道：「我只能說，我們沒有事先與王夫人勾結，也沒有給過她毒藥。王夫人服藥自盡，羽仙傷痛心碎，因此而病倒，我確實有心救她出來府，可是我絕不會做任何傷害她的事情。」他生性本就桀驁，近來多歷艱辛，再也顧不上所謂名門望族的禁忌，語氣中絲毫不掩飾對族妹王羽仙的愛意。

宋璟道：「那好，你們將事情經過敘述一遍。」王之渙便將昨日壽宴經過情形細細說過。他口才極好，又擅長模仿其他人的語氣形態，說到衛遂忠醉酒闖入一段時，更是繪聲繪色，堂側書吏聽得入神，竟舉筆不動，忘了一一記錄下來。

宋璟道：「你們雙方各執一詞，本史也難辨真偽。既然來縣令稱王夫人是假死，兩日後自會醒來，等她醒來後再當面問她事情經過不遲。來人，先將王翰三人下御史臺獄，兩日後押去來府當面與王夫人對質。這兩日之中，本史自會派人向來府家僕及昨日到場賓客取證。退堂！」

狄郊忙道：「等一下！宋御史依律要關押我們幾個，我們不敢違令。不過，請御史速速派人前去惠訓坊，將王羽仙捕來，她也涉嫌其中，理當下獄。」

宋璟大奇，道：「王羽仙不是生了重病麼？」狄郊道：「是。不過她若留在王翰家中，定會被人暗中劫走當作人質，王夫人醒來後關愛妹妹，就不敢講出實話了。」言下之意，無非是暗示來俊臣會派人劫走王羽仙，以她來要脅妻子王蠙珠。

宋璟微一沉吟，道：「來人，持我書牒，去帶王羽仙來御史臺。」頓了頓，又道，「楊功，你親自去辦，待王家娘子客氣些，別驚嚇了她。」楊功道：「遵命。」

王翰等人被投入御史臺大獄，對剛才的一幕尚未完全回過神來。王之渙百般不解，道：「來俊臣為什麼不惜自曝家醜，要將這件案子交到御史臺呢？」

狄郊道：「按律，來俊臣確實該迴避，不過他從來不按律法辦事，手上冤案多不勝數，迴避不過是個藉口。主動將案子交到御史臺，也許是因為他認為他有足夠的證據扳倒我們。宋御史名聞天下，所有人都服他公正無私，若我們幾個在他手中被判刑處死，天下人再也無話可說。」

王翰道：「這次我倒寧願來俊臣說的是真話，希望王夫人真的是假死。」王之渙道：「若真是這樣，又是誰給王夫人可以造成假死跡象的毒藥呢？來俊臣待她，可是跟籠中的金絲雀沒什麼分別。」

這確實是個大疑問——王蠙珠被來俊臣強行奪娶後，為族人鄙棄，久有求死之心。來俊臣深知妻子並不真心喜歡自己，所以素來防範極嚴，別說出府根本不可能，就連見客也極難。她身邊的婢女畏懼來俊臣如猛虎，又豈敢私自傳送毒藥？

過了大半個時辰，楊功忽然來到獄中。王翰一見他神色凝重，便知道情形不妙，奔到門前問道：「已經遲了一步，是也不是？」

楊功點點頭，道：「王公子家中只剩下老僕，被人打暈了過去，其餘的人包括王家娘子在內全部不見了。我已經查問過坊正、坊卒，並未見到可疑人出入惠訓坊。真是抱歉了。不過我稟告了宋相公，他已經派人趕去來俊臣宅邸，一來就昨日壽宴一事取證，二來也可監視來府動靜，若是有王家娘子消息，我會及時告知各位。」

狄郊道：「有勞。只是綁走羽仙未必是來俊臣所為。」楊功、王翰、王之渙幾人均吃了一驚，異口同聲地問道：「怎麼會不是來俊臣？」

狄郊道：「金吾衛士來惠訓坊捕人時，本是要將羽仙一起帶走，這一點來俊臣事先並不知道。他也許確實想過要利用羽仙來要脅王夫人，但當他知道羽仙因病重留在家中時，他本人還在公堂上，不可能那麼快做出反應和安排。」

楊功道：「那麼狄公子認為是誰綁走了王家娘子？」狄郊道：「這就很難說了。」其實他內心認為武承嗣是最大的嫌疑人，因為若是衛遂忠投靠了他，他需要一些資本來對付來俊臣，雖然王羽仙並不是什麼關鍵，但所有不利來俊臣的事，武承嗣都會積極去做，從這點上而言，王羽仙在他那裡是安全的。可若武承嗣是因為兒子武延秀的緣故綁架了王羽仙，那麼她可就危險了，多半難保清白。但這話沒有證據不能對外人說，不然不但會令王翰憂心不止，還會落下個「誹謗魏王」的罪名。

楊功便不再多問，只道：「幾位不必過於擔心。我這就去稟告宋相公，再知會洛州州府、河南、洛陽二縣，請他們派人協助搜尋王家娘子。」

等楊功離開，狄郊回頭見王翰坐在草席上，眉頭緊蹙，忙過去安慰道：「你也不必擔心羽仙，就算她真落到來俊臣手中，來俊臣也不會對她怎樣。」王翰搖頭道：「我固然為羽仙擔心，但更擔心王夫人蠙珠。」王之渙道：「是啊，如果真的不是來俊臣綁走羽仙，他沒有了要脅的資本，說不定會下毒手對付王夫人。」狄郊道：「來俊臣雖然狠毒，但對王夫人卻是真情一片，我不信他能下得了手。況且這樁官司在御史臺，宋御史已經派人去了來府，來俊臣哪能這般傻，貿然下手惹人懷疑？」王翰道：「但願如你所言。」

次日一早，狄郊三人被提來大堂，來俊臣人也在場。狄郊留意觀察他神色，見他面色陰沉，似乎並不怎麼高興，也不知道是因為未能及時捕到王羽仙，還是其他緣故。

宋璟道：「昨日來縣令來御史臺控告王翰三人後，本史派出大批人馬取證，現有一些重大疑問，需要在與王夫人對質前先行審問清楚。王翰，我這裡有兩份口供，都是取證自前日壽宴時與你同桌的賓客，稱王夫人曾特意過來握住你的手，還說了『要你好好照顧她』之類的話，可有此事？」

王翰微微一愣，料不到這一細節會被人告發，一時不知道該不該據實回答，不由得轉頭去看狄郊。來俊臣冷笑道：「怎麼，你還想推搪麼？明明是真有其事，我勸你直認了吧，免得刑罰無情。」王翰道：「確有此事。」

宋璟道：「那麼你可有趁與王夫人握手之機將毒藥交給她？」王翰道：「沒有，決計沒有。」

宋璟道：「狄郊，我這裡有七份供詞，兩份來自賓客，五份來自來府家僕，稱賓客慌張四散時，你態度顯得出奇的冷靜，非但沒有跟隨王翰、王之渙二人進內堂，而是隨人流疾步出了廳堂，可有此事？」狄郊道：「回宋御史話，確有此事。」

宋璟道：「你精通醫術，有救死扶傷的天性，為何聽到王夫人服毒自殺後不緊隨來縣令進內室搶救，反倒要走出廳堂？」狄郊道：「回宋御史話，我當時聽到來縣令下命斬下衛遂忠的手腳，所以急著趕了出去，原是想阻止來縣令手下濫用私刑。」

宋璟道：「可王夫人與你是晉陽同鄉，又是你好友王羽仙的姊姊，感情上跟你更親，你為何不先救她，反而要趕去救毫無交情的衛遂忠？」

狄郊一時無言以對，他也不明白自己當時為何會決然這樣做，甚至不顧王之渙的叫喊，心道：「莫非我內心深處得到冥冥中的暗示，知道王夫人不過是假死，而救下衛遂忠則是個關鍵？還是我認為毒藥比刀劍更容易解救，我以為救下衛遂忠後回頭再救王夫人還來得及？為什麼我絲毫記不起自己當時的確切想法？」他當然不能這樣回答，躊躇半晌，只得道：「回御史話，這只是我當時本能的反應。」

來俊臣道：「哼，本能的反應！你事先知道蠙珠不過是假死，所以你毫不擔心。」宋璟道：「狄郊的回答不能解釋事情經過。確如來縣令所言，你應該是事先已經知道王夫人不過是假死，所以你才毫不慌張，先趕去營救衛遂忠。如此看來，衛遂忠捲入其中，與你們通謀也是確有其事。」來俊臣恨恨道：「若不是有衛遂忠參與，他們怎能方便內外勾結？」

王翰等人這才明白過來，一切的證據均對他們極其不利，而跟之前來俊臣慣用酷刑逼供取得口供還大不一樣，這些證據確實是事實。也許來俊臣這次並非出於報復，而是真正認為確實是他們三個在其中搗鬼，所以才敢大膽來御史臺報案。

宋璟道：「你們三個既有救人的動機，又有救人的本領，事實經過俱在，難以抵賴。王翰，衛遂忠人在哪裡？你交他出來，還可以將功贖罪。」王翰道：「我們根本沒有做過這些事，又怎麼會知道衛遂忠藏在哪裡？」

來俊臣道：「宋相公，這三人奸猾成性，鐵證如山，卻還不肯認罪，照律該立即動大刑拷問。」宋璟道：「嗯，等王夫人清醒過來當面對質後，再拷問也不遲。」來俊臣道：「宋相公你……」宋璟道：「來縣令先別著急，御史臺昨日還接了一件案子，也跟來縣令有關。」來俊臣道：「跟我有關？難不成是河南縣捕到了衛遂忠？」宋璟道：「來人，帶他上來。」

卻見數名差役架著一名囚犯進來。那囚犯三十來歲，面容憔悴，披枷帶鎖，腳鐐鐺鐺，站也站不穩，身上血跡斑斑，顯是已經受過苦刑。

宋璟問道：「來縣令可認得此人？」來俊臣道：「不認得。他是誰？」囚犯忽道：「來公這麼快就不認識小人了？明明是來公派我去張府行刺張易之。眼下事情敗露，來公可要救我。」

來俊臣微感愕然，也不理睬那囚犯，轉向宋璟問道：「這到底是怎麼回事？宋相公從哪裡弄來這麼個犯人？」宋璟道：「他叫裘仁，是昨日河南縣移交過來的案子中的主犯之一。」

原來前晚有兩名盜賊闖入了修行坊張易之外宅中的七寶樓，湊巧被難以入眠的宰相李迥秀發現，一人當場被擒，另一人翻出坊牆後竟然趁夜色擺脫了金吾衛士的追捕，翻入了道術坊中。金吾衛士大失顏面，叫開了道術坊，封門大索半夜，也一無所獲，這就是王翰等人為什麼聽見隔壁坊里鬧得沸沸揚揚。出事當晚，張易之湊巧也在家中，命人將擒住的盜賊吊起來暴打一頓，天一亮綑送到河南縣衙。河南縣令楊珣為討好張易之，當即升堂審問盜賊，嚴刑拷問同夥下落。那盜賊捱不過刑罰，只得招供出自己名叫裘仁，是來俊臣派來刺殺張易之的刺客，同伴一定是逃回了毓德坊來俊臣家中。之前張易之等人均以為不過是普通的盜竊案，裘仁與同夥潛入七寶樓不過是要盜取收藏在那裡的各種奇珍異寶，裘仁忽然招認目的在於行刺，倒嚇了楊珣一跳，尤其刺客背後的主謀是來俊臣，更是駭人聽聞。起初，楊珣並不大相信裘仁的招供，因為張易之在女皇跟前的得寵程度雖然超過了來俊臣，但他的勢力只在內朝床第之間，來俊臣則得勢於外朝官場，二人並無任何利益衝突。但湊巧剛剛發生過來俊臣夫人王氏於壽宴當日服毒自殺的事，不由得人不懷疑這其中有什麼關聯。楊珣雖然有心巴結張氏兄弟，卻不敢輕易捲進政治漩渦，所以當裘仁招認自己是來俊臣派出的刺客後，根本不敢再繼續審問下去。又聽說來俊臣本人親自到御史臺控告壽宴一案，忙命人遞送公文到洛州州府和御史臺，請求將行刺案移送到御史臺，理由是「案情重大，許與王夫人服毒案有關」，這當然只是他推託的藉口，沒想到御史中丞宋璟立即接了下來，並且當日就要求將卷宗和犯人裘仁移交到御史臺。

來俊臣聽完經過，冷笑道：「我根本不認得這個裘仁，他明顯是想攀誣來某，一來轉移視線，二來也可以挑撥來某與張五郎兄弟的關係，這種事來某也不是第一次遇到。宋相公沒有發現麼？剛才裘仁被帶進來時，王翰眉頭挑了好幾下，他是認得這個人的，他們根本就是一夥。」

宋璟便問道：「王翰，你可認得裘仁？」王翰道：「我不敢謊言欺騙御史，這個人我確實曾經見過，但既不知道他姓名，也不知道他的來歷，更談不上與他勾結。」

來俊臣冷笑道：「天下間怎麼會有如此湊巧之事？你這話只能騙騙小孩子還差不多。」

宋璟道：「裘仁，你說是來縣令派你到修行坊行刺，你可有憑據？」裘仁道：「來公做事滴水不漏，如何會留下憑據？若不是來公所遣，小人如何能知道當晚張易之留宿在修行坊外宅中？平日他可都是住在宮裡。」

來俊臣道：「我與張五郎兄弟素來交好，五郎甚至幾次來到寒舍，親自送聖上御賜的紫雪給我夫人。我為何要派人刺他？這謊話可實在說得太離譜了。」裘仁道：「來公跟張易之有什麼恩怨小人一概不知，小人只是奉命行事。」

宋璟道：「那好，派人去請張易之張卿來御史臺一趟。來人，先將王翰三人押下。」來俊臣忙道：「宋御史，這三個人應該分開囚禁，單獨提審，以免他們串改口供。」宋璟微一沉吟，即道：「來縣令的顧慮有道理，來人，將王翰三人分開關押，一路不准他們相互交談。」

王翰等人被重新押回了臺獄，果然被分別投入不同的牢房之中，雖然憤懣，卻是令出宋璟，無言可說，無語可辯。

監獄裡總是陰森森的，在這晚秋時節更是寒意颼颼。王翰被關在一間極小的小號中，裡面早有一名赭衣囚犯，箕坐在牆角，披頭散髮，被大枷壓得抬不起頭來。他也顧不上理睬，只覺得一片茫然，尤其是與同伴們被強行分開，令他心裡久久縈繞著一種孤獨的感覺，怎麼也拂之不去。

到晚間時，牢門打開，裘仁被獄卒架進來丟在地上。王翰忙上前扶他坐起來，叫道：「裘君！裘君！」裘仁道：「是王郎。」

王翰道：「你還記得我？」裘仁道：「當然記得。當初在蒲州……」忽見到牆角還坐著一人，忙住了口，問道：「王郎如何也被關進了御史臺？」王翰道：「我和狄郊、之渙三人被來俊臣控告合謀下毒。」

裘仁聞言忍不住笑了起來，道：「來俊臣居然也會……」忽警覺地看了牆角那囚犯一眼，改口道，「是控告王郎毒害王夫人麼？」王翰道：「是。」

心下越發能肯定這裘仁絕不是來俊臣的人，他在公堂上口口聲聲「來公、來公」叫個不停，對來俊臣態度也尊敬得很，適才卻順口叫出了來俊臣的名字，言語中大有譏諷之意，那麼堂上的言行就是有意為之了，想來他是有意攀誣來俊臣，挑撥來、張二方互鬥，可選擇張易之是多麼不明智的對象，倒不如選擇武承嗣。不過無論是張易之還是武承嗣，要說來俊臣派人去刺殺他們，實在太難以令人相信了。這裘仁談吐不俗，絕非一般武夫可比，如何能不知道這個道理？王翰心中疑問甚多，偏偏另有囚犯關在同一室中，距離不及兩步，無法直接詢問。

裘仁道：「聽說是王夫人自己服毒。」王翰道：「是。可關鍵在於不知道她是從哪裡得來的毒藥，來俊臣認為是我在壽宴上遞給她的。」

裘仁皺起眉頭，想了一想，道：「有一件事，可能跟王郎這件案子有點關係，不過我還沒有想得十分明白，等方便時再告訴王郎。」王翰知道他不願意旁邊那戴枷犯人聽見，便點點頭道：「好。」

半夜時，忽有獄卒舉火來開了牢門，喝道：「裘仁起來，宮中有使者來問你話。」王翰忙扶著裘仁起身，倚靠牆壁站住。

火光中，只見一名男子走近牢門。他披著一件大斗篷，帽子完全遮住了面孔，近前看見牢房實在狹小，皺眉道：「另外兩名囚犯先帶出去。」獄卒道：「可是……」那使者森然道：「沒聽見我的話麼？」獄卒道：「是。」招手叫過幾名同伴，進來先扶了那戴枷囚犯出去。

王翰經過那使者時，忽爾留意到他腳上穿著長拗短勒烏皮靴，這種靴頭尖而翹起的靴子正是武將的標準裝束，驀然意識到什麼，頓住腳步望著那使者。正有所猶豫時，那使者驀然從腰間拔出一柄匕首，飛快地塞到王翰手中，隨即握緊他右手，大力往前一推一遞，鐐銬聲中，「嗤」的一響，匕首逕直刺入了裘仁的胸口。那使者迅疾退出牢房，叫道：「這囚犯奪走了我兵刃，快，快拿下他！」

事起突然，王翰一時呆住，手中尚握著那柄匕首不放。裘仁緊緊抓住他手臂，眼睛瞪得老大，道：「我聽到……聽到……張易之告訴他母親……他……他……來……來俊臣……」

王翰道：「來俊臣什麼？」不及說更多，幾名獄卒已然搶進來，將他拖了出去。

王翰道：「放手，我沒有殺人！殺人的是那使者！」轉過頭去，才發現那所謂的宮中使者已經不見了人影。獄卒哪裡聽他叫喊，一齊將他按倒在地。忽聽得一旁的戴枷囚犯道：「放開他！」獄卒聞言立即鬆開了手。

王翰重新奔進牢房，扶著裘仁慢慢坐下，伸手按住他傷口，回頭叫道：「快，快放狄郊出來，他懂醫術。」

牢中死了犯人，當值獄卒均要受到嚴厲處分。獄卒聞言不敢擅處，一齊望著那戴枷囚犯。那人道：「還傻愣著做什麼？快去帶狄郊出來！立即派人去追捕剛才來的宮中使者。」獄卒慌忙應命。那人叫道：「用得著都趕去麼？一幫蠢貨！快來人幫我取下大枷。」

王翰這才恍然同室的獄友是御史中丞宋璟的手下，裘仁也被刻意安排在跟他同一間牢房，無非是要弄清楚他二人是否有勾結。只是裘仁到底知道了什麼了不得的祕密，竟然要被宮中使者殺人滅口？若不是湊巧宋璟安排了手下混進獄中，從旁嚴密監視一切，只怕這殺人罪名又要莫名落在自己頭上，跳進黃河也難以洗清了。

狄郊很快被帶了過來，他進來蹲下一看，即搖了搖頭，道：「這一刀正中要害，入刀又深，來不及了。」

裘仁已然說不出話來，只死死瞪著王翰不放。王翰道：「你放心，我一定會查出真相，給你一個交代。」

裘仁猶自睜大眼睛，但卻慢慢失去了生氣。狄郊上前幫他闔上眼皮，黯然道：「他去了。」

當晚御史臺當值的主管官員恰好是監察御史李昭德。可千萬別小看這位八品官員，他可是本朝著名的能臣，也曾經是風光無限的宰相，一度權傾朝野。其父李乾佑在唐初貞觀年間以精明強幹知名於官場，李昭德自幼頗具父風，明經及第後進入仕途，一路高升為宰相。此人心思靈巧，通曉建築，雖貴為宰相仍不廢舊業，武則天大肆營建洛陽，許多建築如東都外城皆出自他的設計，為時人驚歎。他性格剛強，敢於直諫，是堅定的反武派人物。數年前，洛陽人王慶之率領數百人上表，請武則天廢皇嗣李旦，改立姪子武承嗣為皇太子。武則天不便出面，令宰相李昭德處置，結果李昭德果斷地杖殺了王慶之。又勸告武則天道：「皇嗣是陛下親子，傳天下於子孫，方能為萬世基業，豈有以姪為嗣的故例呢？」當時武承嗣封親王，又兼任宰相，李昭德又道：「武承嗣權力太重，既為親王，又為宰相，恐怕不利帝位，兒子為了權力可以殺弒父親，恰如昔日的隋煬帝，更何況姪子與姑姑呢。」武則天聽後大感危機，立即罷去了武承嗣的宰相職。武承嗣為此深恨李昭德。武則天即帝位以來，酷吏得勢橫行，來俊臣、侯思止等枉法撓刑，陷害忠良，朝臣人人自危，無人敢觸犯他們，唯獨李昭德屢次當廷奏酷吏之奸惡，藉口侯思止犯禁藏錦，將其在朝堂杖殺，酷吏氣焰得以稍抑。來俊臣兔死狐悲，多次勾結武承嗣對他進行構陷，只因武則天實在愛其才華，才未能成功。然而李昭德專權用事，旁若無人，時稱「武承嗣第二」，亦引來朝野痛恨，上疏彈劾其罪狀的大臣前赴後繼，武則天最終心生厭惡，將其罷官流放。他重新被召回朝任監察御史，不過是最近之事。

李昭德聽聞獄中出了殺人命案，忙親自趕來查看。王翰的獄友原來是御史臺的判官，名叫陸源，當即上前稟告了事情經過。李昭德忙命加派人手，前去追捕那使者。

陸源道：「皇城、宮城天黑即落鎖，兩不相通，那人能深夜進來御史臺，肯定不是普通人，只怕他已經重新進入了宮城。」李昭德沉吟片刻，道：「如此，明早到宮門一查出入記錄便可知道使者是誰。」

王翰忽道：「不必了，我認得那人，他叫蒙疆。」李昭德大為意外，問道：「你說使者是郎將蒙疆？」王翰道：「確實是蒙疆，我前幾天還在皇宮遇見過他。」

李昭德道：「好，本史知道了。這兩件案子均由宋相公親自審理，本史不便多插手。不過，明日一早我會發文知會羽林軍大將軍李多祚，請他派人擒拿蒙疆到御史臺，到時還要請王公子出面指認他。」王翰道：「這是自然。」

狄郊忽道：「蒙疆既然敢來御史臺殺人滅口，表示王翰的處境十分危險，請李御史允准將我和王翰關在一處，也好有個照應。」

李昭德問道：「陸判官，你可有查到王翰與裘仁通謀的事實？」陸源道：「下臣從旁仔細觀察，他二人並無通謀，王翰、狄郊幾人應該也不是傳遞毒藥給王夫人的中間人。」

李昭德道：「嗯，宋相公將他三人分開關押，原是因為他們三人嫌疑太重，怕他們串供，眼下事情有了變化，確實如狄公子所言，王公子處境危險。來人，將他們三個人單獨關在一間囚室，脫去手足鐐銬。不得宋相公權杖，任何人不得探監。」

陸源道：「遵命。」忙命當值的典獄為三人安排了一間最靠近獄廳的囚室，稍有異動，獄廳當值的獄卒即能聽見趕到。

王翰、狄郊、王之渙終於又重新在一起，付出的代價則是裘仁的生命。王之渙道：「你是在哪裡認識的裘仁？」王翰道：「他是李弄玉的手下。咱們到達蒲州的第一天，我半夜出去遇見阿史那獻，結果被李弄玉手下擄去，在一間大屋子裡看見過他。」

王之渙道：「這麼說，裘仁一定不是他的真名了。可蒙疆為什麼要殺他？居然還想嫁禍給你。」王翰道：「蒙疆進來時刻意壓低了聲音，我一時沒有察覺，跟他擦肩而過之際才認出來，正疑惑他為何假裝不認得我時，他突然將匕首塞入我手中，一刀刺中了裘仁。我猜這並非他原來的計畫，不過是見我認出他來，不得已而為之。」

狄郊道：「蒙疆在蒲州時，曾經為了放我們幾個出獄而冒險私盜制書，他也是個有仁有義之人，今晚趕來御史臺殺人，應該只是奉命行事。如今他被阿翰認出真面目，明日李御史一道文書發去羽林衛，只怕他就要被人滅口。阿翰，他本可以殺了你的，殺了你才能保他自己萬全。」

王翰仔細一回憶，道：「蒙疆當時確實可以先借我的手殺死裘仁，再反過來以阻止我殺人為名殺死我滅口，我戴有鐐銬，根本無力反抗，但他卻立即退了出去。」狄郊道：「就算蒙疆不知道一旁的陸源是宋御史的人，他也可以強辯是你殺人在先，他有金牌在手，誰敢攔他？」

王翰不由得深為後悔，道：「我沒有想到這麼遠，實在不該向李御史洩露他身分的。」狄郊道：「這不能怪你。」

王翰道：「那麼我現在去向李御史說我認錯了人還來得及麼？」狄郊道：「李御史跟宋御史一樣，也是有名的剛直，你還是不要再節外生枝了。況且蒙疆既是奉命行事，也許命主有恃無恐，就算御史臺也不能拿他怎樣，那麼蒙疆也不一定是非死不可了。」

王之渙道：「你猜命主是誰？」狄郊道：「裘仁被逮，涉及者無非是來俊臣和張易之，你認為來俊臣有本事指使禁軍將領深夜趕來御史臺殺人滅口麼？」王之渙道：「可張易之不過是個男寵，也沒有這個本事。」王翰道：「可男寵的女主人有這個本事。」王之渙道：「啊，你是說是那位……」王翰道：「老狄說得對，若命主果真是那位，蒙疆反倒沒有性命危險了。」

狄郊道：「裘仁一定是無意中得知了什麼宮廷機密。」王之渙道：「總不會又跟璇璣圖有關吧？」王翰搖頭道：「應該不會。」當即說了裘仁臨死前的遺言。

狄郊道：「聽起來似乎是裘仁無意中聽到張易之和母親臧氏的對話，事情跟來俊臣有關，所以他靈機一動，一口咬定自己是來俊臣派去刺殺張易之的刺客，無非是想挑撥他雙方爭鬥。張易之今日也來過御史臺，見裘仁知道了自己的隱密，起了殺人滅口之心，回宮後百般央求女皇，女皇遂派蒙疆來殺人。」

王翰道：「這也是件大奇事，皇帝殺個犯人，居然還要派心腹手下偷偷進來。」王之渙道：「她自己也知道面首這種私事上不得檯面。嗯，還是先不談這個了，咱們自己明日不是還要去來俊臣府上對質麼？」

一想明日的不可預知，三人心頭俱見沉重。王夫人服下的真的是假死藥麼？她會如期醒過來麼？來俊臣有沒有對她做過什麼？王羽仙又被擄去了哪裡？俱霜、胥震下落如何？被關在洛陽郊外的辛漸人還可好？

1 期親：期，一週年。期親，穿一年喪服關係的血親，如伯叔父母、姑母、兄弟、姊妹、妻子、兒女、姪兒女及高祖父、曾祖父等。期親以上指比期親更親近的親屬，如祖父母、父母、丈夫等。

2 內亂：行奸小功以上親屬及小功範圍內的通姦行為，均屬內亂。小功，是比緦麻近一等的親屬關係，是五服中的第四等，穿五個月喪服，如曾祖父母、外祖父母、母舅、母姨等。

3 古代婚姻禮儀包括六禮：納采、問名、納吉、納徵、請期、親迎，是從議婚至完婚過程中的六種禮節，周代即已確立，最早見於《禮記・昏義》。納采：男方欲與女方結親，先請媒妁提親，得到應允後，再正式向女家納「采擇之禮」。問名：男方遣媒人到女家詢問女方姓名、生辰八字，取回庚帖後，卜吉合八字。納吉：男方問名、合八字後，將卜婚的吉兆通知女方，並送禮表示要訂婚的禮儀。納徵：男方向女方送聘禮。請期：男家派人到女家去通知成親迎娶的日期。親迎：是新郎親自迎娶新娘回家的禮儀。

4 越州：今浙江紹興。永欣寺：今雲門寺。

5 夏官侍郎：即兵部侍郎。夏官即兵部，武則天大改官名後的產物。

6 播州：今貴州遵義。司馬：隋唐時為州府佐吏，位在別駕、長史之下，掌兵事，或位置貶謫及閒散官員。

7 門籍：應進入人的姓名、年齡、等級都寫在二尺長的竹簡上，掛在宮門旁，進門時要點名查對。

8 古人對讖緯極為看重，認為是天命所歸。讖，本是秦漢間巫師、方士編造的預示吉凶隱語；緯，是漢代迷信附會儒家經義的一類書，後成為預言未來事象文字圖錄的代稱。隋朝末年，著名道士王遠知給李淵密傳符命，又有僧徒景暉授李淵密記，說他當承天命。當時民間還有「十八子得天下」的讖語流傳，隋煬帝楊廣極為緊張，一度猜忌至親表兄李淵，預備殺他以絕後患。瓦崗軍首領李密也是據此讖語起兵，號令天下。唐貞觀年間，「女主武王」的密語更是令唐太宗李世民無比緊張，不惜為此濫殺無辜。

【卷九】女子心計

門前臺階上橫著一名血淋淋的男子，赤身裸體，渾身布滿各種鞭傷、燙傷；手掌、腳掌已被斬去；面容被畫得稀爛，眼珠被挖出，雙耳、鼻子、舌頭均被利刃割掉。他看起來已完全不像個人，而是從地獄爬出來的浴血鬼魅。

次日一早，御史中丞宋璟命人將王翰等提出臺獄，詳細詢問了昨晚裘仁遇刺之事。李昭德人也在場，道：「下臣已經擬好公文，請羽林軍大將軍李多祚逮捕郎將蒙疆，公文在這裡，請相公過目。」宋璟雖是其上司，卻對這位前宰相極為信任尊敬，道：「臺獄囚犯被人格殺，是自古以來聞所未聞之大事，這就請李御史簽發後送去羽林衛吧。」李昭德道：「多謝相公。為防羽林衛徇私，下臣預備親自走一趟。」宋璟道：「如此有勞了。」命人押了王翰三人，逕直往毓德坊而來。來府戒備極其森嚴，宋璟的侍從楊功早已帶人守在這裡，上前稟告道：「王夫人還沒有醒過來。」宋璟道：「那我們便去王夫人房外等候。」來俊臣聞訊趕出來迎接，乾笑道：「宋相公來得好早！聽說昨晚皇城臺獄中有囚犯被殺，來某還以為宋相公忙得焦頭爛額，來不了毓德坊了。」言語中大有幸災樂禍之意。也難怪如此，他的死對頭李昭德正好昨夜當值，難免落下怠忽職守的罪名，即使不被人彈劾，也要自己上書請罪，丟官罷職肯定免不了。宋璟只是不動聲色地點點頭。王之渙忍不住道：「來縣令如此喜形於色，莫非已經知道被殺的是裘仁？須知裘仁招供是來縣令派他去行刺，他被人殺死，來縣令的嫌疑最大。」來俊臣嘻嘻一笑，道：「若是裘仁在洛陽縣獄，來某還能殺得了他，可他人關在皇城御史臺中，來某哪裡有這個本事？」宋璟道：「囚犯被殺自有李御史處理。來縣令，這就請帶我們去見尊夫人吧。」來俊臣笑道：「各位請隨我來。」王翰等人見他一副喜洋洋的神氣，顯然不僅是因為裘仁被殺而欣喜，而且還對王蠙珠醒來指認一事極有把握，不由得面面相覷，不知道他到底為何如此有恃無恐。難道真的是他捉走了王羽仙？可能將這條消息傳達給妻子？

來到後堂臥房，房外有四人看守，兩人是來俊臣的手下，另兩人則是御史臺的差役。來俊臣道：「宋相公，你的人寸步不離地守在這裡，可以作證，自從他們到來後，來某為避嫌疑，可是再也沒有進過蠙珠的房間。」

一名差役道：「確實如來縣令所言，每日只有兩名侍女按時進去服侍夫人。」狄郊卻記得這裡不是上次來過的王蠙珠房間，一時也想不明白來俊臣到底有何詭計。

來俊臣道：「各位請進。」推開房門，引著眾人進來內室。王嬪珠躺在一張極大的三圍臥榻上，神色安詳。

宋璟道：「如來縣令所料，尊夫人大約什麼時辰能醒過來？」來俊臣道：「應該快了。為了要查明真相，來某還有個主意。宋相公請看，這具屏風臥榻是西域之物，人在前面，絲毫看不到屏風後，但若是站在屏風後，卻能清楚看見榻上的情形。來某斗膽請求宋相公和來某等人藏在屏風後，只留下王翰、狄郊、王之渙在榻前，嬪珠醒過來只見他們三人，以為詭計已經得逞，口中定然吐實。這可比當面對質要強許多，免得有些人又說是我來某在搗鬼。」

宋璟微一沉吟，即道：「甚好。」命從人退出去，只留下楊功和兩名書吏，一齊站到屏風後。

來俊臣笑道：「三位公子切莫交談，不然有串供嫌疑，也不要妄想給嬪珠傳遞消息，我們在屏風後可是看得一清二楚。」

王翰等人這才開始相信確實有人給了王嬪珠假死藥，而她自己本身也是知情者，來俊臣也許並不知道王翰三人本是無辜，但這一招可謂老道之極——一旦王嬪珠醒來只見到王翰等人，防範之心盡去，稍微一露口風，他們可就百口莫辯。除非她醒過來後直接說出真正的同謀者，可這也不是王翰等人願意見到的，他們不想看到一個好心幫助王嬪珠姊妹的人就此落入陷阱。

正不知道該如何是好時，忽聽得王嬪珠「嚶嚀」一聲，悠悠睜開眼睛。眾人想不到她說醒就醒，來得如此之快，一時呆住，還是狄郊先反應過來，搶上前去一搭脈息，平穩均勻，不由得暗暗稱奇。

王嬪珠顧不上理會，急切地問道，「翰郎，羽仙人呢？」王翰微一遲疑，答道：「羽仙人不在這裡。」王嬪珠道：「我不是把她託付給你了麼？」王翰道：「她……她生病了。」

王嬪珠道：「唉，可憐的羽仙，她一定以為我真的死了。」她不知道自己每說一句話，就將王翰等人往死裡推了一把。又慢慢坐起身來，四下轉頭一看，問道：「我這是在哪裡？」

來俊臣哈哈大笑走了出來，笑道：「蠙珠，你是我夫人，還能在哪裡？當然是在自己家裡。」王蠙珠遽然色變，面如死灰，慌忙去望王翰。王翰也無言以對，只能無奈地搖了搖頭。

來俊臣道：「宋相公，你親眼所見，親耳所聞，眼下鐵證如山，足以給王翰三人定罪了。」宋璟點點頭，叫道：「來人，將王翰三人鎖了，押回御史臺。來縣令，尊夫人也得跟本史走一趟。」

來俊臣忙道：「本案我是告主，我只告王翰三人，並不包括蠙珠在內。」宋璟道：「尊夫人不是被告，卻是關鍵證人，按律也得下獄收押，以防有變。」

王蠙珠忽然尖叫一聲，又再次暈倒在榻上。來俊臣嚇了一跳，忙上前查看，見她只是因憂懼而暈厥，這才略略放心，道：「這樣，等蠙珠醒來，我再親自送她去御史臺。宋相公若是不放心，大可留下你的人在這裡看守。」宋璟道：「也好。」依舊命之前守在這裡的差役留下。

王翰等人一直一言不發。楊功忍不住悄悄問道：「真的是你們幾個做的？」王翰等人只有苦笑。

來俊臣親自送出大門，問道：「這件案子宋相公預備如何決斷？」宋璟道：「當然是依律決斷，是非曲直，公堂上自有宣判。」來俊臣笑道：「好，宋相公果然是公正無私，清名在外。」重重看了王翰一眼，無比得意。

忽見監察御史嚴善思帶著大批金吾衛士趕來，那些金吾衛士不待吩咐便自行包圍了來府。

嚴善思年過六旬，鬢髮全白，他近來很得武則天信任，負責處理所有告密事件。以前武則天獎勵告密，告密者不許大臣過問，均由她親自召見，而近來精力大大不濟，又沉湎於二張的柔情中，對這些事不由自主地開始厭煩，所以特意選中老成持重的嚴善思來應對告密者。不久前，嚴善思一舉將八百餘名告密者以虛構誣上罪處罰，如此一來，羅織告密之風大為收斂。嚴善思聲名鵲起，極得時人稱讚。這樣一個人，自然是酷吏的對頭。

來俊臣神色登時一變，問道：「宋相公，這是要做什麼？」宋璟也不明究竟，問道：「嚴御史，你這是……」嚴善思道：「洛陽縣令來俊臣貪污受賄，陰謀大逆，奉聖意，來俊臣本人立即逮送御史臺獄，來府其他人就地軟禁。」

眾人聞言均大吃一驚，宋璟、王翰等人的驚訝甚至還在來俊臣本人之上。只有狄郊心道：「看來我所料不錯，衛遂忠投靠了武承嗣，又說動武承嗣去女皇面前告發了來俊臣。」

嚴善思又道：「宋相公，聖上有旨，召你立即入宮。這裡的事，請交給下臣處置。」

衛士叢中閃出一名宦官，上前遞過來一枚左符[1]，道：「請宋相公勘驗。」宋璟解下腰間玉袋，掏出龜符，見與左符契合，不敢怠慢，忙帶了隨從往皇宮趕去。

嚴善思遂命金吾衛士拿下來俊臣。那些金吾衛士同樣恨酷吏入骨，一擁上前，繩綑索綁，將來俊臣縛成了一個人肉大粽子。

來俊臣勃然大怒，叫道：「放手，你們竟敢拿我。我要見聖上……見……」話音未落，口中便被塞了一團馬糞，粗暴地丟入檻車。

嚴善思命人鬆開王翰幾人的綁縛，道：「聖上特別交代，近來凡是來俊臣告發的案子，被捕的犯人一律無罪開釋。幾位請吧。」

王翰忙道：「我們想再進去看看王夫人，有一些重要的話要問她。」嚴善思板起面孔，道：「不行。聖上有旨，不奉詔令，任何人不得出入來府。來人，封門！」金吾衛士當即上前將王翰幾人趕出來，在來府前設置一道警戒線，禁人出入。

王翰等人無奈，只得怏怏回來惠訓坊。令人驚喜的是，李蒙、俱霜等人正陪著王羽仙在家中等候，永年縣主武靈覺也在，原來之前是太平公主派人接走了王羽仙。王翰回想，之前狄郊曾出主意讓自己帶著王羽仙躲入太平公主府上，不由得很是新奇。

王羽仙尚不知道王蠙珠服下的是假死藥，忽聽說姊姊又活了過來，立即要趕去來府探視。王翰忙拉住她道：

「眼下來府有金吾衛士把守，你進不去。」

王羽仙道：「金吾衛士？」王之渙道：「你姊夫來俊臣已經被聖上下旨逮捕下御史臺獄，說不定正好關在咱們昨晚蹲過的那間牢房呢。」王羽仙喜道：「當真？呀，這下姊姊該放心了，再也不用害怕這個惡人。」

狄郊心道：「來俊臣這次以這麼大的罪名被下獄，告發的人又是武承嗣，怕是難逃一死。蟦珠雖然被逼，終究還是他的夫人，能逃得掉麼？最好的結局也是沒入宮中為奴，從此再不得見天日。不牽連妻族羽仙等人已經是萬幸。」他心中雖然這般想，卻不便當面說出來，只默默不語。

王之渙將李蒙拉出院子，問道：「你帶永年縣主來這裡做什麼？」李蒙道：「嗯，有件事我正要告訴你們，靈覺已經是我未過門的妻子，我們打算過一陣子就正式成親。」

王之渙大出意外，呆了半晌才問道：「你是為了救尊父麼？」李蒙道：「算是吧。家父已被貶為蒲州司馬，全仗靈覺求懇太平公主出面周旋，才免去死罪。」

王之渙道：「可朝廷不是向來不准皇親與我們五姓七家通婚麼？什麼時候你們趙郡李姓變得特別了？」李蒙道：「太平公主十分寵愛靈覺，特意為此求過聖上，聖上也特別恩准了。」

王之渙道：「那麼太平公主派人帶走羽仙……」李蒙道：「這件事我事先可不知道。近來太平公主府上人來人往，我都不知道她接羽仙來了正平坊。」

王之渙奇道：「你一直住在太平公主府上？」李蒙面色一紅，道：「是。不過我跟靈覺說了，打從今日起，我要搬來跟你們同住。」王之渙道：「那永年縣主呢？」李蒙面色更紅，道：「她當然要走，我這就讓她走。」

來俊臣被捕轟動了整座洛陽城，落井下石上書告發其罪狀的奏表如雪片般飛上武則天案頭，除了武承嗣、武三思為首的諸武，還有太平公主、皇嗣李旦、禁軍將領數十人，文武大臣更是多不勝數。

然而來俊臣下御史臺獄後，武則天按而不問，特別下令不得詔書，任何人不得審問。她很明白來俊臣殺人太多，仇家極眾，可他殺人都是秉承她的旨意，她身邊需要有這麼個得心應手的人，好隨時除去那些不順眼的障礙。她也聽過所謂來俊臣自比石勒一說，子姪們聯名的告發書均認為這是來俊臣大逆不道、預備謀反的罪證，可這僅僅是來俊臣酒後的狂言妄語，能做得數麼？

武則天的曖昧態度無疑令人惶恐不安。所有人都知道來俊臣是個什麼樣的人，他是個陰刻的小人，是個睚眥必報的人，如果他這次不死，日後定會東山再起，那麼告發過他的人不被殺死滅族，也要被活活整脫一層皮。來俊臣必須下地獄！越來越多人加入告發他罪行的行列中，甚至連女皇寵幸的面首張易之、張昌宗也出面告發來俊臣圖謀不軌，但武則天還是不表態。這些人是真不明白，還是假不明白，來俊臣就是她的一條臂膀啊，她怎麼能揮刀斬下自己的手臂呢？

直到監察御史嚴善思將自來府中搜到的機密信函送到女皇面前，她的態度才急轉直下。這十餘封機密信函，除了幾封是告發朝中大臣的奏表，還有來俊臣與契丹反賊孫萬榮的書信來往。當然，來俊臣並不是要勾結契丹謀反，他只是要孫萬榮交出曾經賄賂前宰相李昭德的證據，為此他願意事先提供朝廷軍隊的動向給孫萬榮。

武則天最清楚李昭德與來俊臣之間的恩恩怨怨，二人都想尋機致對方於死地，她將這二人一個放在監察御史位子上，一個任命為洛陽縣令，本就有令他們相鬥、互相牽制之意。然而李昭德接受孫萬榮賄賂應該不是空穴來風。當年李昭德任宰相時，確實曾上書保奏孫萬榮升官秩為三品，當時孫萬榮還是歸誠州刺史，對朝廷也尚服帖，武則天准奏後又特賜繡金紫袍一件。若不是李昭德受賄真有其事，來俊臣何須冒著洩露朝廷軍事機密的危險向孫萬榮索要證據？最令人切齒痛恨的是，來俊臣明明知道李盡忠、孫萬榮是眼下女皇最痛恨的人，卻還要因一己之私與其勾搭。

基於這些最簡單的推理，武則天終於忿然下詔，命御史中丞宋璟審訊來俊臣謀反一案，必要時可以動用一切刑訊手段。

來俊臣被帶上公堂，自然竭力否認那些書信是他所寫，稱是有人仿冒他筆跡栽贓陷害，跟之前宋璟審理過的狄郊反信案並無二樣。更離奇的是，他還稱那告發監察御史李昭德受賄的奏表也並非他所作。

李昭德已經被收獄，由監察御史嚴善思負責審問，他倒也坦然，不等用刑就主動招承多年前確實曾經收過契丹孫萬榮的巨額賄賂。按照唐律規定，受財枉法屬於坐贓罪，按財物多少計罪，最高判三年徒刑。然李昭德受賄後又為孫萬榮奏請官職，按律在坐贓罪的基礎上要再加二等，即死刑。他既主動認罪，嚴善思也依法判刑，定為絞刑。

本來到這個地步，沒有人再會相信來俊臣的辯解，偏偏宋璟是個謹慎的人，特意請來當世著名書法大家王綝、鍾紹京辨認筆跡。這王綝是王羲之後人不必多言，鍾紹京也是出生在書法世家，為三國時期魏國太傅鍾繇的第十七代世孫。洛陽皇宮中的明堂門額、九鼎之銘，及諸宮殿門榜、門榜、牌匾、楹聯等淨是他的墨寶手跡，以至時人稱鍾繇為「大鍾」，鍾紹京為「小鍾」。

王綝、鍾紹京仔細比照了之前來俊臣上奏朝廷的奏表，以及嚴善思新近從他府中搜出的機要信件，一致認為是同一人所書。宋璟便再無話說，命書吏一一記錄下來，請二人簽上名字。

當日回家時，宋璟特意換上便服，只帶楊功一人，繞道惠訓坊。王翰見眾所矚目的御史中丞大駕光臨，不知道他所為何事，慌忙迎了進來。宋璟命王翰只留下狄郊、王之渙、李蒙幾人，又命楊功到門前把守，不讓人靠近。眾人料到他有機密話要說，也不敢多言。

宋璟悶悶不樂地坐了半晌，才問道：「你們怎麼看待來俊臣家中搜出的這些信？但說無妨，不過我想聽聽實話。」王翰幾人交換一下眼色，均不願意開口。

宋璟道：「我知道你們不願意為來俊臣說話，但又不願意謊言欺騙我，可我一定要聽聽實話。狄公子，你來說。」狄郊只得應道：「是。眼下告發來俊臣的人數不勝數，但都不過是紙上談兵，真憑實據只有嚴御史自他府邸搜出來的那幾封信。」

宋璟道：「不錯，正是因為這幾封與契丹孫萬榮通謀的信件，才促使聖上下決心處置來俊臣。」狄郊道：「可這信明顯有蹊蹺之處。來俊臣惡事做盡，仇人遍天下，多少人盼著他出錯露出破綻來，好置他於死地，然而他前幾番被人彈劾降職也只是因為貪污受賄之事敗露，沒什麼重罪。他為人謹慎，做事周全，明知道無數人正虎視眈眈地盯著他，怎麼可能在自己的宅邸留下如此重要的信件，還被嚴御史搜了出來？」

宋璟道：「狄公子說得對，嚴御史並不可疑，可疑的是這來歷不明的幾封信。」頓了頓，又道，「坦白說，之前王夫人服毒那件案子，我確實懷疑過你們三位，若不是突然冒出來俊臣這起案子，我本來還會繼續懷疑下去，也預備依照律法判刑。你們不會怪我一時糊塗、沒有信任你們吧？」

王之渙道：「那麼宋御史現今又是如何知道我們幾個無辜呢？」宋璟道：「之前你們嫌疑最重，是因為王夫人身處來俊臣的心腹包圍之中，沒有得到毒藥的機會，而湊巧你們在壽宴上接觸過王夫人，王夫人又當面將王家娘子託付給王公子。後來王夫人醒來，絲毫不為自己沒死驚訝，那番話更是你們通謀的鐵證。然而來俊臣在自家門前意外被逮後，金吾衛士迅疾包圍了來府，沒有人能夠隨意出入。又是誰將信暗中放入了來府？既然能有人做到這一點，之前將毒藥傳給王夫人也就不在話下了。」

王翰道：「知道這其中關竅並不困難，請御史允准我們進來府，當面一問王夫人便知。」宋璟道：「我正要告訴各位這件事，王夫人跳井自殺了。」

眾人聞言大驚失色。王翰道：「王夫人跳井自殺？怎麼可能？」宋璟道：「嗯，是金吾衛士親眼所見，不過屍首並沒有撈到。你們也知道，來俊臣家裡的幾眼水井均與漕渠[2]相通。」

王蘋珠死而復生，生而復死，經歷之離奇，令人扼腕歎息。她之前被來俊臣強娶為妻後，早有求死之心，只是擔心死後來俊臣狂性大發，瘋狂報復自己的親屬，現在大概見到丈夫被逮下獄，終於可以放心地自殺。只是她身後尚留下一個巨大的謎題，到底是誰給了她假死藥？衛遂忠到底是事先被她利用，還是事先早已與之通謀？

狄郊忙問道：「衛遂忠還沒有找到麼？他可是王夫人服毒案的關鍵人物。來俊臣突然被人告發，應該也跟他有關。」宋璟道：「我料到衛遂忠逃去了魏王府上，派人去索要，但魏王堅稱沒有見過衛遂忠這個人。」

王之渙道：「若不是衛遂忠從中挑撥，魏王這次怎麼可能積極帶頭上表，告發來俊臣呢？」宋璟道：「然而魏王堅持說沒有見過此人，旁人也無可奈何。我今日貿然造訪，是有一件事想要拜託幾位。」

狄郊道：「但請宋御史吩咐。」宋璟道：「我想請你們幾位私下幫我查一查來俊臣這件案子，而今御史臺一舉一動為天下矚目，稍微有一點風吹草動，便會有人上書彈劾。我知道這會令你們為難，但我自己何嘗不是如此？我也希望來俊臣死，但這次他明顯是被人栽贓誣陷。」

眾人一向以王翰為首，便一齊望著他等他示下。王翰決然道：「來俊臣誣陷賢良，害死了多少人，眼下又間接逼死了王夫人蠙珠，宋御史怎能要求我們出面為他查案？難道要還他清白、好讓他繼續為非作歹害死更多人？不，我們做不到。」

宋璟道：「難道你們不想知道真相麼？來俊臣是右手書寫，而這次仿冒他筆跡的人是左手執筆。」眾人一時呆住。宋璟道：「當然，車三已被當眾斬首，決計不能復活再行仿冒來俊臣筆跡，我只是覺得這件事很不同尋常，似與之前狄公子的那件案子有許多相通之處。」

他卻是不知道當日刑場上處死的車三是假的，真的早被人掉了包，而且車三雖然左手執筆，卻不會仿人筆跡，另外有個懂得臨摹書信的左撇子真凶還沒有抓到。但這其中的關節王翰、狄郊等人卻是一清二楚，幾人立即想到這摹寫來俊臣書信的人應該跟臨摹狄郊筆跡的是同一人，那人之前為淮陽王武延秀奔走，現在為他老子魏王武承嗣效力，絲毫不足為奇。

狄郊先不說破，道：「好，我們答應宋御史，一定查清楚這件案子。」宋璟甚是欣慰，道：「多謝。本史自會有所報答，告辭。」狄郊道：「哪敢要宋御史的報答？」當即送宋璟出去。

王翰道：「王夫人投井自殺一事，大家先別告訴羽仙。」王之渙道：「可是紙包不住火，她早晚要知道。」王翰道：「她身子剛好，能拖一時就是一時吧。」王之渙道：「那眼下咱們要怎麼辦？去找衛遂忠？」

李蒙道：「我實話告訴你們吧，我在太平公主府上見過衛遂忠，他有重要事情要求見公主。」王之渙道：「啊，你剛才怎麼不說？」李蒙道：「我為什麼要說？太平公主可是幫過我們的。況且就算我說出來，宋御史去找太平公主又能有什麼結果？」

王翰道：「我知道了，那個人是宗大亮。老狄，你快些進來，當初那封送到你伯父手中的家信，肯定是宗大亮寫的。」

狄郊道：「宗大亮？怎麼可能？你有什麼憑據？」王翰道：「我本來也想不到是他，全靠李蒙提醒。當日我被綁去洛陽郊外，那神祕人揭穿了車三並非真正的代筆者，要求我查清此案。我特意向那人打聽宗大亮的下落，他說宗大亮聲稱告變被召入宮中後下落不明，不過也許可能藏身在正平坊太平公主外宅中。」

王之渙道：「那神祕人能在短短時間內從刑部取來證物，在朝廷中也應該是位手眼通天的人物。他這麼說，一定有根據。」王翰道：「嗯。宗大亮是老狄那件案子和來俊臣假信案的唯一共通人，不是他還能是誰？當初他藏在普救寺梨花院中的反信副本，實際上就是他自己親筆所書。」

李蒙道：「可既然宗大亮自己就會仿人筆跡，當初在蒲州為何還要引薦黃瘸子來擬寫反信呢？」王翰道：「這就是這個人的狡詐之處，而今黃瘸子因財被殺，真假車三作為宗大亮的替罪羊均被處死，只有宗大亮安然無恙，我猜就連武延秀也不知道其中究竟，以為只有黃瘸子和車三會臨摹他人筆跡。」

狄郊道：「嗯，這點我贊同阿翰，宗大亮這個人確實狡詐，他主動招供，又主動交出反信副本，確實迷惑了我們所有人的眼睛。若不是來俊臣這件案子，我們至今還懷疑不到他身上。」

王之渙道：「李蒙，你有沒有問過武靈覺，她當初為什麼要救裴昭先，還讓宗大亮將他綁在普救寺中？」李蒙道：「沒有。不過靈覺很孩子氣，愛跟人作對，也常常捉弄武延秀，我猜她不過是一時興起。說到底，太平公主真的跟來俊臣這件案子有關係麼？」

王翰道：「眼下『倒來』聲勢浩大，肯定是因衛遂忠而起。宗大亮一直躲在太平公主府上，而後來衛遂忠又去了她那裡，她覺得機會來了，便讓宗大亮模擬來俊臣筆跡寫了一堆信件，再設法放入來府中，公主才是這場告變的幕後策畫者。」

狄郊道：「可是這件事完全說不通。太平公主是女皇最寵愛的女兒，來俊臣奉承她還來不及，二人無冤無仇，她為何要用假信陷害他？而且，太平公主除了因私生活放蕩出名，其他事情一向低調，更從來不干預朝中政事，衛遂忠為何又要去投奔太平公主？要保命，魏王武承嗣才是他唯一的選擇。」

王之渙道：「嗯，宋御史也認為衛遂忠是投靠了武承嗣。而且這次告變，明明是武承嗣帶的頭。」李蒙道：「不過我確實在太平公主府邸前看見了衛遂忠，也許太平公主拒絕了他，所以他又趕去投奔武承嗣。」

王翰道：「那麼用來陷害來俊臣的假信又是從哪裡得來的呢？要知道太平公主與武承嗣並不和睦，當年她第一任丈夫薛紹被殺後，女皇為她選中的新駙馬本來是武承嗣，但不知道為何後來又變成了武攸暨。這其中的說法可就多了，有說是武承嗣不願意殺死原配妻子給公主騰地兒的，有說是公主自己不願意的，總之，這二人並不對眼。」

狄郊道：「就算宗大亮和衛遂忠都為太平公主所用，可她為什麼要冒這麼大的風險對付來俊臣？」

王翰道：「李蒙，你還記得當初我來神都營救羽仙前，尊父曾經建議我最好投靠太平公主麼？」李蒙道：「不錯，太平公主第一任丈夫薛紹就是死在酷吏周興手中，家父曾聽聞周興被殺其實是太平公主下的手，所以認為公主痛恨酷吏，也許會暗中助你一臂之力。」王之渙道：「當初我也贊同過，不過阿翰自己不願意。」

狄郊道：「公主的殺夫仇人是周興，其實歸根結柢還是她自己的親生母親，僅憑她痛恨酷吏這一點，實在難以表明她會有動機出頭對付來俊臣。她經常出入女皇身邊，應該知道來俊臣在她母親心目中的地位。」王翰道：「正因為公主非常清楚來俊臣在女皇心中的重要性，所以她才搞了假信這麼一招。孫萬榮，嘿嘿，朝廷上下切齒痛恨的反賊，多好的機會。」

狄郊道：「就算是太平公主做的，可如此一來不也牽扯出監察御史李昭德了麼？他可是雷厲風行的反對酷吏政治的人物，目下已按貪贓罪被判處絞刑，死期不遠。太平公主本來就沒有對付來俊臣的動機，為何還要連帶陷害李昭德？這是最大的矛盾之處。」

李蒙也道：「沒錯！反倒是武承嗣與李昭德有不共戴天之仇。阿翰說太平公主策畫了整件事，太異想天開。抑或宗大亮本人也躲在魏王府中，不過那神祕人不知道罷了。」王翰仔細回想了一下，道：「也對，神祕人當初告訴我宗大亮在太平公主府上時，言語之間確實不是那麼肯定。」

俱霜忽然推門進來道：「你們說的這些都只是推測，但衛遂忠投奔太平公主卻是李蒙哥哥親眼所見，這才是最關鍵的——你們有沒有想過衛遂忠為什麼要投奔太平公主？」李蒙道：「呀，你偷聽我們談話？」

王之渙忙問道：「難道霜妹知道原因？不妨說出來聽聽。」俱霜得意一笑，道：「一定是來俊臣手中握有太平公主的把柄！衛遂忠要是去投奔魏王武承嗣，還得費半天口舌挑撥離間他和來俊臣的關係，但若是來俊臣湊巧抓住了太平公主的把柄，正預備上告，衛遂忠趕快去將實情告訴公主，不用多費唇舌，公主立即收留了他，而且齊心協力，一起對付來俊臣。」

眾人開始覺得不可思議，但仔細一回味，均覺得有理，這確實是解釋衛遂忠為何棄武承嗣選擇太平公主的最好理由。但太平公主貴為天下唯一的公主，又有什麼把柄能被來俊臣捏住呢？

李蒙問道：「你是怎麼想到這些的？」俱霜笑道：「這用腳趾頭也能猜到，偏偏你們幾個聰明人想不到。我告訴你們，太平公主不是表面看起來的那樣，她為人很好的，小時候我家裡窮，她還暗中接濟過我們。李湛將軍也是她……」忽見眾人瞪大眼睛死死盯著她，這才意識到自己失言，慌忙往外奔去，道：「我得去看看羽仙。」

王翰挺身擋在門前，道：「你到底是什麼人？今日不說清楚，別想走出這扇大門。」俱霜道：「那我就坐在這裡好了。」當真走過去坦然坐下來。

眾人見她不肯說出身分，也無可奈何，總不能強逼於她。正僵持之時，夜鼓「咚咚」，老僕來叫各人吃晚飯，只得就此作罷。

這一夜，天幕陰漆一片，無半點星光。冷風泠泠，帶著重重的水氣掠過洛陽全城。洛河上霧氣茫茫，完全被氤氳遮蓋住了光潔婀娜的身影。乾旱已久的神都終於要下雨了。

次日一早，王翰、李蒙、王之渙三人來到正平坊，名義上是感謝太平公主事先派人接走王羽仙，實際上是想探聽宗大亮和衛遂忠的下落。

正平坊位於城南，就在尚賢坊的西北角。這裡住戶不多，太平公主的豪宅占去了坊區西面的一半，東面大部分則是國子監的建築。國子監是古代的一種大學，始設於隋代，下設國子學、太學、四門學、律學、書學、算學六學，各學皆立博士，掌監學之政。這六所學校之間也有差別，主要體現在學生的資蔭[3]、身分上。國子學、太學、四門學分別面向三品、五品、七品以上官僚子弟，律學、書學、算學則面向八品以下子弟及庶人。此外，國子生、太學生、四門生學習儒家經典，律學、書學、算學學生則學習專門技術。

在國子監的北面，還住著一位權臣，即現任宰相李迥秀。他被武則天下敕命以情夫身分侍奉張易之母親臧氏後，已經搬去修行坊的張易之外宅，久不回家居住。傳聞是太平公主向女皇出了這個主意，目的只為報復李迥秀家僕曾與公主戶奴爭道。臧氏容貌不佳，李迥秀又不敢得罪她，只得經常飲酒裝醉，雖因奉旨當情夫得拜宰相，卻早已淪為天下人的笑柄。

李蒙因久住太平公主府邸，門夫知道他是永年縣主的未婚夫，便放他們直接進來。宅內築山穿池，竹木叢萃，有風亭水榭，梯橋架閣，島嶼迴環，極都城之勝概。

幾人在客堂等了一會兒，有人又引他們來到內堂中。已經是初冬季節，天氣寒冷，室中燒了一盆石炭[4]，溫暖如春。有僕人進來奉上酒水和幾碟點心，道：「請各位郎君稍候，公主馬上就到。」便輕手輕腳地掩上門，退了出去。

然而這「稍候」一候就是一個多時辰，王翰見久久沒有僕人進來伺候，才感覺不對勁，忙奔過去推門，卻已經被鎖住。王之渙道：「咱們是被軟禁了麼？」王翰道：「看來是這樣。」

李蒙道：「公主為什麼要這麼做？」王翰道：「這還用說麼？正如我昨日所言，一切都是太平公主在暗中策畫，她已經猜到我們的來意，所以派人引我們來這裡，囚禁起來。」

李蒙道：「就算是如俱霜所說，公主有要對付來俊臣的理由，可明明是武承嗣上書告發來俊臣在先，這又怎麼解釋？」王翰道：「這讓人一點也想不通。不過，若公主不是心中有鬼，為什麼不敢見我們，反而要將我們關在這裡？」

忽聽見外面有人問道：「你們幾個鬼鬼祟祟的在這裡做什麼？」正是武靈覺的聲音。李蒙大喜，叫道：「靈覺，我在這裡。」

武靈覺忙奔到門前，見門上上了一把大鎖，喝道：「把門打開。」有僕人應道：「回縣主話，公主有命，不到天黑不能放這幾個人出來，包括李郎在內。」

武靈覺大怒，重重打了那僕人一個巴掌，道：「這裡本來是我家，她要發號施令，幹麼不回她自己的公主府、不回她的皇宮去？」原來這處宅邸原本是定王武攸暨的住處，太平公主改嫁後才搬來這裡。僕人喏喏連聲，就是不肯開門。

裡面王之渙聽見，道：「聽起來這位永年縣主跟她嗣母關係並不好啊。」李蒙白他一眼道：「若是有女人為了嫁你父親為正妻，公然殺死你母親，成為你嗣母，你會跟她關係好麼？」

王之渙道：「父母之仇，不共戴天，怎麼會好？不過既有嗣母名分，也無可奈何，我會立即搬走，再也不見她一面。說到底，永年縣主最終不是還請太平公主出面幫過許多忙麼？」李蒙知王之渙暗指，武靈覺曾經為了助他父親脫罪懇求過太平公主一事，面色一紅，道：「靈覺是為了我才……」

忽聽見門板「哐噹」作響，武靈覺不知道從哪裡尋來一塊石頭，往門上銅鎖砸了起來。僕人知道她刁蠻任性，又素為定王、公主寵愛，不敢上前阻止，只在一旁乾著急。

驀然，腳步聲紛沓而至，一女子揚聲喝道：「靈覺住手！」王翰一聽這聲音，就知道是太平公主本人到了。武靈覺也不聽從，繼續砸門，直到太平公主命侍女上前將她拉開，才質問道：「你為何將我未婚夫關在裡面？」

太平公主斥道：「胡說，哪有這回事？來人，快些開門。」當先進來，歉然道：「實在抱歉，我剛從宮裡回來，下人不懂事，怠慢了各位公子。幾位找我有事麼？」王翰見她神色泰然，一時難辨她言語真假，便道：「我們今日來，是特地拜謝公主曾妥善安置照料羽仙，多謝公主仗義援手。」太平公主道：「區區小事，何足掛齒。抱歉，我還有事，不能……」

王之渙忙問道：「還有一事，不知道公主可認識宗大亮這個人？」太平公主道：「宗大亮？嗯，我倒是聽過他的名字。他是皇母姪子宗楚客的堂弟，宗楚客就是因為他弄什麼反信誣陷狄相公才受牽連被貶出朝。王公子問他做什麼？」

李蒙見她明顯否認自己認識宗大亮，忙道：「宗大亮才是上次那反信案的執筆者，那封送到狄相公手中的反信就是他的手筆。」太平公主道：「噢？」這一聲「噢」明顯是故作驚訝，也不知道她是早已知道事實，還是根本不關心。

王之渙道：「那麼公主可有見過來俊臣的心腹衛遂忠？」太平公主道：「沒有。他確實來過我這裡，但我不肯見他，所以他又走了。幾位若沒有別的事，這就請吧。來人，送客。」

王翰等人只得悻悻告辭。武靈覺跟出門外，道：「她在撒謊騙你們。」李蒙道：「她？你是說太平公主麼？」武靈覺道：「還能有誰？這幾日她天天躲在水榭中，跟她那些門客祕密商議著什麼，不許旁人靠近半步，連我父王也不能進去。」

王之渙道：「縣主可認得公主的那些門客？」武靈覺道：「很少照面，哪裡會認得？水榭是她來了後新修的，我從沒進去過，聽說有祕道直接通向外面。說不定你們要找的宗大亮、衛遂忠都藏在裡面。」

王翰驀然得到某種提示，道：「呀，祕道，來俊臣家中一定也有祕道，說不定那些栽贓來俊臣的信就是透過祕道送進去的。」王之渙道：「這件事還是得找到衛遂忠才能問清楚。還有王夫人如何得到毒藥那件事，也得問他才能知道。」

武靈覺聞言很是驚詫，問道：「你們是說，來俊臣是被人陷害的？」王翰不便明說。李蒙忙道：「這件事說起來……」

忽見幾名國子監生大呼小叫地奔出監門，疾步朝北趕去。王之渙皺眉道：「現在的監生都是這般不講斯文禮儀麼？」

話音未落，又有更多的監生爭相趕出來，幾人這才意識到發生了事情。王之渙上前攔住一人，問道：「出了什麼事？」那監生只道：「天津橋！天津橋！」便推開王之渙，朝前去追趕同伴。

幾人出來正平坊，坊正、坊卒以及把守坊門的衛士通通都不見了，武侯鋪中空無一人。滿大街都是往北趕去的人，個個臉上流露出興奮焦急的紅光。人如潮湧，熙熙攘攘。幾人一出坊門，差點被人流衝散。

王之渙十分納罕，道：「到底發生了什麼事？莫非是天津橋塌了？」

王翰當日來洛陽時，正好遇到刑部在天津橋南處死車三，頓時明白了究竟，道：「呀，朝廷要在天津橋南處死犯人。被處死的一定是來俊臣，只有他的行刑才能引發這麼大的轟動。」

王之渙道：「啊，宋御史還沒有上報審訊結果，怎麼會這麼快就處刑？走，我們也去看看，看看被殺的是不是真的來俊臣。」

來俊臣一案轟動朝野，不僅洛陽士民，全天下的人都在緊密關注這件案子，甚至連北方契丹戰事也變得沒那麼要緊起來。主審官御史中丞宋璟白日在御史臺得頻繁接待一大堆得以進入皇城的權貴大臣，晚上回到宅邸又早有各色官員、士人、百姓及神祕人物候在門內外，人數之多，令宋家上下煩不勝煩。這些人來的目的只有一個，那就是強烈要求宋璟判處來俊臣死刑。宋璟始終不肯明確表態，只說有司自會公正判決，而且判決書須呈報聖上，最終的裁決權仍然在女皇手中。人人信服宋璟的公正，可眼下需要的不是公正判決，而是酷吏的極刑。

深宮中的武則天反而沒有宋璟矛盾不已的心態，雖然告發來俊臣謀反的人前赴後繼，但她素來是個意志堅決的人，不容易為人左右。她是真的很喜愛來俊臣，辦事得力，還是個美男子，尤其名字取得極好——「來俊臣」，當初她第一次聽到就很是喜歡。他可是大周朝的功臣，那些有心謀害她、反對她的人，不都是他幫她一個個剷除的麼？當年若不是他的及時提醒，她只怕早已死在上林苑[5]的「牡丹之謀」當中，他不但是朝廷功臣，還是她的救命恩人。

那是武則天稱帝後的第一個除夕之夜，寒風凜冽，她正在宮中守歲，稟事宦官忽然送來一封未署名的信。信中說道：「陛下以婦人而登大寶，乃亙古未有之事。古人云，聖主臨朝，百靈相助，而今當真有所應驗。上林苑天降吉兆，牡丹像臘梅一樣，凌霜傲雪怒放枝頭。這是新春之時本朝第一大盛事，請陛下前去觀看。」當時宮廷、民間均以種植大牡丹為時尚，名貴牡丹一株價值數萬錢，長安、洛陽均將觀賞牡丹視為盛事。武則天也受了這種風氣影響，不但在洛陽宮眾花苑中廣植牡丹，到牡丹盛開季節還化裝到民間觀看。她聽說上林苑的牡丹冬日開花後，很是興奮，預備第二天便去上林苑觀賞，命手下人做好準備。當時來俊臣官任侍御史一職，湊巧當值，聞訊緊急求見武則天，告知草木生長遵循時令，牡丹絕不可能在隆冬季節開花，這一定是個陰謀，有人想誘騙女皇到那裡予以加害。武則天當即出了一身冷汗，來俊臣又奏請不如將計就計，於是武則天揮筆寫下一首詩作為詔令：「明朝遊上苑，火急報春知。花須連夜發，莫待曉風吹。」

這首詩流傳極廣，還衍生出許多離奇的故事。據說武則天下此詔令後，上林苑中百花畏懼其天子威嚴，齊齊盛開，唯有牡丹不開花。武則天大怒下將牡丹貶去洛陽，由於水土適宜，牡丹反而成為洛陽勝景。這當然只是人們敷衍的故事，這首詩其實是武則天一道不動聲色的密令，暗示禁軍要連夜做好準備，不可遲疑。

次日，武則天依舊率群臣來到上林苑，但見群花五顏六色，爭相怒放。百官親眼見到百花也要聽令於女皇，無不驚得目瞪口呆，殊不知這是來俊臣連夜派人製作的假花。這實在是武則天生平最得意的一件事，她至今不能忘記群臣面對如潮花海時拜倒在地的情形，跟她靠高壓強制手段取得權柄不同，那才是真正心悅誠服的威服，而這一切都是出於來俊臣的計謀呀！

心中想著，不由自主地又來到宮中花苑，只是眼前一派冬日蕭索，再無那斑斕似錦的鮮花盛開了。不，她不能殺來俊臣，她要赦免他的死罪，於是有意向為她牽馬的宰相吉頊詢問道：「來俊臣有大功於國家，吉卿看怎麼處置他才合適？」

吉頊是與來俊臣齊名的酷吏。他本是明堂尉[6]，一日與監察御史王助同宿一張床上。王助是初唐著名詩人王勃的弟弟，本人也是進士出身，以文章顯於當時。他跟吉頊是親戚，聊天時偶然提起洛州錄事參軍綦連耀身上長了像麒麟的兩角，而他的名字湊巧又有個「耀」字，由光翟組成，意即光宅整個天下，因而有人認為他生有異相。這不過是親屬之間閒扯的無聊之談，哪知道次日吉頊就將王助的話一一記下來呈交給來俊臣。來俊臣立即上書告變，武則天下敕差河內王武懿宗推鞫審理，武懿宗乘機命人廣引朝士，鳳閣侍郎同平章事李元素、夏官侍郎同平章事孫元亨、知天官侍郎石抱忠、劉奇、給事中周譒，以及鳳閣舍人王勮、兄涇州刺史王勔、弟監察御史王助等總共三十六家均被攀誣夷族，千餘人被殺，又有千餘人被流放，均是海內名士。寫下千古名句「海內存知己，天涯若比鄰」的王勃若非早死，此次也必然與兄弟一起被殺。這起「三十六朝士案」轟動一時，是武則天即位登基以來最大的冤案。而這起大冤獄的始作俑者吉頊也因告發有功一步登天，被授天官侍郎，加宰相頭銜，步入中樞重臣行列。毫無疑問，在人們的眼中，他是個新崛起的酷吏，跟來俊臣是同一類人。

武則天不問姪子，不問女兒，不問面首，獨獨問有「來俊臣第二」之稱的吉頊如何處置來俊臣，顯然是有目的的，實在是因為眼下反對來俊臣的人太多，她很需要一個同盟者。

吉頊遲疑了一下，緩緩答道：「來俊臣聚結不逞，誣遘賢良，贓賄如山，冤魂滿路，實在是本朝最大的國賊。眼下洛陽城中群情洶洶，有排山倒海之勢，來俊臣不死，不足以平民憤，望陛下早作決斷。」

武則天愕然當場，半晌無言，她這才知道她在來俊臣一案上是徹底被孤立了。彷若一葉之舟懸於汪洋大海上，四顧茫然，看不到任何帆影，眼前所見，只有憤怒的潮水。

吉頊又道：「若是不殺來俊臣，士民的憤怒就會轉嫁到陛下身上，大周社稷危矣。」

武則天沉默半晌，輕聲地道：「敕令，斬洛陽縣令來俊臣於天津橋南。」她將失去完全了神采的渾濁眼眸投向陰沉沉的天空，又有氣沒力地補充了句，「監察御史李昭德同日斬首棄市[7]。」

嗯，她雖然最終要被迫處死心愛的臣子，但若將他的仇人在他面前先行處死，總該對他是一種安慰吧。

來俊臣被斬的消息瞬間傳遍全城，整個洛陽都轟動了，出現了史所罕見的萬人空巷場面，幾乎所有人都朝天津橋趕去。偏偏天公不作美，降下一場大雨來。狂風暴烈，水面傾顛。少頃之間，猛雨如注，點如拳大，黑天漫地，風雨交加。即使如此，刑場周圍依然人山人海，通往街道巷陌擠滿了人，水泄不通，往北堵到皇城端門前，往南到三個坊區外。

首先被斬首的是李昭德。他任宰相時曾鼓動武則天下了一道敕令，規定自今以後，凡犯徒、流以上罪者，遇赦後逾百日不自首者，仍舊依法治罪。而唐律原先的規定是：遇有朝廷赦天下時，除反逆等常赦所不原之罪外，其餘赦前所犯之罪，皆可赦免；但又規定：凡犯有掠賣平民及部曲為奴婢，隱藏逃亡的部曲、奴婢、置官過限與不應置而置、假冒為官，詐死，私有禁物等罪者，遇赦後須在百日內向官府自首，逾期不自首而隱匿其罪者，仍然依法治罪，不再被赦免。李昭德此規定，則是把一切犯徒罪以上者，皆列入遇赦百日不自首仍治罪內範圍。他接受孫萬榮賄賂是數年之前的事，之後武則天也曾經幾次大赦天下，按照唐律原先的規定，他本可以脫罪，然而按照新敕令，他又不在被赦免之列，要按貪贓罪計贓治罪，所以有人稱他是作繭自縛。

然而與惡貫滿盈的來俊臣相比，李昭德這點罪過實在算不得什麼，況且他極有建築天分，是營建洛陽城的功臣，人們多少有些惋惜他的被殺。不過，這種哀痛很快為來俊臣被殺所帶來的巨大喜悅沖垮了。

來俊臣自被押上刑場後，一直強作鎮定，但在那麼多道目光的逼視下，他還是不由自主地低下頭。他起初在御史臺獄中聽到詔書時，的確是目瞪口呆，直到被兵士上綁後扔進檻車，才逐漸回過神來。他回想起自己頂著酷吏淫刑的名聲為女皇出生入死，如今卻要被一場並未參與的陰謀所陷害，不免心力交瘁。他這一生中做過無數誣陷別人的事，想不到反過頭來報應到自己身上。那一刻，沮喪得無以復加。

他聽不清楚監斬官在念些什麼，全身為一種「狡兔死，走狗烹」的悲涼所籠罩，軟酥酥的，一絲反抗的力氣都沒有。他很想告訴眼前這些敵視他、仇恨他的人，他生平所殺一千多家總共十幾萬人，大多數是出自女皇的授意，若非她陰縱其慘，他又豈能脅制群臣？他們該恨的是宮中那個淫蕩亂倫、不知羞恥為何物的老女人，他充其量不過是個打手而已。可惜的是，他口中塞了木丸，說不出一個字來。

這場大雨下得好啊，老天爺都在嘲笑這些自欺欺人的大周子民。

監斬官生怕女皇會有特旨赦免來俊臣，因而等不及先行杖，便直接下令斬首。當來俊臣的首級滾到地上的一剎那，寂然無聲瞬息變成了歡聲雷動，場面徹底失控，人們爭相向前擁去，刑場戒備的金吾衛士根本彈壓不住，瞬間被人流衝散。可怖的是，最先衝到來俊臣屍首前的人蜂擁而上，有撕咬著屍肉的，有剖腹出心的，有挖首級眼睛的，有剝其面皮的。只在須臾之間，那具屍首和首級便成了森森白骨。然而，仇恨依舊沒有散去，人們咬牙切齒地將骨頭扔在地上，來回踐踏狂踩，直至成為齏粉、被大雨沖刷乾淨為止。

後人評價來俊臣道：「君令而臣隨，君心而臣膽，是故口變緇素，權移馬鹿，如得其情，片言折獄。」無論怎樣，這個大魔鬼終於徹底從人世間消失了，人們長長舒了一口氣，奔相走告道：「今晚總算可以安心躺在床上睡覺了。」

來俊臣血肉被士民爭食的消息傳入宮中，武則天震撼不已，如果不是她派了心腹宦官前去觀刑，她還真不知道天下人恨來俊臣恨到了這個地步，這時候，她才真正慶幸聽了吉頊的話。為了挽救自己的顏面，又特下一道詔書，歷數來俊臣累累罪惡，詔書最後道：「宜加赤族之誅，以雪蒼生之憤，可准法籍沒其家。」來氏全族不分男女老少，一律被殺。倒是來俊臣夫人王蠙珠顯得有先見之明，已跳井自殺，避免了上刑場被當眾斬首的羞辱。

來俊臣被殺後，凡他所援引的親黨為官者數百人，均主動自首。

武則天裝模作樣地責備他們，有人答道：「臣死罪，確實有負陛下。然臣亂國家之法，不過是罪上一身，如果違背了來俊臣的意願，當時就要滅族。一身輕，一族重，臣不得不俯首就範。」武則天良久無語，最終赦免了這些人。

更令女皇傷心的是老臣魏元忠的一番話。魏元忠數次被來俊臣陷害，最嚴重的一次已經被押到刑場上，當劊子手大刀舉起來的一剎那，武則天又派特使赦免了他。魏元忠臨死面不改色，被赦免也無喜色，只從容拜謝，令時人驚歎佩服不已。來俊臣死後，魏元忠被重新召回朝任御史中丞。武則天親自賜宴，問道：「為何愛卿多次遭人誹謗？」魏元忠道：「臣好比一隻鹿，羅織之徒欲捕得臣，以臣肉為羹，臣又怎麼能避開呢？」武則天聽後，難過得再也吃不下飯，遂應監察御史魏靖請求，命監察御史蘇頲複查來俊臣舊案，為受冤者昭雪，許多冤案由此得以平反。

但沒有了來俊臣這樣可靠的耳目，武則天一時之間還是難以適應，一日召來宰相陸元方，有意無意地詢問外事。陸元方當即答道：「臣備位宰相，有大事不敢不以聞。民間細事，不足煩聖聽。」

陸元方出身名門，為西晉文學家、書法家陸機的後人，是初唐著名書法家陸柬之之姪，陸柬之舅父即是初唐極負盛名的書法家虞世南。

武則天聞言大怒，當即頒下制書，罷去陸元方宰相位，改為司禮卿。她還不死心，又召來夏官侍郎姚元崇[8]，問道：「為何近來一直沒有聽到外面有謀反的事發生？」

姚元崇是新近因契丹戰事才被提拔上來的官員。北方戰火紛飛，兵部事務繁忙，然而再紛繁複雜的事務，一旦到了夏官郎中姚元崇手中，立即被處理得乾淨利索，井井有條。他對兵部的職掌非常熟悉，舉凡邊防哨卡，軍營分布，士兵情況，兵器儲備，無不爛熟於胸。如此能幹的人才，立即受到女皇矚目，被擢升為侍郎。他聽到武則天的發問，啞然失笑道：「之前陛下不斷聽到來俊臣等人告發大臣謀反，不過羅織誣陷之詞。東漢末年有鉤黨，現在也有『鉤黨』，這在來俊臣那裡叫做『羅織』，換了個名目而已。臣以自身及全家百口人的性命擔保，現在內外官員中再也沒有想要謀反的人。」

武則天這才略略放了心，道：「以前宰相都是順成其事，害得朕成了個濫行刑罰的君主。愛卿今日所言，很合朕的心意。」特意賞賜了姚元崇一千錢。

來俊臣死後，天氣忽爾轉晴，而北方也有好消息接連傳來。吐蕃贊普墀都松贊派使者向武則天獻良馬千匹，黃金二千兩，求娶公主。武則天很是高興吐蕃沒有趁契丹反叛之時機落井下石，當即答應了下來。只有王翰、狄郊等人隱隱猜到這大概是王孝傑在其中發揮了作用。王翰如約履行諾言，出重金為王孝傑的相好月娘贖身，不料月娘自稱習慣了風月場面，過不慣尋常女子的日子，不願意從碧落館出來。王翰不便將王孝傑尚存活人世、並已投奔吐蕃贊普的消息相告，只得就此作罷。

契丹首領李盡忠意外病死，其妻兄孫萬榮雖然收合餘眾，軍勢可不減，但其威望遠遠不及李盡忠。契丹軍中厭戰，漸有分崩離析之態。

而在袁華的斡旋下，突厥默啜可汗答應與中原朝廷聯盟，自己願意為女皇之子，願意將女兒嫁給皇子為妃，願意出兵攻打契丹，要求得到的回報包括人、地、物三項：人是河曲六州依附中原的突厥人口；地是單于都護府之地，即昔日頡利可汗控制之地；物則包括繒帛、農具、種子、鐵、兵器等關鍵物品。

顯然，默啜野心勃勃，一心要恢復為太宗皇帝所擊潰的突厥帝國。武周朝臣為是否與突厥結盟發生激烈的爭議，然而武則天畏懼突厥兵勢，又欲借其助平契丹，只得全盤答應下來。默啜由此得到數千帳人口，穀種四萬斛，雜彩五萬段，農器三千具，鐵四萬斤，得人、得地、得農資，實力大增，國勢益強。

淮陽王武延秀則以皇子身分被選中為突厥的東床，他本人尚對明秀美貌的王羽仙念念不忘，並不十分樂意。然而當此情形，諸武怎能容許他娶臭名昭著的來俊臣小姨為妻？王羽仙出自太原王氏，本在禁止與皇親通婚的五大家族之列，尤其默啜可汗點名要將女兒嫁給皇子，武則天不選皇嗣李旦的兒子們，獨獨選中武延秀，本身已是極好的暗示——武承嗣即將成為儲君，是未來的皇帝。江山、美人孰輕孰重，難道不是一目了然麼？得到了天下，要什麼樣的美人沒有？就算是王羽仙，也一樣可以再收為嬪妃。因而到最後武延秀還是想通了，喜孜孜地選擇了一個吉日動身，前去突厥境內迎娶默啜之女。秋官侍郎張柬之認為自古以來沒有中國親王迎娶夷狄之女的先例，上疏諫阻，武則天不聽。

得償所願後，默啜遂假稱要與孫萬榮聯兵對付武周，派輕騎深入契丹腹地，偷襲了祕密基地新城，不但掠走了所有物資，還俘虜了李盡忠、孫萬榮及一些重要將領的妻子兒女。契丹軍心大亂。龜縮許久的武周軍統帥武攸宜、武懿宗乘機指揮軍隊出擊，孫萬榮毫無鬥志，只率輕騎逃走，半路為手下所殺。契丹大將李楷固、駱務整率殘部向武周投降，契丹基本平定。

武懿宗為爭軍功，所到之處大肆屠殺被契丹擄掠的河北百姓，斬下首級冒充契丹軍士。這位畏敵如虎、有「夾豕」之稱的河內王屠殺起百姓來毫不手軟，而且殘酷異常，往往將活人開膛破肚，挖取心膽。先前，契丹大將何阿小嗜好殺人，至此，河北人皆云：「唯此兩何，殺人最多。」

孫萬榮的意外失利，其實武周軍並無尺寸之功。消息傳到洛陽，武則天大喜，加授默啜為頡跌利施大單于、立功報國可汗，下敕表彰在洛陽作法事多日的名僧法藏，說是因為他才使武周兵士聞天鼓之聲，契丹賊眾睹觀音之像，而對以付出大量人口物資為代價誘得突厥出兵相助一事，絲毫不提。又預備造大佛像，命天下僧尼日出一錢以助其功。宰相狄仁傑以昔日梁武帝興佛亡國為例，竭力勸諫道：「近年水旱成災，邊境時有征戰，造像既費官財，施工又耗民力，一旦國家有難，便無人財可救。」武則天無奈，只得作罷。

北方戰事日益明朗，羽林衛將軍李湛也終於押送著契丹公主賀英到達了神都。最離奇的是，辛漸不知道如何來到了皇城端門前，攔在隊伍前，自報姓名，表示願意束手就擒，只懇請能見母親一面。

李湛很是意外，但也沒有多問，命人仔細搜過辛漸全身，才放他上車。賀英受到很好的待遇，馬車上設有厚厚的軟襦，她的傷勢已經好了許多，乍然見到愛子出現，自是又驚又喜。母子二人暫時被押在御史臺獄中。然而才剛剛收監，李湛又率領兵士趕來將二人提出，原來武則天聽說賀英人已經押到洛陽，立即迫不及待地要召見。

李湛道：「抱歉，怕是要暫時委屈二位。」命人給辛漸母子戴上手銬腳鐐，押解來到仁壽殿中。

武則天正在殿中聽宰相吉頊和河內王武懿宗奏事，吉頊為趙州潰敗而指責武懿宗。武懿宗為人歹毒，但卻不善言辭。而吉頊能言善辯，口若懸河，引古證今。偏偏武懿宗又矮小駝背，面對身材魁偉的吉頊，氣勢上也輸給了對方一大截。吉頊說到興處時，雙眼瞪視武懿宗，氣勢凌人。武懿宗狼狽不堪，只好可憐巴巴地望著女皇，指望姑母出面幫助自己。

武則天因著急要回後殿去見賀英，早已不耐煩二人的爭論不休，見此情狀更加不高興，心道：「吉頊當著朕的面都敢如此輕視武家人，這樣的人將來怎麼靠得住？承嗣曾說他暗中與廬陵王有勾結，看來並非虛言。」又想起此人明明是靠著投奔來俊臣起家，最後卻在關鍵時刻踩了他一腳，心機不可謂不深沉，越發厭惡起來，當即發作，憤怒道：「吉卿的話朕已經聽夠了，不必再多說。當年太宗皇帝有匹良馬叫獅子驄，精壯奔逸，又肥又大，但性情卻狂烈無比，沒有人能夠駕馭。朕當時還是宮女，正好站在旁邊，對太宗進言說：『妾能駕馭此馬，但需要三樣東西，一是鐵鞭，二是鐵撾，三是匕首。鐵鞭鞭之不行，就以鐵撾撾其頭；還不服，就以匕首斷其喉。』太宗很讚賞朕的壯氣。今天你值得玷污朕的匕首麼？」

吉頊聽出了女皇凌厲的殺機，嚇得伏地求饒。武懿宗從來沒見過姑母發這樣大的火，也嚇得跪在地上發抖。吉頊於是一夜之間一落千丈，由宰相被貶為安固縣尉，後來也死在了那裡。

斥退武懿宗、吉頊二人，武則天怒火稍平，來到西面的集仙殿，斜倚在軟榻上，等候賀英的到來。聽見鐐銬聲響，立即坐起身來，不待人稟告，忙叫道：「快些帶她進來。」第一眼見到賀英，便歎道：「英娘，果然是你，你可是老多了。」

辛漸雖然早聽李弄玉揭破母親曾經是高宗皇帝的妃子，但心中著實不願意相信，見母親面對傳說中嗜血如命的女皇時依舊神色自若，而那高高在上的女皇不但認得母親，情緒還相當激動，這才不由得不信。

賀英道：「是，二十多年過去，能不老麼？天后，你也老多了。」

天后是武則天為高宗皇后時的名號，而今她稱帝已久，最忌人再以舊名號稱呼，這分明等於不承認她現任皇帝的身分。一旁內侍當即斥道：「大膽，竟敢在陛下面前無禮！還不快些跪下！」

武則天心中卻湧起無數往事來，彈指之間，二十年都過去了，那些宮中舊人早就一個不剩了。只是人年紀越大，反而會越發念起舊來，總愛回憶那些舊人舊事，她揮手止住內侍，道：「你們都退下去吧，讓朕和英娘好好敘敘舊。這位就是辛漸麼？」李湛道：「正是。」

武則天道：「英娘的兒子居然也這般大了。李湛，你先帶辛漸出去，這就去了她母子身上的鎖鏈。」李湛躬身道：「臣遵旨。」命人開了鐐銬，攜著辛漸退出殿外，問道，「你不是被人劫走了麼？是怎麼逃出來的？」辛漸道：「說來話長，日後有機會再向將軍詳細稟告。」

雖然這位將軍是女皇面前的紅人，但辛漸並不反感他，相反地心中還有幾分感激。當初李弄玉自曝身分，被李湛從王翰府中帶走，李湛明明可以用她來向女皇邀功，但他並沒有這樣做。而且他奉命押解賀英進京，一路走走停停，明眼人都能看出他是有意拖延，若是換作兩個月前戰事最吃緊時進京，賀英可能見不到女皇，便會被有司直接判處死刑，傳首邊關。而今契丹既平，武周軍不再需要賀英的腦袋來壯士氣，李楷固又已經投降朝廷，危機大大緩解。

李湛也不再多問，只默默等在殿外。過了大半個時辰，才有內侍開門，重新叫李湛、辛漸進去。辛漸見母親平靜地坐在一旁的矮凳上，心中懸著的石頭才放下來，不由得心想：「這位女主似乎也沒有傳說那麼可怕。」

武則天道：「之前李將軍送回朝中的公文、奏章朕都已經看過了，英娘母子既是跟契丹並無通謀，這就無罪開釋吧。」李湛道：「臣遵旨。」武則天道：「還有一件要事，李將軍在奏章中提到這一切陰謀的始作俑者名叫李弄玉，她既然已被李將軍處死，如何不將首級送回神都？」

一旁辛漸聽見，全身一麻，如遭晴天霹靂。他因知道李湛一直在暗中照顧他母親，根本想不到他早已殺了李弄玉。當初他還被囚禁在洛陽郊外時，聽王翰提到李湛公然在公文中提及李弄玉時已經感到奇怪，但也沒有起疑，到這時才恍然大悟——難怪王翰那麼肯定在太原劫走自己的人不是李弄玉，他早知道她已被李湛處死。可是他被囚禁時，明明感覺到李弄玉曾經來看望過自己，雖然他被蒙住了眼睛，看不到她的人影，可他分明感受到了她的氣息。原來這一切僅僅是他一廂情願的幻覺，即使她對自己和大風堂做了那麼不可原諒的事，他卻還是忘不了她。

卻聽見李湛道：「臣不敢隱瞞陛下，李弄玉姓李，身分非同一般，臣不敢將其斬首，只將她祕密絞死，好生安葬。」

李氏皇族經過多年清洗，已所剩無幾，碩果僅存的皇嗣李旦和廬陵王李顯兩家也均被囚禁在冷宮中，李旦之子如臨淄王李隆基等不出宮門已經有十餘年。武則天聞言大為震驚，連聲追問道：「姓李？她到底是什麼人？快說！」李湛看了賀英一眼，遲疑不語。

武則天道：「英娘是自己人，她進宮的時候你還沒有當上將軍呢。」李湛道：「是。回陛下話，李弄玉是前太子李賢之女，是陛下的嫡親孫女。臣未請得詔命即擅殺皇親，死罪，還請陛下降罪處罰。」上前兩步跪下，伏在地上。

武則天「啊」了一聲，道：「原來賢兒尚有骨肉流落民間。她……她是他在巴州生的麼？」李湛道：「是。」

武則天皺起了眉頭，李賢死去這麼多年，她還是不能釋懷，難以掩飾對次子的厭惡，冷笑道：「難怪李弄玉能找得到英娘，又想方設法陷害她，哼！李湛起來，你做得沒錯。李弄玉陷害英娘，針對的不是她本人，而是大風堂，時逢朝廷大軍征討契丹，急需軍備，她這麼做，居心實在叵測。」

她適才還為有嫡親孫女尚存人間而驚異，眨眼間又換了一副神情，眉目間流露出凶狠的戾氣來。頓了頓，又道：「辛漸，朕聽說你在逃亡時被突厥人捉住，嚴刑拷打，逼問百煉鋼的祕密，你卻是寧死不屈，朕很是欣賞，你母親要暫時留在宮中，你可願意在朝中為官？」

辛漸尚未從李弄玉被殺的巨大震撼中清醒過來，木然不應。李湛道：「辛漸，聖上在問你話。」辛漸道：

「什麼？」賀英忙道：「小漸只是個鐵匠，沒有見過世面，望天后……啊，不，陛下原諒他的無禮。」

不知怎的，武則天忽然覺得「天后」這個稱呼比「陛下」要悅耳得多，當即笑道：「那好，李將軍，你先帶辛漸出去，好生安置。等他想好了要做什麼官職，你再帶他來告訴朕。」李湛道：「臣遵旨。」見辛漸還傻乎乎地站在原地，忙上前拉起他的手，牽出殿外。

辛漸用力甩開李湛的手，恨恨瞪著他。李湛道：「怎麼，你想殺我為李弄玉報仇？」辛漸不答。李湛道：「李弄玉臨死前向我招出一切，是她險些害得你家破人亡，你還要為她報仇？你很愛她麼？」辛漸一時也答不上來，只悶悶朝前走去。

李湛道：「站住！你沒有聽見聖上旨意麼？你眼下可是歸我看管。」辛漸停下腳步，回身伸出雙手，道：「將軍是要鎖我麼？這就請吧。」李湛搖搖頭，道：「我知道你想殺我。我是禁軍首領，手握重兵，身邊甲士環伺，你殺不了我，我勸你不要枉費心機。不過我敬你有情有義，可以給你一次機會。」

辛漸不解其意，問道：「什麼？」李湛道：「聖上為慶賀平定契丹，預備舉辦武舉[9]。我聽說你武藝了得，你若能奪得武舉前三甲，我就給你一個跟我公平決鬥的機會，你若敗在我手下，我也不會殺你。你若有本事能殺得了我，我死而無怨。」

辛漸一時尚不能確認，自己是否真的要殺死李湛為李弄玉報仇，但他胸口真的有一股怨氣蠢蠢欲動，憋得他難受，不假思索即慨然道：「好，一言為定。」

李湛道：「一言為定。你的同伴都住在惠訓坊中，你這就去吧。不過不得我的允准，你不得隨意離開洛陽。」辛漸冷笑道：「我娘親陷在皇宮中，將軍就是趕我走，我也不會走的。」李湛遂命一名宦官引他出去。

出來皇城，辛漸仰頭凝視那巨大的天樞，忍不住心道：「這樣一件吹捧女皇功德的無用東西，要白白耗費多少銅鐵！」

這天樞是梁王武三思監造，意在銘記功德、黜唐頌周，吹捧武則天以道德感化天下。天樞耗費巨大，武三思強迫民間商人聚錢百萬億，買光了市面上所能見到的全部銅鐵，還是不夠用，又大收民間農器，這才鑄成這座高一百零五尺、徑十二尺的天樞，總共用去銅鐵二百萬斤。天樞的設計者是新羅人毛婆羅，主要工匠則是波斯人阿羅憾和高麗人高足酉，共由三部分組成：最底下為鐵山，周圍一百七十尺，高二丈，用銅和石頭做成蟠龍、麒麟形狀，縈繞四周；中間是稜柱，高一百零五尺，徑十二尺，共有八面，各徑五尺；上面是騰雲承露盤，直徑三丈，盤中有四個高一丈二尺的龍人站立，手捧直徑一丈的火珠。之所以取名「天樞」，是因為天樞是北斗七星之首，寓意中原百姓和周邊民族都像指極星始終朝著北極星一樣，對女皇感恩戴德，忠誠不二。

然而在辛漸看來，這些銅鐵實在浪費得可惜，若是能全部用在黃河上固住浮橋，何致於頻頻發生行人落入河中的慘劇？

他正自感歎，忽聽得背後有人叫道：「辛公子！」聞聲回過頭去，卻是在蒲州見過的蒙疆。辛漸見他一身盔甲裝束，道：「蒙將軍。」蒙疆道：「辛公子是要去惠訓坊麼？我正想要登門拜訪，這就一起去吧。」

來到惠訓坊，王翰等人聽說賀英已被押到洛陽，正預備出去打探情形，忽見辛漸到來，雙腿又已經痊癒，均是喜出望外。一番驚喜交加的忙碌後，王翰這才問道：「蒙將軍今日登門，有何貴幹？」蒙疆道：「王公子，實在抱歉，上次在御史臺獄中多有得罪，我也是奉命行事，迫不得已才會那樣做。我今日來，是有一件重要事情要告知各位。」瞥見王羽仙尚在一旁，便及時住了口。

王翰心領神會，向俱霜使個眼色。俱霜便道：「辛漸哥哥回來，大家少不得要大吃一頓慶賀，老僕有得忙了，咱們去幫幫他。」上前挽了王羽仙手臂出去。王翰又打發胥震去天津酒樓訂一桌酒菜回來。

蒙疆掩好門，才壓低聲音道：「這件事與王夫人有關。我偶爾聽手下兵士暗中議論，說王夫人也許並沒有死。」王翰驚道：「什麼？」蒙疆道：「當日金吾衛士奉命圍住了來俊臣府邸，半夜王夫人突然悄無聲息不見了，搜遍全宅也沒有找到。負責看守的金吾衛中郎將難以向聖上交代，所以才謊稱親眼看見王夫人跳井自殺。不過因為王夫人的名氣……噢，我不是指她丈夫是來俊臣，而是指她號稱洛陽第一美人，許多人對她的失蹤感到好奇，這件事也在禁軍中慢慢流傳開來，議論不少。」

狄郊忽然問道：「蒙將軍可知道來俊臣被捕後，他的心腹衛遂忠逃去了哪裡？」蒙疆搖搖頭，道：「我聽過這人的名字，但卻不知道他下落，御史臺也就來俊臣一案搜捕過他，沒有什麼結果。狄公子是懷疑他跟王夫人有關麼？」狄郊點點頭。蒙疆道：「那好，我找人打聽一下，有消息再來告知各位。」

辛漸剛剛從王之渙口中得知蒙疆曾闖入御史臺獄，又借王翰之手殺死了李弄玉的手下，不免十分狐疑，問道：「等一下！蒙將軍，你知道你在御史臺獄中殺的是什麼人麼？」蒙疆道：「不是叫裘仁，是來俊臣派去刺殺張易之的刺客麼？」王之渙道：「裘仁根本不認識來俊臣，他不過是為了挑撥來、張二人互鬥，才有意那麼說。」

蒙疆道：「你怎麼會知道？」王翰道：「當日宋御史命裘仁與來俊臣當面對質，我們三個人都在場，親眼看見來俊臣的反應，絕不會有錯。況且裘仁這個人我原本就認得，他是位義士，死也不會與來俊臣勾結。」

蒙疆道：「這不可能。當晚正巧是我宿衛宮中，我親眼見到張易之跪在地上，痛哭流涕地懇求聖上，說他曾代聖上到來府賜紫雪，因與王夫人多說了幾句話，便引來來俊臣怒目相向。當時聖上就笑道：『五郎不知道麼？來卿最寶貝他那位夫人，據說曾有僕人多看了王夫人兩眼，就被來俊臣下令挖去了眼珠。』張易之道：『所以來俊臣嫉恨臣，派刺客來行刺。』又說了許多來俊臣的壞話，但聖上只是笑而不答。張易之只好退而求其次，懇請殺死刺客。聖上道：『那好，朕明日就傳令御史臺，將刺客以極刑處死，為五郎出一口氣。』張易之卻是不肯，死纏著要聖上連夜派人去殺死裘仁，以防有變。聖上不得已被磨不過，只好同意，又畏懼御史中丞宋相公公正嚴明，所以命我悄悄行事。這本是宮中機密，我不該告訴各位，但當晚我確實見到張易之面色恐懼異常，好像生怕次日來俊臣就會救走裘仁。」

王之渙道：「難道蒙將軍相信張易之的話？」蒙疆道：「外人厭惡張氏兄弟，不過因為他們是聖上寵信的面首，其實這兩兄弟思慮簡單，心機不深，這也是聖上喜歡他二人的原因。他們喜怒形於色，並不擅長偽裝。」

辛漸道：「蒙將軍的意思是，張易之真的以為裘仁是來俊臣派去殺他的刺客？」蒙疆道：「是的，不僅他以為，我也是這麼以為。要知道，裘仁當夜被張易之府中奴僕當場捕獲，只打了一頓後就綑送去河南縣衙。後來聽說裘仁招供是來俊臣派來的刺客，張易之才一副恍然大悟的樣子，匆忙出宮，親自趕去河南縣衙。可是已經遲了，裘仁已經被押去了御史臺。」

王之渙道：「如此看來，來俊臣必然與張易之之間起了某種齟齬。」蒙疆道：「我殺死裘仁後回到宮中，張易之還在徹夜等候，聽說我已經得手，才長舒了一口氣。之後他便和弟弟張昌宗不斷在聖上面前攻擊來俊臣，後來來俊臣被魏王告發，他二人也積極回應。其實之前張氏兄弟與來俊臣關係很不錯，張易之在修行坊為他母親修建豪宅，來俊臣還出了一份錢，若不是出了什麼意外，怎麼會突然惡語相向？」他晚上還要當值，先要回家一趟看望妻子青鸞，不及說更多，匆匆告辭。

王翰道：「會不會當真如張易之本人所說，來俊臣是在嫉妒他和蠙珠？當日賜紫雪時我也在場，可惜忙著跟羽仙說話，未多加留意，但好像確實瞟見張易之抓住蠙珠的手不放。」

王之渙道：「阿翰是說，裘仁真的是來俊臣嫉恨下所派出的刺客？」王翰道：「不，不，我的意思是，會不會張易之自己心中真的有鬼，所以才會相信裘仁是來俊臣派出的刺客？裘仁是李弄玉的人，怎麼會是來俊臣派出的刺客呢？他臨死前曾經告訴我，他偷聽到了張易之和母親的對話，似乎跟來俊臣有關，他大概是因此知道張易之與來俊臣之間有嫌隙，所以故意稱自己是來俊臣的刺客，張易之才立即信以為真。」

狄郊道：「阿翰的意思是，也許張易之跟蠙珠服毒一事有關？」王翰道：「是的，我正要說到這一點。服毒案發生時，來俊臣尚未被捕下獄，他家防守如鐵桶般嚴密，外人無機可乘，更不可能見到內宅中的蠙珠，但唯有張易之幾次奉旨賜紫雪，蠙珠不得不出來當面謝恩，照例還得寫謝表上奏。這一來一往，不就有了聯絡的法子麼？」

王之渙道：「難道是張易之策畫了蠙珠服毒案？」王翰搖搖頭，道：「張易之就算有得罪來俊臣的膽子，也不敢公然支援蠙珠。他可是女皇的面首身分，以色侍君。女皇性情多嫉，當年高宗皇帝寵幸她姊姊，她都能毫不留情將親姊姊殺死，況且一個男寵？你沒聽說麼，女皇嚴厲禁止張易之的外宅中蓄有侍女，除了他母親臧氏，再無一個女人。不過，我倒認為是蠙珠利用張易之策畫了這一切。想那假死藥何等珍奇，一定是張易之從宮中拿到的。」

王之渙道：「蠙珠溫婉柔弱，怎麼會有膽略來策畫這一切？」辛漸歎道：「她一定是為了救羽仙，才不得不鼓足勇氣。」

王之渙道：「這麼說，蠙珠果真如蒙疆所言，她只是失蹤了，並沒有跳井自殺？」王翰點頭道：「我猜她已經逃了出來。不過來俊臣被判族誅，她從此不能再見天日，一旦身分暴露，一樣要被斬首。」沉吟片刻，又道，「這件事，還是暫時不要告訴羽仙吧，她好不容易才從姊姊自殺的悲慟中緩轉過來。」

當晚王翰於惠訓坊家中大開宴席，慶祝辛漸母子劫後餘生。眾人互訴別後經歷，不知不覺已到半夜。王翰聽說辛漸答應李湛要參加武舉，忙道：「我本來也要報名參加，辛漸回來，我們就更多了一分把握。」

原來武舉是近來洛陽極熱的話題，這是有史以來朝廷第一次公開選拔武舉人，勝者將會榮耀無比。據聞宋之問六弟宋之悌也要參加，並極有信心奪得武狀元。王翰便也想在場上較量時乘機殺死宋之悌，光明正大地為劉希夷報仇。

辛漸道：「阿翰精於劍法，但朝廷舉辦武舉是為武備，想來要比試的項目都跟戰場殺敵有關，無非是射術、馬術等。宋之悌臂力過人，占了許多優勢，用這個法子報仇，太過冒險。」王翰頗不服氣，道：「未必就如辛漸所言，咱們先到兵部打探清楚再說。」

宴席散後，狄郊特意拉辛漸到自己房中安歇，仔細為他檢查過雙腿，才問道：「那大夫是如何為你醫治的？」辛漸道：「我被蒙住眼睛，看不到詳細情形，不過大概是一日一敷藥，三日一行針。」狄郊又問大夫針灸的手法。辛漸笑道：「這我可說不上來。」狄郊便用手指作針，在他大腿上比畫，道：「是不是這樣子？」辛漸道：「差不太多。」狄郊歎道：「這是我狄家的獨門針法，我早該想到是他。」辛漸吃了一驚，道：「你是說，給我治傷的人是你的伯父狄相公？這怎麼可能？」狄郊道：「針法決計錯不了。確實是我伯父派人在太原綁了你，一路帶你來到洛陽。你被關的地方，應該就是我伯父在洛陽郊外午橋南的別墅。」

辛漸道：「既是如此，狄相公何不直接告訴我們真相？害得你們白白為我擔心了很久。」狄郊道：「我想伯父本來是打算告訴我們的，但因為阿翰一來洛陽就被許多人盯上，尤其是來俊臣，他不能冒風險，所以後來只好派人將阿翰強行綁去，有意讓他見到你。」

辛漸道：「如此，可真要多謝你伯父，不但救了我性命，還醫好了我的腿。不過有一點我得告訴你，我被囚禁的地方，看守都是訓練有素的軍人，更不要說在太原劫走我的那些人。阿翰武藝不弱，當時也僅兩個人就迅速制住了他。」

狄郊道：「這麼說來，我伯父一定在禁軍中安插了心腹親信，會不會就是羽林衛將軍李湛？他雖然殺了李弄玉，其實並不是什麼壞人。」辛漸道：「我知道，他一直在暗中幫助我娘親。不過……」驀然想到了什麼，「呀，還真的是李湛。他今日只問我如何逃出，根本不問是什麼人在太原劫走了我，顯然他知道是誰，因為正是他自己。」

狄郊道：「為了找你，太原閉城大索了多日，難怪根本沒有任何發現，原來是李湛自己監守自盜。對了，你到底是怎麼逃出來的？」辛漸道：「我沒有逃，是他們放了我，我說我只想見我母親一面，然後今日突然就被人蒙住眼睛帶了出來，睜開眼時已經身在洛陽城中。既然關押我的人是你伯父，他這麼做就不足為奇了。」狄郊道：「嗯，想來伯父已經推算你和你母親不再有性命危險。」

二人一直聊到天明時才沉沉睡去。

次日眾人便趕去打聽武舉相關事宜。還真如辛漸所料，這次兵部主持的考試偏重於技勇，需要考負重、射術、馬槍、摔跤等技術。其中射術和馬上槍術是重點。射術又分騎射、步射、平射，使用弓弩包括伏遠弩、臂張弓、角弓弩、單弓弩等。另有一項要求針對考生相貌，報名者必須「軀幹雄偉、可以為將帥」，也可謂女皇治下的特別規定了。

正當眾人忙著準備武舉比試時，北方又傳來驚天訊息。淮陽王武延秀在大批人馬護送下進入突厥境內，到達默啜可汗漠北駐地黑沙時，忽有一男子自圍觀的突厥百姓中閃出，手持白刃上前行刺武延秀。刺客很快被擒住，押到默啜面前。默啜見那刺客臉上刀傷縱橫，右眼也被挖出，容顏極其猙獰恐怖，很是吃驚，盤問他姓名。刺客一張口便是漢話，說自己這副容貌是拜武延秀所賜，又痛罵武延秀父子，歷數諸武殘害百姓、禍亂朝政的斑斑惡跡，指出武延秀不過是女皇的姪孫，根本就不是什麼皇子身分，真正的皇子應該姓李。武延秀越聽越怒，暗令手下上前刺死了刺客，由此惹來默啜不快。他本就是個野心勃勃的人，乘機發作道：「我打算將女兒嫁給李氏，為何來的是武氏的兒子？這怎麼能算是天子之子呢？我突厥世受李唐大恩，聽說李氏盡被誅殺，只有高宗的第三子和第四子尚存活世上，我將發兵扶立二人。」下令拘禁武延秀。又移書武周朝廷，指責武則天五大過錯，其中第五條是：「我可汗女當嫁天子兒，武氏小姓，門戶不敵，冒名求婚，我特為此起兵，欲取河北耳。」

消息傳來洛陽，百姓無不驚歎刺客的非凡勇氣和膽量，也越發好奇他的真實身分。唯有王翰黯然道：「那刺客一定是田智！我早看出他有意為兄長復仇，真不該放他離去，讓他以身犯險。他是怕被人認出後會連累我，才不惜自毀容貌、挖出右眼啊！」

當日淮陽王武延秀因要對付王翰等人，無緣無故逮捕了田睿，用盡酷刑，畫傷他面容，還挖出了一隻眼睛。田睿後來上吊自殺，田智傷心不已，於是王翰送了他一筆錢，除去他奴僕身分，命他護送兄長屍首回歸鄉里，此後音訊全無。哪知道他竟萬里迢迢一路跟著武延秀到突厥境內行刺，雖然報仇不成，然而他當著突厥萬餘軍民的一番慷慨陳詞，所造成的轟動和效應，足以令許多力圖恢復李唐江山的文武大臣汗顏。

行刺事件後，默啜可汗果然打出扶助廬陵王恢復帝位的大旗，調發大軍攻取河北之地。武則天故技重施，下制書改不久前才封為「立功報國可汗」的默啜為「斬啜」，這等外交史上的無知愚蠢之舉，只令她越發成為天下人的笑柄。

此刻的默啜早就今非昔比，在武則天之前的給人、給地、給物的「大力支持」下，已擁兵四十萬，據地萬里，國勢、軍力遠遠超過契丹。面對突厥大軍咄咄逼人的攻勢，武周軍隊更加不是對手，再次表現出一擊即潰的可悲戰鬥力。突厥大軍勢如破竹，攻占河北多處州縣。

默啜扣押武延秀、指責「武氏小姓，冒名求婚」之事對武則天刺激極大，她這才知道原來她姓武的一家在天下人心目中的真正地位，不免極為沮喪。偏偏魏王武承嗣不識好歹，在這個節骨眼上還指使人上書求為太子，稱目今只有早立太子，才能絕突厥所望，而武周天下須得傳給武姓子姪。宰相狄仁傑也隨即上書，請求武則天立親生兒子為太子，洋洋灑灑，引經據典地證明兒子遠比姪子要親。血緣的親疏一目了然，武則天不是不明白，但她考慮得遠比血緣更多。她一手創建了武周王朝，當然是希望王朝能承繼下去，倘若傳子，王朝勢必姓李不姓武；如果傳武，武周王朝是保住了，但武氏中又無傑出人才，勢必難以服眾。她煩不勝煩，道：「這是朕的家事，不勞國老過問。」狄仁傑道：「皇帝以四海為家，何事不是皇帝的家事！君為元首，臣為股肱，二者一體。況且我身為宰相，太子是國之根本，如此大事，豈能不過問！」石泉縣公王綝、內史王及善等人均附和狄仁傑，一再進言。湊巧武則天做了一個怪夢，夢見一隻大鸚鵡兩翼折斷。狄仁傑乘機道：「武是陛下姓氏，兩翼就像兩個兒子，陛下扶起兩個兒子，兩翼就振起了。」話音剛落，便有內侍奔進來告道：「魏王病歿了。」武則天長歎一聲，道：「天意！」下令將囚禁在冷宮中的廬陵王李顯放出，立為太子，皇嗣李旦則改立為相王。被幽閉十幾年的李旦終於結束了皇室囚徒生涯，按照慣例帶著兒子們搬出皇宮，到外面開府置官。

新皇太子李顯旋即被任命為河北道元帥，掛名征討突厥。宰相狄仁傑則為河北道行軍副元帥，代行元帥事，率兵親征。之前朝廷兵力嚴重不足，不得已花費重金在民間募兵，然而應者寥寥，張榜一個月仍招不滿千人。當皇太子李顯的旗號打出後，趕來參軍的百姓絡繹不絕，幾天之內便超過五萬人。

離開洛陽的前一天，狄仁傑進宮謝恩辭行，武則天正在與面首張昌宗玩雙陸，輸得一塌糊塗，見狄仁傑進來，如獲救星，忙主動讓出位子，命他與張昌宗對弈。君命難違，狄仁傑只得勉強坐下。

武則天問道：「二卿預備以何物為賭注？」狄仁傑便指著張昌宗身上的裘衣，道：「爭先三籌，賭張卿身上的毛裘。」

那裘衣是嶺南進貢的集翠裘，全部由翠綠的羽毛織成，珍麗異常，張昌宗懇求了很多次，武則天才賜給他，忽聽得狄仁傑要以此為賭注，拂然變色，正要拒絕，武則天卻饒有興致地問道：「那麼國老又預備以何物為賭注？」狄仁傑遂指著自己所穿的紫袍道：「臣以此袍為注。」武則天大笑道：「國老不知道此裘價逾千金，而只對以官袍，價值實在不等，不行。」

狄仁傑起身正色道：「臣此袍是大臣朝見奏對的官服，張卿裘衣不過是嬖幸寵遇之服，其衣對臣之袍，臣猶怏怏。」武則天一時無話可說，只好同意如此。

張昌宗早臊得面紅耳赤，然而女皇既然表示同意，他也無可奈何，只得強作鎮定，凝神盯住棋盤。

一般一套雙陸有棋盤一張，骰子[10]二枚，黑白棋子各十五枚。棋盤上面刻有對等的十二豎線。骰子呈六面體，分別刻有從一到六的數值。對弈時，玩家首先擲出二骰，骰子頂面所顯示的值是幾，便行進幾步。誰能先將己方全部十五枚棋子走進最後的六條刻線以內者，即算獲勝。這種棋戲進退幅度大，勝負轉換易，帶有極強的趣味性和偶然性。宮中所玩雙陸又增加了一枚骰子，即用三枚骰子，為的是防止「掐骰」，意即玩手法，擲出所需點數。雙陸的玩法是擲點行子，兩子或三子連在一處，就算一梁，對方不能打他；若孤子放單不成梁，遇到對方的行子就要被打下。若子組成五梁，對方就不好辦了，已到要緊處，得擲大點來化解危機。所以，為了很快組子成梁，擲點就成了關鍵；起手幾擲並不需要大點，然後越到後來越是要緊，點越大才能突出重圍，因而除大算小極有講究。

狄仁傑本就是此道高手，張昌宗又一心惦記他的寶貝裘衣，難以專注，結果一連數局皆敗下陣來，只好灰溜溜地脫下裘衣交給狄仁傑。

狄仁傑道：「不如我和張卿再來一局，臣就以此裘衣為賭注：若臣輸了，裘衣自然還給張卿，無話可說；若臣僥倖贏了，裘衣也一樣還給張卿，但要向陛下討要兩個人，隨同臣為將，前去河北抵禦突厥。」

張昌宗大喜過望，忙道：「好，好，陛下快些答應狄相公。」武則天笑道：「國老是想討要朕的禁軍將領吧？也好，利國利民，朕為何不能答應？」

狄仁傑道：「臣要的不是禁軍將領。不過臣若先說出他們的名字，怕陛下不願意。」張昌宗生怕武則天不同意，忙道：「陛下澤被蒼生，只要是利國利民的事，陛下都能答應。是不是，陛下？」武則天見面首這般好興致，便笑著應允。

於是重開一局，張昌宗照舊輸了。狄仁傑依舊將裘衣遞還給他，道：「臣要的兩個人是契丹降將李楷固、駱務整，請陛下信守承諾，將他們放出來交給臣作下屬。」

李楷固、駱務整本在孫萬榮被殺後投降了武周，但有司責其後至，將二人逮捕下獄，判了族誅之刑。

武則天大為意外，道：「這二人之前殺傷我軍極眾，軍中將士一齊聯名上書，要求將他們處以極刑，國老為何反而要為他們開脫？」狄仁傑道：「李楷固、駱務整二人驍勇絕倫，善於用兵，他們之前與朝廷對抗，不過是效忠其主。若陛下待之以恩，定皆為我所用，必能盡力於陛下。」

張昌宗擔心武則天不同意，狄仁傑又要索回裘衣，也從旁勸道：「陛下能善待英娘母子，為何不給李楷固一個戴罪立功的機會？狄相公這是為國家著想，為陛下著想，陛下可不能拒絕。」

武則天道：「好，朕就准國老所奏。嗯，索性好事做到底，來人，擬詔，拜李楷固為左玉鈐衛將軍，駱務整為右武威衛將軍，二人率本部兵馬跟隨國老討擊突厥。」又問道，「朕欲得一佳士，有誰可用？」

狄仁傑問道：「不知陛下如何用之？」武則天說：「欲用為宰相。」狄仁傑說：「臣知陛下欲取卓犖奇才，之前推薦的張柬之，還沒有用呢。」武則天道：「已經擢升他為秋官侍郎了呀。」狄仁傑說：「臣推薦的是宰相之才，並非侍郎。」張柬之已年近八旬，武則天頗嫌其老，只是不應。

次日，狄仁傑率大軍出發，久不出宮的武則天領太子李顯親自送出洛陽城外，寄予無限厚望。

突厥默啜見扶助李唐的口號已經不能奏效，武周朝廷援軍將至，便大掠河北之地後退兵，趙、定等州百姓均被殺戮殆盡，武周軍隊絲毫不敢追擊。等狄仁傑大軍趕到時，已經是人去城空，滿目瘡痍。茫茫千里，人煙斷絕，雞犬不聞，道路蕭條，所謂「白骨露於野，千里無雞鳴」，也不過是如此慘狀。

然而李顯被復立為太子還是大大鼓舞了中原的士民百姓，尤其是覬覦太子位多年的魏王武承嗣的意外病死，令新太子的地位更加穩固。傳說武承嗣死前，太平公主曾去探望，二人在房中激烈爭吵，公主離開後不久，武承嗣就一命嗚呼。不過，武承嗣的長子武延基性情平和，次子武延秀又淪陷在突厥為奴，魏王府無人主事，更不敢得罪太平公主，因而無人追究。首腦人物一死，諸武囂張氣勢大衰，此消彼長，太子李顯、相王李旦一方則重新崛起，聲勢大振。武邑[11]人蘇安恆甚至大膽上書，要求武則天退位，讓皇位給太子，又建議削武氏諸王為公侯。武則天雖置之不理，但也沒有命人像以前那般大肆追究，株連無辜。蘇安恆本人甚至未受到任何處罰。

不久，蘇安恆又再次上疏請武則天退位，言辭極為犀利尖銳，道：「天下是高祖皇帝和太宗皇帝打下的天下，陛下雖居正統，實因唐氏舊基。當今太子已立，年德俱盛。陛下貪寶位而忘母子深思，將來有何臉面歸見唐家宗廟，又將以何誥命面謁高宗皇帝墳陵？天意人事，不如還歸李家。」

此疏一出，震動朝野，眾人目光都集中在大膽直言的蘇安恆身上，不知道他會遭受何等可怕的命運。然而出人意料的是，武則天依然不予理睬，也不命人逮捕蘇安恆治罪。這是一種有力的信號，武周立國以來嚴酷的風氣已經大大緩解，政局變得寬鬆起來。

這一日，王翰正與辛漸在院中比試槍法，王之渙等人在旁觀看，蒙疆忽領著一名年輕公子及幾名隨從登門拜訪，道：「王公子不是很想知道衛遂忠的下落麼？這位就是新魏王，他知道一些事情，想親口告訴各位。」

王翰聽說他就是武承嗣的長子、武延秀的哥哥，是新近才承襲其父爵位的新魏王，不免吃了一驚，心中警惕頓生。武延基忙道：「延基久慕王公子和幾位大名，一直有心結交，無奈家父不准，今日才有機會，幸會！」

武周一朝只有兩大親王，一是魏王，二是梁王。武延基而今已有魏王爵位，卻如此謙卑，與其父、其弟判若兩人，王翰等人也少不得要客氣幾句，拱手道：「幸會！大王裡面請！」

武延基便命蒙疆和隨從等在外面，自己獨自進來堂中，又與眾人一一見禮，這才拘謹地坐下，見諸人戒備極深，又道：「各位不必拿我當外人，我素來並不贊成我父王的作為，而今我又與太子殿下的愛女永泰郡主定親，這個……」言下之意，無非是暗示自己並非諸武一黨。

眾人早猜到衛遂忠一直躲在魏王府中，王之渙便逕直問道：「大王說有衛遂忠的消息，不知道他眼下人在哪裡？」武延基道：「來俊臣被殺前，衛遂忠確實來積善坊找我父王，稱來俊臣曾親自去龍門擲石子，本來想擲中故監察御史李昭德的名字，但無意中石子卻落在我父王的名字上，他認為這是天意，於是暗中羅織罪名，預備告我父王謀反。但當時來俊臣正主動與魏王府交好，還預備將妻妹羽仙娘子許給我阿弟延秀，尤其又有衛遂忠醉酒後當眾辱罵王夫人致其自殺一事傳出，所以我父王並不相信他，認為這衛遂忠是因為得罪了來俊臣，為求活命才故意前來挑撥……」

王翰道：「大王是說，衛遂忠來到魏王府時，王夫人服毒一事已經傳開？那麼他具體是什麼時間來到魏王府？」武延基道：「是王夫人服毒後的第二日。」

王翰重重看了一眼李蒙，他是在王蠙珠服毒自殺當日在太平公主府邸前看見了衛遂忠，若是衛遂忠被太平公主拒絕，他轉身就會趕去投奔武承嗣。毫無疑問，太平公主當日一定接納了他，留他在府中，直到第二日才讓他去找武承嗣。

狄郊問道：「尊父既然不信，為何後來又帶頭告發來俊臣謀反呢？」武延基道：「衛遂忠見我父王不相信他的話，還命人綑他送去來府，忙從懷中掏出一疊信件，稱這是來俊臣的機密信件，被他偷了出來，說不定裡面會有令魏王信服的證據。我父王就將那些信一一挑開翻看，越看臉色越是難看，原來那些信中當真有幾封信是要告發我父王、梁王和太平公主通謀造反的。」

王之渙道：「來俊臣同時告發兩名親王，要冒很大風險，難道你父王看信後就相信了？」武延基道：「我父王認得那些信是來俊臣的筆跡，而且還有一封告發監察御史李昭德受賄的；眾所皆知，來俊臣跟李昭德是死對頭，有這樣一封信，我父王還會不信麼？」

王翰等人這才想通了整個事情經過——原來衛遂忠並沒有如之前狄郊所料去找武承嗣，而是趕去正平坊投奔了太平公主，原因只有一個，來俊臣掌握了太平公主的致命把柄，正預備上書告發，而告發的信又被衛遂忠搶先拿在手中，作為投靠太平公主的資本。太平公主看信後知道事情緊急，發現信丟了，來俊臣還可以再寫一封，因此這個人非死不可。她遂命一直收留在府中的宗大亮，仿冒來俊臣筆跡編寫了一堆信件，有告發魏王謀反的，有告發梁王的，甚至還有告發她自己造反的，也有來俊臣通謀契丹孫萬榮的。當然最絕的是那封告發李昭德的信，不但真有其事，而且還與來俊臣通謀契丹的假信聯繫起來。天下人盡知來俊臣與李昭德勢不兩立，難怪看到這封信後，不僅魏王武承嗣，就連女皇武則天都沒有懷疑過它是假的。這裡面關節極多，一夜之間絕對難以考慮得如此周全，可見太平公主久有除掉來俊臣之心，籌畫這些已非一日，她將宗大亮收歸麾下，大概就是為了等待這一天的到來。

武延基續道：「我父王正看信時，宮中忽然來了一名小黃門，說是奉張少卿之命，有機密大事告知魏王。噢，張少卿就是張易之，少卿是他的官名。我父王不敢怠慢，忙命僕從退出。小黃門便說張少卿命他悄悄告訴魏王，來俊臣最近常對女皇說魏王好色多病，不宜立為太子。我父王勃然大怒，立即派人召集諸武到府中議事，決定聯名上書告發來俊臣謀反。」

王翰心道：「又是張易之！看來他因為蠙珠跟來俊臣起了齷齪是確有其事。只是不知道蠙珠現在人在哪裡？過得可還好？」

武延基道：「本來我父王是要拿來俊臣通謀契丹的信當作證據，衛遂忠隨即又獻計，說不如等魏王上書告發、來俊臣被逮下獄後，他再將這些信悄悄放回來俊臣府中，這樣被外人搜出來，才更有說服力。我父王深以為然，遂命他將那幾封來俊臣通謀契丹的信與告發李昭德的奏表一起放回來俊臣府中，不過告發諸武、太平公主的那些信卻留下了。之後發生的一切各位早已經知道，來俊臣被殺，但衛遂忠再也沒有回來。我父王一度覺得奇怪，因為他立下如此大功，怎麼會不回來要求封賞呢？而且他也沒有被御史臺捕獲，當時來俊臣很快被逮下獄，黨羽作鳥獸散，沒有能力再派人追殺他，但他就這麼失蹤了。後來還是梁王起了疑心，認為此事說不定有詐，是有人借我諸武的手除去了來俊臣。只是衛遂忠失蹤，來俊臣被族誅，也死無對證了。我知道的就這麼多……」

他局促地站起來，道，「本想與各位傾心交談，不過延基還有要事，改日有機會再聊。」他其實並沒有什麼了不得的事情，但眼前這些人的目光雖然說不上敵意很深，但戒備卻極明顯，誰讓他父親、阿弟弄假信陷害過他們呢？這種深仇一時難以用言語化解，只能慢慢來了，當即告辭出去。

辛漸道：「這位新魏王倒真與他父親、弟弟完全不同，為人也夠坦率。」王翰道：「可他畢竟姓武，這些事關係重大，不能讓他知道。」

王之渙道：「衛遂忠放完陷害來俊臣的信後，會不會又回去了太平公主府上？畢竟他知道她才是這一切的策畫者。」王翰道：「極有可能。不過利用李昭德來取信武承嗣這一招，實在太陰毒了。這位太平公主平時不顯山不露水，關鍵時刻還真有其母做事的風範。」

眾人一齊朝李蒙望去，他即將娶永年縣主為妻，那麼太平公主也就是他名義上的丈母娘。李蒙甚是尷尬，道：「我和靈覺商議過……」

忽聽見門外有人叫道：「王郎幾位郎君在家麼？」眾人忙趕出來，卻見門前站著一名中年男子，自稱是石泉縣公王綝的家僕，說縣公病重，想見王翰幾人一面。王翰這才想起當日在王嬪珠壽宴上與王綝有約，但之後變故連連，竟然一直未能顧得上這件事，忙跟隨僕人往勸善坊趕來。

勸善坊緊挨著惠訓坊，在其正南面，距離極近，步行也不過一刻功夫。王綝宅邸位於坊東北隅，原是貞觀名臣魏徵的舊宅。

魏徵早年當過道士，參加過瓦崗軍，又是太子李建成舊臣，曾謀畫過暗害秦王李世民，李世民即位為太宗皇帝後卻絲毫不記前仇，委以重任，經常引入內廷，詢問政事得失。魏徵也竭誠輔佐，知無不言，言無不盡。他性格耿直，認為皇帝兼聽則明，偏聽則暗，往往據理抗爭，從不委曲求全，曾對太宗說：「願陛下使臣為良臣，勿使臣為忠臣。」魏徵為人儉樸，官居顯位而宅舍卑陋，太宗實在看不下去，命人拿出修建宮殿的材料強行為魏徵宅修造了正堂，五天便即完工。也就是說，目下王綝家中那古樸華貴的正堂，不僅是貞觀遺物，而且是太宗皇帝敕令所造。

正是在這處宅邸中，魏徵釀造出了許多美酒。初唐酒政開放，允許私人釀酤，隨著貞觀政通人和，天下大治，四方豐稔，百姓殷富，釀酒業也得到迅猛發展，名酒佳釀層出不窮，太宗甚至引進西域葡萄酒技術，親自在宮中釀酒。魏徵也擅長釀酒，尤以「醽醁」與「翠濤」兩種美酒最為知名。太宗曾經寫詩讚道：「醽醁勝蘭生，翠濤過玉薤。千日醉不醒，十年味不敗。」

「蘭生」是漢武帝劉徹飲用的百味旨酒，「玉薤」則是隋煬帝楊廣專喝的美酒，「醽醁」和「翠濤」已經超過了傳統美酒，可見魏徵之造酒技藝已不在專業釀酒師之下。外面一直有謠言說，王綝花重金買下魏徵舊宅，其實是為了埋在宅邸的數十罈好酒。

魏徵和王綝之間的聯繫，還不僅僅是先後住過同一處宅子這麼簡單。

魏徵生前極受恩寵，病危之時太宗不斷派遣使者問候，賜給藥餌，又派中郎將李安儼睡在魏徵家中，隨時稟報一切。聽說魏徵康復無望後，太宗親自率太子李承乾到魏徵家中問候，當面安慰魏徵，許諾要將衡山公主嫁給魏徵的兒子魏叔玉。衡山公主為太宗與長孫皇后的最幼女，為嫡公主，地位尊貴。但此時魏徵已經病入膏肓，連說「謝謝」的力氣都沒有了。魏徵病故後，太宗十分難過，對身邊的侍臣說：「人以銅為鏡，可以正衣冠；以古為鏡，可以見興替；以人為鏡，可以知得失。魏徵沒，朕亡一鏡矣！」他下令九品以上官都赴喪，贈給羽葆鼓吹，陪葬昭陵。魏徵的妻子裴氏因魏徵平素儉樸，不接受羽葆鼓吹，只用布車運著靈柩下葬。太宗自製碑文，並親自書寫在石頭上，立於魏徵墓前。魏徵死後得到了為人臣子所能享受的最高榮耀，然而這一切表面的榮光很快便煙消雲散。有人告發魏徵每次向皇帝上奏章都留有副本，而且還曾經將這些諫辭拿出來給當時的史官褚遂良看。太宗盛怒之下，下令推倒親自為魏徵書寫的墓碑。而魏徵之子魏叔玉本來該娶衡山公主，成為天子嬌婿，也因此而告吹。

有意思的是，太宗皇帝不願意世人看到的這些奏章副本，最終還是被人編錄成書，流傳後世，這個人，恰好就是接受了魏徵洛陽宅邸的王綝。這也是王綝本人除了書法外，另一件揚名青史的作品。

王翰等人趕到時，王綝已經快要不行了，全靠兒子王京不斷灌下參湯，吊住最後一口氣。兒孫們黑壓壓地聚在房外，各有悲苦之色。

王綝聽說王翰等人到來，忙命人請進內室。王翰見他氣息奄奄，命在頃刻，便直接問道：「相公找我們來，是關於那卷王羲之真跡的事麼？」王綝連點頭的力氣都沒有，只斷斷續續道：「真跡……在聖上……那裡……」

王之渙驚道：「相公是說，張道子先生的那卷王羲之真跡在女皇手中？」王綝道：「是……取不回來了……我另外有件事要拜託幾位……」

他曾經是朝中重臣，而今也是地位顯赫，女皇對其十分重視，他臨死前有事不交代子孫、不委託屬僚門生，卻唯獨找王翰等人幫忙，可謂相當奇怪。

王翰道：「相公請說，我們力所能及，在所不辭。」王綝道：「真跡……那卷真跡怕是會為王、張兩家帶來一場禍事，我想請幾位……找到韋月將，殺了他……殺……」話音戛然而止。

王京見父親去了，忙走到門前告道：「父親大人去了。」頓時一片悲泣之聲。王翰道：「人死不能復生，王公子請節哀。」

王京點點頭，強忍悲慟，將王翰幾人請來堂中坐下，告道：「當今聖上喜好書法，曾特意召見家父，索要先祖王羲之真跡，家父怕惹來禍事，將自家和各親屬家中所藏的祖傳真跡清點裱糊後如數獻上。唯有家舅不肯交出，只說真跡已失，藏在家中的那卷是他自己的臨摹作品。後來的事，各位想必已經知道，那惡賊韋月將到蒲州家舅府中盜出真跡，又不知道透過什麼管道獻給了聖上。最離奇的是，聖上還特地召家父入宮辨認真偽，共同鑒賞。家父絲毫不敢說這就是家舅所藏起的那卷真跡，以免落下『欺君罔上』的罪名，但惡賊韋月將終究是知道事情經過的。」

王之渙道：「尊父是怕，終究有一日韋月將告發真跡是從尊舅那裡盜來的，所以想暗中除掉這個人？」王京道：「是的，這惡賊眼下是通緝要犯，萬一到了山窮水盡的那一步，他學來俊臣告變發家[12]那一套，後果不堪設想。可惜我等愚笨，暗中尋找了很久，也始終找不到他下落。家父知道幾位聰明過人，希望能幫忙想想法子，只要能尋到他，餘下的事情自由我們王府來做。」

狄郊道：「令尊有沒有提到女皇是如何得到王羲之真跡的？」王京道：「是張易之無意中遇到有人持卷求售，花重金買下來獻給了聖上。」

王翰幾人交換一下眼色，道：「公子還有喪事在身，我們先告辭想想辦法，一旦有韋月將的消息，即會來通知公子。」王京道：「有勞。」

王翰等人已然猜到韋月將就藏在張易之府中，難怪官府四處搜捕不到他，原來他投靠了女皇眼前最紅的紅人。大概他一來洛陽就將王羲之真跡獻給張易之作為立身之資，由此得到庇護，但後來聽到銅面蕭娘聲名鵲起，懷疑那就是自己的妻子蘇貞。他雖然奪得了璇璣圖，卻解不開其中祕密，猜想妻子當初將其收藏也許別有目的，忍不住趕去溫柔坊，結果落入了圈套中。那麼在碧落館安排設下陷阱的一定是李弄玉原來那群手下，他們利用銅面蕭娘誘捕了韋月將，嚴刑拷問下還是沒有得到璇璣圖的下落。試想那璇璣圖是韋月將的保命之本，他如何肯輕易交代出來？所以任憑他人如何刑訊，也堅不吐露口實。那些人不得已，只好故意縱放蘇貞救走了韋月將，預備就此追查到璇璣圖。不然以那些人的周密精明，怎能讓一個弱女子救走他們追捕多時的關鍵人物？韋月將遇到王翰只是意外，殺死蘇貞也是意外，但他的逃走卻是另一個精心策畫的陰謀，他一心只顧從王翰手中逃脫，卻不知道捕他的人早從旁監視他，發現他逃進了修行坊張易之府中。當時正值夜禁開始，張家卻仗著女皇恩寵，開有直對街道的大門，出入無須經過坊門，根本不受夜禁限制。後來李弄玉的手下裘仁和同伴夜闖修行坊也不是要行刺張易之，是要找韋月將取回璇璣圖，只不過沒有得手而已。為防打草驚蛇，裘仁才故意招供自己是來俊臣派來的刺客，張易之因與來俊臣有隙，竟信以為真，連夜將裘仁殺死滅口。如此看來，璇璣圖當中蘊藏的祕密遠遠大於珍貴的王羲之真跡，所以這些人非得到手不可。

辛漸本已從李弄玉口中知道璇璣圖的所謂祕密，但從未向同伴提起，以防萬一有變，為他們惹來殺身之禍。這內中情形經過眾人瞬間便已推算得清清楚楚。王之渙道：「既然韋月將藏在張易之府中，我們為何不直接告訴王京？」王翰道：「裘仁那些人武藝高強，尚且失手，你道張府是可以隨便進出的麼？即使王京真能派人殺死韋月將，那幅害死那麼多人的璇璣圖又怎麼辦？要除掉韋月將，還得想個穩妥的法子。」

剛回到惠訓坊，老僕即稟告道：「狄相公適才派人來，請狄郎回來後速速趕去尚賢坊。」狄郊知道，伯父自以河北道副元帥的身分統兵安撫河北回來後，身子一直不大好，聞訊後知道有變故，忙牽了一匹馬，往狄仁傑府中趕來。

卻見房前院子中已經聚集了不少官員，均曾受過狄仁傑舉薦，是他名義上的門生——有秋官侍郎張柬之、司刑少卿桓彥範、夏官侍郎姚元崇、司刑少卿袁恕己、天官侍郎[13]崔玄暐等，還有新被狄仁傑提拔為監察御史的前河東縣令竇懷貞，甚至連洛州長史敬暉也在其中。

狄郊見到敬暉的一剎那，才恍然明白過來：那真假車三一事多半是出自伯父的主謀，所以他後來才再三叮囑王翰、狄郊等人不要再追查這件事，追來追去，最終只會從他門生追到他自己身上。他這麼做，自然也是跟太平公主收服宗大亮一樣，看上了車三仿人筆跡的本事，有所圖謀。只是不巧的是，這是一起冤案，車三是代宗大亮受過，本人並不會仿人筆跡。雖然伯父最終也能發現這一點，譬如在用到車三的時候，只是那樣一來，許多內中細節再也無法弄清。綁架王翰的人搜出信後發現了蹊蹺，並沒有就此隱瞞，反而將可疑之處告訴了王翰，原來策畫這一切背後的人都是伯父。也難怪他讓人帶話給王翰，務必找到將信放入李蒙行囊中的人。如今想來，那人確實可驚可怖。他到底是什麼人？對這件事知道多少？為何拋出那三封信後再無音訊？他是不是一直在暗中監視著一切？

正思慮躊躇之時，狄仁傑之子狄光昭出房叫道：「家父請諸位進去。」眾人便放輕腳步，魚貫進入房中，狄郊也跟在後面。

狄仁傑半倚在床上，面若金紙，已有垂死之態，勉強說了幾句客氣話。眾人見他無力多語，便告辭出去。狄仁傑命狄光昭出去送客，又招手叫狄郊到床邊，道：「你先留在這裡，我有話說。」狄郊道：「是。」過了一會兒，卻不見狄仁傑說一句話，不免很是詫異，又不好多問。

過了一刻功夫，門外傳來腳步聲，狄光昭重新領著張柬之、桓彥範、崔玄暐、袁恕己、敬暉進來。五人在床前站成一排，肅然靜立。

狄仁傑命僕從、兒子均退出房外，只留下狄郊，這才歎道：「所恨衰老，身先朝露，不得親眼見到五公盛事，冀各保愛，願見本心。」張柬之道：「恩師請放心，我等立過重誓，必會完成恩師心願。」

狄仁傑緩緩流下眼淚，只與五名門生一一對視，再無一句話說。

良久，張柬之五人不得已起身告辭，退出寢室外，卻並不離去，均好奇恩師為何會突然如此悲傷。袁恕己猜測道說：「是不是狄公自感氣力轉衰，來日無多，欲安排家事？」張柬之卻不同意這種看法，道：「沒有聽說有大賢不顧國事而先謀其家事的。咱們再等一等看看。」

片刻後，狄郊出來請張柬之、桓彥範、袁恕己重新進去。狄仁傑道：「適才崔玄暐、敬暉二公也在，所以我沒有說話，他二人能夠決斷大事，卻是有些毛躁，難守機密。我時日無多，只有一句話要特別交代，魏王武承嗣已經被人暗中除去，諸公少了一個勁敵，然而欲舉大事，還得先除掉梁王武三思，不然，則必反生大禍。」

狄郊一直奉命站在床邊，聞言很是吃驚，心道：「原來武承嗣是被人害死。這人跟來俊臣一樣，仇家極多，理當防範極嚴，不知道什麼人能在魏王府下手。」

只聽見張柬之等人應答了幾句。狄仁傑甚是倦怠，揮手道：「我去後，你們所有人須奉張柬之號令。去吧，不必再來了，以免惹人起疑。」張柬之等人只得退了出去。

狄仁傑道：「郊兒，你都聽見了？」狄郊道：「是。」狄仁傑道：「唉，你可還記得那個大雪的冬天？我去探視盧姨，見你沉穩有識，想引你入朝為官，不料盧姨卻說：『老身膝下只有一甥，不欲他和相公一般侍奉女主。』」

盧姨就是狄郊的姨母，也是他的養母，歷來不准狄郊與狄仁傑一家來往。狄郊想不到伯父病重居然念念不忘當日養母斥責之語，這才明白狄仁傑向門生交代機密大事為何特意不避自己，原來是要告訴自己：他表面是在侍奉女主，但暗中做的卻是匡扶唐室的事，張柬之這些人都是他刻意發掘出來的志同道合之士，安插在要害部門，各居高位，為的就是「舉大事」。他心中一時百感交集，良久無語。

狄仁傑道：「你是個聰明的孩子，明白伯父的意思就好。你去吧，我還要見別的客。今日之事，切莫再對第二人說起，包括你的那些好友。」狄郊道：「遵命。」行了一禮，退出房來。

狄光昭正陪著一名中年男子靜靜等候在門前，那男子氣度雍容華貴，眼睛卻如鷹隼般銳利。狄郊並不認得他，卻認得他背後的隨從，正是曾在蒲州見過的李弄玉隨從宮延。

狄郊心道：「這人大概就是李弄玉那群人的新頭領，在碧落館中布置圈套誘捕韋月將的也該是他了，原來伯父一直跟他們有聯繫。難怪洛州長史敬暉的手下梁笑笑一進碧落館又立即退了出來，他跟伯父的門生們一定很熟，早有暗通來往。可這不是矛盾了麼？之前我和辛漸都猜想李湛是伯父這一方的人，那些在太原劫走辛漸、在伯父郊外別墅的那些軍人都是李湛的手下，既然伯父跟李弄玉一方早有來往，李湛又為什麼要殺死李弄玉？莫非……」正想直接開口詢問那男子，狄光昭匆匆進去又出來，叫道：「父親大人有請李公進去。」那姓李的男子點點頭，跟隨狄光昭走進寢室。

狄郊正待離開，宮延忽然叫道：「狄郎請留步，我有一件事正要請教。」狄郊道：「郎君請講。」宮延道：「在御史臺獄中殺死裘仁的人是誰？聽說當時王翰王郎也在場，狄郎該是知道的。」

狄郊這才知道原來他們還不知道蒙疆殺人一事，想來這事因涉及宮廷機密，刻意得到了掩蓋。宮延見他遲疑不答，道：「我就是當日跟裘仁一道潛入張易之宅邸的人，我們在暗中聽到一些事情，跟王蠙珠有關，她妹妹王羽仙是狄郎的至交好友，難道你不想知道麼？」

狄郊猜他問到殺人者姓名，無非是要報仇，當即道：「殺死裘君的人不過是奉命行事，他不是什麼壞人，只不過身不由己，恕我不能奉告。」宮延道：「那好，咱們也沒什麼話可說了。」

狄郊見他迅疾換了一副冷冰冰的神態，料來問他李弄玉的事也不會有什麼結果，只得告辭出來。卻見新被狄仁傑擢升為監察御史的竇懷貞還在大門前徘徊，狄郊正想過去打聲招呼，他卻飛快地轉身逃開了。不過從他那副如同老鼠看見貓一般的神情來看，他似乎並沒有看見狄郊，只不過是湊巧想起了什麼事情。他這副神態跟他之前任河東縣令時的冷靜自持完全判若兩人，以致這一幕長久地留在狄郊的腦海中。

到惠訓坊坊門時，正遇上武延基單騎匆匆趕來，遠遠見到狄郊就叫道：「狄公子！等一等！」狄郊倒不反感這位新魏王，翻身下馬，問道：「大王有何吩咐？」武延基道：「不要叫我大王，叫我延基好了。」狄郊搖搖頭，道：「大王貴為親王，禮儀不可廢。」

武延基道：「有一件事，我還是想讓你們知道，之前牽涉狄公子的那件反信案子，真正的捉筆者是宗大亮，不是車三。」

狄郊早已知道這件事，並不驚詫，倒是很驚奇，武延基為何將此事當作重大發現般來告訴他。莫非之前他並不知道反信案的內幕？反信案是淮陽王武延秀策畫，他是武延秀的兄長，按照禮法制度，長兄爵位，威嚴、名望均遠在弟弟之上，武延秀不可能不告訴他，除非武延秀自己也不知道究竟，以為宗大亮不過是個聯繫了黃瘸子的中間人。又有一點，既然宗大亮在反信案中自始自終都隱藏得如此之深，太平公主又是如何知道他會仿冒他人筆跡、將其收到麾下呢？

狄郊忙問道：「大王是如何知道的？」武延基道：「是永年縣主靈覺來告訴我的。狄公子，我本來不大相信，可靈覺說宗大亮就藏在她嗣母太平公主府上，而且來俊臣的心腹衛遂忠來找我父王前，已經先找過公主了。當時家叔梁王正好在場，聞言很是緊張，立即起了疑心，懷疑衛遂忠交出來的那些信也是假的，是公主利用宗大亮仿冒來俊臣的筆跡所寫。」

狄郊心道：「壞了，這些事武靈覺都是從我們這邊聽到的，她又跑去告訴了魏王和梁王武三思。萬一傳到女皇耳中，太平公主的處境可就十分危險了。武靈覺雖然姓武，可公主畢竟是她嗣母，她該不會是懷恨因公主下嫁，令她親生母親被殺，而有意這麼做吧？」

武延基問道：「狄公子，你怎麼看這件事？」狄郊不願意親口證實，無論太平公主出於什麼原因陷害來俊臣，她畢竟是做了一件大快人心的好事，況且她也曾有意無意地幫過王羽仙，當即道：「反信案結案已久，而且初審是經御史臺宋御史之手，我從來就不懷疑他的公正。大王切莫輕信人言。」

武延基這才長舒一口氣，道：「嗯，憑宋相公的名聲，任誰都是信得過的。狄公子都這麼說，我更是放心了。」遂拱手作別。

狄郊回來惠訓坊，本欲找李蒙好好問問武靈覺的事，卻是不見李蒙的人影，才知道他前腳剛走，李蒙後腳就被太平公主派人招去。一直等到傍晚日頭落山之時，才見李蒙垂頭喪氣地回來。眾人忙問發生了什麼事。李蒙道：「宗大亮失蹤了！太平公主懷疑是我們藏了他，限我們三天之內交人。」

王之渙道：「我們自從蒲州那件案子後就再也沒有見過宗大亮，你沒告訴公主麼？」李蒙道：「告訴了，可公主不信，說我好幾次向府中下人打探宗大亮下落，宗大亮自己也親口告訴過公主，說看見過我跟蹤他。」

王翰道：「你跟蹤過宗大亮？」李蒙道：「前幾日我去找靈覺，見到一個人從公主府中鬼鬼祟祟地出來，模樣身形確實有幾分像宗大亮，我叫他不應，也就沒有再多理會了。」

狄郊道：「這件事很奇怪，會不會是武三思派人綁走了宗大亮？」說了白日在坊門前遇到武延基的事，又道，「武延基才剛剛跟我提起宗大亮，他人就立即失蹤了，應該是梁王武三思做的，不然哪有這麼巧？」

王之渙道：「可武三思綁走宗大亮做什麼？」王之渙道：「也許武三思也看上了宗大亮仿人筆跡的本事，打算利用他辦什麼壞事。」辛漸搖頭道：「未必。宗大亮先後捲入的大案太多，知道的祕密也越來越多，也許他手中還握有什麼證據，比如能證明老狄反信一案武延秀才是主謀的關鍵證據，甚至可能牽連到武承嗣、武三思，所以武三思一聽說就很緊張。」

李蒙道：「那好，我明日就這般稟告太平公主，讓她自己去找武三思要人。」狄郊道：「你喜歡永年縣主麼？」李蒙驀然省悟，道：「呀，我不能這麼做，這樣會牽出靈覺來。那我們該怎麼辦？」

狄郊道：「無論是因為仿冒筆跡的本領，還是因為手中握有證據，宗大亮都應該還活著，被關押在某個地方。」王翰道：「不過要從武三思手中救人可不簡單，況且宗大亮這個人根本不值得我們冒險去救。」

辛漸道：「怕是太平公主尋找宗大亮也沒有那麼簡單。之前你們不都認為來俊臣手中有公主的把柄麼？那把柄想必已經被衛遂忠交到公主手中，但若宗大亮是以那把柄為模子仿冒來俊臣筆跡，他同時也就知道了太平公主的祕密。萬一他在事後依葫蘆畫瓢，留下一份副本，對公主可是極其不利。」

李蒙道：「這麼說，宗大亮必死無疑了？」辛漸道：「最後肯定是要被滅口。只是死前還要受許多折磨，無論是在武三思、還是太平公主手中，都會被逼著先交出證據來。他若能挺得住種種酷刑，也許反而能像韋月將那樣逃得一命。李蒙，你先別急，太平公主未必就真懷疑是我們做的，不過是有意那麼說，想從我們這邊知道更多線索。」李蒙道：「但願如你所言。」

次日一早，天剛濛濛亮，眾人還在睡夢中，便聽見有人咚咚捶門，如擂鼓一般。老僕趕過去開門，立即擁進來一大堆差役，鐵鏈抖得嘩嘩作響，連聲叫道：「你主人呢？快叫王翰他們幾個出來。」

辛漸最先披衣出來，見來者都是河南縣的差役，問道：「發生了什麼事？」領頭縣尉道：「這正是我要問郎君的話，你們家門口躺了個死人，到底發生了什麼事？」

辛漸忙排開差役出來查看，果見門前臺階上橫著一名血淋淋的男子——赤身裸體，一絲不掛，渾身上下血肉翻捲，布滿各種鞭傷、燙傷；手掌、腳掌已被斬去；雙肩窩上各有兩個拇指粗的血孔，似被什麼東西穿透過；面容被刀鋒畫得稀爛，眼珠被挖出，雙耳、鼻子、舌頭均被利刃割掉。他看起來已經完全不像個人，而是個從地獄裡爬出來的浴血鬼魅。

辛漸心頭一陣涼意升起，第一個反應就是：「他是誰？怎麼會被人折磨成這副樣子？」又見大門四周並無血跡，猜想是有人將屍首用車馬運來，故意扔在他們門前。既是如此，這人肯定是他們認識的人，至少能扯上一些關係。莫非……莫非他就是宗大亮？

王翰等人聞訊趕出來。辛漸忙叫過李蒙，問道：「你看他像不像宗大亮？」李蒙只看了一眼，便噁心得要嘔吐出來，連忙轉過頭去，道：「像，像。」

縣尉道：「人死在你們家門口，幾位又認得死者，這就跟我走一趟吧。來人，把他們全部帶走。」狄郊忙道：「等一下！少府請看，這四周都沒有血跡，屍體身上這麼多傷，身下的血跡也是極少，他是被人殺死後才運來這裡，好嫁禍給我們。請少府、坊正速速派人盤問四處大門的守衛，問明夜禁解除後是否有可疑車馬出入。」

縣尉也知道王翰這幾人各有些來歷，不願意多生事端，便命惠訓坊坊正派人到坊門查驗。

旁人都遠遠離開那具恐怖的屍首，唯有狄郊不避血腥，走近前蹲下來仔細查驗傷口，半晌才起身道：「他不是宗大亮。李蒙幾日前還見過宗大亮，可這人的手腳被斬下來已經有一些日子了，斷口處已經結疤，估計大約有一個月左右。這個人應該是被人抓住後砍去手腳，再用鐵鉤穿過肩頭吊起來，每日鞭笞拷打。他身上的刑傷有新有舊，但臉上的這些傷卻是新傷，他應該是最近兩日才被割掉五官遇害。」

縣尉見他思維縝密，頗為佩服，道：「不過這人既然被扔在公子家門口，多少會跟你們有些關係。」狄郊道：「也許有關，也許無關。凶手之所以要毀掉死者的五官，並非完全出於折磨的目的，還想讓別人認不出他來，比如想讓我們誤以為是宗大亮。」

王之渙道：「呀，這不是跟韋月將用過的李代桃僵之計一樣麼？不過韋月將割掉了胡餅商的首級，再給他穿上自己的衣服。這凶手既然想讓我們誤以為死者是宗大亮，如何不給他穿上宗大亮的衣服？」狄郊道：「也許這個凶手跟綁走宗大亮的並非是同一人，不過我實在想不出為什麼凶手要將屍首扔來這裡。」

正說著，坊正趕來報道：「夜禁解除後不久，確實有一輛馬車一大早自西門進來，不久又匆匆出去。之所以被衛士留意到，是因為那車子雖然平常，卻有一股奇特的異香。車馬過後，仍然久久不散。」只是除此以外，也沒有別的線索。縣尉只得命差役抬了屍首回縣衙，懸賞買人告發死者身分。

眾人回房坐下，一時無語。李蒙回想那具殘缺不全的屍首，猶自心有餘悸，道：「幸好不是宗大亮，不然太平公主豈肯干休？」

王之渙道：「你還是覺得死者跟宗大亮失蹤有關？」李蒙道：「當然有關了，不然哪有這麼巧？凶手將死者的臉弄成那樣，就是故意想讓我們認為他就是宗大亮。偏偏凶手不知道老狄不僅醫術過人，還是個驗屍高手，幾處斷手斷腳的舊傷就露了餡。」

王翰道：「李蒙推測得有理。如此，綁走宗大亮的人就是凶手，他一定還沒有從宗大亮身上得到他想要的東西，又擔心被太平公主查到，所以搞一招假宗大亮來金蟬脫殼，順便還可以嫁禍給我們。我們幾個不但是知情者，而且反信案中還被宗大亮害過，也可以說跟他有仇。」

王之渙道：「阿翰的意思是，梁王武三思就是害死門前無名死者的凶手？」王翰道：「不是他還能是誰？別說尋常人家，就是一般的大臣，家裡哪有私設公堂的能力？你也看到了，死者身上都是受刑後的刑傷。這武三思當真跟武承嗣一樣，都是爛泥扶不上牆的愚蠢之徒，他如果不來這麼一下，我們還真不能肯定是他綁了宗大亮。」狄郊也道：「弄具屍首出來確實有欲蓋彌彰之嫌。」

辛漸道：「死者被如此殘忍虐待，一被捕獲就立即斬去了手腳，不留絲毫餘地，想來必是武三思切齒痛恨之人，所以武三思才以日日拷打折磨他為樂事。不過武三思作惡不少，仇家也不少，死者面孔被毀，要想查到身分並不容易。」

王之渙道：「即使知道了他是誰，沒有真憑實據，也難以追查到武三思頭上。這件案子，僅憑咱們幾個的能力解決不了，怕是得如實告訴太平公主才行。」李蒙連連搖頭道：「不行，這樣公主就知道是靈覺向武三思、武延基洩露了消息，非得禁閉她不可。」

狄郊道：「李蒙，怕是你得好好跟永年縣主談一次，問問她為什麼要將在我們這邊聽到的話，轉過去告訴武延基和武三思。」李蒙不快地道：「怎麼，你們懷疑靈覺是武三思的細作？」狄郊道：「事實確實如此。」

辛漸忙打圓場道：「算了，自家兄弟。也許永年縣主只是無心的，畢竟這件事張揚出去對她嗣母太平公主最不利。大家別著急，不是還有兩天時間麼？咱們再等等看，也許河南縣衙那邊會有進展。」

次日，河南縣衙當真有了進展，屍首被擺放在縣衙前，懸賞招認。雖然死者已然面目全非，還是有西市一家小客棧的店主認出他來——死者竟然就是之前兩次上書要求武則天退位的武邑人蘇安恆。他一直居住在西市客棧中，一個多月前外出後未歸，行囊一直留在房中。店主雖覺得奇怪，不過這樣的事在客棧裡也曾發生過好幾次，所以他也未報官。

王翰等人得知消息後，悚然失色，也不知道蘇安恆殘酷被殺是不是出於女皇的授意。若真是如此，那麼嫌疑人可遠遠不只武三思一人，武懿宗、武攸宜、太平公主，甚至連武則天自己都有重大嫌疑。蘇安恆的屍首被扔在王翰家前，也不是為了嫁禍，而是一種警示了。到底要警示什麼？是讓他們少管閒事麼？

許多疑團尚未解開，太平公主已輕騎簡從，親自來到惠訓坊王翰家中。眾人見她面色嚴峻，猜想是來興師問罪，也不好多問，只靜觀其變。

太平公主道：「怎麼不見羽仙娘子？」俱霜道：「回公主話，羽仙自從她姊姊去世後，身子一直不好，她父親派人接了她回太原。」太平公主道：「嗯，原來是這樣。俱霜，你和胥震先出去，我有話問王翰他們幾個。」俱霜道：「是。」又嘻嘻一笑道，「不過公主可不要待人太嚴厲喲，他們幾個可都是我的哥哥。」太平公主居然點了點頭。

等俱霜掩門出去，太平公主才問道：「宗大亮人在哪裡？」王翰忍不住道：「公主何必明知故問，他人並不在我這裡。」太平公主眉毛一挑，道：「我怎麼明知故問了？」李蒙忙道：「公主請息怒。王翰他們幾個確實沒有見過宗大亮，我也只在公主府前見他一次。」

太平公主道：「那麼你們門前的死人是怎麼回事？」李蒙道：「回公主話，河南縣已經查出那人的身分，他名叫蘇安恆。」

蘇安恆才剛剛被認出來，消息還未傳開，河南縣尉聽說死者就是因上書要求女皇退位而名震天下的蘇安恆後，也嚇得呆了，不敢張揚，只派人悄悄通知了王翰等人。太平公主顯然還不知道這件事，愣然半晌，才問道：「是武邑蘇安恆麼？」李蒙道：「是。」他知道紙包不住火，事情早晚要被太平公主知道，又稟道：「我們實在不知道宗大亮的下落，不過也許公主可以試試去梁王府尋找。」

太平公主道：「你是指，靈覺告訴了延基和三思，說宗大亮在我府上，而且他會仿人筆跡這件事麼？」李蒙大吃一驚，道：「原來公主已經知道了。」太平公主道：「嗯，是三思親自過府告訴我的。怎麼，你們還懷疑是梁王綁了宗大亮？」

眾人聞言無不面面相覷。武靈覺跑去魏王府洩露宗大亮一事也許只是無心之談，但以其素來毫不掩飾憎恨嗣母的態度來看，倒更像是有意挑撥太平公主與武三思相鬥。尤其來俊臣與諸武結盟，歷來互相倚靠，無往不勝，而這次魏王武承嗣誤中太平公主圈套，親自領頭告發來俊臣，實際上是自斷右臂。魏王、梁王跟太平公主均不和睦是眾所皆知的事實，可武三思為何又主動告訴太平公主這些，有意向她示好呢？大約是太平公主的三哥李顯最終被立為太子，諸姪之中與武則天血緣最親的武承嗣已死，他不得不尋求新的聯盟，好歹太平公主也算是武家的兒媳啊。

王翰道：「那麼公主如何能肯定宗大亮一定會跟我們有關？」太平公主反問道：「你們如何能證明你們跟宗大亮沒有關係？」眾人一時無言以對。

太平公主道：「反信案整起事件只有你們知情，能猜到宗大亮才是真正捉筆者的只有你們幾個，靈覺應該也是從你們這裡知道來俊臣那件案子的真相吧？」李蒙忙道：「我們絕非有意洩露，只不過湊巧被靈覺聽見。」

太平公主道：「嗯，我信得過你們。你們幾個當真是機智聰明，為常人所不及。既然你們一直在為我保密，我也告訴你們一件事，你們知道新任洛陽縣令是誰吧？」王之渙道：「是張易之、張昌宗的弟弟張昌儀，聽說才二十歲出頭。」

張昌儀是近來朝中風頭極盡的新銳人物，仗著兄長勢焰可熾，大肆收受賄賂，為人請託謀官。一日早朝時，一個姓薛的求官者等在半路，送給張昌儀五十兩黃金和投名狀。張昌儀來者不拒，到了朝堂後，將投名狀交給天官侍郎張錫，命他立即錄用薛氏。不料張錫不小心弄丟了薛氏的投名狀，想不起薛氏的名字，不得不去問張昌儀。張昌儀大罵道：「不懂事的傢伙！我也記不得。只要是姓薛的，你就批准給官做就是了。」張錫回到吏部後立即找出登記表，發現求官的姓薛的有六十多人，便一齊註冊授官。這起著名的「姓薛者皆注官」故事最近一直在洛陽坊里流傳。

又有人連夜在張昌儀宅邸的大門上題寫了一句詩：「一兩絲能得幾時絡？」「絲」諧音「死」，「絡」諧音「樂」，分明是詛咒張氏兄弟大難將至、死到臨頭。張昌儀本人就是洛陽縣令，率領人馬大肆追查，也查不出究竟，只好擦掉了事。哪知道過了幾天，又有人晚上偷偷往門上寫上同樣的句子，又被擦掉。如此反覆數次，張昌儀忍無可忍，也不擦了，只在那句詩下補了四個大字：「一日亦足。」事情才算到此而止。

太平公主道：「張昌儀是個藏不住事的人，聽說他在洛陽縣衙中發現了一條祕道，是通往來俊臣府邸的。你們可明白我的意思？」這一點王翰等人早已猜到，現在不過是由太平公主親口證實而已。李蒙忙道：「明白，多謝公主告知。」

太平公主道：「那麼，你們預備如何向我交代宗大亮的事？王翰，你是眾人首領，你說。」

王翰猜想太平公主強詞奪理，一定要將宗大亮失蹤一事栽到他們頭上，無非是想將他們幾人收為己用，抑或要脅為她辦事。他雖然並不討厭這位高貴的公主，卻也不怎麼喜歡她，這只是他本性使然，他向來不喜歡政治，更不喜歡玩弄政治和權勢的女人，李弄玉算是一個，太平公主也算一個。況且他本就率性隨意慣了，要他去為公主這樣的權貴出力辦事，他也做不到。當即答道：「我們幾人正打算回去晉陽，等有些事情了結就要動身上路，怕是難以為公主尋回宗大亮。」

太平公主粉面一沉，冷笑道：「你以為你走得掉麼？」王翰道：「莫非公主想用強將我們扣押在這裡？不知道我們犯了哪條王法？」李蒙忙道：「公主，阿翰的意思是……」

太平公主道：「住口！讓王翰自己說。」王翰道：「敢問公主，宗大亮當真失蹤了麼？」太平公主大怒，道：「王翰，你好大膽子……」

忽聽見院外有人揚聲叫道：「王郎幾位郎君在家麼？小的是河南縣派來的，縣尉讓小的來告訴郎君，宗大亮找到了。」

1 唐代制度，五品以上官員都有隨身魚符，形狀像魚，上面刻有所有者的姓名、任職衙門及官居品級等，是五品以上官員出入宮禁的憑證；三品以上用金，四品用銀，五品用銅。魚符分左右兩枚，上鑿小孔，以便繫佩，右符隨官員本人，左符進大內，皇帝如有徵召，須下左符，與右符勘合後，即證明沒有詐偽，官員才可應命。武則天即位後，將魚符改為龜符，即為「金龜婿」的由來。

2 指為方便運輸，在洛陽城中人工挖掘的河道，引入洛河之水。洛陽南區、北區均有數條這樣的漕渠。

3 資蔭：即父、祖官爵。

4 石炭：煤的古稱之一，又稱石墨。唐代日本學問僧和遣唐使曾把中國許多物產連同名稱帶回國，至今日本仍稱呼煤為石炭。

5 上林苑：今河南龍門西山花園寨村一帶，疑是在隋甘泉宮（顯仁宮）基礎上修建。

6 明堂尉：負責明堂守衛、安全的官員。

7 棄市：據《禮記・王制》：「刑人於市，與眾棄之。」本指受刑罰的人在街頭示眾，百姓共同鄙棄之，後「棄市」專指死刑。

8 姚元崇，字元之，後因避唐玄宗「開元」年號諱改名姚崇，是中國歷史上著名的宰相，有「救時宰相」之稱，對開元之治貢獻尤多。

9 長安二年（七〇二年），武則天「詔天下諸州宣教武藝」，並第一次在科舉考試中增設武舉，確定在兵部主持下，每年為天下武士舉行一次考試，考試合格者授予武職。一般認為，這就是我國科舉制度中「武舉」或「武科」的正式出臺。自此以後，武舉考試為大多數封建王朝所承襲，成為封建國家網羅武備人才的重要制度。

10 骰子：骨製的賭具，正方形，用手拋，看落下後最上面的點數。俗稱「色子」。

11 武邑：今河北武邑。

12 來俊臣本是判了死刑的罪犯，臨刑前於獄中上變，得武則天召見，從此平步青雲。

13 天官侍郎：即吏部侍郎，掌管官員選授。

【卷十】神龍見首

宮門後猶能聽到武則天在瘋狂怒罵。這女人天生就要當至強者，惡與恨引領她登上女帝寶座，也讓她的人格墜入了深淵，最終令她失去所有。她的一生，並非危機太多，而是危機感太多；並非幸福太少，而是幸福感太少。

宰相狄仁傑病逝了！這是近來最震動天下的消息，朝野一片悲聲。

自河北防禦突厥回來後，狄仁傑便數次以老病請求致仕退休，但女皇不准，不過特許他不必跪拜，也不必宿值[1]，更稱之為「國老」，然而這一切的恩寵還是沒能挽留住狄仁傑的生命。武則天於深宮中得知消息，黯然淚下，良久才道：「朝堂空矣！」

狄仁傑身故後，政局表面平靜，實際上各種暗流都在勃勃湧動。武則天雖立第三子李顯為太子，但仍堅持武周國號，賜太子李顯姓武氏，大赦天下。考慮她死後太子與諸武不相容，命太子李顯、相王李旦、太平公主與公主丈夫武攸暨等人簽署永不相負的誓文。又將太子第六女永泰郡主李仙蕙嫁魏王武延基。太子幼女李裹兒早已被封為安樂公主，預備嫁往吐蕃和親，然而湊巧求婚的吐蕃贊普墀都松贊死於討伐其南境附屬國泥婆羅[2]的征途中，和親一事就此作罷。武則天又安排將安樂公主嫁給武三思的長子武崇訓，意圖以聯姻平息李武兩家長期以來的勢同水火。

不過比皇室婚姻更吸引百姓眼光的是武舉科考。自女皇登基以來，專注於在國內剷除異己，邊防武備鬆弛，以致武周百萬大軍平定不下幾萬契丹叛軍，最後不得不以巨大代價求助於突厥，成為天下共傳笑柄。武則天痛定思痛，破天荒地開創了武舉制度，意在選拔出武藝高強的傑出將才，在軍中效力。

出人意料的是，中國歷史上首屆武舉狀元並不是漢人，而是契丹人室力，他是左玉鈐衛大將軍武楷固手下的勇士。武楷固即是辛漸之舅李楷固，因平定收服契丹餘部封燕國公，賜姓武氏。榜眼是華州人郭敬之，祖籍晉陽。探花是辛漸。之前呼聲極高的宋之悌排第六名，列乙等。王翰之前聽說武舉並無舉子對陣一說，無法借機為劉希夷報仇，根本就沒有參加考試。

眾人在家中為辛漸設宴慶賀，特意將王翃之子王京贈送的兩罈「醽醁」「翠濤」美酒開了封。

俱霜取過兵部發給辛漸的告身[3]瞧了瞧，道：「漸哥哥，你費了半天勁，又是騎馬又是射箭又是耍槍的，就為了這麼個東西？他們為何不直接發給你一枚大官印？」辛漸苦笑道：「我可不是為了做官才參加武舉考試。」

王之渙道：「是啊，辛漸要想做官輕而易舉，他參考武舉不過是要替李弄玉報仇。」

俱霜從未聽過此事，奇道：「為李弄玉報仇？之渙哥哥是說李弄玉死了？怎麼可能？」辛漸神色黯然，不願意再多提，道：「美酒當前，大夥趕緊開喝開吃，可別因為我壞了興致。」遂大飲一場，唯有狄郊尚在為伯父狄仁傑服喪，不能飲酒。

歡宴結束時已經傍晚，辛漸還是忍不住攜了兵刃，來到修業坊找李湛。李湛居然正在堂中坐著等他，道：「我知道你今天一定會來。」

辛漸道：「將軍原先只是文官，不過是因女皇信任才被授予兵權，統領禁軍，我卻是自幼習武，將軍當真要與我比試麼？」李湛道：「君子一言，快馬一鞭。來吧。」

來到院中一塊空地上，李湛命家僕在四周結滿燈籠，亮如白晝。二人各自拔出兵刃，交手不過幾招，李湛佩劍便被辛漸一刀磕飛。辛漸見他停手不再反抗，上前用刀逼住他胸口，問道：「將軍還有什麼遺言？」

李湛卻是微微一笑，並不答話。辛漸道：「那我只好送將軍一程。」作勢欲刺。一旁風廊中忽奔出一名女子來，高聲叫道：「住手！」正是他朝思暮想的李弄玉。

辛漸拋下刀，迎上前握住她的手笑道：「若非如此，你還不會出來。」李弄玉見他雖然欣喜，卻並不十分意外，道：「你……你已經知道我並沒有死？啊，一定是俱霜告訴了你。」

原來俱霜問明李弄玉是被李湛絞死後，連呼不可能，她來洛陽後親眼見過李弄玉。原來她和王翰同去溫柔坊查看銅面蕭娘被趕出來的當晚，她又回到了碧落館，想弄個明白，以討好王翰，避免次日被他送回晉陽。哪知道剛翻牆進去就被人擒住，一直拘禁在暗室裡。後來有個女子和中年男子到來，旁人稱呼女子為「四娘」，稱呼男子為「李公」。俱霜雖不認得李弄玉，卻曾從王之渙口中聽說過她的一些事，這才知道碧落館的一切都是她在暗中策畫。李弄玉因為事關重大，本要殺了俱霜滅口，哪知道俱霜機靈，隱隱猜到李弄玉是皇族身分，當即叫道：「我跟娘子是一夥的，我是宣城公主的女兒，我們是親戚。」原來她是高宗皇帝淑妃蕭氏次女宣城公主的女兒，論起輩分來她還真是李弄玉的表妹。當年武則天當上高宗皇后後，將原皇后王氏和淑妃蕭氏截掉手腳，泡入酒甕中，說是要二人骨醉而死。據說王蕭二人被殘害而死後，太極宮中開始鬧鬼，武則天經常夢見王氏和蕭氏披頭散髮、渾身滴血，請巫祝禱告也無濟於事，於是她奏明高宗，興建了大明宮。可當她從太極宮移居大明宮後，二鬼又追到這裡作祟。武則天由此深恨長安，乾脆搬去洛陽，稱帝後更是定洛陽為神都。蕭淑妃死後，所生的兩個女兒義陽公主和宣城公主均被幽閉於冷宮中，三十多歲還沒有出嫁。武則天長子李弘同情兩位姊姊，出面為姊姊說了幾句好話，武則天勃然大怒，當即將兩位公主嫁給羽林軍中兩名最低賤的衛士，不久又毒死了親生兒子李弘。俱霜就是宣城公主與衛士所生之女，胥震則是義陽公主之子。李弄玉驚訝之餘，也十分感慨，遂放了俱霜，命她不可洩露所有一切。

辛漸知道了究竟，這才知道他被關在洛陽郊外時幾次感受到李弄玉就在身邊並非幻覺，可她為什麼不讓他知道呢？害得他白白傷心了這麼久。莫非她以為他還在記恨她？

果然聽見李弄玉問道：「你不恨我了麼？」辛漸歎道：「我娘親命我不可恨你，我怎敢違令？」

賀英自到洛陽後，一直被武則天留在宮中，禮敬有加。女皇確實老了，害怕孤獨，她身邊隨時需要人陪伴解悶，張氏兄弟只能滿足她一方面的需要，她更希望多些賀英這樣的人，既能聊聊過去的人和事，也能瞭解一些外面的真實世界，辛漸幾次進宮看望母親，均遇到女皇正刨根問底地追問并州風土人情。賀英聽愛子講述了李弄玉的事，歎道：「這不能怪她。她自幼失去父母，父親又是被祖母所殺，堪稱慘絕人寰的悲劇，她在仇恨中長大，被賦予匡扶唐室的重任。使命要求她做一個六親不認、心狠手辣的人，可她還是喜歡上了你。好孩子，她是為了你才自曝真相，不然，又有誰會知道是她做的呢？當時人人懷疑是契丹、突厥、吐蕃，沒有人知道她的存在，更沒有人會懷疑她。」辛漸仔細回憶一切，確實如此，李弄玉是有意露出身分，隨即對李湛坦白招供了一切，才解除了大風堂通謀契丹的嫌疑，可也由此給自己招來殺身之禍。那以後辛漸一直內疚異常，總覺得李弄玉是因為他而死，今日方才意外得知她還在世上，可謂喜出望外了。

李弄玉道：「你娘親不讓你恨我，那麼你自己呢？難道你自己沒有主意麼？」辛漸見李湛已領僕從退開，這裡只剩了他和李弄玉兩人，便就勢攬住她的纖腰，道：「我自己當然恨你了，恨你一直不肯出來見我，害得我難過了這麼久。」

李弄玉道：「可我還是會想方設法向你母親逼問出璇璣圖的祕密。」辛漸聞言，滿腔熱情頓時消退，當即放開了手，退開兩步。李弄玉道：「你生氣了麼？」辛漸默默不語。

李弄玉正色道：「辛漸，我實話告訴你，我自出生起，從來都是人奉承我，尊敬我。我被賦予匡復李唐基業的重任，必須得冷酷，世人在我眼中不過是棋子，我從來沒有試過去關心一個人，直到遇見了你。」

辛漸道：「我知道，我也很感激。只是而今太子名分已定，這江山早晚還是你們李家的，你又何必費盡心機，再苦苦相逼？」李弄玉道：「你不懂，你不瞭解那個女人，她不會這麼輕易傳位給太子的。」她所稱的「女人」，自然是她祖母武則天了。

辛漸道：「諸武自從武承嗣死後已經大大失勢，女皇不傳位太子還能傳給誰？」李弄玉道：「你沒看見她正大力扶持寵愛的面首麼？還預備封張易之兄弟為郡王。這個女人心硬如鐵，對誰都不放心，她立我三叔為太子，只是迫於形勢，而今突厥重新與朝廷和談，邊境危機已解，她又要不安分、又要折騰了。我必須解開璇璣圖的祕密，將她儘快趕下臺去。」

辛漸道：「怕是極難。第一，眼下四娘手中並沒有璇璣圖；第二，我娘親也並不知道所謂璇璣圖的祕密。她親口告訴我，她當年是因為自由自在慣了，受不了宮廷的約束，所以才想方設法逃了出來。高宗皇帝本來很是憤怒，預備派兵追捕，最終被天后也就是當今聖上所阻止。朝廷因為這是樁醜事，不敢張揚，只對契丹說我娘親病死了。若真如四娘所言，我娘親是受高宗密令出宮，皇帝又怎麼會想要追捕她呢？」

李弄玉道：「這不過是你娘親的託辭。不過你倒是提醒了我，先帝一定跟你母親約有暗記，不見暗記絕不交出祕密，所以我表明身分也沒有用。嗯，暗記一定就是璇璣圖。」驀然想到什麼，叫道，「糟了！」轉身欲走。

辛漸已然會意過來，扯住她臂膀，急道：「四娘，你不能派人去對付我娘親。」李弄玉道：「你怎麼知道我會這麼做？」辛漸道：「璇璣圖被韋月將奪走，他眼下已經投靠了張易之，那幅圖多半已經落入了張易之手中，要奪回來談何容易？萬一如你所說，璇璣圖本身就是暗記，張易之又能隨意出入禁宮，我娘親見到暗記便會說出祕密……」

李弄玉道：「你能想到就好，難道讓天下就此落入張易之手中麼？快些放手！」辛漸道：「不，四娘，我求你，你讓我先進宮，我會告訴我娘親，絕對不能將祕密告訴張易之兄弟。」

李弄玉冷笑道：「你母親都不告訴你她奉有先帝密令，她會聽你的麼？來人！快來人！」

卻見暗處擁出來數名大漢，各執刀刃，為首的正是宮延。李弄玉命道：「將辛漸抓住關起來。」

辛漸單腳勾起地上的長刀，抄在手中，橫在李弄玉的粉頸上，喝道：「退開，快些退開，不然我可就要對四娘不客氣。」李弄玉道：「他不敢殺我。你們不必顧忌，將他拿下了！」辛漸道：「不信就試試看。」手上加勁。宮延等人正要上前，見狀又遲疑起來，不敢再動。

李湛聞訊趕來，不知道這對互相思慕、久別重逢的情侶如何又成了眼前劍拔弩張的情形，忙喝道：「辛漸，不得對四娘無禮，快些放下刀。」

辛漸道：「抱歉，事關我娘親安危，恕我不能從命。都讓開！」李湛道：「眼下已經夜禁，你出得了我這裡，也走不出修業坊。放下刀，有話好說。」

辛漸知道一放下刀就會為人所制，哪裡肯聽，只道：「我自有辦法離開，請將軍下令屬下讓開。」

李弄玉正色道：「李將軍，寧可我死，你也絕對不能放辛漸離開這裡。辛漸的舅舅武楷固也住在修業坊，他現在可是姓武。」她有意加重了「武」字，辛漸登時滿面通紅，手慢慢鬆開，無力地垂下來。

李湛忙上前將辛漸推到一邊，問道：「到底出了什麼事？」李弄玉上前附耳低語了幾句。李湛道：「眼下已經夜禁，還是我親自送四娘過去才好。」命人將辛漸綁起來，先帶下去關押。

辛漸恨恨說道：「李弄玉，我就知道不該相信你。你敢對我娘親不利，除非你殺了我，不然我一定不會放過你。」

他現在終於明白過來，既然李湛跟李弄玉是一夥子，那麼之前在太原時，李弄玉有意在李湛面前自露身分也是做戲了，不過是要做給他看，造成所謂為他而死的假象。她說的那些「關心」的話是真的麼？只怕也是為了得到璇璣圖的祕密。

李弄玉也不理睬，只道：「李將軍，這個人你可得看好了。」李湛道：「是，四娘放心。」

辛漸被監禁在後宅一間空房中，手足均被綁在椅子上，左右兩邊各有一人看守，寸步不離。到次日清晨夜禁解除後，李湛才匆匆趕來，命人解開綁縛。

辛漸問道：「你們到底對我娘親怎樣了？」李湛滿臉愕然，道：「英娘不是好好在宮中麼？你總說四娘要對你娘親不利，她眼下是庶人身分，又怎麼能進得了宮？」

辛漸道：「那麼將軍昨晚送四娘去了哪裡？」李湛道：「這恕我不能奉告。對了，你們兩個明明好好的，怎麼突然又拔刀相向？」辛漸見他並不知情，也不便相告，便拱手作別。

李湛道：「對了，四娘讓我放你出去時告誡你，遇事不要總是想當然。」辛漸心念一動，問道：「將軍是什麼時候認識四娘的？」李湛道：「整個過程你不是最清楚麼？第一面就是在你的病榻前。我早有心匡扶唐室，只可惜有個聲名狼藉的父親，為其所累，我本人又被女皇寵幸，無人相信我一片赤誠之心。若不是四娘這件事，我怎能拜在狄公門下？在太原將你劫走，半途有意拖延，這可都是四娘出的主意。她一心為你母子著想，你怎能還對她橫刀相向？」

辛漸這才知道他不僅錯怪了李弄玉，還辜負了她的深情，一時感慨，也無話可說，怏怏告辭出來。他已經想明白韋月將之前是單獨行事，肯定沒有將璇璣圖交給張易之，但心中仍然記掛母親，便來到皇宮，他已有門籍，手中又有一塊武則天御賜的玉珮，因而順利進入皇城。路過御史臺時，正好遇到御史中丞宋璟帶著侍從楊功出來。

辛漸忙讓到一邊，行禮道：「宋御史。」宋璟道：「辛公子，真是湊巧！我正要去東宮答謝太子賜酺[4]，太子殿下幾次提起你和幾位同伴的名字，一直想召見你們。不如你這就跟我一道去吧。」

辛漸遲疑道：「這怕是不大合適。」楊功笑道：「太子召見，這可是旁人想也想不到的榮耀，辛郎還在猶豫什麼？」不由分說地扯住辛漸手臂，跟在宋璟後頭，又低聲問道，「宗大亮那件案子查得怎樣了？」

當日宗大亮神祕失蹤，太平公主懷疑王翰等人牽連其中，責令李蒙三日內交人。正當王翰諸人從種種蛛絲馬跡中懷疑是梁王武三思綁了宗大亮後，次日又發生武邑人蘇安恆被拋屍在家門前的事。太平公主親自上門詢問究竟，認定王翰等人跟宗大亮有關，正僵持之時，河南縣的差役在天津橋下發現了宗大亮的屍首，他是被人當胸用利刃刺死。最離奇的是，最先認出宗大亮的是人群中一個邋遢道士，還大叫了聲：「這人是個大大的壞人，該殺！」然而當差役預備帶他回去河南縣衙做筆錄時，他卻又不見了。

王翰等人當即想到那邋遢道士即是車三，原來他並沒有被人滅口。如此一來，車三的嫌疑就很大了；因為宗大亮除了當胸受了一刀，別無傷處，雙手也沒有防禦抵擋的傷口，僵硬的面容猶保持了錯愕萬分的表情，顯然凶手是他的熟人，他絲毫料不到對方會殺他。宗大亮在洛陽認得的人應該不少，不過他堂兄宗楚客已經受他牽連被貶出京師，姓宗的應該都對他沒有好感。他所接觸過的諸武、太平公主那些人若要殺他，絕不會當街下手，惹人注意。雖然還有許多別的可能，但就目下的情況看來，車三無疑嫌疑最大。尤其絕妙的是，這個人在官方紀錄上，是個已被極刑處死的罪犯，不知情者決計不會懷疑到他身上。

太平公主聽說宗大亮橫屍在天津橋下，很是緊張，特別派人向河南縣令楊珣交代，這件案子她自會派人調查，河南縣只是從旁協助。她是當今聖上的唯一愛女，又是未來皇帝的唯一親妹，楊珣如何敢不聽？而太平公主選中來調查宗大亮被殺案的，就是王翰、辛漸等五人。

辛漸聽見楊功發問，這才知道太平公主命他們五人調查案子的事已經張揚出去，不便說出最大的疑凶是車三，只好答道：「還沒有太大進展。」又問道，「楊侍從可知道當初宗大亮是如何告變的？」

楊功道：「當時宗大亮關在東城刑部大獄，他寫下一封奏疏封好，稱有重大機密告變。按照慣例，官員都不得過問，只能將他的奏疏原封不動地上交。奏疏上後，聖上立即派人召他進宮，從此杳無音訊，無人敢問。沒想到……辛郎懷疑凶手就是宗大亮告發的人麼？」辛漸道：「之前沒有懷疑過，幸虧楊侍從的提醒，這一點很重要，我們倒是忽視了。」

楊功道：「告變的書信、奏疏都收藏在宮中，外人根本看不到。不過也許有一個人能幫得上辛郎……」辛漸道：「是太平公主麼？」楊功道：「不是太平公主。公主雖然身分尊貴，能夠出入宮禁，可畢竟她外嫁多年，頻繁出現在宮中會惹人起疑。尤其聖上自從有了二張後，對姪子兒女們均已疏遠，不准他們隨意進宮。我說的這個人，辛郎原也認識，是司籍女官謝瑤環。」辛漸恍然大悟，道：「多謝指點。」

東宮在宮城以東，是一處單獨的環城。三人進來東宮。太子李顯正在殿中與一名紫袍老官員交談。他才四十來歲年紀，卻是頭髮斑白，兩頰深陷，望著像年過五旬的老翁，可見這些年的囚徒生活過得如何戰戰兢兢、如履薄冰。

李顯聽說宋璟帶來了辛漸，很是欣喜，忙命人賜坐，又道：「我久聞辛卿幾位大名。聽說辛卿昨日剛奪了武舉探花，今日一見，果然是儀態軒昂，一表人才。不知道兵部授予辛卿什麼官職？」辛漸道：「回太子殿下話，兵部還沒有授職。」

李顯不明所以，問道：「怎麼會這樣？是兵部的疏忽麼？」一旁那紫袍官員忙道：「殿下，這事並非兵部的疏忽。武貢舉及第的人，要分三種情況處置：五品勛官以上子弟才會直接選授職事官；勛官六品以下授散官；平民子弟及第要先帖仗，見習一段時間後，才能授予散官。」

李顯不悅地道：「辛卿舅父是左玉鈴衛大將軍，封燕國公，還算不上五品勛官麼？」辛漸忙道：「多謝太子殿下垂愛。辛漸只是以平民身分報名參賽，並非兵部的疏忽。況且我報名時，家舅還沒有出任將軍。」

李顯這才釋然，笑道：「回頭我派人給兵部打聲招呼，會為辛卿安排妥當。」辛漸正要推辭，李顯又道：「辛卿，我來為你介紹……」指著那紫袍官員道，「這位是太子宮尹崔神慶。」

辛漸「啊」了一聲，道：「你就是崔神慶崔長史？」也難怪他驚訝了，崔神慶是武則天即位後的第一任并州長史，那座跨越汾河的巨大中城就是他主持營建。

崔神慶「嘿嘿」一笑道：「辛郎是太原人氏麼？只有那裡的人才會叫崔某崔長史。」辛漸道：「不錯，我正是晉陽人氏。」

正說著，忽有小黃門領著一名黃衣宦官，稟道：「聖上召太子去宿羽臺赴宴。」

那黃衣宦官取出一道文符轉交給小黃門奉上。李顯接過文符[5]略略一看，正要起身，宋璟忽道：「且慢！」忙上前一步，逼視那宦官，問道：「當真是聖上派你來的麼？」宦官道：「當然是了。宋御史怎麼問出這等話來？」

宋璟道：「看中使年紀，也算是宮中老人了，如何不知道宮中制度？太子乃國之根本，地位尊貴，隨身配有玉契[6]，除朔望朝參[7]，另有徵召應該降墨敕[8]與玉契。請問中使，墨敕何在？玉契何在？」宦官道：「聖上年事已高，哪裡還顧得上這麼多繁文縟節？這就請太子動身入大內，免得聖上久候。」

李顯畏懼母親，聞言忙起身下座。宋璟道：「太子去不得，小心有詐。」

宦官不悅地道：「宋御史這是在挑撥聖上、太子母子關係麼？」崔神慶忙道：「宋御史為人謹慎，不過是看今日只有文符，沒有玉契，與制度不合，所以才起了疑心，中使不要動氣。太子殿下，這就請起駕吧。」

宋璟卻還不肯甘休，追問道：「聖上召太子到底有什麼事？」宦官道：「突厥派使者到洛陽，一是護送淮陽王歸來，二是答謝聖上同意和親之事，聖上正要在宿羽臺設宴款待，命太子殿下陪宴。」

李顯生怕宋璟較真，得罪了母親身邊的親信宦官，忙道：「母皇早已跟我提過此事，宋御史不必多慮。你這就領辛卿去吧，改日有機會再聊。」宋璟只得躬身應道：「遵命。」

出來東宮，宋璟還不放心，招手叫過辛漸，道：「辛郎有聖上御賜之物，能夠自由出入宮禁，還請跟進去看看究竟。」辛漸好奇問道：「宋御史到底在擔心什麼？」宋璟道：「如今二張弄權，我怕那文符是假的，萬一是二張假傳聖旨，借機加害太子，如何是好？」辛漸也正想進去看望母親，便道：「好，我這就進去看看。」

宮城中除了宮殿外，還有一些中樞官署機構，如中書省、門下省、弘文館、史館等。門下省位於明堂正東，正有兩名官吏站在門前議論。辛漸認得那年近六旬的老官員正是新接替狄仁傑宰相之位的魏元忠，他曾經擔任過并州長史，時間雖短，卻是頗有政聲。

只聽見魏元忠聲如洪鐘，憤憤對另一名中年官員道：「聖上年歲大了，真是老糊塗了，居然會重用二張之流。如今我們只有倚仗太子，才是長久之計。」中年官員道：「魏相公所言極是，高戩敢不聽從。」

辛漸距二人尚遠，不過他是習武之人，耳聰目明，聽得一清二楚。又見到另有一名中年官員正倚在門檻邊鬼鬼祟祟地偷聽魏元忠、高戩二人說話，忙重重咳嗽了一聲。魏元忠聞聲轉過頭來，警覺地看了辛漸一眼，攔著高戳的手，若無其事地步入門下省。

過了明堂，往北還有一道宮牆。辛漸告明守衛，想要進大內見一見母親。守衛道：「聖上在宿羽臺款待貴客，英娘也被召去陪宴了。不過近來宮中改了許多規矩，不奉召不許進入大內，就連太平公主也被擋了駕，辛郎還是等聖上徵召時再來吧。」

辛漸無奈，只得悻悻出來，先到御史臺告知楊功確實有宿羽臺宴會這回事，不過自己已然進不去大內。楊功道：「難怪宋相公會憂心那文符是二張矯詔。」歎息幾聲，也無可奈何。

辛漸回來惠訓坊，剛進院子，眾人便一齊擁出堂外，笑嘻嘻地圍上來。王之渙道：「昨夜過得可還好？」辛漸道：「被人綁了一夜，有什麼好？」

俱霜笑道：「漸哥哥，你可不要身在福中不知福了，弄玉姊姊又能幹又聰明又美麗，她肯綁你，可是別人想也想不到的豔福。」

辛漸這才明白眾人均以為他昨晚跟李弄玉在一起，登時臉紅到脖子根，連聲道：「不是你們想的那樣。」王之渙笑道：「那是什麼樣，不妨說出來聽聽。」

辛漸對此不願意多提，道：「別說笑話了，我適才遇到楊功，他提到一個很重要的線索。」當即將楊功的話說了。

李蒙道：「可眼下不奉召不得進入大內，太平公主為此在府中大發雷霆。而且這件事事關重大，謝瑤環未必肯答應。」王之渙道：「無論如何，總是要試一試。我們請蒙疆帶個話給謝瑤環，她若肯幫忙，自然最好，若是不肯，也就算了。你們以為如何？」一邊說著，一邊將目光投向狄郊。

狄郊知道因為自己救過蒙疆，眾人肯定要推舉自己出面，雖然覺得這樣有挾制對方報恩的嫌疑，還是道：「那好，我去試著請蒙疆帶話給謝瑤環。」

蒙疆已娶謝瑤環的侍女青鸞為妻，家在從善坊。狄郊略略收拾了一下，便騎馬去蒙家找青鸞。

辛漸回到自己房中悶悶坐下。王翰跟進來問道：「你和李弄玉之間到底發生了什麼事？」

辛漸便將昨晚的事說了，道：「就算我誤會了四娘，她為何不分辯呢？反而命人擒拿我。我關心娘親安危，一急之下，竟然拿刀對著她，也不知道有沒有傷著她。」

王翰聽了大笑，道：「你還真是笨啊。李弄玉性情剛烈，又有那樣的身分，她好不容易肯當面向你吐露真情，你不領情不說，轉身還懷疑她要趕去殺賀大娘滅口，你叫她如何分辯？如何下臺？辛漸，女人是要用柔情呵護的，哪能隨意動刀動槍？何況你是真心喜歡她。」

辛漸更是沮喪，道：「這下完了，四娘肯定不會原諒我。」王翰道：「愛人之間有什麼原諒不原諒的。你下次見她，多說幾句甜言蜜語，她氣自然就消了。」

辛漸聽了半信半疑，道：「當真？」王翰笑道：「你還信不過我麼？對了，還有一件事沒有來得及告訴你，我命人去南市買來了所有香料，拿去給當日見過運蘇安恆屍首馬車的衛士聞，都不是那種氣味。賣香料的胡商聽了衛士描述後，認為那應該就是傳說中的龍涎香。」

辛漸道：「龍涎香？」王翰道：「是一種來自南海的名貴的香，於香品中最貴重，出大食國西海之中。海裡有一座龍涎嶼，浮豔海面，波擊雲騰。每年春天，群龍便會來這裡聚集交戲，它們吐出的涎沫為太陽所爍，凝結而堅，輕若浮石，入香焚燒，翠煙浮空，縷縷不散。不過這香極其難採，去龍涎嶼的鮫人往往十亡七八，所以也極其金貴，中原更是少見，再多錢也買不到，只聽說皇宮中存有幾塊，是昔日番國的貢品。」

辛漸道：「這麼說，殺死蘇安恆的人一定是身分了不得的權貴了。可守衛坊門的衛士不是說運送屍首的只是一輛普通車馬麼？」王翰道：「所以我們推測，這輛車一定是常常跟另一輛內中燃過龍涎香的華麗馬車停放在一起，它所帶的香氣，不過是從那華麗車子傳染過來的。」

兩輛車子僅僅因為挨在一起，便能傳染上香氣，且有如此驚人的效果，可見那龍涎香是如何神奇了。

辛漸道：「既然龍涎香如此難得，應該不難追查到馬車的主人。」王翰道：「嗯，我們已經打聽過了，女皇幾年前曾經賞賜過一小塊龍涎香給她堂姊，也就是宗楚客的母親。而宗楚客是宗大亮的堂兄。」

辛漸道：「可宗楚客不是已經受宗大亮牽連、被貶到外地了麼？」王翰道：「受牽連是假，跟武懿宗不和是真。不過宗楚客不奉詔不能回洛陽，這件事應該跟他無關。倒是他母親去世後，手中的那塊龍涎香不知道去了哪裡。」

辛漸道：「這追查起來可就難了。」站起身來，道，「我還有點事，得出去一趟。」

王翰道：「你想去修行坊打探張易之府邸麼？」辛漸知道難以瞞過好友，道：「我確實是想去看看。要徹底解除我娘親的危機，只有奪回璇璣圖。」王翰道：「如果你真的奪到璇璣圖，你是要毀掉它呢？還是交還給李弄玉？」辛漸道：「當然是原物奉還給四娘。」

王翰道：「如果李弄玉又要用璇璣圖強逼賀大娘怎麼辦？」辛漸道：「我相信四娘不會這麼做。她想做的話，早就做了。」

老僕忽進來稟告道：「外面有人自稱是張易之張五郎派來的，奉命來請辛郎過府一敘。」辛漸聞言不免大奇。

王翰笑道：「當真是你想什麼就有什麼。不過這也不奇怪，而今你舅父被封郡王，手握重兵，你自己又新奪了武舉探花，備受朝野矚目，只是想不到最先來巴結你的竟然是張易之。」

李蒙跟進來道：「這更不奇怪了！張易之陪侍在女皇身邊，最清楚女皇的心思，他搶先來巴結辛漸，說明辛漸就要被朝廷重用。」辛漸苦笑一聲，道：「哪有你們說的那麼玄！我先去看看。」

出門一看，果見有一名彩衣僕人，牽著一匹駿馬站在門前，見辛漸出來，忙請他上馬。辛漸道：「尊主相邀，有何見教？」僕人道：「五郎只命小人來請辛郎，其餘小人一概不知。」辛漸便牽了自己的馬出來，道：「請前面帶路。」

張易之的豪宅當真是貝闕珠宮，奢華無比，難怪就連太平公主看過後也慨歎道：「看他行坐處，我等虛生浪死！」未進門前，便聞到一股奇特的香氣。辛漸心念一動，問道：「這是什麼味道？」張府僕人道：「是龍涎香的香氣，這可是聖上御賜之物。」

辛漸這才恍然大悟，原來殺死蘇安恆的就是張易之。蘇安恆屢次上書，請女皇退位，女皇一旦讓位給太子，張易之兄弟也必然隨之失勢，所以他二人恨蘇安恆入骨。只是他們兄弟與王翰幾人素無恩怨，又如何能想到要將蘇安恆的屍首運去惠訓坊呢？他想到，蘇安恆不過是說出了天下人想說而不敢說的話，卻被殘酷虐待致死，心中憤恨之極，轉念又想還要打探璇璣圖的下落，才強行壓制住怒火。

忽覺異香撲鼻，味道更濃。只見側門打開，一輛雕花馬車緩緩馳了出來，原來香氣就是從那輛馬車發出。看來王翰推斷得不錯，運送蘇安恆屍首的馬車不過是沾染了這輛車子的香氣。

更令人驚詫的是，車內的女子忽而鬼使神差地揭開窗簾，朝外看了一眼。辛漸立即呆住了，那女子不是旁人，正是王羽仙的姊姊王蠙珠。

辛漸也算是反應極快之人，立即翻身下馬，上前攔住馬車，不顧車夫阻攔，掀開車簾，一個箭步竄進去。王蠙珠滿面紅暈，坐在車中，見辛漸搶進來，「啊」了一聲，忙舉袖擋住面孔。辛漸道：「娘子，你……你……」忽一眼瞥見她的腹部高高隆起，更是呆住。

王蠙珠避無可避，只得告道：「辛郎，是張五郎救了我，我腹中已經懷了他的骨肉，我求你不要告訴別人，不要告訴王郎、羽仙他們。」辛漸道：「可是張易之他……他……」王蠙珠道：「我知道，聖上不准五郎接觸別的女人，他為我冒了性命危險。我現在是河南縣楊縣令侍妾的身分，姓平。辛郎，我求求你……」起身欲給辛漸下跪。

辛漸忙扶住她，急道：「娘子何必如此？我答應你便是。」不及問更多，已有兩名健奴搶上前來，將他強拉下馬車。

一名粉妝玉琢的年輕男子站在一旁，很是不悅，道：「易之好意邀請辛郎來家裡做客，辛郎卻不打招呼，強行闖入女眷車裡，是何道理？」

辛漸知道他就是張易之，忙賠禮道：「抱歉，辛某看到車內的娘子頗似一位故人，情急之下想看個清楚，哪知道上車後才知道認錯人了。多有冒犯，請五郎恕罪。」

張易之見他對自己態度很是恭謹，這才怒氣稍解，登上車子；再出來時已經換上了一副笑容，揮手命車夫將車子趕走，拱手笑道：「原來只是個小小誤會。平夫人既不願計較，易之也不便多說什麼。辛郎，裡面請。」

到堂中坐下，張易之先說了許多誇獎辛漸的好話，無非是聰明能幹、武藝了得、前途遠大之類。辛漸實在忍無可忍，問道：「不知五郎今日見召，到底有何指教？」張易之這才道：「易之有一件事，要拜託辛郎。」辛漸道：「這天底下五郎都辦不到的事，辛某無德無才，又如何能辦到？」

張易之道：「這件事湊巧辛郎能辦到。今日宰相魏元忠和司禮丞高戩在門下省私議女皇，密謀擁立太子，剛剛已被逮捕下獄。聽說當時辛郎正好經過，應該聽見了他們的陰謀，若是辛郎肯出面指證，高官厚祿、榮華富貴享之不盡。當然，這些辛郎未必會放在眼中，但易之卻有辦法讓聖上放英娘出宮，你一家人歷經磨難，終得團聚，豈不美哉？」

辛漸這才明白究竟，他確實聽見了魏元忠和高戩的議論，但他怎麼能助紂為虐、陷害忠臣呢？他不願意就此翻臉發作，以免立即招致報復，禍及母親，當即道：「今日我確實經過了門下省官署，見到魏相公跟一名官員站在門前，但距離甚遠，聽不到他們在說什麼。況且他們一聽見我的腳步聲，立即就進去官署了。」

張易之臉色頓時沉了下來。辛漸忙假意勸慰道：「五郎何必與魏相公為敵？昔日他幾次被定下謀反大罪，但關鍵時刻總被聖上赦免，可見聖上是真心愛他才幹的。五郎何必為了這樣一個人惹聖上不高興？」

張易之聽他口氣似出於好意，面色這才和緩了些，道：「辛郎拿易之當自己人，易之也不妨實話實說，來俊臣害不死魏元忠，那是他自己沒本事，這次魏元忠非死不可。聖上親口答應了我，我想怎麼處置就怎麼處置。」

辛漸道：「五郎而今在朝中地位蒸蒸日上，正需要收攬人心，魏元忠位居宰相，籠絡他豈不比對付他要有益得多？」張易之搖頭道：「辛郎不懂，魏元忠恨我兄弟入骨，根本不可能為我所用。前幾日他又藉口衝撞他車馬之故，有意杖死了我最心愛的家奴，此仇不共戴天。不過辛郎能這麼說，足見你對易之是一片赤誠之心，難怪平夫人以性命擔保你的人品。」

辛漸道：「多謝五郎誇讚，這件事我確實幫不上忙。不過有一件事，五郎也許想知道。」張易之道：「什麼事？」辛漸道：「如果這件事對五郎還有那麼一丁點價值，放我娘親出宮的事，還請五郎多多周旋。」他如此一番故意做作，張易之立即完全相信了，拍著胸脯道：「放心，這事包在易之身上。」

辛漸道：「最近外面有許多人在打聽一個叫韋月將的人，不知道五郎可有聽過？」張易之一驚，道：「當然聽過，緝捕韋月將的告示就貼在坊門上。不知道有人打聽他做什麼？」

辛漸道：「聽說他手中有兩件無價之寶。」張易之道：「兩件？呀，原來有兩件！」

辛漸心中越發肯定韋月將一直將璇璣圖悄悄握在手中，沒有交給任何人，當即道：「是啊，聽說其中一件就是王羲之真跡〈蘭亭集序〉。五郎別笑，我其實也不信，〈蘭亭集序〉早已隨太宗皇帝下葬，陪葬昭陵，世間哪還有什麼真跡？但坊間傳言，當日蕭翼從永欣寺辨才禪師那裡盜出的〈蘭亭集序〉根本就是假的，只不過辨才自己都不知道而已，真跡一直還在民間。」張易之睜大了眼睛，道：「什麼？」

辛漸道：「下面的傳說就跟五郎你有關了。聽說韋月將曾被人捕獲，捕他的人根本不稀罕將他送去官府領賞，而是動用私刑拷問〈蘭亭集序〉下落，但他寧死也不肯交代，所以那些人有意放了他，再暗中跟蹤，結果看見他回來了五郎你這裡。」

張易之半信半疑，道：「辛郎如何會知道這些？」辛漸道：「五郎既肯為我母親之事出力，我也不敢隱瞞，當日自稱是刺客闖入你府中的裘仁，其實是為奪〈蘭亭集序〉而來。他後來湊巧跟王翰關在御史臺同一間囚室，頗為投機，才將真相告訴了王翰。」張易之道：「啊，原來如此！我終於明白了，難怪他出主意用屍首陷害王翰，原來……原來……」

辛漸這才知道將蘇安恆屍首丟在王翰家門前是韋月將的主意，見張易之轉身欲走，忙攔住道：「五郎是要去質問他麼？」張易之怒道：「他手中有王羲之真跡〈蘭亭集序〉，卻隱瞞了我這麼久，我非跟對付蘇安恆一樣，將他手腳斬下來不可。」

辛漸道：「不妥！不妥！難道五郎不想要那本〈蘭亭集序〉麼？有了〈蘭亭集序〉，五郎想要什麼，聖上都會允准。」張易之道：「我當然要〈蘭亭集序〉了。我這就派人將韋月將抓起來，再細細搜查他住處。」

辛漸道：「當初韋月將被人拷打得體無完膚，仍然不肯交出〈蘭亭集序〉，五郎又如何知道他一定會藏在自己住處呢？若真是藏在住處，裘仁那夥人不早就得手了麼？」張易之道：「對啊。辛郎有什麼好主意？只要能幫我得到〈蘭亭集序〉，別說放英娘出宮，就是更難的事我也能替你辦到。」辛漸道：「辛某只求母子團聚，不敢奢求更多，況且為五郎盡力也是應該的。要保〈蘭亭集序〉萬無一失，我倒有個主意。」附耳上前說了一番。

張易之大喜過望，道：「好，好，這件事就交給辛郎去辦。」辛漸道：「不過在這之前，五郎切不可妄動，以免打草驚蛇。」

張易之道：「我們兄弟明日要跟魏元忠當殿對質，我還真沒有閒功夫來對付韋月將，他人就交給辛郎處置，只要能將〈蘭亭集序〉拿回來，我包英娘出宮。」辛漸道：「好，一言為定。」

辛漸當即告辭出來，逕直來到勸善坊，找到王綝長子王京，問他家中可藏有〈蘭亭集序〉的摹本。王京道：「當然有。〈蘭亭集序〉曾在我王家傳了七代，王家擅書者層出不窮，歷代均有臨習之作。」

辛漸道：「王公子可捨得挑一幅最舊最好的給我？」王京道：「辛郎開口，有什麼捨不得？」也不問究竟，當即取鑰匙開了藏書閣大門，取了一幅書卷，道：「這是先祖獻之所書的〈蘭亭集序〉，是最好的摹本，天下僅此一幅。」

辛漸道：「我是個粗人，實在不懂這些，王公子說好，肯定就是真的好。」絕口不提韋月將之事，道過謝，將書卷收了。

回來惠訓坊，卻見袁華也在，這才知道他就是護送淮陽王武延秀歸來的突厥使者。

袁華道：「我父親大人的案子已經由御史臺平反，這次回來打算就此留在中原。」俱霜笑道：「還有一件大喜事，女皇已經允准謝姊姊嫁給袁大哥。」

李蒙笑道：「你這次是不是又想要冒充謝制使？」俱霜羞紅了臉，道：「才不是呢。」

袁華道：「適才狄公子到蒙將軍家時，湊巧我和瑤環都在那裡，瑤環已經趕回宮，設法去取你們要的那封信。」辛漸道：「如此可真要多謝了。」袁華道：「都是自己人，何須客氣。」

王之渙問道：「張易之找你做什麼？」辛漸便說了張易之預備陷害宰相魏元忠之事，只是不提王蠙珠，以及自己拿韋月將與張易之做交易之事。

李蒙奇道：「你說同時被誣陷下獄的還有司禮丞高戩？張易之好大膽子，他難道不知道麼，高戩是太平公主的男寵。」狄郊道：「魏相公才剛剛接替我伯父宰相之位，女皇因為面首的一句讒言就立即將其逮捕下獄，朝綱之亂，當真是無藥可救了。」

歎過一回，到下午時，謝瑤環打扮成男子模樣，匆匆趕來告道：「已經有人搶先下手，宗大亮告變的那封信不見了。幾位公子既與袁郎稱兄道弟，我也不妨實話告知，歷年告變的書信都用盒子封裝在書房中，只有我和上官婉兒二人有鑰匙，能自由進出。我猜那封信已經落入梁王武三思手中。」

眾人這才知曉，城中盛傳武三思以男色勾引巴結武則天身邊女官，並非虛事。

狄郊道：「那些信只有女皇一人看過麼？」謝瑤環道：「是的。跟外官不許干涉告變之人一樣，我們內官也不能拆閱告變的書信。」辛漸道：「既然武三思事先並不知道那封信的內容，武三思要那封信做什麼？」

忽聽得外面有人揚聲叫道：「太平公主到！」話音未落，太平公主已虎著臉衝進院來，見到謝瑤環也在，滿臉愕然。眾人見她來者不善，只得上前見禮。

太平公主道：「謝女官，這裡沒你什麼事了，不相干的人趕緊離開。」謝瑤環道：「是。」領著袁華先退了出去。

太平公主逕直進堂首坐下，問道：「謝瑤環到這裡來做什麼？」李蒙道：「不過是因為袁華大哥在我們這裡，她……」太平公主道：「還敢說謊！你們肯定是想要她幫你們從御書房偷取宗大亮的告發信。」

眾人面面相覷，不知道公主如何能猜到這麼隱密的事。辛漸道：「這是我一個人的主意，請公主不要責怪他人。不過這也是為了完成公主交代的任務，早些破案。況且謝女官也沒有答應。」

太平公主道：「她不是沒答應，是有人先下手偷走了！給你們，這就是你們要找的信！」從懷中掏出一封信，甩在桌子上。

狄郊取過那信拆開一看，登時愣住了，道：「這筆跡……」王之渙湊過來一看，道：「這是宗大亮本人的筆跡麼？呀，那反信原件的摹本不正是這筆跡麼？原來反信內容就是由宗大亮本人起草，難怪他自己沒有留下副本。」

待看完內容，更是驚愕，那信中告發的不是旁人，正是太平公主本人。原來宗大亮在信中稱有一位神祕的紫衣女郎曾經持金牌令箭公然進出河東縣衙，那金牌令箭是太宗皇帝遺物，高宗皇帝死前又傳給了愛女太平公主，那女郎不僅來歷不明，而且還跟多名流人如阿史那獻、裴伷先勾結在一起，所以他認為太平公主定在暗中支持反武一黨。

辛漸道：「女皇看過宗大亮告發公主的信，既然沒有處置公主，想來是信任公主。不過公主又是如何收留了宗大亮呢？」

太平公主臉上閃過一絲恐懼，道：「是母皇將他交給我，說這個人你不妨留下，看看他有什麼本事。我當時領會母皇的意思，以為是宗大亮說了什麼忤逆母皇的話，所以母皇讓我帶他出宮，悄悄將他處死。我本來也打算這麼做，結果宗大亮痛哭流涕地跪下哀求，說他有仿冒他人筆跡的本事，那封送到狄相公手中的反信其實是出自他手。我當場試過他，仿我的筆跡，連我自己也不能分辨，覺得他是個人才，所以才將他留了下來。」

狄郊道：「女皇後來可有問過公主宗大亮下落？」太平公主道：「沒有。可就算是母皇信任我，沒有相信宗大亮的告發，眼下宗大亮人死了，消息已經張揚出去，母皇一旦知道我沒有遵她旨意處死宗大亮，一定會大為惱怒。」

王翰道：「公主何不這麼想，女皇也許對宗大亮的話半信半疑，對公主起了疑心，所以才有意將他交給公主，好安插在公主身邊。」

太平公主大怒，道：「你敢挑撥我們母女關係？來人，將王翰拿下，拖出院中杖死。」

李蒙忙道：「等一等！公主請息怒！阿翰是好意，只是沒有把話說明白；他的意思是，如果女皇陛下向公主問起宗大亮的事情，公主不妨回答本來是要遵旨處死宗大亮，可宗大亮招出已經向女皇告發了公主，是女皇將他安在公主身邊的。這樣無論是真是假，女皇恨宗大亮入骨，公主就能全身而退。」

這是顯而易見的，若宗大亮果真是武則天有意派到太平公主身邊，他洩露女皇密旨，是死罪；若武則天根本沒有做此安排，他假傳聖意，更是死罪。

太平公主凝思半晌，轉怒為喜，道：「果然是這個道理。你們幾個還真是聰明。王公子，抱歉了，我一時心急……」

王翰道：「公主何必放在心上。請問公主，這封告發信你是從哪裡得來的？」太平公主道：「是梁王武三思拿來交給我的。」眾人交換一下眼色，果然如謝瑤環所料，是上官婉兒偷了宗大亮的告發信。

太平公主道：「武三思原以為會跟宗大亮被殺有些關係，所以……唉，不過現在看來，應該也不是武三思殺了宗大亮。我實話告訴你們，來俊臣要告發我的那封書信，也跟弄玉手中的金牌令箭有關，而且比宗大亮的告發更厲害更有力。雖然來俊臣已被除掉，可先是衛遂忠莫名失蹤，後是宗大亮，他二人都看過那封信，萬一宗大亮暗中留了一手，仿冒來俊臣的筆跡留了副本……」

王之渙道：「來俊臣已被極刑處死，屍骨無存，公主何必再為他的一封舊告發信擔心？」太平公主道：「你們不懂，來俊臣在母皇心目中地位非同一般，即使他死了，他的告發信也依然能發揮效力。況且弄玉是我二哥的女兒，母皇生平最恨二哥。」

辛漸一時也不明白為什麼母親會最恨自己的兒子，問道：「公主是擔心，殺死宗大亮的人得到了那封告發信？」太平公主道：「是，所以我才讓你們幾個來調查這件案子。你們認識弄玉，又素有交往，不會因此信而危害到我。」

辛漸驀然想到那替王嬪珠趕車的車夫甚是眼熟，而且一直刻意低著頭，迴避自己，道：「哎呀，我今日還見到了衛遂忠，他就在我眼前，我居然沒有認出他來。」

太平公主道：「什麼？他人在哪裡？」辛漸擔心牽扯出王嬪珠，不敢說實話，答道：「只是在街上一閃而過。公主，你大概還不知道吧？宰相魏元忠魏相公和司禮丞高戩被張易之誣陷，已經被逮下獄了。」

太平公主果然大吃一驚，問道：「這是什麼時候的事？」辛漸道：「就在今日，不久前。」太平公主道：「好，辛漸，你跟我出來。」

辛漸依言送太平公主走出大門，公主忽然揚起手來，重重扇了他一個耳光。辛漸只覺得臉頰生生作疼，愕然問道：「公主為何打我？」太平公主道：「我這是替四娘打你。」她一提到李弄玉，辛漸登時無言以對。

太平公主命道：「她人在積善坊我三哥相王府上，你現在立即去向她賠禮道歉。」辛漸為難地道：「我眼下還有許多急事趕著要去辦。」太平公主大怒，又扇了他一耳光，恨恨道：「真不明白四娘金枝玉葉，怎麼會看上你這麼個鐵匠？」她心中記掛男寵高戩安危，不及斥責辛漸更多，匆忙登車去了。

辛漸目送太平公主遠去，忙回來堂中，向眾人說了與張易之的交易。王翰道：「這倒是條好計，既可以除掉韋月將，也能奪到璇璣圖。只是可惜王獻之臨摹的這卷〈蘭亭集序〉，又要落入女皇手中。」辛漸道：「既然大夥並無意見，咱們明日便依計行事。」

哪知道次日一早，蒙疆便帶著衛士來到門前，說是奉聖上之命召辛漸入宮。辛漸問道：「有什麼事麼？」蒙疆道：「具體我也不知道，好像跟今日金殿審問魏相公謀反一事有關。」

辛漸道：「我已經跟張易之說過，我並沒有聽見魏相公和高尚書的對話。蒙將軍，我有點急事要辦，可否代為通融一下？」蒙疆道：「抗旨可是死罪。」辛漸無奈，只得跟隨蒙疆入宮。

到朝堂前時，正見數名官員圍著一名中年男子喋喋不休地說著什麼，那男子正是辛漸在門下省見過的偷聽魏元忠、高戩二人說話之人。

御史中丞宋璟道：「名義至重，鬼神難欺。萬代瞻仰，恰在今日。張卿切不可偏袒邪惡，陷害忠良。若是張卿因此而遭不測，宋璟願意叩閣力爭，與卿同死。」一旁殿中侍御史張廷珪道：「朝聞道，夕死可矣！」左史劉知幾道：「張卿切莫在今日玷污青史，成為子孫後代的恥辱！」

那被圍在中心的中年男子名叫張說，官任鳳閣舍人，魏元忠被告發下獄後，有人告發他聽到了魏元忠的話，所以被張昌宗拉攏來做證人。這件事，他早已考慮得十分清楚：第一，他確實聽見魏元忠和高戩議論女皇，說了一句大逆不道的話；第二，張氏兄弟正當紅，連梁王武三思都要為他們牽馬，他怎麼敢得罪他們呢？他也不必誣陷誇大，只要如實說出魏元忠原話就行了。哪知道人還未上殿，就被宋璟一干人團團圍住，曉以大義，勸他不要黨附張氏兄弟，與他們狼狽為奸。呀，難道這些人當真不知道麼？魏元忠性情爽直，嗓門又大，他背後說那些話有什麼稀奇？怎麼反倒他張說說實話就陷害忠良，要成為千古罪人，撒謊才是正義之舉？這世界實在亂套了。

正焦頭爛額之時，張說忽見到辛漸被人領著來到殿前，如獲至寶，忙道：「那個人……那個年輕人當時也在場，他也是證人。」一趁眾人扭頭注意辛漸之時，衝出重圍，進來大殿。

大殿門側擺放著金輪等七件法器，這是女皇刻意的安排，表明自己是虔誠的佛教徒。她曾因佛教有戒殺生，禁止天下屠殺及捕魚蝦，屠禁令長達八年。江淮天旱饑荒時，百姓因不得打魚撈蝦，餓死者極多。

武則天頭戴寶珠鳳冠，上身著深青交領寬袖衣，下著一條紅綠條長裙，肩上披著日月花紋的帛巾，腰繫雜珮，豐滿華貴，氣度威嚴，端坐殿中。上官婉兒、謝瑤環等女官各著男裝，侍立背後。太子李顯、相王李旦、梁王武三思、諸武均站在殿下。張易之、張昌宗和魏元忠、高戩並排站在堂中，互相對峙，氣氛十分緊張。

一見張說進來，武則天便問道：「張卿，六郎說你親耳聽到魏元忠口吐狂言，可有此事？」

張說的心中狂跳不止，不能說適才宋璟那些人的話對他沒有壓力，尤其劉知幾是本朝史官，今日若是指證魏元忠，他肯定要在史書上狠狠地記上一筆，將自己寫成一個十惡不赦的奸賊，別說是自己，怕是身後子子孫孫都抬不起頭來。

魏元忠見張說沉默不語，倒有些沉不住氣了，他自己最清楚怎麼回事，而自己的生死就在張說那一張嘴中，忍不住道：「張說，連你也要與張昌宗一起羅織罪名陷害我魏元忠麼？」張說當即叱道：「魏相公，你身為宰相，怎麼說出這等陋巷小人的言語！」

張昌宗在一旁連聲催促張說，讓他趕快作證。張說道：「陛下，你親眼看到了，張昌宗在陛下眼前，尚且這樣威逼臣，何況在朝外呢！臣現在當著諸位朝臣的面，不敢不把真實情況告訴陛下，臣實在是沒有聽到過魏元忠說這樣的話，只是張昌宗昨日找到臣，威逼臣為他做假證。」

張易之忙道：「陛下明鑒，張說與魏元忠是合謀造反！張說曾將魏元忠比喻成伊尹和周公，伊尹流放了太甲，而周公做了周朝的攝政王，這不是想謀反又是什麼？」

張說這才知道官署中遍布張氏兄弟的耳目，他隨口的話竟然也被張易之聽到了。不過他少年即考中進士，對策第一，文名既高，口才更好，當即駁道：「張易之兄弟當真是孤陋寡聞的小人，只聽說過有關伊尹、周公的隻言片語，哪裡懂得伊尹、周公的高尚德行？臣說這話時，魏元忠剛剛穿上紫色朝服，升任宰相，我以郎官的身分前往祝賀。魏元忠對前去祝賀的客人說：『無功受寵，不勝慚愧，不勝惶恐。』我確實是對他說過：『您承擔伊尹、周公的職責，拿三品的俸祿，有什麼可慚愧的呢！』伊尹和周公都是為人臣子中最為忠誠者，從古到今，一直受到世人仰慕。陛下任用宰相，不讓他們效法伊尹和周公，那要讓他們效法誰呢？今日情形顯而易見，只要我依附張昌宗，就能立刻能獲取宰相高位，而站到魏元忠一邊，可能落下滿門抄斬的下場。但臣害怕日後魏元忠的冤魂向我索命，不敢隨意誣陷他。」

一番慷慨陳詞，殿上諸人無不動容。適才還囂張無比的張易之兄弟也無言以對。武則天見面首落了下風，很是憤怒，道：「張說反覆無常，分明是個小人！來人，將他拿下，與魏元忠一併下獄。」憤怒之下，竟然忘記殿外還有個她親自召來的證人辛漸。

很快，內廷有詔書下達，宰相魏元忠貶職為高要[10]縣尉，高戩和張說二人則免官去職，流放嶺南。嶺南是當時著名的煙瘴之地，去的人十死一生，流放那裡等於判了死刑。

魏元忠一案轟動朝野，里巷議論洶洶。頃刻之間，洛陽街頭出現了許多文榜，沒有具名，也沒有年月，內容大致相同，無非是揭露二張恃寵弄權，意圖謀反。有些七八十歲的老人閱世已深，見狀無不歎息道：「又快要改朝換代了！朝廷就要亂起來了！」

辛漸不知該不該慶幸他還沒有來得及上殿，魏元忠謀反一案就已經結案，他當然不會指證魏元忠，那麼女皇會不會一怒之下也將他跟張說一樣流放嶺南呢？這位女皇當真是天威難測，處事隨性。

他生怕又起變故，甚至不及去大內看望母親，匆匆回來惠訓坊，與同伴謀畫一番，便趕來修行坊張易之府邸。張易之人還在宮中沒有回來，不過他早對府中管家有所交代，管家將辛漸迎進來，稟道：「韋郎一直在西廂中安心讀書，沒有離開過。」

辛漸便細細安排一番，讓管家暗中命伺候韋月將的下人先假意背著他議論蘇安恆一事，說是朝中宰相認為是有人刻意敗壞女皇名聲，要徹查這件事。再由管家親自出面喝止，將原先的下人換走，換上幾名彪悍有力的僕從。若韋月將要外出，不必阻止。管家慌忙趕去安排照辦。

過了大半個時辰，管家飛快趕來報道：「辛郎當真料事如神，韋郎果然準備外出了。」辛漸道：「那好，你不必再管，我自會處理。五郎如果回來，請他在家裡安心等候。」管家道：「遵命。」

辛漸便出來張府，與早等在門外的王翰、狄郊二人會合。他猜想韋月將精明多疑，見到這一番安排後必然懷疑張易之有意以他為替罪羊，所以一定會攜了璇璣圖逃走。等了一會兒，果見韋月將匆忙出來，往西而去。辛漸幾人一直跟來西市，見韋月將進了一家小客棧，正是武邑人蘇安恆住過的那家客棧。

王翰道：「璇璣圖一定就藏在這裡。」給了店主幾吊錢，問明適才進來那男子有間包房在最裡面，當即踢門衝進去。

韋月將正伏在床底找什麼東西，不及爬出起身，先被王翰抓住雙腳拖出來壓在身下。辛漸取出早已準備好的繩索反綁住他雙手，拉起來按在椅子上。韋月將又驚又怒，卻是一句話也說不出來。

狄郊俯身從床底一塊挖空的青磚下拉出一個布袋，裝的卻是金銀珠寶，並沒有璇璣圖。這才知道韋月將早有防備，他事先將一些財物運來客棧房中藏住，將來萬一要逃走，出門不帶行囊，旁人便不會起疑。

辛漸往韋月將懷中搜了一遍，也不見璇璣圖，當即問道：「璇璣圖在哪裡？」韋月將冷笑一聲，並不答話。王翰揚手打了他一耳光，喝道：「快說！」韋月將只是緊閉雙唇，一言不發。

狄郊微一思索，道：「你們兩個拉他起來。」往韋月將身上前後摸索一陣，道：「璇璣圖縫在他衣服中。」韋月將忽然大聲叫道：「來人，有強盜……」卻被辛漸飛快撕下一片衣襟，堵住了口，再也喊不出來。三人一起抓緊他，剝下衣衫，重新將他綁在椅子上。

狄郊取出小刀，小心地畫開內袍，果然從夾層中取出一幅精美典雅的璇璣圖。忽聽得外面有人敲門，辛漸忙讓狄郊將璇璣圖收好，問道：「是誰？」王之渙道：「是我啦。」辛漸過去打開門，卻見王之渙領著王京進來。

王之渙急衝到韋月將面前，二話不說，來回扇了他十幾個耳光，直打得臉頰紅腫，鼓得老高，這才恨恨道：「我這是替貞娘打你。」

王京問道：「他就是韋月將麼？」辛漸道：「是的，他現在是王公子的人了，憑君處置。只是這王獻之書卷我要帶走，另有用處。」王京道：「各位仗義相助，除掉我張、王兩家心腹大患，王某感激涕零。區區書卷，不過是身外之物，算得了什麼？」辛漸道：「好，告辭。」

韋月將掙扎著「嗚嗚」叫了兩聲，辛漸等人也不理睬，掩門而出。只見王京拔出一柄匕首，對準了自己胸口，他知道一切都完了。唉，若不是貪圖這幅該死的璇璣圖，他早該在一個山清水秀的地方觀賞那卷王羲之真跡，又怎麼會落到今天這個地步？那一日，他帶著早已收拾好的行囊，從容離開蒲州，往家鄉趕去。然而路上在酒肆聽到一對年輕男女爭論要不要去蒲州，女的說什麼璇璣圖，男的說什麼淮陽王武延秀，他忽然想起曾經聽妻子蘇貞提過天下千千萬萬璇璣圖，但其中一幅格外不同，得到它就可以扭轉乾坤、坐擁天下，一時好奇，便又折返了回來。沒想到機緣巧合下，蘇貞當真藏有那幅璇璣圖，他匆匆趕回家取，卻被宜紅院主人阿金的手下絆住，等他回到家時，只看到一具陌生男子的屍體。很久後，他才想通是阿金偷聽他逼問妻子的話，搶先拿走了璇璣圖。正好狄郊反信案鬧得沸沸揚揚，黃瘸子捲入其中，就連毫不知情的他也立即想到是淮陽王武延秀要攀誣狄仁傑，所以他匿名投書給武延秀，稱黃瘸子的舊情人阿金手中有反信證據，果然引來武靈覺率人屠戮宜紅院，他則乘機從阿金房中取到了璇璣圖。後來的事……唉，要不是王翰他們五個識破了他李代桃僵的計畫，他何致於被官府通緝，以致不得不拿出王羲之真跡來投靠張易之，好求得一處庇護之所。可那璇璣圖到底有什麼祕密？他也算是聰明絕頂的人，為何始終參不透呢？

正費思回憶時，忽聽的「哧」的一聲輕響，王京手中的匕首已插入了他身體。刀刃冰涼，卻又如火般熾熱。他低頭望去，胸口只有刀柄露在外面，他身上的每一寸似乎都開始劇烈燃燒了。匕首像一條饑渴的蛇，噬吸著他的每一滴血。死，原來是這樣子的，被他殺死的那些人，也是這般感受麼？

出來客棧，辛漸先回修行坊，將王獻之書卷交給張易之府邸管家，這才回來惠訓坊。哪知道一進門就見王之渙垂頭喪氣地迎上來，道：「璇璣圖被人搶走了。」

原來狄郊、王翰、王之渙三人先帶著璇璣圖回來，到修業坊東門時，忽然一前一後馳過來兩輛馬車，將三人堵住，車上跳下來數名大漢，手持弓弩逼住三人，搜走了璇璣圖。

辛漸吃了一驚，忙問道：「你們有沒有受傷？」王之渙道：「沒有。不過王翰說了，本來你可以拿著這幅圖去跟李弄玉重歸於好，眼下被她手下強行搶走了，分明是不留給你面子。你們兩個關係危險了。」

知道璇璣圖一事的人少之又少，王翰、狄郊早猜到是李弄玉派人下的手，她曾派人潛入張易之府邸，還因此折損了裘仁，豈肯輕易干休？一定派了人晝夜監視韋月將的舉動。

辛漸也猜到是李弄玉手下所為，忙道：「人沒有受傷就好。我這就去見四娘。」當即趕來積善坊相王府，正遇見一名二十歲出頭的年輕公子帶著數名侍從出來。

那公子見辛漸氣度不凡，微一遲疑，即上前問道：「閣下就是辛漸麼？」辛漸道：「正是。公子如何知道我的名字？」那公子笑道：「我叫李隆基，這幾日常常聽人提到辛郎的名字，看辛郎形貌，跟旁人形容得差不了多少。」辛漸忙躬身行禮，道：「原來是臨淄王。」

李隆基是相王李旦第三子，封臨淄王，不過出生後不久就跟父親一道被幽禁在深宮中，親生母親竇氏也被武則天祕密處死後埋在宮中。辛漸見他雖然久被囚禁，卻是風貌俊朗，意氣風發，跟同樣與外世隔絕十幾年的太子李顯大不相同，不由得暗暗稱奇。

李隆基壓低聲音問道：「辛郎是來找四娘的麼？她剛剛回來。我這就派人帶辛郎進去。」辛漸道：「是，多謝大王。」李隆基便招手叫過一名名叫王毛仲的心腹家奴，低聲囑咐幾句，命他帶辛漸進去。

跟張易之的豪宅相比，相王府可是寒酸多了。王毛仲帶著辛漸曲曲折折走了一段，來到一處單獨的院子外，叫道：「有客。」

有人應聲開門探頭出來，正是宮延，見是辛漸，冷冷問道：「你來做什麼？」辛漸道：「我有事情要求見四娘。請宮君代為通傳。」

宮延開門放他進來，道：「你先等在這裡。」自行進去稟報，片刻又出來道，「四娘說她不想見你，你走吧。」辛漸道：「那好，我就等在這裡，直到四娘肯見我為止。」宮延道：「隨你。」也不趕他，任憑他在院中站著。

過了大半個時辰，宮延又出來勸道：「馬上就要夜禁了，你留在這裡多有不便，還是快些走吧。」辛漸卻只是固執地搖搖頭。

一直到天黑，院中各房都掌起了燈，外面有人送來許多飯菜。辛漸又餓又累，卻不敢離去，只倚坐在院中槐樹下。一直到三更時，宮延才出來叫道：「進來，四娘肯見你了。」

辛漸忙起身跨進房來，卻見李弄玉獨坐在燈暈下，背對著自己，忙上前深施一禮，道：「四娘，我錯了，我對不起你。」李弄玉頭也不回，冷冷道：「我已經得到璇璣圖，正要設法進宮去向你母親逼問祕密，你是來求我對你母親手下留情的麼？」辛漸不知道該如何回答，一時無語。

李弄玉忽然站起來，發怒道：「你不是有事要見我麼？怎麼又沒有話說了？來人……」辛漸知道一旦被她趕走，再要見上一面就難如登天，再無猶豫，上前攔腰抱住她。李弄玉還想要掙扎，卻是使不出一絲力氣。

辛漸道：「四娘，你也知道我是個笨人，不會說話，我來不為別的，只想求你原諒我。你若是還要去找我娘親，我陪你一起去。」李弄玉大為意外，凝視著他，道：「當真？」辛漸道：「嗯，當真。你一個弱女子，卻一直在做那麼危險的事，我要留在你身邊保護你。」

李弄玉滿心歡喜，只覺得一種酥麻甜蜜的滋味從心底湧起，一圈一圈漾開，溢滿全身。她軟倒在辛漸懷中，輕輕罵道：「你這個臭鐵匠，為什麼現在才對我說這些話？」

辛漸歎道：「鐵匠麼，總是笨一些的。何意百煉鋼，化為繞指柔？我這個大風堂鐵匠的心，如今還不是被你牢牢綁住，沒有絲毫反抗的力氣了。」李弄玉笑道：「貧嘴。這些話是不是王翰教你說的？」辛漸道：「當然不是。」一見心愛的人臉頰緋紅，嬌羞無限，忍不住俯首朝她櫻唇上吻去，偏偏不爭氣的肚子在這個時候餓得「咕咕」作響起來……

次日一早，辛漸帶著李弄玉回來惠訓坊。眾人居然也不意外，只是告知賀大娘已經出宮，去了辛漸的舅父武楷固家，昨晚夜禁前就已經派人來通知了。

辛漸跟李弄玉往修業坊而來。武楷固上朝未歸，賀英聞聽愛子到來，欣然迎出堂來。李弄玉頗感尷尬，叫道：「賀大娘。」賀英笑道：「四娘，很久不見，你可是清減多了。是不是小漸惹你生了很多氣？」李弄玉道：「沒有。」

賀英道：「小漸脾氣剛硬，不懂得討小娘子歡心，四娘可要多包涵點。」李弄玉聽她言下有將自己當做兒媳婦之意，登時羞得滿臉通紅。賀英呵呵一笑，上前握了她的手，道：「你跟我進來，我有話對你說。」

辛漸見母親不理睬自己，只叫李弄玉進屋，不免十分驚奇，又不敢多問，只得等在廊下。過了大半個時辰，才見二人重新出來。李弄玉道：「那我去了。」賀英道：「好。小漸，你送四娘回去，晚上再回這裡來。」辛漸道：「是。」

跟在李弄玉背後出來，見她鬱鬱滿懷，絕口不再提所謂璇璣圖祕密一事，問道：「我娘親沒有告訴你璇璣圖的祕密麼？」李弄玉道：「告訴了。可惜這祕密……」深深歎了口氣，道，「你先回去，我跟宮延還有事要辦，回頭我再來找你。」辛漸知道她性格，只得道：「那你自己小心。」

跟李弄玉分手後，辛漸逕直回來惠訓坊，卻見門前停著車馬，幾名太平公主的侍從守在兩邊。監察御史竇懷貞一身便裝，遠遠站在一旁窺測，想要過去似有所猶豫。

辛漸走過去叫道：「竇御史！」竇懷貞嚇了一跳，回過頭來，道：「原來是辛公子。」辛漸道：「怎麼，到了家門口，還不進去坐坐？」竇懷貞有些不好意思地道：「我想見的是太平公主。」

辛漸想到他任河東縣令時多少幫過自己這干人，忙道：「公主應該就在裡面，我為竇御史引薦。請進！」

太平公主正在詢問宗大亮的案子，她心愛的男寵高戩剛被流放嶺南，又聽說案情毫無進展，心情煩悶，忽見辛漸領著一名中年男子進來。那男子道：「下臣新任監察御史竇懷貞拜見公主。」太平公主不耐煩地道：「你有什麼事麼？」竇懷貞道：「下臣一直很仰慕公主，來洛陽後幾次登門求見，但都被門人拒絕。今日終於得見天顏，何其幸哉！」

一旁王翰等人聽見，不禁皺起眉頭，暗道：「這竇懷貞任河東縣令時，看著也是一號人物，不阿附權貴，還暗中幫了我們許多。沒想到到了太平公主面前，說的話竟如此肉麻。」

太平公主早聽慣了這些話，擺手道：「既然人見到了，你先去吧。」竇懷貞知道一旦出了這個門，再要見到公主又是難如登天，忙道：「其實論起來，下臣在蒲州任河東縣令時也算得上幫過公主一個小小的忙，當然不是公主本人，是公主的愛女永年縣主……」

太平公主道：「噢，是什麼忙？」竇懷貞道：「這個……」遲疑著看了王翰、辛漸等人一眼。太平公主道：「他們都是我的心腹，但說無妨。」

竇懷貞道：「是，是，公主幾次駕臨這裡，當然跟王公子他們關係非同一般了。當日有人看見永年縣主領著人從宜紅院出來，渾身血淋淋地回了河東驛站，下臣可是好不容易才替縣主瞞住。」

眾人這才大吃一驚，原來當日血洗青樓、殺死阿金那些人的凶手，是永年縣主武靈覺和她率領的羽林軍，難怪宜紅院那麼多人能在不為外人察覺的情況下被一一殺死。可阿金明明是被拷掠致死，拷問她的人一定是武靈覺，璇璣圖又怎麼落入了韋月將的手中呢？

當真是說曹操曹操到，只聽見武靈覺在門外喊道：「李蒙，快些出來！」

太平公主並不知道這件事，聞言面色一沉，道：「李蒙，去叫靈覺進來。」李蒙道：「遵命。」出門叫武靈覺趕緊進去。武靈覺道：「她人在裡面，我不想進去。」李蒙跌足道：「哎呀，公主命你進去，她剛剛知道了你在宜紅院殺人的事。」武靈覺滿口不在乎地道：「又不是我要殺他們，是武延秀要我幫他殺死那些人的，我有什麼好怕的？」

李蒙道：「什麼？」武靈覺道：「我們從文水回來的路上，武延秀接到一封匿名投書，告訴他阿金是黃瘸子的舊情人，黃瘸子留下了一份反信證據在阿金手中。武延秀著急趕回洛陽，所以讓我幫他處理這事。」

李蒙這才恍然大悟，這一切都是韋月將在搗鬼，他猜到阿金搶在他前面取走了璇璣圖，卻沒有力量對付阿金。正好狄郊反信案發，黃瘸子被揭出是捉筆者，他遂利用黃瘸子和阿金曾是情侶這一點，誣陷阿金手中握有反信副本，用意不過借刀殺人。哪知道黃瘸子真的留下了兩份證據，一份交給了車三，一份給了阿金。阿金在武靈覺酷刑逼迫下交出了反信副本，韋月將則乘機從宜紅院取走了璇璣圖。阿金所交出來的證據，就是讓人偷偷放進李蒙行囊中的那三封信，放信的人一定就是武靈覺本人，只有她才有機會截留住信件，卻對武延秀謊稱燒掉了。

愣了好半晌，李蒙才問道：「你……你為什麼要這麼做？」武靈覺道：「你是說我偷偷將反信副本放入你行囊一事麼？好玩唄！我看你們幾個一直追查不到青樓命案的凶手，還老懷疑是那個什麼韋月將，暗中替你們著急，所以想好意提醒你們一下。」

李蒙更是目瞪口呆，道：「你殺了那麼多人，還想被人查到？」武靈覺道：「其實怎樣我都無所謂啦。」卻見監察御史竇懷貞先奔出來，也不敢看李蒙、武靈覺二人，忙不迭地去了。太平公主鐵青著臉，逕直將武靈覺扯入院中，喝問道：「宗大亮留下的來俊臣告密信副本，是不是在你手中？」武靈覺道：「不是。」態度卻是極不自然。

太平公主道：「你還敢否認？你一定是從宗大亮那裡騙到了那封信，又想殺他滅口，所以有意去告訴延基、武三思關於宗大亮的事，無非是要挑撥我們相鬥，再利用延基的手殺了宗大亮。結果延基不是你想的那種人，武三思也要主動與我結盟，反而將你的事告訴了我。你見事不成，乾脆親手殺了宗大亮，是也不是？」

武靈覺尖叫道：「不是！我沒有殺過人，我只是看過別人殺人，自已從來沒有動過手。」

太平公主道：「快些將宗大亮留下的信交出來，不然……」武靈覺道：「不然怎樣，不然就殺了我？你已經殺了我母親，再殺死我也沒什麼稀奇。」

太平公主大怒，叫進來兩名侍從，命他們將刀架在李蒙脖子上，冷笑道：「你知道我不會殺你，所以才敢如此放肆。你不交出信來，我立即殺了你的未婚夫。」

辛漸道：「公主，你不能……」狄郊拉住他，搖了搖頭，示意他不必理會。

太平公主一使眼色，侍從手上加勁，刀刃入肉。李蒙吃痛，大叫了一聲。武靈覺忙道：「好啦，我告訴你啦，那封信被別人拿去了。」太平公主道：「是誰？」武靈覺道：「張易之。」

太平公主大怒，道：「你居然將信交給了張易之？你是想要害死我。」武靈覺從沒有見過嗣母發這麼大火，也嚇得呆住了，半晌才道：「就算我不給他，他也會自己拿到的。我見過衛遂忠來找宗大亮，後來我還跟著他，親眼看見他進去了張易之府邸。」

太平公主道：「什麼？衛遂忠跟了張易之？」轉頭怒視著辛漸，喝道：「你是在張易之那裡見過衛遂忠，是不是？」辛漸難以否認，只得道：「是。」

太平公主道：「反了，都反了！你們……你們……」她叉著手，豐腴嬌嫩的臉蛋好像被擠壓過，氣得完全變了形，在那一瞬間，她不僅所有的美貌似乎都消失不見了，而且失去了公主的風度，跟街上的潑婦沒什麼區別。又大聲命道，「來人，帶縣主回去，交給她父王軟禁起來，不准出房門一步。」瞪了辛漸一眼，道，「宗大亮的案子你們不必再管了。」一拂衣袖，怒氣沖沖走了出去。

李蒙道：「辛漸，你當真在張易之那裡見過衛遂忠？你為什麼事先不說，還要謊言欺騙公主？」辛漸道：「這件事牽扯到另外一個人，不過我答應了她不說出去，所以，你們也就別強逼我了。」

王之渙道：「公主命我們不要再管宗大亮的案子，是不是她已經知道誰是凶手？」辛漸道：「可張易之和衛遂忠都沒有殺宗大亮的理由，他們若要對付太平公主，宗大亮反倒是一個得力的幫手。」

狄郊道：「怕是永年縣主跟宗大亮被殺有很大關係。李蒙，你去看望縣主時，問清楚到底是怎麼回事。」李蒙連連搖頭道：「我可不去。公主正在氣頭上，她剛才命人拿刀架我脖子上，那可是玩真的。況且公主不讓我們再管宗大亮的案子，我們何必多管閒事，反正這人也是一個壞人，死了還好，免得再去仿冒一堆信件陷害他人。」又想到宜紅院那麼多人原來都是死在武靈覺之手，不由得汗毛倒豎。眾人見他態度堅決，也只能作罷。

時局變化得極快。令天下人瞠目結舌的是，自諸武失勢，得勢的人並不是太子李顯和相王李旦，而是武則天的面首張易之、張昌宗兄弟。張氏兄弟一夜之間權勢熏天，扳倒了宰相魏元忠後，又告發邵王李重潤和其妹永泰郡主李仙蕙及妹夫魏王武延基，聚眾議論女皇該傳位給太子。武則天大怒，不問青紅皂白下令杖殺了親孫李重潤和親姪孫武延基。李仙蕙腹中已經懷有魏王骨肉，聞訊後悲痛欲絕，血崩而死。李重潤、李仙蕙是太子李顯和太子妃韋氏所生，李重潤更是嫡長子，是未來的儲君，魏王武延基則是諸武中爵位最高者。他們的被殺，不僅給剛剛有所緩和的女皇、太子的母子關係重新蒙上陰影，也令諸武迅疾站到反對二張的一方。

洛陽街頭貼滿聲稱二張即將謀反的飛書，朝廷上下也掀起一股倒張熱潮。宰相韋安石首先上書，告發張易之有罪。武則天不得不命韋安石和另一宰相唐休璟共同推問此案。韋、唐二臣正要逮捕張氏兄弟下獄時，武則天突然下制，將韋安石外放為揚州刺史，唐休璟出任幽營都督、安東都護[11]，遂使此案不了了之。

唐休璟臨行時，祕密告訴太子李顯道：「二張恃寵不臣，必將為亂。殿下宜備之。」

很快，又有許州人楊元嗣上書告發張昌宗曾召術士李弘泰為其看相，妄言張昌宗有天子相，勸他在家鄉定州[12]造佛寺，則天下人歸心。武則天雖然也命司刑少卿桓彥範、宰相崔玄暐及御史中丞宋璟推按此事，只不過做做樣子，並不打算真的治其罪。御史中丞宋璟等朝臣力主嚴懲張昌宗，斬首籍沒家財，武則天不但不予理睬，還故技重施，下敕書命宋璟到外地辦案。

宋璟道：「御史中丞非軍國大事，不當出按。」堅持抗詔不去。武則天無可奈何，只好命法司議處張昌宗之罪。最後定刑是處以大辟，即死罪。武則天道：「昌宗早已向朕坦白自首，自首應當減免。」

宋璟堅決不同意，聲色俱厲地道：「就算張昌宗曾自首，但謀反大逆，不存在自首與減免。」又道，「陛下待張昌宗太好，臣自知言出禍隨，但激於義憤，雖死不恨！」一言既出，全殿皆驚。

宰相楊再思見武則天勃然欲怒，忙上前道：「宣旨，宋璟立即下殿。」按照慣例，宰相可以代君宣旨。宋璟道：「皇上在此，不煩宰相代宣。」堅持不出，非要女皇同意逮捕張昌宗下獄。

武則天不得已，只好同意張昌宗赴御史臺聽審。宋璟甚至等不及張昌宗進御史臺公堂，親自趕出庭院，就地站在大門附近審問，預備問實後立即將張昌宗處死。哪知道才問了幾句，女皇特使到來，特旨赦免張昌宗，並立即召入宮中。宋璟歎息不已。

武則天居然還命令張氏兄弟到宋璟的住所謝罪，宋璟拒而不見。二張知道這人耿直，必然要全力置自己於死地，決意先下手為強，屢次在武則天面前中傷宋璟，但卻不成功。武則天雖然寵愛二張，可也知道治理天下還需要宋璟這樣的能臣。二張只得另謀他法。

不久，宋璟在家中為第三子宋渾舉辦婚禮，正當這對新人跪拜宋璟時，忽有一名壯漢從賓客中突出，亮出白刃，上前刺殺宋璟。幸虧當時王翰、狄郊幾人應邀來觀禮，辛漸眼疾手快，扯下王翰腰間玉珮，當作暗器飛出去打偏了刺客的手中匕首，擋了一擋，宋璟才算逃過一劫。刺客被擒獲後，招認是張氏兄弟所派，張氏兄弟矢口否認。武則天照舊偏袒二張，不命追究。

王翰等人一直在惠訓坊家中等候消息，聽說只有刺客被處死，主謀二張未受任何處罰，不免又是一番議論。王之渙歎道：「二張不懂政治，胡作非為，女皇又公然袒護，引起廣大朝士不滿，怕是要有大變了。」

狄郊默不作聲，自從張柬之以八十歲高齡升任宰相後，他已經預感到伯父臨終前交代的「舉大事」即將到來。狄仁傑在世時，多次向武則天推舉張柬之有宰相之才，但武則天始終未加考慮。直到最近，姚元崇出任靈武道行軍大總管，離開京師前，武則天問他有無可堪為宰相的人選。姚元崇道：「張柬之樸實穩重，沉厚有謀，能決斷大事。而且其人已老，請陛下趕緊重用他。」武則天這才下制書，拜秋官侍郎張柬之同平章事。張柬之也是唐朝立國以來出任宰相年紀最大者。

李蒙忽意興闌珊地進來，告知眾人道：「太平公主終於肯讓我見靈覺，我也問過她了，確實是她告訴宗大亮有人要殺他滅口，之後宗大亮就失蹤了。」王之渙道：「這麼說，宗大亮是自己逃走的？」

狄郊道：「你們有沒有覺得宗大亮死的地方很奇怪？」辛漸道：「確實奇怪。宗大亮是被人在天津橋頭殺死後推到橋下，可天津橋是洛陽最繁華的地方，來往的人那麼多，凶手為什麼要選這樣一個地方下手？」王翰道：「宗大亮應該是在天津橋頭偶然遇到了凶手，他二人本就認識，那人出刀殺了他，他自己也是出乎意料。」

狄郊道：「宗大亮藏身在太平公主府時，活動範圍也只在南區，可他當日明明是要逃避被人滅口，為什麼不就近往南出城逃走，還會往北來天津橋呢？」辛漸眼前一亮，道：「天津橋北邊就是皇宮，他一定是來找什麼人求助。」

王之渙道：「難不成宗大亮真的是女皇安插在太平公主身邊的細作，他是想進宮向女皇求助？」狄郊道：「這不可能。女皇作風狠辣，不屑於用這種手段，她若是對公主起疑或不滿，早就毫不猶豫地殺了她。我猜宗大亮要找的不是宮裡的人，而是皇城官署中的官員。」轉過頭去，目光炯炯，凝視著辛漸，道，「你想不到那個人是誰麼？」

辛漸莫名其妙，道：「我怎麼會想得到？難道你說的是蒙疆？」狄郊道：「不是蒙疆，是那個曾經提示你宗大亮寫了告變信的人。」辛漸道：「啊，你是說楊功？他？怎麼會呢？他可是宋御史的心腹侍從。」

王翰也明白過來，道：「正因為楊功是宋御史的心腹侍從，所以才要殺死宗大亮滅口。宗大亮聽信永年縣主的話，以為太平公主要殺他滅口，料到難以逃脫，所以想再次告密脫身，可他既然告過一次太平公主，不能奏效，料到是因為沒有真憑實據，女皇不能相信，再告密也是同樣的結果。最好的法子就是去御史臺自首，御史中丞宋璟是有名的公正，定然能夠找到證據。他先在天津橋頭遇到楊功，為取信於人，先主動坦白了老狄那件案子的真相。楊功這才知道宋璟錯判了車三死刑，不願意此事張揚，所以決然殺了宗大亮。」

辛漸仔細一回想，道：「難怪楊功幾次三番問我宗大亮的案子如何，原來他才是真正的凶手。這可實在教人想不到。」

李蒙道：「那我們要不要去告訴太平公主？她還總懷疑是靈覺做的呢。」王翰道：「不行，誰也不能告訴，也不准去問楊功，這件事就這麼算了。」辛漸也道：「是啊，一旦揭開楊功是殺死宗大亮的凶手，宋御史必然受牽連被免職，這不正是親者痛、仇者快麼？」

正議著，忽見蒙疆施然進來，笑問道：「狄公子派人找我這麼急，到底有什麼事？快說吧，我還要進宮當值呢。」

狄郊尚莫名其妙，從門外擁進來一大隊羽林軍士，將蒙疆圍住。蒙疆喝道：「你們要做什麼？」領頭校尉道：「蒙疆圖謀造反，奉李將軍之命，立即逮捕。」

蒙疆道：「李將軍？是李湛麼？我可不歸他統屬。」校尉道：「是羽林衛大將軍李多祚。」蒙疆道：「李大將軍又如何？只有聖上才能下旨拿我。」拔出佩刀，喝道：「讓開，我要回宮去見聖上。」

校尉一揮手，幾名軍士搶上前來，手執弓弩，扣箭上弦，對準蒙疆。校尉道：「下臣奉有嚴令，蒙將軍若是敢拒捕，當場射殺勿論。請將軍老實交出兵器，不要讓下臣為難。」蒙疆道：「原來你們早有準備。」

校尉道：「來人，收了蒙將軍兵器。」幾名軍士不由分說，上前奪下兵刃，將蒙疆綑了起來，又搜去了他身上的權杖。

那隊羽林軍士拿住蒙疆，卻並不就此退出，反而全部擁進院子，將大門掩上門好。王翰驚道：「你們這是要做什麼？」校尉道：「你們勾結蒙疆，圖謀不軌，我奉命將你們就地看管，等候處置。若有人敢逃走，立即射殺。」一揮手命人將蒙疆綑在院內的樹上，派軍士持弓弩守住大門。

蒙疆恍然有所悟，道：「啊，要造反的人是你們……」話音未落，已經被人用爛布堵上了嘴。

狄郊心中頓時明白過來——張柬之等人今晚就要舉事，蒙疆是武則天心腹侍衛，這些人有意誑騙他出來制住他，好除去一個勁敵。而這些羽林衛士強行留在這裡，實則是要保護王翰他們，萬一事變失敗，蒙疆就是他們脫罪的最好證人。

當日天幕陰沉，寒風凜冽，洛陽城中兵馬調動頻繁。各坊區坊門不到夜禁便被提前封閉，除了尋常的金吾衛士，還增加了許多洛州吏卒，均是新任洛州長史薛季昶的手下。原洛州長史敬暉已經升任羽林衛將軍。城中交通要道布滿了南衙[13]兵士，一場大風暴已見端倪。

雪月空城，蒼涼渺茫。這一夜，洛陽城中的一大半人都未能入眠。

次日清晨，宮中終於有消息傳出，女皇已頒布詔書傳位給皇太子李顯。這「頒布詔書」，自然是在武力下被迫為之。

兵變終於成功了。兵變之前，太子並不知情。策畫兵變的核心人物為張柬之、桓彥範、袁恕己、崔玄暐、敬暉，正是狄仁傑臨終前以大事託付的五名最得意的門生。

據說當宰相張柬之率羽林軍擁著太子李顯衝入深宮後，久病在床的武則天並不十分驚詫，只有些失望地看著羽林衛將軍李湛道：「你竟然也參與了誅殺易之？我待你父子不薄，視你為親子，不想竟有今天！」在她威嚴目光的逼視下，李湛竟不能答話。

過了兩天，太子李顯正式即位為中宗皇帝，恢復唐國號，大赦天下，只不赦張易之一黨。張易之、張昌宗已在宮變當夜被殺，隨即梟首示眾，餘黨張昌儀、張昌期等人均被逮捕後綑縛於天津橋處死。

不過一向與張氏兄弟親近的河南縣令楊珣倒是未受牽連。不久後他的侍妾平夫人蠙珠生下一子，取名楊釗，表面姓楊，其實是張易之的親子。這位楊釗，就是日後以禍國殃民著名的楊國忠。

中宗即位後，迅即恢復了一切唐朝舊制，京師也重新由洛陽改回長安。又特別下制，凡文明[14]以來因各種緣故破家大臣的子孫均可恢復資蔭，就連最為武則天痛恨的梟氏蕭淑妃、蟒氏王皇后也均復舊姓，只有徐敬業、裴炎的子孫例外，可見中宗對昔日裴炎告密、導致自己被廢一事仍耿耿於懷。李弄玉因與裴炎姪裴伷先有約，一旦恢復李唐江山，就要為裴炎恢復名譽，特意上書力請，因此惹怒中宗，不但不許裴炎之事，依舊流放裴氏子孫，還派兵逮捕裴伷先，關押在安西都護府監獄中，而且僅追贈自己二哥李賢為司徒，遣使迎其喪柩，陪葬於乾陵。李弄玉自覺失信於裴氏，斷然拒絕恢復皇族身分以及朝廷所賜縣主名號。直到後來睿宗李旦即位，才追復裴炎官爵，徹底為裴氏平反，召裴伷先入朝為官，並追贈兄長李賢為皇太子，諡章懷，史稱章懷太子。

兵變後，一代女皇武則天瞬間由權力的巔峰跌至低谷，雖被兒子中宗尊為「則天大聖皇帝」，卻完全失去了行動自由，被押送到上陽宮居住，由李湛率領所部羽林軍監管。

這一日，辛漸和李弄玉陪著賀英來到上陽宮。自從武則天被監禁以來，除了中宗本人每十日來探望一次，再無別的訪客；當然，李湛也奉有嚴令，不准任何人接近她。

李湛聽說賀英想見武則天，很是為難。

李弄玉道：「這不過是賀大娘離開洛陽前的最後一個心願，將軍若是怕出意外，大可親自站在一旁監視。」她雖然依舊只是庶民身分，卻因為頤指氣使慣了，言語中自有一股威嚴氣度，令人不敢違抗。李湛躬身道：「遵命。」親自護送三人來到武則天的寢宮。

謝瑤環領著兩名宮女默默守在門前，她是唯一一個主動願意來上陽宮照顧武則天的女官，而之前與她同樣受女皇寵愛的女官上官婉兒已經及時投懷送抱，成為中宗的嬪妃，被封為昭容。見到辛漸等人到來，謝瑤環只輕輕道：「多謝，請進。」

寢宮中寂靜無聲，彌漫著苦悶、悲觀和消極的情緒，氣氛壓抑得令人窒息。尤其那股蕭瑟的意味，感覺上更像來到了生命的冬天。

武則天形容枯槁，不事梳洗，滿頭白髮如亂草般散開，如朽木般躺在床上。她實在不願意放棄權力，但以她現在的處境，注定剩下的只有回憶。唉，無情歲月去如流，只有滿頭白髮向人愁。

聽見有人進來，她勉強側頭望了一眼，目光立即落在李弄玉身上，問道：「英娘，她是誰？」賀英道：「她叫李弄玉，是前太子李賢的遺腹女，也是陛下的親孫女。」

武則天「啊」了一聲，尖叫道：「賢兒不是朕的兒子，她也不是朕的孫女。你看她的樣子，還真跟我姊姊生得一模一樣。」

皇宮中一直有流言說，武則天的次子李賢天分最高，但卻不是她親生，而是她姊姊為高宗皇帝寵幸時所生。此時由武則天親口說出，才徹底得到證實。

李弄玉上前一步，冷笑道：「我還不願意要你這樣六親不認的祖母呢！你這個冷酷無情的老巫婆，殺了我祖母，又殺了我父親！看看你手上，沾滿了鮮血，兄弟姊妹的血，兒子的血，孫子的血。你也活不了幾天了，我倒要看看你有什麼面目去地下見先帝。」武則天道：「你……你這個孽種，還敢來氣朕……」

李弄玉大怒，正待反唇相譏，辛漸忙拉住她，低聲勸道：「算啦，咱們馬上就回太原了，何必跟她計較？」

武則天道：「英娘，朕待你不薄，還封你弟弟為郡王，朕眼下這副樣子，你……你還帶這個孽種來氣朕！」賀英道：「不是這樣，天后，我今天來是要告訴你，高宗皇帝歸天前，曾經留下一幅璇璣圖給前太子李賢，藏有一道太宗皇帝親筆所書廢黜天后你的詔書。」

武則天張大了眼睛，震驚之極，道：「什麼？先帝他怎麼會……」賀英道：「不過，前太子手中只有璇璣圖，後來又傳給了弄玉，他父女二人並不知道內中祕密。這幅璇璣圖據稱是前朝遺物，內中本身就藏著一筆巨大的財富，昔日太宗皇帝得到後，曾召集許多聰明絕頂之人來解這幅圖，均未能成功。後來太宗乾脆召集能工巧匠，在圖的背面另外加織了一層，看起來好像是為原來的璇璣圖裱了一層護套，但其實內裡即是詔書。只是新織的詔書與舊錦針法相連，須得按特定次序挑斷絲線才能打開。先帝交給我的，就是解開這織錦、取得詔書的祕密。」

武則天道：「原來當初先帝是有意放你逃走。」賀英道：「是的，承蒙先帝信任，讓我帶著祕密私下離開了皇宮。不過，當初先帝將解開璇璣圖的祕密交給我時，手在發抖。天后，先帝是愛你的，他真的不想留下制衡你的把柄，然而他又不敢違抗太宗皇帝遺命，擔心他的子孫們會被你全部殺死。」

武則天喃喃道：「愛我……愛我……」

一陣冷風穿堂襲來，拂動髮絲，也吹拂起了她的若干思緒。那些成長在她的生命年華裡的人和事，點點滴滴，原來還隱藏在她心底深處。

每個人心中最柔軟的地方都藏著一份難忘的真情，就連女皇也不例外，彷若老酒，歲月越久，越是濃厚。它是夢想中的夢想，牽掛中的牽掛，跨越了時光年輪，存之永恆，傳之久遠。

賀英見武則天面色漸漸柔和下來，又道：「當初先帝與我約定，只有同時見到李賢的子女和璇璣圖，才能說出祕密，可是弄玉帶著璇璣圖來找我時，我並沒有立即說出來。我知道我如果真的說出了祕密，先帝一定會很傷心，他其實不願意看到你們骨肉相殘的一幕發生。弄玉也沒有再逼我，答應好好想一想再說。」

武則天極為失落，道：「而今有沒有太宗詔書又有什麼用，朕已經失去了皇位，失去了寶座，失去了五郎、六郎，失去了一切……」賀英道：「所以說，冥冥中自有定數，一切都是命中注定，有沒有璇璣圖都是一樣，逆天行事，注定不能長久。而且，天后，你並沒有失去一切，你還有眾多的兒女子孫，眾多的親人。雖然你親手開創的武周王朝沒有了，可日後的大唐皇帝代代都是你的子孫，他們也一樣是你的驕傲呀。」

這一番言辭懇切，字字真情，令人動顏。武則天也是深受觸動，長歎一聲，扭過頭來，凝視李弄玉許久，才道：「你長得還真是像姊姊。」

李弄玉哼了一聲，只是不理。賀英低聲勸道：「弄玉，你看天后那麼鍾愛權勢，一心想留下武姓江山，最終不還是立你三叔為太子了麼？你沒有解開璇璣圖、拿到太宗皇帝詔書，不一樣也有文武大臣齊心合力光復了李唐基業麼？你曾用我弟弟的名義陷害我，如今我們不還是婆媳麼？你是先帝的親孫女，堂堂金枝玉葉，打開你的胸襟，寬恕天后吧。而今，她只是一個可憐的老人，她需要你的關愛。」

李弄玉柔情忽動，道：「賀大娘說得極是。」上前幾步，走近武則天道，「天后，我……實在不知道該稱呼你什麼，你……你願意讓我經常來看看你麼？」

武則天聲嘶力竭地叫嚷道：「不要！你滾，你是個孽種！朕不要你們可憐，你們都給我滾！你們這些叛徒！還有你，李湛，你殺了我的五郎、六郎，朕永遠不會原諒你。這天下是朕的，是我們武家的，你們休想奪走！朕偏要逆天行事！你們這些叛徒，李顯你這個不孝子！」這位則天皇帝驀然坐起來，雙眼放光，露出凶悍的本色來。

謝瑤環聞聲趕進來，道：「幾位不如暫且先出去吧，聖上近來深受刺激，情緒起伏很大。」

眾人知道武則天眷戀權力，入魔已深，心結難解，只得退了出去。背後的宮門緩緩掩上，猶能聽到她瘋狂的怒罵聲。當人在善與惡、愛與恨中作出選擇時，並不是興之所至，也並不是由於偶然的機遇使然，而是取決本人與生俱來的秉性。這女人天生就要當至強者，惡與恨引領她登上千古一女帝的寶座，也讓她的人格墜入萬劫不復的深淵，最終令她失去了所有。她的一生，並非危機太多，而是危機感太多；並非幸福太少，而是幸福感太少。

「高捲珠簾二十年，女人星換紫微天。」神龍元年（西元七〇五年）十一月二十六日，中國歷史上第一個、也是唯一的女皇帝武則天在極為孤獨中死於洛陽上陽宮，年八十二歲。

女皇的時代終於徹底結束了，一個新時代即將到來。

宮牆九仞，有多少驚濤駭浪。迷城幻影，又有多少遺恨終天。

1 唐朝實行多宰相制，往往設有多位正副宰相多名，須輪流在宮中當值夜班。

2 泥婆羅：今尼泊爾。

3 告身：唐代舉子經考試合格後，發給憑據，名為「告身」。文舉由吏部頒發，武舉有兵部頒發，上有「尚書兵部告身之印」字樣。

4 酺：王布德於天下而合聚飲酒為酺。漢代禁止群飲，以防止百姓聚眾鬧事，只有皇帝賜酺時才可群聚飲酒。唐代無此禁，賜酺僅是皇帝以示恩寵之舉。

5 文符：文書。

6 玉契：類似前面提過的官員龜符，分左、右兩片，右符隨身，左符進內。如有徵召，須下左符，與右符勘合後，即證明沒有詐偽，然後應命。

7 朔望朝參：唐朝制度，每月初一（朔日）、十五（望日）為大朝會，在京官員九品以上皆要參加，稱朔望朝。

8 墨敕：由皇帝親筆書寫，不經外廷蓋印而直接下達的命令。

9 王獻之：王羲之第七子。幼年隨父學書法，兼學張芝。書法眾體皆精，尤以行書和草書聞名後世，在書法史上被譽為「小聖」，與其父並稱為「二王」。

10 高要：今廣東高要。

11 揚州：治今江蘇揚州。幽州：治今北京西南。營州：治今遼寧朝陽。

12 許州：治今河南許昌。定州：治今河北定州。

13 南衙：即諸衛宿衛軍隊。唐代天子禁衛軍系統龐大複雜，分南北衙兵：南衙兵即十六衛，左右威衛、金吾衛均屬於這一系，由宰相統帥；北衙兵即北衙十軍，左、右羽林軍屬於這一系，由皇帝直接指揮，宰相不得參與北衙事務。南北衙兵同時擔宮禁宿衛之責，職責交疊，互相牽制。

14 嗣聖元年（六八四年）二月七日，武則天因廢中宗，改立睿宗為帝，特改年號為「文明」。

尾聲

唐中宗復位後，張柬之等主持神龍宮廷事變之人，因立下匡復唐朝基業的不世之功，張柬之被封為漢陽王、崔玄暐為博陵王、桓彥範為扶陽王、袁恕己為南陽王、敬暉為平陽王，時稱「五王」。武三思則透過女官上官婉兒勾搭上中宗皇后韋氏，成為其情夫，由此避免了覆滅的命運。五王不久為武三思用巧計構陷，被貶出京師，不久又先後被武三思派人以極其殘忍的手段殺害於流放途中；如桓彥範被剝光衣服後綑縛住手腳，在竹槎上反覆拖來拖去，肉被磨盡，露出森森白骨，仍未氣絕，最終被活活杖死。又如袁恕己被逼飲下數升有毒的野葛汁，毒性發作後在地上來回翻滾不止，因實在忍受不住腹中絞痛，便用手挖取泥土吞食，指甲磨損殆盡，竟然還不死，受盡折磨後，最後才被人用大錘擊殺。

狄郊聽聞首義五王結局悲慘，均含恨而死，追憶伯父臨終「務須除去武三思再舉大事」的遺言，百感交集，慨歎政治詭譎、人世蒼茫，因而始終未入仕途，只在太原一帶默默行醫。

王之渙曾娶李滌第三女為妻，未走科舉之途，最終因王氏家族勢力而步入官場，但並不得志，只任過主簿、縣尉之類的小官，且頻頻遭人誣陷攻擊，最終鬱鬱而終，葬於洛陽。

王翰因才氣超群，先後受到歷任并州長史如張嘉貞、張說的禮遇，在二人的勸說下，他於唐睿宗景雲元年（西元七一〇年）考中進士，唐玄宗時復中直言極諫、超拔群類科，與張九齡、賀知章等名詩人多有交往。張說極欣賞王翰，曾道：「王翰之文，有如瓊林玉斝。」當時有著名學士杜華欲置辦新居，徵求其母崔氏意見。崔氏道：「我曾聽說古代有孟母三遷的故事，你如果能買到王翰家附近的住宅、跟王翰為鄰，我就滿足了。」

王翰雖然聲名遠播，但其人狂傲自恃，於仕途並不得意。尤其一次宮廷宴會時，意外發現玄宗皇帝的寵妃麗妃，竟是在蒲州偶遇過的趙曼，二人頻頻互相顧視，惹來玄宗不快。張說罷相後，王翰被貶出京師，先貶汝州長史，汝州即詩人劉希夷的故鄉。不久，即改仙州別駕，又再貶為道州司馬[1]。越貶越遠，當時的道州已是名副其實的偏遠貧瘠之地。赴任途中，王翰忽生急病，病倒在路邊一家小客棧中，錢物又被身邊奴僕勾結賊人盜走，最終窮困病死。

李蒙娶得皇親武靈覺，不願意倚仗妻子的背景，最終於唐玄宗開元五年（西元七一七年）在東都洛陽考中進士，登博學宏辭科。回長安聽候任命官職時，他在華陰遇到一名名叫車二的道士，為他相面道：「郎君這次一定會被安排來華陰任職。只是，從你的面相上看，你沒有在華陰做官的命。」人人均不相信。然而到了長安，李蒙果然被授為任華陰縣尉。

當時，新科進士有曲江宴遊的傳統，李蒙與另外二十九名同榜進士乘坐鼓樂彩船，緩緩駛入曲江中央。進士們推舉李蒙作文來記載這件事。正當眾人爭閱李蒙文章時，船突然莫名翻倒，迅疾沉入水中，三十名新及第的進士無一生還，遂成為歷史一大疑案。

開元十二年（西元七二四年），唐玄宗下令重修蒲津橋，重建工程由并州太原大風堂堂主辛漸主持。辛漸除了修建新橋，又於東西兩岸鑄造萬斤鐵牛四隻，及鐵人、鐵山、鐵柱子等，分設於河兩岸上，予以結鍵，使浮橋得以穩固。這項工程耗資巨大，共耗銅鐵百萬斤，其中大部分來自被唐玄宗下令摧毀的天樞。

橋成之日，水手們一起唱起了《大角歌》[2]。百姓萬餘人齊聲相和，歌聲鏗鏘有力，震徹雲霄。

辛漸沒有欣喜，沒有興奮，也沒有低落，更多的只是一種釋然。滔滔河水中，他彷彿又看見了昔日同伴衣袂飄動、意氣風發的身影。驚雲的氣概，澎湃的豪情，故人的多思，家園的溫馨，一一在他耳旁婉約地叩問著。他愛他們，他捨不得他們，他希望到白髮蒼蒼時還跟他們做朋友。兒時同生共死的誓言猶在耳邊，五人中卻只剩下他和狄郊二人，李蒙、王翰、王之渙先後逝去。一樣的黃河，一樣的鸛雀，站在他身邊的，已經是不一樣的人。

淚水漸漸模糊了他雙眼……

忽有人在背後叫道：「辛郎，好久不見。」聞聲回過頭去，施然走過來的竟是一位故人道士車三。一時愣住。他早知道有道士名車二者曾為李蒙相面，且不久即應驗，卻不能確定車二是否就是昔日的車三。

遲疑半晌，辛漸才問道：「車先生現在叫車二還是車三？」車三道：「車二呀。貧道已經死過一次，少了一條命，當然要由三變二了。」又喜孜孜地道，「辛郎可記得當時貧道在鸛雀樓預言郎君會做一件造福蒼生的大事？原來是應在銅牛浮橋上。」忽又驚道，「呀，郎君額頭有一股煞氣，尊夫人怕是有難，就在當下。」辛漸慌忙轉過頭去，適才還站在一旁的妻子李弄玉竟然真的不見了蹤影。

1 仙州：今河南葉縣。道州：今湖南道縣。

2 大角歌：唐軍軍歌，共七曲，不但可以鼓舞士氣，而且歌詞跟軍事動作緊密相關，可以令士兵借唱歌熟記動作要領。

千詩織就回文錦，無盡璇璣

東晉時期，北方先後被匈奴、鮮卑、羯、氐、羌五個少數民族占據，大大小小共建立過十六個政權，史稱「五胡十六國」。在這樣一個戰火連天的混亂時期，關中卻出了一位蕙心蘭質的女子——蘇蕙。她的揚名，全在於她所創造的璇璣圖。蘇蕙，字若蘭，武功人（今陝西武功），一說始平人（今陝西興平東南，實際上興平緊挨武功），是陳留縣令蘇道質的女兒。傳說蘇蕙出生時，正逢蘭花怒放，香氣撲鼻，蘇道質遂以蕙為女兒取名，小字若蘭。

蘇蕙自小聰穎過人，才智超群，三歲學畫，四歲作詩，五歲撫琴，九歲便學會了織錦。十五歲時，已經能夠描龍繡鳳，被稱為「織女星下凡」。十六歲時，她隨父到阿育王寺（今陝西扶風法門寺），巧遇外出打獵的少年公子竇滔，郎才女貌，兩人一見鍾情，不久即結為連理。

竇滔，字連波，扶風人，出身名門，祖父竇真官任右將軍。新婚後，竇滔對才貌雙全的蘇蕙頗為敬愛。

當時關中一帶由前秦統治，前秦皇帝苻堅胸懷大志，一心想統一天下，對人才十分重視。他從東晉手中奪取秦州（鎮所上邽，今甘肅天水）後，委任竇滔為秦州刺史，為進一步攻打東晉做準備。

竇滔遂帶著新婚不久的妻子赴任，二人過了一段幸福愜意的時光。然而好景不長，竇滔偶遇能歌善舞的歌姬趙陽臺，立即狂熱地愛上她，偷納她為姬妾，養在別所，經常去私會。蘇蕙很快發現了真相，她身為女人，頗傷嫉妒，曾到別所大鬧，命人鞭笞侮辱趙陽臺，結果卻適得其反，反而惹來竇滔不快，漸漸疏遠了她。

恰好此時，竇滔因拒不服從軍令被苻堅革去官職，流放沙州（今甘肅敦煌）服苦役，直到三年後，才重新獲得起用，奉命帶兵鎮守襄陽。當時蘇蕙二十一歲，竇滔動身時只將趙陽臺帶在身邊，而且到襄陽後斷絕了與蘇蕙的聯繫。蘇蕙獨自守在空閨中，既後悔又傷心。一天，她心不在焉地把玩著一把精巧的小茶壺，壺身上繞著圈刻了一圈字——「可以清心也」，她玩著玩著，忽然發現這五個字不論從那個字開始讀，都可以成一句頗有意趣的話。於是靈感頓至，她設想可以利用這種巧妙的文字現象，來構成一些奇特的詩。她又費了好幾個月的功夫，把詩織在錦緞上。這幅錦緞長寬都是八寸，上面織有八百四十個字，分成二十九行。每行也恰是二十九字，每個字縱橫對齊。這些文字分別用紅、黃、藍、紫、黑五色彩線織就，五彩相間，縱橫反覆都成章句，裡面藏著無數首各種體裁的詩，詩意多為傾訴她的思念之情。

李白有兩首詩專為歎惋蘇蕙遭遇而寫，一首是〈閨情〉：「黃鳥坐相悲，綠楊誰更攀。織錦心草草，挑燈淚斑斑。」另一首為〈烏夜啼〉：「黃雲城邊烏欲棲，歸飛啞啞枝上啼。機中織錦秦川女，碧紗如煙隔窗語。停梭悵然憶遠人，獨宿空房淚如雨。」可謂洞悉蘇蕙織錦時的酸辛。宋代詩人黃庭堅有〈織錦璇璣圖〉：「千詩織就回文錦，如此陽臺暮雨何？亦自英靈蘇蕙子，只無悔過竇連波。」既為蘇蕙叫屈，也譴責了竇滔的背棄行為。

無論如何，這幅錦緞是用真情織就，浸滿了蘇蕙的血淚，所以她將它取名為「璇璣圖」，意指這幅圖上的文字排列，像天上的星辰一樣玄妙而有致，知之者可識，不知者望之茫然。璇璣圖面世後相當長一段時間裡，沒有人能夠讀通全篇詩章。有人請教蘇蕙，蘇蕙笑答：「詩句章節徘徊宛轉，也依舊是一首詩賦。除了我的家人，誰也不會明白個中三昧。」於是蘇蕙的家人將璇璣圖星夜送至襄陽竇滔手中。竇滔驚詫「璇璣圖」的絕妙，隨即明白了妻子的深意，於是把趙陽臺送回關中老家，派人迎接蘇蕙到襄陽，夫妻兩人和好如初。蘇蕙的璇璣圖轟動了那個年代，人人爭相傳抄。這幅圖奇巧絕倫，妙處在於無論左右、上下、裡外、交互、半段順逆、旋回誦讀，均能成七言、六言、五言、四言、三言等格式的詩文；上陳天道，下達人情，中稽物理，博引廣譬，寄意深遠，玄妙至極，所以有人稱呼「蘇若蘭璇璣詩，宛轉反覆，相生不窮，古今詫為絕唱」。璇璣圖最早是八百四十字，後人感慨璇璣圖之妙，於是在璇璣圖正中央加入「心」字，成為現在廣泛流傳的八百四十一字版本。

歷代文人雅士都喜歡破譯該圖詩句，唐代有武則天、李白、李善等，宋代有李公麟、蘇東坡、黃庭堅、秦觀、朱淑貞等。其中，唐朝的武則天曾特意為蘇蕙與璇璣圖撰寫序文，就璇璣圖著意推求，得詩二百餘首。宋代才女朱淑貞著有〈璇璣圖記〉，成為堪與武則天所撰序文媲美的研究文章。宋代高僧起宗，將其分解為十圖，得詩三千七百五十二首。明代學者康萬民，苦研一生，撰下《璇璣圖讀法》一書，說明原圖的字跡分為五色，用以區別三、五、七言詩體，後來傳抄者都用墨書，無法分辨其體，造成解讀上的困難。康萬民研究出一套完整的閱讀方法，分為正讀、反讀、起頭讀、逐步退一字讀、倒數逐步退一字讀、橫讀、斜讀、四角讀、中間放射讀、角讀、相向讀、相反讀等十二種讀法，可得五言、六言、七言詩四千二百零六首，每一首均詩美韻和，情真意切，令人感動。

自璇璣圖問世後，歷代文人學士爭相創制回文詩詞，如唐宋大詩人白居易、陸龜蒙、王安石、秦觀、蘇軾等人，回文詩創作盛極一時，然而卻沒有人能超越璇璣圖，所以有人稱：「如璇璣一圖非奇者乎？……女郎以錦心織成錦字，令千古騷流不能卒讀，天才耶？仙才耶？雖仿其制代不乏人，類不能出其規範。」

心之所至，情之所至，世間僅此一幅璇璣圖。

王之渙精明審案

本小說開篇提及〈登鸛雀樓〉一詩，詩中描繪景色與實景矛盾確有其事，歷代對此解釋不一，多有爭論。小說中的姑嫂連環凶案化自王之渙本人真實事蹟。他在文安任縣尉，曾審理過一起離奇命案——當地有戶人家的男主人長年在外做生意，家中只有妻子和妹妹，姑嫂兩人相依為命。有一天晚上，嫂嫂正在磨房推磨，忽聽見小姑大叫「救命」，急忙奔出去查看，在院內看見一個人影，因天黑看不清面目，只看到他是個光著上身的男子，情急之下上前抓他。那男子身強力壯，脊背又光滑，大力一掙，便脫身逃走。嫂嫂趕去房中，發現小姑赤身裸體地慘死房中，嚇得不知所措，慌亂了好一陣，才趕去縣衙報案。

王之渙問道：「你們只有兩個年輕女子在家，難道平時沒有任何防備麼？」嫂嫂答道：「我家飼養了一隻黃狗，但不知甚的，晚上並未聽見狗叫聲。」王之渙聞言大怒道：「那狗不為主人效力，端的可惡！」

次日正值廟會，王之渙決定在廟會上當眾審問惡狗。附近百姓聽說縣尉要審狗，都趕來看熱鬧，將整間廟宇都擠滿了。王之渙見人到得差不多了，吩咐差役閉緊廟門，再將老人、婦女、孩子挑出來，分批趕出門外，只留下百來個青壯年男子，這才喝道：「各人把衣服脫了，面朝牆站好！」那些人不敢違抗，只得照辦。

王之渙一個個親自查看，終於找到一名脊背上有指甲抓痕的男子阿狗，命差役將他拿下拷問。阿狗不得不認了強姦小姑、進而殺死小姑的罪行。

原來王之渙一聽說黃狗不叫喚，便猜到凶手是姑嫂家的熟人，一定就住在這附近，背上又被嫂嫂抓了一把，留下痕跡，不難對照找出。至於廟會審狗一事，不過是王之渙故作聳人之舉，目的在吸引眾人來看熱鬧，誘使真凶上鉤。

王之渙是個詩人，以詩知名後世，他最膾炙人口的詩句除了〈登鸛雀樓〉，還有那首廣為人們傳誦的〈涼州詞〉：「黃河遠上白雲間，一片孤城萬仞山。羌笛何須怨楊柳，春風不度玉門關。」這首詩用詞樸實，然造境極為深遠，令人裹身詩中，回味無窮，被章太炎先生稱為「絕句之最」。當時樂工將其製曲歌唱，名動一時，可謂「皤髮垂髫，皆能吟誦」。

王之渙在世時詩名已震爍海內，有一則廣為流傳的「旗亭畫壁」故事足以證明此點。開元年間的一個雪天，王之渙與同族的王昌齡，以及另一位大詩人高適來到旗亭小飲，正好有十餘名梨園子弟和四位著名歌妓也來此會宴，酒酣時，便以歌樂助興。王昌齡提議：「我們三人各擅詩名，誰也不服誰。今天我們可看這些樂人唱誰的詩最多，誰便為優者，如何？」王之渙和高適都表示同意。

話音剛落，第一名歌妓便打著節拍唱道：「寒雨連江夜入吳，平明送客楚山孤。洛陽親友如相問，一片冰心在玉壺。」正是王昌齡的〈芙蓉樓送辛漸二首〉一詩。王昌齡很是高興，起身在牆壁上為自己畫了一道線。第二名歌妓唱道：「開篋淚沾臆，見君前日書。夜臺何寂寞，猶是子雲居。」正是高適的絕句。高適也笑著為自己往牆上畫了一道。第三名歌妓唱道：「奉帚平明金殿開，且將團扇共徘徊。玉顏不及寒鴉色，猶帶昭陽日影來。」居然又是王昌齡的絕句，王昌齡又得意地給自己添了一道。

王之渙成名已久，沒想到居然會處在下風，心中很不是滋味，便說：「這三位只是普通歌妓，唱的都是下里巴人。」便指著最後那名最年輕最美貌的歌妓道：「應該看那位最佳歌妓唱的是誰的詩。若唱的不是我的，我終身不敢與你們二位爭衡了。」

等了一陣子，那最當紅的歌妓輕展歌喉，聲如黃鶯，唱道：「黃河遠上白雲間……」正是王之渙的〈涼州詞〉。三人不覺開心大笑起來。一旁諸伶見他們大笑，忙過來詢問究竟，得知三人正是大名鼎鼎的王之渙等人，欣喜異常，立即拜請他們入席。旗亭畫壁，遂成典故。元代時還有人將這則典故編排為雜劇上演。

王之渙的事蹟不見於兩唐書。一九三〇年代，名士李根源公布了所收藏的王之渙墓誌，人們才對這位才氣縱橫的詩人生平有了更多瞭解。王之渙共有兩子，長子王英為第一任妻子（其名不見於王之渙墓誌）所生，次子王羽為第二任妻子李氏（李滌第三女，死後未能與王之渙合葬，其名也不見於王之渙墓誌，但其個人墓誌銘收於王維之弟王縉所撰《千唐志齋藏志》中）。洛陽的千唐志齋博物館，現藏有王之渙的堂弟王之咸，以及王之咸第五子王綰的墓誌。

王翰狂放傲物

王翰神氣軒昂、氣度不凡，其人狂放自傲、家資富饒均為歷史真事。他步入仕途後，曾以仙州別駕的身分往西北前線輸送馬匹與糧草等軍需物資。正是在這次行程中，他寫下千古名篇〈涼州詞〉：「葡萄美酒夜光杯，欲飲琵琶馬上催。醉臥沙場君莫笑，古來征戰幾人回？」唐代的涼州即今甘肅河西走廊一帶，是戍邊要地。夜光杯是傳說中的白玉精，據漢人東方朔所著《海內十洲記》載：「周穆王時，西胡獻昆吾割玉刀及夜光常滿杯……是白玉之精，光明夜照。」這首詩寫得蒼涼悲壯，又豪邁奔放，令人玩味。

王翰傲才縱酒，在京師為官時與大批名士交往，還弄了個極遭人恨的排行榜，即將當時有名的一百多名文學之士分為九等，張榜公布，他自己和張說、李邕等人排在第一等裡面，如此一來，排在他後面的人不甘心居後，「莫不切齒」。王翰卻依舊我行我素，正因為他有才有貌又有錢，行事囂張，得罪了太多人，所以當張說失勢後，他也迅速被貶出京師。

然而王翰詩詞風華流麗，與同族王昌齡並稱為當時的七絕能手，是天下公認的大才子，卻是不爭的事實。後輩詩人杜甫極推崇他，有「李邕求識面，王翰願卜鄰」之詩句。

千百年來，後人於唐人絕句中推選壓卷之作，雖有爭議，但無非是在王翰的「葡萄美酒夜光杯」、王昌齡的「秦時明月漢時關」和王之渙的「黃河遠上白雲間」中徘徊不定。事實上，要將這三首詩正兒八經地排出名次來，還真是不容易。湊巧的是，這三位大詩人均是出自著名的太原王氏。

李蒙不幸沉江

李蒙為史籍所載中博學宏辭科第一人，時為唐玄宗開元五年（西元七一七年）。而根據唐人李亢（唐宣宗至唐懿宗間在世）所著《獨異志》記載，開元五年春，掌管天象的官員已經事先預測曲江將有沉船事件發生，玄宗皇帝因李蒙是皇親國戚，有意營救，命其家人將他關在家中。然而李蒙聽見曲江方向聲樂陣陣，按捺不住興奮，翻牆而出，結果上船後不久，暴風打翻了畫船，三十名新科進士包括李蒙在內全部淹死。

車三事先為李蒙相面的事蹟，出自唐人呂道生（唐文宗時人）所著《定命錄》。

狄仁傑醫術高明

狄仁傑年輕時孜孜好學，涉獵興趣廣泛，閱讀了不少醫學書籍。經過長期磨練，醫術相當高明，《集異記》中說他「性嫻醫藥，尤妙針術」。他曾多次以精妙針術救活疑難病人，在民間傳為佳話。

唐高宗顯慶年間，狄仁傑赴京師參加科舉考試，路過華州時遇到一名鼻端生了巨大肉瘤的少年，兩眼被肉瘤牽累，眼睛翻白，痛苦危急，頃刻將絕命。狄仁傑命少年的父母扶起他，隨之在其腦後下針一寸左右，詢問道：「針感已到達病處了麼？」少年點了點頭。狄仁傑迅速拔針，贅瘤應手而落，雙眼也隨即恢復正常，完全像個沒病的人。少年的父母又哭又拜，願以重金酬謝。狄仁傑卻分文不取，頭也不回地離去。

據狄氏族譜，狄郊為狄仁傑親姪，其孫狄兼謨曾於唐穆宗時出任御史中丞和東都留守，是狄仁傑死後狄氏家族所任官職最高者。狄兼謨的墓誌於一九九〇年代於洛陽邙山出土，是正史的有力證補。

另要特別提到的是，狄仁傑一生薦人無數，桃李滿天下，如張柬之、姚崇均是歷史名臣，然唯有一人他看走了眼，此人就是竇懷貞，這位「國爹」善於投機鑽營的事蹟，將在《璇璣圖》續集中再詳細講述。

宋璟奉旨赴宴

本小說有關宋璟的事蹟基本上皆為歷史真事，包括他在兒子婚宴上遭張易之派來的刺客刺殺一事。

宋璟於唐玄宗李隆基在位時任宰相。當時有高麗人王毛仲，本是李隆基為藩王時的家奴，因在誅殺太平公主的過程中發揮重要功用，一躍成為唐玄宗的心腹，身置「唐元功臣」之列，是炙手可熱的風雲人物，百官巴結不及。

王毛仲嫁女時，唐玄宗特意問他：「愛卿還缺什麼，不妨說出來，朕好為你解決。」王毛仲回答：「臣一切都已置辦妥當，只是缺少最尊貴的客人。」唐玄宗很奇怪，道：「難道宰相張說、源乾曜這些人還請不到麼？」王毛仲說：「他們臣都已經請到了。」唐玄宗恍然明白過來，道：「朕知道你的意思了，你請不到的人，必是宋璟。」王毛仲說：「陛下英明，宋璟若不肯光顧，臣實在臉上無光。」唐玄宗笑著說：「放心，朕一定命他赴宴。」

第二天，唐玄宗有意對宰相們說：「朕家奴毛仲家嫁女，卿等宜與達官都去他家表示慶賀。」眼睛只盯著宋璟。宋璟只好道：「臣奉旨。」

這天，王毛仲家貴客盈門，又因為宋璟要來，更覺光彩。然而酒宴擺好多時，一直到中午，宋璟還沒有到。眾人也不敢就餐，只好乾等著。又過了好久，宋璟才姍姍來遲，一來就執酒西向拜謝，示意是奉旨而來，並非自己本意，略略飲了一口，即稱腹痛離去，以示不再給王毛仲捧場。一場喜宴鬧了個大大的沒趣，令王毛仲後悔不已。

楊國忠，武則天面首張易之之子

段簡娶太原王慶詵之女為妻、王氏又被酷吏來俊臣奪為正妻，此為歷史真事；王夫人被來俊臣的心腹衛遂忠當眾辱罵後自殺，亦是歷史真事。至於此段簡是否跟害死詩人陳子昂的洪縣令段簡是同一人，作者不及考證。

楊國忠為張易之之子並非作者杜撰，據《新唐書・列傳第一百三十一》「楊國忠」條：「楊國忠，太真（指唐玄宗寵妃楊玉環）之從祖兄也，張易之之出也。」又據《考異》：「鄭審（唐玄宗時人，與杜甫交善）所著《天寶故事》云：『楊國忠本張易之之子。天授中，張易之恩幸莫比，每歸私第，詔令居樓上，仍去其梯。母恐張氏絕嗣，乃密令其女奴蠙珠上樓，遂有娠而生國忠。』」

而楊國忠本人也以實際行動證明這種說法並非空穴來風。唐玄宗天寶九年（西元七五〇年），已經擔任宰相的楊國忠突然提出為張易之、張昌宗兄弟翻案，並要求追封張氏後人。當時距離張易之之死已有四十五年，張易之兄弟被殺當時是人人切齒痛恨的國賊，無論哪一派都恨不得食其肉，然而楊國忠奏書上後，居然獲得唐玄宗的允准，堪稱唐代一大奇事。

張元一毒舌逗趣

本小說提及的張元一，在武則天朝中任左司郎中，滑稽善謔，常常作詩諷刺當權者，如在書裡諷刺河內王武懿宗「夾屎」，本應招致禍害，卻因其人滑稽可笑而逢凶化吉。

據傳武懿宗從河北前線回來後，對張元一作詩嘲諷自己很是生氣。張元一又作詩道：「裹頭極草草，掠鬢不菶菶。未見桃花面皮，漫作杏子眼孔。」活脫脫是武懿宗外貌的寫照。武則天大笑不止。武懿宗羞愧難當，幾次構陷張元一，但武則天身邊需要一個張元一這樣的詼諧之臣，因而總不予理睬。

武懿宗之妹靜樂縣主貌醜而低矮，武則天個頭較高，時號「大哥」。武則天曾和縣主騎馬並行，命張元一以此為題賦詩一首。張元一詠道：「馬帶桃花錦，裙銜綠草羅。定知幃帽底，儀容似大哥。」武則天聽了大笑，縣主則羞慚不已。

監察御史趙廓人生得猥瑣矮小，時人稱他為「臺穢」（臺指御史臺）。李昭德則罵他為「中霜穀束」，意思是說他像霜打的穀子。張元一則稱他為「梟坐鷹架」，意思是他明明是一隻貓頭鷹，卻坐在鷹架上。

當時朝中有拾遺魯孔丘，雖是文官，長得卻極有武夫氣概，時人稱之為「外軍主帥」。張元一稱他是「鶖入鳳池」，意思是鶖鳥飛入了鳳凰池；鶖，是一種頭頸無毛而性貪饞的水鳥。

宰相蘇味道有才學有風度，很得人們稱譽。而王綝體陋質鄙，言詞魯鈍，僅以書法得幸，也坐到了宰相高位。有人問張元一，蘇王二人誰賢誰能。張元一答道：「蘇是九月得霜鷹，王是十月被凍蠅。」旁人問這是什麼意思。張元一說：「得霜鷹俊捷，被凍蠅頑劣。」時人都很佩服他目光如炬，一言體物。

名臣婁師德長大而色黑，一隻腳有些跛，張元一稱之為「行轍方相」，亦號為「衛靈公」，意思是說像防衛靈樞的方相。宰相吉頊好仰頭行走，視高而望遠，元一稱之為「望柳駱駝」。左史東方虬身體高大，衣衫短小，面上露骨，眉毛很粗，張元一稱為「外軍校尉」。又稱李昭德為「卒歲胡孫」。

而張元一本人腹大腿短，項縮眼鼓，被吉頊稱之為「逆流蝦蟆」，蝦蟆即蛤蟆。

張仁亶作風強硬

本小說曾經出現過的并州長史張仁亶（後因避唐睿宗李旦諱，改名仁愿），在唐中宗復位後調回京師任左屯衛大將軍，兼任洛州長史。當時剛發生武則天被趕下臺的宮廷事變，局勢動盪不穩，洛陽糧價飛漲、盜賊橫行。張仁亶到任後，將所抓捕的盜賊全部處死，殺人之多，史稱「積屍府門」。一時「遠近震懾，無敢犯者」，洛陽治安明顯好轉，張仁亶由此為唐中宗所矚目。

景龍元年（西元七〇七年），突厥可汗默啜率其大軍西擊突騎施（西域的一個少數民族部落）。張仁亶時任朔方道（今寧夏一帶）大總管，欲乘河北空虛，先奪取漠南地（今內蒙古伊克昭盟），於是力排眾議，在黃河北岸三地搶築了三座受降城。當時朔方道服役期滿的戍兵不願意留下築城，有兩百名咸陽戍兵逃回家鄉，張仁亶派人將這些逃兵抓回來，全部在城下斬首，軍中驚懼，三城兩個月築成。

唐朔方軍與突厥本以黃河為界，河之北有拂雲堆，堆上建有拂雲祠，突厥每次入寇中原之前，必先往該祠祈禱，然後秣馬厲兵渡河。所以三城以突厥誓師之地拂雲祠所在為中城（唐時五原郡治九原東，今內蒙古烏拉特前旗與包頭市之間）；東城在唐時榆林郡治北岸（今內蒙古托克托以南）；西城在唐時五原郡永豐北（今內蒙古杭錦後旗烏加河北岸）。中城距東西二城各約四百里，均在當時的黃河北岸。三城既成，皆據要津，構成一道堅強的防禦屏障。張仁亶又置烽火臺一千八百所，使東西呼應。

三城初建時，既沒有設計壅門（懸門），也沒有裝備曲敵、戰格（均為守城防禦的器械）。有人很是不解，問道：「此邊城禦賊之所，不為守備，何也？」張仁亶回答：「兵貴在攻取，不宜退守。寇若至此，即當並力出戰，回顧望城，猶須斬之，何用守備生其退恧之心也？」（《新唐書・張仁愿傳》）直到後來常元楷擔任朔方軍總管時，才開始修築三城壅門。

此三座受降城的修築意義極為重大，不但向北拓地三百餘里，截斷了突厥南進之路，即所謂拒敵於國門之外，而且減戍兵數萬人，每年節省了大量軍費，從此突厥不復敢渡河畋牧，朔方無復寇掠。受降城不僅在當時發揮了作用，後世也是受益匪淺。唐憲宗時期的宰相李絳曾說：「受降城，張仁愿所築，當磧口，據虜要衝，美水草，守邊之利地。」（《資治通鑒・卷第二百三十九》）

張仁亶生平極其厭惡突厥人反覆無常、不守信義，每每有突厥人來投降，他就命人作一篇辱罵突厥可汗默啜的檄文，然後將檄文用針鑿在投降者的腹部和背部，再染上墨，用火烤乾。投降者備受苦楚，日夜呻吟不止。完成這一切後，張仁亶再將他送還默啜，當眾宣讀檄文。默啜怒不可遏，將投降者剁成肉醬，扔進火中燒掉。如此幾次後，再也沒有突厥人敢來朔方道歸順。張仁亶後升任宰相，封韓國公。每每他去前線督軍備邊時，唐中宗總是親自賦詩餞行，賞賜無數。

哥舒翰英姿克吐蕃

困擾武則天一朝的吐蕃和突厥問題到她兒子手中也未能解決。景龍四年（西元七一〇年）春，唐中宗李顯選中雍王李守禮之女李奴奴，封為金城公主，出嫁墀都松贊（松贊干布曾孫）的兒子墀德祖贊，來承擔昔日文成公主的使命。李守禮即李賢第二子，其人庸鄙無才，但每次天要下雨，他都能準確預言，無不靈驗。當時諸王都傳說他會方術，後來李隆基當上皇帝，十分好奇，問李守禮原因為何。李守禮回答：「我曾被關在宮中十幾年，屢遭杖打，長年累月下來，背瘢很厚。每次天要下雨時，背就會感到沉悶；如果天晴，就會覺得輕爽，不過以此而預知天氣罷了。」

當時墀德祖贊只有十四歲，金城公主大概也是這個年紀，她沿當年文成公主入蕃路線西行。吐蕃派專人為金城公主鑿石通車，修築「迎公主之道」。金城公主抵達吐蕃後，贊普墀德祖贊與其舉行了盛大的完婚典禮。但吐蕃和親的政治目的十分明顯，只是為了借助大唐聲威來平息國內局勢。金城公主出嫁後，吐蕃陰謀不斷，又派人賄賂鄯州都督楊矩，要求以河西九曲之地（今青海化隆）為金城公主湯沐邑（意指收取賦稅以自奉的封地），相當於索取河西九曲之地作為公主陪嫁。楊矩利慾薰心，一口答應下來，上書為吐蕃請許。唐中宗李顯懦弱無能，朝事均在韋氏和武三思的掌握中，竟然同意了楊矩的請求。「九曲者，水甘草良，宜畜牧」——吐蕃得了這塊好地方後，立即迫不及待築洪濟、大漠門等城堅守，其實就是作為日後侵唐的跳板。

金城公主和親後，唐朝局勢發生重大變化。先是唐中宗的皇后韋氏毒死丈夫李顯，隨即李隆基發動政變，殺死韋氏，擁立李旦為唐睿宗。接著太平公主擅權，李旦禪位給太子李隆基，李隆基殺死太平公主，正式執掌大權。在這前後，唐朝與吐蕃邊境戰爭不斷，吐蕃以九曲為跳板，不斷侵擾唐邊，對河西走廊地區、西域及劍南地區均構成了嚴重威脅。

開元年間，唐朝國力日強，取得了「開元盛世」的輝煌成就。吐蕃雖在軍事上與唐軍互有勝負，但在國力上無法與唐朝匹敵。開元十八年（西元七三〇年）五月，吐蕃派遣使者向唐朝請和，唐朝和吐蕃兩國遂修舊好。開元二十一年（西元七三三年），唐蕃雙方派使會盟，並在赤嶺（今青海湟源日月山）樹碑定界，刻盟文於碑上；唐蕃會盟碑至今還保存在拉薩的大昭寺。

開元二十八年（西元七三九年），金城公主病死於邏娑（拉薩）。唐玄宗李隆基聽到消息後，特意在長安光順門外為公主舉哀，輟朝三日。但會盟碑並沒有阻止唐朝與吐蕃之間的烽火，從開元到天寶，雙方戰事頻繁。直到天寶七年（西元七四八年），名將哥舒翰採用「步步為營」的軍鎮策略，才收復了失陷多年的黃河九曲之地。

哥舒翰的父親哥舒道元為突厥哥舒部落首領，母親是西域于闐公主，他本人卻在對吐蕃的戰爭中成長為唐朝一代名將。有一首假託「西鄙人」所作的詩〈哥舒歌〉在隴右一帶廣為流傳：「北斗七星高，哥舒夜帶刀。至今窺牧馬，不敢過臨洮。」

哥舒翰有個家奴名叫左車，年齡只有十五六歲，卻是膂力過人。每次出戰，他都緊跟在哥舒翰身邊。哥舒翰善於使槍，每當追上敵人時，總先輕輕用槍搭在敵人肩膀上，然後大叫一聲，當敵人驚然回頭，便乘機直刺咽喉，順勢挑起敵屍五尺多高，再摔於地。左車便立即下馬，斬敵首級。主僕二人一直如此配合，甚為默契。敵軍見此，無不心驚膽寒。

哥舒翰的馳騁英姿及輝煌戰績，大詩人李白、杜甫、高適、元稹都曾吟誦。李白認為名將衛青與哥舒翰相比都黯然失色，作有〈述德兼陳情上哥舒大夫〉：「天爲國家孕英才，森森矛戟擁靈臺。浩蕩深謀噴江海，縱橫逸氣走風雷。丈夫立身有如此，一呼三軍皆披靡。衛青謾作大將軍，白起眞成一豎子。」

此後，不論在中國邊境還是在西面，吐蕃的威脅都被有效遏制，哥舒翰對此功不可沒。然而，隨著安史之亂的爆發，唐朝大量邊軍內調，又揭開了中國吐蕃關係史災難性的新篇章。

突厥默啜可汗，懸首長安

突厥默啜自立為可汗以來，與中原爭鋒二十餘年，勝多敗少，最盛時曾統一突厥東、西兩部，西境一直到今裡海。從武則天，到唐中宗，到唐睿宗，再到唐玄宗，祖孫三代都拿這個反覆無常的小人沒有任何辦法，打不過，和談總不長久。

開元四年（西元七一六年），戲劇性的一幕開始上演於歷史大舞臺。默啜率軍攻打鐵勒九姓拔曳固部落，打了個大勝仗。就在他得意洋洋帶著無數戰利品回國時，忽有一個拔曳固部落的兵卒頡質從柳樹林中衝出，長刀一揮，便將毫無防備的默啜斬下馬來。突厥大軍失去首領，竟然由此潰散。頡質又從容割下默啜的首級，投奔了唐朝。唐玄宗遂下令將默啜的首級懸掛在長安廣街示眾。一代梟雄，終以淒涼結局謝幕。

蒲津新橋鐵牛坐鎮

唐玄宗開元年間，蒲津新浮橋的東西兩岸「鐵牛」設計，乃依據《周易》而作：「牛象坤，坤為土，土勝水。」由於黃河水位逐年提高，河流經常改道，不適合木橋和石橋，只能建造浮橋。而新建浮橋用了四隻鐵牛，矯角昂首，壯碩威武，不僅可作為地錨繫住浮橋纜繩，更寓有象徵意義——牛臥河邊，象徵高山峻嶺阻攔巨瀾。

這座浮橋默默注視著強大的唐帝國由盛轉衰，直至終結，度過了五代十國的烽火歲月，又步入繁榮富裕的宋朝。宋英宗治平年間，黃河水暴漲，洪水氾濫，這座著名的浮橋終於被沖斷，牽動鐵牛一起沉入河底。朝廷懸賞重金，於民間招募能將鐵牛打撈上來的人。有個名叫懷丙的和尚想出了一個辦法——用兩艘大船填滿土石使其沉入水底，派人潛入水中，用鐵索把鐵牛和大船繫在一起，然後再除去船中的土石，利用大船所受的浮力慢慢將鐵牛拉出來。

這數隻打造於唐代的浮橋鐵牛，至今尚存，收藏在蒲津渡遺址博物館中，櫛風沐雨已歷千餘年。

名人推薦

璇璣圖的女人．心機

文／蔡燦得
飛碟電台「好男好女過日子」主持人

一直都最喜歡歷史課，太多精彩故事，太多精彩人物，上課的時候就像是在聽故事一樣，很好玩。

或許我記不得哪個皇帝是哪年登基、國號啥、做了幾年，也常常會把人物的名字搞錯，所以考試的成績有夠爛，但是故事的本身，我倒是記得清楚。

歷史故事之所以吸引我，其中一點，是因為我們已經知道結果是什麼，然後我們看著故事裡那些人物，依然在他們的「未知」裡做決定、過生活，這很有意思。

譬如，我們就是知道這人赴了這個約就死定了。所以看到他還在那兒為了這邀約而沾沾自喜，就覺得他真笨，難道真以為自己有那麼了不起？也不懂得惦惦自己的斤兩。

這種時候，我會順便想想，有沒有像他一樣也高估自己了呢？

我們也會看到哪個決定，就讓某個平凡姑娘就此崛起，但在做決定的她，並不知道自己將會踏上女皇之路……是的，那就是本書主角，武則天。此時，我想到那冥冥之中的安排，就會告訴自己，算什麼呢？人再怎麼會算，也算不過天啊。還是踏實的過日子，別與天鬥了。

藉由歷史事件的因果，人物所為的教訓，我得到的是比念書時考卷上的分數多太多的收穫。

《璇璣圖》這本書是我接觸過的相關書籍中，相當有心機的一本。因為作者用了最能引人入勝的「推理小說」形態，來講述中國很重要的一段歷史。

書中用句簡單，卻能把情節形容得活靈活現。劇情發展懸疑，卻不會複雜難懂。藉由主角們辦案的過程，讓我們在不知不覺中，對武則天時期的政治、文化、生活、觀念等等，就清楚明瞭。

背景選擇武則天這個很「女力」的時代，用當時被認為是「格調俗淺……閨閣女子無聊抒懷之玩物」（取自本書所述）的璇璣圖當作主題，幾個重要角色也都是女性，全然不同於傳統的歷史故事，總是以男人為主的陽剛味。

本書除了讓我們認識歷史，也能得到推理的樂趣。我翻開了第一頁，就捨不得放下了。

導讀推薦（※本文提及書中諸多重要情節，建議讀者先讀畢小說，再細細品味此賞析。）

吳蔚《璇璣圖》及其新歷史武俠探案小說

文／宋德熹
國立中興大學歷史系教授
兼創新產業學院副院長

閱讀吳蔚

第一次在書店遇見吳蔚一系列的歷史小說，即像磁鐵一般深被吸引，特別是《魚玄機》書末作者後記的一句話——「中國歷代王朝中，我最愛唐朝。為唐朝吸引。」寒假期間，承出版社盛意寄來一箱吳蔚小說，閱讀完跟我學術專業最熟悉的《大唐遊俠》後，隨手寫下「一樁樁驚心動魄的無頭公案，一層層懸疑待解的推理命題，一幕幕恩怨糾纏的殺手世界。吳蔚誘惑的文筆及綿密的佈局，大開大闔，包裹著一串串柔情與詭譎，除非我們馬不停蹄的閱讀吳蔚，否則俠情未了，活罪難逃。」吳蔚小說的筆法與模式堪稱登峰造極，作家恍如化身為女柯南，引領讀者置身於疑雲重重、層層包裹的凶殺現場，閱讀的心情往往隨著小說情境的峰迴路轉而高低起伏不定。

吳蔚經常刻意營造懸疑推理，吊足讀者好奇的胃口，當案情即將水落石出、凶手呼之欲出之際，卻又陷入瓶頸，重新歸零。《魚玄機》也好，《大唐遊俠》也好，《璇璣圖》也一貫維持這樣的懸疑推理引人入勝風格，而

《韓熙載夜宴》更是進一步意在言外的「看圖說故事」，將一場夜宴波瀾壯闊地轉化為一波波詭譎雲湧的謀殺畫面，吳蔚一系列所謂探案小說的磁吸作用，油然可見。但探案小說的寫作意圖並非僅如《三俠五義》《七俠五義》之類的公案小說，吳蔚更添加了「歷史、武俠、推理」三合一的油與醋，別出心裁，已然闖蕩出歷史武俠探案小說的新境界。

吳蔚相當熟悉歷史元素，經常深度挖掘正統史材與筆記小說，乃至祕記讖緯、奇技祕藥的傳聞，卻又貼切入微地發現歷史，而一定程度符合歷史情境與時代氛圍。譬如《璇璣圖》書中，一開場即借用世傳李淳風「推背圖」「藏頭詩」，所洩漏女主武王代有天下的天機，誤導太宗錯殺了左武衛將軍李君羨，進而引爆太宗愛女高陽公主與玄奘高徒辯機和尚姦情的「金寶神枕案」，神枕中即意外被發現藏有神祕的璇璣圖，且暗藏玄機。

再如《璇璣圖》的歷史平台為武周一朝政治，除了國老狄仁傑及其培養的張柬之「五王集團」，中間還穿梭了剛直的宋璟，精明的張說，棄暗投明的李湛以及由正入邪的竇懷貞等人，最後五王發動了洛陽玄武門之變擁戴中宗復辟反正，小說適度穿針引線，添加了正史所不及的檯面下千絲萬縷細節，譬如號稱章懷太子李賢遺腹女李弄玉反武班底的種種計謀與作為，乃至酷臣來俊臣、重臣李昭德以及太平公主與外戚武三思、男寵張易之，彼此之間爾虞我詐的權謀鬥智，殺手、反間、栽贓、誣告、奪寶及刑獄等事件穿梭其間，再搭配突厥與契丹外族政權的進兵來犯，通敵叛國羅織入罪，繪聲繪影，益發顯現《璇璣圖》小說佈局的幅員廣闊，以及故事情節的引人入勝——歷史的真實與小說的虛構在此交相雜錯，虛中有實，實中有虛，吳蔚小說之與歷史的距離雖不中不遠矣。

話說璇璣圖

小說中的「璇璣圖」暗藏玄機，除號稱裡頭藏有一筆巨大財富有如藏寶圖（這部分離奇的情節，頗與《大唐遊俠》中神祕的玉龍子有異曲同工之妙），另外寓含推翻武周政權的祕密籌碼，即唐太宗為了預防女主武王代有天下的預言成真，特意在璇璣圖的背面加織一層織錦，將太宗親筆廢黜武后的詔書藏在裡頭。因此，璇璣圖構成小說世界各方勢力千方百計爭奪的寶物，同時吳蔚也藉此製造層出不窮的連環奪寶懸案，連帶小說的懸疑和張力，也讓讀者驚心動魄。

歷史上最早也最有名的璇璣圖，現藏於陝西省扶風縣法門寺地宮，作者為前秦苻堅時期陝西武功才女蘇蕙，自幼即學畫作詩撫琴織錦，及長嫁給將門之家的竇滔，其後由於竇滔領兵在外另結新歡，蘇蕙因而創作璇璣圖藉以表達閨怨思君之情，結果夫妻和好如初。相關璇璣圖圖文沿革可以參見韓金科《法門寺文化史》詳細介紹。與小說情節不同的是，武則天在位時偶見此圖，有感於蘇蕙之材，特撰〈蘇氏織錦回文記〉，推許其才情高妙，邁越古今，為「近代閨怨之宗旨」（全文見《文苑英華》卷八三四、《全唐文》卷九七），誠如武則天轉述蘇蕙所自稱，「徘徊宛轉自成文章，非我佳人莫之能解」，號稱可從中演繹解讀出兩百餘首詩，縱橫反覆，皆成章句。其後宋代李公麟、朱淑貞、明代起宗道人、康萬民兄弟相繼都有不同解讀，清乾隆時期熊家振所修《扶風縣志》，自稱讀詩總數多達九千九百五十八首。不禁讓人聯想到，最近大陸北京報導圓周率3.1415926可以變成一句優美的宋詞，據稱一名理科生按最常見的九十九個「高頻詞」，可以編出宋詞密碼，三秒鐘就可重新做詩賦詞。

不過，吳蔚運用璇璣圖的玄機巧思就得心應手多了——小說中於蒲津關駐軍的河津水手火長傅臘，無意中撿到璇璣圖，導致此一寶物在李弄玉、傅臘情婦蘇貞、蘇貞丈夫韋月將之間流轉，數易其手，連帶捲起一連串殺機重重的千堆雪。其中傅臘斷舌案的破案關鍵，竟然是不識字的傅臘因職務關係認得璇璣圖文字叢中的「河津」二字，今存於法門寺的璇璣圖圖版最右下角赫然即見此二字，吳蔚小說情節的運用之妙，絲絲入扣，由此可見。

雖然最終武則天下臺係緣自政變，但誠如高宗託付璇璣圖解密重責大任的賀英（契丹公主，入宮為高宗妃，受託帶出國家機密後隱姓埋名，後成為男主角辛漸的母親），在面對失落的武則天時所坦承，「冥冥之中自有定數，一切都是命中注定，有沒有璇璣圖都是一樣」，然而歷經閱讀千山萬水的讀者並不會有白忙一場的感覺，關鍵在於——吳蔚擅長運用懸疑推理的方式說故事，一步步帶領讀者進入其新歷史武俠探案小說的世界。

殺人懸案揭密解碼

事實上，吳蔚系列小說的外部構造已趨定型，除〈引子〉習慣以疑雲重重的開場揭開故事序幕，書末的〈尾聲〉也對故事結局與主角歸宿做了交代，滿足了讀者一探究竟的好奇心，也有如驟雨初歇，讓讀者回神之後溫故知新；再回過頭重新翻閱整部小說的來龍去脈，特別是讀者與主角共同經歷了多場殺人懸案，恍如身歷其境，一起探案推理，一起喜怒哀樂，殺人懸案的佈局與懸疑正是小說的魅力所在。

《璇璣圖》中的殺人懸案一樁又一樁，時而禍事連連，時而雨過天晴，靠著以王翰為首加上辛漸、狄郊、王之渙與李蒙等五位名士公子四處奔走，恍如扮演私家偵探，往往替代官方辦案，甚或為各方有心人士所算計，所利用，但最終仍能抽絲剝繭，化險為夷，而得解開懸案乃至宮廷機密的死結……這些辦案過程有如日本柯南動漫的科學辦案，也有如克莉絲蒂小說的懸疑推理，好比洗三溫暖，又好比跋山涉水，好奇緊張錯愕欣喜點滴在心頭。還好吳蔚習慣在案情進展到某一段落，體貼地運用回溯歸納或大事紀的方式，讓懸案重回現場，也讓讀者得以溫故知新。

細數小說中重大的殺人懸案，吳蔚刻意安排了某些揭密解碼的破案信息符號，譬如璇璣圖之外，還包括王翰隨身攜帶的玉珮，甚至王羲之〈蘭亭集序〉法帖也成了各方覬覦爭奪的寶物（最終經由韋月將，透過張易之轉手獻給武則天），連帶也激起殺機的漣漪，同時也讓案情濃得化不開，陷入膠著。武則天姪子武延秀遭刺殺未遂，此疑案雖是故事登場的前戲，謀殺者阿史那獻與裴昭先其實只是為了報復國仇家恨；李弄玉的手下裘仁被蒙疆所刺，說穿了同樣也只是朝廷朋黨之爭下的縮影。反而是民女秦錦、蕩婦蔣素素、失貞妻子蘇貞，以及無辜的胡餅商，先後被全書最陰險詭譎的藏鏡人韋月將所殺，表面上似乎只牽扯出男女畸戀情仇，背後其實仍是王羲之「王字」法帖與璇璣圖的爭奪戰結果。刺客裴昭先被妓院老鴇阿金所殺，臨死前倉皇寫下「王」這個字，阿金的妓院旋又被武靈覺代表的武延秀外戚勢力血洗剷除，其殺人動機仍然意在璇璣圖的爭奪。

值得一提的是，吳蔚相當熟悉唐律的法條規定，適度穿梭於殺人案當中，在在顯露吳蔚除小說文筆之外的堅實歷史、法律素養。譬如詩人劉希夷由於〈代悲白頭吟〉被親舅宋之問剽竊改題為〈有所思〉，為唐代文學史的歷史公案，吳蔚也穿針引線將之改編入小說的情節中。書中也穿插了武則天首開歷史上武舉的競技場合，結果武狀元為歸順的契丹勇士室力，榜眼為後來史上有名大將郭子儀之父郭敬之（？），探花則是辛漸；耐人尋味的是，當初也有意報名的王翰，動機竟然是想藉著與殺人幫凶宋之悌對陣較勁時，趁機為劉希夷報仇雪恨，可為斷層的歷史謎題聊備一說。

再者，酷吏來俊臣脅迫娶來的夫人王蠙珠，為脫離魔掌，與武則天男寵張易之私通，利用宮廷祕藥美人醉假死而暗渡陳倉，之後珠胎暗結，在武周倒臺後掛名改嫁縣令楊珣，生下一子，即日後赫赫有名的楊國忠，小說佈局絲絲入扣，讀至此處，令人拍案叫絕。美人醉祕藥，也見諸於《魚玄機》和《大唐遊俠》小說中，其實唐人小說薛調〈無雙傳〉即曾提到俠士古押衙（名洪），為成人之美而使用茅山道士藥術，服之立死，三日卻活，顯然唐代宮廷乃至武俠世界早就有祕藥流傳，可以參見筆者的〈「俠以武犯禁」乎——唐代文史中俠者形象的碰撞〉（收入拙著《唐史識小》）。

更值得一提的是，小說中多次借用偽造反信的場合，多方模擬研判何人使用右手或左手的筆跡，偽造嫌疑者在黃瘸子、車三、韋月將之間流轉，最終謎底揭曉方知宗大亮才是被各方勢力操縱的幫凶，其中推理的過程，相當吻合李昌鈺科學辦案筆跡鑑定的專門技術，益增《璇璣圖》佈局綿密的吸引力。

小說世界的要角形象

《璇璣圖》一開場即以道士車三算命卜卦，預告五位男主角未來人生歸宿作為伏筆，書末的〈尾聲〉也冥冥之中分別有所對應，增添了故事的趣味高潮。女主角李弄玉一登場，為隱藏朝廷欽犯的身分，又希望給心儀的男主角辛漸留下印象，於是以藏頭詩「二九子，為父後；玉無瑕，弁無首；荊山石，往往有」示人，經由才子王之渙拆字解讀才知其真名實姓為「李弄玉」。這種藏頭詩頗有類於隋末「木子弓口」李氏當王的讖緯預言，繞口之餘，也可從中瞭解吳蔚塑造女主角剛烈堅定、矢志復仇的性格素描。李弄玉也好，《韓熙載夜宴》中的秦蒻蘭、《大唐遊俠》中的蒼玉清都有同類的性格傾向。對比之下，這三部小說的男主角也不見得都是「何意百煉鋼，化為繞指柔」的體貼男兒，反正吳蔚筆下的男女主角絕非傳統的才子佳人，而是性情鮮明，別具一格。第一男主角辛漸武藝高強，精明幹練，為大風堂鐵匠之子，母親賀英身懷璇璣圖的祕辛，辛漸卻幾度進出牢房，最終娶得美人歸，並一如車三占卜所預言，重新營造蒲津橋工程而造福蒼生。歷史上，辛漸史傳無名，事跡不詳，但王昌齡詩作〈芙蓉樓送辛漸二首〉，其中名句「寒雨連江夜入吳，平明送客楚山孤。洛陽親友如相問，一片冰心在玉壺。」（見《全唐詩》卷一四三）顯然辛漸也並非虛構人物。

再如另外四位男主角王之渙、王翰、李蒙與狄郊的事蹟，其中王之渙、王昌齡與高適三人的「旗亭畫壁」，乃古今傳誦的故事，見於唐人小說《集異記》。王之渙雖史書無傳，但傅璇琮、陳尚君《唐才子傳校箋》分別引用清末出土〈唐故文安郡文安縣太原王府君墓誌銘並序〉及其夫人〈渤海李氏墓誌銘〉等石刻資料，頗有詳考，考訂出王之渙娶冀州衡水縣令李滌的第三女為妻，而李滌在吳蔚筆下，即是另一男主角李蒙的父親。而李蒙也非虛構人物，唐玄宗開元五年，甫及第的新科進士李蒙等三十名，泛舟長安城風景名勝曲江，全部溺斃（參見拙文〈長安之春——唐代曲江宴遊之風尚〉），後世演變為沿海地區「燒王船」的祭祀活動。而王昌齡雖非王之渙同宗，但吳蔚則戲謔地將前者轉化為後者三四歲的堂姪，自是小說家者語。

至於王翰，《舊唐書・文苑傳》改題王澣，《新唐書》列入文藝傳，《唐才子傳校箋》續有增補。王翰與王之渙這兩位才子主角皆出太原王氏名族，史書雖未見密切往返過從的紀錄，但兩人的性格才行與人生際遇，吳蔚透過車三占卜之口，也八九不離十——王之渙最終遭受誣告拂衣去官，而懷才不遇；王翰則豪邁不羈，櫪多名馬，家蓄妓樂，因此遭忌貶官，結果遠謫致死。

最後，特別值得一提的是通天小神探兼小神醫——狄郊，古往今來盛傳狄仁傑為通天神探，甚至演繹為狄公案的傳奇小說，文化大學盧建榮教授《鐵面急先鋒》一書，即譽狄仁傑為司法改革的前驅之一，而吳蔚筆下的狄仁傑為智謀型國師角色，世傳家訓「不為良相，則為良醫」，因此良醫和神探的雙重角色特質也遺傳給姪兒狄郊。狄郊史有其人，《新唐書・宰相世系表》只提到狄仁傑的四個弟弟和三個兒子，幸好《舊唐書・狄仁傑傳》有一篇族曾孫狄兼謨的附傳，提到兼謨的祖父狄郊，父親狄邁，「仕宦皆微」，歷史文本的記載僅此一端，吳蔚則神來之筆添油加醋，透過狄郊等人抽絲剝繭的破案，以及狄郊的神奇醫術，連連破解懸疑的案件。

此外，蘇貞被丈夫韋月將毀容賣入妓院，化身為銅面蕭娘；另外，王翰找來表演的歌女趙曼初次登場，即被捲入武延秀刺殺疑案，並因此無辜受傷，此後銷聲匿跡好一陣子，等到小說結尾時，王翰意外在唐玄宗身側再次與趙曼重逢，卻人事已非，趙曼竟搖身一變成為玄宗寵愛的趙麗妃。無論是詭異卻無辜的銅面蕭娘，還是三千寵愛在一身的麗妃，其實不只是小說情節精心設計的插曲而已，還斑斑見證了悲情世界意外的人生。

吳蔚新歷史武俠探案小說中的悲歡離合和喜怒哀樂，深深扣進了讀者的心坎，值得一讀再讀，細細品嘗。

後記

璇璣不為興亡改，風月應憐感慨非

吳蔚

《璇璣圖》更準確的書名應該叫《璇璣》。璇璣通常用來指代北斗七星，而在中國玉文化中，也有一種名叫「璇璣」的玉器，形狀神祕，寓意深刻，至今仍是未解之謎。《璇璣圖》這部小說的故事比較複雜，沒有僅僅局限在以爭奪璇璣圖本身為中心線索，這實際上也是歷史原貌的體現——人生本就是紛繁複雜的，充滿了變數和不可知性，古今並無分別。

塵世就是一幅璇璣圖，知之者可識，不知者望之茫然。

《璇璣圖》小說的背景，選在武則天稱帝晚年，因為這是一個特別混亂的時代，正義與邪惡衝突得格外厲害，所以也特別容易出故事。當然，小說的框架，甚至一些故事本身就是史實。本小說中，百分之九十五以上的人物均為真實歷史人物。在保持整體故事流暢進行的同時，我也刻意在小說中加入了一些歷史細節，如典章制度等，力圖更真實地反映唐人生活原貌。

武則天實際上並不是一個明君，自她登基稱帝後，「數年以來，公私俱竭，戶口減耗。……丁壯盡於邊塞，孤孀轉於溝壑」。小說中關於她的描寫，如信用酷吏、獎勵告密、濫任諸武、處理契丹突厥外交事務等，全部為歷史真事。而這位中國歷史上唯一的女皇帝之所以獲得了較高的評價，僅僅因為唐朝的所有皇帝之中，除了開國皇帝唐高祖跟她無關，其餘的要麼是她丈夫，要麼是她子孫。她的兩任丈夫皇帝都死在她之前，而她的子孫是不能說她壞話的，所以她的墓碑是一塊無字碑；子孫手下的史官也不能對她口誅筆伐，所以她死後仍然獲得了「天后」的尊稱。武則天自已料不到的是，即使到了現代，她依舊是個風雲人物，有無數關於她的影視劇上演，有無數女演員爭相想演她。

本小說原計畫寫到李蒙淹死於曲江一案，但因篇幅限制不得不提前中止，我預計將為《璇璣圖》小說再寫一部續集。在此要特別說明的是，本小說中謝瑤環、袁華的人名取自清人李芳桂的劇本《萬福蓮》，田漢先生的知名京劇《謝瑤環》亦是根據這部劇本改編。

《璇璣圖》與之前出版的《魚玄機》《韓熙載夜宴》《孔雀膽》《大唐遊俠》，以及即將出版的《斧聲燭影》等書共同組成了我個人一直在構思創作的歷史探案小說系列。感謝讀者長久以來的支持，你們是我努力前行的最大動力。

國家圖書館出版品預行編目資料

璇璣圖／吳蔚著；──初版. ──臺中市：好讀, 2012.04

面：　公分，──（吳蔚作品集；05）（眞小說；08）

ISBN 978-986-178-225-6（平裝）

857.7　　　　100026549

好讀出版

真小說 08

吳蔚作品集──璇璣圖

作　　者／吳　蔚
總 編 輯／鄧茵茵
文字編輯／簡伊婕
美術編輯／張裕民　鄭年亨
地圖繪製／尤淑瑜
行銷企畫／陳昶文　陳盈瑜
發 行 所／好讀出版有限公司
台中市 407 西屯區何厝里 19 鄰大有街 13 號
TEL:04-23157795　FAX:04-23144188
http://howdo.morningstar.com.tw
（如對本書編輯或內容有意見，請來電或上網告訴我們）
法律顧問／甘龍強律師
承製／知己圖書股份有限公司　TEL:04-23581803

總經銷／知己圖書股份有限公司
http://www.morningstar.com.tw
e-mail:service@morningstar.com.tw
郵政劃撥：15060393 知己圖書股份有限公司
台北公司：台北市 106 羅斯福路二段 95 號 4 樓之 3
TEL:02-23672044　FAX:02-23635741
台中公司：台中市 407 工業區 30 路 1 號
TEL:04-23595820　FAX:04-23597123

初版／西元 2012 年 4 月 15 日
定價／399 元
如有破損或裝訂錯誤，請寄回知己圖書台中公司更換

Published by How-Do Publishing Co., Ltd.
2012 Printed in Taiwan

ISBN 978-986-178-225-6

讀者回函

只要寄回本回函，就能不定時收到晨星出版集團最新電子報及相關優惠活動訊息，並有機會參加抽獎，獲得贈書。因此有電子信箱的讀者，千萬別吝於寫上你的信箱地址

書名：璇璣圖

姓名：＿＿＿＿＿＿ 性別：□男□女 生日：＿＿年＿＿月＿＿日

教育程度：＿＿＿＿＿＿＿＿＿＿

職業：□學生 □教師 □一般職員 □企業主管

□家庭主婦 □自由業 □醫護 □軍警 □其他＿＿＿＿＿＿＿＿＿＿

電子郵件信箱（e-mail）：＿＿＿＿＿＿＿＿＿＿ 電話：＿＿＿＿＿＿＿

聯絡地址：□□□＿＿＿＿＿＿＿＿＿＿＿＿＿＿＿＿＿＿＿＿

你怎麼發現這本書的？

□書店 □網路書店（哪一個？）＿＿＿＿＿＿＿＿ □朋友推薦 □學校選書

□報章雜誌報導 □其他＿＿＿＿＿＿＿＿＿＿＿＿＿＿＿＿＿＿

買這本書的原因是：＿＿＿＿＿＿＿＿＿＿＿＿＿＿＿＿＿＿＿＿

□內容題材深得我心 □價格便宜 □封面與內頁設計很優 □其他＿＿＿＿＿

你對這本書還有其他意見麼？請通通告訴我們：

＿＿＿＿＿＿＿＿＿＿＿＿＿＿＿＿＿＿＿＿＿＿＿＿＿＿＿＿＿＿

你買過幾本好讀的書？（不包括現在這一本）

□沒買過 □ 1 ～ 5 本 □ 6 ～ 10 本 □ 11 ～ 20 本 □太多了

你希望能如何得到更多好讀的出版訊息？

□常寄電子報 □網站常常更新 □常在報章雜誌上看到好讀新書消息

□我有更棒的想法＿＿＿＿＿＿＿＿＿＿＿＿＿＿＿＿＿＿＿＿＿

最後請推薦五個閱讀同好的姓名與 E-mail，讓他們也能收到好讀的近期書訊：

1.＿＿＿＿＿＿＿＿＿＿＿＿＿＿＿＿＿＿＿＿＿＿＿＿＿＿＿＿

2.＿＿＿＿＿＿＿＿＿＿＿＿＿＿＿＿＿＿＿＿＿＿＿＿＿＿＿＿

3.＿＿＿＿＿＿＿＿＿＿＿＿＿＿＿＿＿＿＿＿＿＿＿＿＿＿＿＿

4.＿＿＿＿＿＿＿＿＿＿＿＿＿＿＿＿＿＿＿＿＿＿＿＿＿＿＿＿

5.＿＿＿＿＿＿＿＿＿＿＿＿＿＿＿＿＿＿＿＿＿＿＿＿＿＿＿＿

我們確實接收到你對好讀的心意了，再次感謝你抽空填寫這份回函

請有空時上網或來信與我們交換意見，好讀出版有限公司編輯部同仁感謝你！

好讀的部落格：http://howdo.morningstar.com.tw/

請填妥後對折黏貼，直接投郵即可，無須貼郵票。

80025 75540

廣告回函
台灣中區郵政管理局
登記證第 3877 號
免貼郵票

好讀出版有限公司　編輯部收

407 台中市西屯區何厝里大有街 13 號

電話：04-23157795-6　傳眞：04-23144188

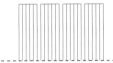

沿虛線對折

購買好讀出版書籍的方法：

一、先請你上晨星網路書店http://www.morningstar.com.tw檢索書目或直接在網上購買

二、以郵政劃撥購書：帳號15060393 戶名：知己圖書股份有限公司並在通信欄中註明你想買的書名與數量

三、大量訂購者可直接以客服專線洽詢，有專人爲您服務：

客服專線：04-23595819轉230 傳眞：04-23597123

四、客服信箱：service@morningstar.com.tw